KB118102

예 지 와 무 지 사 이

예지와 무지 사이

장경렬 평론집

문학동네

머리말

예지와 무지 사이

저명한 문학이론가인 폴 드 만(Paul de Man)은 예지(叡智, insight)와 무지(無知, blindness)가 함께 올 수 있음을 역설한 바 있다. '예지와 무지가 함께 올 수 있다'니? 명민한 예지는 그 자체를 무색게 하는 결정적인 무지를 동반할 수 있다는 것이다. 예컨대, 어두운 밤길을 가는 도중 갑작스럽게 내비치는 섬광과 만났다고 하자. 섬광으로 인해 보이지 않던 주변 사물이 또렷하게 보일 것이다. 하지만 바로 그 순간 섬광으로 인해 잠시나마 우리의 눈은 멀게 마련이다. 말하자면, 주변 사물이 보이는 동시에 보이지 않게 마련이다. 이처럼 인간사의 문제점을 꿰뚫어보거나 보이지 않던 삶의 참모습을 명료하게 인식하는 예지의 순간, 우리는 깨달음과 동시에 무지의 상태에 빠져들지만 이를 인식하지 못하는 경우가 적지 않다.

아주 오래전 미국 유학 시절의 일이다. 언젠가 교수와 대학원생이 모이는 어떤 파티에 초청을 받아 간 적이 있었는데, 그곳에서 한 여자 대학원생과 우연히 이야기를 나누게 되었다. 열렬한 페미니스트였던 그녀는 남자들의 문제점에 대해 이렇게 말했다. "남자들의 문제점은 대상이 무엇이든 이를 나누고 분류하고 범주화하는 데 있어요." 남자들의 문제점이 무엇인지를 꿰뚫어보는 예지가 그녀를 찾은 것이다. 하지만 그와 동시에 그녀는 자신이 남녀를 '나누고 분류하고 범주화'하고 있다는 점을 의식하지 못하고 있었던 것이다.

또 이런 일도 있었다. 유학을 마치고 한국에 돌아와서 보니 학생들은 이른바 '교련'이라는 이름으로 그들에게 부과되던 학생 군대 훈련을 반대하는 움직임으로 부산했다. 그런데 어느 날 교정에서 교련 반대 시위를 하고 있는 학생들의 모습을 보는 순간 그들이 취하고 있는 자세에 눈길이 가지 않을 수 없었다. 그들은 교련 시간에 제식 훈련을 통해 익힌 4열 횡대의 대열로 늘어서 있었는데, 군대 사열에서 구령을 반복하듯 한 사람도 흐트러짐이 없이 '교련 반대'를 구호로 외치고 있었다. 교련 교육의 부적절함에 눈뜬 학생들은 이를 반대하면서 자신들도 모르게 교련 시간에 배운 바를 실천에 옮기고 있었던 것이다.

남들만 그러한가. 나 역시 학문의 영역에서 예지와 무지 사이를 넘나들기는 마찬가지다. 무언가 통찰을 얻었다고 믿는 순간 이를 뒤집어엎을 쟁점에 무지했던 적이 어디 한두 번인가. 뒤늦은 깨달음에 애초의 논리를 포기하거나 궤도 수정을 위해 힘든 시간을 보내야 했던 적이 적지 않다. 하기야 내가 지금 소중하게 여기는 깨달음 가운데 얼마나 많은 것이 아직도 인식하지 못한 무지의 소산일까를 생각하면 두렵기까지 하다. 예지와 무지 사이를 넘나들기는 일상의 생활에서도 다를 바 없다. 타인의 허물을 꿰뚫어보고 이를 지적하지만, 나 자신을 뒤덮고 있는 동일한 허물에 눈이 먼 상태에서 그랬던 적이 얼마나 많은가. 비판의 칼날을 휘두를 때 그것이 곧 자해(自害)임을 몰랐던 적 또한 적지 않다. 하지만 과거의 경험이 별다른 도움이 되지 못한 채 추측건대 나는 여전히 예지와 무지 사이를 넘나들고 있으리라.

예지와 무지 사이를 넘나듦은 드 만의 경우에도 예외가 아니다. 예컨대, 드 만은 예지에 번득이는 다음과 같은 발언을 한 적이 있다.

언어는 단정도 하고 (표명할 수 있기에) 의미하기도 하지만 의미를 단정할
수는 없으며, 다만 언어는 의미라는 것이 허위임을 재차 확인하면서 이를
되풀이(또는 반영)할 뿐이다.

[L]anguage posits and language means (since it articulates) but
language cannot posit meaning; it can only reiterate (or reflect) it in
its reconfirmed falsehood.[1]

만일 위의 진술에서 개진되고 있는 드 만의 생각이 옳은 것이라면, 이 역
시 어떠한 의미도 단정하지 않은 채, 다만 허위로밖에 확인될 수 없는 의
미를 반영한다고 할 수 있다. 한편, 허위 또는 거짓된 의미밖에 드러내
지 못한다면, 결국 이 진술은 무의미한 것이 되고 만다. 바꿔 말해, 위의
진술이 의미론적으로 진(眞, true)이라면, 이 진술은 실제적으로 그 어떤
의미론적 진리치(truth)도 지닐 수 없게 되는데, 그 이유는 말할 것도 없
이 드 만의 진술 자체가 언어로 되어 있기 때문이다. 위의 진술을 진으로
인정하고자 하면, 동시에 이 진술의 진리치를 부정해야 하는 모순을 피
할 수 없다.[2] 요컨대, 언어에 대한 예지를 드러내는 순간 드 만은 그와 같
은 예지를 언어를 통해 드러낼 수밖에 없다는 사실에 무지했던 것이 아닐
지?

대상에 대한 예지든, 눈앞이 환해지는 순간의 깨달음이든, 그 자체는

---

1) Paul de Man, "Shelley Disfigured," *Deconstruction and Criticism* (London: Routledge
& Kegan Paul, 1979), 64쪽.
2) 이상의 논의는 장경렬, 『매혹과 저항—현대 문학 비평이론에 대한 비판적 이해를 위하여』
(서울대학교 출판부, 2007), 41쪽 참조.

옳고 타당한 것일 수 있다. 하지만 대상의 의미를 꿰뚫어보는 예지의 순간―또는 꿰뚫어본 바를 말이나 몸으로 표현하는 순간―에 우리는 무지가 우리와 함께하고 있음을 의식하지 못할 때가 적지 않다. 다시 말해, 우리 자신이 예지와 무지 사이를 넘나들고 있음을 자각하지 못할 경우가 많다. 하기야, 오늘날 우리 주변의 사회·정치·문화적 상황을 보면, 그 구성원들이 예지와 무지 사이를 넘나들고 있음을 너무도 자주, 너무도 생생하게 목격한다. 문제는 그들이 그 사실을 깨닫지 못한다는 데 있다. 또한 자신의 깨달음 또는 예지에 매혹되어 그 한계를 애써 외면하려 하는 경우도 적지 않다는 데 있다.

우리는 문학의 존재 이유를 여기서 찾을 수도 있다. 즉, 인간이 예지의 순간과 무지의 순간을 넘나들고 있음을 인간에게 끊임없이 삶과 현실의 숨결이 감지되는 구체적인 사례를 통해 환기시키는 것이 문학이다. 물론 문학이 아니더라도 인간이 예지와 무지를 넘나듦을 깨우쳐주는 담론이 적지 않다. 하지만 문학만큼 이 같은 깨우침을 '강요하지 않는 예'는 드물 것이다. 문학은 윤리적으로든 규범적으로든 강요하지 않으면서 깨우침으로 사람들을 인도한다. 바로 이 점에서 문학은 그 어떤 담론보다 교육적이다. 다시 말해, 문학은 인간의 세계와 삶을 이해하거나 파악하는 데 도움을 주기 위한 수많은 담론 가운데 하나이지만, 문학만큼 인간에게 인간이 예지와 무지를 넘나들고 있음을 깨닫도록 강요하지 않은 채 스스로 깨닫게 하는 담론은 없을 것이다.

그런 문학의 구체적인 예 가운데 하나를 지극히 쉽고 단순한 곳에서 하나 찾아보기로 하자. 우리의 전래 동화에는 늙고 병든 아버지를 헌 지게에 지고 가서 산속에 내다버리는 사나이에 대한 이야기가 있다. 늙고 병든 존재는 사회의 원활한 운용에 짐이 된다는 깨달음이 그 사나이에게 또는 그 사나이가 속해 있는 사회에게 그와 같은 일을 하게 한 것이리라. 아무튼, 동화에 의하면 자신의 할아버지를 내다버리는 자리에 함께 갔던 그 사나이의 아들이 헌 지게를 다시 짊어지고 산에서 내려온다. 의아하게 생각한 사나이가 그 이유를 묻자, 그의 아들은 다음에 아버지가 늙고 병들면 산속에다 갖다버릴 때 다시 쓰기 위해 가져온다고 대답한다. 이에 사나이는 자신의 잘못을 깨닫고, 다시 산에 올라가서 무릎을 꿇고 아버지에게 용서를 빈다.

물론 모든 문학이 이 같은 전래 동화만큼 소박한 것은 아니다. 하기야 이처럼 소박하기만 한 것이 문학이라면 문학의 교육적 기능은 그리 대단한 것이 아닐 수도 있겠다. 우리 주변의 수많은 문학작품이 웅변적으로 증명하듯, 문학은 종종 미묘하고 포착하기 힘든 방법으로 사람들에게 그들이 예지와 무지 사이를 넘나들고 있음을 일깨운다. 그럼에도 문학의 일깨움은 적지 않은 종교적 담론이 그러하듯 신비주의적이지도 않고, 수많은 철학적 담론이 그러하듯 관념적이지도 않다. 문학은 인간의 구체적이고 현실적인 세계와 삶에 뿌리를 내리고 있기에, 그 어떤 담론보다도 편안하고 쉽게 접근할 수 있다. 말하자면, 별도의 '준비된 시선'(prepared vision)이나 '무장(武裝)된 시선'(armed vision)을 요구하지 않는 것이 문학이다. 그렇다고 해서, 문학의 일깨움이 사소한 것이라는 말은 아니다. 문학의 일깨움은 때로 우리의 평온한 의식을 흔들어 뒤엎기도 하고, 때로 기존의 도덕관과 가치관과 세계관을 뛰어넘어 새로운 미래로 우리의 정신을 안내하기도 하지 않는가.

문제는 문학 역시 이 같은 예지와 무지의 논리에서 예외일 수는 없다는 데 있다. 문학 역시 여기서 예외일 수 없음은 무엇보다 앞서 언급한 드만의 사례가 암시하듯 자체의 '언어'에 대한 문학의 믿음 때문이다. 아니, 신비화 때문이다. 신비화라니? 여기에서 말하는 신비화란 자체의 언어는 언어 고유의 한계를 초월하여 존재하는 것이라는 그릇된 믿음—말하자면, 진리에 다가가고 이를 있는 그대로 드러낼 수 있을 만큼 투명한 것이라는 투의 믿음—에 매혹되어 있음을 뜻하거니와, 문학은 그 어떤 담론보다 더 그와 같은 신비화에 빠져들기 쉬운 담론이다. 문학을 형성하는 것은 '허구(虛構)의 언어'와 '수사(修辭)의 언어'지만 자신이 허구의 언어와 수사의 언어로 이루어져 있음을 스스로 망각하거나 이를 망각하도록 사람들을 유도하는 것이 문학이기 때문이다. 요컨대, 인간이 예지와 무지 사이를 넘나듦을 포착하고 이를 인간에게 스스로 깨닫게 하는 담론이 다름 아닌 문학이지만, 자체의 '언어'가 지니는 한계에 눈이 멀거나 애써 외면한 채 이를 신비화하는 담론 역시 문학이다.

결국 문학이 해야 할 일은 두 가지로 정리될 수 있다. 첫째, 무엇보다 문학은 예지의 순간에 자신의 무지에 눈먼 채 자신의 예지를 신비화하려는 인간을 깨우쳐야 한다. 즉, 인식의 탈신비화로 유도해야 한다. 둘째, 문학은 인식의 탈신비화 과정에서조차 자체의 언어와 관련하여 자칫 빠져들기 쉬운 자기 신비화를 스스로 경계하고 밝혀야 한다. 달리 말해, 자체의 언어가 신비화에 경도되어 있는 것일 수 있음을 끊임없이 스스로 일깨워야 한다. 아니, 자체의 언어조차 탈신비화해야 한다. 자체의 언어까지도 탈신비화할 때 문학은 마침내 문학 본연의 것이 될 것이다.

본연의 문학 또는 진정으로 문학다운 문학을 추구하거나 탐구하는 일을 자신의 과업으로 선택한 사람들이 해야 할 바는 무엇일까. 그들이 취해야 할 마음 자세는 과연 어떤 것일까. 그들은 먼저 사유(思惟, reflection)를 위한 두 개의 거울을 마음속에 세운 다음 그 사이에 자기 자신을 세워야 할 것이다. 즉, 자신을 포함한 모든 인간의 깨달음 자체가 지니는 한계를 비춰보기 위한 사유의 거울과 자신의 것을 포함한 모든 문학의 언어에 내재된 한계를 비춰보기 위한 사유의 거울을 세운 다음 그 사이에 자신을 내던져야 한다. 말할 것도 없이, 두 거울이 서로의 이미지를 끊임없이 반복하여 생성하는 가운데 형성된 무한하고 현란한 가상 이미지의 세계를 누구도 피할 수 없을 것이고, 그로 인해 마음의 길을 잃을 수도 있다. 하지만 싫든 좋든 이처럼 마음의 길을 잃을 수도 있는 위험 속에 자신을 내맡겨야 하는 것이 문학을 선택한 사람들의 운명이기도 하다.

무한의 이미지들이 형성하는 미로 속에서 마음의 길을 잃지 않기 위해 그들이 할 수 있는 일은 무엇인가. 예지와 무지 사이를 넘나들다가 무지 속에 파묻히지 않기 위해 그들은 어찌해야 할까. 유감스럽게도 그들에게는 별도의 선택지(選擇肢)가 주어져 있지 않다. 그들에게는 다만 두 거울 속에 비친 이미지 어느 쪽에서도 눈을 떼지 않은 채 이를 집요하게 관찰하고 비판하는 일이 우선의 과제로 요구될 뿐이다. 그리고 이 같은 관찰과 비판은 결국 자신에 대한 성찰을 이끄는 것이 되어야 한다. 즉, 문학을 포함하여 그 모든 대상을 향한 비판 행위는 일차적으로 타자에 대한 분석과 이해를 목표로 하지만 궁극적으로 자신에 대한 각성과 성찰이 되어야 한다.

자기비판을 내재하지 않은 문학은 기껏해야 자기표현의 욕구를 자의적(恣意的)으로 해결하기 위한 관념의 유희, 또는 사소한 욕구 불만의 분출구에 머물 수 있다. 하지만 이 같은 위험에도 불구하고 쉽게 내칠 수 없는 매혹의 대상이 문학이기도 하다. 사이렌의 매혹적인 노래에 자신을 노출한 상태에서 그 매혹에 저항하는 율리시스와도 같은 존재가 바로 문학을 과업으로 택한 사람들이 아니겠는가. 율리시스의 길고 험한 항로가 고향 이타카로 되돌아가기 위한 것이듯, 그들의 머나먼 문학적 항로는 바로 자신에게로 되돌아가기 위한 것이리라. 자신을 향한 그들의 항로에는 항상 난파의 위험이 도사리고 있다. 예지가 무지에 함몰되어 난파될 수 있듯.

고백하건대, 끊임없이 난파의 위기에 몰리는 가운데 용케 여기까지 왔다. 그리고 아주 보잘것없기에 감히 예지라고 할 만한 것이 되지 못하는 작고 사소한 깨달음과 이해에 이끌리는 가운데 무지에 함몰되어 난파할 위험은 앞으로도 계속 떨칠 수 없을 것이다. 하지만 어찌 여정을 중도에서 포기할 수 있겠는가. 포기할 수 없기에 그간의 여정을 복기(復棋)하는 일도 멈출 수 없다. 이는 자신을 되돌아보는 소중한 절차이기 때문이다. 아니, 복기하는 가운데 과거의 커다란 무지가 선명하게 짚이기도 하겠지만 미래의 과제를 가늠할 수도 있기 때문이다. 이번의 평론집은 그와 같은 복기 작업의 결과물 가운데 일부다.

여기에 모은 글들은 다양한 지면을 통해 이미 발표한 것들이다. 하지만 평론집으로 묶으면서 글들을 어지럽히고 있는 커다란 무지를 조금이나마 거둬내려 했고, 필요한 경우 현재의 생각과 이해를 반영하여 광범위한 수정 및 보완 작업을 거쳤다. 그렇기에, 원래 글을 발표했던 지면을 따로 밝히지 않기로 한다. 다만 모더니즘·포스트모더니즘 논의를 담은 제4부의 글들은 하나의 주제를 둘러싸고 세월의 흐름과 함께 변조와 수정을 거친 나의 생각을 반영하는 것이기에, 출전을 밝히는 것이 마땅할 것이다. 이 자리에 수록된 네 편의 글은 각각 『외국문학』 1992년 여름호, 『문학과사회』 1999년 여름호, 『작가연구』 2003년 하반기호, 『유심』 2009년 5·6월호에 발표했던 것으로, 이들 글에 대해서도 필요하다고 판단될 때는 수정 및 보완 작업을 시도했다.

특히 이번의 평론집은 나에게 각별한 의미를 갖는데, 이제 비로소 컴퓨터와 인터넷이 일반화되어 있는 우리 시대의 글쓰기에 관한 논의뿐만 아니라 상당히 오랫동안 우리 문단에서 논쟁의 주제가 되었던 모더니즘·포스트모더니즘에 관한 그동안의 입장을 한자리에 정리할 수 있었기 때문이다. 물론 모더니즘·포스트모더니즘을 둘러싼 논의는 이미 시효가 지났다고 판단하는 사람이 적지 않을 것이다. 하지만 이를 둘러싼 논쟁이 뜨거웠던 당시의 우리 문학뿐만 아니라 그 이후의 문학에 접근하고자 할 때 이에 대한 이해는 거쳐야 할 길목과도 같다. 아니, 거치면 길을 찾는 데 도움이 되는 여행 안내소와 같은 것일 수도 있다.

이번 평론집을 출간하는 데 많은 분의 도움이 있었다. 그분들 가운데 특히 평론집 출간을 허락해주신 강태형 전 사장님 및 출간이 이루어지도록 지원과 격려를 아끼지 않은 류보선 교수와 서영채 교수에게 온 마음으로 감사의 인사를 올린다. 아울러, 지난 2015년 후반 한국문화예술위원회의 지원을 받아 토지문화관에 머물면서 이번 평론집의 원고 정리 작업을 상당 부분 진행할 수 있었거니와, 이에 한국문화예술위원회와 토지문화재단에도 깊은 감사의 뜻을 전한다. 마지막으로 평론집의 체제 확립 및 깔끔하고 완벽한 원고 교정 작업에 힘을 아끼지 않은 문학동네 편집부의 이경록 선생에게도 여일한 마음으로 감사의 뜻을 전한다. 언제나 말하듯, 만일 이번 평론집에 무언가 오류가 있다면, 이는 전적으로 글을 쓰고 최종 교정 작업을 한 나의 책임이다. 오류가 눈에 띄면 따끔하게 지적해주시기를 독자 여러분께 당부한다.

2017년 새해 첫날
관악산 기슭의 연구실에서
장경렬

제3부 / 우리 시대의 소설 텍스트를 찾아서

제4부 / 모더니즘·포스트모더니즘 논의, 그 궤적을 따라

일러두기

1. 인명, 지명 등 외래어는 국립국어원의 외래어표기법을 따랐다. 단 외래어표기법이 제시되지 않거나 널리 통용되는 표기법과 상이할 경우 저자의 의견을 따랐다.
2. 인용문의 표기는 대체적으로 원전의 원칙을 따랐으나 명백한 오자나 띄어쓰기는 현행 원칙을 따랐다.

1부 /

컴퓨터 시대의 글쓰기,
그 가능성을 찾아서

컴퓨터로 글쓰기, 무엇이 문제인가

1. 무엇이 문제인가

서기 1999년 5월, 미국의 "컴퓨터와 글쓰기를 위한 모임"(Alliance For Computers and Writing)이 주최한 제15차 회의에서 『액세스』(*Axcess*)의 편집장으로 일하고 있는 시리우스(R. U. Sirius)는 기조연설을 통해 워드 프로세서, 인터넷의 개입으로 인해 글쓰기가 어떤 변화를 겪게 되었는가를 진단한 바 있다. 그의 진단과 이어지는 논의는 대체로 글쓰기에 종사하는 사람들의 역할이나 글의 존재 유형의 변화에 관한 것이었다. 한편, 같은 모임의 또 다른 기조연설을 통해 텍사스 공과대학의 작문 교수인 프레드 켐프(Fred Kemp)는 컴퓨터로 글을 쓰고 인터넷을 통해 이를 확산하는 일이 일반화된 디지털 혁명의 시대에도 능력 있고 헌신적인 교사들에 대한 수요는 줄지 않을 것임을 역설하였다. 예컨대, 컴퓨터로 글을 쓰는 자리가 교사의 일방적 통제에서 벗어나 학생들이 자율적으로 융통성 있게 글을 쓰고 배우는 자리가 되도록 유도함으로써 교사는 여전히 의미 있는 존재가 될 수 있음을 암시하였다.

사실 컴퓨터와 글쓰기를 관련지을 때 미국에서 진행된 대부분의 논의는 이상의 예에서 보듯 대체로 '거시적 관점'에서 이루어진 것이라고 할 수 있다. 말하자면, 컴퓨터가 구체적으로 글쓰기 행위에 어떠한 변화를 가져다주었는가에 대한 미시적 탐구보다는 컴퓨터와 글쓰기가 연계됨으로써 글쓰기의 위상과 유형에 어떤 변화가 일게 되었는가에 초점이 맞춰진 것이다. 따지고 보면, 자판만을 두고 볼 때는 컴퓨터와 다를 바 없는 타자기로 글을 쓰는 일에 이미 익숙해 있던 미국 문화권의 경우, 컴퓨터에 의한 글쓰기가 얼마만큼 새로운 형태의 글쓰기인가와 같은 물음은 그렇게 절박한 것이 아니었을 수도 있다. 하지만 연필이나 펜이 아닌 컴퓨터라는 전혀 새로운 '필기도구'를 이용하여 글을 쓰는 일이 얼마만큼 새로운 세계 체험인가라는 물음은 여전히 중요한 것이 될 수 있다. 컴퓨터를 이용해 글을 쓰는 일 자체가 이른바 '필기도구의 혁명'이라는 맥락에서 논의가 가능하기 때문이다. 그리고 이 문제는 타자기 문화가 일반화되어 있지 않던 우리나라의 경우에는 보다 더 절실한 것일 수 있다. 이 같은 필기도구의 혁명이 가져다준 심리적/문화적 충격은 아마도 붓으로 글을 쓰다가 연필이나 만년필로 글을 쓰게 되었던 때 사람들이 겪었던 것보다 한결 더 큰 것이었으리라. 하지만 이와 관련하여 어떤 문제 제기도 없기는 우리 쪽도 마찬가지다. 부분적으로는 컴퓨터로 글을 쓰는 일 자체에 익숙해지고자 할 때 마음의 여유를 부릴 수 없기 때문인지도 모르며, 부분적으로는 어느 사이에 자기도 모르게 이미 컴퓨터로 글을 쓰는 일 자체에 익숙해져 있기 때문인지도 모른다.

그 이유가 무엇이든, 컴퓨터로 글을 쓰는 일이 우리의 글쓰기 행위 자체에 어떤 변화를 가져다주었고, 문제가 있다면 어떤 점이 문제인가를 적어도 한번쯤은 생각해보아야 하지 않을까. 본고는 바로 이런 문제의식에서 작성된 것이다. 말하자면, 컴퓨터에 의한 글쓰기가 이미 일반화되어 있는 디지털 시대에 대한 모든 전망에 앞서 컴퓨터가 글쓰기 행위 자체에 미친 영향에 대해 생각해보고자 하는 것이다. 아마도 이 같은 논의가 제대로 이루어질 수 있다면, 이는 미국뿐만 아니라 우리나라에도 활발하게 일고 있는 디지털 시대의 문화와 문학에 대한 거시적 논의에 보완의 의미를 갖게 될 것이다.

2. 글쓰기와 컴퓨터

무엇보다 먼저 생각해보아야 할 문제는, '컴퓨터로 글을 쓴다'는 말과 '연필이나 펜, 또는 붓으로 글을 쓴다'는 말 사이에는 어떤 차이점과 유사점이 존재하는가일 것이다. 사람들은 일반적으로 연필이나 펜 또는 붓으로 글을 쓴다 말하듯, 컴퓨터로 글을 쓴다 말하기 때문이다. 혹은, 타자기로 글을 쓴다고 말하듯, 컴퓨터로 글을 쓴다고 말하기 때문이다. 요컨대, 컴퓨터는 이미 앞에서 지적한 바와 같이 연필이나 펜, 붓, 또는 타자기와 마찬가지로 '일종의 필기도구'로 이해되고 있다. 그렇다면, 사람들은 실제로 타자기라든가 연필, 펜, 또는 붓으로 글을 쓰듯 컴퓨터로 글을 쓰는가. 말하자면, 컴퓨터는 우리가 이제까지 필기도구로 생각해왔던 것과 동일한 의미에서의 '필기도구일 수' 있을까. 이 같은 질문을 던지는 이유는, 우리가 컴퓨터를 필기도구로 이해한다고 해서 여타의 필기도구를 대했던 것과 마찬가지의 태도로 컴퓨터를 대하기란 어렵기 때문이다.

글을 쓰기 위한 도구라는 실용적 관점에서 본다면, 컴퓨터나 타자기, 연필이나 펜, 붓은 모두 동일한 도구로 이해될 수 있다. 하지만 형식적 측면에서 본다면, 연필이나 펜, 붓은 컴퓨터나 타자기와 구분되지 않을 수 없다. 즉, 전자는 모두 '손가락으로 쥐고 종이 위나 물체의 표면 위에 글(또는 글씨)을 쓰기 위한 도구'다. 반면 타자기나 컴퓨터는 자판의 키(key)를 조작함으로써 글이 종이나 화면 위에 나타나게 하는 장치다. 한편, 타자기를 사용하는 경우와 달리 컴퓨터를 사용하는 경우, 최초의 행위인 키 조작과 그 행위의 최종 산물에 해당하는 종이 위의 활자화 또는 인쇄물화 사이에는 시간차가 존재한다. 현재로선 컴퓨터의 키를 조작함으로써 우리가 일차적인 결과를 확인하는 데는 모니터라는 인터페이스 (interface)가 이용된다. 비록 컴퓨터의 키를 조작함과 동시에 모니터의 화면에 글자가 나타나긴 하지만, 화면의 글자는 어디까지나 수정이 가능한 잠정적인 것으로, 타자기라든가 그 외의 필기도구에 의한 문자화와는 구별되어야 한다. 글을 쓰는 행위와 활자화 사이에 존재하는 바로 이 시간차를 이용하여 사람들은 자신의 글을 얼마든지 새롭게 고칠 수 있거니와, 글쓰기의 행위는 예기치 않았던 전혀 새로운 가변성을 획득하게 된 것이다. 결국 이 같은 가변성으로 인해 컴퓨터는 이제까지 우리가 필기도구로 생각해왔던 것들과 전혀 다른 의미에서의 필기도구다. 우리가 글쓰기 도구로서의 컴퓨터를 새삼스럽게 문제 삼는 이유는 여기에 있다. 즉, '컴퓨터로 글쓰기'라는 말은 단순히 필기도구의 변화를 암시할 뿐만 아니라, 글쓰기의 과정 자체의 변화까지 암시하는 것이다.

물론 컴퓨터가 글쓰기의 과정에 가져다준 변화와 그 영향에 대하여 초창기부터 다각적인 연구가 이루어져왔던 것도 사실이다. 특히 컴퓨터의 문서 편집 기능에 대한 인간의 반응이라든가, 또는 글쓰기의 과정에 문제되는 인간의 인지능력과 관련하여 많은 연구가 진행되어왔다. 하지만 이들 연구는 보다 더 개선된 프로그램의 설계를 위한 실용적 준비 작업으로서의 성격을 띠는 경우가 많다.[1] 아울러, 로손(Mary Beth Rosson)의 지적대로 "인위적인 환경에서 관찰된 행동"을 연구 대상으로 삼고 있듯, 또한 카드(S. K. Card)와 로버트(J. M. Robert), 키넌(L. N. Keenan)의 공동 연구에서 문제가 제기되고 있듯,[2] "독창적 글쓰기의 과정"에 관한 연구

---

1) 대표적인 예를 들면 다음과 같다: C. R. Cooper & L. Oddell, eds., *Research on Composing: Points of Departure* (Urbana, IL: National Council of Teachers of English, 1978); Stuart K. Card, Thomas P. Moran, & Allen Newell, *The Psychology of Human-Computer Interaction* (Hillsdale, NJ: Lawrence Erlbaum, 1983); L. W. Gregg & E. R. Steinberg, eds., *Cognitive Processes in Writing* (Hillsdale, NJ: Lawrence Erlbaum, 1983).

2) Mary Beth Rosson, "The Role of Experience in Editing," *Human-Computer*

는 아니다.[3] 요컨대, 개선된 프로그램의 설계라는 실용적 목적을 떠나 '컴퓨터로 글쓰기'라는 작업 자체에서 본질적으로 제기되는 문제들을 다루되, 컴퓨터를 사용하여 "독창적"인 글을 쓰는 작가나 학자가 실제의 상황에서 부딪히는 문제들을 규명한 연구는 찾아보기 어렵다고 해도 과언이 아니다. 이런 관점에서 보면, 카드, 로버트, 키넌의 공동 연구에는 각별한 주목이 요청된다.

컴퓨터와 펜, 구술(口述) 등의 수단을 이용하여 편지를 쓰는 경우에 걸리는 시간을 비교한 굴드(J. D. Gould)의 보고서[4]에 의하면, 짧은 편지를 쓸 때라면 컴퓨터를 이용하는 것보다는 펜으로 쓰는 경우 시간도 덜 걸리고 수정도 덜 하게 된다. 하지만 글 자체의 질적 차이는 확인되지 않는다는 것이다. 이러한 실험 결과의 타당성을 확인하기 위해 카드, 로버트, 키넌은 유사한 형태의 실험을 수행한 바 있다.[5] 이들에 의하면, 굴드가 이미 확인한 바와 같이, 결과적인 글 자체에는 별다른 질적인 차이가 확인되지 않지만, 컴퓨터로 쓸 경우 펜으로 쓸 경우보다도 더 많은 수정을 하게 된다는 것이다. 하지만 굴드의 보고와는 달리 카드 등은 컴퓨터를 사용하든 펜을 사용하든 글을 쓰는 데 걸리는 시간은 대체로 비슷하다고 한다. 결국, "종이와 펜은 간결하고도 신속하며 유연한 필기도구이지만, 뛰어난 컴퓨터용 글쓰기 프로그램이 이 간단한 기준에 미달해서도 안 되며, 또한 우리의 결과에 의하면 그럴 필요도 없다"[6]는 것이 그들의 결론이다.

Interaction—*Interact '84*, ed. B. Shackel (Amsterdam: North-Holland, 1985), 45쪽.

3) S. K. Card, J. M. Robert, & L. M. Keenan, "On-Line Composition," *Human-Computer Interaction—Interact '84*, ed. B. Shackel (Amsterdam: North-Holland, 1985), 51쪽.

4) J. D. Gould, "Experiments on Composing Letters: Some Facts, Some Myths, and Some Observations," *Cognitive Processes in Writing*, ed. L. W. Gregg & E. R. Steinberg, 97-128쪽.

5) Card, Robert, & Keenan, 52-55쪽 참조.

6) Card, Robert, & Keenan, 55쪽.

과연 이 같은 낙관론을 그대로 신뢰해도 될까. 우리가 여기서 유의해야 할 점은, 표본 조사에 의한 굴드의 실증적 관찰 역시 표본 조사에 의한 카드 등의 실증적 관찰에 의해 수정되고 있듯, 표본 조사에 의한 실증적 연구는 항상 새로운 자료와 새로운 실험 결과에 따라 수정되지 않을 수 없다는 사실이다. 사실 실증론이나 경험론에 근거한 모든 연구는 '무한 퇴행'(regressus in infinitum)이라는 질곡에서 헤어나기 어렵다는 점을 굳이 거론할 필요가 없으리라. 다만 편지 쓰기와 같은 글쓰기 작업이 글쓰기의 전부가 아니라는 점만을 거론하더라도 충분히 이 같은 낙관론에 대한 정당한 이의 제기가 될 수 있을 것이다. 요컨대, 글쓰기란 무한한 상상력과 엄밀한 논리를 요구하는 힘겨운 작업일 수 있으며, 따라서 인위적인 상황 설정에 의거하여 수행하는 관찰과 실험으로는 규명하기 어려운 작업일 수 있다. 그럼에도 불구하고, 이미 확인한 바와 같이, 글쓰기라는 개념을 극도로 단순화시킴으로써 사람들은 '컴퓨터는 그 어떤 필기도구에도 뒤지지 않는 뛰어난 필기도구'라는 논리를 앞세운다. 사실 그러한 논리 자체는 문제가 되지 않는다. 문제가 되는 것은 이 같은 논리의 이면에 숨어 있는 또 하나의 논리—즉, '컴퓨터는 모든 조건에서 여타의 필기도구에 뒤지지 않는 뛰어난 필기도구일 뿐만 아니라, 다른 필기도구에선 찾아볼 수 없는 별개의 잠재력까지 지니고 있다'는 논리—다. 물론 이 같은 논리 역시 문제가 되지 않을 수도 있다. 하지만 우리는 이런 종류의 논리가 컴퓨터에 대한 일방적인 낙관론을 정당화하기 위한 방편이 될 수 있다는 점을 간과해서는 안 된다. 물론 이렇게 말한다고 해서 글쓰기 도구로서의 컴퓨터의 가능성 그 자체를 완전히 부정하자는 뜻은 아니다. 다만 컴퓨터에 대한 일방적 낙관론에 젖어 있는 가운데 우리가 정작 문제시해야 할 핵심적 문제들을 지나쳐버릴 수 있다는 점을 지적하고자 할 따름이다.

요컨대, 컴퓨터와 컴퓨터 프로그램의 기능을 개선하기 위한 다방면의 연구에도 불구하고, 컴퓨터에 의한 글쓰기와 관련하여 여전히 논의되어야 할 핵심적인 문제들은 얼마든지 있다. 또한 인문학과 사회과학 분야에 종사하는 학자와 창작 분야에 종사하는 작가 사이에는 컴퓨터 사용이 이미 기정사실화되었거니와, 언제라도 이 같은 문제들에 대해 깊은 논의가 이루어져야 할 것이다. 혹시 인문학 또는 사회과학 분야에 종사하고 있는 학자나 문학작품을 창작하는 작가가 앞서 말한 일방적 낙관론에 젖어, 혹은 단순히 편리하다는 이유 하나만으로 별다른 생각 없이 컴퓨터에 의존하고 있는 것은 아닐까. 이 물음에 답하기 위해서는 앞서 검토한 것과 전혀 다른 접근 방법이 요구된다는 것이 우리의 판단이다. 논의 자체가 산만한 것이 될 수도 있다는 위험을 무릅쓰고 우리가 굳이 추론적 사유 과정에 의지하려고 하는 이유는 여기에 있다. 즉, 단순화라는 위험보다는 차라리 산만함이라는 위험을 택함으로써 문제의 핵심에 보다 더 가깝게 접근할 수 있으리라는 것이 우리의 판단이다. 우리의 논의는 논자가 처음 컴퓨터를 사용하여 글을 쓰기 시작했던 시절에 대한 기억을 더듬는 데서 시작될 수도 있으리라.

3. 필기도구로서의 컴퓨터

지난 1980년대 초 막연하게나마 '워드프로세서'라는 것의 잠재적 효용성을 믿고서, 또한 당시 논자의 직장 동료였던 인하대학교의 전산학과 교수가 복사해준 탠디 TRS80용 워드프로세서를 가방에 챙겨넣고, 논자는 미국 유학을 떠났다. 도저히 타자기나 펜으로 글을 써가지고는 미국에서의 영문학 공부가 수월치 않을 것이라는 예감과 함께, 동시에 이 탠디 TRS80용 워드프로세서의 잠재력에 대한 믿음으로 인해 적으나마 위안을 느끼면서, 유학 생활을 시작하게 되었던 것이다. 하지만 이 프로그램을 한 번도 사용해볼 기회를 얻지 못한 채 논자의 유학 생활은 끝났다. 미국에 도착했을 당시에는 엄청난 가격으로 인해 개인용 컴퓨터를 구입하는 일은 도저히 현실적으로 가능하지 않았을 뿐만 아니라, 시간이 상당히 지나서 개인용 컴퓨터의 구입이 가능하게 되었을 때에는 가지고 갔던 워드프로세서가 이미 구시대의 유물이 되고 말았기 때문이다. 사실 논자가 유학 생활을 시작했을 당시에는 미국에서도 개인용 컴퓨터가 글쓰기 도구로 널리 보급된 것은 아니었다. 논자의 기억으로는, 1984년 초여름 애플(Apple)사가 매킨토시(Macintosh)[7]를 몇몇 대학 내에서 파격적 가격으로 보급하기 시작한 후, 또한 비슷한 시기에 IBM의 개인용 컴퓨터 호환 기종이 저렴한 가격으로 널리 보급되기 시작한 후, 컴퓨터를 사용한 글쓰기가 비로소 교수와 학생들에게 일반화되기 시작했던 것이다. 그렇다고 해서, 논자에게 컴퓨터로 글을 쓸 기회가 그만큼 늦게 찾아왔다는 말은 아니다. 미국에 도착하여 공부를 시작하자마자 수소문 끝에 교내에 설치된 IBM사의 '3080'이라는 대형 컴퓨터의 사용법을 익히게 되었고, 그 이후 유학 생활을 마칠 때까지 줄곧 이 '3080'은 논자에게 없어서는 안 될 필기도구가 되었던 것이다. 만일 이 새로운 형태의 필기도구가 없었다면? 그러한 상황을 상상하기 어려울 정도로 논자의 경우 컴퓨터에의 의존이 거의 절대적이었다.

하지만 컴퓨터에 의지하여 글을 쓰기 시작하고 얼마간의 시간이 지났을 무렵 의식의 전환을 가져다준 작은 일이 발생했다. 당시 논자가 다니던 대학의 교내 신문을 훑어보다가 우연히 어떤 인터뷰 기사와 마주치게 되었다. 컴퓨터 분야에서의 연구를 인정받아 노벨상을 수상한 어떤 교수

---

7) 당시의 매킨토시에는 모토롤라(Motorola)의 7.8336MHz의 스피드를 갖는 32비트짜리 프로세서 'MC68000'이 사용되었으며, 128K의 RAM 및 64K의 ROM이 내장되어 있었다. 이미 과거의 이야기가 되고 말았지만, 매킨토시는 마우스를 효율적으로 채용한 최초의 컴퓨터(마우스는 1960년대 Stanford Research Instititue의 Douglas Engelbert가 최초로 고안한 것임)로서, 메뉴 방식의 운용 체계와 뛰어난 그래픽 기능으로도 기억될 만한 것이었다. 이 컴퓨터의 기능에 대한 보다 자세한 논의를 위해서는 *Macworld: The Macintosh Magazine* 창간호(1984년 2월), 16-41쪽 참조.

와의 인터뷰가 소개되었는데, 기자가 찾아갔을 때 그는 만년필로 무언가를 쓰고 있더라는 것이다. 컴퓨터의 '대가'가 전근대적인 필기도구를 사용하고 있다니! 당연히 기자는 '대가'에게 다음과 같이 물어본다. 무슨 이유로 컴퓨터의 워드프로세서 기능을 제쳐두고 구식의 필기도구로 글을 쓰는가라고. 뜻밖에도 컴퓨터의 '대가'는 워드프로세서에 대한 회의론을 제기한다. 기자가 인터뷰를 마치고 나가려 하자, 그 '대가'는 만년필이라는 구식 필기도구를 다시 집어들더라는 것이다. 대강 그와 같은 내용이었다.

당시 컴퓨터의 워드프로세서 기능을 사용하는 데 어느 정도 재미를 들이기 시작했던 논자에게 이 같은 '대가'의 반응은 놀라운 것이었다. 아마도 앞에서 회상했던 인터뷰 기사가 오랫동안 기억에 남아 있게 된 것은 이 때문일 것이다. 비록 컴퓨터를 사용하면서 이 기계의 '고지식함'으로 인해 적지 않게 애를 먹기는 했지만, 컴퓨터 자체가 보장해주는 글쓰기 작업의 편리함에 매료되어 있던 논자에게 그 교수의 회의론은 참으로 뜻밖의 것이었다. 하지만 계속해서 컴퓨터를 사용하면서 논자는 그 교수의 회의론을 차츰 이해할 수 있게 되었다. 즉, 컴퓨터로 글을 쓴다는 일은 단순히 더 편리한 필기도구를 선택했다는 의미만을 갖는 것이 아니라는 점을 깨닫게 된 것이다. 편리함을 얻는다는 명분 아래, 우리는 이전의 필기도구가 우리에게 약속했던 글쓰기의 미덕을 너무도 많이 또는 쉽게 잃어버리게 된 것 아닐까.

무엇보다 컴퓨터의 위력에 상당한 정도 압도되면서도 논자는 이 컴퓨터라는 것이 글에 대한 성취감을 빼앗아가버린다는 사실을 차츰 깨닫게 되었다. 즉, 컴퓨터를 사용해서 글을 쓰는 경우, 펜으로 글을 쓰는 경우에 느낄 수 있는 정도의 성취감을 쉽게 주지 않는다는 점을 지적할 수 있을 것이다. 우선 펜으로 종이 위에 글을 쓰는 경우, 우리는 이른바 초고라는 것을 만들게 된다. 이어서, 어느 정도 고치고 다시 고친 후에 이를 정서한다든가 타이핑을 하게 된다. 물론 그 과정에도 역시 다시 고칠 수는 있지만, 일단 정서나 타이핑이 끝났을 때 우리는 무언가를 완성했다는 성취감을 느끼게 된다. 비록 이런 과정을 거치지 않고 처음부터 최종 원고를 작성하는 경우도 있긴 하지만, 또한 다시 고쳐 써야 할 것이라는 불안감을 느낄 때도 있지만, 어쨌든 이로써 일정한 단계의 작업을 끝냈다는 느낌을 가질 수 있게 된다. 하지만 컴퓨터는 이 같은 종류의 성취감을 두 가지의 측면에서 끝까지 허락하지 않는다. 첫째, 글을 쓰는 과정에 초점을 맞추어보는 경우, 생각이 구절 하나하나 또는 문장 하나하나를 단위로 단속적으로 전개될 수 있다는 점을 지적할 수 있다. 바꿔 말해, 방금 써놓은 구절 또는 문장 하나하나가 모두 잠정적인 것이고, 따라서 얼마든지 그 자리에서 다시 고치고 다듬을 수 있기 때문에, 생각은 이미 써놓은 구절이나 문장 위에 머문 채 앞으로 나가지 못하는 경우가 흔히 있을 수 있다. 요컨대, 글은 구절이나 문장을 단위로 하여 단편적으로 진행될 수 있으며, 생각은 이미 써놓은 것은 제쳐놓고 앞을 향하여 나아가는 것이 아니라 방금 쓴 구절 위를 맴돌거나 심한 경우 이미 써놓은 글 쪽을 향해 퇴행적으로 되돌아가기까지 한다. 둘째, 완성된 글에 초점을 맞추더라도 사정은 크게 달라지지 않는다. 여전히 다시 고쳐 쓸 기회가 있고 따라서 글을 개선할 수 있다는 느낌을 버릴 수 없는 이상, 결코 미완의 느낌을 떨칠 수 없다. 보다 심각한 문제는 완성된 글을 다시 고쳐 쓰더라도 여전히 다시 고쳐 쓸 수 있다는 느낌을 떨칠 수 없다는 데 있다. 컴퓨터 안의 글이 본질적으로 잠정적인 것인 한, 이제까지의 필기도구들이 우리에게 강요하던 '어느 선에서의 멈춤'이란 미덕은 사라지게 된 것이다. 셰익스피어의 『맥베스』에서 맥베스 부인이 말하듯 "끝난 일은 되돌릴 수 없다"(What's done cannot be undone—5막 1장)는 것이 이제까지 우리의 통념이었다. 이제는 '끝난 일은 항상 되돌릴 수 있다'(What's done can always be undone)는 느낌과 함께, 컴퓨터는 인간의 시간적 운명과 질서는 유보되거나 거부될 수도 있다는 그릇된 환상을 우리에게 심어주게 된 것이다. 하지만 이 같은 환상은 물론, 사르트르(Jean Paul Sartre)의 용어를 빌리자면, 인간의 존재 상황에 대한 "그릇된 믿음"에서 나온 것이라고 할 수 있다.

요컨대, 컴퓨터의 메모리 속에 항상 유보 상태로 남아 있는 글이 컴퓨터 글쓰기의 어려움을 확인케 하는 가장 근본적인 단서가 될 수 있을 것이다. 하지만 문제가 되는 것은 유보 상태에 있는 미완의 잠정적인 글 자체가 아닐 것이다. 어차피 보다 거시적인 시간적, 역사적 맥락에서 보면, 궁극적인 의미에서의 완결이란 불가능한 것이기 때문이다. 문제는 컴퓨터가 다른 종류의 필기도구에 비해 더욱더 심각하게 글쓰기의 과정에서 사고의 단편화를 조장하고, 이러한 단편화를 극명하게 드러낸다는 사실에 있다. 아마도 그 원인을 우리는 이미 앞에서 지적한 바와 같이 컴퓨터가 구절 단위 또는 문장 단위로 글을 쓰도록 유도한다는 데서 찾을 수 있을 것이다. 하지만 몇 가지의 복합적 원인을 동시에 생각하지 않는다면, 우리는 그와 같은 단편화의 본질을 총체적으로 파헤칠 수는 없을 것이다. 이와 관련하여 우리가 각별히 주목해야 할 것이 이른바 '터널 비전' (tunnel vision)이라는 개념이다.

우리가 차를 몰고 어떤 터널에 들어가게 되었을 때 우리가 볼 수 있는 세계란 다만 터널 끄트머리에 열려 있는 세계일 따름이다. 터널 출구의 모양에 따라 한정된 세계만이 우리에게 보일 뿐인 것이다. 우리는 물론 터널이 한정적으로 보여주는 세계가 세계의 전부가 아니라는 점을 잘 알고 있다. 그럼에도 불구하고, 만일 우리가 터널 속에서 빠져나올 수 없는 경우, 우리는 그 터널이 한정하여 보여주는 자료를 근거로 하여 바깥 세계를 이해하고 판단하지 않을 수 없다. 만일 터널 속에 들어와 있다는 점을 우리가 의식한다면, 크게 문제될 것이 없을는지 모른다. 우리의 판단에 한계가 있다는 점을 쉽게 인정할 수 있기 때문이다. 하지만 우리가 만일 터널 속에 들어와 있으면서도 터널 속에 들어와 있다는 점을 의식하지 못한다면? 그 경우 우리의 판단에는 매우 심각한 오류가 뒤따르게 될 것이다. 말하자면, 우리는 '우물 안의 개구리'가 되지 않을 수 없다. 컴퓨터가 '우물'이라면 우리는 '개구리'인 셈이다. 보다 더 정확하게 표현하자면, 컴퓨터의 화면은 '우물'이 한정하여 보여주는 세계이고, 우리는 이 세계에 나타나는 현상을 관찰하는 '개구리'인 셈이다. 하지만 우리 자신이 '우물 안의 개구리'라는 점을 의식하지 못하는 데 문제의 심각성이 놓인다.

컴퓨터를 사용해서 우리가 글을 쓸 때, 컴퓨터 화면은 한 장의 종이 같은 역할을 하는 동시에, 바로 이 같은 터널이나 우물과 같은 역할도 한다는 사실을 잊지 말아야 할 것이다. 우리가 종이 위에 글을 쓰는 경우, 이제까지 몇 장의 글을 썼다고 하더라도 이미 써놓은 글은 현재 쓰는 글과 공간적으로나 시간적으로 동시에 존재한다. 즉, 공간적으로 나란히 놓기만 하면 앞부분을 참고하기 위해 별도의 시간을 들이지 않아도 된다. 말하자면, 글에 대한 전체적인 조망이 항상 가능하다. 하지만 컴퓨터의 경우, 우리에게 현재 주어지는 세계는 화면이 그 크기에 따라 한정적으로 보여주는 세계일 따름이다. 물론 키를 몇 개 조작함으로써 이미 써놓은 글로 되돌아갈 수도 있다. 하지만 이 경우 이미 써놓은 글로 되돌아가기 위해서는 단 얼마간이라도 시간의 경과가 필요할 뿐만 아니라, 현재의 글이 숨어버리고 만다는 데 또 하나의 문제가 있다. 물론 컴퓨터에는 화면을 둘로 나누는 기능이 있고, 이를 이용하여 이미 써놓은 부분의 글과 현재 쓰고 있는 부분의 글을 동시에 볼 수도 있다. 하지만 이 경우에도 문제가 없는 것이 아니다. 화면의 반분으로 인해, 주어지는 정보의 양이 반으로 줄어들 뿐만 아니라, 여전히 글은 전체로서 주어지지 않고 다만 단편적으로 우리에게 제시될 뿐이다. 따라서 우리의 글쓰기가 화면의 크기에 의해 통제된다는 상황은 크게 개선되지 않는다. (최근에는 모니터를 동시에 두 대 사용할 수도 있게 되어 이 같은 문제점이 어느 정도 극복된 것도 사실이지만, 여전히 종이에 글을 쓸 때와 같은 무한의 자유를 누릴 수 없는 것도 사실이다.)

마치 술에 취한 사람이 이미 한 말을 자꾸 되풀이하듯, 컴퓨터로 글을 쓸 때 앞에서 한 말을 자꾸 되풀이하는 경향이 있음은 아마도 이 때문일 것이다. 말하자면, 화면 단위로 글을 쓰다보니 이미 앞에서 어떤 말을 했다는 사실을 잊은 술주정꾼처럼, 우리의 기억 세계는 화면 단위로 나뉘게 되고 화면이 바뀜으로 인해 이미 어떤 말을 했다는 사실을 잊게 되는 것이다.

이러한 한계를 극복하기 위해 프린터를 이용할 수도 있다. 이미 써놓은 글을 자주 프린터로 인쇄하여 봄으로써 글에 대한 전체적인 조망을 할 수도 있으리라. 하지만 이 경우에도 문제는 여전히 남는다. 비록 컴퓨터를 사용하여 글을 쓰는 경우 항상 미완의 느낌에 시달려야 함에도 불구하고, 일단 프린팅의 과정을 거치게 되면 활자화의 마력에 끌리지 않을 수 없다. 펜을 사용하여 쓴 초고—또는 심지어 타자기를 사용하여 작성한 초고—와는 달리, 프린팅의 과정을 거친 컴퓨터의 초고는 초고임에도 불구하고 깔끔하고 깨끗하며 어디에도 빈틈이 없는 것처럼 보인다. 따라서 나중에 다시 보면 문제점이 혹시 눈에 뜨일는지 몰라도, 현재로서는 모든 것이 완벽한 것처럼 보일 수 있다. 문제가 있는 것으로 보여야 할 부분도 품위가 있어 보임으로써, 적절한 수정을 불가능하게 할 수 있는 것이다.

하지만 프린터를 사용하여 인쇄해낸 원고를 활자화의 마력이라는 측면에서만 논의할 수는 없다. '깔끔하고 깨끗하며 어디에도 빈틈이 없는 것처럼 보인다'는 말은 양면적으로 해석될 수 있기 때문이다. 마치 동전 앞면과 뒷면과 같이, 활자화란 글의 신비화를 유도하는 과정일 수도 있지만, 동시에 글의 비개성화를 유도하는 과정일 수도 있다. 즉, 컴퓨터로 쓴 글에는 글쓴이의 개성과 감정이 쉽게 드러나지 않는다. 만일 산업화된 현대 사회가 안고 있는 문제 가운데 하나가 인간의 몰개성화와 기계적 정형화라면, 컴퓨터를 사용한 글쓰기는 바로 이러한 상황을 단적으로 드러내 보이는 예가 될 수 있다. 글의 몰개성화와 기계적 정형화는, 어떤 의미에서 본다면, 인문학의 원동력인 창조력과 상상력 자체의 빈곤화와 다를 것이 없으리라.

사실 이러한 문제는 글쓰기의 과정 자체에도 적용된다. 펜을 사용하여 글을 쓰는 경우, 우리는 자신의 그때그때 감정이나 느낌을 글 자체에 반영하게 된다. 펜으로 글을 쓰는 경우 우리는 급하게 흘려 쓰거나 또는 또박또박 눌러 쓰기도 하며, 심지어 글자 하나하나도 당시의 느낌에 따라 필압(筆壓)이 달라질 수 있다. 말하자면, 글씨가 예쁘다거나 밉다거나 투의 차원을 벗어나 글씨 하나하나는 살아 숨 쉬는 인간의 감정을 있는 그대로 반영하며, 이에 따라 글은 인간의 감정과 함께 살아 숨 쉬게 된다. 우리가 어떤 작가의 친필 원고를 소중하게 여기는 까닭은 바로 여기에 있는 것 아닐까. 하지만 컴퓨터를 사용하는 경우 글을 쓰는 사람의 느낌과 감정은 무화(無化)된다. 물론 글을 쓸 당시의 감정과 느낌에 따라서 우리는 컴퓨터의 키를 살짝 누를 수도 있으며 힘 있게 때릴 수도 있다. 하지만 결과적으로 남는 것은 키가 지시하는 전자적 정보일 따름이다. 감정과 느낌이 무화된 채 전자적 정보만 화면에 나타날 때 글을 쓰는 사람은 항상 무언가 미진하다고 느끼지 않을 수 없다. 이 무화된 감정과 느낌을 어떻게든 글 속에 담기 위해 그가 할 수 있는 일이란 무엇일까. 무화된 그 무언가를 담기 위해 끊임없이 글을 늘리는 수밖에 없을는지 모른다. 컴퓨터를 사용하여 쓰는 글들이 맥없이 길어지는 이유 가운데 하나는 여기에 있는 것 아닐까.

아무튼, 감정과 느낌을 무화하는 컴퓨터 앞에서 무언가를 보충해야 한다는 투의 조급성을 우리가 무의식적으로나마 느끼지 않을 수 없고, 그리하여 한없이 글을 늘리려는 본능이 작용한다 하더라도, 글 쓰는 사람이 쉽게 지쳐버린다면 어찌 될 것인가. 여기서 타자기의 경우를 생각하지 않을 수 없다. 컴퓨터와 마찬가지로 타자기를 사용할 때에도 글 쓰는 사람의 감정은 쉽게 드러나지 않는다. 물론 재래식 수동 타자기의 경우에는 그러한 감정과 느낌이 타압(打壓)에 따라서 키를 통해 종이 위에 전달될 수도 있다. 하지만 전동 타자기나 전자식 타자기의 경우에도 컴퓨터와 마찬가지로 감정과 느낌이 무화된 정보만 남지 않는가. 그렇다고 해서, 타자기를 사용하는 경우에도 컴퓨터를 사용할 때와 마찬가지로 글이 맥없이 길어지는가. 아마도 그렇게 되지는 않을 것이다. 그 이유는 무엇인가. 이와 관련하여 우리는 먼저 펜을 사용하여 글을 쓰는 경우에 대해 생각해보아야 할 것이다. 이 경우, 펜을 잡은 손가락과 손에 힘이 가해짐으로써 글 쓰는 사람은 어느 선에 가서 지치지 않을 수 없고, 따라서 무한정으로 글을 쓰는 일은 불가능하다. 바로 유사한 이유에서 타자기를 사용하여 무한정으로 글을 쓰는 일도 불가능하다. 즉, 종이를 갈아 끼우거나 또는 틀린 부분을 고치는 가운데, 또한 틀린 부분 없이 깨끗하게 타자하기 위해 신경을 쓰는 가운데, 우리는 결국 지치지 않을 수 없다. 컴퓨터의 경우 비록 컴퓨터 앞에 오랫동안 앉아 있음으로써 유발되는 피로감과 부작용이 고려될 수도 있겠지만, 틀리는 부분이 생길까봐 걱정할 필요도 없고, 또한 다만 가볍게 키를 건드림으로써 글을 쓰는 일이 가능하기 때문에, 컴퓨터의 경우 글 쓰는 일은 그렇게 고된 작업이 아닐 수도 있다. 컴퓨터를 사용하여 쓰는 글이 턱없이 길어지는 또 하나의 이유가 있다면, 우리는 아마도 그 이유를 여기서 찾을 수 있을 것이다.

컴퓨터를 사용한 글쓰기의 문제점으로 하나 더 지적해야 할 사항이 있다면, 아마도 글의 '날림 현상'일 것이다. 비록 컴퓨터를 사용한 글쓰기가 사고의 단편화와 글의 퇴행적 지리멸렬화라는 문제점을 안고 있다 해서, 호흡이 빠른 글을 쓰기가 불가능하다는 말은 아니다. 말하자면, 펜을 동원할 때와 마찬가지로 컴퓨터를 이용하는 경우에도 처음부터 끝까지 쉬지 않고 단숨에 호흡이 빠른 글을 쓸 수도 있다. 하지만 논자의 체험에 의하면, 나중에 다시 읽어보는 경우, 그렇게 썼던 글에서는 '건질 것'이 거의 없다는 느낌을 지울 수 없는 때가 많았다. 즉, 글을 날리고 말았다는 느낌을 지울 수 없는 경우가 적지 않았던 것이다. 노트나 종이에 펜이나 연필로 신들린 듯 썼던 글과 비교하는 경우, 마찬가지 감정으로 컴퓨터로 쓴 글에 대해서는 무언가 공허하다는 느낌을 갖게 되는 이유는 과연 무엇일까. 이것이 다만 논자만이 느끼는 문제일까. 이 공허감을 어찌할 것인가.

4. "볼펜"으로 쓴 시와 컴퓨터로 쓴 시

이 공허감을 우리는 전혀 다른 각도에서 검토해볼 수도 있을 것이다. 아마도 이와 관련하여 우리는 1970년대 초, 그러니까 컴퓨터로 글을 쓴다는 일을 상상조차 하지 못했던 시절에 창작된 이성부의 「이 볼펜으로」(1971)라는 시를 논의의 중심부로 끌어들일 수 있을 것이다. 우선 한 구절을 인용해보기로 하자.

이 볼펜으로
사랑을 적기 위하여
한 점 붉디붉은 시의 응결을 찍기 위하여
오늘 밤 나는 다른 마음이 되고 싶다.
좀 멀리 다른 데를 보고 싶다.
　　　　　　　　　　　　　　—「이 볼펜으로」 제2연[8]

위의 구절을 문제 삼고자 하는 이유를 새삼 설명할 필요는 없으리라. 다

---

8) 이성부, 「이 볼펜으로」, 『우리들의 양식』(민음사, 1974), 56–57쪽.

만 "볼펜으로" 또는 이에 준하는 필기도구로 시를 쓰던 시대가 있었다는 점을 주목하기 바랄 따름이다. 하지만 우리나라의 경우 대략 1980년대 말부터 '볼펜' 또는 이에 준하는 필기도구의 자리를 '컴퓨터'가 차지하게 되었다. 그리하여, 위의 인용과 같은 시 구절은 더 이상 창작되기 힘들게 되었다. 대신 다음과 같은 시 구절이 일반화될 가능성이 높아지게 되었다. '이 컴퓨터로/ 사랑을 적기 위하여/ 한 점 붉디붉은 시의 응결을 찍기 위하여/ 오늘 밤 나는 다른 마음이 되고 싶다.' 하지만 이렇게 단어 하나를 바꿔놓는 경우, 우리는 당장 위의 인용이 지니고 있는 시적 긴장감이 사라짐을 느낄 수 있다. 즉, '적는다'나 '찍는다'와 같은 행위는 은유적으로만 의미 있는 수사적 표현일 뿐 더 이상 실체적인 행위가 아니다. 그리하여 적거나 찍는 행위 자체가 암시하는 호소력은 상실된다. 뾰족한 볼펜, 그것도 붉디붉은 색의 볼펜을 들고서 종이 앞에서 고민하는 시인의 모습과 몸짓은 무화하고 마는 것이다. 그럼에도 불구하고, 시인들은 여전히 컴퓨터의 키보드 앞에서 "사랑을 적"으려 하고, "한 점 붉디붉은 시의 응결을 찍"으려 할 수도 있다. 모든 것이 가능하다고 하자. 적어도 '은유적'으로는 가능하다고 하자.

이런 종류의 은유적 몸짓이 지니는 의미는 무엇인가. 시란 어차피 은유적인 것 아닌가. 그렇다면 컴퓨터를 사용하여 '은유적으로' "사랑을 적"고 "한 점 붉디붉은 시의 응결을 찍"는다는 데 문제될 것이 무엇인가. 이 물음에 직면하여 우리는 「이 볼펜으로」의 한 부분을 더 인용하지 않을 수 없다.

하지만 가령 우리가, 죽어가는 사람들의
마지막 아픔을 지켜볼 때, 그가 과연 견디어낸 삶이
발버둥과 아우성이라고 느껴질 때,
그는 정말로 죽음을 죽고 있다고 발견됐을 때,

그리하여 그들이 잃을 수 있는 것은
죽음밖에 더 다른 것이 없음을 알았을 때,
죽음뿐으로 다른 삶이 태어날 수 있었을 때,
죽음은 새로움의 밑거름이 되었을 때,

그 크낙한 싸움의 이김을 보았을 때,
힘을 가졌을 때,
나는 다른 마음이 되고 싶은 것이다.

—「이 볼펜으로」제3-5연

위의 부분을 통해 우리는 "이 볼펜"을 손에 쥐고 원고지 또는 그 어떤 종류의 것이든 종이를 앞에 놓고 고심하고 있는 시인의 내면 풍경을 읽을 수 있다. 시인의 내면 풍경을 이루고 있는 것은 "정말로 죽음을 죽고 있"는 "사람들"의 모습과 그들에 대한 시인의 "사랑"이다. 여기서 우리가 유의해야 할 점은, "죽어가는 사람들"의 "삶"과 "죽음"이 적어도 그들에게는 "발버둥"과 "아우성"이며 "싸움"이라는 점이다. 즉, 그들에게는 "삶"과 "죽음"이 단순한 추상적 관념이 아니라 절실한 현실이자 그 자체로서 실체인 것이다. 그들의 "삶"과 "죽음"이 현실이자 실체적 의미를 지니는 것인 이상, 그들의 "마지막 아픔을 지켜볼" 것이 허락된 시인이 그들에게 느끼는 "사랑"이 진정한 의미에서의 "사랑"이라면, 이 역시 절실한 현실적, 실체적 감정일 수밖에 없다. 시인은 바로 이 현실적이고 실체적인 그 무엇을 "시"로 형상화하고 싶은 것이다. 말하자면, 시인은 "사랑을 적"고 싶고 "시의 응결을 찍"고 싶은 것이다. 즉, "다른 마음이 되고 싶은 것이다." 그렇다면, "다른 마음"이 되도록 하는 것, 또는 현실의 시화(詩化)를 하는 데 필요한 '지렛대'는 무엇인가. 이 지점에 이르러 우리는 "이 볼펜"

을 다시금 문제 삼지 않을 수 없다. 즉, 시인은 자신의 마음을 들어올리기 위해 "이 볼펜"을 '지렛대'처럼 받쳐놓고 있는 것이다.

손에 쥔 "이 볼펜"은 사람들의 "삶"과 "죽음" 그리고 시인의 "사랑"과 마찬가지로 관념이 아니라 실체이며 현실이다. 현실적이고 실체적인 것을 들어올려 새로운 세계—즉, 시 세계—로 옮겨가는 데 필요한 '지렛대'가 시인 이성부의 경우 "이 볼펜"이라는 현실적이고 실체적인 도구였던 것이다. 결국 시인 이성부는 섣부른 관념화나 은유화를 허락하지 않은 채 모든 것을 현실과 실체의 세계 속에 위치시킴으로써 시가 관념의 유희에 빠져드는 것을 미연에 방지하고 있다. 이 시에서 한 구절을 더 인용할 것이 허락된다면, "이 볼펜"과 "이 사랑"과 "시"가 어우러져 살아 숨 쉬는 생생한 시 세계를 형성하고 있는 다음 구절을 인용하지 않을 수 없다.

> 이 볼펜으로 이 사랑으로 詩로
> 나는 베트남을 갈 것이냐 온갖 것 그만두고
> 대통령을 할 것이냐 술 마실 것이냐.
>
> —「이 볼펜으로」 제8연

말할 것도 없이, 공허한 관념의 유희가 비집고 들어갈 틈을 위의 구절은 좀처럼 보여주고 있지 않다. 우리가 「이 볼펜으로」를 소중히 여기는 까닭은 바로 여기에 있다.

"볼펜"과 같은 종류의 필기도구로 쓰지 않은 시—가령 컴퓨터로 쓴 시—가 있다면 그것은 어떤 모습을 하고 있을까. 명백히 컴퓨터로 썼음에 틀림없는 시에서 일부분을 인용해보기로 하자.

> 우리의 새로운 신은 명령을 내리신다
> "δλ ο σιζμλεμ δμσ εκ τκ δκτεκ

αηεν ρλρΟδμλ φη ηεμ δλεκ

δλ οπνχισμσ ρλρΟδο τνδπξζκ κ δκ οΤσμσθ"

이게 무슨 망발이실까
좀 더 쉬운 말씀으로 들려주세요

우리의 새로운 신은 천천히 입을 여신다
〈dlwp sjgmlemfdms ek wnrdjTek
ahen rlrpdml vhfhemfdlek
dlwpqnxj rlrPfmf djatnrgml tndqogkfk〉

하늘이 무겁게 내려앉는다
먼저 언어가 사라지고
이어 색깔과 소리, 종이가 사라지고
지상의 풍경들이 조금씩 흐려진다[9]

위의 인용을 놓고 어떤 사람은 컴퓨터의 워드프로세서 기능을 자유롭게 시에 이용했다 할 것이고, 어떤 사람은 단순히 컴퓨터를 가지고 일종의 유희를 했다 할 것이다. 또한 어떤 사람은 과연 현대시답다고 하며 이 시를 긍정적으로 볼 것이고, 어떤 사람은 이렇게 시를 써도 되는가라는 의문을 제기할는지도 모른다. 하지만 우리의 관심은 그런 종류의 가치 판단을 내리는 데 있지 않다. 위의 인용은 무언가를 의미하는 것 같지만 동시에 아무것도 의미하지 않은 것 같다는 이중의 느낌을 주거니와, 바로 이런 느낌이 어디서 오는가에 우리의 관심이 놓인다.

---

9) 정한용, 「김종삼 문학상」, 『현대시학』 264호(1991년 3월), 94~95쪽.

우선 위의 인용에 담겨 있는 엉터리 희랍어와 영어는 도대체 무엇인가. 물론 이 시의 끝머리에는 "컴퓨터의 자판을 희랍어와 영어로 바꾼 뒤 한글의 자판배열에 따라, '이제 너희들은 다 죽었다/ 모두 기계의 포로들이다/ 이제부터 기계를 엄숙히 숭배하라'고 타자한 것"이라는 주석이 첨가되어 있다. '아래아 한글'이라는 워드프로세서에 익숙한 사람이라면, 엉터리 희랍어의 경우 주석에서 밝힌 내용과는 약간 다른 내용을 자판을 바꿔 한글 배열로 타자한 것임을 알 수 있을 것이다. 엉터리 영어의 경우 몇 개의 식자상 오류를 고려한다면, 주석에서 밝힌 내용을 마찬가지의 방식으로 타자한 것임을 또한 알 수 있을 것이다. 말할 것도 없이, 이 같은 글자들이 무슨 내용을 갖는가에 문제의 핵심이 놓이는 것은 아니다. 무엇보다 문제가 되는 것은, 무엇이 이런 종류의 구태의연한 구호를 시에 담도록 시인을 유도했는가다. 그것도 하필이면 그와 같은 방법으로. 아마도 서로 밀접한 관계에 있는 두 가지 요인이 고려될 수 있을 것이다. 첫째, 시인은 "새로운 신"에게 나름의 "언어"를 부여하고 싶었는지도 모른다. 다행히 '아래아 한글'이라는 워드프로세서는 이 같은 시인의 욕구를 쉽게 만족시켜줄 수 있었던 것이리라. 둘째, 시인은 구태의연한 구호를 있는 그대로 시에 담기가 거북하다고 느꼈는지도 모른다. 엉터리 희랍어와 영어가 그 구호를 '신비화'하고자 하는 시인의 욕구를 역시 쉽게 만족시켜줄 수 있었던 것은 아닐까.

하지만 우리가 우선 지적하지 않을 수 없는 것이 있다면, 시인이 그 나름대로 의미를 담고자 했던 엉터리 희랍어와 영어는 우연한 키 조작의 산물일 뿐, 이른바 "새로운 신"의 언어가 그런 형태를 갖출 필연적 이유가 없다는 점이다. 혹시 시인이 '우연한 키 조작' 자체를 "새로운 신"으로 받아들이고 있는 것은 아닐까. 또는 '우연한 키 조작'의 원인을 제공하는 컴퓨터를 "새로운 신"으로 명명하고 있는 것은 아닐까. 어느 쪽을 인정해도 문제는 여전히 남는다. 비록 우연한 키 조작에 의해 컴퓨터란 기계가 글

쓰는 사람의 의도를 무시하고 엉뚱한 철자들을 나열한다고 해서 컴퓨터가 글을 쓰거나 "말씀"을 들려주는 것은 아니다. 시인이 주석을 통해 엉터리 희랍어와 영어에 의미를 부여하고 있음에서 암시되듯, 엉뚱한 '기표'에 의미를 부여하는 주체는 "새로운 신"이 아니라 시인 자신이다. 보다 더 정확히 말하자면, 엉뚱한 '기표'를 컴퓨터가 만들어냈다 해도, 그 엉뚱한 기표 뒤에는 항상 무언가를 의미하고자 하는 컴퓨터 사용자의 의미가 숨어 있는 것이다. 따라서 "너희들은" "모두 기계의 포로들이다"라고 말하는 것은 "새로운 신"이 아니라 시인 자신이다. 아주 명백한 이 사실을 시인은 소박한 방법으로 숨기고 있는 것 아닐까. 아니면, 아예 이 사실을 외면하고 있는 것 아닐까. 그도 저도 아니면, 의식조차 못하고 있는 것 아닐까. 결국 시인이 이 시를 통해 시도한 신비화는 시인 자신만이 체험할 수 있는 신비화일 뿐, 그 누구의 것도 아니다. 따라서 공허한 신비화일 뿐이다.

컴퓨터에 대한 시인 자신의 신비화는 전혀 엉뚱한 데서도 드러난다. 시인—또는 시적 화자—은 "새로운 신"의 "명령"을 접하고 "이게 무슨 망발이실까/ 좀 더 쉬운 말씀으로 들려주세요"라고 반응한다. 여기서 문제되는 것은 바로 "망발"이라는 단어와 "좀 더 쉬운 말씀"이라는 구절이다. 사전적 정의에 의하면, "망발"이란 "말이나 행동을 그릇되게 하여 자신이나 조상을 욕되게 함"(『동아 새국어사전』, 658쪽)을 뜻한다. 따라서 "새로운 신"의 "명령"이 "망발"로 이해되었다면, "좀 더 쉬운 말씀"을 주문하는 것 자체가 이치에 닿지 않는다. 만일 "새로운 신"의 "명령"이 엉뚱한 기표들로 되어 있어서 이해하기가 어렵다면, 물론 "좀 더 쉬운 말씀"을 요구할 수 있다. 하지만 이 경우에는 "새로운 신"의 "명령"이 결코 "망발"일 수 없는 것이다. 요컨대, 자판을 바꿔놓은 채 엉뚱한 글자들을 무심코 "타자"하듯, 시인은 무심코 자판의 키를 두드리는 가운데 엉뚱한 단어를 '입력'하고 있는 것 아닐까. 아니면, 엉뚱한 단어나 구절 자체가 시인의 의도적 행위인가. 즉, 의미를 가장한 무의미를 드러내기 위한 의도적 행위인가. 사실 인용 부분의 마지막을 장식하고 있는 "하늘"과 "언어," "색깔과 소리, 종이," "지상의 풍경들"에 관한 진술들은 파편화된 의미의 세계만을 지시할 뿐, 전체적으로 하나의 의미 있는 언어 행위로 받아들이기 쉽지 않다. 물론 "언어"와 "색깔과 소리, 종이"의 "사라[짐]"에 대한 진술을 컴퓨터의 파괴적 힘과 연결시킬 수도 있다. 만일 그렇다면, 바로 "하늘"과 "지상의 풍경들"에 대한 진술과 어떤 맥락에서 이해해야 할까. 물론 전체적으로 무언가 답답하고 우울한 정조를 드러낸다는 점에서 의미를 찾고자 할 수도 있고, 시란 결코 논리적 진술 체계로 이해해서는 안 된다는 반발이 있을 수도 있다. 즉, 시를 '시로서' 읽어야 한다는 반발이 있을 수 있다. 그럼에도 불구하고, 우리는 여전히 이 부분 역시 '의미를 가장한 무의미'를 드러내기 위한 것이 아닌가라는 의문을 지울 수 없다. 만일 '의미를 가장한 무의미'가 시 자체의 의도라면, 시가 문제 삼고자 한 것은 무엇일까. 그리고 만일 '의미를 가장한 무의미'가 곧 시가 의도한 바가 아니라면, 그럼에도 여전히 그러한 현상이 일어났다면, 그러한 현상이 일어난 원인을 어디서 찾을 것인가. 어느 경우에도 우리는 적어도 한번쯤 컴퓨터 쪽으로 시선을 돌리지 않을 수 없을 것이다.

5. 다시, 컴퓨터로 글쓰기

말할 것도 없이, 이런 종류의 논의 자체가 책임 소재를 엉뚱한 곳으로 돌리기 위한 것이라는 비난이 있을 수도 있다. 또한 시 창작이라는 복잡 미묘한 과정을 위의 논의에서처럼 단순화시킬 수 없다는 식의 이의 제기도 있을 수 있다. 그럼에도 불구하고, 시 창작의 과정에 컴퓨터가 개입되었다면, 따라서 컴퓨터가 시 창작의 과정에 어떤 형태로든 영향을 미친 것이 사실이라면, 그리고 그것이 감지될 수 있다면, 우리의 논의에 최소한의 의의가 부여될 수는 있으리라. 그렇다 해도, 논의가 컴퓨터 사용자

쪽의 문제에 치중되어 있다는 점을 인정하지 않을 수 없다. 따라서 컴퓨터 설계라는 문제는 차치하더라도 적어도 프로그램 설계와 관계되는 문제들만은 이 자리에서 제기되어야 한다는 의견이 있을 수도 있다. 하지만 우리의 생각으로는 이런 종류의 기술적(技術的)인 문제들에 대해서는 컴퓨터 설계상의 문제와 마찬가지로 전문가들이 많은 관심을 보여왔고, 또한 이와 관련하여 상당한 개선이 이루어져왔던 것으로 판단된다. 따라서 우리와 같은 위치에 있는 사람들이 주제넘게 참견할 문제들은 아니라고 생각한다. 다만 하나의 문제적인 상황만은 짚고 넘어갈 수도 있으리라. 엄밀하게 말해, 우리가 문제 삼고자 하는 것은 기본적으로 문자 입력 도구로 기능하는 '워드프로세서라는 프로그램' 자체와 직접적으로 관련된 것이 아니라, 창작 또는 작문 행위와 잠재적으로 관련된 '글쓰기 프로그램'(writing program)과 관련되는 것이다. 그럼에도 불구하고 이를 문제 삼는 이유는 컴퓨터의 본질적 측면을 보여주는 하나의 시사적(示唆的)인 예라고 판단되기 때문이다.

여기서 우리가 문제 삼고자 하는 대상은 컴퓨터의 '인공 지능'(artificial intelligence)으로 불리는 기능을 이용한 작문 지도용 프로그램이다. 간단하게 설명하면, 어떤 학생이 무언가 막연한 주제로 글을 쓰려 하는 경우, 인공 지능을 이용한 컴퓨터 프로그램이 학생의 사유의 방향을 일정한 곳으로 이끌어주고, 나아가 구체적으로 어떤 내용의 글을 쓸 것인가를 스스로 발견하도록 도와줄 수도 있다. 이른바 교육학에서 말하는 '발견적 지도법'(heuristics)이라는 개념이 이에 응용될 수 있다. 이와 관련하여, 우리는 다음과 같은 경우를 상정해볼 수 있다. 만일 어떤 학생이 '죽음'이란 주제로 작문을 하려 하나 너무 막연하여 바로 이 작문 지도용 프로그램의 도움을 받고자 했다고 가정해보기로 하자. 먼저 컴퓨터의 화면을 통해 "무슨 주제로 글을 쓰려 하나요?"라는 물음이 학생에게 제시되었다 하자. 학생은 물론 '죽음'이란 단어를 입력하게 될 것이다. 그러면 컴퓨터에 어떤 반응이 나타날 것인가. 만일 학생이 작문 지도 교사가 만나는 상황이라면, 지도 교사는 "아주 심각한 주제로군" 또는 "그 문제라면 우선 간단하게 이런 각도에서 생각해보는 게 어떨까?" 등의 반응을 보일 것이다. 이와 유사한 반응을 컴퓨터에게 수행하도록 하기 위해선 컴퓨터 고유의 인지능력에 호소하지 않을 수 없다. 문제는 "심각하다"라든가 "간단하다" 등등의 판단을 컴퓨터는 산술적으로 한다는 데 있다. 예를 들면, 학생이 다섯 단어 이상으로 반응을 하면 "심각한 문제로군요"로, 그 이하의 단어수로 반응하면 "간단한 문제로군요"로 컴퓨터가 반응하도록 프로그램이 되었다고 하자. 만일 이처럼 프로그램이 되어 있다면, 학생의 질문에 대해 컴퓨터의 화면에는 "간단한 문제로군요"라는 반응이 나타날 것이다. "죽음"이라는 주제가 학생에게 아무리 심각한 문제라고 느껴지더라도, 이는 여전히 한 단어짜리이기 때문이다. 비록 '인공 지능'에 대한 연구가 이 정도 수준은 이미 뛰어넘은 지 오래되었다 해도, 아울러 '퍼지 이론'(fuzzy theory)과 같은 고도의 유연성과 신축성을 지닌 프로그램 기능이 개발되었다 해도, 적어도 현재 널리 일반화된 작문 지도용 프로그램들을 고려 대상으로 한다면, 여전히 이상과 같은 난처한 상황이 일어날 개연성은 존재한다.

물론 궁극적으로 이 같은 문제는 해결될 것이다. 하지만 컴퓨터는 인간의 두뇌 기능을 모방한 것이긴 하지만, 인간의 두뇌와 동일한 것이 될 수도 없고 또한 그렇게 되기를 바라면서 인간이 컴퓨터를 개발한 것도 아니라는 점을 우리는 잊어서는 안 된다. 컴퓨터는 인간의 두뇌가 쉽게 해내지 못하는 일을 쉽게 해낼 수 있다는 데 그 존재 이유가 놓이는 것이지, 인간의 두뇌가 할 수 있는 일이라면 무슨 일이든 다 해낼 수 있어야 한다는 데 존재 이유가 놓이는 것은 아니다. 문제는, 우리 모두가 비록 컴퓨터는 다만 컴퓨터일 뿐이라고 생각하면서도 컴퓨터를 사용하다보면, 그 편리함에 미혹되어 무의식적으로나마 이것이 모든 문제를 쉽게 해결해주는 일종의 '만능 해결사'로 생각하는 데 있다. 결국 컴퓨터 자체의 기계적인 경직성보다 더 문제가 되는 것은 컴퓨터를 사용하는 사람들이 마음속에 지니고 있는 컴퓨터에 대한 경직된 고정관념이다. 자칫 우리가 갖기 쉬운 바로 이러한 고정관념—즉, 컴퓨터는 만능의 해결사라는 고정관념—을 우리는 어떤 방법으로든 항상 문제화하지 않으면 안 된다. 바로 여기에 우리 논의의 일차적 의도가 놓인다.

컴퓨터가 진정으로 뛰어난 '해결사' 역할을 하는 영역이 없는 것은 아니다. 하나의 예로, 정보의 분류, 보관, 처리의 영역에서 컴퓨터는 학자나 작가에게 비할 바 없이 소중한 해결사 역할을 할 수 있거니와, 그레고리 콜롬브(Gregory G. Colomb)와 마크 터너(Mark Turner)는 반(半) 농담조로 "컴퓨터는 비록 학부 학생에 지나지 않더라도 숙달만 되면 엄청난 양의 정보를 주무를 수 있게 하여, 저 높은 하늘나라에서 에라스무스가 이를 내려다보고서는 부러움에 그만 울어버릴 수도 있을 것"[10]이라고 말함으로써 이 방면에서 컴퓨터가 발휘하는 힘에 주목한 바 있다. 물론 이용하기에 따라서 글쓰기의 영역에서도 컴퓨터는 대단한 잠재력을 보일 수도 있다. 그럼에도 불구하고, 창조적 또는 논리적 글쓰기에 종사하는 사람들에게 컴퓨터는 여전히 고지식하고 경직된 기계일 수 있다. 이를테면, 어떻게 사용하는가에 따라 '약(藥)'이 될 수도 있고 '독(毒)'이 될 수도 있는 것—일찍이 자크 데리다(Jacques Derrida)가 "파르마콘"(pharmakon)[11]이라고 한 것과 다름없는 것—이 컴퓨터다.

우리는 이제까지 '독'이 될 수 있는 부정적인 측면만을 부각시켰다. 그

---

10) Gregory G. Colomb & Mark Turner, "Computers, Literary Theory, and Theory of Meaning," *Future Literary Theory*, ed. Ralph Cohen (London: Routledge, 1989), 386쪽.

11) Jacques Derrida, *Dissemination*, tr. Barbara Johnson (Chicago: Chicago UP, 1981), 70-72쪽 참조. 데리다의 파르마콘이란 개념은 그가 플라톤의 글에 대한 논의 과정에 제시하고 있는 개념. 그에 의하면, 파르마콘(약)이 치료약이 될 수도 있고 독약이 될 수도 있듯, 글도 또한 이 같은 이중성을 지닌다는 것이다.

렇다고 해서, 필기도구로서의 컴퓨터의 역할을 전적으로 부정하자는 뜻이 아님은 새삼스럽게 다시 밝힐 필요가 없으리라. 단순히 컴퓨터를 부정하기 위해 이 글을 썼다면, 컴퓨터를 사용하여 이 글을 쓰고 있는 논자의 행위도 어떤 식으로든 정당화될 수 없을 것이다. 더욱이, 컴퓨터에 의한 글쓰기에 무언가 문제에 있다고 해서 컴퓨터를 버리고 다시금 재래식의 필기도구로 돌아가자고 한다면, 경박한 '볼펜'을 버리고 진중한 '붓'의 시대로 돌아가자는 것과 마찬가지의 시대착오적 발상이 될 것이다. 어차피 컴퓨터는 글쓰기의 영역에서도 거부될 수 없는 '현실'이 아닌가. 그런 이상, 일방적인 매도는 바람직하지 않다. 하지만 컴퓨터 자체에 내재된 문제들—또는 컴퓨터로 인해 글쓰기의 과정에서 유발되는 문제들—을 해결하기 위해 우리가 무엇보다 먼저 해야 할 일이 무엇이겠는가. 물론 무엇이 문제인가를 파악하는 일이다. 비록 문제에 대한 자각이 곧바로 문제의 해결을 보장하지는 않는다고 해도, 이에 대한 작업이 선행되지 않고서는 문제 해결을 위한 돌파구를 찾을 수 없기 때문이다. 바로 여기에도 우리 논의의 의도가 놓이는 것이다.

어쩌다가 오랫동안 논자의 서가에서 쉬고 있던 책 한 권을 펼쳐보게 되었는데, 그 책의 속표지에는 논자가 학생 시절 반쯤 심각하게, 반쯤 장난기로 써놓은 다음과 같은 말이 있었다.

盡信書則不如無書

"책을 너무 믿으면 책이 없는 것만 못하다"의 뜻이 될 것이다. 동일한 어조로 컴퓨터를 너무 믿으면 컴퓨터가 없는 것만 못하다 말할 수 있지 않을까. 하지만 우리에게는 확신이 서지 않는다. 컴퓨터와 책 사이의 은유적 대비가 적절한 것인가에 대해 자신할 수 없기 때문이다. 우리에게는 언제 시인 이성부에게 가능했던 '은유화'의 순간이 가능할 것인가. "이 볼

펜"과 "이 사랑"과 "시"를 무리 없이 '하나'로 만들던 것과 같은 바로 그 순간이. 우리는 아직 책에 대한 끔찍한 애정을 책에 대한 경계로 드러내는 위의 언사를 우리의 것으로 만들어, 컴퓨터에 대한 끔찍한 애정을 컴퓨터에 대한 경계로 드러내기에는 아직 역부족인지 모른다.

컴퓨터, 인터넷, 그리고 문학

1. 컴퓨터와 문학

컴퓨터와 문학. 어울릴 것 같지 않은 이 두 용어 또는 개념이 서로 관계를 맺게 된 것은 우리나라의 경우 대체로 1980년대 말 또는 1990년대 초로 소급된다. 당시 8088 프로세서를 사용한 XT급 컴퓨터와 삼보 컴퓨터 회사가 개발한 워드프로세싱 프로그램이 보급되기 시작하면서 문인들은 하나둘 컴퓨터로 글을 쓰기 시작했던 것이다. 곧이어 '아래아 한글'이라는 워드프로세서의 출현과 함께 '컴퓨터로 글쓰기'는 널리 일반화되기에 이르렀으며, 이제 컴퓨터와 문학은 서로 떼어놓을 수 없는 관계로 발전하게 되었다. 물론 문학과 컴퓨터를 잇는 중요한 연결고리가 되는 것은 무엇보다 글쓰기라는 기능적 측면이다. 말하자면, 컴퓨터가 문인들에게 무언가의 의미를 갖는다면, 이는 기본적으로 펜이나 연필을 대신하는 필기도구라는 측면에서다.

필기도구로서의 컴퓨터가 문학적 글쓰기에 대단한 영향을 미친 것은 사실이다. 그것도 긍정적인 의미에서. 무엇보다 글을 자유롭게 고치고 편집할 수 있게 되었다는 점을 들 수 있을 것이다. 하지만 비록 누구나 다의식하지는 않더라도 컴퓨터가 문학적 글쓰기에 미친 부정적인 영향도 만만치 않다. 예컨대, 요즈음의 작가나 평론가의 글이 예전의 글들에 비해 필요 이상으로 늘어져 있다거나 만연체의 요설로 바뀌었다는 인상을 준다면, 그 혐의를 컴퓨터에 두어야 할 경우가 적지 않다. 또한 누구든 글을 쓰는 사람이 끊임없이 고치고 또 고칠 수 있다는 생각으로 인해 미완의 느낌을 떨치지 못한다면, 이 경우에도 역시 컴퓨터에 혐의를 둘 수 있다. 아울러, 작가는 컴퓨터 화면의 제약으로 인해 일종의 '터널 비전'에 갇힐 수도 있거니와, 이 역시 필기도구로서의 컴퓨터가 피할 수 없는 문제점으로 지적될 수 있다.

이처럼 긍정적이든 부정적이든 컴퓨터와 문학의 관계 맺음은 일차적으로 '글쓰기'를 매개로 한 것이었다. '글쓰기'를 매개로 하여 문학이 컴퓨터와 관계를 맺게 되자, 이로 인해 파생된 문제 가운데 하나가 문학 텍스트의 존재 양식과 관련된 것이다. 이 문제와 관련하여 수많은 작가의 작품이 컴퓨터 작업을 거쳐 이른바 이북(e-book)으로 출간되기도 함에 따라 책을 펼쳐들지 않고서도 작품을 컴퓨터 화면을 통해 읽을 수도 있다는 점에 유의하기 바란다. 심지어 컴퓨터 이전 시대의 작가들이 남긴 작품들조차 컴퓨터 작업을 통해 '이북화'되고 있거니와, 이로 인해 종이에 활자로 기록된 텍스트는 이제까지 구가해오던 독점적 지위를 포기하지 않을 수 없게 되었다. 말하자면, 텍스트는 이제 종이책의 형태가 아닌 일련의 '전자 신호'로도 존재할 수 있게 된 것이다. 바로 이 새로운 개념의 텍스트는 이제까지 문학 텍스트들이 발하던 '아우라'를 무화(無化)하는 역할을 한다. 새로운 형태의 텍스트로 인해 텍스트에 대한 복제와 변형, 심지어는 훼손까지도 손쉬워졌기 때문이다. 이 같은 사태는 문학작품의 작가나 문학 텍스트가 구가해오던 '권위'의 상실을 예견케 하고, 이는 결국 창조적 문학의 지위를 위태롭게 할 수도 있다. 문제는 여기서 끝나지 않는다. 최근 '인터넷'의 보급과 발달로 인해 잠재적으로 세계 전체의 컴퓨터들이 하나로 묶일 수 있게 되었거니와, 지극히 비관적인 시각을 갖는 사람의 입장에서 보는 경우 이제 텍스트의 복제와 변형과 훼손은 잠재적으로나마 전 지구적으로 이루어질 수 있는 지경에 이르렀다.

컴퓨터와 문학의 관계 맺기는 단순히 보완 또는 보조의 차원에서뿐만 아니라 상호 경쟁의 차원에서도 파악될 수 있거니와, 허구 창조 및 향유의 면에서 그러하다. 허구를 창조하고 이를 사람들에게 향유케 하는 일은 최근에 이르기까지 대체로 문학 고유의 기능으로 여겨져왔다. 하지만 컴퓨터 하드웨어의 발전에 보조를 맞춰 프로그램 개발 기술이 비약적으로 향상함에 따라 문학은 전례 없는 강력한 경쟁자와 마주하게 되었다. 사실 경쟁의 관계는 컴퓨터에 앞서 영화나 텔레비전 영역에서도 확인되는데, 이 같은 영상 매체의 출현이 허구 창조 및 향유의 면에서 문학의 존재 이유를 위태롭게 한 지는 이미 오래되었다. 문자 매체인 문학이 어찌 사람들의 감각과 지각에 총체적으로 직접 호소하는 영화나 텔레비전과 같은 영상 매체의 적수가 될 수 있겠는가. 이제 이런 종류의 반문이 다시 한번 문학을 정조준하게 되었으니, 컴퓨터 하드웨어와 프로그램의 발전이 또 다른 차원에서의 허구 창조와 향유를 이끌었기 때문이다. 이와 관련하여 우리는 무엇보다 가상현실(virtual reality)의 출현 및 이의 정교화를 주목하지 않을 수 없는데, 컴퓨터를 통해 구현되는 가상현실은 문학이 제공하는 것보다 한결 더 생생한 현실감을 지닐 수도 있고, 때에 따라 우리 주변의 현실보다 더 현실적인 것으로 비쳐지기도 한다. 이로 인해 현실과 허구 사이의 경계가 한층 더 모호해지기도 한다. 사정이 이러하니, 어찌 문학이 창조한 허구 세계가 컴퓨터를 통해 구현된 가상현실에 비견될 수 있겠는가. 이 같은 물음이 제기되는 한, 전통적 의미에서의 문학이 처한 이른바 '위기'는 결코 과장된 것일 수 없다.

의문의 여지 없이, 컴퓨터의 잠재력은 실로 대단한 것이어서 문학의 창조적 노력을 일순간에 무력화할 수 있을 것처럼 보이기도 한다. 그런 의미에서 컴퓨터 기술의 발전은 곧 문학 쪽에서 위기를 의미하는 것일 수도 있다. 하지만 여기서 우리는 컴퓨터와 문학의 역할에 대한 검토와 성찰을 시도하지 않을 수 없는데, 이와 관련하여 무엇보다 우리는 컴퓨터의 오락 기능을 주목하지 않을 수 없다. 물론 컴퓨터는 오락 기능 이외에도 여러 가지 중요한 기능을 내재하고 있는 것이 사실이긴 하지만, 허구 창조와 향유의 측면에서 볼 때 문학과 컴퓨터가 가장 근접하게 유사성을 보이는 것이 다름 아닌 오락 기능이라는 점에서 이 분야에 대한 논의는 결코 소홀히 할 수 없다. 사실 순발력만을 요구하던 '팩맨'이나 '테트리스'와 같은 고전적 게임 프로그램에서 시작하여 나름의 서사 구조를 지니고 있는 각종 모험 및 실시간 전략 게임이나 시뮬레이션 게임 등에서 확인되듯 컴퓨터의 오락 기능은 놀라울 정도로 고도화되어 있으며, '이야기 진행 방식'의 컴퓨터 오락 프로그램은 추리 소설이나 유사 문학작품보다 한층 더 흥미와 긴장감을 제공하기에 이르렀다.

사실 컴퓨터의 오락 기능 그 자체를 문제적인 것이라고 할 수는 없다. 따지고 보면, 요한 하위징아(Johan Huizinga)의 지적처럼 '인간은 유희적 동물'이고 '유희'는 삶에 활력을 제공하는 인간의 활동 가운데 하나라는 관점에서 본다면, 컴퓨터의 오락 기능은 그 자체로서 축복일 수 있다. 문제는 컴퓨터의 오락 기능이 적어도 현재로서는 단순한 시간 보내기 또는 퇴행적인 자기만족의 수단이 되는 선에서 크게 벗어나지 못한다는 데 있다. 다시 말해, 단순한 오락의 차원을 벗어나지 못하는 것이 컴퓨터의 오락 기능일 수 있다. 한편, 넓은 시각에서 보면, 문학 역시 인간의 유희 본능에서 비롯된 것이고, 따라서 향유 가능한 오락으로서 기능하기도 한다. 하지만 오락 기능이 문학이 존재하는 이유의 전부는 아니다. 문학이란 세계와 인간의 삶을 지각하고 이해하기 위한 문화적 장치이기도 하거니와, 이로 인해 문학은 인식의 수단인 동시에 인식의 빛 안으로 사람들을 인도하기 위한 교육의 수단이기도 하다. 이런 의미에서 볼 때, 문학은 유희를 뛰어넘는 유희다.

이처럼 문학이란 유희를 뛰어넘는 유희임에도 불구하고, 컴퓨터가 몰고 온 상황 변화는 거듭 말하지만 문학 쪽에서는 여전히 위기를 의미하는 것일 수도 있다. 앞서 논의한 바 있듯, 문학의 권위와 지위를 위태롭게 하는 동시에 문학 고유의 오락 기능을 약화시킬 수 있는 것이 컴퓨터이기 때문이다. 하지만 위기에 직면하여 자신을 되돌아보고 이를 통해 새로운 변모의 길을 모색해왔던 것이 문학이다. 역사적으로 볼 때 문학은 언제나 시대와 현실의 요구나 상황에 부응하여 스스로 변모해오지 않았던가. 거시적 차원에서 볼 때는 예컨대 장르의 측면에서 변모가 있었는데, 서사시에서 소설로의 변모가 그 예 가운데 하나일 수 있다. 미시적 차원에서 볼 때는 예컨대 창조적 심의 경향 및 비평적 심의 경향의 측면에서 문학은 끊임없이 변모를 거듭해왔다. 말할 것도 없이, 이러한 자기반성과 변화가 문학 자체의 힘을 약화시키는 방향으로 이어져왔던 적은 없다. 어찌 보면, 역사의 시기 어느 때를 보더라도 문학의 잠재력 자체가 약화된 적은 없었던 것처럼 보이기도 한다. 어쩌면 플라톤이 시인 추방론을 주장했던 것은 바로 이처럼 도저한 문학의 잠재력에 대한 두려움 때문이었는지도 모른다. 그런 의미에서 볼 때, 문학이란 자신의 불꽃을 곧 기름으로 삼아 타오르는 불꽃과도 같은 것이라고 할 수 있을 것이다. 즉, 문학은 스스로를 태우지만 결코 꺼지지 않는 불꽃과 같은 것일 수 있다. 그리하여 문학은 위기에도 불구하고 결코 쇠락하지 않을 것이다. 어쩌면 컴퓨터 기술이 몰고 온 위기 상황에 직면하여 새로운 변모의 계기를 찾아 더욱 융성하는 것, 그것이 바로 문학일 수 있으리라.

아무튼, 이 무슨 역설적 상황인가. 컴퓨터로 인한 문학의 위기를 논의하는 이 문학론 성격의 글도 문학을 위기로 몰아온 것으로 판단되는 컴퓨터로 작성되고 있지 않은가. 하지만 이는 곧 문학의 유연성을 반증하는 것이 아닐까. 말하자면, 문학은 자신을 위기로 몰아가는 대상을 역이용하여 자신의 위기를 드러내고 논의할 수 있을 만큼 유연한 것임을 반증하는 것 아닐까. 바로 이 유연성 때문에 문학은 변화 속에서 더욱 융성할 것이다. 이를 실감케 하는 것이 인터넷 공간 안에서의 문학인지도 모른다.

2. 인터넷, 문학이 택한 또 하나 존재의 마당

지난 1983년 미국의 어느 한 연구소에서 창안된 인터넷은 연구와 발전을 거듭 거친 끝에 1990년대 중반 무렵 전 지구적으로 수백만의 컴퓨터를 서로 거미줄처럼 연결하기에 이르렀다. 하지만 인터넷의 발전에 결정적 기여를 한 것은 1989년 팀 버너스-리(Tim Berners-Lee)에 의해 개발이 착수된 '월드 와이드 웹'(World Wide Web)으로, 월드 와이드 웹이란 인터넷 어딘가에 있는 정보를 검색하고 필요한 정보에 접속을 가능케 하는 서비스 기능을 말한다. 버너스-리와 그의 동료들은 지금까지의 연구를 바탕으로 하여 1991년 정보 검색 및 접속용 프로그램인 '웹 브라우저'를 발표하기에 이르렀고, 이와 함께 이른바 명실상부한 인터넷 시대의 도래를 예견케 했다.

실제적으로 이 인터넷이 우리에게 친숙한 말이 된 것은 2000년대에 들어서의 일이다. 하지만 이제 인터넷은 문자 그대로 우리 생활의 일부가 되었다. 인터넷과 웹 브라우저를 이용하여 다른 어딘가에 흩어져 있는 정보에 접근한다든가 또는 인터넷을 통해 게임 또는 영화 등을 즐기는 일은 이제 초등학교 학생에서 시작하여 일반 성인에 이르기까지 모든 사람들의 생활의 일부가 된 것이다. 또는 전자우편을 이용하여 시공간을 초월한 의사 교환을 한다든가 웹페이지를 만들어 자신을 바깥 세상에 알리는 일도 이제 일상사가 되었다. 나아가, 세계 곳곳에 흩어져 있는 웹사이트를 방문하는 일로 밤을 새우는 사람도 어디에나 존재하게 되었다. 이런 맥락에서의 자폐증과 대인 기피증이 새로운 문젯거리로 논의되기 시작한 지도 오래고, 문밖에 전혀 나가지 않은 채 오로지 인터넷에만 의존하는 경우 얼마 동안을 살아갈 수 있는가를 실험하는 일도 이미 옛일이 되었다.

이리하여 은유적인 의미에서의 공간—또는 '가상의 공간'(virtual space)이라고 할 수 있는 인터넷 공간—이 우리에게 일반화되기 시작했고, 그 영향력이 우리 사회의 각 분야에서 확인된다. 문학의 경우도 예외는 아니어서, 작가나 시인 또는 문학에 관심이 있는 그 외의 개개인이나 문학 관련 단체나 출판사들이 이 공간에서 자신의 자리를 찾게 되었다. 구체적으로 이들은 문학 관련 홈페이지를 만든 다음 자신 또는 자신 이외의 사람들이나 문인들의 작품 또는 이에 대한 평을 인터넷 공간에 띄우기 시작했다. 아울러, 웹진(웹사이트 매거진)이라는 문예지가 인터넷 공간에 출현하기도 했는데, 이들의 출현을 알리는 초기의 예들이 『포엠토피아』, 『더페이지』, 『테마진』, 『인스워즈』 등이다.

따지고 보면, 인터넷을 문학의 통로로 사용한다고 해서 문학 자체가 달라지는 것은 아니다. 여전히 종이 책을 통해 발표되었던 것과 다를 바 없는, 또한 이미 종이 책을 통해 발표되었던, 문학작품이나 문학 관련 글들이 인터넷 공간을 채우고 있으며, 커다란 이변이 없는 한 이 같은 상황은 앞으로도 당분간 계속될 것이다. 하지만 구비 문학에서 활자 문학으로 바뀌면서 문학이 근본적 변화를 겪었듯 인터넷이라는 새로운 전달 매체로 인해 언제일지는 모르지만 문학은 무언가 근본적 변화를 겪을 것이다. 그러한 변화의 양상과 정도가 어느 정도일지, 또한 어느 방향으로 문학이 변화해나아갈지를 모를 뿐, 변화는 필연적인 귀결일 수 있다.

긍정적인 것이든 부정적인 것이든 바로 이런 변화를 예감케 하는 것이 바로 홈페이지든 웹진이든 거의 모든 인터넷 공간들이 제공하고 있는 '독자 문예마당' 또는 '자유게시판'과 같은 대화의 자리다. 엄밀하게 말하자면, 일반인에게 자유롭게 작품을 발표하거나 의견을 제시하도록 유도하기 위해 마련된 공간인 '독자 문예마당' 또는 '자유게시판' 등은 이전에 몇몇 문예지가 운용하던 '독자 투고란'이라든가 '독자 의견란'의 변형일 수도 있다. 하지만 별다른 제약 없이 무제한으로 글을 올릴 수 있는 열린 공간이라는 점에서, 또한 익명성을 거의 완벽하게 보장받을 수 있다는 점에서 기존의 독자 투고란이나 의견란과는 구별된다. 인터넷의 '독자 문예 마당' 또는 '자유게시판'이 갖는 바로 이러한 특징은 평등 선거와 비밀 투표를 보장하는 민주주의의 특성과 크게 어긋나는 것이 아니라는 판단도 가능케 한다. 사실 이제까지의 문학이란 어떤 의미에서 보면 선택된 소수의 귀족이 다수의 민중을 지배하는 귀족주의에서 크게 벗어난 것이 아니었다고 해도 지나친 말이 아닐 수 있다. 즉, 작가와 평론가는 문자 매체를 소유한 귀족이었고, 독자는 귀족의 말과 의지에 귀를 기울일 수밖에 없는 민중이었는지도 모른다. 인터넷 문학 공간은 이러한 관계에 근본적 변화를 유도하고 있는 것 아닐까.

이런 의미에서 볼 때, 다시 한번 우리가 주목하지 않을 수 없는 것이 구비 문학과 활자 문학 사이의 차이일 것이다. 구비 문학—넓게 본 의미의 문학이라는 점에서 오늘날 우리가 의미하는 바의 문학과는 위상 차이가 있는 문학—의 경우 활자 문학의 경우와 달리 익명성을 띠는 경우가 대부분이었고, 또한 창작의 주체는 기본적으로 민중이었다. 물론 구비 문학이 지배하던 시대에는 문학의 전파(傳播)가 시공간적으로 용이하지 않았을 것이다. 그것이 바로 요즈음의 인터넷 공간 안에서의 문학과 구비 문학 사이의 차이라면 차이인지도 모른다. 하지만 문학 창작 활동이 문자를 소유한 선택된 소수의 전유물이었던 활자 문학의 시대와 달리 구비 문학의 시대에는 텍스트의 전이와 변용이 수월했을 것이다. 하나의 구비 문학작품에 대해 서로 다른 수많은 판본이 동시에 존재하고 있음을 우리는 바로 이런 맥락에서 이해할 수 있지 않을까. 서로 다른 수많은 판본이 존재하지만 어느 것이 원본이고 어느 것이 이본(異本)인지가 중요하지 않은 문학의 세계, 또한 수많은 판본이 서로 어깨를 나란히 할 수 있는 문학의 세계가 바로 구비 문학의 세계인 것이다. 그와 같은 유연성을 활자 문학은 허용하지 않는다. 비록 미세한 부분에서는 '정본'과 '이본'의 차이가 있을 수 있을지언정, '이본'은 언제나 '이본'일 뿐 '정본'의 자리를 넘보지 못한다. 따지고 보면, '정본'과 '이본'을 구분하는 것 자체가 활자 문학의 경직성을 반영하는 것인지도 모른다. 또한 표절이라는 것 자체를 용납하지 않는 것도 활자 문학의 경직성을 반영하는 것일 수 있지 않을까.

물론 예상치 않은 문학의 이른바 '민주화'는 문학에 대한 또 다른 형태의 혼란과 위기감을 이끌 것이다. 인터넷 공간 안에 익명으로 떠오르는 문학작품 가운데 적지 않은 것들이 수준 이하라는 점, 문학이든 세상사든 이에 대한 평이나 발언 가운데 상당 부분이 비속어와 비문법적인 언어와 어법으로 채워져 있다는 점이 이 같은 혼란을 실감케 한다. 하지만, 어떤 의미에서 보면, 혼란을 말하는 것 자체가 기존의 '귀족주의적 문학관'을 드러내는 것인지도 모른다. 말하자면, 일정한 수준 및 고상한 언어와 어법을 유지해야만 비로소 문학다운 문학이라는 투의 사고방식을 강요하는 것인지도 모른다.

'귀족주의적 문학관'이라니? 그리고 무언가를 문학다운 문학이라는 투의 사고방식을 강요하고 있는 것인지도 모른다니? 이런 투의 표현을 사용하는 것 자체가 기존의 문학적 가치관 자체를 송두리째 부정하는 것으로 비쳐질지도 모른다. 또는 한 발자국 뒤로 물러선 상태에서 질서 파괴자들에게 동조하는 것으로 비쳐질지도 모른다. 그리하여 어떤 사람들은 우리에게 이렇게 물을 수도 있다. 인터넷 공간을 통해 문학의 타락과 황폐화를 재촉하고 있는 사람들과 우리가 다를 바가 무엇이냐고. 물론 우리도 문학의 타락과 황폐화를 원하지 않는다. 우리는 다만 문학이 결정적 위기를 맞았다면 그에 따른 혼란도 불가피하다는 점을 말하고 싶을 뿐이다.

이러한 혼란이 어느 쪽으로 질서를 잡아갈지 우리도 확신할 수 없다. 하지만 우리는 여전히 문학 자체가 지니는 위기 대처 능력과 비판 능력에 대해 확고한 믿음을 갖고 있다. 다시 말해, 어떤 형태의 혼란과 무질서든 이를 스스로 헤쳐나가고 자신의 위상을 새롭게 정립해나갈 수 있는 문학의 잠재력에 대해 우리는 굳은 믿음을 갖고 있는 것이다. 바로 이런 의미에서 현재의 혼란에 대한 지나친 우려는 불필요하다는 것이 우리의 의견이다. 우리가 초창기 시절의 웹진 『인스워즈』의 편집위원 김정환의 창간 발제문에 특히 유념하는 이유는 바로 이 때문이다. 즉, 그도 비록 위기를 의식하고 있지만, 그가 갖고 있는 문학의 전망이 그렇게 어두운 것이 아니라는 점에서 우리는 그의 발언에 주목하지 않을 수 없다. 김정환은 우선 "인터넷이 뜻하는 정보의 대홍수는 문학의 미래 전망 앞에 언뜻 수천 년 전의 대재앙처럼 놓여 있"음을 예감하면서 인터넷에 따른 문학의 위기를 다음과 같이 요약한 바 있다.

> 인터넷 언어는 갈수록 정보-기호화하고 있으며 인터넷의 무한-가상 공간(과 시간)이 담보 혹은 조장하는 이른바 '인터넷 민주주의'는 익명성과 표현의 자유의 관계를 극도로 왜곡시키면서 '프라이버시의 사도-메저키즘'이라고 부를 만한 언어 폭력 현상을 병발시키고 그 와중에 언어의 인간적 온기마저 박탈되는 조짐까지 보인다. 문학의 본질적인 (비)정치적 기능 중 하나가 인간 사이 (대화)언어의 질을 높임으로써 삶의 질을 높이는 것이라고 할 때 이 점은 문학이 직면한 가장 내밀한 위기라 할 것이다.

이러한 위기의식에도 불구하고 그는 "위의 '위기 현상'은 새로운 단계로 돌입한 문화 대중 민주주의의 한 측면, 특히 양적인 측면"으로 파악하고 있거니와, 바로 이 점에서 앞서 말한 것처럼 미래에 대한 그의 전망은 밝기만 하다.

하지만 대중은 언제나 미래 전망의 씨앗을 담지하고 있으며 역사는 현실의 대중적 미래를 회피하지 않고 그것을 바람직한 방향으로 이끄는 집단에 의해 끝내 대중적으로 발전하고, 위대한 문학은 언제나 그 흐름에 아름다움의 새로운 차원을 부여한다. 문학을 통해 불가능의 가상현실은 가능한 예술 현실로 전화된다. 그 역동성의 결과물을 우리는 '고전'이라고 불러왔다. 위의 '위기 현상'은 새로운 단계로 돌입한 문화 대중 민주주의의 한 측면, 특히 양적인 측면에 다름 아니다. 위기는 양적인 사고에서 오고, 발전은 질적인 사고에서와 양적인 사고의 변증법적인 결합을 통해 추동된다.

김정환의 고양된 언어는 활기와 생동감에 넘쳐 있다. 하지만, "'2000년'이라는 숫자는 자본주의의 '전망 없음'에 지친 인류의 미래 전망 염원에 의해 거대한 '생산의 형식'으로 전화될 수 있다"든가, "인터넷 정보의 홍수는 고전-정통 문화의 (국제)연대를 통해 재앙에서 아름다움의 전망, 혹은 전망의 아름다움의 네트워크로 전화될 수 있"으며 "정보의 홍수는 활자가 생긴 이래 최초로 문학-예술을 정보로부터 해방시킨다"는 그의 말에서 확인할 수 있듯, 그의 언어는 추상적이고 선언적이다. 따라서 "진정한 순수 문학 예술의 가능성이 열리는 것"이라는 그의 단언에도 불구하고 어떻게 해서 그것이 가능한지는 여전히 의문이다. 또한 "이 정보로부터 해방된 문학은 물론 정치와 인간으로부터 해방된 문학이 아니"라 "인간의 인간을 지향하는 길과 문자의 문자를 지향하는 길을 미학적으로 결합, '정치 너머, 정치보다 포괄적이고 열린 중심'을 스스로 이루는 문학"이라고 했을 때 그 말이 『인스워즈』라는 웹진의 창간과 어떤 관계가 있는지도 불분명하다. 그럼에도 불구하고, 그는 앞서 말한 '위기'를 변증법적 발전의 과정에 필연적인 것임을 인정하고 있다는 점에서 인터넷이라는 위기의 공간에 뛰어드는 명분이 무엇인가를 확실하게 밝히고 있거니와, 이 같은 문제의식에서 출발했던 것이 『인스워즈』와 같은 각종의 웹진이다.

  문학 관련 웹진 및 유사한 인터넷 사이트에 실리는 익명과 기명의 글을 접하면서 우리가 해야 할 일은, 『사이버 문학관』이라는 홈페이지에서 누군가가 제안한 바 있듯, "익명성과 탈영역, 탈권력의 속성을 지닌 가상 공간"이 글을 쓰는 "주체의 의식에 어떠한 영향을 주느냐"를 면밀하게 살펴야 할 것이다. 아울러, "실시간, 쌍방향, 광역 소통 등 현실 공간과는 다른 특징들"을 갖는 가상 공간이 "작가와 독자의 관계에 미치는 상호 영향 관계"와 가상 공간이 잠재적으로 만들어낼 수 있는 "독특한 문학 장르"가 있다면 그것이 "무엇이고, 왜 그런 장르가 발생하게 되었는가"도 면밀히 검토해야 할 것이다.

3. 앞날에 대한 하나의 전망을 뒤돌아보며

컴퓨터 소프트웨어 개발 전문가인 루이스(Deborah K. Louis)와 모로(Alexander Morrow)는 「초원학파―공동 컴퓨터 작업의 미래」라는 글을 통해 자신들이 처해 있는 1990년대 중반의 시점에서 대략 10년 후의 미래를 전망한 적이 있는데, 그들의 전망이 의미하는 바는 현재에도 여전히 되돌아볼 의미를 지니고 있는 것으로 판단된다. 글 속의 장소는 라스베이거스에서 열리고 있는 컴퓨터 박람회장 안의 어느 강연장으로, 그 강연장에서 "위자 주식회사의 회장이자 중역 회의의 의장인 머윈 윌리엄스"는 자신의 프로젝트와 관련하여 강연을 하고 있고, 존은 수많은 청중 가운데하나가 되어 이 강연을 경청하고 있다.

머윈이 말을 이었다. "과거에 대한 이야기로는 이것으로 충분할 것입니다. 이제 잠깐 미래를 살펴보기로 합시다. 제 생각으로는 여러분 모두가 우리의 미래는 학교 수업 현장에 있다는 점에 동의할 것입니다. 자, 그러면 미래의 교실로 가볼까요. 이얍, 바뀌어라!"
[머윈의 강연에 귀를 기울이고 있던 존은 조니가 되어] 자신이 오하이오 주 어딘가에 있는 초등학교 4학년 교실 안에 서서 친구인 메리와 함께 이야기

하고 있음을 깨달았다. 그들은 함께 하고 있는 프로젝트에 관해 이야기를 나누는 중이었다. "메리야, 지금 너 뭐 하고 있니?" 조니는 자신이 이렇게 묻는 것을 들을 수 있었다. "'온 세상'(*All The World*)이라는 프로그램을 시작하고 있어." 그녀가 이렇게 대답하자, "그게 뭔데?"라고 조니가 물었다. "저, 뭐랄까, 기본적으로 하나의 무대라고 할 수 있어." 메리가 컴퓨터 비슷한 기기를 가리키며 이렇게 말을 이어나갔다. "이건 사람들한테 무엇을 보여줄지를 지시할 때 사용하는 기기야. 이제 이 기기를 이용해서 우리에게 맡겨진 학급 프로젝트를 끝낼 거야. 한 시간 이내에 방송이 될 수 있도록 말이지." "방송이라니, 그게 뭐지?" "뭐랄까, 옛날에 채널이라고 불렀던, 그래 맞아, 채널이라고 불렀던 그런 것들과 같은 것인데, 그것 때문에 테이프를 반복해서 틀고, 또 네가 듣고 싶은 테이프를 골라 틀 수 있었잖아. 그런데 변화가 있었잖아. [중략] 이제는 네가 사람들한테 무엇을 보여주고 싶다는 말만 하면 되도록 바뀌었지. 만약 네가 보여주고 싶어하는 것을 사람들이 보기 원하면, 그들은 네 이름을 입력하기만 하면 돼. 그러면 사람들은 네가 보여주고 싶어했던 것을 볼 수 있게 돼. 내 말 알아듣겠니?" "음, 알 것 같아." 어느 정도 알아들은 조니가 이렇게 말했다. "아무튼, 블룸 선생님 담당 학급이 두 시간 안에 발표 무대를 가질 거라고 사람들에게 알렸으니, 서두르자." "뭘 할 건데?" 조니가 이렇게 묻자, 메리가 말했다. "아, 우선 이 연기자들과 소도구들을 이쪽으로 옮겨야지." 철필 모양의 입력 장치를 손에 쥔 채, 메리가 화면 한쪽에 있는 뛰어난 화질의 어린이 사진들과 텔레비전 세트라든가 마이크와 같은 소도구들을 가리켰다. "그리고 시간 경과 장치에 맞춰 연기가 이루어지도록 우리가 원하는 순서대로 이것들을 배열하면 돼." 메리가 입력 장치로 한 어린이의 사진을 지정한 다음, 이를 입력 장치로 끌어와서 35밀리미터 영화 필름처럼 생긴 것 위에 올려놓았다. 메리가 입력 장치로 사진을 옮겨놓은 곳은 영화 필름처럼 생긴 것의 첫째 칸이었는데, 옮겨놓자마자 이미지들이 소용돌이치면서 다음 칸에도 나타났다. 이 작업은 메리가 원하는 마지막 이미지가 나올 때까지 계속되었다. "바로 여기서 저 아이가 자기의 첫 역할을 끝내게 되는 거야. 다시 또 대사를 잊어버리기 전에 말이지." 그런 다음 메리는 인형극 극장을 나타내는 아이콘으로 입력 장치를 옮겨가서 그 아이콘을 끌어다가 마찬가지 방법으로 영화 필름처럼 생긴 것 위에 올려놓고는, 이렇게 말했다. "이게 우리가 어제 만든 만화야." 이러한 편집 과정을 몇 번 더 거친 다음 메리는 화면 위의 재생 버튼을 눌렀고, 그러자 무대 공연이 시작되었다. 공연은 바람에 휘날리는 모양의 글자로 이루어진 극 제목, 사회를 보는 아이, 몇몇 만화 그림들, 몇몇 새로 만든 노래들, 초등학교 4학년 수준의 유머 등으로 구성되어 있었으며, 마지막으로 제작 참여자들 명단이 차례로 나오며 화면 위쪽으로 움직였다. 그녀는 자신의 작품을 저장하면서 대단히 만족해하는 표정을 지었다.[1]

이 글에는 당시로 보아 실현 가능한 미래의 상황을 몇 가지 관점에서 제시하고 있다. 첫째, 위의 시나리오는 청중이 가상현실을 체험하고 있는 것으로 되어 있거니와, 루이스와 모로가 전망한 미래의 시점에서 다시 10여 년이 흐른 오늘날 가상현실 체험은 교육, 훈련, 오락, 설계와 디자인, 영화 등등의 방면에서 광범위하게 활용되고 있다. 둘째, 위의 인용은 방송 프로그램을 제작하는 쪽과 이를 소비하는 쪽이 엄격하게 나뉘어 있는 상황에 변화가 있을 것임을 예측한다. 다시 말해, 누구나 방송의 주체가 되리라는 것이며, 시청자는 방송사의 채널 대신 개인 제작자의 이름을 입력하면 그가 제작한 방송 프로그램을 즐길 수 있으리라는 것이다. 실제로 2004년경 '아이팟'(iPod)과 '브로드캐스트'(broadcast)의 합성어인

---

1) Deborah K. Louis & Alexander Morrow, "Prairie School: The Future of Work Group Computing," *The Future of Software*, ed. Derek Leebaert (Cambridge, MA: MIT, 1995), 121–22쪽.

'팟캐스트'(podcast)로 불리는 새로운 형태의 방송 방식이 등장했는데, 이는 루이스와 모로가 예견한 바가 실현되었음을 보여주는 사례라고 할 수 있을 것이다. 이와 관련하여, 팟캐스트 서비스인 젠캐스트(ZENCast)를 제공하는 크리에이티브 테크놀로지(Creative Technology)가 '팟캐스트'라는 말의 어원이 무엇이든 이는 '개인 방송'(Personal On Demand Broadcast)으로 풀이할 수 있음을 말한 바 있음을 주목해야 할 것이다.[2] 바로 이 팟캐스트가 오늘날 인터넷 세상을 뜨겁게 달구고 있는데, 이제 방송 주체의 대중화 시대가 왔다고 해도 지나친 말이 아닐 것이다. 셋째, 위의 인용에서 확인할 수 있듯, 루이스와 모로는 방송용 프로그램의 편집과 제작을 위한 컴퓨터 프로그램(소프트웨어)의 일반화를 예견한 바 있는데, 이 또한 무리한 전망은 아니었음을 여러 사례가 보여준다. 사실, '스마트키'(SmartKey)의 예에서 보듯, 이에 해당하는 컴퓨터 프로그램이 개발되기 시작한 지는 1980년대 초로 아주 오래되었다. 그리고 이 분야의 프로그램 개발이 발전을 거듭하여 오늘날에는 '파이널 드래프트'(Final Draft)나 '무비 매직 스크린라이터'(Movie Magic Screenwriter)와 같은 프로그램이 널리 활용되고 있다. 우리나라에서도 지난 2013년 '스토리 창작 지원 프로그램'인 '스토리 헬퍼'와 같은 프로그램이 개발되어 소개된 바 있다.[3]

루이스와 모로의 전망과 관련하여 특히 문제가 되는 것은 방송용 프로그램 제작과 편집과 관련된 컴퓨터 프로그램에 대한 논의로, 이에 대해서는 나름의 논의가 뒤따르지 않을 수 없다. 무엇보다 우리는 루이스와 모로가 메리의 입을 통해 "온 세상"이라는 프로그램은 "기본적으로 하나의 무대"라고 설명하고 있음에 유의해야 할 것이다. 추측건대, 이는 셰익스

---

2) Charles Arthur & Jack Schofield, "Short shrift," *The Guardian*, 2006년 1월 12일.

3) http://www.thisisgame.com/webzine/news/nboard/4/?n=45295 참조.

피어의 『뜻대로 하세요』(*As You Like It*)의 제2막 제7장에 나오는 "온 세상은 하나의 무대"(All the world's a stage)라는 대사에서 취한 것으로, 그들이 전망했던 프로그램은 극적인 것이든 시적인 것이든 소설적인 것이든 '기본적으로' 문학적인 것이었으리라. 하기야 앞서 언급한 '파이널 드래프트'든 '무비 매직 스크린라이터'든 또는 '스토리 헬퍼'든 기본적으로 또는 넓게 보아 문학적 창작을 목표로 한 것이다. 이는 단순히 학생들이 수업 시간에 자신들에게 주어진 과제를 매끄럽게 극적으로 발표하기 위한 도구만이 아니다. 사실 루이스와 모로가 전망한 대로 그런 프로그램이 아직까지는 학교 수업에서 과제물 작성을 위한 도구로 사용되고 있다고 볼 수는 없다. 아무튼, 이른바 문학적 창작을 돕는 프로그램들이 널리 사용되는 시점에 왔다는 점을 인정하더라도, 과연 그와 같은 프로그램이 우리가 알고 있는 문학을 앞으로도 여전히 가능케 할 것인가. 어떤 의미에서 보면, 루이스와 모로가 미래를 전망하면서 "학교 수업 현장"으로 논의의 범위를 좁혔던 것은 이 점을 의식했기 때문인지도 모른다. 즉, "온 세상"과 같은 프로그램을 아무리 효과적으로 활용하더라도, 셰익스피어가 자신의 수많은 작품을 통해 "온 세상은 하나의 무대"임을 보여주었던 것과 같은 수준의 문학적 창작이 문학의 마당에서 가능하지 않으리라는 점을 직감적으로 깨닫고 있었기 때문인지도 모른다.

하지만, 루이스와 모로가 10년 후의 상황을 전망했듯, 이와 관련하여 누군가가 앞으로 10년 후의 상황을 전망할 수도 있지 않을까. 그리고 그와 같은 전망 가운데 하나가 이른바 '문학 창작 지원 프로그램'이 과거와 현재의 탁월한 문학작품과 어깨를 나란히 할 수 있는 작품 창작을 가능케 할 수도 있다는 것일 수 있지 않을까. 우리의 판단으로는, 거의 모든 전망이 유의미한 것이었지만 교실 상황에 대한 전망이 정확하지 않았던 것처럼, 그 어떤 '문학 창작 지원 프로그램'이 발전을 거듭하여 엄청나게 효과적인 것이 되더라도 과거와 현재의 탁월한 문학작품과 어깨를 나란히 하는 작품의 창작은 가능하지 않을 것이다.

물론 과거와 현재의 탁월한 작품이 아니더라도 일정한 수준의 문학작품의 창작은 가능할지도 모르겠다. 그리고 이를 통해 누구나 직접 문학작품을 '만들고' 또한 감상하게 될지도 모른다. 아니, 누구나 가상현실 안에서 작가가 되는 동시에 작중인물이 되고, 그와 동시에 독자가 될 수 있을지도 모른다.

그렇게 되면 문학은 더 이상 우리가 지금 이 자리에서 생각하는 문학이 아닐 수도 있다. 어쩌면, '문학'이라는 이름을 유지한 채 다른 무언가로 바뀔 수도 있으리라. 하기야, 테리 이글턴(Terry Eagleton)이 『문학 이론 입문』의 서설에 해당하는 「문학이란 무엇인가」에서 밝히고 있듯, 오늘날 우리가 문학으로 규정하는 것은 시대적 이념의 산물[4]일 수도 있다. 따라서 시대와 상황이 바뀌면 이와 함께 바뀔 수 있는 것이 다름 아닌 문학의 개념이다. 따지고 보면, 무엇이 문학이고 무엇이 문학이 아닌가와 관련하여 오늘날 우리가 갖고 있는 기준이 확립된 것은 불과 얼마 되지 않은 일이 아닌가. 조너선 컬러(Jonathan Culler)가 『문학 이론 개론적 입문』의 제2장 「문학이란 무엇이며, 문학이 무엇인지가 중요한 문제인가」에서 밝히고 있듯, 불과 2세기에 지나지 않는다.[5] 여기서 확인할 수 있듯, 몇천 년의 역사를 지닌 것이 문학이지만, 그 기준은 시대에 따라 얼마든지 변할 수도 있다. 그만큼 문학은 유연한 것이고, 따라서 문학의 변화와 변신은 얼마든지 가능한 것일 수 있다. 그렇다고 해서, 문학 자체가 없어지는 것은 아니지 않은가. 프로테우스의 변신에도 불구하고 프로테우스는 여전히 프로테우스이듯. 아무튼, 루이스와 모로가 셰익스피어 작품의 한 구

---

4) Terry Eagleton, *Literary Theory: An Introduction* (Minneapolis: U of Minnesota P, 1983), 14-16쪽.

5) Jonathan Culler, *Literary Theory: A Very Short Introduction*, 재판 (1997; Oxford & New York: Oxford UP, 2000), 21쪽.

절에 기대어 넓게는 방송을 포함하여 인간의 모든 창작 행위, 좁게는 문학작품 창작 행위에 변화가 올 것임을 예견한 바 있거니와, 어떠한 형태로는 그에 상응하는 변화가 불가피할 것이라는 전망은 불가피해 보인다.

사이버 공간과 문학의 미래

1. 사이버 공간 안으로

사이버(cyber-)로 시작되는 단어들이 요즈음 우리 주변에서 자주 눈에 띄는데, 이는 물론 컴퓨터 및 컴퓨터 통신의 일반화와 맥을 같이한다. 원래 '인공 두뇌학'이라는 의미를 갖는 사이버네틱스(cybernetics)에서 나온 이 접두사는 다양한 단어들과 결합하여 컴퓨터 및 컴퓨터 통신과 관련되는 각종 용어의 출현을 이끌었다. 인터넷에 접속하거나 컴퓨터 게임을 즐길 수 있는 시설을 갖춘 사이버 카페, 온라인상의 거래에서 지급 수단 역할을 하는 사이버 캐시, 인터넷과 같은 컴퓨터 통신 수단을 사용하는 사람들에 의해 형성된 문화를 지칭하는 사이버 컬처 등이 그 예가 될 것이다. 하지만 그 무엇보다 널리 쓰이고 있는 새로운 용어는 아마도 '사이버 스페이스'일 것이다. 우리나라에서는 '사이버 공간'이라는 말로 통용되고 있는 이 용어는 윌리엄 깁슨(William Gibson)이 1984년에 발표한 그의 소설 『뉴로맨서』(*Neuromancer*)에서 처음 사용되기 시작한 것으로, 인터넷과 같이 컴퓨터가 서로 연결되는 가운데 생성되는 일종의 가상적인 공간을 지칭하기 위한 것이다. 말하자면, 사이버 공간이란 문학적 상상의 세계 속에 존재하는 것과 같은 가상적인 공간이지만 컴퓨터 화면을 통해 눈으로 확인할 수 있는 가시적인 공간이기도 하다. 즉, 존재하면서도 존재하지 않고 존재하지 않으면서도 존재하는 공간이 곧 사이버 공간인 셈이다.

이 사이버 공간 안에서 사람들은 서신을 교환하거나 정보를 검색하기도 하고, 상품과 용역을 사고팔기도 한다. 한편, 일부 특정한 사이버 공간 안에서는 현실 세계가 있는 그대로 모사 또는 재현되기도 하는데, 이로 인해 우리에게 주어지는 것이 이른바 가상현실(virtual reality)이다. 가상현실의 공간 안에서는 시각, 청각, 심지어 촉각적으로 실제 세계가 주는 것과 유사한 현실감을 느낄 수 있다. 물론 이 가상현실의 공간 안으로 진입하기 위해서는 특수한 장치들이 필요한데, 이러한 장치들은 가상현실 속에서 느끼고 판단하고 행동하는 일까지 가능케 하기 위한 것이다. 하지만 현재로서는 제한된 의미에서의 가상현실을 체험하는 일만 가능할 뿐이다. 말하자면, 문자 그대로의 가상현실은 아직 실현화 단계 이전이라고 해도 무리는 아닐 것이다. 그런 이유 때문인지는 몰라도 현재로서는 문자나 영상 등의 시각적 자료를 이용하여 재현해놓은 가상의 세계 전반을 지칭하는 표현으로 가상현실이라는 용어가 사용되기도 한다. 요컨대, 엄밀하게 말하자면 사이버 공간이나 가상현실 공간은 서로 다른 개념이긴 하지만, 크게 보아 컴퓨터의 발전과 함께 출현한 비(非)물리적인 가상의 공간이라는 점에서 서로 바꿔 쓸 수 있는 개념이기도 하다.

이 사이버 공간 또는 가상현실 공간의 출현이 오늘날 우리의 삶에 어떤 영향을 미치고 있고 앞으로 어떤 영향을 미칠 것인가를 가늠하기란 결코 쉽지 않다. 그럼에도 불구하고 사이버 공간을 헤매는 가운데 외부의 세상과 담을 쌓는 사람들이 늘어가고 있다는 이야기가 나올 정도이니, 사이버 공간이 우리의 삶에 미치는 영향력은 쉽게 간과할 수 없는 것이리라. 사실 사이버 공간에서는 현실에 대한 거의 그대로의 모사가 가능하기 때문에, 나아가 현실에 대한 모사를 뛰어넘어 새로운 세계의 가시적 창조가 가능하기 때문에, 이 공간이 갖는 매력은 대단한 것이다. 하지만 사이버 공간의 매력은 이것으로 전부가 아니다. 현실이 갖는 시공간적 제약을 거의 완벽하게 뛰어넘을 수 있다는 사실이 사이버 공간의 매력을 절대적인 것으로 만들고 있다.

　말할 것도 없이, 사이버 공간 내의 가상현실이란 현실을 모방하거나 이에 기대어 구축해놓은 인위적인 세계로, 이는 어디까지나 '가상적'인 것일 뿐 현실을 대체하는 것이 아니다. 따라서 가상현실을 우리가 몸담고 있는 현실과 혼동해서는 안 될 것이다. 아울러, 가상현실을 이른바 '모의된 현실'(simulated reality)과 혼동해서도 안 된다. 원론적으로 말해, 전자의 개념이 현실을 모델로 하여 구축하되 현실과 쉽게 구분이 되는 작위적인 세계를 지시한다면, 후자의 개념은 현실을 있는 그대로 재현한 세계를 지시한다는 점에서 그러하다. 다시 말해, 후자는 현실과의 구분이 어떤 점에서 보면 불가능할 정도로 이에 대한 충실한 '모의'(模擬, simulation)를 통해 구축된 세계를 지시한다.

　이 같은 모의된 현실이 현실적으로 가능한가에 대한 논란이 있을 수 있지만, 단순히 이는 기술공학적으로 구축 가능한 세계인가라는 논란의 대상만이 아니다. 이는 무엇보다 현실에 대한 철학적 또는 인식론적 이해에 핵심이 되는 개념일 수도 있거니와, 아마도 우리는 모의된 현실의 한 예를 장자(莊子)의 호접몽(胡蝶夢)에서 찾을 수 있을 것이다. 즉, '장자가 인간인 세계'와 '장자가 나비인 세계' 가운데 어느 쪽이 '진정한 의미에서의 현실'인지 모르겠다는 장자의 입장에서 본다면, 양자 가운데 하나는 다른 하나에 대한 모의된 현실일 수 있다. 또 하나 예를 들자면, 어두운 동굴 안쪽의 벽에 비친 그림자를 현실 그 자체로 인식하고 있는 것이 인간—즉, 현상계라는 동굴에 갇힌 인간—이라는 플라톤의 주장을 내세울 수도 있겠다. 다시 말해, 플라톤에 기대면, 일종의 모의된 현실 속에 살면서 이를 '진정한 의미에서의 현실'로 인식하고 있는 것이 우리네 인간일 수 있다. 여기서 암시되고 있듯, 우리가 몸담고 있는 세계란 그 자체가 모의된 현실임에도 불구하고, 우리는 이를 '진정한 의미에서의 현실'로 받아들이고 있는지도 모른다는 가설이 성립될 수도 있다.

지난 20세기를 마감하는 1999년에 선보여 온 세상을 떠들썩하게 한 바 있는 영화《매트릭스》(*The Matrix*)는 이 같은 모의된 현실의 개념을 새삼스럽게 문제화한 기념비적 작품으로, 이 영화의 저변에 놓인 주제가 다름 아닌 우리가 몸담고 있는 현실의 실체는 무엇인가. 혹시 우리는 미지의 절대적인 존재 또는 모종의 세력이 우리에게 현실로 받아들이도록 구축해놓은 모의된 현실 속에 몸담고 있으면서도 이를 의식하지 못하거나 않는 것은 아닐지? 이처럼《매트릭스》는 우리가 몸담고 있는 현실 세계를 새로운 시각으로 바라보게 한다. 하지만 이 영화는 모의된 현실의 개념에 대한 문제 제기의 차원을 넘어서서 또 하나의 새로운 문제 제기를 가능케 한 것도 사실인데, 이 영화에서 '매트릭스'라는 모의된 현실은 앞서 정의한 바의 모의된 현실에 해당하는 것으로 보기에는 무리가 있기 때문이다. 이른바 이 영화의 '매트릭스'는 인간의 현실을 모의한 것일 뿐만 아니라 이에 대한 자의적인 왜곡이 가해진 것이다. 영화에 의하면 '매트릭스'를 구축한 주체는 고도의 지능을 지닌 기계로, 기계는 자신의 생존을 위해 인간의 현실을 자의적으로 왜곡하고 이를 이용한다. 다시 말해, 이 영화의 모의된 현실은 작위적으로 구축된 것이라는 점에서 우리가 일반적으로 이해하는 가상현실과 근본적으로 다를 바 없는 것일 수 있다. 그런 의미에서 볼 때, 이 영화의 '매트릭스'는 인간에게 현실과 구분이 불가능할 정도의 더할 수 없이 정교한 가상현실일 수 있다. 요컨대,《매트릭스》는 진정한 현실과 모의된 현실 사이의 구분 가능성에 대한 문제를 제기하는 영화이기도 하지만, 모의된 현실과 가상현실 사이의 구분 가능성에 대한 문제를 제기하는 영화이기도 하다.

이 같은 문제 제기에도 불구하고, 거듭 말하거니와 우리는 가상현실과 우리가 몸담고 있는 현실을 혼동해서는 안 될 것이다. 물론 오늘날 일반화되어 있듯 가상현실에 대한 우리의 체험은 주로 시각과 청각의 면에서 이루어지는 한, 혼동을 방지하기란 어려워 보이지 않는다. 그리고 이를 뛰어넘어 촉각과 후각의 면에서도 완벽해진다 해도 여전히 가상현실을 우리의 현실과 혼동하는 일은 논리적으로 불가능하다. 가상현실로 진입하기 위해 우리가 동원하는 장비 자체가 우리에게 가상현실은 곧 현실이 아님을 일깨우기 때문이다. 하지만 언젠가는 어떤 장비도 동원하지 않은 채 또는 장비를 동원하더라도 이를 전혀 의식하지 않은 채 더할 수 없이 정교한 가상현실의 세계로 진입할 수도 있고, 그렇게 해서 체험한 가상현실의 세계가 말 그대로 박진감과 현실감이 넘치는 것으로 바뀔 가능성을 부정할 수는 없다. 하나의 예를 들자면, 요즈음 날로 발전하는 휴대전화기의 영상 통화 기능을 거론할 수 있을 것이다. 사실 영상 통화 기능으로 인해 우리는 상대와 마주한 상태에서 이야기를 나누고 있다는 느낌을 갖더라도 상대가 내 앞에 있다고 느끼지는 않는다. 하지만 단순히 상대와 마주하고 있다는 느낌을 갖는 차원을 뛰어넘어 실제로 상대가 삼차원적 실체로서 대화 현장에 와 있다는 착각에 빠져들게 하는 이른바 텔리프레즌스(telepresence)나 텔리그지스턴스(telexistence)의 개념까지 거론되고 있거니와, 이 같은 개념이 현실화되었을 때도 우리는 여전히 현실과는 상이한 가상 세계를 체험하고 있다고만 느낄 수 있을 것인가. 가상현실에 대한 체험이 날로 정교하고도 사실보다 더 사실적인 것으로 진화하는 이상, 이는 얼마든지 모의된 현실과 다름없는 것이 될 수도 있다.

결국 문제가 되는 것은, 미래의 어느 시점에 가상현실이 우리가 몸담고 있는 현실과 너무도 유사하여, 양자 사이의 차이를 명백하게 밝히기 어려운 지경에 이를 수도 있다는 점이다. 즉, 사이버 공간 속의 가상현실과 우리가 몸담고 있는 현실 사이의 구분이 무의식의 차원에서 무화(無化)하는 순간이 언젠가 올 수도 있다. 그런 때가 오면, 《매트릭스》가 제시하는 디스토피아적인 세계가 곧 우리의 현실이 될 수도 있으리라. 어쨌거나, 《매트릭스》가 제기하는 현실과 모의된 현실 사이의 차이에 대한 문제 제기가 장자나 플라톤의 예에서 보듯 궁극적으로 철학적 또는 인식론적 차원의 것일 수 있다면, 현실과 가상현실 사이의 유사성에 대한 문제 제기는 무엇보다 기술공학적 또는 인지과학적인 것이다. 하지만 단순히 그런 차원에서 이해하고 논의를 계속할 수 있다면! 문제는 이 같은 문제 제기가 언제 어디서든 심지어 지금 이 순간 바로 여기서 개개인의 심리학적 또는 심리적 차원의 것으로 바뀔 수 있다는 데 있다. 다시 말해, 현실과 가상현실 사이의 혼동이라는 문제는 결코 객관적 상식이나 합리적 논리로 설명하기 어려울 만큼 심각한 것이 될 수도 있다.

2. 사이버 공간 또는 가상현실 안에서

지난 2000년 3월 초순에 일어났던 한 살인 사건은 여러 면에서 전례를 찾을 수 없는 것이었다. 이 사건의 가해자는 중학교에 다니는 14살짜리 소년이었으며, 피해자는 초등학교에 다니는 그 소년의 동생이었다. 이같은 사실 자체도 전례가 없는 것이었지만, 사이버 공간 속의 가상현실과 현실을 혼동하는 경우 양자 사이의 경계가 실제로 사라질 수 있음을 보여준 사례일 수 있다는 점에서도 전례가 없는 것이었다. 보도에 의하면, 그 소년은 사이버 공간을 이용한 머드(MUD, Multi User Dungeon)라는 인터넷 게임에 중독되어 있었으며, 여기서 살해 동기를 찾을 수 있을지도 모른다는 것이었다. 물론 사건의 원인을 그처럼 단순화해도 되는 것인지에 대해서는 의문의 여지가 있지만, 언론 매체들이 제시하는 여러 정황 증거를 살펴보면 게임 중독증이 최소한 하나의 원인(遠因)일 수도 있었다는 추측을 가능케 한다. 생각하기에도 끔찍한 일이지만, 만에 하나 사이버 공간에서 이루어지는 인터넷 게임 중독이 동기가 되어 그 소년이 동생을 살해하게 되었다면, 이는 실로 심각한 일이 아닐 수 없다. 비록 심리적인 차원의 것이라고 해도, 이른바 사이버 공간 또는 가상현실 공간과 현실 사이의 경계가 무너질 때 그 결과가 끔찍한 사건으로 연결될 수도 있음을 보여주는 일이기 때문이다. 그 당시 사이버 공간 또는 가상현실에 대한 우려의 목소리가 끊이지 않았던 것은 이런 맥락에서다.

사실 사이버 공간과 현실 사이의 벽이 문자 그대로 무화될 수 있음을 예견한 소설이 그보다 몇 달 전인 1999년 12월에 발표된 바 있었는데, 그것은 바로 김민영의 『옥스타칼니스의 아이들』[1]이다. 사이버 공간 안에서 연재되었던 이 소설은 그 당시로 보아 미래의 시점인 2003년 5월 어느 날 머드 게임에 중독된 한 청년이 가상현실 속에서 빠져나와 현실의 공간 안에서 국회의원을 살인하는 것으로 시작된다. 가상현실 속에 존재하는 전사와 같이 민첩하고 날렵한 칼부림으로 사람을 살해하는 소설 속의 청년은 물론 소설의 배경이 되고 있는 현실 속의 인간이 아니다. 현실 속의 인간은 물리적 의미에서의 몸만을 제공하고 있을 뿐 그의 의식과 행동은 바로 가상현실 속의 전사다. 이 살해범은 살인 현장에서 죽임을 당하기에, 평범한 인간이었던 그가 어디에서 그런 날렵한 칼부림을 배웠는지, 살해동기는 무엇인지가 모두 의문에 싸이게 되고, 소설은 바로 이 수수께끼를 풀어가는 과정으로 구성된다.

이 소설은 수수께끼를 풀어나가는 과정을 다룬 추리 소설이기도 하지만, 다른 한편으로는 가상현실이 완벽하게 구현되었을 때의 상황을 보여주는 환상 소설이기도 하다. 다시 말해, 소설은 크게 가상현실 속에서의 삶과 현실 속에서의 삶이 병치되는 구조로 이루어져 있는데, 바로 이 두 공간 사이를 넘나드는 인물이 소설의 주인공인 원철이다. 원철은 가상현

---

1) 김민영, 『옥스타칼니스의 아이들』 전6권(민음사, 1999). 이 책에 대한 앞으로의 인용은 '권:면'의 형태로 본문에서 밝히기로 함.

실 공간 안에서는 보로미어라는 무사로, 현실 안에서는 전문 컴퓨터 프로그래머로 삶을 살아간다. 가상현실 공간에 대한 그의 체험은 어느 날 무료로 배달된 머드 게임의 일종인 "팔란티어"에 접속함으로써 시작된다. "시각, 청각, 후각, 미각, 촉각 등 모든 감각"뿐만 아니라 "행동"까지도 철저하게 "제어"하는 이 게임 프로그램, "놀랄 정도로 완벽한 가상현실"을 구현하는 이 게임(1:148)에 빠져들면서 원철의 삶은 가상의 공간 안에서의 삶과 현실 안에서의 삶으로 양분되며, 이야기의 전개 역시 양쪽 세계를 넘나들며 전개된다.

따지고 보면, 한 인간이 게임을 통해 가상현실 공간을 체험하고 이에 몰두한다는 식의 이야기는 새로울 것이 하나도 없는 것이긴 하다. 문제는 가상현실 공간에서의 체험이 어떤 과정을 거쳐 현실 안에서 삶을 살아가는 원철의 의식을 서서히 지배해나가는가를 바라보는 작가의 시각에 있다. 전6권으로 이루어진 이 소설의 5권에 이르러 원철은 "보로미어의 입술로 전해지던 [여사제] 실바누스의 감촉을 상기하면서 약간의 당혹감을 느"끼는 지경(5:99)에 이르게 되며, 급기야는 게임에 몰두하여 현실보다는 "팔란티어란 가상현실을 대신 택할 수 있"다(5:246)는 생각까지 하게 된다. 즉, 현실에서 못 이룬 일을 가상현실 속에서 이룰 수 있다면 차라리 가상현실 속에서의 삶을 택하겠다는 의지를 보이는 것이다. 이처럼 게임에 몰입하는 과정에 원철은 혜란이라는 미모의 젊은 범죄 심리학 박사와 만나게 되는데, 그들은 마치 예정되어 있었던 양 현실 세계 안에서 사랑하는 사이가 된다. 여기서 우리가 '마치 예정되어 있었던 양'이라고 함은, 현실 세계에서의 혜란은 가상현실 공간 안에서 원철이 사랑하는 실바누스였기 때문이다. 말하자면, 혜란 역시 원철과 마찬가지로 가상현실 공간과 현실 공간 안에서의 삶을 함께 살아가는 사람이었던 것이다.

이 같은 우연의 일치가 소설의 완성도를 떨어뜨리는 것은 사실이지만, 이 우연과 필연의 운명 속에 만난 남녀의 대화를 통해 작가는 이 소설의 의도가 무엇인가를 선명하게 보여준다.

'혜란 씬 지금 잘못 생각하고 있어요. 팔란티어란 가상현실을 더 이상 컴퓨터가 만들어낸 허상으로 치부해서는 안 돼요. 그건 엄연히 우리가 사는 현실의 일부분이고 그 안의 캐릭터들도 우리의 일부로서 그 존재를 인정받아야 해요. 그걸 인정하지 않고 무시하려고 하니까 두 세계 사이에 혼란이 생기는 거란 말입니다.'

'원철 씨의 혼란은 이제 망상에 가깝군요. 아주 체계까지 잡혀가는 게 정말 제 학문적 호기심을 무척이나 자극하고 있네요.'

혜란의 차가운 대구에 원철은 참다못해 소리를 지르고 말았다.

'난 혜란 씰 사랑해요! 난 진심이라고! 난 혜란 씨 마음을 있는 그대로 받아들이고 있는데, 왜 혜란 씬 내 진심을 비뚤어지게만 보는 거예요!'

'소리 지르는 모습이 보로미어와 무척 닮았군요.' (6:13)

하지만 혜란도 끝내 원철의 생각에 동의하게 된다.

'생각을 했어요. 아주 오랫동안. 내가 지금까지 배워서 알고 있던 모든 지식들을 접어두고, 원철 씨가 했던 말만 생각했어요. 그러자 원철 씨가 계속 나에게 말하려던 것들이 이해가 됐어요.'

'내가 말하려던 것들이오?'

'네. 팔란티어 역시 현실과 동등하게 받아들여야 하는 세계라는 것이며 실바누스를 사랑하는 것이 곧 나를 사랑하는 것이라는 것, 그리고 그저께 그렇게라도 날 접속시킬 수밖에 없었던 사정 등등, 뭐 그런 것들 말이에요.' (6:154)

위에 인용한 대화를 통해 우리는 현실과 가상현실 사이의 경계란 무의미한 것일 수도 있다는 세계 인식의 태도와 마주하게 되는데, 바로 이러한 인식을 통해 작가는 문제의 살인 사건에 대한 해결의 열쇠를 제공한다. 즉, 앞서 살핀 바와 같이, 살인 사건은 가상현실의 세계 속에서의 무사가 현실 세계에 존재하는 사람의 몸을 빌려 일을 자행한 것이었다. 소설에 의하면 원철은 최면 유도에 따라 가상 세계 속에 존재하는 그인 보로미어로 바뀜으로써 이를 증명한다. 말하자면, 원철의 무의식 세계 안에 보로미어가 존재해 있었음을 증명함으로써, 작가는 가상현실과 현실 사이의 벽 자체가 무화될 수 있다는 메시지를 전하고 있는 것이다.

　문제는 이처럼 가상현실과 현실 사이의 벽이 무너질 때 우리 사회가 겪어야 할 혼란일 것이다. 만일 이처럼 가상현실과 현실 사이의 벽이 무너지면, 우리 사회는 극단의 경우 조지 오웰이 예견한 '빅 브라더'의 세계보다 한층 더 교묘한 방식으로 누군가의 지배를 받는 세계가 될 수 있고, 이에 따라 사회 구성원이 좀비와 다름없는 상태로 존재하는 끔찍한 세계로 바뀔 수도 있으리라. 어떤 의미에서 보면, 현대 사회는 이미 그와 같은 세계로 진입하기 시작했는지도 모른다. 비록 알지도 못하고 의식하지도 못하지만, 먹는 것, 입는 것, 생각하는 것, 노는 것 모두가 그 누군가의 이해관계에 따라 통제되고 조절되는 상황에 진입하고 있는지도 모르는 것이 우리 사회는 아닐지? 결국 문제는 악의를 지닌 누군가가 가상현실이든 현실이든 이를 조작함으로써 이 세계에 야기할 수 있는 혼란을 어떻게 방지할 것인가에 있다. 작가는 바로 이에 대한 경각심을 『옥스타칼니스의 아이들』을 통해 우리에게 일깨우고 있는지도 모른다.

　물론 이야기는 정의의 승리로 끝난다. 현실과 가상현실 사이의 구분 능력을 상실케 하는 컴퓨터 게임을 통해 인간과 사회를 지배하려는 인물에 맞서 그는 마지막 싸움을 벌이는데, 이 장면이 아주 절묘하다. 즉, 그는 최면을 통해 게임 속의 전사 보로미어로 바뀐 다음 문제의 인물에게 돌진한다. 마치 소설의 첫 장면에서 국회의원을 살해하던 청년, 아니 청년의 몸을 빌려 칼을 날리던 게임 속의 전사와도 같이. 다시 말해, 여전히 가상 현실과 현실 사이의 경계가 무너진 구도에서 이른바 정의가 실현되고 있는 것이다.

요컨대, 소설은 정의의 승리로 끝나지만, 바로 그 정의의 승리가 가상 현실 속의 인물이 현실로 튀어나옴으로써 이루어진다는 점에서 여전히 문제적(problematic)인 것이라고 할 수 있다. 어쩌면, 현실의 문제를 가상 세계의 인물이 해결하도록 함으로써 작가는 결코 순탄치 않을 우리의 미래를 암시하고자 했는지도 모른다. 물론 작가가 소설의 시작과 끝을 구성상 일치시킴으로써 보다 더 극적인 종결을 유도하고자 했는지도 모른다. 하지만 컴퓨터를 이용하여 인간 사회를 지배하고자 할 정도로 고도의 지능과 정치적으로든 경제적으로든 힘을 소유한 자에게 우리가 과연 어떻게 대적할 수 있겠는가. 이 암울한 메시지를 이 소설에서 또한 읽을 수도 있지 않은가.

바로 이런 메시지를 읽도록 한다는 점에서 김민영의 『옥스타칼니스의 아이들』은 우리가 몸담고 있거나 곧 몸담게 될 시대에 대한 우의적 이해와 비판으로 읽힐 수 있다. 물론 원철의 삶과 그가 그의 친구와 함께 문제의 수수께끼를 풀어나가는 과정은 환상 세계 속의 보로미어의 모험 과정보다 한결 더 흥미롭게 읽힌다는 점에서 이 소설 전체의 문학적 완성도는 여전히 문제될 수 있다. 또한 사건 전개와 관련하여 곳곳에서 눈에 띄는 우연성의 남발이나 사건 전개의 심각성에 비해 결말이 다소 허약하다는 점도 또한 소설의 완성도에 흠이 될 수도 있다. 아울러, 보로미어의 모험 과정에서 그는 남들의 "입장을 전혀 생각하지 않고 행동"했음에 "스스로에 대한 강한 혐오에 사로잡[힘]"만큼(6:37)의 성격상의 변화를 보이지만, 그를 비롯해 가상 세계 속의 인물들은 모두 지나치게 평면적(flat)이다. 말하자면, 컴퓨터 게임의 상황을 문자로 바꿔놓은 것 이상의 의미가 없는 것 같다는 느낌을 줄 정도로 단조롭다. 이 점은 바로 작가 자신이 가상현실이 단순한 가상현실로 존재하는 것이 아니라 현실과 똑같은 무게를 갖게 되었을 때 그 세계란 과연 어떤 것인가에 대한 문학적 상상력을 제대로 펼쳐 보이지 못했음을 증명하는 것일 수도 있다. 또는 사이버 공간에서 확인되는 이른바 '검과 마법' 유형의 환상 소설의 관습에서 작가가 벗어나지 못했음을 보여주는 것일 수도 있다. 이유가 무엇이든 이제까지 나온 유사한 종류의 소설에서 확인하기 어려웠던 비판적 시선을 담고 있는 작품이 『옥스타칼니스의 아이들』이고, 바로 이 점에서 이 소설은 사이버 공간의 시대에 더욱더 그 영향력을 강화해갈 사이버 문학이 지향해야 할 바를 알려준 선구적 작품으로 평가할 수도 있다.

3. 다시 사이버 공간 밖으로

말할 것도 없이, 사이버 공간이라는 말이 활발하게 사람들의 입에 오르내리기 시작한 1990년대부터 이미 사이버 공간이라는 가상의 공간이 우리 사회에 미칠 영향에 대한 우려의 목소리가 작지 않았다. 또한 사이버 공간의 일반화를 이끈 인터넷 시대에 문학이 가야 할 길은 무엇인가와 관련해서도 역시 우려의 목소리가 작지 않았다. 아마도 논의 초창기의 이 같은 목소리를 대변하는 것이 "멀티미디어와 인터랙티브, 그리고 하이퍼텍스트와 스크린에 익숙해져 있는 요즘의 젊은 세대들에게 아직도 기승전결과 페이지와 활자의 한계에서 벗어나지 못하는 문학이 예전처럼 강력한 감동과 호소력을 갖기는 어렵게 되었다"[2]거나 "문학은 산업 시대의 첨병인 컴퓨터나 텔레비전에 밀려 존재 자체가 위협받고 있다"[3]는 지적일 것이다. 이 같은 우려는 자연스럽게 문학의 위기에 대한 논의를 이끌었고, 이는 곧 문학 논의의 중심 주제 가운데 하나가 되었다. 비록 요즘에

---

2) 김성곤, 「왜 지금 '문화'인가」, 『문학 사상』 통권 339호(2001년 1월), 76쪽.

3) 오양호, 「왜 한국 문학은 민족과 역사의 고통을 외면하고 있는가」, 『월간 조선』 통권 237호(1999년 12월), 435쪽.

는 문학의 위기라는 말이나 담론이 엄살이라거나 과장된 것이라는 주장이 힘을 얻고 있긴 하지만, 여전히 문학이 심각한 타격을 받았다거나 빈사 상태에 빠져 있다는 논리도 만만치 않다.

이상과 같은 우려의 분위기와 관련하여 우리는 먼저 사이버 공간의 일반화와는 직접 관계가 없는 텔레비전을 문제 삼을 수 있다. 아니, 여기서한 걸음 더 나아가 텔레비전보다 역사가 긴 영화를 이에 앞서 논의 대상으로 거론할 수도 있을 것이다. 단도직입적으로 말하자면, 생생한 영상에기대어 이야기를 전개하는 영화의 출현이 과연 문학에 위협이 되었던 적이 있었던가. 영화가 문학에 위협이 되었다는 논리는 상정 가능한 것이지만, 영화의 출현에도 불구하고 문학이 위축되었다는 증거를 구체적으로확인하기란 쉽지 않을 것이다. 사실 영화와 문학의 관계보다 더 문제 삼아야 할 것은 영화와 텔레비전의 관계일 것이다. 영화에 이어 등장한 텔레비전의 일반화가 영화 산업에 위협이 되었다는 논리는 그럴듯해 보이기 때문이다. 그리고 이러한 논리가 한때 상당히 설득력이 있는 것처럼보였던 것도 사실이나, 실제로 위협을 받은 것은 영화 자체가 아니라 영화관이었다. 수많은 기존의 대형 영화관이 텔레비전의 일반화와 함께 문을 닫았던 것은 사실이 아닌가. 그렇다고 해서, 영화 산업 자체가 결정적인 위기를 맞았던 것은 아니다. 텔레비전은 영화관을 대신하는 것이지 영화를 대신하는 것은 아니기 때문이다. 하지만 영화관이 위협을 받았다는논리도 수긍하기 어려운 것인데, 텔레비전으로는 도저히 충족시킬 수 없는 시청각적 공간 감각을 제공하는 것이 영화관이기 때문이다. 이를 증명하듯, 이른바 '멀티플렉스 영화관'이 기존의 대형 영화관을 대신하여 자리를 잡게 되었을 뿐만 아니라, 몇백만 명의 관객이 영화관을 찾는 것이오늘날의 현실이다.

마찬가지의 논리를 컴퓨터와 관련해서도 전개할 수 있거니와, 컴퓨터와 컴퓨터의 인터넷 기능—또는 컴퓨터가 일반화한 사이버 공간이나 가상현실―과 기존 문학 사이의 관계는 존재론적으로 대체의 관계에 있는 것이 아니다. 아마도 컴퓨터나 컴퓨터의 인터넷 기능 또는 컴퓨터가 제공하는 가상의 공간과 존재론적으로 같은 위치에 놓이는 것은 문학작품이 아니라 문학작품을 담고 있는 책 또는 활자로 이루어진 문자 텍스트일 것이다. 이러한 논리가 타당한 것이라면, 컴퓨터는 '페이지와 활자의 한계'를 갖는 책 또는 문학작품을 담고 있는 책에 대한 위협은 될 수 있을지언정 문학 자체에 대한 위협이 될 수는 없다. 다시 말해, 컴퓨터가 문학작품을 담고 있는 책에 보일 관심의 시간을 빼앗았다는 것은 사실일 수 있지만, 그것이 곧 문학에 보일 관심의 시간을 빼앗은 것이라고 말할 수는 없을 것이다. 바로 이 점을 우리는 사이버 공간을 수놓고 있는 헤아릴 수 없이 다양한 문학 관련 웹사이트와 문학 관련 웹진의 존재에서 확인할 수 있다. 사이버 공간이 종이책에 적대적일지 몰라도 문학 자체에 적대적이지는 않다는 사실을 명시적으로 보여주는 예 가운데 하나가 아마도 사이버 공간에 세워지고 있는 수많은 문학 창작 교실 또는 창작 작품 발표의 공간일 것이다.

그럼에도 불구하고 여전히 문학 쪽에서 컴퓨터와 사이버 공간에 우려의 눈길을 보내고 있다면, 그 원인은 바로 문학에 대한 우리의 고정관념에 있는 것이리라. 즉, 문학이란 종이로 된 책의 형태로 존재해야 한다거나 사이버 공간으로는 지탱하기 어려운 '고귀한 그 무엇'이라는 고정관념이 문학의 위기에 대한 논의를 이끌었는지도 모른다. 하지만 사이버 공간에 들어왔다 해서 기존의 문학이 달라지는 것은 아니다. 여전히 종이로 된 책을 통해 발표되었던 것과 다를 바 없는 문학작품이나 문학 관련 글들―또한 이미 종이로 된 책을 통해 발표되었던 문학작품이나 문학 관련 글들―이 사이버 공간을 상당 부분 채우고 있으며, 커다란 이변이 없는 한 이 같은 상황은 앞으로도 계속될 것이다. 물론, 구비 문학에서 활자 문학으로 바뀌면서 문학이 근본적 변화를 겪었듯, 사이버 공간이라는 새로운 전달 수단으로 인해 소재나 주제 면에서 문학은 무언가 근본적 변화를 겪을지도 모른다. 그러한 변화의 양상과 정도가 어느 정도일지를, 또한 어느 방향으로 문학이 변화해나아갈지를 확신하기 어려울 뿐, 변화는 필연적 귀결일지도 모른다. 어쩌면, 변화의 한가운데에 있기에 우리가 의식하지 못할 뿐, 활자의 발명 및 인쇄술의 혁명이 이끈 문화의 대중화에 상응하는 혁명적인 변화가 일어나고 있는지도 모른다.

그와 같은 혁명적인 변화는 감히 이제까지 상상할 수 없었던 방향으로 전개될 수도 있다. 따라서 어떤 이의 상상력을 자극하여, 문학은 문자를 뛰어넘어 전혀 새로운 전달 매체를 기반으로 하여 존재하게 될지 모른다는 투의 예측을 할 수도 있다. 말하자면, 문학은 글의 형태가 아닌 가상현실의 형태로 존재할지도 모른다는 투의 가설을 세울 수도 있을 것이다. 마치 문학이 한때 글의 형태가 아닌 말의 형태로 존재한 적이 있듯. 물론 이제까지 우리가 알고 있는 컴퓨터의 가상현실이란 게임과 같은 오락 기능을 위한 것이라는 점에서 결코 문학을 대체할 수 없다. 따지고 보면, 문학도 컴퓨터 게임과 마찬가지로 오락적 기능을 갖는 것도 사실이다. 하지만 적어도 현재의 관점에서 본다면 '오락을 위한 오락'의 차원에서 크게 벗어나지 못하는 것이 컴퓨터 게임인지도 모른다. 우리가 앞서 검토한 『옥스타칼니스의 아이들』에 나온 보로미어의 모험 과정이 평면적이고 단조로웠다면 바로 이 컴퓨터 게임의 과정에 충실했기 때문이 아닐까. 반면 문학이란 단순한 오락적이거나 유희적인 것만은 아니다. 문학은 창작자의 입장에서든 독자의 입장에서든 인간의 삶과 그 삶의 변화에 대한 역동적 이해와 깨달음을 요구하고, 바로 그 때문에 인식의 마당인 동시에 교육의 마당인 것이다. 이런 의미에서 볼 때, 문학은 유희인 동시에 유희의 차원을 넘어서는 유희이고, 따라서 적어도 현재로서는 컴퓨터의 어떤 기능도 문학을 대신할 수는 없을 것처럼 보인다.

가상현실의 문학화와 관련하여 우리는 기사도(騎士道)에 관한 이야기

책을 너무도 많이 읽어 현실과 허구를 혼동한 채 스스로 기사가 되어 모험 여행을 떠나는 돈키호테의 경우를 생각하지 않을 수 없다. 또한 현실과 이상 사이의 경계를 망각한 상태에서 타인을 살해하는 라스콜리니코프의 경우도 생각하지 않을 수 없다. 진정한 의미에서의 가상현실에 대한 체험이 문학을 대신하는 경우, 또 다른 돈키호테가, 또 다른 라스콜리니코프가 가상현실 공간에서 현실의 공간으로 뛰쳐나오지 말라는 법도 없지 않은가. 겉으로는 지극히 정상적으로 보이지만 그 안에 돈키호테를, 라스콜리니코프를, 그 밖의 수많은 문제적 인간을 자신 안에 감춘 사람들이 거리를 활보하는 세계, 바로 그 그로테스크한 세계에 대한 우리의 우려가 다만 우려로 끝나길!

아마도 문학이 사이버 공간 안에 존재하는 가상현실의 형태를 취하는 경우 문학은 우리가 현재 상정하고 있는 문학과 다른 형태를 띨 수도 있다. 또는 '유사 문학'(pseudo-literature)이라는 이름 아래 기존의 문학과 함께 문학의 범주 안에 한 자리를 차지하게 될지도 모른다. 물론 이 같은 혁명적 변화란 애초에 불가능한 것일 수 있다. 마치 영화의 출현에도 불구하고 영화는 영화로, 문학은 여전히 문학으로 남아 있게 되었던 것과 마찬가지로. 아니, 영화가 결코 문학을 대체할 수 없듯, 가상현실의 세계는 결코 문학의 세계를 대체할 수 없기 때문에. 정녕코 문학은 말이든 글이든 언어의 세계를 떠나 존재할 수 없는 것인지도 모른다. 하지만 종류는 다르지만 여전히 무언가 근본적 변화를 예감케 하는 것이 있으니, 이는 바로 앞서 암시한 바 있는 여전한 문학에의 관심, 또는 사이버 공간을 가득 메우고 있는 아마추어 문인들의 창작 열기다. 한때 그들의 일기장이나 습작 노트에 묻힌 채 빛을 보지 못했을 창작물들이 개인의 홈페이지나 유명 잡지나 출판사의 '독자 문예마당' 또는 '자유게시판'을 통해 사람들의 눈길을 끌고 있는 것이다. 물론 과거에도 발표의 기회는 있었으나, 그것은 어디까지나 편집자 측의 선별 작업을 거친 것으로서 지금과 같은 자유가 보장되었던 것이 아니다. 아울러, 사이버 공간이라는 가상의 공간은 발표자의 익명성을 완벽하게 보장해줄 뿐만 아니라 어떤 형태로든 즉각적이며 솔직한 평가와 비판을 제공한다는 점에서도 유례를 찾아보기 어려운 새롭고도 혁명적인 창작의 마당인 셈이다.

사실 사이버 공간이 갖는 다양한 특징들은 이제까지와는 다른 의미에서 문학의 '르네상스'를 약속해줄지도 모른다. 앞서 언급한 금속 활자의 발명 및 인쇄술의 혁명이 문화의 대중화를 이끌었다면, 이에 상응하되 이보다 한 차원 더 높은 문화의 대중화를 약속하는 것이 컴퓨터의 사이버 공간이다. 이제 종이 사용을 전제로 하는 인쇄 문화에서 종이 사용이 반드시 필요치 않은 전자 코드의 세계로 넘어왔을 뿐만 아니라, 컴퓨터와 정보 통신 기술의 급격한 발전이 가능케 한 사이버 공간에서는 이전의 종이책을 통한 것과는 완전히 다른 차원의 정보 공유가 가능케 되었다. 이 같은 정보 공유는 한쪽에서 다른 한쪽으로 제공하는 일방적인 것이 아니다. 그런 상황에서 어찌 문학에 새로운 르네상스가 가능하지 않을 수 있겠는가. 따지고 보면, 이제까지의 문학이란 생산자와 소비자가 다소 엄격하게 구분되는 체계 아래 있었다 해도 지나친 말이 아니다. 즉, 선택된 소수의 문학작품 생산자와 나머지 다수의 소비자 또는 독자로 나뉜 이분화된 체계 아래 문학의 전통은 이어져왔던 것이다. 사이버 문학 공간의 출현은 바로 이 이분화된 세계 체계에 근본적 변화를 유도하고 있는지도 모른다.

이런 의미에서 볼 때, 다시 한번 우리가 주목하지 않을 수 없는 것이 바로 구비 문학이다. 구비 문학의 시대에 창작된 문학작품들은 익명성을 띠는 경우가 대부분이었고, 창작자의 이름이 알려져 있다고 해도 그것 자체가 별다른 의미를 지니지는 못했다. 말하자면, 사이버 공간에서의 문학처럼 창작의 주체는 이른바 민중 또는 일반 대중이었던 것이다. 또 하나 지적할 수 있는 점이 있다면, 문자 문학의 경우 일단 생산이 되면 그대로 군어지고 따라서 원본과 이본의 개념이 중요한 의미를 갖지만, 구비 문학의 경우 사람과 사람의 입을 거치는 가운데 변형과 전이가 자유로웠고 따라서 원본과 이본을 문제 삼기 어려웠다는 사실이다. 바로 이 점에서도 사이버 공간 안에서 이루어지는 문학은 구비 문학과 유사성을 갖는데, 복제와 변형이 손쉬운 사이버 공간에서 문학작품의 원본과 이본을 가리는 일 자체가 쉽지도 않고 크게 문제될 일이 아닐 수도 있을 것이다. 그와 같은 복제와 변형은 타인에 의해서도 이루어지지만 창작자 자신에 의해서도 끊임없이 이루어질 수 있기 때문이다. 말하자면, 문자 문학이 지니고 있었던 '아우라'의 사라짐은 아마도 문학이 겪어야 할 또 하나의 운명인지도 모른다. 이 같은 '아우라'의 상실이 문학 자체의 본질에 어떤 변화를 가져다줄 것인가. 바로 여기서 우리는 《일 포스티노》(Il Postino)라는 영화의 한 장면을 떠올릴 수도 있을 것이다. 이 영화에서 젊은 우편 배달원은 파블로 네루다의 아름다운 시 구절을 적어 자신의 연인에게 전한다. 이를 알게 된 네루다가 남의 것을 함부로 사용하면 되겠느냐고 가볍게 힐난하자 그는 놀란 표정으로 진지하게 반문한다. 시는 꼭 쓴 사람의 것이어야 하느냐고. 또한 그것을 즐기는 사람의 것이어서는 안 되느냐고. 비록 '아우라'가 사라진다 해도 문학다운 문학은 이 우편 배달원과 같은 사람들이 향유하는 가운데 여전히 그 빛을 발하지 않겠는가. 이 같은 추측에도 불구하고 아우라가 사라진 시대의 문학의 미래를 가늠하기란 결코 쉽지 않다.

물론 구비 문학이 지배하던 시대의 문학과 사이버 공간 안에서의 문학 사이에는 공통점만 존재하는 것은 아니다. 양자 사이에는 근본적인 차이가 존재하기도 하는데, 그것은 바로 문학이 전파되는 속도와 범위와 관련된 것이다. 즉, 구비 문학의 시대에는 물론 문자 문학의 시대에도 감히 꿈꿔보지 못했던 정도의 광범위하고 빠른 문학의 전파가 가능하거니와, 문학이 상상을 초월할 정도로 빠르고 넓게 전파될 수 있음은 문학의 미래에 대한 불확실성을 예견케 하는 또 하나의 요소가 되고 있다.

그럼에도 불구하고 하나 확실한 것이 있다면 소비자와 생산자 사이의 구분이 사라진 사이버 공간에서의 문학은 상당한 정도의 혼란을 겪게 될 것이고 이에 따른 위기감 또한 만만치 않을 것이라는 점이다. 어떤 의미에서 보면, 혼란과 이에 따른 위기감은 이미 현실화되고 있는지도 모른다. 익명인지 실명인지 확인되지 않은 많은 사람들이 사이버 공간 안에 띄워놓은 문학작품이나 평문 가운데 적지 않은 것들이 문학이라는 이름에 어울리지 않을 정도로 수준이 의심스럽다는 점, 문학이든 세상사든 이에 관해 올린 발언들이 적지 않은 경우 감정적 비속어와 장난기 어린 냉소와 야유로 이루어져 있다는 점, 또한 글들이 비문법적인 언어와 어법으로 채워져 있어서 제대로 읽히지 않는 경우가 적지 않다는 점 등이 이 같은 판단을 가능케 한다. 문학 행위—나아가 글쓰기—란 무엇인가를 새삼 생각게 하는 이 같은 현상은 분명 바람직한 것이 아니다. 어찌 보면, 혼란과 이에 따른 위기의식을 말하는 것 자체가 기존의 이분화된 사고 체계를 벗어나지 못했음을 반증하는 것인지도 모른다. 또는 일정한 수준을 유지해야 하고 고상한 언어와 올바른 어법을 유지해야만 비로소 문학다운 문학이라는 식의 고정관념에서 우리가 벗어나고 있지 못함을 드러내는 것인지도 모른다.

일정한 수준을 유지해야 하고 고상한 언어와 올바른 어법을 유지해야만 비로소 문학다운 문학이라는 생각을 고정관념으로 몰아가는 것 자체가 문학에 대한 기존의 생각과 가치관을 뒤엎는 것으로 비쳐질지도 모른다. 아울러, 어떤 의미에서 보면, 한 발자국 뒤로 물러선 채 질서 파괴자들과 혼란 동조자들에게 동조하는 것으로 비쳐질지도 모른다. 그리하여 사람들은 우리에게 사이버 공간을 통해 문학의 타락과 황폐화를 재촉하고 있는 사람들과 우리가 다를 바가 무엇이냐고 물을지도 모른다.

물론 우리 역시 문학의 타락과 황폐화를 원치 않는다. 다만 사이버 공간의 출현이 문학에게 무언가 중대한 변화를 요구하고 있고, 바로 이 변화의 시기에 변화에 따른 혼란도 불가피하다는 점을 말하고 싶을 뿐이다. 이러한 혼란이 어느 쪽으로 질서를 잡아갈지 우리도 확신할 수 없다. 하지만 우리는 또한 문학이 근원적으로 지니고 있는 위기 대체 능력과 자기 정화 능력을 굳게 믿는다. 확신컨대, 문학은 그 어떤 형태의 혼란과 무질서도 스스로 헤쳐나갈 것이다. 바로 그러한 잠재력이 문학을 문학으로 존재하도록 만든 근원적 존재 이유이기 때문이다. 퍼시 비시 셸리(Percy Bysshe Shelley)가 「서풍부」("Ode to the West Wind")에서 노래한 것처럼 "겨울이 오면, 어찌 봄이 멀다 할 수 있겠는가."

환상 문학, 또는 환상과 현실의 경계 영역에서

1. 환상 문학에 대한 관심과 우려

지난 2001년 초 우리나라의 출판계에서는 놀라운 사건이라고 할 만한 책의 출판이 이루어졌다. 환상 문학 분야에서 널리 알려져 있는 작가 이영도의『폴라리스 랩소디』(황금가지)의 출간이 그것인데, 한 권의 가격이 무려 칠만 원이 된다는 점뿐만 아니라 일찍이 우리 주변에서 유례를 찾아보기 힘든 가죽 장정의 초호화판이라는 점도 우리를 놀라게 했다. 약 1500페이지의 부피에 500부 한정판으로 출간된 이 책의 '위용'은 어느 신문 기자의 말대로 시대가 바뀌었음을 실감케 하는 것이 아닐 수 없었다. 물론 문단의 그 어떤 대가도 받아보지 못한 대접을 환상 문학의 작가가 받았다는 사실만을 놓고 우리가 그렇게 이야기하는 것은 아니다. 이는 독서계의 경향에 부응하려는 출판사의 노력을 반영하는 것일 수도 있겠으나, 다른 관점에서 보면 '신기한 상품'(novelty)을 만들어내고자 하는 상업주의의 영향력이 출판계까지도 미치게 되었음을 말해주는 것이라는 점에서도 주목할 만한 사건이었기 때문이다. 아무튼, 시대가 바뀌었다는 기자의 말대로 시대가 바뀌어, 그동안 변두리 문학으로 취급되던 환상 문학이 각별한 대접을 받게 되었다고 해도 크게 무리는 없을 것이다.

사실 환상 문학 및 환상 문학이 펼쳐 보이는 환상 세계가 우리의 관심을 끌게 된 것은 어제오늘의 일이 아니다. 그동안 루이스 캐럴(Lewis Carroll)의 『이상한 나라의 앨리스』(Alice's Adventures in Wonderland, 1865)나 존 로널드 루엘 톨킨(J[ohn] R[onald] R[euel] Tolkien)의 『호빗』(The Hobbit, 1937)과 『반지의 제왕』(The Lord of the Rings, 1954-55)과 같은 작품이 번역되거나 소개되어 환상 문학에 주의를 환기했다면, 환상 문학의 열풍을 일으키는 데 결정적인 역할을 한 것은 1990년대 말부터 연속적으로 번역 및 출판되었던 조앤 롤링(Joanne Rowling)의 '해리 포터 시리즈'(1997-2007)일 것이다. 새로운 작품이 출판될 때마다 엄청난 양의 판매 부수로 사람들을 놀라게 한 '해리 포터 시리즈'는 정녕코 환상 문학에 대한 우리의 관심을 새롭게 한 일대의 사건이라고 하지 않을 수 없다.

물론 '해리 포터 시리즈'는 단순히 우리나라에서만 선풍적인 관심의 대상이 되었던 것은 아니다. 지난 2013년 7월까지의 통계에 따르면 73개 언어로 번역되고 모두 4억5000만 부가 팔렸다 하니,[1] 모두 7부작으로 이루어진 해리 포터에 대한 세계의 관심은 그 자체가 환상 세계에서나 가능할 법한 것 아닐까. 그렇다면, 이 같은 관심은 어디서 비롯된 것일까. 물론 작품 자체의 흥미로움 또는 차원 높은 환상성에서 이유를 찾아야겠지만, 환상 문학 자체가 지니는 매력도 한몫했을 것이다. 이를 증명하듯, 지난 세기의 환상 문학을 대표하는 톨킨의 『호빗』과 3부작인 『반지의 제왕』도 양자의 누적 판매 부수를 합치는 경우 2억5000만 부가 팔린 경이의 기록을 보유하고 있다.[2] 이처럼 사람들이 환상 문학에 열광하는 이유는 무

1) TIME staff, "Because It's His Birthday: Harry Potter, By the Numbers," Time, 2013년 7월 31일자 참조.

2) Thomas Shippey, "The Hobbit: What has made the book such an enduring

엇일까.

지극히 일반론적인 차원에서 말하자면, 환상 문학은 현실의 중압감에서 벗어나고자 하는 사람들에게 일종의 '도피처'가 될 수 있다는 점을 주목할 수 있다. 여기서 말하는 현실의 중압감이란 단순히 한 개인이 삶을 영위하는 일상의 차원에서만 문제되는 것은 아니다. 일상의 차원을 넘어서서 자신이 몸담고 있는 사회나 세계가 어둡거나 불안해 보일 때도 사람들은 현실의 중압감에 시달리지 않을 수 없다. 어찌 보면, 사회의 개별적 구성원들에게 자신의 역할과 관련하여 더할 수 없이 긴장된 삶을 이어갈 것을 요구하는 오늘날에, 또한 과학과 기술공학의 산물인 첨단 미디어가 세계 곳곳에서 일어나는 끔찍한 사건들을 실시간으로 생생하게 전달함으로써 사람들을 엄청난 심리적 압박감에 시달리게 하는 오늘날에, 이런 현실을 잠시 잊게 해주는 환상 문학은 하나의 매력적인 도피처가 될 수 있다. 한편, 컴퓨터와 인터넷이 대표적 예가 되고 있듯, 과학과 기술공학의 발전은 첨단 미디어뿐만 아니라 얼마 전까지만 해도 상상조차 못했던 각종 문명의 이기(利器)를 제공한 것도 사실이지만, 사람들은 이 같은 문명의 이기에 매여 살게 된 것도 사실이다. 이로 인해 증폭된 현실의 삶에 대한 긴장감 또는 낭패감을 해소하고자 할 때도, 과학 문명 이전의 초자연적 세계를 펼쳐 보이는 환상 문학은 하나의 출구 역할을 할 수 있다.

말할 것도 없이, 현실의 중압감에서 벗어나고자 할 때 도피처가 될 수 있는 것은 환상 문학만이 아닐 것이다. 하지만 그 어떤 도피처보다 이른바 '후유증'이 덜한 것이 환상 문학이 아니겠는가. 현실을 떠나 자유롭게 상상의 세계를 헤매다 언제든지 안전하게 다시 현실로 되돌아올 수 있게 하는 것이 환상 문학인 것이다. 또한 환상 문학만큼이나 과학 문명이 지

---

success?," *The Telegraph*, 2012년 9월 20일자 및 Vit Wagner, "Tolkien proves he's still the king," *The Toronto Star*, 2007년 4월 16일자 참조.

배하고 있는 현실로부터 완벽한 차단을 보장해주는 도피처를 따로 찾아보기 어렵다는 점도 지적될 수 있다. 즉, 눈앞의 끔찍하고 참담한 현실, 비현실적인 정도로 끔찍하고 참담한 현실을 잊는 데 환상 문학은 그 어떤 수단보다 효과적이다. 오늘날 환상 문학에 대한 관심이 어느 때보다 고조된 것은 이 같은 여러 이유 때문이리라.

어떤 방향으로 논의의 전개가 이루어지든, 분명한 사실은 환상 문학 또는 환상 문학의 세계에 대한 사람들의 관심이 그 어느 때보다 높아져 있다는 점일 것이다. 문제는 환상 문학 또는 환상 문학의 위상 변화에도 불구하고 이에 대한 사람들의 태도가 여전히 부정과 긍정의 양극단으로 선명하게 나뉘어 있다는 점일 것이다. 사실 사람들이 부정적인 입장을 취하는 이유는 단순히 환상 문학 또는 환상 문학의 세계가 미칠 잠재적인 악영향—즉, 현실 도피—에 따른 것만은 아닌 것처럼 보인다. 거기에는 무언가 환상 문학 및 그 세계에 대한 근본적인 회의가 담겨져 있는 것으로 보이는데, 그 회의의 정체는 과연 무엇일까. 환상 문학과 관련하여 또 하나 제기될 수 있는 문제가 있다면, 일반적 의미에서의 환상 문학에 대해 부정적이지만 특정한 종류의 환상 문학에는 호감을 갖는 사람도 있다는 점이다. 또한, 동전의 양면과도 같이, 대체로 긍정적이지만 여전히 일부 특정한 종류의 환상 문학만을 선호하는 사람도 있다. 여기서 말하는 '특정한 종류의 환상 문학'이란 단순한 오락 기능에서 벗어난 본격 문학의 범주에 속하는 환상 문학을 지칭하는 것일 수 있는데, 이는 이른바 고급 환상 문학과 저급 환상 문학 사이의 이분법을 전제로 한 것이다.

따지고 보면, 고급과 저급의 공존이 어찌 환상 문학의 경우에만 해당하는 것이겠는가. 저 유명한 '스터전의 법칙'(Sturgeon's law)[3]에 기대어 말

---

3) http://www.oxfordreference.com/view/10.1093/oi/authority.20110803100538950 참조.

하자면, 환상 문학과 마찬가지로 이른바 본격 문학으로 불리는 문학작품들의 경우에도 상당수가 잡동사니임을 부정하기란 어려울 것이다. 그럼에도 불구하고, 사람들이 본격 문학의 경우와 달리 환상 문학에 대해서는 고급과 저급을 나누고 의식하는 이유는 무엇일까. 또한, 고급 환상 문학과 저급 환상 문학 사이에 차이가 있다면, 이는 과연 무엇인가.

2. 환상 문학의 어제와 오늘

말할 것도 없이, 현실을 떠나 환상의 세계를 경험하고자 하는 인간의 욕망은 우리 시대 특유의 것은 아니다. 문학사가 이를 잘 보여주는데, 이 점에서는 동양이나 서양이나 다를 바 없다. 동서양을 막론하고 옛날부터 신화나 전설에 대한 사람들의 관심은 한결같은 것이었고, 사람들이 추구하던 신화나 전설의 세계는 엄밀하게 말해 환상의 세계에서 벗어난 것이 아니었다. 문제는 그들이 환상의 세계를 환상의 세계로 인식하기보다 그 자체가 인간의 지력으로는 이해할 수 없는 세계의 한 단면으로 이해하려 했다는 데 있다. 말하자면, 신화나 전설이 지배하던 시대―또는 신화나 전설을 이해가 불가능한 현실의 한 단면으로 이해하려 하던 시대―에는 신화나 전설이 결코 환상의 세계에 속하는 것이 아니었다. 그것은 어디까지나 상상 속에서뿐만 아니라 현실 속에서도 있을 수 있는 '가능 세계'(possible world)였다. 서양의 경우 『오디세이』로 대표되는 세계와 동양의 경우 『산해경』으로 대표되는 세계가 바로 그런 세계였다.

서양의 경우 신화와 전설의 세계가 오늘날 우리가 이해하는 바의 환상 세계로 인식되기 시작한 것이 정확하게 언제인지 단정하기는 어렵지만, 신화와 전설과 다른 의미에서의 환상 세계가 문학의 소재가 되기 시작함으로써 이른바 본격적인 의미에서의 환상 문학이 정립되기 시작한 것은 19세기경부터다. 서양의 19세기는 자연 현상에 대한 과학적·논리적 설명이 보편적 설득력을 얻어가던 때였고, 이에 따라 현실과 환상이 뚜렷하게 구분되기 시작하던 때였다.

이에 보조를 맞춰 19세기의 환상 문학은 과학적·논리적 측면에서 앞으로 가능할 수 있는 세계를 소재로 삼거나 현실과는 완전히 동떨어진 엉뚱한 세계를 소재로 삼았는데, 미래 지향적인 전자를 대표하는 작품이 메리 셸리(Mary Shelley)의 『프랑켄슈타인 또는 현대의 프로메테우스』(Frankenstein, or The Modern Prometheus, 1818)와 로버트 루이스 스티븐슨(Robert Louis Stevenson)의 『지킬 박사와 하이드 씨』(Strange Case of Dr. Jekyll and Mr. Hyde, 1886)라면, 전설 시대 지향적이거나 초(超)시간적인 후자를 대표하는 작품은 조지 맥도널드(George MacDonald)의 『판타스테스─남녀를 위한 환상적 로맨스』(Phantastes: A Faerie Romance for Men and Women, 1858)와 앞서 언급한 루이스 캐럴의 『이상한 나라의 앨리스』일 것이다. 환상 문학의 전통은 20세기에 들어서서 『사자, 마녀, 그리고 옷장』(The Lion, the Witch and the Wardrobe) 등 7편의 소설로 이루어진 C. S. 루이스(C[live] S[taples] Lewis)의 『나니아 연대기』(The Chronicles of Narnia, 1950-1956), '검과 마법' 계통의 환상 소설인 로버트 어빈 하워드(Robert Ervin Howard)의 '야만인 코난(Conan the Barbarian) 시리즈'(1931-1936)와 역시 앞서 언급한 톨킨의 『호빗』과 『반지의 제왕』, 공상 과학 소설 등으로 이어지게 되는데, 이 가운데 특히 주목할 만한 것이 우리나라에서 여러 차례 번역 출간된 『반지의 제왕』이다. 톨킨이 40여 년의 세월을 바쳐 창조한 이 환상의 세계는 바그너(Wagner)의 가곡, 독일의 영웅 서사시 『니벨룽겐의 노래』(Nibelungenlied), 아이슬란드의 전설과 시 모음집 『에다』(Edda) 등에 등장하는 지크프리트 전설을 모태로 한 것으로, 나름대로의 질서와 법칙에 의해 움직이는 하나의 완벽한 세계다. 어떤 의미에서 보면, 우리나라에서 최근 '환상 문학'이라는 이름 아래 앞다퉈 출간되고 있음에도 불구하고 본격 문학계의 구성원으로부터 줄기차게 외면당해왔던 소설 작품들은 적지 않은 경우 바로 이 톨킨이 창조한 환상 세계의 변형 가운데 하나라고 할 수 있다.

서양의 환상 문학 가운데에는 앞서 말한 전통과는 다른 전통의 환상 문학이 존재하는 것도 사실인데, 라틴아메리카에 그 근원을 두고 있는 '마술적 현실주의'가 그것이다. 우리가 일반적으로 유럽과 미국을 서양이라고 한다는 점에서 이는 엄밀하게 서양의 것이라고 할 수 없을지도 모른다. 하지만 유럽과 미국의 현대 문학에 막대한 영향을 끼쳤다는 점에서 여전히 서양이라는 맥락에서 논의가 가능할 것이다. 엄밀하게 말해, 이 마술적 현실주의는 과학에 근거한 유럽의 합리주의적 현실주의에 대항하여 자신의 목소리를 만들고자 한 호르헤 루이스 보르헤스(Jorge Luis Borges), 가브리엘 가르시아 마르케스(Gabriel García Márquez)와 같은 라틴아메리카 작가들이 제시한 문학적 대안이라고 할 수 있다. 덧붙여 말해, 이는 또한 유럽 중심적인 프로이트의 심리학적 인간 이해에 대한 하나의 대안으로서의 성격도 갖는데, 이런 점에서 환상 기법을 통해 인간 심리의 깊이를 파고들고자 하는 것이 마술적 현실주의로 규정될 수 있다. 문제는, 이제까지 서구의 환상 문학에서 환상 세계란 소재와 내용을 이루는 것이었다면, 마술적 현실주의는 환상적 요소를 일종의 기법상의 장치—즉, 현실을 낯설게 하는 장치 또는 현실의 현실성을 전경화(前景化, foregrounding)하기 위한 장치—로 사용했다는 점일 것이다. 말하자면, 환상이란 일종의 글쓰기 장치였던 것이다.

글쓰기 장치로서의 마술적 현실주의는 단순히 유럽의 전통적인 환상 문학을 문자 그대로 대체하는 것이 아니었다. 이는 과학의 합리성과 문학의 현실주의가 합세하여 본격 문학의 외곽에 머무르도록 했던 환상 문학에 대해 새로운 관심을 일깨웠던 동인(動因)이기도 했고, 나아가 환상 문학적 요소가 과학의 합리성과 현실주의 자체를 뛰어넘어 인간의 깊이를 새롭게 이해하도록 본격 문학을 이끌었던 동인이기도 했다.

논리만으로는 설명 불가능한 현실 세계를 나름대로 시각에서 이해하고 표현하려는 마술적 현실주의의 작가들이 보이는 문학적 노력은 너무도 비현실적인 현실을 살아가는 우리에게 더할 수 없이 소중한 것일 수 있다. 따지고 보면, 과학적/논리적 세계 이해야말로 현실 이해의 유일한 방법이라는 생각에 알게 모르게 젖어 있는 우리에게 현실을 낯설게 함으로써 새로운 시각으로 보도록 한다는 점에서 라틴아메리카의 마술적 현실주의의 등장은 일종의 문학사적 사건으로 기록될 수도 있다. 이 마술적 현실주의의 작가들은 말할 것도 없이 과학/논리 지상주의를 깨뜨리고 있거니와, 너무도 비현실적인 우리의 현실을 제대로 이해하기 위해서는 때로 과학/논리를 떠날 필요가 있음을 효과적으로 깨우치고 있기 때문이다. 그들이 동원하는 환상 세계적 글쓰기 기법은 일종의 충격 요법이라고 할 수 있는데, 그들의 작품을 읽어나가다보면 마치 숙달된 간호사에게 주사를 맞는 것처럼 너무도 자연스럽기에 충격이 전혀 충격으로 느껴지지 않는다.

요컨대, 마술적 현실주의는 이른바 현실주의의 시각으로는 도저히 이해하거나 표현할 길이 없는 삶의 진실을 파헤치는 데 환상 문학적 기법에 얼마나 효과적인가를 보여주는 하나의 실례라고 할 수 있다. 바로 이처럼 소재나 주제로서의 환상 문학이 아니라 기법이나 글쓰기 장치로서 환상 문학을 효과적으로 동원하려는 시도가 우리나라의 문학계에서도 적지 않게 확인되거니와, 최인석의 『아름다운 나의 귀신』이나 정영문의 「괴저」 등이 바로 그것이다.

한편, 환상 문학의 동양적 계보를 살펴보면, 아마도 으뜸의 자리에 놓이는 것이 중국의 『산해경』일 것이다. 일종의 '지리박물지(地理博物誌)'에 해당하는 『산해경』은 중국 및 이방의 세계에 대한 상상적 탐색이 이루어지고 있는데, 이 책에는 여인국, 저인국, 우민국, 일목국, 삼수국, 관흉국 등등의 나라에 흩어져 살고 있는 각종의 기이한 인간들과 그들의 삶이 묘사되어 있다. 그리스 신화에 등장하는 키메라, 센토 등에 비견될 수 있는 기이한 인간들에 대한 묘사를 담고 있는 이 책은 중문학자 정재서의 말에 따르면 "중국 신화의 보고"로 일컬어진다. 아울러, 그에 의하면, 중국의 경우 『산해경』에 이어 소설 서사의 형태를 갖춘 『신이경』, 『수신기』 등과 같은 위진남북조 시대의 '지괴 소설'이, 『고경기』, 『남가태수전』 등 당나라 시대의 '전기 소설'이, 이어서 『서유기』, 『봉신연의』 등 전적으로 환상적 내용만 다루는 명나라 시대의 '신마 소설'이, 또한 청나라 시대의 '무협 소설'이 차례로 환상 문학의 전통을 이어왔다고 한다. 이들 환상 문학 작품들과 관련하여 '지괴 소설'은 현실 도피적 성향을 짙게 보이지만 유교 이념의 지배에 대한 반항 의식의 표출임을, '전기 소설'은 초자연적인 것뿐만 아니라 연애/의협/정치 등 인간의 제반 행위를 문제 삼고 있음을, '신마 소설'은 당대의 현실 세태에 대한 풍자, 인간의 본성에 대한 성찰, 구도의 내면 과정을 묘사하고 있음을, '무협 소설'은 환상적인 무예와 도술 등을 내용으로 삼고 있다는 것이 정재서의 설명이다.[4] (중국의 환상 문학 이외에도 동양의 일원인 우리나라의 환상 문학에 대한 별도의 논의가 여전히 요청되는 것도 사실이지만, 이는 유감스럽게도 논자의 역량을 벗어나는 것이다. 사실 중국의 환상 문학 전통이 동양의 환상 문학 전통 그 자체일 수는 없다. 그럼에도 불구하고, 한자/한문을 매개로 하여 중국이 우리나라나 일본과 함께 동양 문화권을 형성했다는 점에서 중국의 환상 문학은 동양의 환상 문학을 이해하는 데 하나의 이정표가 될 수 있다는 점에서 중국의 환상 문학을 동양의 환상 문학으로 넓게 해석하여 논의를 계속하기로 한다.)

문제는 이상과 같은 동양(중국)의 환상 문학 전통이 서양의 환상 문학 전통과 어떤 면에서 공통점과 차이점을 보이는가에 있다. 사실 불가해한

---

4) 정재서, 『사라진 신들과의 교신을 위하여─동아시아 이미지의 계보학』(문학동네, 2007), 221-226쪽 참조.

세계를 문학적으로 형상화하려 했다는 점에서 양쪽의 환상 문학 전통은 크게 다른 것이라고 할 수 없을지도 모른다. 하지만 서양의 경우 환상과 현실의 경계를 나누기 위한 과학적/논리적 시각이 어느 시점에서 확립되었다면, 동양의 경우 그렇지가 않다. 그렇다고 해서 현실과 환상을 구분하려는 시도가 동양에 없었던 것은 아닌데, 여기에 중심 역할을 한 것이 유교였다. 이와 관련하여 유교는 이념적/문화적/정치적으로 현실주의와 실리주의를 표방하고 있었다는 점에 유의해야 할 것이다. 이 유교는 현실과 환상을 구분하고 나아가 환상과 일정한 거리를 두려고 했거니와, 비현실적 또는 현실 도피적 환상 문학에 대해 유교가 보였던 부정적 시각은 충분히 이해할 만한 것이다. 하지만 현실 자체에 불만을 가졌던 쪽의 입장에서 보면, 환상 세계는 현실 비판을 위한 하나의 편리한 장치가 될 수도 있다. 중국의 환상 문학이 지배 이념에 대한 반항, 인간의 제반 행위나 현실에 대한 비판과 풍자 쪽으로 전개되었다는 사실이 이러한 논리를 뒷받침하고 있는지도 모른다. 요컨대, 어느 쪽에나 예외는 존재할지 몰라도 서양의 전통적인 환상 문학이 미지의 세계에 대한 이해 또는 미래에 대한 우려와 기대를 자신 안에 담고자 했다면, 중국으로 대표되는 동양의 환상 문학은 현실에 대한 풍자와 비판을 그 안에 담고자 했다 할 수 있다. 바로 이런 점에서 라틴아메리카 전통의 마술적 현실주의는 동양의 환상 문학과 상통하는 점이 있다. 즉, 환상 세계 그 자체가 탐구 대상이 아니라 환상 세계는 무언가의 입장을 전하거나 무언가를 비판하기 위한 일종의 도구 또는 장치였던 것이다.

또 하나의 측면에서 동서양의 환상 문학에 대한 논의가 가능한데, 우리의 논의는 서양의 환상 문학 전통 속에 존재하던 환상적 존재와 더불어 『산해경』과 같은 동양적 환상 문학의 모태 속에 존재하는 환상적 존재도 이른바 '공상'(空想, fancy)의 산물이지 '상상'(想像, imagination)의 산물로 보기 어렵다는 데서 출발할 수 있다. 여기서 공상과 상상에 대한 약간의 설명이 요구된다. 사실 서양 문학이나 인식론의 전통에서 공상과 상상은 원래 구분되지 않은 채 사용되었다. 19세기에 들어 이를 구분하고 이론적으로 정립하려는 시도가 있었는데, 그 중심에 새뮤얼 테일러 코울리지(Samuel Taylor Coleridge)가 놓인다. 코울리지는 먼저 공상을 "시간과 공간의 질서로부터 해방된, 또한 의지(the will)가 수용한 경험적인 현상들과 뒤섞여진, 아울러 그러한 현상들에 의해 변형된, '기억'의 한 형태"로서, "일상의 기억과 마찬가지로 연상 법칙에 따라 미리 준비된 모든 자료를 수용하지 않을 수 없"는 정신의 수동적 측면으로 정의한다.[5] 이와 함께 그는 상상이란 사물의 본질을 꿰뚫어보는 능동적이고 직관적인 정신의 측면으로 요약한다. 다시 말해, 경험과 기억에 따라 기존의 자료를 이용하여 무언가를 만들려는 정신의 측면이 공상이라면, 직관과 초월에 의해 보이지 않던 본질을 드러내려는 정신의 측면이 상상인 것이다. 어떤 의미에서 보면, 이미 우리가 기존의 세계에서 체험하고 기억한 바의 형상들을 분해하고 이를 임의로 결합하여 만들어낸 키메라나 센토, 봉황이나 용은 공상의 산물이라고 할 수 있다. 다시 말하지만, 이처럼 서양의 환상 문학이나 『산해경』에 뿌리를 두고 있는 동양의 환상 문학은 바로 이 같은 공상의 산물들로 가득 차 있는 것이다. 바로 이런 점에서 라틴아메리카의 마술적 현실주의 전통의 환상 문학도 서양의 전통적 환상 문학이나 동양의 환상 문학과 다를 바 없을지도 모른다. 「거대한 날개를 갖고 있는 노인」("Un señor muy viejo con unas alas enormes")이라는 마르케스의 단편소설에서 확인되듯, 마술적 현실주의에서도 공상의 산물이 등장하기는 마찬가지다. 하지만 이는 현실을 비틀어놓음으로써 그 본질을 직관적으로 꿰뚫어보고 비판할 수 있도록 하기 위한 '인식의 장치'이지 또 다른 현실—말하자면, 환상 세계—을 드러내고 보여주기 위한 '인식의 자료'

---

5) 장경렬, 『코울리지—상상력과 언어』(태학사, 2006), 250-51쪽.

는 아니라는 점에서 서양의 전통적 환상 문학과 구분된다. 아울러, 현실 비판을 위한 장치라는 점에서 동양의 환상 문학과 일맥상통하는 점이 있기도 하다.

공상과 상상에 대한 코울리지의 구분에서 이미 암시되듯, 서양 문학에서는 전자와 후자를 각각 저급한 정신 능력과 고급한 정신 능력을 구분하기 위한 근거로 사용되었다. 공상으로 가득 차 있는 전통적 환상 문학이 본격 문학에 편입될 수 없었음은 이 때문이 아닐까. 현실의 본질을 꿰뚫어보고 비판하고자 하는 마술적 현실주의가 쉽게 유럽의 본격 문학 속에 편입될 수 있었던 것도 또한 바로 이 때문이 아닐까. 아울러, 현실 비판 장치로서의 기능을 갖는 동양의 환상 문학에 각별한 관심을 가져야 하는 것도 이 때문이 아닐까. 이 수사적 물음에 대한 답이 암시하듯, 환상 문학이라고 해서 모두 같은 것일 수는 없다. 환상 문학이라고 해서 모두 같을 수 없다는 이 단순한 사실을 통해 우리는 논의 시작 부분에서 제기한 의문의 상당 부분을 해소할 수 있지 않을까.

3. 환상 문학의 미래를 위하여

이제 다시 우리 문학의 현실로 돌아가기로 하자. 앞서 우리는 환상 문학의 역사를 논의하면서 우리나라에서 본격적인 환상 문학이라는 이름 아래 출간되는 대부분의 문학작품들이 톨킨 유의 환상 문학에 속하는 것일 수 있음을, 최인석이나 정영문 등의 작품이 마술적 현실주의라는 맥락에서 이해될 수 있음을 말한 바 있다. 이 같은 진술은 서로 다른 두 부류의 문학 세계에 대해 문학계가 보이는 관심과 평가의 차원이 어떤 이유에서 다른가에 대한 하나의 설명이 되었을 것이다. 현실 세계에 대한 날카로운 비판 의식을 담고 있는 최인석이나 정영문의 작품을 한쪽에 놓을 수 있다면, 이른바 주류 환상 문학 또는 통속 환상 문학이라는 범주 아래 우리 주변에서 출간되고 있는 작품들의 경우 그 안에 담긴 환상 세계는 대체로 현실과 괴리되어 있거나 시간적으로 퇴행적인 것이라는 판단을 내릴 수도 있다는 점에서 다른 한쪽에 놓을 수 있으리라. 말하자면, 우리에게 이른바 주류 또는 통속 환상 문학으로 일컬어지는 작품들의 세계는 대부분 컴퓨터 게임 속의 가상현실과 마찬가지로 저 먼 전설의 세계다. 이처럼 비현실적이고 과거 지향적인 세계의 구축에서 우리는 공상의 활발한 활동을 확인할 수 있을 뿐, 상상의 직관적 예리함을 찾아보기는 어렵다.

문제는 이뿐만이 아니다. 그들이 만들어낸 환상 세계는 대부분 '서양적' 전설의 세계이거니와, 용과 기사가 등장하는 서양의 전설 또는 신화의 세계가 우리에게 갖는 의미란 도대체 무엇일까. 컴퓨터 게임의 차원에 머물 뿐인 세계, 그와 같은 국적 불명의 세계는 우리에게 별다른 의미를 갖지 못하는 공허하기 짝이 없는 세계가 아닐까. 바로 이 공허함을 뛰어넘기 위해 우리는 공상의 세계이지만 그럼에도 여전히 현실 풍자와 비판의 장치가 될 수 있는 동양적 환상 문학의 세계로 눈을 돌려야 한다. 그리고 동양적 환상 문학의 세계 안에서도 특히 우리 문화 고유의 환상 문학에 눈을 돌려야 한다. 또는 우리 문화 고유의 환상성에 대한 탐구를 시도해야 할 것이다. 이와 관련하여, 우리에게는 우리 민족 특유의 설화적 전통을 엿보게 하는 박인량의 『수이전(殊異傳)』, 고구려 건국 신화를 소재로 한 이규보의 『동명왕편』, 한국적 신화와 전설을 풍요롭게 담고 있는 일연의 『삼국유사』, 한국적 전기문학(傳奇文學)의 진수를 보여주는 김시습의 『금오신화』, 한국적 환상 문학의 전범이라고 일컬을 만한 김만중의 『구운몽』 등등의 문화유산이 있다는 점을 잊지 말아야 할 것이다. 실로 우리 문화 고유의 상징체계와 환상 문학의 원형을 확인케 하는 자료들이 우리에게 적지 않거니와, 이에 대한 탐구야말로 미래의 우리 환상 문학을 값지고 풍요롭게 할 것이다. 이렇게 말한다고 해서, 환상 문학의 창작 가능성을 의고주의(擬古主義)에서 찾아야 한다는 뜻은 아니며, '신선과 도술'의 세계에서 찾아야 한다는 뜻은 더더욱 아니다. 만일 그런 종류의 환상 문학이 일반화한다면 환상 문학 자체의 미래는 어두울 수밖에 없다. 문학은 사라지고 문학이라는 이름을 차용하여 생산되는 신종 문화 상품만이 남을 것이기 때문이다.

사실 환상 문학의 세계가 현실에 뿌리를 두고 있고 그 현실에 대한 비판이든 이해든 어느 쪽을 지향하기 위한 장치로 정착될 수 있다면, 굳이 환상 문학이 동양적인 것에 눈을 돌려야 한다는 식의 논리를 펴지 않아도 될 것이다. 문제가 되는 것은 정신과 자세이지 외형적 형식이 아니기 때문이다. 바로 이 때문에 우리가 다른 자리에서 검토한 바 있는 김민영의 『옥스타칼니스의 아이들』은 적지 않은 문제점에도 불구하고 나름의 의미를 갖는다. 김성곤의 지적처럼, 김민영의 소설은 "통렬한 현실 비판과 예리한 문명 비판"으로 읽힐 수도 있다는 점에서 그러하다.[6] 다시 말해, 현실과 가상현실 사이의 구분 능력을 잃게 하는 컴퓨터 게임과 이를 통해 인간과 사회를 지배하려는 모종의 세력과 싸우는 주인공의 모습은 '악과 싸우는 전설 속의 전사'의 모습을 연상케도 하지만, 이는 우리가 몸담고 있거나 곧 몸담게 될 시대에 대한 우의적 이해와 비판으로 읽힐 수도 있다. 이렇게 볼 때, 이제까지의 환상 소설에서 확인하기 어려웠던 그 무언가를 담지하고 있는 것이 『옥스타칼니스의 아이들』인 것이다. 이 작품이 담지하고 있는 '그 무엇'은 물론 환상 문학을 하나의 기법 또는 장치로 삼아 현실을 이해하고 비판하고자 하는 작가 정신 바로 그것이다. 의미 있는 환상 문학의 미래는 이 같은 작가 정신에서 싹트는 것일 수도 있지 않을까.

이 자리에서 우리 주변의 환상 문학에 대한 우려와 비판의 말을 한마디 더 보탤 것이 허락된다면, 이는 바로 언어에 관한 것이다. 우리 주변의 환

---

6) 김성곤, 「'해리 포터' 열풍을 타고 '환상 문학' 다시 떴다」, 『주간동아』 2000년 11월 9일자 참조.

상 문학을 보면 제목부터가 의미를 알 수 없는 외국어—특히 영어—의 우리말 표기로 이루어져 있는 경우가 대부분이다. 어디 제목뿐이랴. 작중 인물의 이름은 물론이지만, 작품의 내용을 구성하고 있는 언어도 외국어의 우리말 표기로 이루어져 있는 경우가 적지 않다. 물론 이미 우리말처럼 쓰이는 외래어가 있고, 이를 굳이 우리말로 풀어 쓰는 것이 적절치 않는 경우도 허다하다. 하지만 예컨대 '난장이'라는 표현 대신 '드워프'라는 표현이 지배하고 있는 우리 환상 문학의 현실을 어떻게 이해해야 할까. 어떤 환상 문학 작가가 그렇게 하는 것이 환상 문학의 맛을 살리는 데 적합하다고 말하는 것을 논자는 들은 적이 있는데, 바로 이런 자세가 우리의 환상 문학을 국적 불명의 것으로 만드는 데 단단히 한몫을 하고 있는 것 아닐까. 우리말 고유의 이름이나 표현은 환상 문학에 적합하지 않다는 식의 의식은 어디에서 나온 것일까. 하기야 톨킨이 그랬던 것처럼 환상 세계는 고유의 언어를 가질 수 있고 이를 창조하려는 노력이 환상 문학을 창작하는 과정에 중요한 부분이 될 수도 있다. 하지만 영어든 유럽의 어떤 언어든 그 언어를 우리말로 표기함으로써 그것이 곧 환상 세계 고유의 언어가 될 수 있다는 투의 생각은 환상 문학을 너무 쉽게 생각하거나 소박하게 생각하는 사람들에게나 가능한 것 아닐까.

따지고 보면, 언어뿐만 아니라 어법이나 문장, 또한 이야기의 구성과 전개에 대해서도 지극히 쉽고 소박하게 생각하는 환상 문학 작가들도 없는 것이 아니다. 그런 작가들이 있는 한, 이영도의 『폴라리스 랩소디』가 받고 있는 주목과 대접에도 불구하고 환상 문학은 문학성과 거리가 먼 주변 문학으로 폄하되는 상황에서 벗어나지 못할 것이다.

많은 사람들이 짐작하고 있겠지만, 논자의 비판은 환상 문학 자체에 대한 폄하를 겨냥한 것이 아니다. 아니, 논자의 비판은 환상 문학의 기법이 본격 문학에서 더욱더 활발하게 수용될 수 있기를, 또한 단순한 기법으로서의 환상 문학을 뛰어넘어 문학 그 자체로서의 환상 문학의 성공적인 미래도 확보되기를 바라는 마음의 표현일 뿐이다. 환상 문학이 본격 문학만큼 또는 그 이상의 현실적 관심사가 되어 있는 것이 우리의 현실이라는 점을 논자가 왜 모르겠는가. 우리의 문학과 삶을 더욱더 풍성하게 할 환상 문학의 미래를 다시 한번 기대한다.

현실과 환상 사이
─두 유형의 새로운 환상 문학을 찾아서

1. 현실의 환상성과 환상 문학

현실과 환상 사이의 구분이 어려울 정도로 비현실적인 일들이 우리 시대에 종종 일어나곤 한다. 실로 환상의 세계 안에 살고 있다는 착각에 빠져들게 할 만한 일이 하나둘이 아니다. 무엇보다 21세기 초인 2001년 9월 1일에 있었던, 뉴욕의 세계무역센터를 겨냥한 테러 사건을 떠올리지 않을 수 없다. 거대한 건물을 향해 비행기가 돌진하자 건물이 순식간에 와해되는 광경을 전하는 텔레비전 화면에 눈길을 준 사람이라면 누구도 자신의 눈을 의심하지 않을 수 없었을 것이다. 어찌 이것이 영화의 한 장면이 아닌 현실의 일이란 말인가. 아니, 멀리 갈 것 없이, 우리 주변에서도 다리나 건물이 한순간에 무너져 내리는 황당한 일이 일어나기도 했고, 당시의 사건 및 구조 현장이 생생하게 전해지기도 했다. 어디 그뿐이랴. 지난 2014년 4월 16일 우리는 텔레비전을 통해 진도 부근의 해상을 항해하던 거대한 여객선이 순식간에 뒤집혀 침몰하는 끔찍한 광경을 목도하지 않을 수 없었다. 마치 영화의 한 장면에나 나올 법한 비현실적인 일들이 우리 시대에 몰려 일어나는 이유는 무엇인가.

하지만 거대한 건물이 일순간에 파괴되거나 거대한 배가 속수무책으로 침몰하는 일이 어찌 우리 시대만의 일이겠는가. 어찌 보면, 환상과 구분이 어려울 정도의 비현실적인 일들이 우리 시대에 몰려 일어나고 있는 것은 아닐지도 모른다. 그럼에도 불구하고, 불가해한 일들이 우리 시대에 몰려 일어나고 있다는 믿음으로 우리를 이끄는 것이 있다면, 이는 무엇일까. 혹시 날로 발달하는 미디어가 아닐지? 세계 어디서 어떤 일이 일어나든 이를 즉석에서 생생하게 보여주는 미디어의 역할로 인해 사건의 비현실성 또는 환상성은 그만큼 증폭되어 전달되는 것이 아닐지? 하기야, 앞서 거론한 예들이 보여주듯, 텔레비전의 시각적 효과가 없었다면 우리가 느끼는 충격은 한층 덜했을지도 모른다.

이렇게 말한다고 해서, 우리 시대의 그 모든 끔찍하고 황당한 일이 어느 시대에나 일어날 수 있는 것이기에 가볍게 받아들여야 한다는 뜻은 아니다. 다만 우리는 어느 시대나 크든 작든 인간의 인지력으로 이해하기 어려운 일들이 일어났다는 점, 따라서 현실의 불가해성에 대한 인식이 이미 오래전부터 인간의 삶과 의식을 지배해왔다는 점을 힘주어 말하고 싶을 따름이다. 다시 말해, 오늘날과 같은 미디어 시대 이전에도 인간은 현실의 불가해성에 놀라고 충격을 받아왔음을 부인할 수 없다. 문제는 현실의 불가해성에 대한 인식이 오늘날 미디어의 영향으로 인해 더욱 강화되었다는 점에 있다. 과학 문명이 타파하고자 했던 현실의 불가해성에 대한 인식이 과학 문명의 총아 가운데 하나인 미디어의 발달로 인해 오히려 깊어지고 있는 셈이다.

이 같은 역설적 상황에 처하여 문학은 어떤 대처 방안을 취하고 있을까. 따지고 보면, 문학이란 시대의 변화에 민감한 인간의 정신 활동으로, 이제까지 문학은 과학의 발달에 발맞춰 합리적이고 객관적인 시각에서 현실을 이해하고자 했던 것도 사실이다. 이른바 현실주의(realism)로 불리는 문학의 경향은 무엇보다 강력하게 이를 대표하는 것일 수 있다. 아무튼, 오늘날 문학의 영역 안에서는 이제까지 당연시해오던 현실주의를 뛰어넘어 새로운 현실 이해 방법을 모색하려는 경향이 감지되는데, 부분적으로나마 이 같은 경향은 과학의 발전에도 불구하고 여전히 어려운 것이 현실에 대한 이해라는 자각에 따른 것일 수도 있으리라. 사실 기존의 현실 이해 방법에 한계가 있음을 자각할 때마다 새로운 길을 모색해왔던 것이 문학으로, 시대에 따라 부침을 거듭했던 온갖 문학의 경향과 사조가 그 예일 것이다. 정녕코, 상황에 따라 자유롭게 변신을 거듭하는 프로테우스와도 같은 것이 문학이다.

아마도 오늘날 변신을 위한 문학의 시도 가운데 하나를 감지케 하는 것이 작품 속에 간간이 모습을 드러내는 환상적 요소일 것이다. 어느 때부터인지 가늠하기는 쉽지 않지만, 환상과 현실 사이의 경계를 넘나드는 경향이 우리의 문학에서 감지되기 시작했다. 따지고 보면, 윤흥길의 「장마」 (1973)에서 보듯 작중인물의 현실 이해가 현실과 환상의 경계를 넘나드는 초자연적인 것일 경우야 적지 않았지만, 또한 조세희의 『난장이가 쏘아올린 작은 공』(1978)에서 보듯 비현실적인 현실을 넘어선 이른바 유토피아적인 또 하나의 현실에 대한 작중인물의 열망이 작품 속에 드러나는 경우도 없지 않았다. 하지만, 전지적 화자의 입을 통해서든 또는 작가의 분신(alter ego)에 해당하는 작중인물의 입을 통해서든, 작가가 드러내놓고 의식적으로 현실에서 환상을 읽고 환상에서 현실을 읽는 경향은 좀처럼 짚이지 않았다. 이런 경향이 구체화되던 지난 1990년대의 문학들 작품 가운데 특히 우리의 눈길을 끄는 것은 최인석의 『아름다운 나의 귀신』(문학동네, 1999)과 이인성의 「강 어귀에 섬 하나─처용 환상」(『문학과사회』 1998년 봄호)─후에 이인성의 소설집 『강 어귀에 섬 하나』(문학과지성사, 1999)에 수록된 작품─이다.

당시 최인석과 이인성은 40대 중반의 나이로, 각자 다른 방향으로 우리 문학의 미래를 가늠케 하는 작가였음을 누구도 부정할 수 없을 것이다.

이들이 앞서거니 뒤서거니 발표한 이 두 작품은 단순히 일회적인 실험으로서의 의미 이상을 지니는 것으로 판단된다. 어찌 보면, 과학의 시대임에도 불구하고 현실과 환상의 경계에 대한 인식이 그 어느 때보다도 모호해져 기존의 이해 방식만으로는 인간이 처한 삶의 현실에 대한 해명이 미흡하게 느껴지던 시대에 문학이 취할 수 있는 서사 전략을 상이한 영역에서 모색했던 것이 이 두 작품일 수 있거니와, 구태의연한 이름 짓기일 수 있으나 이해의 편의를 위해 이를 각각 '현실 지향적 환상 문학'과 '초현실적 환상 문학'으로 규정하고자 한다. 현실과 환상의 경계를 무너뜨리고 있다는 점을 제외하면 의미하는 바와 지향하는 바가 서로 다른 이 두 작품에 대한 조명 작업은 이후 우리의 소설 문학이 걸어온 궤적의 일부를 짚어보는 데 소중한 좌표 역할을 할 수도 있으리라.[1]

2-1. 최인석의 『아름다운 나의 귀신』, 또는 현실 지향적 환상 문학

'현실 지향적 환상 문학'이라는 표현은 모순어법(oxymoron)의 한 예일 수 있거니와, '현실'과 '환상'은 상치(相馳)되는 개념일 수 있기 때문이다. 그럼에도 불구하고, 우리가 이 표현을 포기할 수 없음은 네 편의 연작 소설로 이루어진 최인석의 『아름다운 나의 귀신』에 대한 유형화가 쉽지 않기 때문이다. 아니, 모순어법에 기댄 유형화야말로 이 소설에 대한 의미 있는 유형화일 수 있기 때문이다. 이와 관련하여, 『아름다운 나의 귀신』은 현실에 깊이 뿌리내리고 있으면서도 여전히 현실 밖의 환상에 열려 있는 사람들의 이야기라는 점에 유의하기 바란다. 말하자면, 이는 환

---

1) 논자는 이들 두 작품에 대한 개별적 이해를 시도한 바 있는데, 이에 관해서는 논자의 평론집 『응시와 성찰』(문학과지성사, 2008)의 「환상과 언어, 언어와 현실 사이에서─이인성의 「강 어귀에 섬 하나」에 던지는 열세 번의 눈길」(243-70쪽)과 「현실과 환상, 그 경계를 넘어─최인석의 『아름다운 나의 귀신』과 환상 문학의 가능성」(271-92쪽)을 참조하기 바란다. 논자는 또한 이 두 작품에 대한 비교 논의의 가능성에 유의한 바 있기도 한데, 현재의 글은 이에 대한 이전 논의가 미흡하다는 판단 아래 새로운 관점에서 새롭게 논의를 시도한 것이다.

상 소설로 보기 어려울 만큼 현실을 향한 작가의 예민하고 비판적인 시선이 또렷하게 짚이는 작품인 동시에, 일반적 의미에서의 현실에 대한 관찰과 비판의 소설로 수용하기 어려울 만큼 환상이 현실과 매끄럽게 교직(交織)되어 있는 작품이다. 명백히, "악귀 상류의 영토"[2]나 다름없는 "민둥산 달동네"의 사람들이 처한 현실에 관한 이야기라는 관점에서 보면 최인석의 작품은 현실주의 경향의 소설이라고 할 수 있다. 하지만, 다음의 몇몇 예에서 보듯, 환상이 현실의 일부라는 점에서 보면 이는 또한 환상 소설이기도 하다.

그녀가 육교 난간 위에 올라서 있었다. 아니, 그녀는 그 작고 둥근 난간 위를 걷고 있었다. 허공에 두 팔을 벌려 균형을 잡은 그녀의 두 발은 마치 나비처럼 가볍고 자유롭게 난간 위에서 뛰놀았다. 달동네 같은 것은 물론이고 중력이나 인력, 무게나 부피 따위의 모든 것으로부터 벗어난 것 같은 모습이었다. (「내 사랑 나의 귀신」, 19쪽)

죽지는 않았다. 죽지 않은 것도 아니다. 죽었는지 아닌지 판단할 수가 없다. 심장은 뛰지 않는다. 그러나 기이하게도 분명히 심전도는 뛴다. 심전도가 뛰지 않아 놀라 촉진을 해보면 이번에는 또 심장이 뛴다. 심전도가 고장인가, 하여 다른 기계를 연결해보아도 결과는 마찬가지. 아무리 정밀하게 조사를 해봐도 심전도의 고장은 아니었다. (「직녀 내 사랑」, 98쪽)

버스에 오른 다음에야 나는 염소와 염소 할배를 알아보았다. 그 염소가 어떻게 버스에 오를 수 있었는지, 염소 할배는 언제 끌려들어온 것인지 알 수

---

2) 최인석, 『아름다운 나의 귀신』(문학동네, 1999), 165쪽. 이 작품에 대한 앞으로의 인용은 본문에서 밝히기로 함.

가 없었다. 그는 때가 초겨울인데 엉뚱하게 손에 철쭉꽃, 제비꽃, 강아지풀, 망초꽃 따위를 한 다발 안고 있었다. 전투 경찰들이 고함을 질러댔다. 고개 숙여. 사타구니에 처박아. 안 처박아? 도대체 우리 같은 것들을 상대로 이처럼 어마어마한 병력을 투입하여 이처럼 가혹하게 전투를 벌이는 그들이 이해가 되지 않았다. (「염소 할매」, 151쪽)

이튿날부터 나는 누이를 찾아다니기 시작했다. 어둑어둑 날이 저물어오면 나는 교회 첨탑에 올라가 저 한겨울 밤, 물지게를 지고 눈보라 속으로 비탈진 골목길을 올라오던 혜선이를 떠올렸다. 그러면 내 몸은 허공으로 떠올랐고, 그리하여 영등포와 인천과 안양의 공장 지대를, 서울역이나 전철역을 헤매고 다녔다. [중략] 그리하여 넉 달쯤 뒤 마침내 나는 혜선이를 찾아냈다. 그녀는 여주의 도자기 공장에 들어가 있었다. 나는 아비 어미에게는 말하지 않은 채 거의 매일 그녀에게 날아갔고, 그녀는 나를 볼 때마다 내 일그러진 얼굴과 오그라든 손을 쓰다듬으며, 눈물을 흘리며 미안하다는 말을 반복했다. (「내 사랑 나의 암놈」, 198-200쪽)

『아름다운 나의 귀신』에서 작가는 "민둥산 달동네"의 사람들의 이야기를 끝까지 이름이 밝혀지지 않은 한 소년, 한정수라는 청년, "염소 할매"로 불리는 할머니, 솔개로 불리는 소년의 독백을 통해 전하는데, 위의 인용에서 보듯 그들의 세계에서는 상식이나 논리로는 설명이 불가능한 일들이 예사로 일어난다. 예컨대, 달동네 꼭대기에 사는 무당의 딸인 귀연은 "달동네 같은 것은 물론이고 중력이나 인력, 무게나 부피 따위의 모든 것으로부터 벗어난 것 같은 모습"으로 "둥근 난간 위에서 뛰놀"거나 "담장" 위를 "팔랑팔랑 걷"기(24쪽)도 한다. 부부 싸움을 하다가 "서로 죽이고 죽"은 부모(62쪽)를 살해했다는 누명을 쓰고 사형 선고를 받는 청년 한정수는 도처에서 자신의 죽은 형과 만나기도 하고, "죽지도 않았"고 "죽지 않은 것도 아"닌 상태에서 우왕좌왕하는 주변 사람들의 부산한 움직임에 눈길을 던지기도 한다. "민둥산 달동네"의 첫 주민이기도 한 "염소 할매"는 그녀의 삶이 질곡에 처할 때마다 정체 모를 "염소 할배"의 도움을 받는데, "염소 할배"는 염소를 데리고 홀연히 나타났다가 홀연히 사라지곤 한다. 날 때부터 불구인 솔개는 "형의 날개 깃털 하나"(158쪽)를 움켜쥐고 세상에 태어나, 자유롭게 하늘을 떠돌곤 한다.

이처럼 환상적 요소가 곳곳에서 확인되는 최인석의 『아름다운 나의 귀신』을 읽다보면, 러시아 출신의 화가인 마르크 샤갈(Marc Chagall)의 그림과 마주하고 있다는 느낌이 들기도 한다. 특히 「마을 위에서」("Au-dessus de la ville")나 「비테프스크 위에서」("Au-dessus de Vitebsk")와 같이 한두 사람이 몸을 비스듬히 기울인 채 하늘에 떠 있는 환상적 분위기의 그림들을 연상케 한다. 하지만, 이 같은 환상적 분위기 때문에, 최인석의 여느 작품에서와 마찬가지로 『아름다운 나의 귀신』에서 우리 시대를 살아가는 사람들의 신산(辛酸)한 삶의 현실을 '사실보다 더 사실적으로' 그린 이야기를 기대했던 독자라면 작품을 읽어가는 도중 불편함을 느낄 수도 있다. 어쩌면, 환상적 요소로 비치는 것은 화자의 눈에 비친 허상—즉, 정상적인 관찰과 판단이 어려운 사람이 환각 상태나 상상 속에서 본 허상—을 언어화한 것으로 받아들이고자 할 수도 있다. 다시 말해, 소설 속 네 명의 화자가 전하는 독백 형태의 진술이 각 화자의 주관적인 시선과 판단에 따른 것일 수 있다는 점에 착안하여, 그들의 진술을 정상이 아닌 사람들의 자의적(恣意的)인 발언으로 이해하고자 할 수도 있다. 그렇게 함으로써, 『아름다운 나의 귀신』을 여전히 현실주의에 충실한 작품으로 읽고자 할 수도 있다. 하지만 정상이 아닌 사람의 독백으로 보기에는 화자들의 진술이 더할 수 없이 정연(整然)하고 명징할 뿐만 아니라 사실적이다. 따라서 네 편의 연작 소설은 어떤 것도 정상이 아닌 사람의 자의적인 독백으로 읽히지 않는다. 그런 이상, 소설의 환상성은 작가 자신의 작중 의도에 따른 것으로 보지 않을 수 없다.

여기서 우리는 작가가 이처럼 화자들의 사실적이고 정연한 진술에 비현실적 또는 환상적 요소를 가미한 이유가 무엇인지를 생각해보지 않을 수 없는데, 혹시 네 화자의 진술을 어둡고 답답한 현실─즉, 염소 할매의 진술에서 암시되듯, 정상적인 의식과 판단으로는 도저히 "이해가 되지 않"는 현실─에 처한 사람들이 자신들의 삶에 숨길을 열기 위해 어쩔 수 없이 선택한 현실 이해 방식을 반영한 것으로 읽을 수도 있지 않을까. 구세주의 출현을 기다린다든가 내세 또는 이상향을 꿈꾸고 기적의 징후를 찾는 일은 핍박과 고통의 삶을 살아가는 사람들 사이의 일반적 경향일 수 있다는 점에서 그러하다. 이를 암시하듯, 표현의 차이가 있긴 하나, "이 땅을 넘어, 이 세상을 넘어, 양 같은 범이 살고 범 같은 양이 사는 곳"(35쪽)에 대한 염원은 소설 속 화자들과 그 주변의 선한 사람들 모두에게 공통된 것이다. 아니, 어찌 보면, 어둡고 답답한 현실에 동화적 환상의 색채를 가함으로써 비현실적인 세계의 비현실성을 한층 더 선명하게 드러내고자 했던 것이 작가의 의도인지도 모른다.

문제는 『아름다운 나의 귀신』에는 정상이 아닌 사람이 환각이나 상상을 통해 일깨웠다 해도 쉽게 반박이 가능치 않은 종류의 환상적 요소들만 있는 것이 아니라는 데 있다. 즉, 하늘을 난다든가 귀신과 만난다든가 식의 삽화적(挿話的)인 차원의 환상적 요소만 있는 것이 아니다. 이 소설에는 그와는 차원이 다른 환상적 요소가, 그러니까 단순히 누군가의 상상이나 환각 상태에 따른 것으로 볼 수 없는 '구조적 차원'에서의 환상적 요소가 존재하는 것도 사실이다. 예컨대, "죽지도 않았"고 "죽지 않은 것도 아"닌 상태에서 한정수가 이어가는 일인칭 화법의 독백이나, 벙어리에다가 귀머거리인 솔개가 태어나기 전부터 시작해서 줄곧 또렷한 의식 속에서 이어가는 생각과 이에 대한 언어화(言語化)는 단순히 삽화적 차원에서의 환상적 요소가 아니다.

소설의 환상성이 단순히 삽화적인 것이 아니라 구조적인 것임을 작가가 특히 의도적으로 드러내는 곳이 있으니, 넷째 연작 소설인 「내 사랑 나의 암놈」에서 솔개가 자신의 누나인 혜선의 숫자 개념에 대해 이야기하는 부분에 유의하기 바란다. 솔개가 전하는 바에 따르면, 혜선은 "열 이상을 셀 수가 없"고, 따라서 그 이상의 수를 입에 올리지 못한다(162쪽). 하지만 솔개에 의하면 혜선은 다음과 같이 말한다. "솔개야 솔개야 열일곱 살도 못 살고 죽는 솔개야. 열일곱도 못 살다니. 불쌍한 우리 솔개"(167쪽). 이는 논리적 모순이 아닌가. 열 이상의 수를 셀 수 없는 사람이 어떻게 '열일곱'이라는 숫자를 입에 올릴 수 있겠는가. 이와 관련하여, 작가는 솔개의 독백을 빌려 혜선은 "모든 죽음"과 미래를 정확하게 예견하지만 "자신이 그런 얘기를 했다는 것마저 기억하지 못했다"고 말한다. 즉, '열일곱'이라는 숫자는 혜선의 입을 통해 나온 것이지만, 그녀의 의식에서 나온 것이 아니다. 이처럼 작가는 도저히 합리적으로 설명이 안 되는 이른바 불가해한 환상적 요소를 의도적으로 작품 속에 투사한다.

앞서 말했듯, 작가의 이 같은 '환상소설화'는 현실이 너무도 비현실적이어서 이를 현실로 받아들이기 어렵다 느끼는 사람들의 시각을 반영하는 것일 수도 있고, 현실의 비현실성을 더욱 선명하게 드러내기 위한 작가의 의도를 반영하는 것일 수도 있다. 아니, 현실주의적 이해의 시각만으로는 이해할 수 없는 것이 현실임을 암시하기 위한 것일 수도 있으리라. 마치 프란츠 카프카(Franz Kafka)의 『변신』(*Die Verwandlung*)이 그러하듯. 어찌 보면, 최인석의 작품 속에서 현실과 환상이 뒤얽혀 있는 정황은 카프카의 『변신』을 연상케 하기도 하거니와, 실제로 『아름다운 나의 귀신』에서 이 작품이 직접 언급되기도 한다. 둘째 연작 소설인 「직녀 내 사랑」에서 한정수는 공장에서 농성을 이어가는 자리에서 이러저러한 책을 읽게 되는데, 그렇게 해서 그가 읽은 문학작품 가운데 하나가 『변신』이다.

그 얘기를 읽으며 나는 나의 아비와 어미를, 형과 나를, 형이 죽었을 때 아비 어미가 한 짓을 떠올렸다. 나는 그것이 곧 우리 집 얘기라는 것을 알았다. 카프카라는 사람이 우리 집을 마치 들여다보기라도 한 듯 고스란히 옮겨 써놓은 것이다. (「직녀 내 사랑」, 65쪽)

현실과 환상이 너무도 정교하게 결합되어 있어 어디까지가 현실이고 어디까지가 환상인지 이해하기 어려운 낯설고 기이한 세계를 제시하고 있다는 점에서 볼 때, 최인석의 소설에는 카프카적 울림이 있는 것도 사실이다. 또한 환상 세계에서나 가능할 만한 일이 일어나지만 주변 사람 누구도 이에 관심을 갖기보다는 비현실적일 정도로 현실에 집착한다는 점에서도 최인석의 『아름다운 나의 귀신』은 카프카적이다. 즉, 『변신』에서 그레고르 잠자의 놀라운 변신보다는 집안의 경제 사정에 집착하는 그의 가족이 그러하듯, 최인석의 소설 속 화자들을 둘러싸고 일어나는 불가사의한 일에 달동네 사람들―심지어 소설 속 화자인 소년들과 청년의 부모를 비롯한 모든 사람들―은 무지하거나 무관심한 채 눈앞의 물질적 현실에 집착할 뿐이다. 그럼에도 불구하고, 삼인칭 시점의 소설인 카프카의 『변신』이 우화적 환상 소설이라면, 최인석의 일인칭 시점의 소설인 『아름다운 나의 귀신』은 동화적 환상 소설이다. 아울러, 동화적 환상 소설임에도 불구하고, 직접적인 현실 고발의 측면이 강하다는 점에서, 우화적 성격이 두드러진 카프카의 작품과 구분된다. 사실 카프카의 소설과 달리 최인석의 소설에서 환상적 요소들은 현실을 낯설게 하거나 현실의 비현실성을 강조하고 전경화(前景化)하는 측면이 강하다.

　여기서 우리는 라틴아메리카의 마술적 현실주의에 기대어 최인석의 작품에 대한 이해를 시도할 수도 있다. 어찌 보면, 현실의 부조리를 서양의 현실주의적 시각만으로는 설명이 쉽지 않다는 의식을 반영하는 동시에, 현실을 낯설게 하는 수사적 장치의 측면이 강한 것이 라틴아메리카의 마술적 현실주의다. 이런 관점에서 볼 때, 합리적 설명이 어려울 만큼 극도의 풍요와 극도의 빈곤이 비현실적으로 공존해 있는 우리 사회의 현실을 이해하는 데는 마술적 현실주의가 나름의 효과적인 장치가 될 수 있다. 말하자면, 우리 사회의 빈민층이 처해 있는 부조리한 현실을 이해하고자 할 때 현실주의적 세계 이해 방식만으로는 한계가 있음을 간접적으로 드러내는 것이 최인석의 작품일 수 있다. 어찌 보면, 앞서 우리가 언급했듯 현실과 환상의 경계에 대한 인식이 어느 때보다 모호해지는 오늘날의 현실에 직면하여, 또는 "염소 할매"의 입을 빌려 작가가 말하듯 정상적인 의식과 판단으로는 도저히 "이해가 되지 않"는 현실 앞에서, 현실의 환상화는 작가가 모색한 현실 이해 방법일 수도 있다. 나아가, 현실주의적 소설 문법을 포기하지 않으면서도 기법 면에서든 내용 면에서든 이를 뛰어넘으려는 작가의 의지가 감지된다는 점에서도, 또한 환상적 요소들이 환상적 요소들로 느껴지지 않을 만큼 환상과 현실의 결합이 매끄럽다는 점에서도, 우리는 최인석의 『아름다운 나의 귀신』을 마술적 현실주의의 관점에서 읽을 수도 있다.

따지고 보면, 최인석의 작품을 마술적 현실주의의 관점에서만 이해할 수 있는 것은 아니다. 앞서 윤흥길의 작품과 관련하여 잠깐 언급했듯, 예로부터 우리 문화의 구성원들 역시 현실에 대한 이해를 초자연적인 것에 기대어오기도 했다. 다시 말해, 현실에서 환상을 읽고 환상에서 현실을 읽는 일이 우리에게 낯선 것은 아니었다. 하지만 어느 때부터인가 이 같은 현실 이해 방식은 전근대적이라는 이유로 타파 대상이 되어왔다. 그렇다고 해서, 윤흥길의 소설이 보여주듯, 문학적 탐구 대상으로서의 의미를 소진한 것은 아니었다. 어찌 보면, 적어도 우리의 의식과 문화의 배경에 남아 있는 것이 이 같은 현실 이해 방식임을 암시하는 것이 윤흥길의 작품일 수 있다면, 최인석의 작품은 배경에 머물러 있던 세계 이해 방식을 전경(前景)으로 이끌어오기 위한 것으로 볼 수 있으리라. 요컨대, '환상적 요소가 가미된 현실주의 경향의 소설'—우리 식의 표현에 따르면, '현실 지향적 환상 문학'—을 향한 실험으로 규정될 수 있는 최인석의 실험은 근대 이후의 현실주의 경향의 소설 문법을 포기하지 않은 상태에서 여전히 우리 문화 고유의 현실 이해 방식을 되살리려는 시도로 정리될 수도 있다. 바로 이 때문에 최인석의 『아름다운 나의 귀신』은 우리 문화 고유의 환상 문학의 미래를 약속하는 것으로 평가되지 않을 수 없다.

2-2. 이인성의 「강 어귀에 섬 하나」, 또는 초현실적 환상 문학

'현실 지향적 환상 문학'이 '모순어법'의 예라면, '초현실적 환상 문학'은 동어반복(tautology)의 예일 수 있다. '초현실적인 것'은 곧 '환상적인 것'일 수 있기 때문이다. 그럼에도 우리가 여전히 이 같은 동어반복적인 표현을 앞세우고자 하는 이유는 다음과 같다. 초현실적 세계란 인간 내면의 의식과 무의식/잠재의식의 경계 지대에 존재하는 비현실적 세계를 지시하는 개념일 수 있거니와, 최인석의 『아름다운 나의 귀신』이 우리가 처해 있는 외적인 현실에 대한 이해를 겨냥한 환상 문학이라면, 이인성의 「강 어귀에 섬 하나」는 인간 내면의 의식과 무의식/잠재의식 사이의 경계 지대에 대한 탐구를 시도한 환상 문학으로 규정될 수 있다. 어찌 보면, 이인성의 작품 속 작가의 시선은 자신의 의식 내면을 향한 내부지향적(introspective)인 것으로, 그런 시선이 포착하여 작가가 작품 속에 투사한 세계를 초현실적인 것이라고 해도 무리가 없을 것이다.

어찌 보면, 인간의 내면 의식에 대한 이인성의 초현실적 탐구 역시 새롭거나 낯선 것은 아니다. 일찍이 20세기 초 프랑스의 파리를 무대로 전개된 바 있는 초현실주의는 현실을 초월하여 존재할 법한 절대적 현실을 의식과 무의식/잠재의식 사이의 경계 지점에서 추구한 예술적 움직임으로 요약될 수도 있거니와, 논리와 이성에 의해 현실을 이해하고자 하는 과학주의를 뛰어넘고자 했다는 점에서 보면 앞서 언급한 현실주의 경향

에 대한 대안(代案)의 성격을 갖기도 한다. 어쩌면, 과학 문명이 타파하고
자 했던 현실의 불가해성에 대한 인식이 과학의 발달과 함께 오히려 깊어
지고 있는 오늘날, 초현실주의는 눈앞의 현실을 뛰어넘어 무언가 근원적
이고 절대적인 현실을 추구하기 위한 세계 이해 방법으로서 여전히 유효
하다. 사실 인지과학 분야의 비약적 발전에도 불구하고 여전히 수수께끼
로 남아 있는 것이 인간의 의식 세계로, 이인성이 「강 어귀에 섬 하나」에
서 펼쳐 보인 초현실적 작품 세계는 이에 대한 진지한 문학적 탐구로서의
의미를 갖기도 한다.

여기서 우리는 잠깐 '인식 행위' 및 '인식의 언어화'를 문제 삼을 수 있
는데, 대상에 대한 인식의 과정은 '언어적으로' 진행되며, 그 결과 역시
'언어적으로' 표출된다. 아무튼, 인식의 대상이 현실인 경우, 현실 자체
가 내재하고 있는 '선험적 질서'(*a priori* order)—예컨대, '시간'과 '공
간'과 같은 선험적 질서—로 인해, 이에 대한 인식 행위와 인식의 언어
화는 최소한의 질서를 반영하게 마련이다. 따라서 정도 차이는 있을지언
정 현실에 대한 이해와 언어화는 시간이나 공간 등의 선험적 질서에 의지
하여 큰 무리 없이 진행될 수 있다. 하지만 인간의 의식, 무의식/잠재의
식, 양자 사이의 경계 영역에서는 현실의 영역에 존재하는 것과 같은 선
험적 질서를 기대할 수 없다. 인간의 의식 세계가 '칼레이도스코프적 혼
돈'(kaleidoscopic jumble)의 상태로 존재하는 것처럼 비치는 것은 이 때
문이다. 마땅히 현실의 선험적 질서에 길들어 있는 우리에게 이는 극도로
무질서하고 혼란스러운 것으로 보일 수 있다. 이로 인해, 인간의 의식 세
계를 인식하고 언어화하기란 결코 쉬운 일이 아니다. 설사 나름의 명징하
고 의미 있는 언어화 작업에 이른다고 해도, 이를 타인에게 이해시키기란
쉽지 않다. 이인성의 「강 어귀에 섬 하나」에 대한 독해 작업이 쉽지 않음
은 이 때문일 수 있다.

이렇게 말한다고 해서, 이인성의 작품 세계가 무질서하고 혼란스럽다

는 뜻은 아니다. 다만 그가 다루는 대상이 무질서하고 혼란스러워 보이는 의식과 무의식/잠재의식 사이의 경계 지점이라는 점을 말하고자 할 뿐이다. 작가 이인성은 바로 이 무질서하고 혼란스러워 보이는 세계에 대한 나름의 질서화를 시도하는데, 그 역할을 하는 것은 물론 그의 언어다. 마치 기독교 성경의 창세기에서 하나님의 말씀이 혼돈에 질서를 부여하듯, 작가의 언어는 무질서하고 혼란스러워 보이는 인간의 의식 세계에 질서를 부여한다. 어찌 보면, 인간의 의식 세계에 대한 언어화는 사실화(事實畵)의 경향을 띠는 현실에 대한 언어화와 달리 초현실화(超現實畵)의 경향을 띠게 마련이며, 이로 인해 언어화가 유도한 질서가 무엇이든 이는 좀처럼 쉽게 짚이지 않게 마련이다. 이런 면에서 이인성의 언어는 특히 돋보이는데, 그의 언어화는 초현실화의 경향을 띠면서도 사실화의 경향을 띠는 현실에 대한 언어화만큼이나 정연하고 선명하기 때문이다.

하기야, 사실화에 대한 훈련을 충실하게 거친 화가가 아니라면, 어찌 뛰어난 초현실화의 경지를 그에게 기대할 수 있겠는가. 이 같은 논리가 이인성의 언어에도 그대로 적용될 수 있거니와, 사실화든 초현실화든 언어적 형상화 작업에 대한 훈련이 그에게 얼마나 철저했는가를 보여주는 것이 다름 아닌 「강 어귀에 섬 하나」다. 이 작품이 초현실화 지향적이면서도 여전히 사실화에 대한 예민한 감각을 그대로 간직하고 있음을 증명하는 예를 우리는 다음 구절에서 확인할 수 있다.

동쪽 끝방의 작은 창문에는 언제나, 아련하면서도 아뜩한 빛의 점묘화가 펼쳐졌었다. 서서히 온몸을 끌어당겨 가라앉힐 듯, 잠잠하게 꿈틀꿈틀, 두터운 몸짓으로 유영하는 거대한 강줄기 위에는, 부드럽게 일렁일렁, 그 물의 살의 움직임에 따라 흔들리는 진노랑빛 은행나무 잎들과 선홍빛 단풍잎들이 가득 떠 흐르며, 산란하게 반짝반짝, 수억만 개의 물비늘처럼 시야를 어지럽히고 있었던 것이다. 아무리 보아도, 그 뒤척이는 빛무늬들은 울긋

불긋한 낙엽들의 난반사가 조화를 부리는 것임에 틀림없었다. 아닌가 싶어 창틀 액자 속으로 고개를 깊이 기울여보아도, 그 물비늘들은 분명 빛의 낙엽들이었으므로, 그 집에서는/ 계절이 따로 없이, 늘 가을이었다.[3]

위의 인용에 나오는 언어적 표현들을 일정한 단위로 나눠보면, 구절 하나하나가 선명하고 명징한 시적 이미지들을 담고 있음을 확인할 수 있을 것이다. 아니, 살아 숨 쉬는 생생한 이미지들로 이루어진 시와 마주할 때 누구라도 느낄 법한 정신의 긴장감을 맛볼 수 있을 것이다. 결국, 마치 무수한 점과 점이 하나로 모여 한 폭의 점묘화를 이루듯, 선명하고 명징한 시적 이미지들이 하나로 모여 "아련하면서도 아뜩한 빛의 점묘화"로 완성된 것이 다름 아닌 이인성의 「강 어귀에 섬 하나」이다. 즉, 가까이 다다가 뜯어보면 또렷하고 개별적인 점들과도 같은 구체적인 언어 표현들이지만, 적당한 거리를 두고 바라보면 그런 언어 표현들이 독자성을 상실한 채 "아련하면서도 아뜩한 빛의 점묘화"를 이루고 있음을 깨닫게 하는 것이 이인성의 언어 세계이자 작품 세계다. 앞서 우리는 최인석의 『아름다운 나의 귀신』과 관련하여 샤갈의 그림을 떠올리기도 했는데, 이인성의 「강 어귀에 섬 하나」는 폴란드 출신의 화가 야첵 예르카(Jacek Yerka)의 공공연하게 초현실적이면서도 사실 묘사에 충실한 그림들을 떠올리게 한다. 다만 그의 그림들이 점묘화법에 의한 것이 아니라는 점을 빼면. 아니, 예르카의 그림들을 점묘화법으로 처리한다면, 우리가 마주하는 것은 아마도 이인성이 작품이 일깨우는 환상 세계이리라.

환상적인 '점묘화'와도 같은 이인성의 소설 「강 어귀에 섬 하나」의 한가운데 놓이는 것은 만희(滿喜)라는 이름의 여자가 주인인 "강 어귀"의

---

3) 이인성, 『강 어귀에 섬 하나』(문학과지성사, 1999), 107-108쪽. 이 작품에 대한 앞으로의 인용은 본문에서 밝히기로 함.

집으로, 그 집은 "4층인가 5층"에 있다가 "갈 때마다 한 층씩 더 높이 올라"가서 마침내 "29층" 또는 "31층"까지 옮겨가기도 하고, "그 사이에 십몇 층인가부터 이십몇 층까지가 사라져버려서 실제로는 십 층쯤 낮은 셈"이 되기도 한다(113쪽). 그리고 그 집의 주인 여자가 처용(處容)으로 이름 지은 소설 속의 '나'는 "무엇에 자꾸 발길이 이끌리는 것인지는 도무지 헤집어지지 않았는데도, 어느새 그 집에 갇혀 있곤" 한다(107쪽). 아울러, '나'와 '그녀'의 만남은 수시로 층수가 바뀌기도 하지만 이야기의 뒤에 가서 '내'가 밝히고 있듯 내부 구조가 바뀌기도 하는 '그녀'의 집에서 이루어진다. 아무튼, 그 집에 들어선 '나'는 "거실 벽면 가득" 걸려 있는 "온갖 귀면 같은 가면들"과 마주하는데, 이 가면들에 대해 '나'는 이렇게 말한다. "가면들은 희미하게 근육을 씰룩이며 슬그머니 눈꺼풀을 열었다"(115쪽). 심지어, 소설의 이야기가 진행되면서 가면들은 말 그대로 인간의 역할을 떠맡기도 한다. 요컨대, 이인성이 우리에게 펼쳐 보이는 작품 속의 공간은 집의 층수가 바뀌기도 하고 가면들이 살아 숨 쉬고 움직이기도 하는 말 그대로 환상의 공간이다.

하지만 이인성이 제시하는 환상의 공간은 여느 환상 문학에 제시된 환상의 공간과 성격이 다르다. 예컨대, 최인석의 『아름다운 나의 귀신』에서 확인할 수 있듯, 대부분의 환상 문학에서는 작품 속 화자나 인물이 환상을 '있는 그대로' 현실의 일부로 받아들인다. 비록 예기치 않던 환상적 상황이나 사건을 마주하고 놀라기도 하지만, 작품 속 화자나 인물은 이를 뜻밖의 것으로 여길 뿐 주어진 환상의 공간이 현실임을 의심치 않는다. 즉, 작품 속 화자나 인물에게 환상은 환상이 아니라 곧 현실이다. 환상을 환상으로 인식하는 일은 작품 바깥쪽에 위치한 독자들의 몫일 따름이다. 하지만 이채롭게도 이인성의 소설에서 '나'는 자신이 처한 곳이 환상의 공간임을 의식한다. 어찌 보면, 작가의 '분신'일 수 있는 '나'는 자신이 처한 세계를 현실로 인식하기보다 애초에 드러내놓고 환상임을 의식한다.

이와 관련하여, 우리는 소설의 시작 부분에 나오는 다음 인용을 주목하지 않을 수 없다.

"가만, 저 건너 누각 이름을 뭐라 그랬지?" "영취루." 그 후로도 매번 물으면서 번번이 잊을 그 가운데 '취'자. "그게 무슨 '취'자라구?" "독수리 취 (鷲)." "독수리?" 그곳은 새롭게 깨어난 말이 환상을 부르고 환상이 곧 현실인 그런 공간이었던가, 북쪽 베란다 문으로 훌쩍 날아든 환상의 독수리가 큰 날갯짓으로 삽시에 안개를 몰아가자, 안개가 그녀의 옷이었던가. (116쪽)

일종의 수사 의문문에 해당하는 "그곳은 새롭게 깨어난 말이 환상을 부르고 환상이 곧 현실인 그런 공간이었던가"가 암시하듯, '나'는 '말'이 부른 '환상'이 곧 '현실'임을 의식한다. 즉, '나'에게 '현실'은 곧 '말'이 부른 '환상'이다. 또는 '나'에게 '말'은 곧 '환상'이고 '환상'은 곧 '현실'이다. 이처럼 자신에게 주어진 '현실'이 '환상'임을 내비치는 '나'를 통해 작가는 이야기의 환상성과 비현실성을 숨길 듯 드러내고 드러낼 듯 숨긴다. 따지고 보면, 이 소설의 부제인 "처용 환상"이 이미 이야기 자체가 환상임을 공공연하게 암시하고 있다. 아무튼, 이렇게 처음부터 이야기의 환상성과 비현실성을 의식하도록 유도하기 때문에, 독자는 여느 환상 문학작품을 읽을 때처럼 환상에 대한 불신감을 기꺼이 유보하고[4] 작품 속으로 몰입하기보다, '환상이라는 낯선 현실'의 낯섦을 또렷이 의식한 채 작품과의 만남을 이어간다. 결국, 언어를 낯설게 함으로써 낯선 언어에 주의를 집중케

---

4) 일찍이 영국의 시인이자 비평가인 코울리지(S. T. Coleridge)는 한 편의 문학작품을 읽을 때 독자의 심리와 관련하여 "자발적인 불신감 유보"(willing suspension of disbelief)라는 개념을 제시한 바 있다. 우리가 환상 문학을 대하면서 그 작품 속의 환상 세계를 있는 그대로 또 하나의 현실로 받아들이고자 함은 바로 이 같은 심리 상태 때문일 수 있다.

하는 시를 읽을 때처럼, 독자는 현실을 낯설게 함으로써 낯선 현실―즉, 환상―에 주의를 집중케 하는 소설과 마주하는 셈이 된다. 이야기 자체에 빠져들도록 유도하기보다는 이야기의 환상성과 비현실성에 독자의 주의를 집중케 한다는 점에서 보면, 이인성의「강 어귀에 섬 하나」는 소설인 동시에 여느 시와 범주를 달리하는 또 다른 의미에서의 시다.

여기서 우리가 무엇보다 주목해야 할 것은 '나'에게 '말'과 '환상' 또는 '말'과 '현실'은 서로 별개의 것이 아니라 하나라는 점이다. 위의 인용에 나오는 "독수리?"는 '내'가 입 밖으로 낸 말일 뿐만 아니라 마음속에 떠올린 말일 수도 있거니와,「강 어귀에 섬 하나」를 구성하는 '나'의 독백은 '내'가 입 밖으로 내놓은 말일 뿐만 아니라 마음속에 떠올린 말일 수도 있으리라. 즉, 소설을 이루는 '나'의 독백은 '내'가 새롭게 일깨운 '말'이 부른 '환상'이자 '현실'일 수 있다. 달리 말해, 이는 '나'의 '말'인 동시에 '환상'이고 '환상'인 동시에 '현실'일 수 있다. '말'인 동시에 '환상'이고 '환상'인 동시에 '현실'이라니? 여기서 우리는 성경의 창세기를 다시 한번 떠올릴 수 있는데, 위의 인용은 "하나님이 이르시되 빛이 있으라 하시니 빛이 있었[다]"(창세기 1장 3절)는 구절을 연상케 하기 때문이다. 사실 서양의 낭만주의 시대 이후의 시인이라면 누구나 꿈꾸어왔던 것이 곧 성경이 암시하는 '말이 곧 현실이 되는 경지'일 것이다.[5] 한때 "시인이었던" 이른바 "퇴물 시인"인 '내'(116쪽, 124쪽)가 여전히 꿈꾸는 것은 이처럼 말이 곧 현실이 되는 그런 세계가 아닐지? 이런 맥락에서 볼 때,「강 어귀에 섬 하나」가 펼쳐 보이는 환상의 공간은 한때 시인이었던 '내'가 꿈꾸어 왔던 세계―즉, '말'과 '환상'과 '현실'이 하나가 되는 세계―라고 할 수 있다.

아무튼, 층수가 높아지거나 바뀌는 만큼, '나'에게 강 어귀의 집에 이르

---

5) Gyung-ryul Jang, "The Imagination Beyond and Within Language : An Understanding of Coleridge's Idea of Imagination," *Studies in Romanticism* 25 (1986년 겨울), 515-16쪽 참조.

기란 결코 쉽지 않다. 하지만 "나선형의 계단을 빙글빙글 돌며 한없이 오르는 길은 거의 지옥으로 떨어지는 길"임을 알면서도 '나'는 "허공에 그대로 노출되어 있는, 구멍이 뻥뻥 뚫린 철조물 층계를 한 단 한 단 밟아" 그 집을 찾는 일을 멈추지 않는다(114쪽). '내'가 이처럼 위험을 무릅쓰고, 또한 "무엇에 자꾸 발길이 이끌리는 것인지는 도무지 헤집어지지 않"음에도 불구하고, "어느새 그 집에 가닿"는 이유는 무엇일까. 여기서 우리는 욕망의 실현을 위해 욕망의 대상을 찾으려는 인간의 본능을 읽을 수 있지 않을까. 이런 맥락에서 보면, 「강 어귀에 섬 하나」는 인간의 내면 깊은 곳에 자리 잡고 있는 리비도적 욕망을 환상의 공간에 투사해놓은 소설로 읽을 수도 있다.

이 소설이 암시하듯, 욕망의 주체인 인간은 욕망의 실현을 위해 욕망의 대상을 찾는 일을 멈추지 않는다. 마치 '내'가 '그녀'를 찾고 '그녀'가 '나'를 찾듯. 또한 '그녀'와 '내'가 '가면들'을 찾고, '가면들'이 '나'와 '그녀'를 찾듯. 요컨대, 서로가 서로에 대한 욕망의 주체이자 욕망의 객체다. 또한 욕망을 실현하는 가운데 주체와 객체는 서로 자리를 뒤바꾸기도 하고, 양자 사이의 차이와 경계를 뛰어넘기도 한다. 이러한 욕망의 실현을 '나'는 "황홀한 흘레"(118쪽)로 표현하는데, "황홀한 흘레"는 "두 몸을 하나로 묶고 섞는 그런 환희"(127쪽)로 욕망의 주체와 객체를 인도한다. 즉, "황홀한 흘레"를 통해 '하나'가 된다.

하지만, 마치 작가가 '말'과 '환상'과 '현실'이 하나가 되는 황홀한 글쓰기를 어느 순간에 멈춰야 하듯, "황홀한 흘레"는 영원히 지속 가능한 것이 아니다. 언제든 욕망의 주체는 자신이 객체와 하나가 아님을 깨닫지 않을 수 없다. 이 지점에 이르러 우리는 잠깐 말과 환상 또는 말과 현실이 하나가 되는 경지에 대해 다시 눈길을 돌리지 않을 수 없는데, 그런 경지는 '주체로서의 말'과 '객체로서의 현실'이 하나가 되는 상태를 지시하기 때문이다. 이렇게 보면, 말이 부른 환상이 곧 현실이 된 세계란 '말이라는 주체'와 '현실이라는 객체' 사이의 경계가 지워진 경지를 말한다. 다시 말해, 객체를 향한 주체의 욕망이 아예 문제되지 않는 세계다. 그 때문에, 욕망의 문제를 '말'과 '환상'과 '현실'이 하나가 된 환상의 공간으로 끌어들이는 순간, 욕망은 그 어느 때보다 비현실적이고 낯선 것이 된다. '주체와 객체의 이분법이 초극된 공간' 안에 '주체와 객체의 이분법이 아직 초극되기 이전의 정신 상태'를 끌어들인다는 점에서, 양자 사이의 긴장을 피할 수 없기 때문이다. 이처럼 피할 수 없는 긴장으로 인해, 이인성의 소설은 현실을 낯설게 하는 또 다른 의미에서의 시로 읽을 수도 있다.

어쨌거나, 모든 인간이 그러하듯, 작품 속의 '나'는 욕망이 충족되더라도 여전히 욕망의 굴레에서 벗어날 수 없다. 본질적으로 욕망이란 채울수록 갈증이 더해가는 소금물 마시기와 같은 것이기에. 그리하여 '나'는 "황홀한 흘레" 이후에도 여전히 '그녀'를 욕망하고 '그녀'와 하나가 되는 '탈'을 질투한다. 아울러, 나는 '탈'에게 "부들거리는 수치와 분노"로 인한 원망의 대상이 되기도 하고, 복수의 대상이 되기도 한다. 이처럼 '나'와 '그녀'와 '가면'을 포함하여 모두가 "황홀한 흘레"를 통해 하나가 되기도 하지만, 결국에는 남남이다. 이와 관련하여, 이 소설의 부제가 "처용 환상"(107쪽)이라는 점에서뿐만 아니라 '그녀'가 '나'를 '처용'으로 이름 지은 데서 암시되듯, 우리는 「강 어귀에 섬 하나」의 저변을 이루는 것이 처용설화임을 주목하지 않을 수 없다. 처용설화에 따르면, 어느 날 밤 집으로 돌아온 처용은 자신의 아내가 누군가와 이른바 "황홀한 흘레"의 자리에 들어 있음을 목격한다. 이때 처용의 선택은 말없이 밖으로 나가 노래를 부르고 춤을 추는 것이었다. 하지만 '나'의 선택은 어떠한가. "부네 탈"을 쓴 '그녀'가 "백정 탈에게 팔짝 뛰어올라 두 팔 안에 담"긴 채 "저 건너 방으로 찾아들어가"자, '그녀'를 쫓다가 놓친 '나'는 "이글이글 번지는 마음의 불길"을 주체하지 못한다(134쪽). 사실 '나'도 '그녀'와 다를 바가 없다. 그럼에도 불구하고 '그녀'를 자극하자, '그녀'가 힐난하듯 내뱉는다.

"내가 백정과 살을 섞었다고? 넌, 무당하고도 그랬고, 뚱딴지하고도, 피조리하고도 그랬고, 닥치는 대로 그랬을 텐데?"(135쪽). 이런 상황이 암시하듯, 소설 속의 '나'는 처용이라는 이름에도 불구하고 처용일 수 없다. 욕망을 초극하기에는 너무도 현실적이고 세속적인 존재가 '나'이기 때문이다.

　욕망의 주체 및 대상에 대한 소설 속의 이야기는 전혀 다른 관점에서 조명될 수도 있다. 이와 관련하여, 이야기의 시작 부분에서 '나'는 "그 집에 오는 '너'가 워낙 많아서인지, '나'는 '나'로 구별되지 않았"을 뿐만 아니라 "애당초 '나'는 없었다"(112쪽)고 말하고 있음을 주목하기 바란다. '나'에 대한 이 같은 판단은 인간의 존재 이유나 존재 방식에 대해 새로운 성찰을 유도하는데, 만일 '나'는 '나'로 구별되지 않을 뿐만 아니라 애당초 없는 존재라면 '나'란 도대체 무엇인가. '나'는 없으면서도 있고 있으면서도 없는 이른바 '허상(虛像)'이 아닐까. 그런 관점에서 보면, "이것저것 바꿔"가며 "늘 탈을 쓰고" 있는 '그녀'(133쪽)도 정체성을 결여한 '허상'일 수 있다. 아울러, '나'에게 처용이라는 이름이 부여되나 '내'가 처용이 아니듯, 또한 '그녀' 역시 이야기의 뒤에 가서 "[처용] 탈에 짚 끈을 꿰어 뭉개진 제 얼굴에 둘러 묶"(154쪽)기도 하지만 처용의 탈을 쓰는 것일 뿐 처용이 아니듯, 누구도 처용의 이름이나 가면을 취할 수 있지만 누구도 처용이 아니다. 즉, 누구나 보통명사로서의 처용일 수 있지만 누구도 고유명사로서의 처용일 수 없다. 다시 말해, 누구나 처용으로 불릴 수 있지만 누구도 처용이 아니듯, 우리가 고유명사로 또는 개별자로 존재한다는 것 자체가 환상이 아닐지? 좀 더 직설적으로 말하자면, '나와 너' 또는 '주체와 객체'란 원래 나뉘어 있는 것이 아님에도 불구하고, 이처럼 '나와 너'를 나누고 이를 통해 세상을 보는 것의 필연성을 강요하는 이분법적 경향의 문화와 관습이 만든 일종의 신화가 아닐지? 따지고 보면, "황홀한 흘레"도 궁극적으로는 '내가 나 자신'을 사랑하는 자기애(自己愛)의 행위임에도 불구하고 이를 타인에 대한 사랑의 행위로 신화화한 것인지도 모른다. 나르시스 신화가 암시하듯, 대상을 사랑하는 일이란 물에 비친 자신의 '허상'을 사랑하는 행위일 수 있고, 자신의 '허상'을 끌어안고 소유하고자 물속으로 뛰어드는 것으로 끝나는 행위일 수 있다. 이는 파멸의 몸짓일 수도 있지만, 주체와 객체 사이의 구분이 따로 존재치 않는 원초적 세계로 환원하고자 하는 복귀의 몸짓일 수도 있다.

이쯤 논의하다 보면, 「강 어귀에 섬 하나」는 단순히 욕망이라는 현실적 주제만을 다룬 소설로 읽히지 않는다. 이는 '말'과 '환상'과 '현실'이 하나로 존재하는 환상의 공간을 빌려 주체와 객체의 이분법을 전제로 하는 욕망과 사랑의 논리조차 근원적으로 환상일 수 있음을 암시하는 소설로 읽히기도 한다. 아니, 환상이 현실일 수 있듯, 현실이 환상일 수 있음을 환상의 언어를 통해 전하는 소설일 수 있다.

3. 논의를 마무리하며

환상 문학에 대한 논의의 자리에서라면 마땅히 순연한 환상의 세계로 우리를 이끄는 작품들도 다뤄야 할 것이다. 다시 말해, 통념상의 환상 문학—이른바 하위 '장르 문학'으로서의 환상 문학—으로 분류되는 작품들도 문제 삼아야 할 것이다. 실제로 존재한 적이 없는 가상 세계에서 전개되는 초자연적 이야기를 소재로 삼는 이런 유형의 환상 문학은 현실의 제약에서 완벽하게 벗어나 마법이나 초자연적 현상을 자유롭게 수용하고 있거니와, 이는 명백히 우리가 이제까지 문제 삼은 최인석과 이인성의 작품과 맥을 달리한다. 사실 '환상 문학'이라고 할 때 사람들이 일반적으로 떠올리는 것은 이처럼 맥을 달리하는 통념상의 환상 문학으로, 이 유형의 환상 문학은 문학의 그 어떤 분야보다 광범위하게 적극적인 독자층을 확보하고 있다. 여러 요인이 있겠지만, 이 같은 유형의 환상 문학이 우리나라에서 일반화하는 데도 첨단 과학이 중요한 역할을 한 것으로 판단되는

데, 앞서 언급한 시대의 분위기도 나름의 역할을 했겠지만 컴퓨터 통신망과 인터넷 게임 산업의 발전에 힘입은 바 크다 할 수도 있을 것이다. 아무튼, 이에 대한 논의는 별개의 차원에서 별도의 지면을 통해 이루어져야 할 것으로 판단된다. 따라서 이 자리에서는 우리가 이제까지 문제 삼았던 두 유형의 새로운 환상 문학에 대한 논의를 간단하게 정리하는 것으로 글을 마감하기로 하자.

최인석의 『아름다운 나의 귀신』은 현실주의 경향의 소설 문법에 충실하되 작품 속에 환상적 요소들을 도입함으로써 문학의 현실 이해와 비판 기능에 새로운 지평을 열었다면, 이인성의 「강 어귀에 섬 하나」는 환상의 공간 안에서 인간의 의식과 무의식/잠재의식의 경계 지역을 정치하게 파고듦으로써 현실주의 경향의 소설이 지니는 내재적 한계를 넘어섰다고 할 수 있다. 최인석과 이인성의 이 같은 시도는 과학의 발달에도 불구하고, 아니, 과학이 발달함에 비례해서, 현실과 환상 사이의 구분에 대한 인식이 오히려 점점 어려워지는 시대에 문학이 나아갈 길을, 새롭지만 익숙하고 익숙하지만 여전히 새로운 길을 열었다는 데서 그 의의를 찾아야 하리라는 것이 우리의 판단이다.

문제는 이 같은 소설들을 환상 문학으로 규정하는 것이 올바른 처사인가에 있다. 명백히 이들 작품에서 환상적 요소가 감지되거나 환상의 공간을 일깨우고 있다는 점에서 기존의 소설 문법을 고수한 작품들과 다르다. 그렇다고 해서, 이들 소설을 환상 문학이라는 공간 안에 가두는 것이 올바른 처사일까. 만일 이런 식의 '가두기'가 작품의 특성과 의미를 이해하는 데 도움이 된다면, 굳이 이 문제를 쟁점화해야 할 이유는 없을 것이다. 하지만, 환상 문학을 이른바 '비주류 문학' 또는 '주변 문학'으로 폄하하는 일반적 경향에 비춰볼 때, 이 같은 '가두기'는 오히려 작품의 진가를 가늠하는 데 방해가 될 수도 있다. 우리가 '환상 문학'이라는 표현을 사용하지만 이는 새로운 경향의 문학을 지시하기 위해 동원한 잠정적 용어일 뿐이라는 점을 힘주어 말하고자 함은 이 때문이다. 요컨대, 우리가 제시한 '현실 지향적 환상 문학'이라든가 '초현실적 환상 문학'이라는 구태의연한 이름 짓기와 관계없이 새로운 용어와 개념 규정에 열려 있는 소설이 최인석의 『아름다운 나의 귀신』과 이인성의 「강 어귀에 섬 하나」다.

상징의 언어 이면의 현실 이해를 찾아서
—함윤수의 시적 상징이 의미하는 것

1. 시인 함윤수의 궤적을 찾아서

인터넷을 검색해보면, 시인 함윤수(咸允洙, 1916-1984)에 대한 정보는 극히 제한되어 있다. 호는 목운(牧雲)이며, 1916년 4월 1일 함경북도 경성에서 출생했다는 점, 일본 도쿄 소재의 니혼[日本] 대학 예술과를 졸업했다는 점, 1938년 시 동인지 『맥』을 통해 「앵무새」와 「유성」으로 등단하고, 네 권의 시집―『앵무새』(1939), 『은화식물지(隱花植物誌)』(1940), 『사향묘(麝香猫)』(1958), 『함윤수 시선』(1965)―을 출간했다는 점 등이 알려져 있을 뿐이다.[1] 그의 작품 가운데 인터넷에서 확인할 수 있는 것은 「수선화」 정도이고, 「화분(花粉)」이 신문의 칼럼을 통해 두어 군데 소개되어 있을 뿐이다. 또한 시집 『앵무새』에 수록된 작품 「튜맆」에 대한 임화의 짧막한 비판과 『사향묘』에 수록된 작품 「거머리」에 대한 박인환의 한층 더 짧막한 찬사가 단편적으로 소개되어 있을 뿐이다. 요컨대, 시인 함윤

---

1) 이 글에서 인용할 모든 시와 산문의 표기는 원문을 따르기로 한다. 단, 띄어쓰기만은 현행 문법에 맞춰 조정하였다. 아울러, 원문의 한자는 한글 표기와 함께 괄호 안에 넣기로 하되, 의미가 자명하여 따로 한자 표기가 필요치 않은 경우 가급적 이를 생략하기로 한다.

수는 우리에게 거의 알려져 있지 않다.

하지만 국회도서관의 자료를 확인해보면 함윤수는 1975년 『월간문학』 제8권 제9호에 「나락(奈落)의 향연」을 발표하는 등 비교적 최근에 이르기까지 작품 활동을 하였다. 그럼에도 불구하고, 그가 이처럼 잘 알려지지 않은 시인으로 남아 있는 이유는 오랜 세월 시작 활동을 했지만 남긴 작품의 수가 극히 적다는 데 있을 수도 있고, 문단의 주된 흐름이나 시류(時流)에 비켜서서 작품 활동을 했다는 데 있을 수도 있다. 그 이유가 어디에 있든, 『함윤수 시선』의 발문(跋文)[2]에 해당하는 글에서 시인 유정이 주목했듯, 함윤수는 "짧지 않은 세월"을 "애오라지 '영성(靈性)의 밀실(密室)을 찾아든 새하얀 앵무새'처럼 자기시미(自己詩美)의 세계를 파고"든 시인이자 "외부의 시적 유행 사조엔 전연 아랑곳없이 '내 영성의 밀실'을 추구한" 시인이었다. 그리하여 함윤수의 시 세계에서는 "달리 찾아볼 수 없는 독특하고도 기이한 탐미(眈美)의 짙은 향취(香臭)"를 감지할 수 있다는 것이 유정의 판단이다. 이는 과작(寡作)이라고 하지 않을 수 없는 함윤수의 작품 세계를 훑어본 사람이라면 누구나 동의하지 않을 수 없는 지적일 것이다.

이처럼 함윤수는 "독특하고도 기이한 탐미의 짙은 향취"를 담은 시 세계를 펼쳐보였지만, 이에 합당한 문단의 주목을 받지 못한 것도 사실이다. 따라서 함윤수의 시 세계는 늦었지만 새롭게 조명해볼 필요가 있어 보인다. 이와 관련하여, 우리는 시인이 문단에서 받았던 얼마 안 되는 주목조차 상반된 것이라는 점도 유의하지 않을 수 없다. 앞서 밝혔듯, 임화와 박인환은 함윤수의 시에 대해 짤막한 비평적 평가를 내린 바 있다. 문제는 양자의 판단이 극명하게 대비된다는 점이다. 구체적으로 살펴보면, 임화는 「츄맆」을 예로 들어 함윤수의 시에는 "기교주의에의 모방, 그중

---

2) 유정의 발문은 『함윤수 시선』(서울: 중안문화사, 1965)의 81-83쪽에 수록되어 있다. 이 글에 대한 앞으로의 인용은 이에 근거한 것으로, 출처를 따로 밝히지 않기로 한다.

에서도 일시 우리 시단에 전파되었던 말초화(末梢化)된 기교시파의 역력한 각인이 남아" 있다고 진단하면서, "[기교주의를] 모방할려는 심리 가운덴 시를 주로 언어의 색채로 장식하려는 습성이 뿌리깊이 박혀" 있음을, "이것은 시적 정신의 극도의 빈곤의 전형적 표현"이자 "허식(虛飾)의 감정, 사치의 정신의 우회된 표현"임을 지적한다.[3] 한편, 박인환은 「거머리」를 예로 들어 "상징화된 형식으로 한국의 현실과 그의 심경을 표현하고 있다"는 진단과 함께, "시인의 슬픔과 인생의 애수[를] 간략한 몇 줄로써 이렇게 노래할 수 있다는 것은 이 시인이 얼마나 실력이 훌륭하다는 것을 좌기(左記)하는 것"이라고 평가한 바 있다.[4] 물론 임화와 박인환은 문학적 입장이 서로 다르다는 점과 논의 대상이 된 작품이 10여 년 이상의 시간적 간격을 두고 창작된 것임을 감안해야 할 것이다. 하지만, 유정이 지적한 바와 같이 함윤수의 시 세계가 세월의 변화와 크게 관계없이 여일한 경향을 보였다는 점에서 보면, 이처럼 의견이 극단으로 나뉘는 이유가 무엇인지 궁금하지 않을 수 없다. 우리가 함윤수의 시 세계를 새삼스레 검토해보고자 함은 이 때문이다. 이어지는 앞으로의 논의는 함윤수의 네 권 시집에 수록된 작품 가운데 특히 주목할 만한 작품을 한두 편씩 뽑아 이를 조명하는 데 바치기로 한다.

2. 「앵무새」에서 「낙엽」까지 함윤수의 시 세계를 찾아서

함윤수의 첫 시집 『앵무새』는 1939년 6월 9일 도쿄 소재의 '산분샤[三文社]'에서 출간되었다. 그 무렵은 일제의 한국어 말살 정책이 이미 본격화된 시기로, 1938년 3월 15일 일제는 제3차 개정 교육령을 통해 일본어

---

3) 임화, 「시단의 신세대」, 『임화 문학예술 전집 3: 문학의 논리』(서울: 소명출판, 2009), 410쪽. 이는 원래 1939년 8월 18일에서 26일까지 『조선일보』에 연재한 글을 하나로 모은 것임.

4) 박인환, 「1954년의 한국시」, 『박인환 전집: 사랑은 가고 과거는 남는 것』(서울: 예옥, 2006), 283쪽. 이는 원래 시전문지 『시작』 제3집(1954년 11월)에 수록된 것임.

를 필수로 하는 한편 한국어를 정규 교과목에서 배제한 바 있다. 그런 와
중에 일제의 정치와 문화의 중심지에서 한국어로 시집을 발간했다는 사
실만으로도 일제의 식민지 정책에 대한 함윤수의 저항 의지를 읽을 수도
있으리라. 사실 그의 둘째 시집 『은화식물지』도 1940년 12월 26일 도쿄
의 '쇼가쿠샤[獎學社]'에서 출간되었는데, 그 무렵에는 일제가 이미 한글
로 된 신문들을 폐간한 상태였다. 도쿄에서 시집을 출간한 것은 그가 그
당시 그곳에 거주하고 있었기 때문이라는 시각도 있을 수 있고, 출판사의
지명도가 어떠했는지 확인할 수 없다는 입장도 있을 수 있다. 하지만 시
대적 상황을 감안할 때 출판사의 지명도가 어떠했든 관계없이 그 당시에
도쿄 한가운데서 '한글로 된 시집'을 출간했다는 사실은 결코 가볍게 여
길 성질의 것이 아니다.

아무튼, 『앵무새』에는 모두 15편의 작품이 수록되어 있는데, 수많은 작
품이 탐미적인 감각의 언어 및 난해한 상징과 기교의 언어로 이루어져 있
다는 점을 부정하기란 어려울 것이다. 심지어 의미 포착이 쉽지 않은 '암
호'의 세계로 이루어져 있다는 비판이 뒤따를 수도 있다. 그런 관점에서
보면, 임화의 비판이 나름의 타당성을 지닌 것처럼 보이기도 한다. 하지
만 그런 식의 판단은 성급한 것일 수도 있거니와, 이와 관련하여 이 시집
의 표제작이자 『맥』에 발표함으로써 그의 데뷔작 가운데 하나가 된 「앵무
새」를 주목하기 바란다.

　　내 영성(靈性)의 밀실을 찾어온 새하얀 앵무새
　　태양을 삼키고 병들었음니다

　　밀실의 수은주(水銀柱)는
　　여전히 영하(零下)를 직히고 있나봐요

　　　　　　　　　　　　　　　　　　　　　—「앵무새」 전문[5]

무엇보다 우리의 호기심을 자극하는 것은 시 안의 "앵무새"가 의미하는 바가 무엇인가일 것이다. 그것도 "새하얀 앵무새"라니? 도대체 암호와도 같은 이 시에 접근하기 위해 우리에게 필요한 것은 무엇인가. 그냥 '지나치게 사적인' 상징 또는 비유의 한 단면이라고 말하는 선에서 논의를 얼버무려야 할까. 과연 그렇게 하는 것이 시를 통해 누군가에게 나름의 메시지를 전하고자 한 시인에게 합당한 대접일까. 이 때문에 우리는 앵무새가 남의 말을 잘 흉내낸다거나 생각 없이 말만 잘하는 사람을 일컬을 때 동원되는 비유물이라는 점을 주목하지 않을 수 없다. 이를 뒷받침하듯, 일제 치하에서 옥중 생활을 하던 한용운은 7언4구체 한시(漢詩)인 「옥중음(獄中吟)」에서 이렇게 노래한다. "언덕과 산의 앵무새는 언변에 능하지만,/ 내 언변은 그에 미치지 못해 부끄럽구나./ 웅변은 은이요 침묵은 금이나니,/ 이 금으로 자유의 꽃을 몽땅 사리라."[6] 어찌 보면, 한용운의 앵무새는 우리말을 버린 채 달변의 일본어를 입에 달고 사는 이른바 친일파 조선인에 대한 우의적(寓意的)인 비판의 표현으로 볼 수도 있다. 만일 이러한 이해를 함윤수의 시에 적용할 수 있다면, 이때의 "앵무새"는 니혼 대학의 문예과를 다닐 정도로 일본어를 능란하게 구사하는 앵무새와도 같은 '내 안에 존재하는 또 하나의 나'에 대한 일종의 자기비판일 수도 있지 않을까. 이 같은 독해가 가능하다면, "새하얀"은 백의민족의 상징하는 '흰색'을 암시하는 것으로 읽을 수도 있으리라. 다시 말해, 프란츠 파농(Franz Fanon)이 『검은 피부 하얀 가면』에서 프랑스어를 능란하게 구사하는 식민지의 흑인을 "하얀 가면"을 썼지만 "검은 피부"를 결코 숨길 수 없는 존재로 묘사했듯, 시인은 일본어를 능란하게 구사하지만 일본인이 아니라 조선인인 자신을 "새하얀 앵무새"로 비유하고 있는 것은 아닐지?

---

5) 함윤수, 『앵무새』(東京: 三文社, 1939), 수록된 15편의 작품 가운데 첫번째 작품. 이 작품은 『함윤수 시선』의 62~63쪽에 재수록되어 있음.

6) 壟山鸚鵡能言語 愧我不及彼鳥多 雄辯銀兮沈默金 此金買盡自由花.

이런 맥락에서 보면, "태양을 삼키고 병들었읍니다"라는 구절은 제국주의 일본이 '붉은 태양'을 자기네 상징으로 내세웠던 것과도 무관치 않아 보인다. 요컨대, 「앵무새」의 첫째 연에서 우리는 자기 분열적 상황에 처해 있는 일제 치하 조선 지식인의 고통을 읽을 수도 있으리라.

함윤수는 셋째 시집 『사향묘』의 「후기」[7]에서 "일제의 혹독한 문화 탄압"이 "나에게 벙어리 되기를 강요"했다고 술회한 바 있거니와, 이 말의 진정성을 확인케 하는 것이 '병든 앵무새'의 이미지일 것이다. 어찌 보면, 앵무새이지만 일제라는 새장에 갇힌 병든 앵무새라는 자각이 시인에게 「앵무새」와 같은 작품을 창작게 했던 것은 아닐까. 상황이 그러하니, 어찌 "밀실의 수은주"가 "여전히 영하를 직히고 있"지 않을 수 있겠는가. 만일 시 창작에 뜻을 둔 20대 초반의 젊은이라면, 그 젊은이의 마음은 문학을 향한 뜨거운 열정에 가득 차 있지 않을 수 없으리라. 그럼에도 불구하고, "내 영성의 밀실"이 "영하"의 온도를 벗어나지 못하고 있다고 고백함은 곧 마음의 병이 깊음을 암시하는 것일 수 있다. 여기서 우리는 일제 치하 조선의 의식 있는 지식인들이 마음속에 지니고 있었을 법한 고뇌를 새삼 일별할 수도 있다.

시인의 내면—즉, "영성의 밀실"—이 "영하"의 한기로 가득하기 때문인지 몰라도, "다람쥐도 가고 무지개도 숨고/ 내 맘마저 적막한 습성(慴性)에 잠들고"로 시작되는 「별」에서 보듯 『앵무새』를 통해 드러난 시인의 시 세계는 거의 예외 없이 을씨년스럽고 스산하다. 아울러, "호도 속같이 갈피 잡을 수 없는/ 그의 마음"을 노래한 「그의 마음」에서 보듯 항상 불안하고 모호하기도 하다. 심지어 임화의 비판 대상이 된 「츄립」이 암시하듯 자기 분열적이기도 하다. 이 시의 둘째 연에서 시인은 "언제나 너는 내

7) 함윤수, 「후기」, 『사향묘』(서울: 중앙문화사, 1958), 80-81쪽에 수록되어 있으며, 이 글에 대한 앞으로의 인용은 이에 근거하기로 함.

마음속에서 산다면서/ 밤이면 또 하나 다른 태양을 사모함은/ 너의 천성 (天性)이드냐/ 그 속에 감초인 꿈이 재앙스럽다"고 노래하고 있거니와, 어찌 보면 이는 '내' 안에 존재하는 또 하나의 '나'—즉, 의식적으로는 일 제를 거부하나 무의식중에는 이에 인종(忍從)하는 '재앙스러운' 또 하나 의 '나'—에 대한 비판으로 읽을 수도 있으리라.

시인 함윤수의 내적 갈등은 『은화식물지』에서도 계속 이어지는데, 무엇보다 이 시집의 제목에 담긴 "은화식물"이라는 표현부터 심상치 않다. 은화식물(隱花植物)이란 꽃을 피우지 않는 식물로, 이끼, 버섯, 곰팡이, 고사리 등이 이에 속한다. 물론 고사리처럼 음지뿐만 아니라 양지에서 자라는 것도 있긴 하지만, 대체로 은화식물은 습하고 그늘진 곳에서 서식한다. 이 점을 감안하면, 은화식물은 곧 일제의 탄압 아래 신음하는 조선 또는 조선인을 암시하는 것으로 읽을 수도 있으리라. 아무튼, 모두 12편의 작품으로 이루어진 이 시집에서 특히 우리의 눈길을 끄는 시는 "언어 잃은 나라"라는 표현을 담고 있는 「장송곡」이다.

꿈이 광야를 헤매는 이리떼처럼
날카로운 동공(瞳孔)과 여윈 심장을 안고
언어 잃은 나라에서 눈물지는 밤

기인 시의(屍衣)를 펄럭이는 가마귀
음산한 침실에서 장송곡을 부르다

—「장송곡」 전문[8]

장송곡이란 죽은 자를 떠나보내는 예식을 치를 때 동원되는 무겁고 엄숙

---

8) 함윤수, 『은화식물지』(東京 : 奬學社, 1940), 수록된 12편의 작품 가운데 아홉번째 작품.

한 분위기의 음악을 말한다. 이 시에서 시인은 "기인 시의를 펄럭이는 가마귀"가 "음산한 침실에서" 장송곡을 부르는 것으로 묘사하고 있거니와, 이로 인해 이 시의 정조는 무거움과 엄숙함을 뛰어넘어 불길하고 스산하기까지 하다. 동시에, 유령이 떠도는 괴괴한 분위기의 폐가를 떠올리게도 한다. 아울러, "꿈"과 관련하여 동원된 이미지인 "광야를 헤매는 이리떼"나 "날카로운 동공과 여윈 심장"은 불길하고 스산한 느낌을 강화할 뿐만 아니라, 결핍과 방황의 정조까지 더해준다. 쓸쓸하고 황량한 들판을 헤매며 눈물짓는 꿈의 이미지가 일깨우는 시적 정조는 말 그대로 어둡고 침울하기만 하다. 어찌 보면, 이 모든 이미지가 일깨우는 것은 시인이 이해한 당시 조선인들의 내면 풍경이 아닐지? 아울러, 이 시의 시간적 배경은 "밤"으로, 이는 어찌 보면 '시대의 밤'을 의미하는 것일 수도 있다. 이 시가 창작되었을 것으로 추정되는 1930년대 말 1940년대 초는 일제가 중국뿐만 아니라 인도차이나 지역까지 침략하여 무자비한 학살을 감행하는 등 온갖 만행을 저지를 무렵이다. 물론 조선에서의 식민 지배도 광기의 지경에 이르러, 일제는 조선어 말살 정책을 본격화하는 한편 창씨개명을 강요하기에 이르렀다. 어찌 "언어 잃은 나라"인 조선의 백성이 살아야 할 현실이 '밤'이 아닐 수 있겠는가. 정녕코 '시대의 밤'이 깊음에 시인은 눈물지으며 장송곡에 귀 기울이지 않을 수 없었으리라.

"언어 잃은 나라"에서 눈물짓는 "꿈"은 곧 시인을 포함한 모든 조선인의 좌절된 꿈을 암시하는 것일 수 있다. 이처럼 좌절된 꿈 또는 허망한 꿈은 『은화식물지』에 수록된 작품의 주된 모티프 가운데 하나로, 함윤수의 작품 가운데 비교적 여러 곳에 소개된 「수선화」에서도 유사한 모티프가 등장한다.

슬픈 기억을 간직한 수선화
싸늘한 애수 떠도는 적막한 침실

구원(久遠)의 요람을 찾아 헤매는 꿈의 외로움이여

창백한 무명지(無名指)를 장식한 진주 더욱 푸르고
영겁(永劫)의 고독은 찢어진 가슴에 낙엽처럼 쌓이다

—「수선화」 전문[9]

수선화는 꽃을 피운다는 점에서 은화식물이 아니다. 하지만 주로 물가와
같이 습하고 그늘진 곳에서 자란다는 사실만을 놓고 보면 여느 은화식물
과 크게 다를 바 없다고 할 수도 있다. 따라서 수선화 역시 여느 은화식물
과 마찬가지로 일제의 탄압에 신음하는 조선인의 이미지를 연상케도 한
다. 이에 따라, 이 시의 "슬픈 기억을 간직한 수선화"는 시인을 포함한 일
제 치하의 조선인을 암시하는 것으로 읽을 수도 있다. 만일 이 같은 작품
읽기가 무리한 것이 아니라면, 둘째 연의 "구원의 요람을 찾아 헤매는"
외로운 "꿈"이 지시하는 바는 곧 조선의 독립과 자유를 향한 꿈일 수 있
지 않을까.

　아마도 이 같은 작품 읽기는 함윤수의 시 세계를 "허식의 감정, 사치
의 정신의 우회된 표현"으로 진단하는 이들에게는 지나친 확대 해석 또
는 왜곡으로 보일 수도 있으리라. 사실 「수선화」가 직접적으로 일깨우
는 것은 슬픔에 젖어 있는 여인의 이미지다. 무엇보다 "창백한 무명지를
장식한 진주"가 이를 뒷받침한다. 이에 근거하여 이 시를 여전히 "허식
의 감정, 사치의 정신의 우회된 표현"에서 벗어나지 않는 시로 읽을 수도
있다. 하지만 「수선화」가 일깨우는 것이 여인의 이미지라고 하여 이 시

---

9) 함윤수, 『은화식물지』, 수록된 12편의 작품 가운데 마지막 작품. 이 작품은 『함윤수 시선』의
70-71쪽에 재수록되어 있음.

를 단순히 '수선화라는 꽃' 또는 '수선화와 같은 여인'을 향한 시인의 사적(私的)인 감정 표출로 읽어야 할까. 여기서 우리는 당시의 시인들 가운데 일제 치하에서 인고(忍苦)의 삶을 사는 조선인의 모습을 여성에 비유하여 시에 제시하는 이들이 더러 있음을 주목하지 않을 수 없다. (앞서 언급한 시인인 한용운의 『님의 침묵』도 그러한 예 가운데 하나이리라.) 거듭 말하지만, 수선화에서 여인의 이미지를 찾든 또는 여인에서 수선화의 이미지를 찾든, 이 시의 수선화에서 우리는 일제 치하의 "슬픈 기억을 간직한" 조선인의 이미지를 읽을 수 있다. 이와 관련하여, "싸늘한 애수 떠도는 적막한 침실"이라는 구절을 주목하지 않을 수 없는데, 앞서 검토한 「앵무새」에 비춰볼 때 이는 곧 수은주가 "여전히" 영하를 지키고 있는 "내 영성의 밀실"일 수도 있으리라. 만일 이러한 관점에서 보면, "적막한 침실"은 좁게 보아 시인 자신의 의식 공간일 수도 있다. 그리고 넓게 보면 이는 곧 일제 치하 조선일 수도 있다. 요컨대, "적막한 침실" 안의 "수선화"는 시인 자신일 수도 있고, 동시에 일제 치하 조선의 모든 조선인일 수도 있다.

마침내 시인의 꿈이 이루어져 일제의 패망과 함께 조선은 다시 자유의 나라가 되었다. 말할 것도 없이, 이제 국호가 조선에서 한국으로 바뀐 자유의 나라에서 시인 함윤수는 앞서 말했듯 과작이긴 하나 여전히 시를 쓰고 발표했다. 하지만 시대가 바뀌었음에도 불구하고 "독특하고도 기이한 탐미의 짙은 향취"가 여전히 그의 시 세계를 지배하고 있거니와, 함윤수는 "내 영성의 밀실"에 머물러 있기를 택한 것처럼 보인다. 따라서 그의 시 세계는 여전히 해독이 쉽지 않은 '암호'와도 같다. 그가 "내 영성의 밀실"에 머물러 있을 수밖에 없었음은 시적 취향과 기질 때문이었을 수도 있겠지만, 혹시 이와 관계없는 별도의 이유가 있었던 것은 아닐까. 그렇다면 그것은 무엇일까.

이와 관련하여, 우리는 앞서 언급한 『사향묘』의 「후기」에서 시인이 "일제의 혹독한 문화 탄압"뿐만 아니라 "적치(赤治) 6년간"도 "나에게 벙어리 되기를 강요"했으며, "불안과 울분의 10년 이 긴 세월 나의 삶은 우리 속에 갇히어 있는 짐승마냥 인종(忍從)을 술처럼 마셔야" 했다고 술회하고 있음에 유의해야 할 것이다. "적치 6년간"의 세월을 북에서 보내야 했던 그는 1951년 초 1·4후퇴 때 월남한다. 그후에도 "불안과 울분"의 세월을 보내야 했다는 술회는 북한의 이념과 체제를 견딜 수 없어 월남했지만 남한에 와서도 정신의 안정과 평화와는 거리가 먼 삶을 살아야 했음을 암시하는 것이리라. 주어진 삶의 현실이 그러했기에, 그는 여전히 "내 영성의 밀실"에 갇혀 있을 수밖에 없었던 것이 아닐지? 그럼에도 불구하고 시 창작을 포기할 수 없었기에, 현실에 대한 자신의 이해를 여전히 '암호'와 같은 시어를 통해 드러낼 수밖에 없었던 것은 아닐지? 만일 현실에 대한 시인의 "불안과 울분"을 보여주는 작품 가운데 예시적인 것을 한 편 들 것이 허락된다면, 우리는 무엇보다 『사향묘』에 수록된 「화분」을 앞세울 수 있다.

화분(花粉)이 날릴 때마다
멀어[盲]저 가는 눈

요염하게 타오르는 송이송이에
피의 탐욕이 부란(孵卵)한다

정교로운 그물인 양
몸부림처도 헤여날 수 없어

독한 향기에
무늬진 나비

곰팡이 낀 채루 질식하다

누구나 알고 있듯, 화분은 꽃 안쪽 수술의 꽃가루주머니에 담긴 생식 세포로, 곤충이나 바람에 의해 암술로 옮겨진다. 특히 봄철에는 각종 꽃가루가 바람에 날려 대기를 채우기도 하는데, 이로 인해 비염이나 안질이 유발되기도 한다. 어찌 보면, 이 시의 첫째 연은 꽃가루 때문에 고통 받는 사람이 있다는 사실을 담담하게 전하는 진술로 읽히기도 한다. 하지만 이는 결코 사실 진술일 수 없거니와, 꽃가루 때문에 눈이 멀거나 '멀어져가는' 사람은 세상 어디에도 없기 때문이다. 결국, 첫째 연은 시인의 눈에 비친 현실에 대한 비판으로 읽지 않을 수 없는데, 이를 뒷받침하는 것이 둘째 연의 "요염하게 타오르는 송이"나 "피의 탐욕"과 같이 부정적 정조를 담고 있는 표현들이다. 다시 말해, 시인의 눈에 비친 현실에 대한 비판을 요약하고 있는 것이 첫째 연으로, 그가 보기에 눈앞의 현실은 "눈"을 멀게 하는 "화분"이 난무하는 세계다.

하지만 현실에 대한 시인의 묘사는 이것으로 전부가 아니다. 둘째 연에서 시인은 이렇게 말한다. "요염하게 타오르는 송이송이에/ 피의 탐욕이 부란한다." 이때의 "요염하게 타오르는 송이"가 암시하는 바는 "화분"의 근원지인 수술에 상응하는 암술의 이미지다. 이로 인해, 둘째 연은 이렇게 읽히기도 한다. '수술의 꽃가루주머니에서 나와 떠돌던 화분이 마침내 암술에 자리함으로써 피의 탐욕이 알을 깨고 나온다.' 성적 암시가 담긴 이 같은 진술을 통해 시인이 말하고자 하는 바는 무엇일까. 무엇보다 이때의 "화분"은 "피의 탐욕이 부란"하는 데 동인(動因)의 역할을 하는 그 무엇으로 이해할 수 있거니와, 이는 곧 인간의 내면에 존재하는 소유욕,

---

10) 함윤수, 『사향묘』(중앙문화사, 1958), 20–21쪽.

권력욕, 성욕 등 온갖 원초적 욕망을 지시하는 것일 수 있다. 이 같은 이해가 타당하다면, 「화분」은 소유와 권력과 성적 쾌락을 위해 온갖 야합과 은밀한 거래가 이루어지고 있는 현실에 대한 비판의 시로 읽을 수 있다. 만일 이런 현실에 비판할 뿐 결코 타협할 수 없다면, 어찌 시인이 "불안과 울분"을 느끼지 않을 수 있겠는가.

따지고 보면, 원초적 욕망으로 인해 마침내 눈이 멀게 되더라도 여기서 벗어나지 못하는 것이 인간인지도 모른다. 또는, 시인이 셋째 연에서 말하듯, "정교로운 그물"과 같아서 제아무리 "몸부림"치더라도 헤어나지 못하는 것이 인간일 수 있다. 하기야 등불을 향해 달려드는 나방과 같이 파멸을 예감하면서도 유혹에 빠져드는 것이 우리네 인간이 아닌가. 시인이 넷째 연에서 말하듯, "독한 향기"에 "곰팡이 낀 채루 질식"하는 "무늬진 나비"와 같은 존재가 인간이다. 이때의 "곰팡이 낀 채루"는 이미 오염과 타락이 체질화된 상태의 인간을 암시하는 것일 수도 있으리라.

『사향묘』에 이어 7년이 조금 넘는 시간차를 두고 출간된 『함윤수 시선』은 시집의 제목이 말해주는 바와 같이 일종의 선집으로, 여기에는 13편의 신작이 수록되어 있다. 아울러, 이전 시집에 발표한 작품 또는 이에 대한 개작 과정을 거친 작품이 다수 수록되어 있다. 새로운 작품 역시 '암호'와 같은 시적 이미지나 진술로 채워져 있지만, 그 저변을 이루는 것은 현실에 대한 비판의 시선이다. 예컨대, 「부도수표」에서 시인은 "미친개들이/ 진주를 둘러싸고// 키는 같으나/ 커져만 가는 그림자"라고 쓰고 있거니와, 이때의 "그림자"는 탐욕의 그림자—특히 해가 저물 무렵 그림자가 길어지듯 나이를 먹어갈수록 커져가는 노욕(老慾)의 그림자—를 떠올리게 한다. 또 하나 예를 들면, "네온이 명멸하는 낚시터에/ 매매(買賣)되는 과잉애정(過剩愛情)"으로 시작되는 「후조(候鳥)」에서 우리는 도시적 삶의 현장에서 목격되는 사랑의 상품화 및 온갖 가치의 전도(顚倒)가 일반화되어 있는 현실에 대한 시인의 비판을 읽을 수도 있다. 어찌 보면, 유정이 지적한 바와 같이, 함윤수가 "상징적 표현 방법을 채택"하고 있음은 여일하나, 당시의 시 세계를 살펴보면 "최근에 두드러져가는 현실적 제재 (題材)에" "집념"을 보이고 있음도 확인할 수 있다. 하지만 무엇보다 우리가 주목하고자 하는 것은 논의의 시작 부분에서 검토한 바 있는 「앵무새」와 마찬가지로 일종의 자기 성찰을 담고 있는 작품인 「낙엽」이다.

> 부조리의 촛점을 응시하는
> 자화상
>
> 좁은 영토에 부각(浮刻)된 초상은
> 이방인처럼 낯설기만 하다
>
> 내 이정표엔
> 아직도 많은 여정이 남았는데
>
> 시간을 오산(誤算)한 영구차
> 요지경 속을 달린다
>
> ──「낙엽」 전문[11]

제목에 비춰볼 때, 시인은 "낙엽"에서 "자화상" 또는 자신의 "초상"을 감지하고 있는 것으로 추정된다. 아무튼, 이 시는 시인이 자신의 자화상을 응시하는 구도로 짜여 있다. 자화상이란 자신이 그린 자신의 "초상"을 뜻한다는 점에서 보면, 이는 거울에 비친 자신의 모습을 응시하는 것과 다름없는 구도인 셈이다. 문제는 '나'뿐만 아니라 시 속의 "자화상" 역시 무

---

11) 함윤수, 『함윤수 시선』(대한공론사, 1965), 16–17쪽.

언가를 응시하고 있다는 점이다. 시인의 진술에 따르면 그것은 바로 "부조리의 촛점"이다. 만일 자화상을 응시하는 일이 거울에 비친 '나'의 모습을 응시하는 일과 다름없는 구도라면, 자화상이 응시하는 "부조리의 촛점"은 곧 '나'의 '눈'을 암시하는 것일 수 있고, '부조리'는 곧 '나 자신'을 암시하는 것일 수도 있다. 결국 '부조리'가 '부조리'를 응시하는 구도가 암시된다. 한편, 두 개의 거울을 마주 세웠을 때 무한 복제 현상이 일어나듯, 이 같은 구도는 '나'라는 '부조리'의 무한 복제를 암시하기도 한다. 이 구도가 우리에게 일깨우는 것은 다름 아닌 "요지경(瑤池鏡)"이다. 아울러, 마치 요지경의 좁은 공간 안쪽의 현란한 패턴들이 우리 눈에 또렷이 도드라져 보이듯, '나'의 "초상"은 자화상의 화폭이라는 "좁은 영토"에 "부각"되어 있다. 이때의 "좁은 영토"는 자화상이 담긴 화폭—또는 "낙엽"의 한쪽 면—의 공간뿐만 아니라 자화상을 응시하는 화폭 바깥쪽의 '나'에게 주어진 공간을 암시하는 것일 수도 있다. 「앵무새」에 나오는 시인의 표현을 빌리자면, 자화상의 화폭 안쪽의 '나'와 화폭 바깥쪽의 '나'는 "내 영성의 밀실"이라는 "좁은 영토"에 "부각"되어 있는 것이리라. 이처럼 "내 영성의 밀실" 안에 "부각"되어 있는 자신의 모습 또는 자화상을 응시하는 가운데, 시인은 그런 자신의 모습이 "이방인처럼 낯설기만 하다"고 느끼는 것 아닐지?

화폭 안쪽 자신의 모습이 "이방인처럼 낯설다"고 느끼는 것은 시인이 일정한 거리를 두고 자신의 삶과 존재를 관조하고 있음을 암시한다. 또는 떨어져 뒹구는 "낙엽"을 바라보며 그것에서 자신의 삶을 되짚어보고 있음을 암시한다. 따지고 보면, "내 이정표엔/ 아직도 많은 여정이 남"아 있음을 새삼 자각하는 일은 자신의 삶과 존재를 관조하거나 되짚어보는 과정의 하나일 수 있다. 하지만 자신의 존재 자체가 '부조리'라면 어찌 정상적으로 자신의 삶과 존재를 관조하거나 되짚어보는 일이 가능하겠는가. 그에게 이 같은 일은 "시간을 오산한 영구차"가 "요지경 속"을 달리는 것과 크게 다르지 않을 것이다. 문제는 바로 여기에 있다. "시간을 오산한 영구차"가 "요지경 속"을 달리는 상황 자체는 부조리한 것이나, 이같은 부조리한 상황을 말로 표현하거나 상황의 부조리를 판단하는 정신은 부조리의 영역에 속한 것이 아니다. 다시 말해, 부조리를 부조리로 인식하고 판단하는 능력은 결코 부조리한 정신에서 비롯되는 것이 아니다. 따라서 시인이 말하는 "부조리"는 일종의 '가면'이자 '가장'일 수도 있다. 비록 함윤수의 시 세계가 부조리하거나 부조리해 보이는 시적 발언, 암호와 다름없이 해독이 쉽지 않은 시어, 근거를 추적하기 쉽지 않은 상징과 비유로 가득하다고 해도, 우리가 그의 시 세계에 다가갈 수 있음은 이 때문이다. 즉, '부조리를 가장한 조리'가 시인 함윤수의 시 세계를 굳게 떠받고 있기 때문이다. 이제까지 이어온 우리의 시 읽기는 바로 이처럼 함윤수의 시 세계를 굳게 떠받고 있는 '조리'를 찾아 헤매는 작은 시도에 해당한다.

3. 맺는 말, 또는 '절망이 기교를 낳는다'는 말을 되새기며

"절망이 기교를 낳고 기교 때문에 또 절망한다"[12]는 시인이자 소설가인 이상(李箱)이 남긴 경구(警句)로, 이 말이 의미하는 바는 헤아릴 수 없이 깊고 다양할 수 있다. 하지만 이 경구를 우리의 현재 논의와 관련지어 자유롭게 들먹일 것이 허락된다면? 추측건대, 시인 함윤수의 경우, 일제 때든 또는 해방 이후든 현실에 대한 '절망'이 그를 임화가 언급한 이른바 '기교주의'로 이끌었던 것이리라. 말하자면, 부조리하거나 부조리해 보이는 시인 특유의 시적 발언, 해독이 쉽지 않은 시어, 근거를 추적하기 어려운 상징과 비유는 현실에 대한 절망에서 비롯된 것으로 추정할 수 있다. 그가 "일제의 혹독한 문화 탄압과 적치 6년간은 나에게 벙어리 되기를 강

---

12) 이상, 「아포리즘, 낙서, 기타」, 『정본 이상 문학전집 3 수필·기타』, 김주현 편(소명출판, 2005), 217쪽. 이 말은 1936년에 출간된 구인회의 동인지 『시와 소설』의 서문 격에 해당하는 각 회원들의 단문 가운데 이상의 것.

요"했으며, "불안과 울분의 10년" 동안 시인은 "우리 속에 갇히어 있는 짐승마냥 인종을 술처럼 마셔야" 했다고 술회했을 때, 우리는 시인의 절망이 어떤 것이었는가를 가늠해볼 수도 있을 것이다. 그럼에도 여전히, 앞서 「낙엽」에 대한 논의에서 암시한 바와 같이, 기교의 이면에 숨어 있는 함의(含意)를 추적하는 일이 불가능한 것은 아니다.

이제 함윤수가 남긴 작품 가운데 한 편을 더 찾아 읽는 것으로 우리의 논의를 마감하기로 하자. 우리가 마지막으로 주목하고자 하는 작품은 그의 시적 특성을 특히 잘 드러내고 있는 것으로 판단되는 「화사」다.

> 아편(阿片)을 지닌 입술에 떠도는 미소
> 올빼미인 양 어둠 속에서만 광채 나는 눈
>
> 불사(不死)의 망령처럼
> 벼개머리를 맴돌면서
> 신기루 속으로 유인하는 화사(花蛇)
> 독한 버섯 같은 입술을 다무러주렴
>
> 황홀한 향기 피어오르는 체취
> 신비로운 묘혈에서
> 나락(奈落)의 향연을 베푸는데
>
> 유방에 서리운 수없는 손과 손이여
> 저주 받은 배는 잉태하는 법을 모른다
>
> ─「화사」전문[13]

---

13) 함윤수, 『사향묘』, 40−41쪽. 이 작품은 『함윤수 시선』의 48−49쪽에 「살무사」로 재수록되어 있음.

이 작품이 수록된 『사향묘』에 따르면, 「화사」는 1953년 5월에 창작된 작품이다. 그런데 이를 『함윤수 시선』에 다시 수록할 때 그는 시의 제목을 "화사"에서 "살무사"로 바꾼다. 사실 "화사"라는 표현을 함윤수가 처음 사용한 것은 『은화식물지』에 수록된 「암영(暗影)」에서인데, 이는 시간적으로 보면 1936년 12월 서정주의 「화사」가 『시인부락』 제2집에 발표되고 나서 4년 후의 일이다. 아무튼, 이 작품의 제목을 "검은 그림자"로 바꿔 『함윤수 시선』에 다시 수록할 때 그는 "화사"라는 표현을 "요정"으로 바꾼다. 그가 이처럼 "화사"라는 표현을 "살무사"나 "요정"으로 바꾼 이유는 무엇일까. 어쩌면, 너무도 유명한 서정주의 「화사」가 주는 압력을 견딜 수 없었던 것은 아닐지?

이유야 어디에 있든, 함윤수의 「화사」는 너무도 잘 알려져 있어 새삼 인용이 필요치 않아 보이는 서정주의 「화사」[14]와 비교하는 경우 양자 사이의 차이는 확연하다. 먼저, 후자가 생명과 본능 또는 관능의 역동성을 일깨우고 있다면, 전자는 어둡고 정적인 분위기를 고조하고 있다. 즉, 후자에서 감지되는 것이 역동적 생명감이라면, 전자에서 감지되는 것은 재생의 불가능성 또는 죽음의 그림자다. 아울러, "화사"에 대한 후자의 묘사 자체가 생생하고 적극적이어서 마치 뱀이 눈앞에서 살아 움직이고 있는 것 같은 느낌을 준다면, 전자의 묘사는 뱀의 "눈"과 "입술"과 "체취"와 관련

---

14) 그럼에도 참고로 서정주의 「화사」를 이 자리에서 소개하면 다음과 같다. "사향(麝香) 박하(薄荷)의 뒤안길이다. / 아름다운 배암… / 얼마나 크다란 슬픔으로 태여났기에, 저리도 징그라운 몸뚱아리냐 // 꽃다님 같다. / 너의 할아버지가 이브를 꼬여내든 달변(達辯)의 혓바닥이 / 소리 잃은 채 낼룽그리는 붉은 아가리로 / 푸른 하눌이다… 물어뜯어라, 원통히 무러뜯어, // 다라나거라. 저놈의 대가리! // 돌팔매를 쏘면서, 쏘면서, 사향(麝香) 방초(芳草)ㅅ길 / 저놈의 뒤를 따르는 것은 / 우리 할아버지의 안해가 이브라서 그러는 게 아니라 / 석유(石油) 먹은 듯… 석유 먹은 듯… 가쁜 숨결이야 // 바늘에 꼬여 두를까부다. 꽃다님보단도 아름다운 빛…/ 크레오파투라의 피 먹은 양 붉게 타오르는 고흔 입설이다… 슴여라! 배암. // 우리 순네는 스믈난 색시. 고양이같이 고흔 입설… 슴여라! 배암."

된 시어뿐만 아니라 "유방"과 "배"와 관련된 시어에서 보듯 정형화와 관념화의 경향이 강하다. 혹시 이를 의식하고 시인은 "화사"를 좀 더 구체적인 이미지의 "살무사"로 바꾸었던 것은 아닐지? 아무튼, 후자의 경우 "화사"와 마주한 시적 자아의 격렬하게 살아 움직이는 감정과 마음이 직접 감지된다면, 전자의 경우 "화사"와 마주한 시적 자아는 관찰만을 이어갈 뿐 자신의 내적 감정과 마음의 변화를 좀처럼 드러내지 않는다. 그나마 이를 엿보게 하는 것이 있다면, 이는 뱀의 벌린 입을 견딜 수 없다는 듯 던지는 "입술을 다무러주렴"이라는 말 정도다. 요컨대, 양자 모두 "화사"를 시적 소재로 삼고 있지만, 함윤수의 작품과 서정주의 작품은 궤를 달리하고 있다. 어찌 보면, 서정주의 시에서 "화사"가 주체하기 어려운 생명력 또는 충동적이고 매혹적인 성적 관능의 상징으로 등장하고 있다면, 함윤수의 시에서 "화사"는 타락과 불임과 퇴폐의 현대 문명에 대한 상징으로서의 의미를 갖는다고 정리할 수도 있으리라.

이처럼 서정주의 「화사」와 함윤수의 「화사」를 나란히 놓고 볼 때, 양자는 다른 의미와 맥락의 시임을 누구도 부정할 수 없을 것이다. 따지고 보면, 함윤수의 작품에서는 구체적이고 생생한 시적 이미지보다 기교가 앞서는 추상화와 관념화의 경향이 강하다는 점에서도, "기교주의에의 모방"이라는 임화의 비판이 근거 없는 것처럼 보이지 않을 수 있다. 하지만 함윤수의 시 세계를 살펴보면, 유정이 주목했듯, 추상화와 관념화의 경향이 여전하긴 하나 그럼에도 「화사」를 쓸 무렵부터 한층 더 또렷하게 "현실적 제재에의 집념"을 보인 것도 사실이다. 그런 의미에서 보면, 박인환의 지적 역시 충분한 근거와 의미가 있는 것이라고 말하지 않을 수 없다. 아무튼, 여기서 논의 대상으로 삼은 함윤수의 작품뿐만 아니라 그의 시 세계 전체에 대한 새롭고 공정한 평가가 이루어져야 할 것이다. 본고가 이 같은 새로운 논의에 하나의 작은 씨앗이 될 수 있기를 바랄 따름이다.

'순수의 노래'에서 '경험의 노래'로

—함혜련의 시 세계와 '드러냄'의 깊이와 아름다움

1. 함혜련의 시 세계에 대한 재평가를 위하여

시인 함혜련(咸惠蓮, 1931-2005)이 살아 활동하던 당시 이 시인에 대한 문단의 평가는 인색했다고 해도 지나친 말이 아닐 것이다. 물론 이런 정황은 함혜련에게만 해당하는 것이 아닐 것이다. 오랜 세월이 지난 후에 재평가를 받는 시인들의 사례가 보여주듯, 종종 평론가들의 평가가 인색할 때는 시인이 '시대를 앞서' 또는 '시대의 요구를 초월하여' 특유의 개성적인 목소리를 냈다는 데서 그 이유를 찾아야 할 경우가 적지 않다. 어찌 보면, 함혜련에 대한 문단의 평가가 인색했던 것은 이 때문일 수도 있겠다. 함혜련의 시 세계는 열린 바다의 파도처럼 거침없이 밀려오는 시어들로, 힘이 넘치고 호흡이 긴 시어들로 가득 차 있거니와, 때로 격정을 주체하지 못하는 시혼(詩魂)의 불안한 흔들림을 생생하게 감지케 한다. 그 때문인지는 몰라도, 함혜련의 시 세계에서는 어법에서 벗어난 표현이 종종 확인되는데, 이 같은 표현들은 때로 신들린 무녀(巫女)의 방언(方言)을 연상케 할 때도 있다. (마치 이를 증명하기라도 하듯, 시인은 "내게 신이 내린 적이 있었다"든가 "시의 굿판을 벌였다"고 말한 적이 있다.[1]) 사정이 그러하니, 단정하기는 어렵지만 그럼에도 여전히 대체로 차분하고 균형이 잡힌 세계 이해 또는 온유하고 다감한 서정성을 여성 시인의 시 세계에서 기대하던 시대에 함혜련의 격정적인 시 세계가 어찌 환영을 받을 수 있었으랴.

물론 여성 시인의 시 세계에 대한 독자와 평론가의 기대가 바뀐 지 오래다. 하지만 함혜련의 시 세계에 대한 관심은 여전히 힘을 얻지 못하고 있다. 말하자면, 이 시인의 작품에 대한 관심은 시인이 세상을 떠나고 나서 10여 년이 지난 오늘날에도 크게 늘지 않았다. 하기야, 살아생전 시라는 불꽃을 향해 온몸을 투사한 열혈 시인이라고 해도, 당대에 능동적인 관심의 대상이 아닌 경우 빠른 시일 내에 평론가나 독자에게 주목의 대상이 되기란 쉽지 않다. 따지고 보면, 무언가 결정적인 계기가 없는 한, 기억하기보다는 잊기가 더 쉬운 법 아닌가. 게다가, 새로워진 시대의 기대와 요구에 부응하여 새로운 시 세계를 펼쳐 보이는 여성 시인이 적지 않은 마당에, 독자와 평론가가 어찌 새삼스럽게 '과거의 시인'에 관심을 기울일 수 있겠는가. 그럼에도 불구하고, 새로워진 시대의 기대와 요구에 부응하는 새로운 여성 시인들의 시 세계가 우리 주변에서 힘을 얻고 주목을 받는 것은 함혜련과 같이 '시대를 앞서' 또는 '시대의 요구를 초월하여' 나름의 개성적이고 격정적인 목소리로 인간의 삶과 현실에 대해 노래한 여성 시인이 존재했기 때문이리라. 어찌 보면, 오늘날의 시단에서 우리가 찾아볼 수 있는 새롭고 강한 목소리는 함혜련과 같은 우상파괴적인 시인이 있었기에 가능해진 것이리라. 따라서 함혜련의 시 세계에 대한 관심과 이에 따른 논의는 결코 회고적인 과거 회상의 차원에 머무는 것으로 치부될 수 없다.

비유적 표현이 허락된다면, 함혜련의 시 세계는 시인의 고향이었던 강

---

1) 함혜련, 「시인의 말」, 『함혜련 시 선집』(한국문연, 2001), 5쪽 참조.

릉의 앞바다인 동해, 푸른 하늘 아래쪽 수평선까지 아스라하게 펼쳐져 있는 짙푸른 동해, 눈을 매혹하는 것이라고는 거칠 것 없이 넘실거리는 물결과 밀려오는 파도만이 있는 가없는 동해, 말 그대로 장엄한 바다인 동해를 연상케 한다고 해도 지나친 말이 아닐 것이다. 말하자면, 시인의 내면세계로부터 동해의 파도처럼 밀려오는 시어들로 이루어진 것이 함혜련의 시 세계다. 그와 같은 시인의 시 세계에 대한 이해를 좁은 지면 안에 온전하게 담기란 불가능하다. 행여 넓은 지면이 주어지더라도 그런 일을 감당하기에 역부족임을 고백하지 않을 문학도란 그리 많지 않을 것이다. 그리하여, 논자는 해변을 헤매는 가운데 끊임없이 새롭게 밀려오는 파도를 향해 호기심 어린 눈길을 던지는 어린아이처럼 함혜련이 우리 앞에 펼쳐놓은 역동적인 작품 세계에 눈길을 주다가, 특히 논자의 눈길을 강하게 끄는 작품이 있다면 이에 대한 읽기와 분석을 시도하는 선에서 만족하기로 한다. 논자는 특히 시인의 격렬하고 열정에 들뜬 목소리가 어느 정도 가라앉고 정제되어 있다고 판단되는 시기, 그럼에도 불구하고 여전히 예민하고 섬세한 시심과 식지 않은 시적 열정이 감지되는 시기인 1990년대의 몇몇 작품을 대상으로 하여 논의를 펴고자 한다.

2. '순수의 노래'와 '경험의 노래'

함혜련의 시 가운에 무엇보다 논자의 눈길을 끄는 작품은 「저 혼자 노는 오뚝이」다. 어린이의 마음이 감지되는 이 작품을, 또는 동시(童詩)를 연상케 하는 이 작품을 함께 읽기로 하자.

낮에는
별송이들이 땅에 떨어져 알록달록 반짝거리는 단풍잎밭
하늘은 파랗게 비어 있다

밤에는

단풍잎들이 도루 하늘에 올라가 다닥다닥 매달려 빛을 뿜는 별밭

땅은 까맣게 비어 있다

—「저 혼자 노는 오뚝이」 전문[2]

이는 아마도 함혜련의 작품 가운데 호흡이 어느 작품보다 짧은 소품 가운데 하나일 것이다. 하지만 이 시에서 확인되는 발상의 참신함과 인식의 새로움은 만만치 않다. 이 시에는 밤과 낮의 정경이 대비되고 있거니와, 시인의 눈길은 낮의 "단풍잎밭"과 밤의 "별밭"을 향한다. 이와 동시에, 시인은 땅에 널린 단풍잎들에서 "땅에 떨어져 알록달록 반짝"이는 "별송이들"을 읽고, 하늘을 수놓은 별들에서 "하늘에 올라가 다닥다닥 매달려 빛을 뿜는" "단풍잎들"을 읽는다. 단풍잎에서 별을 읽고 별에서 단풍잎을 읽는 시인의 눈길에서 감지되는 인식의 새로움은 예사로운 것이 아니다. 하지만 시인의 눈길에서 감지되는 인식의 새로움은 이것으로 전부가 아니다. "낮에는" 별들이 땅으로 내려와 있기에 "하늘은 파랗게 비어 있"고, "밤에는" 단풍잎들이 하늘로 올라가 있기에 "땅은 까맣게 비어 있"다니! 가히 어린아이의 순수한 마음에 담겨 있을 법한 돌올(突兀)한 상상력이 이 시에서 짚이지 않는가. 인습화된 어른의 시선에는 보이지 않는 것을 꿰뚫어보는 어린이들 특유의 능력—즉, 주변의 사물을 누구도 예상치 못한 새로운 인식의 빛으로 휩싸이게 하는 탁월한 시적 상상력—을 감지케 하는 것이 다름 아닌 「저 혼자 노는 오뚝이」 아닐까.

이 시를 읽으면서 우리는 『주역(周易)』의 64괘 가운데 몇 개를 마음속에 떠올릴 수도 있다. 『주역』에는 하늘을 지시하는 건(乾)과 땅을 지시하

---

2) 함혜련, 『함혜련 시 99선』(도서출판 선, 2004), 197쪽. 원래 제11시집 『아침 무지개』(1994)에 수록된 작품.

는 곤(坤)이 결합하여 이루어진 두 괘가 나오는데, 이를 각각 지천비(地天否)와 지천태(地天泰)라고 한다. 이 두 괘 가운데 건괘가 위에 있고 곤괘가 아래에 있는 지천비는 하늘과 땅이 원래의 자리에 머무른 채 움직이지 않는 상황을, 그리하여 양자가 분리되어 소통이 이루어지고 있지 않은 상황을 암시한다. 따라서 이는 흉괘(凶卦)로 여겨진다. 반면, 곤괘가 위에 있고 건괘가 아래에 있는 지천태는 하늘이 움직여 땅으로 내려오고 땅이 움직여 하늘로 올라간 상황을, 그리하여 하늘이 땅을 품고 땅이 하늘을 품어 양자의 소통과 화합이 이루어지고 있는 상황을 암시한다. 따라서 이는 생기와 역동성을 아우르는 길괘(吉卦)로 여겨진다.[3] 바로 이 길괘의 상황을 시인 특유의 시어를 통해 펼쳐 보이는 것이 이 시가 아닐까. 우리는 이 시에서 살아 움직이는 환하고 아름다운 세계, 어린아이들의 맑은 눈에 비칠 법한 조화롭고 평화로운 세계의 모습을 읽을 수 있다. 사실 '알록달록'이나 '다닥다닥'과 같은 부사적 표현은 이 시에 등장하는 사물들이 조화롭게 자리를 함께하고 있음을, '반짝이다'나 '빛을 뿜다'와 같은 동사적 표현은 그와 같은 사물들이 살아 움직이고 있음을 일깨우는 역할을 하고, '파랗게'와 '까맣게'와 같은 또 한 쌍의 부사적 표현은 자칫 밋밋하게 느껴질 수도 있는 "비어" 있는 공간에 생기(生氣)를 부여하는 역할을 하고 있다고 할 수도 있다.

　문제는 이 시의 제목인 "저 혼자 노는 오뚝이"가 의미하는 바가 무엇인가다. 오뚝이는 "밑을 무겁게 하여 아무렇게나 굴려도 오뚝오뚝 일어서는 어린아이들의 장난감"[4]을 말한다. 바로 이 오뚝이가 "저 혼자" 놀다니? 여기서 우리는 무언가 마음에 들지 않는 일 때문에 드러누워 울다가도 다시금 발딱 일어나 밝게 웃으며 놀이에 열중하는 어린아이의 모습을 떠올

---

3) 주역에 관한 이상의 논의는 『주역』, 김인환 역(나남출판, 1997), 113-18쪽 참조.

4) 국립국어원 인터넷 표준국어대사전 참조. http://stdweb2.korean.go.kr/search/List_dic.jsp.

릴 수 있지 않을까. 어쩌면 시인은 어느 한 어린아이—추측건대, 시인의 손자 가운데 하나—가 시인에게 '단풍잎은 하늘에서 내려온 별 같고, 별은 땅에서 올라간 단풍잎 같아'라고 말했던 것은 아닐까. 만일 이러한 추측이 수용 가능한 것이라면, 일견 엉뚱해 보이기도 하는 이 시의 제목은 오뚝이처럼 누웠다가 다시 일어나 밝은 마음으로 '저 혼자 노는 아이'를 가리키는 것으로 보아도 무리는 없으리라. 아니, 이 시의 제목은 '시와 함께' 또는 '시어와 함께' "저 혼자 노는" 시인 자신을 암시하는 것일 수도 있으리라.

물론 함혜련의 시 세계가 「저 혼자 노는 오뚝이」에서 감지되는 것과 같은 '순수의 시선'으로만 채워져 있는 것은 아니다. 인간과 인간의 삶에 예리한 관심의 시선을 보내는 시인이라면 누구도 영국 낭만주의 시대의 시인 윌리엄 블레이크(William Blake)가 말한 바 있는 '순수의 노래'(Songs of Innocence)에 갇혀 있을 수만은 없거니와, 언젠가는 '경험의 노래'(Songs of Experience)를 향해 나아가지 않을 수 없을 것이다. 어찌 보면, 함혜련의 시 세계를 주도하는 것은 "경험의 노래"로 보는 것이 타당할 것이다. 즉, 이 시인의 시 세계에는 인간의 오묘한 내면 심리를, 심적 동요를, 상반되는 두 감정의 갈등을 특유의 시어를 통해 드러낸 작품들이 적지 않다. 아마도 대표적인 예 가운데 하나가 「꽃아침」일 것이다.

그리워하는 일은
너무 힘든 노동 같아
이젠 그만두고 싶다고 그에게 말했다
　안 보면 당신을 잊어버려요

그리고 헤어져
날마다 생각한다

내가 그를 잊었나?

화들짝 마음속을 뒤진다
　정말 잊어버렸나?

[중략]

잠들기 전에
　내가 그를 잊었나?
잠자다 말고도
　내가 그를 잊었나?
눈뜨자마자 새벽에 엎드려 다시 묻는다
그리고 그에게 전화했다
　이젠 당신을 완전히 잊었어요

　　　　　　　　　　　　　　　　　　—「꽃아침」 1–3연, 5연[5]

　"그리워하는 일은/ 너무 힘든 노동 같아/ 이젠 그만두고 싶다"니? 그리
움에 마음 아파해본 적이 있는 사람이라면 누구라도 이 말에 담긴 애타는
마음을 이해할 것이다. 그리고 그리워한다는 말이야 누구나 해보았을 법
한 흔한 감정 표현이다. 따라서 시의 소재가 되기에는 어딘가 맥이 빠지
는 것처럼 보일 수도 있다. 하지만 '그리워하는 일은 이제 그만두고 싶다'
고 말하는 것은 단순히 '그립다'고 말하는 것과 의미의 차원이 다르다. 뿐
만 아니라, 이런 말을 마음속으로 되뇌는 것과 그리워하는 사람에게 직접

---

　5) 함혜련, 『함혜련 시 99선』, 144–45쪽. 원래 제9시집 『그리워하는 일은 너무 힘든 노동 같아』
　(1990)에 수록된 작품.

전하는 것 사이에는 미묘한 차이가 있기에, 이를 소재로 한 시는 인간 심리에 대한 깊은 탐구가 될 수 있다. 만일 마음속으로 그런 말을 되뇌는 것이라면, 이는 정말로 잊으려는 의지를 담은 말일 수 있다. 한편, 그리워하는 사람에게 직접 표현하는 것이라면, 이는 잊으려 하기보다는 현재의 처지에서 '나'를 구해달라는 호소일 수 있다. 즉, 그리워하는 처지에 내몰리지 않도록 항상 함께하자는 마음을 우회적으로 표현한 것일 수 있다. 하지만 둘째 연의 "헤어져"라는 말이 암시하듯 만나더라도 헤어질 수밖에 없는 것이 시인이 처한 현실이다. 현실이 그러하다면, '나'는 과연 어찌해야 할까. 마치 '그'에게 말한 '나'의 의지를 재확인하려는 듯 '나'는 "날마다" 이렇게 자문한다. "잊었나?" 하지만 "화들짝 마음속을 뒤"지다니? 이는 '그'를 혹시 "정말 잊어버렸나" 해서 놀라는 '나'의 마음을 넌지시 드러내는 것 아닐까. 요컨대, '나'는 '그'를 잊지 못한다. 이 시의 마지막을 장식하는 다섯째 연에서 되풀이되고 있는 "잊었나?"라는 물음은 이처럼 '그'를 잊지 못하는 '나'의 마음을 역설적으로 드러낸다. 정말로 잊었다면야 이런 물음 자체가 불필요하지 않겠는가.

첨언하자면, 역설은 "안 보면 당신을 잊어버려요"에도 존재한다. 안 보면 대상을 잊을 수도 있지만 이로 인해 그리움이 더욱 깊어질 수도 있지 않은가. 그런 관점에서 볼 때, 이는 그리움을 달래기 위해 '안 볼 수 없다'는 마음을 돌려 말하는 것으로 읽을 수도 있다. 아니, 이 말이 간직하고 있는 모호성(模糊性, ambiguity)을 그대로 살려 읽자면, "안 보면 당신을 잊어버려요"는 '안 봄으로써 당신을 잊으려 해요'의 의미가 담긴 말일 수도 있지만, '안 보면 당신을 잊어버리니 안 볼 수 없어요'의 함의를 아우르는 말일 수도 있다. 역설적인 두 의미가 함께 공존하는 셈이다.

이 시의 백미(白眉)는 시의 마지막 두 행일 것이다. '나'는 "잊었나?"라는 자문을 "잠들기 전에"도, "잠자다 말고"도, "눈뜨자마자" 되풀이하다가 새벽녘—시인의 표현을 빌리자면, "꽃아침"—에 전화로 '그'에게 이렇게 말한다. "이젠 당신을 완전히 잊었어요." 혼자 되뇌는 것이 아니라 군이 전화를 걸어 '그'에게 그 말을 들려주다니! 잊지 못하는 마음을, 또한 보고 싶은 마음을 어찌 이보다 더 극적으로 드러낼 수 있겠는가! 여기서 감지되는 반어(反語, irony)는 예사로운 것이 아니다. 사실 이 시의 제목에 해당하는 "꽃아침"이라는 표현이 암시하는 바도 예사롭지 않기는 마찬가지다. 마치 밤새 기다리다 아침이 되어 꽃잎을 엶으로써 자신의 안을 드러내 보이는 꽃처럼, '나'는 그리움을 밤새 안으로만 달래다가 아침이 되자 마침내 마음의 문을 열고 '그'에게 이를 드러내 보인다. 그것도 반어를 동원하여. 아울러, 꽃의 선명한 빛깔도 '내'가 지닌 그리움의 강도를 암시하는 것일 수 있으리라. 요컨대, 함혜련의 이 시에서 감지되는 반어의 힘은 깊고도 강하다. 어찌 보면, "제 구태여 보내고 그리는 정(情)은 나도 몰라하"는 황진이의 심경도 이와 다를 바 없는 것이리라. 보내고 그리워하는 것이 황진이 식의 역설이라면, 잊었다 말함으로써 잊지 못하는 마음을 드러내는 것은 함혜련 식의 역설일 수 있지 않겠는가.

반대되는 두 마음—잊어야 한다는 마음과 잊지 못하는 마음—의 갈등을 반어적으로 드러내는 위의 시와 마찬가지로 논자의 주목을 끄는 작품이 있다면, 이는 「하얀 거짓말」이다.

화장을 하고
당신을 만나러 나갈 때엔
내 비밀한 살림살이에 도둑이 들까봐 자물통을 걸어놓는다

오늘 문득
함박눈
하늘의 껍질 한 장 벗겨져내리는 광경을 보고
그 뒤에 드러날 새파란 하늘

그렇게 노출될

나의 진실을 감출 길 없어 당황한다

당신을 죽도록 사랑한다 하기엔 너무 겁나 그랬다고

나도 숫제 저렇게 몽땅 털어놓고

고백해버릴까

화장품이나

자물통 같은

내 거짓말 함박눈 되어 쏟아져내리는 날

—「하얀 거짓말」 전문[6]

이 시 안의 "화장품"과 "자물통"이 공유하는 암시적 의미는 '감춤'이다. "당신을 만나러 나갈 때" '나'는 "화장을 하고" 또한 "내 비밀한 살림살이에 도둑이 들까봐 자물통을 걸어놓는다." 비유적 관점에서 볼 때, 화장을 한다는 것은 원래의 자기 자신이나 속마음을 감추는 일이고, 이는 마음의 문에 자물통 걸기와 다름없다. 따지고 보면, 인간은 사회생활을 이어가는 과정에 누구나 이처럼 비유적 의미에서의 화장하기나 마음의 문에 자물통 걸기를 멈추지 않는다. 이는 물론 자신을 거짓된 모습으로 드러내는 일일 수도 있겠지만, 이를 반드시 부정적인 것으로 폄하할 수는 없다. 우리가 예의범절, 관습, 격식, 절차, 의식(儀式)이라고 부르는 것 자체가 일종의 화장하기 또는 자물통 걸기일 수 있고, 그 모든 것은 인간이 사회생활을 원만하게 이루어나가는 데 필요한 것일 수도 있기 때문이다. 따라서 이는 결코 문제 삼을 성질의 것은 아닐 수도 있다. 이와 관련하여, 이 시의 제목이 "하얀 거짓말"이라는 점도 주목하지 않을 수 없는데, 이에 해

---

6) 함혜련, 『함혜련 시 99선』, 200쪽. 원래 제11시집 『아침 무지개』(1994)에 수록된 작품.

당하는 영어 표현인 'white lie'는 '악의 없는 선의(善意)의 거짓말'을 뜻하기 때문이다. 물론 제목은 일차적으로 "내 거짓말"이 결국에는 "새파란 하늘"을 드러내는 "함박눈"과 같다는 암시를 담기 위한 것이긴 하지만, "화장품이나/ 자물통 같은/ 내 거짓말"이 악의 없는 것임을 중의적(重義的)으로 드러내기 위한 것이라고 할 수도 있다.

아무튼, '나'는 "오늘 문득/ 함박눈/ 하늘의 껍질 한 장 벗겨져내리는 광경을 보고/ 그 뒤에 드러날 새파란 하늘/ 그렇게 노출될/ 나의 진실을 감출 길 없어 당황한다." 말하자면, "함박눈"에 "하늘의 껍질 한 장 벗겨져내리는 광경을 보고" '나'는 자신의 화장이나 자물통도 때가 되면 마침내 "벗겨"지리라는 것을 예감하고 당황한다. "함박눈"이 내린 뒤에는 "새파란 하늘"이 드러나리라는 것, 이 같은 자연 현상을 인간사와 겹쳐 읽고자 하는 시적 발상은 어디서나 쉽게 확인할 수 있는 종류의 것이 아니다. 그렇다면, "진실을 감출 길 없어 당황"하는 '내'가 감추고자 하는 "진실"은 무엇인가. 이어지는 시 구절을 통해 확인할 수 있듯, 그것은 바로 "당신을 죽도록 사랑"하는 '나'의 마음이다. 사랑하지만 "너무 겁나" 그 마음을 드러내 보이지 못한다는 '시를 통한' 고백에서 감지되는 '나'의 연약한 마음이 사랑스럽지 않은가! "하늘의 껍질 한 장 벗겨져내리"듯 내리는 "함박눈"을 바라보면서 "나도 숫제 저렇게 몽땅 털어놓고/ 고백해버릴까"라고 내뱉는 체념의 말에서 감지되는 갈등하는 마음이 애틋하지 않은가! 정녕코 그런 마음을 "화장품"과 "자물통"과 "함박눈"이라는 일상의 사물을 동원하여 생생하게 시화(詩化)하고 있는 시인의 시적 감성은 값진 것이라고 하지 않을 수 없다.

인간의 미묘한 심리에 대한 함혜련의 탐구 가운데 또 하나 논자의 주목을 끄는 것은 「미친 바다」라는 작품으로, 여기서 시인은 옛날—추측건대, 어린 시절—에 마주하곤 했던 "동네 바다가 가까운 옥거리"의 "혼 나간 여인"을 회상한다.

그때
우리 동네 바다가 가까운 옥거리에는
누더기를 걸친
때투성이 얼굴에
언제나 환한 웃음이 넘쳐흐르는
혼 나간 여인 하나 살고 있었다

무엇을 찾아 그랬던지
낮에는 온 사방 거리를 휘젓고 돌아다니다
밤이면 꼭
제가 전에 살림하던 집
그녀가 집을 나간 뒤에는 다른 여인을 얻어 사는
그 사내의 집 처마 밑에 가서
별빛에 젖은 밤바다처럼 웅크리고 잠을 잤다

마을 사람들은 구경거리인 그녀의 자유를
부러워하기도 하고
측은하다고 동정도 했지만
갈매기와 은방울새들이 떼를 지어 날아다니는
그녀의 표정은 사시사철 환희에 가득 찬 아침바다였다
그러다 가끔은
파도에 녹은 돌구멍 속으로 푸른 하늘이 들어와 앉듯
제정신이 들 때도 있었다
그럴 때면 길바닥에 두 다리를 뻗고 주저앉아
파도치는 듯 울던 여인

그렇게 울 때의 그녀를 보고도

사람들은

미친년!

했다

—「미친 바다」 전문[7]

이 시에는 두 편의 이야기가 담겨 있다. 한편은 "혼 나간 여인"의 이야기다. "환한 웃음"과 "사시사철 환희에 가득 찬 아침바다"와도 같은 표정을 얼굴에 담은 채, 이 여인은 "낮에는 온 사방 거리를 휘젓고 돌아"다닌다. 그러다가도 "밤이면 꼭/ 제가 전에 살림하던 집/ 그녀가 집을 나간 뒤에는 다른 여인을 얻어 사는/ 그 사내의 집 처마 밑에 가서/ 별빛에 젖은 밤바다처럼 웅크리고 잠을" 잔다. 하지만 가끔 "제정신이 들 때도" 있다. 그럴 때면 여인은 "길바닥에 두 다리를 뻗고 주저앉아/ 파도치는 듯" 울음을 운다. 다른 한편은 "마을 사람들"의 이야기로, 그들은 "구경거리"인 "혼 나간 여인"의 "자유를/ 부러워하기도 하고" 그녀가 "측은하다고 동정도" 한다. 그런데 그들은 "울 때의 그녀를 보고도" 여전히 "미친년!"이라고 말한다. 이렇듯, 혼이 나가 있을 때 여인은 부러움과 동정의 대상이 되기도 하지만, 제정신이 들어 있을 때도 여전히 "미친년"으로 불린다. 아니, 느낌표가 붙어 있는 "미친년!"이라는 표현이 암시하듯 경멸의 대상이 된다. 말하자면, 사람들은 여인이 제정신이 아닐 때는 그녀를 부러움과 동정의 대상으로 여기다가 정작 제정신이 들었을 때도 여전히 이를 인정하지 않은 채 경멸의 대상으로 본다. 여기서 감지되는 '역설'을 어떻게 이해해야 할까. 혹시 사람들은 그녀가 혼 나간 채 계속 웃음을 짓기

---

7) 함혜련, 『함혜련 시 99선』, 216–17쪽. 원래 제12시집 『물을 나르는 여인들』(1996)에 수록된 작품.

를 바라고 있는 것 아닐까. 아니, 혼이 나가 있는 것이 그녀에게는 정상의 상태라고 여기고 있는 것 아닐까. 만에 하나 그렇다면, 그 이유는 무엇일까. "환한 웃음"이 더 보기 좋아서? "미친년"이 제정신이 들어 있는 것은 사람들의 기대와 예상을 깨뜨리는 것이기 때문에? 설마, 그럴 리야 있겠는가. 아무튼, 인간 심리의 '역설'을 날카롭게 포착하여 이를 시화하는 시인의 시선을 우리는 이 시에서 감지할 수 있다.

우리의 논의는 여기서 끝날 수 없는데, 아직 우리가 "혼 나간 여인"에 초점을 맞춘 논의를 진행하지 않았기 때문이다. 여인이 혼이 나갔을 때 "환한 웃음"을 보이는 이유는 무엇일까. 혹시 그녀가 "환한 웃음"을 짓고 있는 때야말로 진정 온전한 자아를 향유하는 때가 아닐까. 앞서 「하얀 거짓말」에서 말한 "화장품"과 "자물통"을 거부한 채, '온전한 자기 자신'이 되어 말 그대로 자유를 구가할 수 있기 때문에 그녀는 그만큼 행복감을 느끼고 있는 것 아닐까. 어찌 보면, "누더기를 걸"치고 "얼굴"이 "때투성이"인 것은 이른바 사회가 기대하거나 요구하는 "화장품"과 "자물통"에 개의치 않음을 암시하는 것일 수 있다. 우리 사회의 구성원들은 사회의 기대나 요구를 개의치 않는 이들을 "제정신"이 아닌 '미친 사람들'로 폄하하는 것은 아닌지? 그 여인의 묘사한 시인의 시적 표현들—예컨대, "별빛에 젖은 밤바다처럼 웅크리고 잠을 잤다"나 "갈매기와 은방울새들이 떼를 지어 날아다니는/ 그녀의 표정은 사시사철 환희에 가득 찬 아침 바다였다" 등등—이 환하고 맑은 동시에 환상적이고 목가적인 분위기를 일깨운다는 데서, 우리는 '저 자신만의 자유로운 세계'에 머물러 있는 한 여인을 향한 시인의 따뜻한 눈길을 감지하지 않을 수 없다.

그리고 또 하나 논의 대상이 되어야 할 사항은 무슨 이유로 "혼 나간 여인"이 "밤이면 꼭/ 제가 전에 살림하던 집/ 그녀가 집을 나간 뒤에는 다른 여인을 얻어 사는/ 그 사내의 집 처마 밑에 가서" 잠을 잤던 것일까. 이 미묘한 인간의 심리를 어떻게 이해해야 할까. 아니, 그보다 더 우리의 호기심을 자극하는 것이 있다면, 무슨 이유로 여인이 "길바닥에 두 다리를 뻗고 주저앉아/ 파도치는 듯" 울음을 울었던 것일까. 시인은 이런 일이 일어났을 때를 "제정신이 들 때"라고 말하고 있다. 도대체 "제정신이 들 때" 여인이 넋을 놓고 울었던 이유는 무엇일까. "제가 전에 살림하던 집"이 생각나서? 아니면, 함께 살던 "그 사내"가 생각나서? 그것도 아니라면, "화장품"과 "자물통"을 의식하고 살았던 때가 그리워서? 그런 것들이 과연 이유가 되기나 할까. 그렇다면, 무엇 때문에 여인은 넋을 놓고 울었던 것일까. 시인은 이에 대해 그 어떤 해명도 하지 않는다. 다만 그런 상황을 제시함으로써 우리에게 인간의 심리란 얼마나 오묘한 것인가에 대한 깊은 상념으로 거듭 이끌 따름이다. 오로지 하나, 시인이 우리에게 여인에 대한 상념에 길을 잡아주는 것이 있다면, 이는 바로 시의 제목을 이루는 "미친 바다"라는 표현이다. 이로 인해 "혼 나간 여인"과 "미친 바다"가 겹쳐 읽히지 않는가. 결국 바다는 여인이고 여인은 바다다. 혹시 강릉의 앞에 또는 곁에 펼쳐져 있는 장엄한 바다 동해가 시인의 눈에 "여인"으로, 그것도 "혼 나간 여인"으로 비쳤던 것은 아닌지?

3. 논의를 마감하며

앞서 검토한 작품인 「하얀 거짓말」에는 "나도 숫제 저렇게 몽땅 털어놓고/ 고백해버릴까"라는 말이 나온다. 이처럼 망설이는 '나'의 마음을 시어로 드러낸 것이 「하얀 거짓말」이다. 하지만 시어로 무언가를 드러내는 것 자체가 "몽땅 털어놓고 고백해"버리는 일 아닐까. 그런 의미에서 볼 때, 시 쓰기란 화장이 지워진 상태에서 자물통을 열어놓은 채 자기 자신 드러내기와 다름없는 것일 수 있다. 결국 함혜련의 시 세계는 시인이 내면에 감추고 있는 온갖 복잡하고 미묘한 감성과 정서를, 동해처럼 무량한 시인의 마음을 "몽땅 털어놓고 고백"하기 위해 마련한 공연 마당이라고 할 수 있다. 하기야 이는 함혜련의 시 세계에만 적용되는 판단이 아닐 것이다. 어찌 보면, 모든 시인의 모든 시는 그 자체가 "몽땅 털어놓고 고백해"버리려는 시인의 순수한 마음이 빚어낸 언어 예술 작품이라고 할 수도 있으리라.

이제까지 우리는 몇 편의 작품을 통해 함혜련의 시 세계를 살펴보았다. 살아생전 14권의 시집을 출간한 시인의 시 세계에 대한 논의를 어찌 이처럼 단출한 글로 끝낼 수 있겠는가. 특히 동해의 파도처럼 거침없이 밀려오는 시어들로 가득 찬 특유의 호흡이 긴 수많은 작품들에 대해 한마디 언급도 없이 함혜련의 시 세계에 대한 논의를 끝맺으려 함은 올바른 처사일 수 없다. 하지만 호흡이 긴 작품들의 그늘에 가려져 사람들의 눈길이 비교적 덜 머무는 후기의 작품들—즉, 호흡의 길이가 비교적 짧은 작품들—을 조명함으로써 함혜련의 시 세계에 대한 이해의 폭을 넓히고자 했다는 데서 작으나마 이제까지 이어온 현재 논의의 의의를 찾을 수도 있으리라.

모기에서 시인으로, 시인에서 모기로
— 김종철의 「모기 순례」와 시적 깨달음의 순간

1. 시와 "예술적 통제력"

시 창작의 과정과 관련하여 답이 빤한 것 같지만 줄기차게 이어져온 논쟁거리 가운데 하나가 '시적 인식이 이루어지는 순간 인식한 바가 곧바로 시로 성립하는 것이냐' 아니면 '언어화 과정을 따로 거쳐야 하는 것이냐'다. 우선, 언어화 과정이 애초 이루어지지 않았다면 어떻게 인식한 바에 대한 인식이 가능하겠는가를 주장하는 입장에서 보면, 시적 인식과 이에 대한 언어화 과정을 따로 나눠놓을 수 없다. 어떤 관점에서 보면, 영국 낭만주의 시대의 시인 윌리엄 워즈워스(William Wordsworth)가 "모든 탁월한 시는 강력한 감정의 자발적인 분출"[1]이라고 했을 때 그가 내세우고자 했던 것은 이 같은 입장일 것이다. 즉, 무언가 강렬한 시적 인식이 이루어지는 바로 그 순간에 시는 저절로 창조되고 완결된다는 것이 워즈워스의 입장인 것처럼 보인다.

---

1) Wordsworth & Coleridge, *Lyrical Ballads* (Ware, Hertfordshire : Wordsworth Eds. Ltd., 2003), 8쪽.

하지만 워즈워스의 어떤 시를 보더라도 "강력한 감정의 자발적인 분출"이 곧 시로 제시되어 있는 예를 찾아볼 수 없다. 그의 탁월한 작품 어떤 것도 인식의 순간과 언어화의 순간 사이에는 짧지 않은 명상(meditaion)의 시간이 존재했음이 명시적으로든 암시적으로든 드러나 있다. 바로 이 때문에 '무의식적인 시적 인식의 순간'과 그 순간에 대한 '의식적인 시적 언어화 과정'에 동일한 비중을 두었던 동시대의 시인이자 비평가인 새뮤얼 테일러 코울리지(Samuel Taylor Coleridge)의 입장에서 볼 때 적어도 비평적으로는 워즈워스가 "허황하고 무지한 공상가"[2]로 비쳤을 것이다. 제임스 헤퍼넌(James Heffernan)의 표현을 빌리자면, "시 창작에서 자발적인 감정의 기능을 과장하고, 예술적 통제력을 의식적으로 행사하는 일을 낮게 평가"[3]했다는 점에서 그러하다. 하지만 "예술적 통제력"을 행사한다는 것은 무엇을 말하는 것일까.

최근의 각종 문예지에 발표된 시 가운데 특히 주목할 만한 문제작을 선정하여 논의하기 위한 자리를 이처럼 껄끄러운 시론으로 시작하는 이유는 무엇인가. 단순한 추측에 불과한 것일지도 모르겠지만, 시단에 발표되는 작품들 가운데는 워즈워스가 말하는 "강력한 감정의 자발적인 분출"이라는 시 창작 원리에 더 충실하고자 하는 사례가 어느 때나 비교 우위에 있는 것처럼 보이기 때문이다. 특히 시인들의 해외여행이 잦아진 요즈음 그들이 여행 과정에 보고 느끼거나 깨달은 바를 시화(詩化)한 작품들에서 그런 경향이 두드러져 보인다. 물론 이국의 새롭고 낯선 풍물들을 접하는 과정에 시인이 보고 느끼거나 깨닫는 바는 어느 때보다 강렬한 것일 수 있다. 하지만 그렇다고 해서 그 모든 강렬한 느낌이나 깨달음이 모두 누구나 공감하는 시적 소재가 될 수 있는 것도 아니고 생동감 넘치는

2) Samuel Taylor Coleridge, *Biographia Literaria*, eds. James Engell & W. J. Bate (Princeton: Princeton UP, 1983), 제2권 81쪽.

3) James Heffernan, *Wordsworth's Theory of Poetry* (Cornell UP, 1969), 95쪽.

시의 창작을 약속해주는 것도 아니다. 어느 경우에나 요구되는 것이 앞서 말한 "예술적 통제력"이리라. 하지만 앞서 물었듯 "예술적 통제력"이란 구체적으로 무엇을 말하는가. 우리가 김종철의 「모기 순례」를 주목하고자 함은 이 물음에 대해 단편적으로나마 가능한 답을 한 조각 모색하고자 하기 때문이다.

2. 김종철의 「모기 순례」와 자기 성찰의 순간

「모기 순례」는 외국 여행 도중 어떤 성지를 찾은 종교인으로서의 시인의 모습을 담고 있다. 그런데 이 시에서는 성지를 찾은 신실한 신앙심을 지닌 신자가 구사할 법한 경건한 어조가 느껴지지 않는다. 경쾌하다못해 심지어 장난스럽기까지 하다. 하지만 그러한 시어를 통해 전달되는 시적 메시지는 더할 수 없이 미묘할 뿐만 아니라 이를 통해 암시되는 자기 성찰도 더할 수 없이 무겁게 느껴진다. 분명히 이 시는 순례자가 성지에 도착하여 느낀 바의 감정을 있는 그대로 전달하는 작품이 아니다. 이는 "강력한 감정의 자발적인 분출"을 억제한 시인이 어느 순간에 얻은 시적 인식을 놓고 오래 고심한 끝에 완성한 작품으로 읽힌다. 말하자면, '무의식적인 시적 인식의 순간'과 그것에 대한 '의식적인 시적 언어화 과정' 사이에 시간차가 감지되는 작품이다. 이제 김종철의 「모기 순례」를 함께 읽기로 하자.

해질 무렵 참수터 입구
모기 한 마리가 맴돌았다
쉿!
침묵의 순례를 가르치는
죽은 바오로 동상이 입술을 가리켰다
무릎 순례하는 동안

나는 무수히 물어뜯겼다
윙윙거리는 소리에 속수무책이었다
그래그래 실컷 빨아먹어라
차라리 발끝까지 뒤집어쓸
위선의 침대보가 없어서 좋았다

당신의 목 잘린 제단과
순교의 머리가 통통 튀어오른 자리마다
은혜로이 맑은 샘이 솟아올랐다
나는 긴 기도와 함께
흡혈귀처럼 엎드려 목을 축였다

그때 누군가 등뒤에서 손바닥으로 나를 탁 쳤다
내 순교의 머리통을 든 모기가
사방 피로 튀었다
그날 피를 너무 빤 모기처럼
세상을 잘 날지 못하는 나는
한 마리 모기로 빙의되었다
쉿!
얼치기 신자만 보면 피 빨고 싶다
두 손 모으고 눈감은 속수무책의 저 얼치기
빨대만 꽂으면
취하도록 마실 수 있는 저 통통한 곳간!

— 김종철, 「모기 순례」 전문[4]

------

4) 김종철, 「모기 순례」, 『시와시학』 통권81호(2011년 봄), 148-49쪽.

확신컨대, 시인은 성 바오로가 순교한 자리에 세워진 트레 폰타네 수도원을 찾은 것이리라. 로마에 있는 이 트레 폰타네 수도원의 '트레 폰타네'라는 말은 '세 개의 샘'으로 번역될 수 있는데, 이 수도원이 그런 이름을 갖게 된 연유는 다음과 같다. 로마의 황제였던 네로의 명령으로 예수의 사도 가운데 한 사람인 바오로에게 참수형이 내려진다. 그런데 바오로가 참수된 바로 그 자리에서 그의 머리가 튀어올라 서로 다른 세 지점의 땅을 쳤다고 한다. 그리고 그곳 모두에서 샘물이 솟았다고 한다. 오늘날까지도 맑은 물이 솟아오르고 있는 이 세 개의 샘을 찾아 순례 여행을 떠나는 일은, 그리고 그 샘에 이르러 목을 축이는 일은 아마도 기독교 신자라면 누구나 소망하는 바일 것이다.

시인이 수도원에 있는 "참수터 입구"에 도착한 시각은 "해질 무렵"이다. 어디나 그렇듯 여름날에는 해질 무렵부터 본격적으로 모기의 공격이 시작된다. 시인이 "참수터 입구"에서 "모기 한 마리"와 만난 것을 보면, 아마도 그가 순례 여행을 떠난 것은 여름날이었으리라. 아무튼, 시인은 "무릎"을 꿇은 자세로 성소를 향해 다가가는 동안 모기에게 "무수히 물어뜯"긴다. 어쩔 것인가. 성스러운 순례의 순간에 모기 때문에 소란을 피울 수는 없지 않은가. "침묵의 순례를 가르치는/ 죽은 바오로 동상"마저 "입술을 가리"키고 있는 것처럼 느껴지지 않는가. 체념한 듯 시인은 말한다. "그래그래 실컷 빨아먹어라."

이어지는 시적 진술은 "차라리 발끝까지 뒤집어쓸/ 위선의 침대보가 없어서 좋았다"로 되어 있는데, 이 구절은 다중(多重)의 의미 읽기를 가능케 한다. 우선 말 그대로 모기를 피할 방법을 찾다가 이내 체념하는 시인의 마음이 담고 있는 것으로 읽을 수 있다. "침대보"든 무엇이든 천을 뒤집어쓰면 모기를 피할 수 있겠지만, '다행히' 그런 천이 시인에게는 없다. 하기야 그런 천이 있다 해도 어찌 성소에서 이를 뒤집어쓸 수 있겠는가. 그러니 어찌 "[차라리] 없어서 좋았다"고 하지 않을 수 있겠는가.

둘째, '위선의'라는 수식어가 암시하듯 "위선의 침대보"는 실재하는 사물로서의 침대보를 지시하는 것이 아닐 수 있는데, 이로 인해 이 구절 전체는 일종의 비유적 함의를 갖는 것으로 읽힐 수 있다. 일찍이 시인은 「못에 관한 명상」이라는 시에서 "아내와 함께 고백성사를 하"는 동안 자신의 "가슴"에서 "정말 어쩔 수 없이 숨겨둔 못대가리 하나가/ 쏘옥 고개를 내밀었"다고 노래한 적이 있다. 이때의 "못"은 물론 실제의 못이 아니라 비유적 의미에서의 못—말하자면, 인간적 허물 또는 불경한 마음 등등—을 지시하는 것일 수 있거니와, "위선의 침대보"는 이 같은 "못"을 감출 수단을 지시하는 것일 수 있다. 하지만 경건한 성소에서 어찌 자신이 아무런 허물도 없는 양 위선의 자세를 취할 수 있겠는가. 어찌 보면, 아무런 보호막도 뒤집어쓰지 않은 상태에서 자신의 죄를 있는 그대로 의식하는 것—그것이 진정한 신자라면 성소에서 취해야 할 태도일 것이다. 그런 의미에서 보면, 모기는 실제로 시인을 물어뜯었던 모기일 수 있는 동시에, 성소에 들어가면서부터 그를 괴롭혔던 죄의식을 암시하는 것일 수도 있다.

둘째 연이 보여주듯, 이윽고 샘에 도달한 시인은 "긴 기도와 함께" 엎드려 샘물을 마신다. 그런데 이를 묘사한 구절에 나오는 "흡혈귀처럼"이라는 표현이 심상치 않다. '흡혈귀'라니? 흡혈귀라고 하면 누구나 떠올릴 법한 것이 드라큘라인데, 19세기 말에 브람 스토커(Bram Stoker)가 소설을 통해 드라큘라라는 허구적 존재를 창조하기 전에도 유럽에는 흡혈귀의 존재에 대한 믿음과 이와 관련된 각종 이야기가 존재했었다. 심지어 기독교가 전파되기 이전에도 동유럽 지방을 중심으로 흡혈귀의 존재에 대한 믿음이 널리 퍼져 있었는데, 기독교의 영향 아래 흡혈귀는 이교도적 미신에서 비롯된 것으로 여겨지게 되었다. 그러다가 12세기부터 몇백 년 동안 지속되었던 종교 재판의 영향 아래 흡혈귀에 대한 새로운 해석이 가해져, 이때부터 흡혈귀는 악마적 존재로 이해하기에 이른다. 요컨대, 기독교적 맥락에서 보면 흡혈귀는 신의 뜻을 거역한 불경한 존재다. 이런 관점에서 본다면, "흡혈귀처럼 엎드려 목을 축였다"는 시인의 말에서 일종의 모순어법(oxymoron)이 감지되기도 한다. "흡혈귀처럼"이 '불경'을 암시한다면 "엎드려 [성수로] 목을 축였다"는 '경건함'을 암시한다는 점에서 그렇다. 이 같은 모순어법은 '불경스럽게 느껴질 만큼 열렬히 신의 은총을 갈망했다'의 의미로 읽혀지기도 하지만, 동시에 '더할 수 없이 경건해야 할 자리에서 충분히 그렇지 못했다'는 시인의 자기반성을 암시하는 것으로 읽혀지기도 한다.

하지만 흥미로운 것은 인간이나 가축의 피를 빨아먹는 모기와 같은 곤충의 별명도 흡혈귀라는 점이다. 따라서 문제의 구절은 '모기가 시인의 피를 탐하듯 시인은 성수를 탐했다'로 읽을 수도 있다. 이런 식으로 읽는 경우, '시인의 피를 빠는 모기'의 이미지와 '순교한 성자의 샘물에 목을 축이는 시인'의 이미지가 병치 관계에 놓이게 된다. 그리고 이를 통해 양자는 서로를 규정하고 그 의미를 밝히는 역할을 하게 된다. 다시 말해, '시인의 피를 탐하는 모기'와 '성수를 탐하는 시인'은 서로가 서로에 대해 기표(記標, signifier)의 역할을 하는 동시에 기의(記意, signified)의 역할을 한다. 결국 "흡혈귀처럼"을 '모기처럼'으로 읽는 과정에 우리는 시인이 모기의 모습에서 자신을 감지하고 자신의 모습에서 모기를 감지하기 시작했음을 암시하고 있는 것은 아닐까라는 추론에 이르게 된다. 하지만 이 같은 추론은 말 그대로 추론에 불과한 것일 뿐이다. 시인의 마음이 그런 방향으로 움직이고 있다는 추정을 할 수 있을 뿐 확실한 증거가 아직 없기 때문이다. 아무튼, 시인이 시에 동원하는 언어는 더할 수 없이 경쾌하고 자연스럽지만 이를 통해 시인이 시도하는 자기 탐구 또는 반성은 이처럼 교묘하고 은밀하다.

서로 다른 이미지가 병치 관계에 놓이는 가운데 서로가 서로의 의미를 밝히는 기호 역할을 하는 예는 위의 경우에서만 확인되는 것이 아니다.

셋째 연에서도 이 같은 예가 확인되는데, 이 경우 문제가 되는 것은 '시인의 피'와 '성자의 샘물'이다. 하지만 이에 대한 논의를 잠시 뒤로 미루고 문제의 셋째 연이 "그때 누군가 등뒤에서 손바닥으로 나를 탁 쳤다"로 시작되어 "내 순교의 머리통을 든 모기가/ 사방 피로 튀었다"로 이어짐을 주목하기로 하자. 필경 함께 순례 여행을 하던 누군가가 시인을 계속 괴롭히는 모기를 보고 이를 잡으려 시인을 탁 쳤을 것이고, 그렇게 해서 모기는 생을 마감했을 것이다. 이와 관련하여 무엇보다 우리가 문제 삼고자 하는 것은 "나"를 탁 쳤는데 "피"로 튄 것은 "모기"라는 점이다. 이처럼 시인을 탁 치는 행위와 모기를 탁 치는 행위가 결과적으로 동일한 것인 양 기술함으로써 시인은 우리에게 앞서 시도한 추론―즉, 시인이 의식적으로든 무의식적으로든 모기와 자기 자신 사이의 경계를 지우려 한다는 추론―을 다시 한번 가능케 한다.

그건 그렇고, "내 순교의 머리통을 든 모기"라니? 물론 여기에 동원된 "순교의 머리통"이라는 표현은 참수형을 당한 성 바오로의 이미지를 떠올리게 한다. 그렇다면, 자신도 성 바오로와 같은 존재란 말인가. 바로 이 지점에서 우리는 위에서 잠깐 언급한 '시인의 피'와 '성자의 샘물' 사이의 병치 관계에 유의할 수 있는데, 모기에게는 '시인의 피'가 곧 '성자의 샘물'일 수 있고 '성자의 샘물'이 곧 '시인의 피'일 수 있다. 즉, 모기의 관점에서 본다면 시인은 "순교의 머리통"을 내준 순교자인 셈이다. 어찌 보면, 이처럼 모기에게 피를 빨리고 있는 자신―그것도 "흡혈귀처럼 [성수로] 목을 축"이는 자신―의 모습에다가 순교자의 이미지를 투사함으로써, 시인은 '성 바오로와 자신의 관계'가 '자신과 모기의 관계'와 다를 바 없는 것일 수 있음을, 따라서 자신은 곧 모기와 다름없는 존재일 수 있음을 계속 암시한다.

하지만 거듭 말하지만 모든 것이 다만 암시에 머물러 있을 뿐이다. 이제까지 이어진 시적 진술 어디에서도 시인은 '내가 곧 모기'임을 공공연하게 말하지 않는다. 바로 이 때문에 "누군가 등뒤에서 손바닥으로 나를 탁 쳤다"는 진술이 암시하는 바의 의미는 결코 단순치 않다. '단순치 않다'니? 가령 당신이 이러저러한 생각에 잠긴 상태에서 마음의 준비를 하고 있지 않을 때 누군가가 당신을 괴롭히는 모기를 잡기 위해 당신의 등뒤에서 당신을 손바닥으로 탁 쳤다 하자. 아마도 전혀 예상치 않던 일이 벌어졌기에 당신은 깜짝 놀라게 될 것이다. 또는 생각에 잠겨 있던 당신은 마치 꿈에서 깨어나듯 퍼뜩 정신을 차리게 될 것이다. 성소와 같이 누구나 침묵과 엄숙함을 유지해야 할 자리에서라면 더욱 그럴 것이다. 요컨대, 성소에서 누군가가 당신을 탁 쳤다면 모기가 피로 튀는 일만 벌어지는 것이 아니다. 이는 잠으로 빠져드는 당신의 의식을 깨우기 위해 내려치는 '죽비'와도 같은 것일 수도 있어, 당신이 다시금 각성 상태로 되돌아가는 일 또한 벌어질 것이다. 어쩌면 모기에게 일격을 가하려는 상대의 손짓이 당신에게 일격을 가하려는 손짓과 구분이 되지 않는다는 점에서 당신은 자신이 과연 모기와 다를 바 있는 존재인가라는 생각이 들 수도 있겠다. 깜짝 놀란 시인이 그런 생각을 하는 순간, 시인의 마음에 번개같이 스친 것이 '내가 곧 모기'라는 깨달음 아닐까. 막연하게 이어오던 생각이 바로 그 순간 또렷해진 것은 아닐까. "모기가/ 사방 피로 튀"는 순간 "그날 피를 너무 빤 모기처럼/ 세상을 잘 날지 못하는 나는/ 한 마리 모기로 빙의되었다"는 진술은 바로 그 순간의 깨달음 또는 각성을 암시하는 것이리라.

반어적(反語的)인 맥락에서 던지는 말장난이 아니라면, '나는 피를 너무 빨아 제대로 날지도 못하는 한 마리 모기 같은 존재'라는 시적 발언은 결코 가벼운 것일 수 없다. 하지만 이로 인해 시적 분위기가 무거워지는 것을 막으려는 듯 시인은 앞서 사용한 감탄사인 "쉿!"을 다시 한번 동원한다. 앞서 감탄사 "쉿!"이 모기에게 피를 빼는 것이 허락되는 신호였듯, 이는 이제 모기가 된 시인에게 자유롭게 피를 빨 것을 허락하는 신호일 수 있다. 바로 그 신호에 신이 난 듯 모기가 된 시인은 "얼치기 신자만 보면 피 빨고 싶다"고 장난스럽게 말한다. 하지만 누가 "얼치기 신자"인가. 시인이 "두 손 모으고 눈감은 속수무책의 저 얼치기/ 빨대만 꽂으면/ 취하도록 마실 수 있는 저 통통한 곳간!"이라는 시구를 작품에 담았을 때, 이때의 "얼치기" 또는 "통통한 곳간"은 누구를 지시하는 것이겠는가. 이는 곧 시인의 자기 성찰 과정에 비친 자신의 모습 아닐까. 어찌 보면, "한 마리 모기로 빙의"된 시인이 피를 탐할 대상으로 자기 자신을 지목하고 있는 것은 아닐지? 그런 의미에서 이 시의 마지막 부분은 더할 수 없이 경쾌한 언어를 동원하여 시인이 수행하는 더할 수 없이 무거운 자기 성찰로 읽히기도 한다.

3. 시와 무의식

필경 김종철이 「모기 순례」에서 밝힌 모기와 관련된 에피소드는 실제로 있었던 일일 것이다. 즉, '자신이 모기한테 어떻게 괴롭힘을 당하고, 모기는 어떻게 최후를 맞이하게 되었는가'에 대한 시인의 이야기는 '있는 그대로'의 사실에 근거한 것이리라. 그리고 현장에서 자신이 한 마리 모기나 다름없는 존재라는 깨달음에 이르렀던 것도 사실일 수 있다. 하지만 그가 이 같은 에피소드와 함께 자신의 깨달음을 담은 시를 현장에서 완성한 것은 아닐 것이다. 이를 증명하는 것이 바로 모기와 시인 사이의 관계에 대한 시적 진술인데, 이를 따라 읽어가는 동안 우리가 감지할 수 있는 것이 이른바 "예술적 통제력"이 아닐까.

시인은 먼저 자신과 모기의 만남이 어떤 맥락에서 이루어졌는가를 말한다. 이어서 만남의 과정에 자신이 한 마리 모기일지도 모르고 모기가 곧 자신일지도 모른다는 생각이 어렴풋하게나마 그의 의식의 지평에 떠오르고 있음을 누구도 예기치 않을 법한 표현을 통해 암시한다. "흡혈귀처럼"과 "내 순교의 머리통"이 이에 해당하는데, 이 두 표현은 시인이 막연하게나마 느끼고 있는 것이 무엇인가를 우리에게 감지케 하는 일종의 열쇠와 같은 역할을 하고 있다고 할 수 있다. 이윽고 결정적인 순간에 이르러 시인은 자신이 곧 모기임을 문득 또는 극적(劇的)으로 깨닫게 되었음을 밝히는데, 이때의 결정적인 순간이란 '나를 탁 치는 것'과 '모기를 탁 치는 것'이 사실적으로도 구분이 안 되지만 언어적으로도 서로 구분이 안 되는 바로 그 순간을 말한다. '언어적으로도 서로 구분이 안 되다'니? 이는 시인이 '모기를 탁 쳤다'는 표현 대신에 '나를 탁 쳤다'는 표현을 사용함으로써 '피로 튄 모기'와 '피를 빨린 나' 사이의 경계를 지우고 있다는 점에서 그러하다. 이윽고 시인은 "빙의'라"는 표현을 통해 이제 자신이 모기임을 깨닫고 있음을 확인한다. 이어서 그러한 깨달음이 자신에게 어떤 의미를 갖는 것인가를 지극히 경쾌하고 장난스런 어조로 밝힘으로써 지극히 어려울 수도 있는 자기 성찰의 시를 겉으로 보기에 '어렵지 않게' 완결한다. 요컨대, 순간의 깨달음을 전하되 마치 한 편의 극(劇)을 무대에 올리기라도 하듯 시인은 조심스럽고 차분하게 시적 진술을 이어간다. 시인은 이 같은 조심스러움과 차분함을 숨기기라도 하듯 그가 동원한 언어는 거듭 말하지만 경쾌하고 자연스럽다.

　말할 것도 없이, 이 시에서 우리가 확인하는 그 모든 시적 기획은 "자발적인 감정의 기능"만큼이나 "예술적 통제력"의 소중함을 감지하고 있는 시인에게나 가능한 것이리라. 다시 말하지만, 우리가 확인하는 바는 결코 "강력한 감정의 자발적인 분출"의 산물일 수 없다. 하지만 이렇게 말한다고 해서 시인이 의식적으로 "예술적 통제력"의 중요성에 주목하고 있을 때 그 모든 시적 기획이 가능하다는 말은 아니다. 모든 탁월한 시의 창작 과정을 지배하는 것은 시인의 의식적인 노력이 아니라 창작을 향해 열려 있는 시인의 무의식임을 우리는 잊지 말아야 할 것이다.

'심장의 황홀경' 한가운데서
—나태주의 『황홀극치』와 시의 존재 이유

1. 동심의 눈으로

　시인 나태주의 시편들을 읽는 도중 습관처럼 책상 위에 놓인 찻잔을 든
다. 찻잔을 들어 입으로 가져가다 언뜻 눈길을 주니, 어느 사이엔가 흰색
의 자기 찻잔 안에 누런 얼룩이 져 있다. 녹차를 즐기다보면 이처럼 자신
도 모르는 사이에 찻잔 안에 얼룩이 지게 마련이다. 남은 차를 얼른 마시
고는 찻잔을 들고 부엌으로 간다. 곧이어 수세미에 세제를 묻혀 찻잔 안
을 정성껏 닦은 다음 흐르는 물에 헹군다. 그리고 다시 찻잔 안을 살펴보
니 아직도 옅게 얼룩이 남아 있다. 닦고 헹구기를 다시 한번 되풀이하나
여전히 옅은 자국의 얼룩이 지워지지 않은 채 남아 있다.

　맥이 빠져, 찻잔 안의 좀처럼 지워지지 않는 얼룩을 우두커니 들여다보
며 생각에 잠긴다. 따지고 보면, 녹차 얼룩을 완전히 없애는 일이 쉽지 않
았던 것은 한두 번이 아니다. 그런데 지워지지 않는 얼룩이 평소와는 달
리 예사로워 보이지 않는다. 예사로워 보이지 않다니? 사실 예사로워 보
이지 않았을 뿐만 아니라 마음까지도 편치 않다. 무엇 때문인가. 그렇다,
찻잔 안의 얼룩이 마치 논자의 마음 안쪽 벽을 덮고 있는 삶의 얼룩 같아

보이기 때문이다. 어찌 보면, 삶이란 지우기 어려운 얼룩을 마음의 벽에 조금씩 만들어가는 과정인지도 모른다. 평소에는 생각지 않다가 어느 순간 우연히 의식하고는 부끄러움에 몸을 움츠리게 하는 얼룩을 새겨가는 과정일 수도 있겠다.

찻잔의 얼룩과 씨름하던 바로 그 순간, 무엇 때문에 그처럼 갑작스럽게 마음 안의 얼룩을 의식하게 되었던 것일까. 아마도 시인 나태주의 시 때문이었으리라. 아니, 나태주의 시 때문이었다. 이에 대해서는 기다란 설명이 필요치 않다. 다만 그의 이번 시집 맨 앞에 나오는 다음 작품을 읽는 것으로도 충분할 것이다.

강아지풀한테 가 인사를 한다
안녕!

강아지풀이 사르르
꼬리를 흔든다

너도 혼자서 노는 거니?

다시 사르르
꼬리를 흔든다.
　　　　　　　　　　　　　　　　　　—「강아지풀에게 인사」 전문

들판이든 한적한 길모퉁이든 세상 어디를 가나 눈에 띄는 잡초가 강아지 풀이다. 너무도 흔하게 눈에 띄어 정작 눈길을 끌지 못하는 풀, 꽃을 피워도 꽃을 피웠는지조차 확인하기 어려운 잡초가 강아지풀일 것이다. 다시 말해, 누구도 주목하지 않는 잡초 가운데 가장 '잡초다운' 잡초가 강아지풀이다. 그런데 시인은 강아지풀의 키만큼 눈높이와 마음높이를 낮춰 눈길과 마음을 강아지풀에게 향한다. 그리고 강아지풀에게 인사를 건넨다. 인사를 건네고는 "혼자서 노는" 것이 자신뿐만 아님을, 강아지풀도 혼자 놀고 있음을 묻고 확인한다. 다시 말해, 시인은 강아지풀에서 자신의 모습을 확인하고 자신의 모습에서 강아지풀을 확인한다.

어떤가. 동심(童心)이 있는 그대로 짚이지 않는가. 그런데 동심을 담고 있는 이 같은 시가 60대 중반의 나이에 이른 시인의 작품이다. 이처럼 동심이 가득한 눈으로 세상을 바라보는 이 시인의 정체는 무엇인가. 아마도 이런 시와 만나다보면 나태주는 '세속의 때가 묻지 않은 순수한 사람'이라는 판단에 쉽게 동의할 수도 있겠다. 정말 그럴까. 세속의 때가 묻지 않은 순수한 사람이라서, 그가 이처럼 동심이 가득 담긴 시를, 동시를 쓴다고 의식하지 않으면서도 동시와 같은 시를, 60대 중반의 나이에 이르러서도 쓰는 것일까. 그렇게 말한다면 이는 오히려 시인을 희화화하는 것이 될 수도 있다. 이 지점에서 우리는 시인이 전략적으로 이런 시를 쓰고 있다는 추론을 해볼 수도 있다. 다시 말해, 그 역시 찻잔 안에 진 녹차 얼룩에서 마음 안의 얼룩을 읽고 있는 논자만큼이나 세속의 때가 끼어 있어 이 때문에 괴로워하는 사람임에도 불구하고, 전략적으로 이런 시를 쓰고 있다는 추론을 해볼 수도 있겠다. 하지만 '전략적으로'라니? 여기서 우리는 '낯설게 하기'라는 시적 전략을 문제 삼을 수도 있을 것이다. 즉, 언어적으로든 인식론적으로든 세계를 낯설게 하는 데서, 세계를 낯설게 함으로써 무뎌진 우리의 언어 감각이나 인식 능력에 충격을 가하는 데서 시의 존재 이유를 찾는 입장에서 보면, 동심에 호소하는 것도 일종의 '낯설게 하기' 전략일 수 있다. 하지만 '전략'이라고 함은 일관되거나 체계적인 태도 또는 포스처(posture)를 숨기게 마련이고, 일관되거나 체계적이라는 바로 그 이유 때문에 결국 드러나게 마련이다. 그리고 때때로 시인은 은연중에 전략을 노출함으로써 독자의 마음을 일정한 방향으로 유도하기도 한다. 하지만 나태주의 시 세계에서는 그런 흔적이 어디에서도 확인되지 않는다. 다만 진지하고 소박한 마음으로 대상을 응시하고 있는 시인의 마음만이 짚일 따름이다. 말하자면, 동심을 드러내고 있는 시인의 마음은 무의식적인 것처럼 보인다.

그렇다면 시인 나태주에게 그처럼 전략과 관계없이 또는 무의식적으로 동심을 드러내도록 하는 것은 무엇일까. 여기서 우리는 한국 시단의 아는 사람들은 다 알고 있는 이야기를 들먹이지 않을 수 없는데, 그는 얼마 전 죽음의 문턱을 넘나드는 병고를 치렀다. 그 때문인지 몰라도 나태주의 최근 시 세계에서는 깊은 고통이 이끈 깨달음의 분위기가 감지된다. 아니, 삶을 살아가는 인간이라면 으레 가질 법한 욕심과 절망과 분노의 마음이 그의 시 세계에서는 감지되지 않는다. 지난 2009년에 출간한 시집인 『너도 그렇다』(종려나무)가 이미 증거하고 있듯, 그의 최근 시 세계에서는 죽음에 이르는 고통을 체험한 사람들이 삶과 죽음을 향해 지니고 있을 법한 따뜻하고 정겨운, 정겹고도 맑은 이해의 눈길이 확인된다. 행여 그런 연유로 그의 시 세계가 동심의 세계와 더욱 가까워진 것은 아닌지? 그리고 그처럼 그의 마음이 욕심과 절망과 분노를 초극한 동심의 세계로 다가가 있기 때문에 그의 시를 접하는 사람들에게 굳어지고 무디어진 마음을 일깨우는 강력한 자극제가 되고 있는 것은 아닐지?

나태주의 시 세계가 찻잔의 얼룩마저도 예민하게 의식하도록 논자의 마음을 자극했던 것은 그 때문인지도 모르겠다. 어쩌면 나태주의 『황홀극치』(지식산업사, 2012)에 담긴 작품 세계가 논자를 불편케 했고, 그 때문에 한동안 논자가 그의 시 세계를 객관적 눈으로 살펴보지 못했던 것은 그 때문인지도 모른다. 시론을 쓰면서 이번 경우처럼 글쓰기가 어렵게 느껴졌던 적은 많지 않았다. 그럼에도 불구하고, 몇 마디 사족과도 같은 글을 그의 시집에 덧붙인다. 그렇게 하는 논자의 마음은 실로 참담하다. 할 말이 없기 때문에 참담한 것이 아니라, 해야 할 이야기가 무엇인지 모르기 때문에 참담하다. 그럼에도 불구하고, "혼자서 노는" 강아지풀처럼 논자는 나태주의 시를 읽고 "다시 사르르/ 꼬리를 흔"드는 마음으로 지금의 글쓰기를 계속하기로 한다.

2. '황홀극치'의 사적 경지를 향하여

언제나 그러하듯, 나태주의 시 세계에서 우리가 무엇보다 자주 만나는 것은 주변의 보잘것없는 사물들이다. 앞서 언급한 「강아지풀에게 인사」가 하나의 실례가 될 수 있듯, 시인은 언제나 눈높이와 마음높이를 낮춘 채 사람들이 좀처럼 눈여겨보지 않는 주변의 사물에게 세심하고 정성스런 눈길과 마음을 보낸다. 그리고 이 과정에 적지 않은 사물이 새롭고 깊은 의미에 감싸여 환하게 빛을 발한다. 어찌 보면, 나태주의 시선과 언어는 신데렐라에 등장하는 요정의 마술 지팡이와도 같이 사소한 것을 황홀한 그 무엇으로 변모케 하는 역할을 한다고도 할 수 있다. 이와 관련하여 우리가 이번 시집에서 특히 주목하고자 하는 작품은 「넝쿨손」이다.

저 하늘 저 들판이
마지막으로 바라보는 풍경이라면!
저 새소리 물소리 풀벌레소리
마지막으로 듣는 세상의 음성이라면!

아, 지금 웃고 있는 너의 얼굴이
세상에서 마지막으로 보는
사랑하는 사람의 얼굴이라면!

높은 담장 꼭대기까지
더듬어 올라간 나팔꽃 줄기 끝

허공을 향하여 바르르 떨고 있는

넝쿨손을 나는 지금 보고 있다.

—「넝쿨손」 전문

모두 세 연으로 구성된 이 시의 첫째 연과 둘째 연은 가정(假定)의 표현을 담고 있다. 즉, "풍경"과 "음성"과 "얼굴"이 "나"에게 "마지막"일 경우를 가정한다. 문제는 "-이라면"이라는 표현이 암시하듯 이는 현재적 상황에 대한 가정이라는 점이다. 이처럼 첫 두 연이 현재적 상황에 대한 가정을 담고 있다는 점은 시인이 전달하고자 하는 시적 메시지와 관련하여 대단히 중요한 역할을 하는 것으로 판단되는데, 이는 '-이라면'을 '-이었다면'으로 바꿔놓는 경우 쉽게 확인될 수 있을 것이다. 만일 문제의 표현들이 '-이라면'이 아니라 '-이었다면'으로 끝났다면, '그럴 수도 있었는데 그렇지 않았다'로 읽힐 것이다. 말하자면, 죽음의 문턱까지 갔으나 회복하여 "풍경"과 "음성"과 "얼굴"을 '여전히 보고 듣고 느끼게 되었다'의 의미를 담는 것으로 읽힐 수 있다. 자연스럽게 셋째 연은 살아보고 듣고 느낄 수 있기에 "나팔꽃 줄기 끝"의 "넝쿨손을 나는 지금 보고 있다"로 읽힌다. 즉, '살아 있지 않았다면 볼 수 없었던 나팔꽃 줄기 끝의 넝쿨손을 내가 지금 보고 있다'가 이 시가 전하는 메시지가 되었을 것이다. 다소 싱겁게 느껴지지 않는가.

하지만 "-이라면"은 전혀 다른 방향으로 이 시에 대한 작품 읽기를 가능케 한다. 즉, 현재의 상황을 "마지막"일 수 있는 경우를 가정함으로써, 이 시의 첫 두 연은 '현재의 상황이 뜻하지 않게 바뀐다면 어쩔 것인가'의 의미를 담게 된다. 말하자면, 두 연은 시인 자신에게든 독자에게든 던지는 강력한 물음이 되고 있으며, 셋째 연은 그 물음에 대한 시인의 답변일 수 있다. 즉, 물음에 대한 답변을 대신하는 것이 "허공을 향하여 바르르 떨고 있는/ 넝쿨손을 나는 지금 보고 있다"일 수 있다. 또는 "허공을 향하여 바르르 떨고 있는/ 넝쿨손"에서 답을 찾으라는 암시의 눈길을 담고 있는 것이 셋째 연일 수 있다. 어찌 보면, 마지막으로 단 한 번이라도 "담장"을 넘어서서 "저 하늘 저 들판"을 보고 "저 새소리 물소리 풀벌레소리"를 듣는 동시에 "지금 웃고 있는 너의 얼굴"—넝쿨손의 입장에서 보면 시인의 얼굴—을 보고자 하는 시인의 의지를 담고 있는 것이 "나팔꽃 줄기 끝"의 "넝쿨손"일 수 있다. 결국 이는 곧 생명을 향한 시인의 줄기찬 의지가 투사된 넝쿨손인 것이다. 다시 말해, "허공을 향하여 바르르 떨고 있는" "나팔꽃 줄기 끝"의 "넝쿨손"은 한낱 관찰 가능한 수많은 자연 현상 가운데 하나로 머물지 않고 생명을 향한 시인—또한 시인을 포함한 살아 있는 모든 생명체—의 염원을 담은 그 무엇인 것이다. 일찍이 윌리엄 블레이크(William Blake)가 「순수의 전조」("Auguries of Innocence")라는 시에서 "한 알의 모래에서 세계를 보고/ 한 송이 들꽃에서 천국을 보는 것,/ 그대 손바닥 안에 무한을 쥐고/ 한순간에 영원을 잡는 것"[1]에 대해 노래하듯, 시인은 "나팔꽃 줄기 끝"의 "넝쿨손"에서 온 생명의 떨림과 숨결을 보고 있는 것이다.

물론 "마지막"의 상황을 현재적 가정에 담아 이야기하는 일은 누구에게나 가능한 것이 아니다. 오로지 죽음 앞에서 경건할 수 있었던 사람, 또는 죽음 직전까지 갔다가 기적적으로 살아 돌아온 사람에게나 가능한 것인지도 모른다. 나태주의 「넝쿨손」이 각별히 소중하게 느껴지는 것은 이 때문이다.

「넝쿨손」과 관련하여 우리가 하나 더 생각해보아야 할 것은 현재적 가정을 담은 첫째 연과 둘째 연 사이의 연 나눔이 굳이 필요한 것인가의 문제다. 이와 관련하여 우리는 첫째 연의 가정이 포괄적인 자연의 세계와

---

1) "To see a world in a grain of sand/ And a heaven in a wild flower,/ Hold infinity in the palm of your hand/ And eternity in an hour." 윌리엄 블레이크의 시 「순수의 전조」("Auguries of Innocence")의 제1-4행으로, 번역은 논자의 것임.

관련된 것이라면 둘째 연은 일종의 전환점 역할을 한다는 점에 유의해야 할 것이다. 다시 말해, 둘째 연의 "지금 웃고 있는 너의 얼굴"은 첫째 연에서 담을 수 없는 어느 한 구체적인 대상을 떠올리게 한다. 그것이 담장을 넘은 "넝쿨손"이 보게 된 시인의 얼굴이든 또는 "넝쿨손"이 담장을 넘음으로써 그와 함께 비로소 시인에게 그 모습을 드러낸 한 송이 "나팔꽃"이든 관계없이, 이 시의 둘째 연은 첫째 연에 제시된 막연한 세계가 의지를 지닌 구체적인 하나의 사물 또는 의식의 주체로 바뀌는 극적인 순간을 암시하기 위한 것일 수 있다. 따라서 연 나눔은 지극히 자연스럽고 당연한 것일 수 있다.

길지 않은 지면에 우리가 반드시 검토하고 넘어가야 할 또 한 편의 시가 있다면 이는 「황홀」이다. 이 시 역시 아무도 주목하지 않을 우리 주변의 보잘것없는 대상 또는 자연 현상이 시적 소재가 되고 있다. 하지만 시인의 시선과 언어를 통해 더할 수 없이 미묘한 의미의 세계로 우리를 이끈다.

시시각각 물이 말라 좋아붙는 웅덩이를
본 일이 있을 것이다
오직 웅덩이를 천국으로 알고 살아가던
송사리 몇 마리
파닥파닥 튀어오르다가 뒤채다가
끝내는 잠잠해지는 몸짓
송사리 엷은 비늘에 어리어 파랗게
무지개를 세우던 햇빛, 그 황홀.

—「황홀」 전문

날이 가문 여름날 한적한 시골길을 따라가다보면 아마도 눈에 띄는 것이

"시시각각 물이 말라 졸아붙는 웅덩이"일 것이다. 시인의 시선은 그 웅덩이에서 몸을 뒤척이는 "송사리 몇 마리"에게 향한다. 그것도 "파닥파닥 튀어오르다가 뒤채다가/ 끝내는 잠잠해지는 몸짓"을 관찰할 때까지 아주 오랜 시간을. 말하자면, 시인의 눈길은 그냥 스쳐 지나가는 그런 것이 아니다. 사물을 향해 보내는 시인의 시선이 얼마나 정성스러운 것인가를 여기서 확인할 수 있지 않을까. "한 알의 모래에서 세계를 보고/ 한 송이 들꽃에서 천국을 보는 것,/ 그대 손바닥 안에 무한을 쥐고/ 한순간에 영원을 잡는 것"은 이처럼 지극한 정성이 담긴 눈길을 통해서가 아니고서는 쉽지 않은 일이리라.

아무튼, 시인이 보기에 송사리에게 웅덩이는 세상 그 자체다. 시인의 표현에 의하면, "천국으로 알고 살아가던" 곳이다. 그런데 이 "천국"이 "시시각각" 변하고 있는 것이다. 천국이 지옥으로 변하고 있는 것일 수도 있겠다. 문제는 천국이 시시각각 지옥으로 변할 수 있음을, 또한 변하고 있음을 천국에 살던 생명체는 모른다는 점이다. 마치 비가 오는 동안 한길 바닥으로 나왔다가 습기를 빼앗는 태양의 뜨거운 열기에 영문도 모른 채 온몸을 비틀며 죽어가는 지렁이처럼. 어디 송사리나 지렁이뿐일까. 저 높은 곳에 절대자가 있어 지상을 내려다본다면 그가 보기에 인간 역시 마찬가지 아닐까. 그런 점에서 세계는 우리에게 송사리의 웅덩이와 같은 곳은 아닐지? 사실 우리가 살아가는 세계는 우리의 지력(知力)이 미치는 한 우주 어디에서도 찾을 수 없는 이상적인 생태 환경이라는 점에서 이른바 "천국"일 수도 있겠다. 바로 이 "천국"에서 살아가는 인간은 기껏해야 웅덩이 안에서 "파닥파닥 튀어오르다가 뒤채다가/ 끝내는 잠잠해지는" 송사리와 같은 존재 아닐까. 이런 의미에서 「황홀」은 단순한 자연 현상에 대한 관찰의 시가 아니라 우리 자신의 삶을 되돌아보게 하는 성찰의 시일 수 있다.

물론 이것으로 「황홀」에 대한 읽기가 끝날 수 없는데, "송사리 엷은 비늘에 어리어 파랗게/ 무지개를 세우던 햇빛, 그 황홀"이라는 수수께끼 같은 구절에 대한 해명이 필요하기 때문이다. 일차적으로 이는 '죽은 또는 죽기 직전의 송사리의 몸에 햇빛이 반사되어 무지개가 섰고, 그 무지개가 황홀할 정도로 아름다웠다'의 의미를 갖는 것으로 이해할 수 있다. 하지만 아무리 미물이라고 하더라도 송사리는 처절한 몸부림 끝에 죽음을 맞이한 또는 이제 죽음 앞에 선 생명체다. 그런 생명체 앞에서 무지개의 황홀함이나 이야기할 만큼 시인은 무심한 사람일까. "강아지풀"에게까지 인사를 하던 시인이라면 그럴 수는 없다. 여기서 우리는 시인이 보고 있는 것은 물리적 현상이 아니라 한 생명의 죽음이 갖는 우주적 의미일 수 있다는 추론을 해볼 수도 있다. 세상이라는 공간에서든 웅덩이라는 공간에서든 하나의 생명체는 영원할 수 없다. 아니, 어찌 보면 죽음을 통해 새로 태어난 생명에게 자리를 내줌으로써 영원해지는 것이 다름 아닌 생명일 수 있다. 일찍이 타고르가 설파했듯, "마침내 삶을 완성하는 이"가 "죽음"일 수 있으며, 삶과 죽음이란 엄마의 젖을 빨고 있는 아기에게 엄마의 "오른쪽 젖가슴"과 "왼쪽 젖가슴"과도 같은 것일 수 있다.[2] 이 같은 마음가짐이 아니라면 어찌 "송사리 엷은 비늘에 어리어 파랗게/ 무지개를 세우던 햇빛"에서 "황홀"을 느낄 수 있겠는가. 타고르가 자기 부인과 자식들의 연이은 죽음을 겪으면서 죽음에 대한 긍정의 마음에 이르렀던 것처럼, 시인 나태주는 깊은 병고를 치르는 과정에서 얻은 것이 그와 같은 죽음을 향한 긍정의 마음이 아니었을까.

일찍이 제임스 조이스(James Joyce)는 그의 자전적 소설 『젊은 예술가의 초상』에서 친구에게 이렇게 말한 적이 있다. "예술가의 상상력 안에서 심미적 이미지가 처음 잉태되는 순간 예술가는 바로 이 지고의 본질을 감지하게 되지. 바로 이 신비로운 순간을 체험하고 있는 예술가의 마음

---

2) 라빈드라나트 타고르, 장경렬 역, 『기탄잘리』(열린책들, 2010), 제91번, 제95번 시 참조.

을 셸리는 아름답게도 가물가물 꺼져가는 석탄불에 아름답게 비유한 적이 있어. 아름다움이 지닌 지고의 본질—말하자면, 심미적 이미지가 발하는 선명한 광채—이 어느 한 예술가의 정신에 의해, 그것도 아름다움의 총체성에 사로잡혀 있고 그 아름다움의 조화로움에 매혹되어 있는 예술가의 정신에 의해 환하게 이해되는 바로 그 순간, 그가 체험하는 것은 심미적 쾌감으로 충만해 있는 환하고도 고요한 정지 상태라고 해야 할 거야. 또는 이탈리아의 생리학자 루이지 갈바니가 셸리의 표현 못지않게 아름다운 표현을 동원하여 심장의 황홀경이라고 부른 생리학적 상태와 매우 유사한 영적 정지 상태라고 할 수 있을 거야."[3] 혹시, 셸리의 "석탄불" 또는 우리가 흔히 경험하는 촛불과도 같이, 가물가물 꺼져가다가 마지막 순간에 환하게 빛을 발하는 생명의 신비를 시인은 "송사리"에서 본 것은 아닌지? 그런 의미에서 시인 나태주가 보고 있는 것은 육체의 눈을 통해 본 자연 현상만이 아닐 것이다. 이는 시인이 상상력을 통해 보고 있는 꺼져가는 생명의 마지막 환한 빛인지도 모른다. 바로 그런 의미에서 그가 "시시각각 물이 말라 졸아붙는 웅덩이"를 보면서 느끼는 것은 조이스가 말하는 '심장의 황홀경'일 수도 있으리라. 아니, "시시각각 물이 말라 졸아붙는 웅덩이"를 응시하고 있는 시인이 시적 언어를 통해 전하는 바를 감지하는 가운데 우리가 느끼는 것이 다름 아닌 '심장의 황홀경'이 아닐지?

'황홀'은 과연 어떤 정신 상태를 말하는 것일까. 이에 대한 사전적 정의는 "눈이 부시어 어릿어릿할 정도로 찬란하거나 화려함, 어떤 사물에 마음이나 시선이 혹하여 달뜸, 미묘하여 헤아려 알기 어려움, 흐릿하여 분명하지 아니함"[4]으로 되어 있다. 이처럼 무미건조한 정의를 통해 '황홀'

---

3) 제임스 조이스, 장경렬 역, 『젊은 예술가의 초상』(시공사, 2012), 399-400쪽.

4) 국립국어원 인터넷 표준국어대사전 참조. http://stdweb2.korean.go.kr/search/List_dic.jsp.

이 뜻하는 바가 감지되는지? 우리가 나태주의 이번 시집의 제목 역할을 하고 있기도 한 작품인 「황홀극치」를 주목하고자 함은 '황홀'에 대한 살아 있는 의미를 찾기 위해서다.

> 황홀, 눈부심
> 좋아서 어쩔 줄 몰라 함
> 좋아서 까무러칠 것 같음
> 어쨌든 좋아서 죽겠음
>
> 해 뜨는 것이 황홀이고
> 해 지는 것이 황홀이고
> 새 우는 것 꽃 피는 것 황홀이고
> 강물이 꼬리를 흔들며 바다에
> 이르는 것 황홀이다
>
> 그렇지, 무엇보다
> 바다 울렁임, 일파만파, 그곳의 노을,
> 빠져 죽어버리고 싶은 충동이 황홀이다
>
> 아니다, 내 앞에
> 웃고 있는 네가 황홀, 황홀의 극치다.
>
> 도대체 너는 어디서 온 거냐?
> 어떻게 온 거냐?
> 왜 온 거냐?
>
> ―「황홀극치」 전문

그렇다. '황홀'은 "눈부심"이요, "좋아서 어쩔 줄 몰라 함"이요, "좋아서 까무러칠 것 같음"이요, "어쨌든 좋아서 죽겠음"이다. 하지만 이 모든 정의에서 핵심을 이루는 것은 '어쨌든'이라는 말로, 이 말이 암시하듯 '황홀'은 논리든, 이성이든, 오성이든, 지각이든, 분별력이든, 모든 것을 초월한 그 무엇이다. 이어서 시인은 둘째 연과 셋째 연을 통해 땅과 바다에서 시인을 황홀케 하는 대상들이 무엇인가를 차례로 밝히고 있다. 어찌 보면, 자연 그 자체가 시인을 황홀케 하는 대상이라고 할 수 있다. 문제는 여기서 암시되는 자연 예찬은 루소(Jean-Jacques Rousseau) 이후 모든 낭만주의자들 공통의 것이라는 점, 따라서 하나도 새로울 것이 없다는 데 있다. 인간의 문명화 과정은 자연과 멀어지는 과정이고 자연을 오염시키고 탈(脫)신성화하는 과정이라는 가설에 준거하여 세워진 '문명을 벗어나 자연으로 돌아가야 한다'는 논리 또는 주장은 일견 타당하고 설득력이 있는 것으로 보이기도 하지만, 이는 일종의 문화적 원시주의(原始主義, primitivism)를 드러내는 지극히 소박한 발상일 수 있다. 인간은 논리적으로든, 언어적으로든, 현실적으로든, 결코 원시의 자연으로 돌아갈 수 없기 때문이다. 이런 관점에서 볼 때 만일 「황홀극치」가 셋째 연으로 끝난 시였다면, 또는 첫째 연에서 셋째 연에 담긴 내용을 담는 선에서 마무리된 시였다면, 이는 '황홀'에 대한 살아 숨 쉬는 정의에도 불구하고 별다른 시적 의미는 지니지 못하는 작품이 되었을 것이다.

시인이 넷째 연에서 앞의 모든 진술을 부정함은 이런 의미에서 각별한 의미를 갖는다. 어찌 보면, 기승전결(起承轉結)의 시적 전개 과정에서 '전'의 역할을 하는 것이 넷째 연으로, 앞의 연들은 진정으로 황홀한 대상이 얼마나 황홀한지를 강조하기 위해 동원된 일종의 수사적 보조 장치의 역할을 할 뿐이다. 문제는 모든 황홀한 대상이 발하는 '황홀'이라는 빛을 퇴색게 하는 "내 앞에/ 웃고 있는" "너"—다시 말해, 인격체로 표현된 "너"—가 과연 누구인가 또는 무엇인가다. 하지만 시인은 이에 대해 말이 없다. 이 시의 다섯째 연에서 답을 찾으려 하는 사람도 있을 수 있겠으나, 답은 어디에도 준비되어 있지 않다.

이 지점에서 우리는 우선 가장 손쉬운 추론을 할 수도 있다. 즉, "너"는 시인 주변의 어느 한 특정한 인격체를 지칭하는 것일 수 있다고 추론해 볼 수 있다. 하지만 이처럼 어느 한 특정한 인격체가 바로 "너"라면 우리의 논의는 여기서 중단될 수밖에 없다. 물론 그 모든 황홀의 경지를 부정케 할 만큼 대단한 어느 한 존재가 시인에게 있다면 이는 호기심의 대상이 될 수는 있다. 하지만 시를 읽고자 하는 우리의 관심사는 될 수 없고, 따라서 우리는 이 시를 '황홀'에 대한 살아 있는 정의를 내려준 작품으로 이해하는 선에서 만족해야 할 수도 있다. 왜냐하면 시 읽기란 말 그대로 시 읽기일 뿐, 시를 창작한 시인의 사적 생활을 캐고 드는 일이 아니기 때문이다. 게다가 이 시의 "너"는 특정한 어느 한 인격체를 지칭하는 것일 수도 있음을 부정하기 어려울 만큼 아무것도 우리에게 전하고 있지 않기 때문이다.

하지만 우리에게 아무것도 이야기하고 있지 않다는 바로 그 사실 때문에 이 시는 일종의 '열린 텍스트'(open text)가 되고 있으며, 그 때문에 우리의 시 읽기는 여기서 멈출 수 없다. 아니, 바로 이 지점에서 이 작품에 대한 읽기를 새로운 각도에서 시도할 수 있거니와, 만일 "너"가 시인이 일생을 거쳐 사랑하고 추구해온 그 무엇이라는 관점에서 이 시를 읽는다면 어떨까. 시인이 '일생을 거쳐 사랑하고 추구해온 그 무엇'이라니? 그게 뭘까. 논자의 무딘 상상력의 지평(地平)에 언뜻 떠오르는 것은 '시' 또는 '시적 상상력'이다. 다시 말해, 「황홀극치」에 등장하는 암시적 대상은 '시' 또는 '시적 상상력'으로 볼 수 있지도 않을지? 시인이 황홀해하는 대상이 시 또는 시적 상상력이라면, 이 시는 전혀 다른 차원의 시 읽기를 가능케 한다. 조이스의 '황홀경'에 대한 진술을 우리는 시인의 세계 이해와 관련해서 계속할 수도 있다는 점에서 그러하다.

바로 이 지점에서 우리의 시 읽기는 어느 한 특정한 작품에 '억지로' 의미를 부여하려는 자의적(恣意的)인 것이라는 비판이 따를 수도 있으리라. 다시 말해, 억지로 의미를 부여하고 미화하려는 못된 일부 평론적 글쓰기의 악습이 발동된 것이라고 하여 우리의 시 읽기를 비판하는 사람도 있을 수 있다. 이에 대해 우리는 우리의 시 읽기가 결코 자의적인 것이 아님을 증명하기 위해 또 한 편의 시에 눈길을 보내지 않을 수 없으니, 이는 바로 「장락무극」이다.

> 가는 봄날이 아쉬워
> 짧은 봄날이 야속해
> 새들은 슬픈 소리로 노래하고
> 꽃들은 아리따운 그림자를 길게
> 땅바닥에 드리우지만
>
> 다만 어리석은 사람은
> 늙은 매화나무 가지를 그리고
> 그 위에 어렵사리 움튼 몇 송이
> 매화꽃을 그려서 벽에다 건다
>
> 피지도 않고 지지도 않는 매화꽃을
> 피어서 향기로운
> 매화꽃이라 우기면서
> 찌는 여름 추운 겨울을
> 오래 오래 견디며 산다.
>
> —「장락무극」 전문

장락무극(長樂無極)은 '오랜 즐거움이 끝이 없다' 정도로 풀이될 수 있는 한자말로, 전통적으로 봄을 맞이하여 대문 기둥이나 대들보 등에 써 붙이는 이른바 입춘방(立春榜)에 자주 등장하던 상서로운 의미를 지닌 말들 가운데 하나다. 오랜 즐거움이 끝이 없기를 기원하는 마음이 담긴 이 말을 시의 제목으로 삼고 있는 시인이 희망하는 '끝이 없는 오랜 즐거움'은 어떤 것일까. 이 물음에 대한 답에 앞서 우선 시의 내용을 살펴보기로 하자. 모두 세 연으로 구성된 이 시의 시간적 배경은 "가는 봄날" 또는 "짧은 봄날"이다. 겨울이 가고 봄이 찾아와 즐거워하기도 잠깐, 어느새 봄날은 간다. 봄날은 영원하지 않다. 시인이 보기에, 이렇게 가는 짧은 봄날이 아쉽고도 야속하여 "새들은 슬픈 소리로 노래하고/ 꽃들은 아리따운 그림자를 길게/ 땅바닥에 드리"운다. 하지만 사람들은? 사람들은 "늙은 매화나무 가지"와 "그 위에 어렵사리 움튼 몇 송이/ 매화꽃"을 "그려서 벽에다 건다." 어떤 의미에서 보면, 봄날이 무상하듯, 새들의 노래도, 꽃들의 그림자도 무상하기는 마찬가지다. 바로 새들의 노래와 꽃들의 그림자가 피할 수 없는 이 무상함을 뛰어넘으려는 듯, 아니, 가는 봄날을 영원 속에 붙잡아두려는 듯, 인간은 봄날을 한 폭의 그림에 담는다. 앞서 인용한 블레이크의 시 구절에서처럼, "그대 손바닥 안에 무한을 쥐고/ 한 순간에 영원을 잡"으려 한다. 하지만 그렇게 해서 붙잡아놓은 봄날은 영원한 것일까. 그것은 박제된 봄날일 뿐 영원한 봄날일 수 없다. 그렇기에 영원할 수 없는 봄날을 그림에 붙잡아 영원케 하려는 사람은 "어리석은 사람"일 수밖에 없다.

화가가 그림을 통해 영원을 붙잡으려 하는 예술가라면, 시인은 언어를 통해 영원을 붙잡으려 하는 예술가일 수 있다. 그런 관점에서 볼 때, 화가뿐만 아니라 시인도 "가는 봄날"을 영원 속에 붙잡아 가두려 하는 "어리석은 사람"이다. 시인은 이 시의 셋째 연에서 바로 이 "어리석은 사람"이 살아가는 일견 '어리석어' 보이는 삶의 모습을 계속 추적한다. "어리석은 사람"은 "피지도 않고 지지도 않는 매화꽃을/ 피어서 향기로운/ 매화꽃이라 우기면서/ 찌는 여름 추운 겨울을/ 오래 오래 견디며 산다." 말할 것도 없이, 그림 속에 가둬놓은 봄은 박제된 봄일 뿐이기에, 꽃은 피지도 지지도 않고 향기를 발하지도 않는다. 그럼에도 불구하고, "어리석은 사람"은 꽃이 피었다 지고 향기가 나온다는 환상을 고집하며, "찌는 여름 추운 겨울을/ 오래 오래 견디며 산다." 이런 맥락에서 볼 때, "오래 오래 견디며" 그러한 환상을 즐기는 것이 "어리석은 사람"들—말하자면, 화가와 시인—이 찾는 '끝이 없는 오랜 즐거움'일 수 있겠다.

어찌 보면, 시인은 '어리석다'라든가 '우기다'와 같은 표현을 사용함으로써 「장락무극」에서 자신의 시 쓰기 행위 자체에 대한 자조적인 반성을 시도하고 있는 것처럼 보이기도 한다. 하지만 이렇게 보는 것은 지극히 피상적인 시 읽기일 수 있거니와, 우리는 제목의 무게를 고려하지 않을 수 없기 때문이다. "장락무극"이라는 말은 현상을 지시하기보다 일종의 소망을 지시하는 것으로, 여기에는 말하는 사람의 성심(誠心)이 담기게 마련이다. 바로 그런 관점에서 볼 때, 제목의 무게로 인해 "오래 오래 견디며 산다"는 시 구절은 '오래 오래 견디며 살 수 있기를' 바라는 기원(祈願)의 뜻을 담은 것이 될 수도 있다. 다시 말해, 비록 남의 눈에는 '어리석게' 보이고 '우기는 것'처럼 보일지라도 시인이 시인으로서 자신의 존재 이유는 시적 형상화라는 작업—즉, 아무리 어리석고 서툴러 보이더라도 무상한 것을 예술적 형성화를 통해 영원한 것으로 만들고자 하는 시도—에 있음을, 따라서 "찌는 여름 추운 겨울"과 같은 그 어떤 세상의 조소라도 "오래 오래 견디며" 살아갈 수 있기를 바라는 소망을 담은 시가 다름 아닌 「장락무극」일 수 있다.

정녕코, 비록 헛되고 어리석은 몸짓이라고 해도, 예술가는 영원을 붙잡으려는 몸짓을 포기할 수 없다. 이를 포기함은 곧 '끝이 없는 오랜 즐거움'에 대한 탐구 자체를 포기하는 것이 되고, 따라서 예술가 자신의 존재 이유를 상실하는 것이 되기 때문이다. 그런 의미에서 예술 행위란 어리석은 몸짓일 수도 있지만 이와 동시에 비극적 영웅의 몸짓일 수도 있다. 문학사와 철학이 말해주고 있듯, 죽음과 파멸을 예견하면서도 매혹적인 탐구의 대상 앞에서 뒷걸음치지 않는 자가 바로 비극적 영웅으로서의 시인이다. 그런 의미에서 볼 때 시인은 죽음을 향해 다가가는 불나방과도 같은 존재, 파멸을 감지하면서도 여전히 매혹된 불을 향해 다가가는 존재인지도 모른다. 실로 그렇기 때문에 어리석은 것이고, 어리석기 때문에 영웅적인 것이 시인의 시 쓰기일 수 있다. 불을 향해 불나방이 죽음을 무릅쓰고 덤벼들듯, 시간을 초월하여 존재하는 미적 공간이라는 황홀한 불빛에 매혹된 시인이라는 "어리석은 사람"은 죽기를 무릅쓰고 그 불빛을 향해 질주하지 않을 수 없다. 요컨대, 황홀경이 있기에, '어리석다'는 세간의 조소에도 불구하고, '엉뚱한 것을 우긴다'는 세간의 비난에도 불구하고, 시인은 시 쓰기를 멈출 수 없다. 시를 쓰는 시인에게 "황홀극치"의 경지는 그렇게 해서 가능한 것이리라. 「황홀극치」에 대한 시 읽기는 바로 이런 방향에서 이루어질 수도 있는 것이다.

3. 논의를 마무리하며

할 말이 없기 때문에 참담한 것이 아니라, 해야 할 이야기가 무엇인지 모르기 때문에 참담하다는 느낌! 사실 지난 몇 달 동안 나태주의 시와 만나면서 논자의 마음을 지배했던 것은 바로 이런 느낌이었다. 이제 글을 마무리해야 할 시간이 되어 논자는 논의 과정에 주목하지 못한 아름다운 시들을 다시 읽는다. 자연을 소재로 한 시가 아니라 인간의 삶을 소재로 한 시들 가운데 특히 논자의 마음을 끌었던 작품들이 손짓을 하는 듯도 하다. 시장 허름한 음식점에서 팔리는 '잔치 국수라는 이름의 국수'와 실제로 '잔치자리에서 베풀어지는 국수' 사이에 존재하는 묘한 긴장감을 통해 삶 자체를 되돌아보게 하는 「잔치 국수」 시편들, 꿈과 현실 사이의 막연한 경계에 서 있는 시인의 마음을 전하는 「꿈」 시편들, 인간과 자연 사이의 거리에 대한 깊은 명상을 드러내고 있는 「매화꽃 봄바람」, 그리고 무엇보다 우리의 삶과 사랑과 죽음과 슬픔을 너무도 생생하게 보여주는 「하염없이」—이 모든 시들을 다시 읽지만, 이와 관련하여 하고 싶었던 이야기들은 침묵 속에 묻어두기로 하자. 하기야 이들 작품은 저절로 자신의 존재 이유를 말할 것이기에 그 어떤 논의도 췌사(贅辭)가 될 수 있으리라.

그럼에도 불구하고 논자는 이 자리에서 적어도 다음의 시만은 짚고 넘어가고자 한다. 사실 나태주의 이번 시집을 읽으면서 논자에게 '마음 안의 얼룩'을 의식게 하고, 이로 인해 논자의 마음을 편치 않게 함으로써 글쓰기를 더욱 힘들게 했던 작품이 있었다면, 이는 바로 「노을 잔치」다.

外갓집은 마을에서도 높은 언덕
서쪽 하늘로 열려 있었다
날마다 저녁이면 지는 해가 좋아
길고 긴 노을잔치였다

외할머니는 서쪽 하늘 산 너머 바다가 있어
그리로 해가 기우는 거라고 말씀하시곤 했다
나는 바닷물로 떨어지는 커다랗고 붉은 해를 그리며
이글이글 끓어오르는 바닷물을 상상하곤 했다

외할머니 세상 뜨신 후로는
외할머니 또한 그 서쪽 하늘로 옮겨가 사시면서
해 지는 시각이면 이승으로 쪽문을 열고
아직도 세상살이 철부지인 손자를
걱정스레 내려다보시겠거니 생각한다

할머니, 쪼끔만 더 거기 기다려주세요.

—「노을 잔치」 전문

이 시를 읽으면서 논자는 외할머니와 함께 살던 어린 시절을 떠올렸다. 시인에게 "이글이글 끓어오르는 바닷물을 상상"하게 했던 외할머니와 같은 외할머니가 논자에게도 있었던 것이다. 논자는 초등학교에 가기 1년 전까지 여러 해를 충청도 서산에 있는 외가댁에서 보냈는데, 그 당시 외할머니는 세상의 신비에 대해 이러저러한 이야기를 들려주시곤 했다. 외할머니가 충청도 서산의 바닷가에서 보았다는, 아기를 업고 있는 인어 이야기라든가 나나니벌이 알을 낳고 알을 향해 계속 '날 닮아라'고 주문(呪文)을 외우기 때문에 나나니벌의 새끼는 나나니벌이 된다는 이야기가 아직도 논자의 기억에 남아 있다. 시인이 "바닷물로 떨어지는 커다랗고 붉은 해를 그리며 / 이글이글 끓어오르는 바닷물을 상상하곤" 했듯, 논자도 사람들 틈에 끼어 호기심 어린 눈길을 보내고 있는 논자의 젊은 시절 외할머니 앞에서 온몸에 비늘이 덮인 인어가 아기를 업고 몸 둘 바를 몰라 하는 모습을, 날 닮으라는 주문에 홀려 엄마 나나니벌과 똑같이 생긴 아기 나나니벌이 벌집에서 기어나는 모습을 상상하기도 했다. 시인은 이처럼 논자에게 어린 시절을 떠올리게 했을 뿐만 아니라, 그때와 마찬가지로 지금도 "세상살이 철부지인 손자"를 걱정하고 계실 법한 외할머니의 모습을 떠올리게 했다. 그런 외할머니의 모습을 생각하노라니 영 마음이 편치 않았다. 비록 "아직도 세상살이 철부지"이긴 하나, 인어와 나나니벌의 모습을 상상하던 어린아이의 순수함은 잃은 지 오래기 때문이다. 벗겨지지 않는 마음의 때에 찌들어 추레해진 논자의 모습을 바라봐야 하는 이 참담함이란!

하지만 논자도 시인처럼 "할머니, 쪼끔만 더 거기 기다려주세요"라고 말할 수 있을까. 논자에게는 아직 아무런 준비가 되어 있지 않다. 준비가 되어 있지 않은 것이 논자의 마음이기에, 어쩌면 시인이 너무도 편안하게 던지는 "할머니, 쪼끔만 더 거기 기다려주세요"라는 말이 불편한 마음을 더욱 불편하게 했는지도 모른다. 하지만 읽는 이의 마음을 불편하게 하지 않는다면 그것이 어찌 시다운 시일 수 있겠는가.

　지리멸렬하고 상투적인 몸짓들과 마음씀씀이로 가득한 이 산문적인 세상, 각질로 뒤덮여 있어 무언가를 보고 느끼고 싶어도 제대로 보고 느낄 수 없을 만큼 무디어진 마음의 눈, 그리고 그런 마음의 눈을 더욱 피곤하게 하는 하찮은 냉소와 불평으로 가득한 이 세상의 글과 시들, 이 모든 것이 논자가 파악하는 논자와 논자 주변의 문제점만은 아니리라. 만일 논자와 비슷한 처지에 있는 사람이라면, 누구라도 한번쯤은 나태주의 이번 시집에 눈길을 주기를! 그리고 허망하고 요원할 수도 있으나 그럼에도 불구하고 포기할 수 없는 '장락무극'을 향한 시인들의 꿈에 대해 한번쯤 깊이 생각해보기를!

시선의 이쪽과 저쪽 사이에서

— 이정주의 「홍등」과 김기택의 「껌」에서 읽히는 시선의 차이

1. 시적 관찰과 재현의 두 유형

대상에 대한 엄정한 관찰에는 무엇보다 형이상학적 거리가 요구된다. 거리가 상실되면 관찰 자체가 불가능할 수 있기 때문이다. 하지만 관찰하고자 하는 대상이 너무도 친숙한 것일 경우 형이상학적 거리를 확보하기란 쉽지 않다. 예컨대 우리 주변에 너무도 흔하게 눈에 띄는 대상에 대한 관찰은 쉽게 이루어질 수 없는데, 친숙함이라는 심리적 상태가 형이상학적 거리 확보를 불가능케 하기 때문이다. 어찌 보면, 이처럼 너무도 친숙하여 관찰이 불가능한 일상의 사물이나 삶에 특유의 눈길, 형이상학적 거리를 보장하는 특유의 눈길을 던지는 이가 다름 아닌 시인일 것이다. 결국 시인의 눈길을 통해 우리는 관찰이 불가능했던 일상의 사물이나 삶을 새롭게 바라볼 수 있게 된다. 시인의 눈길을 통해 너무도 낯설게 그 모습을 드러낸 일상의 사물이나 삶을 보며 우리는 경이로움에 휩싸이게 된다.

이정주의 『홍등』(황금알, 2009)과 김기택의 『껌』(창비, 2009)은 바로 이 같은 시인의 눈길을 확인케 하는 드문 시집들이다. 우리 삶의 일부를 이루고 있기에 너무도 당연한 것으로 여기거나 지나치는 일상의 사물들이

나 삶의 단면들이 이 두 시집을 통해 생생하게 살아나고 있다. 아마도 두 시인의 작업을 '재현'이라는 말로 요약할 수 있는데, 이때 '재현'이라고 함은 거울에 비친 영상과도 같은 이미지를 다시 살려낸다는 의미에서의 재현이 아니다. 논자가 말하고자 하는 재현은 대상의 깊이와 핵심을 꿰뚫어본 자의 시선을 통해 대상이 다시 살아난다는 의미에서의 재현이다.

물론 두 시인의 재현 작업은 각각 다른 방식으로 이루어지고 있다. 이 정주의 경우 재현이 관찰자의 의식 쪽에서 이루어지고 있다면, 김기택의 경우 재현은 대상 자체 쪽에서 이루어진다. 말하자면, 이정주의 경우 재현이 시인의 시선 이쪽에서 이루어지고 있다면, 김기택의 경우 시인의 시선 저쪽에서 이루어지고 있다고 할 수 있다. 이 무슨 난해한 말인가. 약간의 설명을 덧붙이자면, 관찰은 관찰자 자신에게 무게중심이 드리워진 채 이루어질 수도 있고, 대상 자체에 무게중심이 드리워진 채 이루어질 수도 있다. 다시 말해, 관찰자의 의식이 대상을 관찰하고 있는 자아를 향해 고정되어 있는 경우도 있을 수 있고, 대상을 관찰하고 있는 자아가 아닌 관찰 대상 자체를 향해 고정되어 있는 경우도 있을 수 있다. 전자에 해당하는 것이 이정주의 시 세계라면, 김기택의 시 세계는 후자에 해당할 것이다. 이처럼 의식의 지향점이 다르기 때문에, 전자의 경우 대상 관찰이 주관적이고 추상적인 경향을 띤다면, 후자의 경우 대상 관찰은 객관적이고 구체적인 경향을 띤다. 하지만 어떤 경우에도 대상 자체에 대한 엄정한 관찰이 보여주는 인식의 신선함과 낯섦이 존재한다. 다시 말해, 두 경우 모두 대상은 관찰을 통해 새롭게 태어나면서 그 깊이와 핵심을 생생하게 드러낸다.

2. 이정주의 「홍등」과 김기택의 「껌」

이처럼 서로가 다른 것을 지향하는 것처럼 보이지만 동시에 대상에 대한 엄정한 관찰과 재현이라는 공통점을 지닌 두 시인의 시 세계에 접근하기 위해 우리는 두 시인의 시를 각각 한 편씩 읽기로 한다. 두 시집의 표제 작품에 해당하는 「홍등」과 「껌」이 두 시인 특유의 재현 방법을 확인케 하는 좋은 예가 될 것이다.

이삿짐을 싣고 트럭이 지나간다. 점 보는 집이 지나간다. 얼굴 찢긴 후보들이 지나간다. 허벅지를 드러내고 화투치는 여자들이 지나간다. 붉은 등 아래 담배를 물고 서 있는 여자도 지나간다. 붉은 등이 그립던 날들과 엥겔스가 옳다고 생각한 날들이 지나간다. 보리밥집과 나무문 만드는 집이 지나간다. 이윽고, 지나간 것들이 다시 돌아온다. 나무문 만드는 집 나무문이 닫힌다. 보리밥은 식어 있다. 길가에 나와 있던 여자가 없어졌다. 붉은 얼굴의 여자들을 누이라고 생각하던 날들이 돌아온다. 외등이 꺼지고 점포 안이 붉다. 술상을 보는 여자들 뒤로 숨는 엥겔스가 보인다. 나는 빈자리에 차를 집어넣는다. 붉은 얼굴로 졸고 있는 푸줏간 여자가 보인다.

—이정주, 「홍등」 전문

누군가 씹다 버린 껌.
이빨자국이 선명하게 남아 있는 껌.
이미 찍힌 이빨자국 위에
다시 찍히고 찍히고 무수히 찍힌 이빨자국들을
하나도 버리거나 지우지 않고
작은 몸 속에 겹겹이 구겨넣어
작고 동그란 덩어리로 뭉쳐놓은 껌.
그 많은 이빨자국 속에서
지금은 고요히 화석의 시간을 보내고 있는 껌.
고기를 찢고 열매를 부수던 힘이
아무리 짓이기고 짓이겨도

다 짓이겨지지 않고

조금도 찢어지거나 부서지지도 않은 껌.

살처럼 부드러운 촉감으로

고기처럼 쫄깃한 질감으로

이빨 밑에서 발버둥치는 팔다리 같은 물렁물렁한 탄력으로

이빨들이 잊고 있던 먼 살육의 기억을 깨워

그 피와 살과 비린내와 함께 놀던 껌.

지구의 일생 동안 이빨에 각인된 살의와 적의를

제 한 몸에 고스란히 받고 있던 껌.

마음껏 뭉개고 갈고 짓누르다

이빨이 먼저 지쳐

마지못해 놓아준 껌.

　　　　　　　　　　　　　　　　—김기택, 「껌」 전문

「홍등」을 통해 시인이 제시하고 있는 것은 도심 어디에서나 봄직한 거리 풍경이다. 물론 "홍등"이 있는 곳이라면 유곽 지대를 말하는 것일 수도 있겠지만, 우리 주변 어디에나 있을 법한 유흥가일 수도 있겠다. 말하자면, 집이나 직장 주변의 거리 어느 부분일 수도 있겠다. 어두워졌을 무렵, 또는 밤늦게, 우리가 생각 없이 지나쳤을 법한 우리 주변의 거리가 시를 통해 한 장의 풍경화처럼 살아난다. 풍경화처럼 살아난 거리의 모습은 친숙하면서도 낯설다. "이삿짐을 싣고 트럭"이, "점 보는 집"이, "후보들"의 "얼굴"이 담겨 있는 "찢긴" 선거 벽보가, 그리고 "허벅지를 드러내고 화투치는 여자들"과 "붉은 등 아래 담배를 물고 서 있는 여자"가, "술상을 보는" "붉은 얼굴의 여자들"이, "푸줏간의 여자"가 있는 거리를 한 장의 풍경화처럼 묘사함으로써 시인이 의도하는 바는 무엇일까. 너무도 평범하고 낯익은 삶의 풍경을, 너무도 평범하고 낯익기 때문에 평소 아무런

생각 없이 지나쳤던 삶의 풍경을 시적 언어에 담아 제시함으로써 시인은 우리에게 우리 자신이 살아가는 세계와 우리 자신의 삶을 되돌아보게 하고자 했던 것은 아닐까.

추정컨대 그는 차를 몰고 도심의 거리를 지나가는 것으로 판단된다. 차창을 통해 시인은 "이삿짐을 싣고 트럭이 지나"가는 것을, "점 보는 집이 지나"가는 것을, "후보들"의 "얼굴"이 담겨 있는 "찢긴" 선거 벽보를, 그리고 "허벅지를 드러내고 화투치는 여자들"과 "붉은 등 아래 담배를 물고 서 있는 여자"가 지나가는 것을, "보리밥집과 나무문 만드는 집이 지나"가는 것을 확인한다. 말하자면, 우리가 어떤 거리에서든 확인할 만한 모든 것이 시인의 눈을 스쳐 지나간다. 문제는 "지나간다"는 표현에 있다. 지나가는 것이 시인인가, 아니면 트럭과 집과 벽보와 사람들인가. 물론 트럭이야 시인이 차를 운전하는 동안 그 옆을 지나갈 수 있지만 집과 사람은 고정되어 있는 것이다. 말하자면, 지나가는 것은 집과 벽보와 사람들이 아니라 시인 자신이다. 하지만 시인은 움직이고 있는 자신이 아닌 고정되어 있거나 한자리에 머물러 있는 것들을 "지나간다"의 주체로 설정하고 있다.

이 지점에서 우리는 차를 처음 탄 어린아이의 시선을 상정해볼 수 있다. 아마도 아주 어린 시절 차에 처음 올라탔을 때 집과 가로수와 사람들이 휙휙 움직여 뒤로 지나가는 것을 차창을 통해 보고 놀라던 기억을 간직하고 있는 사람이 있는지? 어떤 의미에서 보면, 시인은 바로 그와 같은 아이의 시선을 이 시에 도입하고 있는지도 모른다. 자신의 움직임을 인식하지 않은 채 자신을 중심으로 하여 세상을 판단하는 아이의 시선 말이다. 어찌 보면, 이는 코페르니쿠스 이전 지구에서 우주를 보던 인간의 시선이기도 하다. 그렇다면, 이 같은 시선이 갖는 의미는 무엇인가. 물론 시인이 아이의 눈이나 코페르니쿠스 이전 사람들의 눈으로 세상을 바라본다는 뜻은 아닐 것이다. 이는 아마도 시인의 시선이 풍경 자체를 향한 것이라기보다 그 풍경이 스쳐 지나가는 자신의 내면에 눈길을 주고 있기 때문일 것이다. 나의 의식 바깥에 객관적 의미를 지닌 채 존재하는 세계보다는 내 마음에 투영된 세계에 눈길을 주고 있음에서 우리는 시인의 궁극적인 탐구 대상이 세계와 자아의 대립 속에 있는 자아임을 확인할 수 있으리라.

이 시에서 우리가 주목해야 할 또 하나의 부분은 "붉은 등이 그립던 날들과 엥겔스가 옳다고 생각한 날들이 지나간다"는 구절 또는 "붉은 얼굴의 여자들을 누이라고 생각하던 날들이 돌아온다"는 구절이다. 거리의 풍경 사이사이로 시인은 자신의 옛날을 확인하고 있는 것이다. "붉은 등이 그립던 날들과 엥겔스가 옳다고 생각한 날들" 및 "붉은 얼굴의 여자들을 누이라고 생각하던 날들"은 추정컨대 시인이 젊음을 보내던 시절의 나날들을 지시하는 것이리라. 말하자면, 시인의 내면 풍경에는 과거가 현재와 공존하고 있다. 아니, 현재 시인이 눈길을 주고 있는 삶의 현장은 모든 과거의 기억들이 차곡차곡 포개져 있는 장소이고, 이처럼 차곡차곡 포개져 있는 과거의 기억들 가운데 하나가 무언가를 계기로 하여 때때로 의식 바깥으로 비집고 나오는 장소이기도 하다. 이 시에서 과거의 기억에게 비집고 나오도록 한 계기가 된 것은 다름 아닌 "홍등"이다. "홍등"의 붉은빛이 계기가 되어 시인의 과거는 "돌아"와 현재의 풍경 속에 자리 잡는다. 아니, 시인의 내면에 투영된 풍경은 단순히 객관적 현실의 풍경이 아니라 시인의 과거가 점점이 투영되어 있는, 주관적 이해의 창을 통해 본 현실의 풍경이다. 이런 의미에서 볼 때, 이정주의 시에 담긴 풍경은 인상파 화가의 그것에 해당하는 것이라고 할 수 있다. 빛이 사물을 비춤으로써 그 사물이 어떤 색채를 띠는가를 포착하려 했던 인상파 화가들의 그림을 연상케 하는 것이 이정주의 시 세계인 것이다.

한편, 김기택은 객관적 사물을 하나의 시적 그림으로 표현하되 그의 시선을 엄격하게 사물 그 자체에만 고정한다. 그의 시에서는 이정주의 경우에서와 달리 시인의 시선은 시적 자아를 향한 것이 아니다. 시인은 다만 대상에 눈길을 집중하고 있을 뿐으로, 이때의 자아는 투명한 수정체와도 같이 있으면서 동시에 없다. 위의 예에서 확인할 수 있듯, 다만 "누군가 씹다 버린 껌"만이 시적 공간을 차지하고 있을 뿐이다. 강렬하고 세밀하게 대상을 관찰하는 시선은 느껴지되, 대상을 관찰하는 시선의 강도가 너무도 강렬하여 시를 읽는 독자들은 시인의 시선 저쪽 끝에 놓여 있는 "누군가 씹다 버린 껌"에 집중할 수밖에 없게 된다.

하기야 껌을 씹는 일을 경험해보지 않은 사람은 없을 것이다. 또한 껌을 씹다가 뱉었을 때 씹던 껌에는 이빨자국에 나 있다는 점을 모르는 사람도 없을 것이다. 하지만 씹던 껌에 나 있는 이빨자국에 대해 김기택처럼 세밀한 시선을 던질 수 있는 사람은 아마도 없을 것이다. 김기택의 시선을 통해 아무런 의미를 부여받지 못했던 "누군가 씹다 버린 껌"이 너무도 강렬하게 그 모습을 드러내고, 새로운 의미 망 속에 낯설고 새롭게 살아난다. 앞서 말한 이른바 예술에서의 '재현'이 갖는 진정한 의의는 여기에 있다. 즉, 진정한 의미에서의 재현이란 너무도 일상적인 것으로 보여 아무도 주목하지 않는 대상에 예리한 눈길을 줌으로써 문제의 대상을 새롭게 바라보고 이해하도록 하는 것이다. 시화(詩化)의 과정을 통해 누구도 볼 수 없었던 대상의 핵심과 깊이를 생생하게 볼 수 있도록 하는 것—코울리지가 워즈워스의 시를 찬양하면서 탁월한 시의 특질이라고 말한 것—이 바로 그것이다. 인식의 새로움을 통해 대상을 '낯설게 하기'(defamiliarization)란 시를 포함한 모든 예술 활동의 목표라고 할 수 있거니와, 시인 김기택은 이 점에서 특히 주목할 만한 시인이다.

"누군가 씹다 버린 껌"에 대한 시인의 시선은 우선 껌에 남은 이빨자국을 향한다. 하지만 그가 보는 이빨자국은 다만 씹던 껌의 표면에 남아 있는 이빨자국만이 아니다. 표면의 이빨자국 아래쪽에 숨어 있는 이빨자국까지 시인은 꿰뚫어본다. 아니, 껌에 남겨진 모든 이빨자국을 시인은 본다. 이처럼 모든 이빨자국의 동시 존재를 암시하는 시인의 시적 진술은 과거와 현재가 겹쳐지는 이정주의 시적 풍경을 연상케 하기도 하는데, "이미 찍힌 이빨자국 위에/ 다시 찍히고 찍히고 무수히 찍힌 [과거의] 이빨자국들을/ 하나도 버리거나 지우지 않고/ 작은 몸 속에 겹겹이 구겨넣어/ 작고 동그란 덩어리로 뭉쳐놓은" 것이 껌이라는 점에서 그러하다. "그 많은 이빨자국 속에서/ 지금은 고요히 화석의 시간을 보내고 있는 껌"이라는 구절이 암시하듯 과거가 "화석"이 되어 현재에 각인되어 있는 것이다.

이윽고 시인의 시선은 껌의 유연성에 집중된다. 이빨의 기능은 말할 것도 없이 "고기를 찢고 열매를 부수"는 데 있다. 그리고 인간이 입에 넣는 것은 액체가 아닌 다음에는 모두 찢고 부수는 이빨의 "힘"에 굴복한다. 그런데 껌은 예외다. 비록 인간이 입에 넣고 씹기 위해 껌을 세상에 존재하게 했지만, 껌은 "아무리 짓이기고 짓이겨도/ 다 짓이겨지지 않고/ 조금도 찢어지거나 부서지지도 않"는다. 어디 그뿐이랴. 껌은 "살처럼 부드러운 촉감"을 지닌 동시에 "고기처럼 쫄깃한 질감"을 지니고 있고, "물렁물렁한 탄력"을 지니고 있다. 이로 인해 사람들은 껌을 즐겨 씹는 것이 아닐까.

아무튼, 시인의 시적 진술이 여기까지 진행되었을 때 우리는 시인이 단순히 "누군가 씹다 버린 껌" 자체를 이야기하고 있는 것이 아님을 자각하지 않을 수 없다. "이빨 밑에서 발버둥치는 팔다리 같은 물렁물렁한 탄력으로/ 이빨들이 잊고 있던 먼 살육의 기억을 깨워/ 그 피와 살과 비린내와 함께 놀던 껌"이라는 구절은 단순한 의미에서의 껌만을 지시하는 것처럼 보이지 않기 때문이다. 말하자면, 이때의 "껌"은 말 그대로 우리가 즐겨 씹는 껌일 수도 있지만, 이것으로 비유되는 또 하나의 대상 또는 무수한 대상일 수도 있다. 껌의 속성을 지니는 모든 것에 대한 비유일 수 있는 것이다. 예컨대, 월트 휘트먼이나 김수영이 노래한 "풀"일 수도 있고,

역사의 현장을 지키던 민초일 수도 있다. "지구의 일생 동안 이빨에 각인된 살의와 적의를/ 제 한 몸에 고스란히 받고 있던 껌"이란, 또한 "마음껏 뭉개고 갈고 짓누르다/ 이빨이 먼저 지쳐/ 마지못해 놓아준 껌"이란 바로 역사 속에서 고난의 삶을 살면서 그 생명을 지켜온 민초를 지시하는 것일 수도 있지 않은가.

물론 김기택의 시를 읽으면서 우리가 유의해야 할 것은 그가 깊은 시선을 던지는 어떤 대상도 우선은 대상 그 자체로 존재하는 대상이라는 점일 것이다. 다시 말해, 섣부른 '비유 찾기'를 경계해야 할 것이다. 하지만 데리다가 「백색의 신화」에서 말한 것처럼 우리가 사용하는 모든 언어는 기본적으로 비유적인 것일 수밖에 없다. 그리고 비유적인 것은 또 한 차원의 비유를 낳게 마련이다. 따라서 '비유 찾기'라는 유혹에서 김기택의 시 세계도 자유로울 수 없을 것이다.

3. 서로 다른 시선 사이에서

이제까지 우리는 이정주와 김기택의 시를 각각 한 편씩 골라 우리 나름의 읽기를 시도해보았다. 실로 두 시인은 모두 대상에 대한 엄정한 관찰을 시도하지만, 전자의 시선이 시선을 보내는 주체 자체에 관심을 집중하고 있다면 후자의 시선은 시선이 향하는 대상 자체에 관심을 집중하고 있다고 할 수 있다. 이런 의미에서 볼 때, 전자가 시선의 '이쪽'(주체)에 집중된 시 세계를 펼치고 있다면 후자는 시선의 '저쪽'(객체)에 집중된 시 세계를 보이고 있다는 판단이 가능할 것이다.

논의 대상이 된 시를 담고 있는 두 시집을 놓고 볼 때 이정주의 시 세계에서 특히 우리의 주목을 끄는 작품들을 거론하자면 「홍등」 이외에 「보석상」, 「실크로드」, 「식탁」, 「방을 보여주다」, 「포도를 사지 않다」, 「금산사」, 「얼굴 1」, 「거미」 등이다. 그리고 시인이 시작 노트로 시집 말미에 붙인 짤막한 에세이 「붉은 등을 단 집들」이 특히 우리의 눈길을 끈다. 이는 결코 단순한 시작 노트가 아니라 그 자체로서 가늠이 쉽지 않은 깊이를 지닌 시적 진술로 읽어야 할 것이다. 한편, 김기택의 시 세계에서 우리의 주목을 끄는 작품들로는 「껌」 이외에 「삼겹살」, 「절하다」, 「산낙지 먹기」, 「본인은 죽었으므로 우편물을 받을 수 없습니다」, 「오토바이와 개」, 「회색 양말」, 「무궁화호 열차」, 「버클리에서」, 「문구점 앞에 멈추어 서서」 등이 있다. 모두가 두 시인의 엄격한 관찰의 시선을 담은 탁월한 작품들이라고 하지 않을 수 없다.

이 자리에서 개인적인 고백을 하자면, 대개의 경우 한 권의 시집을 들춰보면 주목할 만한 작품이 한두 편은 반드시 있게 마련이다. 하지만 열 편에 가까운 시들이 한꺼번에 눈길을 끄는 경우는 많지 않다. 비록 특히 우리의 시선을 끄는 작품들이라고 하여 몇 편을 제시하긴 했지만, 두 시집에 담긴 거의 모든 작품이 진지하고 깊은 시 읽기를 감당할 수 있는 시들이다. 바라건대, 이 두 시인의 시집을 놓고 다르지만 동시에 다르지 않은 두 시인의 시 세계에 침잠해보기를.

3부 /

우리 시대의
소설 텍스트를 찾아서

"숲"과 "사막"으로 난 길을 따라서
―현길언의 성장소설 『낯선 숲으로 난 길』과 『사막으로 난 길』 읽기

1. 성장소설로서의 『낯선 숲으로 난 길』과 『사막으로 난 길』

우리 시대의 성장소설 가운데 세계적으로 널리 알려져 있을 뿐만 아니라 우리에게도 친숙한 예를 몇 개 들자면, 토마스 만(Thomas Mann)의 『토니오 크뢰거』(1903), 헤르만 헤세(Herman Hesse)의 『데미안』(1919), 제임스 조이스(James Joyce)의 『젊은 예술가의 초상』(1916), 제롬 데이비드 샐린저(Jerome David Salinger)의 『호밀밭의 파수꾼』(1951) 등이 열거될 수 있을 것이다. 성장소설(Bildungsroman)이란 "다양한 체험을 통해, 그리고 종종 정신적인 위기를 통해, 한 인간이 어린아이에서 성숙한 어른으로 변모하고, 그러는 가운데 세계 내에서 자신의 정체성과 역할을 인식해가는 과정"[1]을 다룬 소설로 정의될 수 있거니와, 우리의 현대문학에도 이 범주에 속하는 작품이 적지 않다. 그리고 그 가운데 각별히 주목할 만한 예로는 이문열의 「우리들의 일그러진 영웅」(1987), 김주영

---

1) M. H. Abrams, *A Glossary of Literary Terms*, 제7판 (Boston : Heinle & Heinle, 1998), 193쪽.

의 『고기잡이는 갈대를 꺾지 않는다』(1988), 최시한의 『모두 아름다운 아이들』(2008), 현기영의 『똥깅이』(2009) 등을 들 수 있다. 또한 근년에 출간된 성장소설로서 이 같은 목록에 새롭게 첨가되어야 할 작품이 있다면, 이는 현길언의 『낯선 숲으로 난 길』과 『사막으로 난 길』일 것이다.[2]

『숲』과 『사막』은 연작 소설로, 두 작품의 주인공은 '명세철'이라는 이름의 아이다. 작가는 두 작품에 각각 세철의 중학생 시절 이야기와 고등학생 시절 이야기를 담고 있는데, 『숲』의 시간적 배경은 세철이가 중학교 2학년 수료식에 참석한 날부터 중학교 3학년 시절을 거쳐 고등학교에 입학했을 때까지다. 초등학교를 졸업하고 중학교에 진학한 그가 "도청 소재지"인 제주시로 와서 보낸 2년의 세월은 가족 및 동네 친구와 어른들의 범위를 벗어나 새로운 사람들과 만나 새롭게 삶을 배우는 과정이었으리라. 이제 중학교 3학년에 진학한 그는 인간관계의 면에서나 심리적인 면에서나 그 어느 때보다도 심각한 갈등에 처하고 이를 극복해가면서 조금씩 세상을 배워간다. 한편, 『사막』은 고등학교 2학년이 된 세철이 여름 방학을 보내는 동안 갑작스럽게 서울을 찾았다가 그곳에 남아 학교를 다니면서 연말을 보낼 때까지를 시간적 배경으로 한다. 고등학교 2학년생인 세철은 세상이란 단순히 주변의 친숙한 환경에서 만나는 사람들뿐만 아니라 전혀 다른 세계의 사람들과 맞닥뜨리고 싫든 좋든 그들과 갈등하고 타협하며 살아가야 하는 곳임에 눈뜬다. 말하자면, 주인공이 층위를 조금씩 넓혀가며 새롭게 사람들과 만나고 이를 통해 "세계 내에서 자신의 정체성과 역할을 인식해가는 과정"을 담고 있는 작품이 『숲』과 『사막』이다.

이와 관련하여 우리가 무엇보다 유념해야 할 것은 이 두 소설의 시대적 배경이다. 우선 『숲』의 시대적 배경을 가늠해보기로 하자. 이와 관련하여,

---

2) 『낯선 숲으로 난 길』과 『사막으로 난 길』은 도서출판 자음과모음에서 각각 2012년과 2014년에 출간되었다. 두 작품에 대한 본문의 인용은 이에 따른 것이며, 두 작품에 대한 앞으로의 언급에서는 각각 『숲』과 『사막』으로 약칭하기로 한다.

세철은 제주시에 살면서 도청에 다니는 삼촌 댁에 머물며 학교를 다니고 있고, 그가 사용하는 방의 옆방에는 성 대위와 양 선생이 세 들어 살고 있음에 유의할 수 있다. 세철이 2학년으로 진급한 그해 봄 성 대위는 전출 명령을 받고 육지로 나갔다가, 그해 "철조망 설치 작업을 확인 도중 적이 매설한 지뢰에 의해"(『숲』, 187쪽) 전사한다. 그런데 성 대위의 전사 소식을 양 선생에게 전하러 온 군인이 전사 일자가 "1954년 10월 23일"(『숲』, 187쪽)임을 밝힌다. 이에 비춰볼 때, 『숲』의 시대적 배경은 오랜 전쟁 끝에 1953년 7월 27일 휴전 협정이 조인된 해 그다음 해임을 알 수 있다. 따라서 직접적이든 간접적이든 전쟁의 상처가 완연했던 때가 바로 『숲』의 시대적 배경이 되고 있다. 『숲』의 시대적 배경에 근거하여 계산하는 경우, 『사막』의 시대적 배경은 1956년이 된다. 아마도 전쟁의 한복판에 있었던 곳이 서울이기에, 세철이 그 무렵 목격했을 법한 전쟁의 상처는 제주보다 서울이 한층 더 깊었을 것이다.

이 같은 전후(戰後)의 상황을 반영하듯, 세철의 형이 "학도병으로 나갔다가 한쪽 다리를 잃[었다]"(『숲』, 21쪽)는 것, 전쟁으로 인해 고아가 된 아이들을 모아 "성심보육원"을 세운 정 원장이 아이들을 데리고 제주로 피난을 왔으며 그런 그를 세철의 할아버지가 물심양면으로 도왔다는 것, 이 과정에 세철이 정 원장의 아들인 규석 및 정 원장 친구의 딸로 보육원에 있는 유원과 어린 시절부터 친구로 지냈다는 것, 부상병 치료를 위해 제주시에 미군 병원이 세워졌다는 것과 어쩌다 세철이 그곳에 입원하여 치료를 받는 과정에서 "간호과장 안드레 중위"와 만나게 되었다는 것 등이 이야기의 진행 과정에 밝혀진다. 뿐만 아니라, "아버지가 빨치산의 창끝에 죽임을 당했고 형이 [다리를 잃는] 지경이 되었[다]"(『숲』, 183쪽)는 사실 때문에 "공산당은 생각할수록 이가 갈린다"(『숲』, 151쪽)고 말하는 세철의 태도에서도 전쟁의 상처를 읽을 수 있다.

하지만 중학생 시절이든 고등학생 시절이든 세철과 그의 주변 아이들의 성장 과정에 전쟁의 어두운 그늘이 드리워져 있다고 보기 어렵다. 다른 아이들은 물론이고 심지어 "전쟁으로 부모를 다 잃고 고아가 [된]"(『숲』, 61쪽) 유원의 모습에서도 적어도 겉으로 보기에는 전쟁의 어두운 그림자가 감지되지 않는다. 전쟁의 와중에 부모를 잃었지만, 돈독한 신앙심 때문이든 또는 본래의 성품 때문이든, 유원은 언제나 평정심과 균형 감각을 잃지 않는 아이로 묘사된다. 이 점이 의아해 보일 뿐만 아니라 부자연스럽게 느껴진다고 판단할 사람도 있으리라. 이처럼 유원을 포함하여 누구의 말과 행동에서도 전쟁의 상처가 감지되지 않기에, 작가가 그런 모습으로 아이들의 성장 과정을 그린 이유는 무엇일까라는 의문이 제기될 수도 있다. 혹시 어두운 시대 상황에도 불구하고 이에 직접적인 영향을 받지 않은 채 해맑은 마음과 모습으로 성장하는 것이 아이들임을 보여 주기 위한 것이 작가의 의도는 아니었을지? 아이들은 아이들일 뿐, 어른들이 벌이는 전쟁이든 이념적 분란이든 비록 이 때문에 상처를 입더라도 결코 이에 묶이지 않은 채 아이다운 성장 과정을 이어간다는 사실에 각별히 유념하고자 하는 작가의 의도가 작품의 이면에 자리하고 있는 것은 아닌지?

　『숲』과 『사막』에 묘사된 바에 따르면, 주인공 세철은 정녕코 우리 주변 어디서나 만날 수 있는 아이, 정의감에 불타는 올곧은 아이이기에 치기(稚氣)와 폭력에 휘둘리기도 하는 아이, 또한 내적 갈등과 의문과 싸워가며 세상사의 이치를 하나하나 배워나가는 아이다. 세철은 남들에게 "괴짜"라든가 "이상한 아이"로 불리기도 하고 심지어 작가로부터도 "좀 특별한 친구"(『숲』, 「작가의 말」, 237쪽)라는 평가를 받기도 하나, 세철 자신의 말대로 그는 "정상적인 '한국의 소년'"(『숲』, 150쪽)이다. 지나친 단순화라는 비판도 있을 수 있겠지만, 그런 아이의 모습에서 우리는 우리 자신의 자화상 또는 우리 주변 옛 친구의 모습을 읽을 수도 있으리라. 다시 말해, 세철과 그 또래 아이들의 삶은 우리 시대 어른들 대부분이 회상하는 어린 시절의 삶과 크게 다를 바 없는 것이다. 하지만 누구에게도 자신이 걸어온 어릴 적 삶의 여정은 다만 기억의 파편들로 남아 있을 뿐 전체적인 조망은 물론 섬세한 기억이 허락되지 않는다. 그런 의미에서 볼 때, 『숲』과 『사막』은 우리 시대 어른들에게 어린 시절에 대한 일종의 '복기(復棋)의 자리'와도 같은 것일 수 있다. 하지만 이는 단순히 우리 시대 어른들을 위해 마련된 복기의 마당일 수만은 없는데, 세철과 그 또래 아이들의 삶은 우리 시대 어른들이 살아온 평균적 삶을 대변하는 것일 수 있는 동시에 우리 시대 어른들의 후속 세대인 아이들의 평균적 삶을 일별케 하는 것일 수도 있기 때문이다. 즉, 세철과 그 또래 아이들에 관한 이야기는 우리 시대 어른들뿐만 아니라 우리 시대의 아이들 또는 그 이후 시대의 아이들에게도 '남의 이야기'가 아닌 '자신의 이야기'일 수 있다. 어떤 의미에서 보면, 대부분의 아이들에게는 특별하고 위대한 인물의 이야기보다 어디서나 만날 수 있는 평범한 환경에서 평범하게 살아가는 아이의 이야기가 한층 더 내밀하고 친숙하게 다가올 수 있거니와, 『숲』과 『사막』의 의미는 여기서 찾을 수도 있으리라.

사실 그 어떤 성장소설의 예에서 확인할 수 있는 것보다 더 친근하게 느껴지는 지극히 평범하고 일상적인 삶의 환경—비록 전후의 상황이 반영되어 있긴 하나, 구체적인 의미에서의 역사적 배경이나 시대적 사건으로부터 살짝 비켜나 있는 동시에 10대의 아이라면 누구에게가 친숙하게 느낄 법한 환경—에서 성장 과정을 보내는 평범한 아이들의 이야기를 담고 있는 것이 『숲』과 『사막』이다. 이 점이 오히려 이 두 권의 소설에 예외적인 보편성을 부여한다고 할 수 있으리라. 요컨대, 특출한 시대의 특출한 사건을 겪으며 특출한 삶을 산 특출한 아이들의 이야기가 아니기 때문에, 세철과 그 주변 아이들의 성장 과정은 오히려 누구에게나 '자신의 이야기'로 읽힐 가능성에 문을 열어놓고 있는 것이리라. 이어지는 앞으로의 논의에서 우리는 이처럼 평균적 환경에서 성장을 거듭하는 평균적인 아이들의 이야기를 담고 있는 두 권의 성장소설 『숲』과 『사막』을 내용과 구성 면에서 검토하기로 한다.

2. "낯선 숲으로 난 길"과 "사막으로 난 길"이 의미하는 것

우선 『숲』의 제목에 담긴 "낯선 숲"이 뜻하는 바가 무엇인지를 살피는 것이 순서일 듯하다. "낯선 숲"은 소년의 눈앞에 펼쳐진 세계가 곧 '낯선 숲'과 같은 곳임을 암시하는 말이다. 실제로 소년 세철에게 세계는 여러 면에서 낯선 숲으로 다가온다. 그는 우선 그의 형이 말하듯 "세상은 전쟁터"—그것도 "누구의 도움도 받을 수 없"는 상태에서 "혼자 힘으로 살아나야"만 하는 "전쟁터"—임을 깨닫는다(『숲』, 27쪽). 아울러, 그의 형과 "보육원 보모인 정연주 선생"이 외양간에서 밀애를 나누는 모습뿐 아니라 옆방에 세 들어 살고 있는 성 대위 부부의 애정 행위를 어쩌다 엿보고 나서, 세철은 이성 간의 사랑에 어렴풋이 눈뜨기도 한다. 또한 그 역시 유원과 만나는 과정에 "온몸으로 전기가 흐르듯 기분이 이상"해짐(『숲』, 51쪽)을 느낄 정도로 이성에 대해 미묘한 감정을 갖기도 한다. 아무튼, 그는 자신이 "남과 다른 존재"이고 "사람은 각자 다른 모습으로 태어났기 때문에 제 일을 찾아 열심히 살아야" 하는 존재(『숲』, 58쪽)임을 깨닫기도 한다. 그리고 이와 함께 "주위 사람들을 생각"하고 "신경 쓰지 않을 수 없"다는 점에서 보면 "묘"한 것이 "사람 사는 일"(『숲』, 79쪽)임을 느끼기도 한다. 이처럼 세철은 세상이란 혼자이면서도 남과 함께 삶을 살아가야 하는 "낯선 숲"—때로 싸우고 경쟁하기도 하고 때로 사랑하고 이해하기도 하면서 남과 함께 살아가야 하는 "낯선 숲"—이라는 사실에 눈뜬다.

이상과 같은 눈뜸의 이야기가 『숲』의 「봄」에 담겨 있다면, 「여름」에는 이러저러한 일이 계기가 되어 성장의 아픔을 감당해나가는 소년의 이야기가 담겨 있다. 세철이 겪는 성장의 아픔 가운데 일부는 본인의 부인(否認)에도 불구하고 유원에 대한 이성적 관심에서 비롯된 것이다. 아울러,

성장의 과정에 그가 감당해나가야 하는 아픔과 갈등은 어린아이다운 자존심과 정의감에 따른 것이기도 하다. 자존심 때문에 친구와 결투도 마다않던 세철은 정의감에 이끌려 보육원 아이들과의 싸움에 휘말리게 되고, 그 와중에 큰 상처를 입어 입원하기에 이른다. 하지만 이 과정에서 세철은 뜻하지 않은 배움과 깨달음의 기회를 얻기도 한다. 치료를 위해 그는 "정뜨르 비행장에 있는 미군부대 병원"(『숲』, 121쪽)으로 옮겨지고, 그곳에서 안드레 중위와 만나 제대로 영어 공부에 매진할 기회를 얻는다. 그리고 그때 쌓은 영어 실력에 힘입어 웅변대회에 나가 최고상을 받기도 한다. 아무튼, 이 과정에 그가 얻은 진정으로 소중한 깨달음이 있다면, 그의 웅변대회 원고가 말해주듯 "사랑이란 얼마나 고귀한 것인가"(『숲』, 163쪽)다.

『숲』의 「가을」에는 이별의 이야기가 담겨 있는데, 무엇보다 세철의 마음을 아프게 하는 것은 유원이 곧 떠나리라는 사실이다. 그런 세철의 마음을 더욱 어둡게 하는 사건이 있다면, 육지로 전출 갔던 성 대위의 전사다. 이어서 안드레 중위도 섬을 떠난다. 「겨울」의 이야기에서 우리는 더욱 쓸쓸해지고 슬픔에 잠겨 있는 세철과 만나게 된다. 유원뿐만 아니라 형도 육지로 떠나고, 할아버지마저 세상을 떠나셨기 때문이다. 이처럼 세철이 걸어가는 "낯선 숲으로 난 길"은 만남과 어우러짐이 가능한 곳이기도 하지만 일시적인 것이든 영원한 것이든 헤어짐을 피할 수 없는 춥고 쓸쓸한 곳이기도 하다. 하지만 "한겨울 추위에도 봄은 계절을 잊지 않고 다시 [숲을] 찾아"(『숲』, 231쪽)오는 것이 자연의 이치 아닌가. 「다시 찾아온 봄」에서 우리는 쓸쓸함과 슬픔을 이겨내고 성장을 향해 발걸음을 늦추지 않는 소설의 주인공 세철의 모습을 엿볼 수 있다.

작가는 이상과 같은 한 소년의 이야기를 세철이 남긴 "기록"(『숲』, 15쪽)의 형태로 독자에게 전한다. 『숲』의 프롤로그에 따르면, 세철의 형은 그 기록을 자신의 친손자인 재범—『숲』의 화자인 세철과 마찬가지로 "중학생"인 재범—에게 전하고, 재범은 "처음에 노트에 썼던 것을 세상 떠나기 전에 원고지에 옮겨놓았"던 것으로 추정되는 원고를 읽는다. 재범이 "중학생"이라니? 이와 관련하여, 프롤로그에서 정규석의 부인이 된 유원이 재범을 향해 다음과 같은 말을 건네고 있음을 주목하기 바란다. "난 재범이를 보면 중학생으로 돌아가는 기분이 된다. 재범이가 바로 세철이 그 친구처럼 생각되거든." 아무튼, 『숲』의 에필로그에서 재범은 "작은할아버지가 쓴 자전적 소설"을 "하루 사이에 모두 읽는 동안 작은할아버지가 나 자신처럼 생각되었다"고 말하기도 하고, 작은할아버지의 "이야기가 어느 부분은 바로 내 이야기처럼 느껴졌다"고 말하기도 한다. 이에 재범의 아버지는 "그것이 문학"임을 말한다. 작가가 이를 통해 말하고자 하는 것은 앞서 우리가 잠깐 언급한 바 있는 이른바 문학의 보편성일 것이다. 에필로그에서 작가는 또한 재범의 아버지의 입을 빌려 재범이 "앞으로 고교 시절, 대학 시절, 그리고 졸업 후에 수많은 일을 하시면서 만났던 사람들의 이야기도 읽게 될 것"임을 예고한다. 세철의 고등학교 시절을 다루고 있는 『사막』은 『숲』의 후속편에 해당하는데, 이런 의미에서 두 작품은 연작 소설로 볼 수 있다.

이처럼 『숲』과 『사막』은 연작 소설로 볼 수 있지만, 두 작품 사이에는 몇 가지 차이점이 확인된다. 먼저 이야기의 서술 방식에 차이가 있다. 이와 관련하여 우리는 『숲』이 『사막』과 달리 '액자 소설'의 형태를 취하고 있음에 유의해야 할 것이다. 앞서 검토한 바와 같이, 『숲』의 프롤로그와 에필로그는 세철의 손자 재범이 전하는 "작은할아버지 추도 예배" 및 그가 어떻게 해서 작은할아버지의 기록을 읽고 어떤 느낌을 가졌는가에 관한 이야기다. 마치 액자 한가운데에 그림이 끼워져 있듯, 재범의 이야기 한가운데에 세철의 "기록"이 자리하고 있는 것이다. 물론 『사막』에도 프롤로그와 에필로그가 있긴 하지만 이 작품의 프롤로그는 이야기의 도입 부분에 해당하는 것이고 에필로그는 후기(後記)에 해당하는 것일 뿐,

『숲』에서 보듯 액자 소설을 구성하기 위한 것은 아니다. 구체적으로 말하자면, 『사막』의 프롤로그는 이제 고등학교 2년생인 세철이 그해 여름 불현듯 "서울에 가고 싶다는 생각"을 하게 되었음을, 에필로그는 세철이 서울서 다니던 고등학교를 자퇴한 이후에 걸어가야 했던 삶의 여정을 전하기 위한 것이다. 다시 말해, 프롤로그와 에필로그는 작품 속 이야기의 전후 상황을 설명하기 위한 것이지, 『숲』의 경우처럼 액자 소설의 구조를 위한 것이 아니다.

작가가 이처럼 소설의 구조를 바꾼 이유는 무엇일까. 무엇보다 한 소년이 청년으로 성장해가는 전 과정의 이야기를 소설화하고자 하는 작가에게 『숲』의 프롤로그는 그 자체로서 『숲』의 프롤로그인 동시에 앞으로 이어질 이야기 전체에 대한 프롤로그에 해당하는 것일 수 있다. 즉, 『숲』이 어느 한 소년의 중학생 시절을 다룬 일회성의 작품으로 끝나지 않으리라는 점을 알리기 위한 것이 『숲』의 프롤로그일 수 있다. 마찬가지 논리로 말하자면, 『숲』의 에필로그는 있는 그대로 『숲』의 에필로그인 동시에 앞으로 계속 이어질 이야기 전체에 대한 에필로그일 수도 있다. 추측건대, 일단 이처럼 한 인간의 성장 과정 전체에 대한 프롤로그와 에필로그를 준비해놓은 이상, 작가는 동일한 성격의 프롤로그나 에필로그가 『사막』에는 따로 필요하지 않다고 판단했던 것이리라.

이 외에 『숲』과 『사막』 사이의 차이점 가운데 또 하나 주목해야 할 것이 있다면, 『숲』이 1인칭 시점의 이야기인 것과 달리 『사막』은 3인칭 시점의 이야기라는 점이다. 그것도 전지적 작가의 시점에서 서술된 작품이라고 할 수 있는데, 세철 자신의 생각이나 시각이 이야기 진행 과정에 틈틈이 제시되고 있다는 점에서 그렇다. 아무튼, 작가가 『숲』을 1인칭 시점의 작품으로 창작했던 것과 달리 『사막』을 3인칭 시점의 작품으로 창작했다는 사실은 '연작 소설이라는 전체적 구도'를 깰 수도 있다는 점에서 중대한 문제라고 하지 않을 수 없는데, 『숲』과 『사막』이 실질적으로 연작 소설임에도 불구하고 작가가 이같이 시점을 바꾼 이유는 무엇일까. 이에 대한 논의에 앞서 우리에게는 먼저 『사막』에서 "사막"이 뜻하는 바에 대한 천착이 요구된다.

『사막』의 프롤로그에 이어지는 이야기는 세철이 "서울"에 도착한 것으로 시작된다. "서울역 광장 시계탑 앞"에서 형과 유원을 기다리는 그의 눈앞에 펼쳐져 있는 서울의 모습은 말 그대로 "사막"이다.

> 도시는 온통 사막이었다. 여름 저녁 무더위가 바로 사막의 열기처럼 느껴졌다. 그렇게 많은 사람들 중에 아는 얼굴이 하나도 없다. 고향에서는 문밖에만 나가도 모두 아는 사람들이다. 같은 학교 학생이 아니더라도 나를 알아본다. 세철은 문득 외로움을 느꼈다. (『사막』, 11쪽)

이제 세철은 "숲"을 벗어나 "사막"에 이른 것이다. 엄청난 열기를 벗어날 곳이 어디에도 없는 사막에 들어섰음을 실감케 하듯, 그는 서울에 도착한 다음 "숙모 나이쯤 된 아주머니"의 꾐에 넘어가 "서울 역전 창녀촌"에 발을 들이게 되고, 여기서 벗어나려다가 깡패들에게 폭행을 당하기도 한다. 그 과정에 그는 옥자라는 여자를 알게 되는데, 그녀 때문에 거의 매번 어려움에 처하면서도 『사막』의 이야기가 진행되는 동안 몇 번이고 되풀이해 그녀를 찾는다. 아무튼, 형과 만난 그는 형의 도움으로 하숙집에 거처를 정하게 되고, 곧이어 형과 결혼을 약속한 사이이자 그 옛날 보육원의 보모였던 정연주 선생 및 옛 친구인 유원과 규석과도 다시 만난다. 뿐만 아니라, 중학생 시절 미군부대 병원에서 알게 된 안드레의 소식도 듣는다. 이제 소령으로 진급한 안드레는 결혼을 했으며 다시 한국으로 와서 근무하게 되었다는 소식까지 전해 들을 뿐만 아니라, 마침내 그녀와의 해후도 이뤄진다. 이렇게 해서 정들었던 사람들과 다시 만남이 이루어지는 것으로 『사막』의 앞부분 이야기는 일단락된다.

이어서 세철이 "세상 속으로" 들어가는 과정의 이야기가 이어진다. 그는 문학의 밤 행사장에 갔다가 "유원이나 규석은 자기와는 아주 딴 세계에 살고 있는 것" 같다는 생각에 이어 "섬 학생의 자존감이 여지없이 무너져버리는" 것을 느끼기도 한다(『사막』, 104-105쪽). 이에 좌절감을 느낀 그는 모든 주변 사람과의 관계를 청산하기로 마음먹고 제주로 가려던 도중, "나도 모를 일"(『사막』, 108-109쪽)이라는 그의 말이 암시하듯 '자기도 모르게' 옥자를 찾는다. 아무튼, 그 일이 있고 나서 마음을 바꾼 세철은 서울에 남아 학교를 다니겠다는 계획을 짠다. 자연스럽게 그는 유원과 다시 만나 이야기를 나누게 되고, 그 과정에 다음과 같은 말을 듣는다. 유원의 말은 열여덟 나이 또래의 소년 소녀가 지닐 법한 미묘한 감정뿐만 아니라 성숙한 자기 성찰의 면모를 보여준다는 점에서 새겨볼 점이 적지 않다. 다소 길지만 원문의 상당 부분을 인용하는 것은 이 때문이다.

이제 우리는 어른이 되려는 고비에 있지 않니. 어린 시절의 그 감정을 갖고 서로를 이해할 수는 없어. 난 그래도 네가 좋아. 내 옆에 있으면 더 좋고, 솔직하게 말하면 제주로 내려가지 않고 서울에 살았으면 더욱 좋겠고 그래. 이게 이성에 대한 그런 감정과는 다르다고 생각해. 세철이 괴로워하는 것 같아서 솔직하게 말하는 거야. 내가 너를 좋아하는 것이 무엇 때문인지는 생각해보지 않았어. 그런 감정에 대해서 꼭 의미를 붙이지 말자. 그것은 어쩌면 우리의 진실을 뒤틀리게 만들 수도 있어. 나이를 먹고 어른이 되면 그 감정이 변할 수도 있는데, 지금의 감정에 얽매인다면 괴롭지 않겠니? 나중에 이 감정이 사랑으로 변할지는 아무도 몰라. 그렇다고 지금의 마음이 사랑이라고 생각하는 것도 무리야. 왜냐면 우리가 갖고 있는 이 마음이 자신의 진실의 전부가 아니니까. 열여덟 나이에 갖는 마음의 한 가닥일 뿐이지. 이 마음에 얽매인다면 그것은 우리 스스로를 이 나이의 감정에 몰아넣는 거야. 안 그래? (『사막』, 141-142쪽)

따지고 보면, "열여덟 나이"의 소녀가 하는 말로는 어른스러운 면이 없지 않다. 하지만 유원이 이처럼 "생각이 깊고, 진지하고, 남을 배려하고, 상대의 문제를 알고 그것을 풀어주려 하"는 것(『사막』, 142쪽)은 일찍 부모를 여의고 어린 동생들을 돌보며 살아야 하는 아이가 나이에 어울리지 않게 터득한 성숙한 마음가짐을 반영하는 것일 수도 있으리라. 아무튼, 세철은 "그러한 유원의 마음을 알자 가슴이 후련해"(『사막』, 142쪽)짐을 느낀다. 하지만 묘하게도 유원과 헤어진 그는 "내가 지금 어딜 가는 거지?"라는 자문에도 불구하고 옥자가 있는 곳을 향해 발걸음을 옮긴다. "옥자의 얼굴 위로 새하얀 유원의 얼굴이, 천사 같다고 생각하는 그녀의 마음이 하얀 목화송이처럼 피어"(『사막』, 154쪽)오르자 발걸음을 되돌리지만, 뜻밖의 사건이 계기가 되어 마침내 옥자와 얼굴을 마주한다.

아무튼, 유원과의 만남과 관련하여 마음을 정리한 세철은 새롭게 학교 생활을 시작한다. 그리고 그 과정에 그는 하숙집 주인의 아들 민철과 더욱 가까워지고, 안드레와 그녀의 남편 슈트라 중령은 물론 그들의 딸인 뽀미와의 만남도 이어간다. 또한 "고등학생 보육원 깡패로 이름을 날렸"던 경식과 다시 만나기도 한다. 아무튼, 옥자를 찾는 일도 계속된다. 그러다가 마침내 다시금 폭행 사건에 휘말리고 옥자의 거짓말로 인해 "경찰서에 수감되고 일주일 만에 풀려"난다(『사막』, 258쪽). 그가 학교를 자퇴하기로 결심하게 된 것은 이 사건 때문이다.

세철이 때로 "심한 부끄러움"(『사막』, 154쪽)을 느끼면서도 창녀촌의 여자 옥자를 자꾸 찾는 이유는 무엇일까. "옥자의 발가벗은 몸이 탐나서, 그 상긋한 입술이 좋아서"(『사막』, 154쪽)일까. 그가 처음부터 끝까지 옥자의 유혹에 완강하게 저항한다는 점에서 보면, 명백히 성적인 충동 때문은 아니다. 그렇다면, "옥자를 만나면 유원보다 더 편할 것 같"(『사막』, 154쪽)아서? 다시 말해, 보상 심리 때문에? 아니면, 옥자에게 양담배나 껌을 가져다주는 데서 확인되듯, 동정심 때문에? 또는 "옥자는 착한 여자

이다"라든가 "그녀가 불쌍했다"라는 말(『사막』, 251쪽)이 암시하듯, 거짓
말을 일삼는 그녀이지만 그녀의 인간성에 대한 그 나름의 소박한 판단 때
문에? 그 이유가 무엇이든, 세철은 옥자에 대한 마음을 쉽게 정리하지 못
한다. 이러한 세철의 심리를 어떻게 이해해야 할까. 혹시 "사막으로 난
길"을 따라가다보면 누구든 느낄 법한 갈증에 시달리고 있는 것으로 설명
할 수 있지 않을까. 달리 표현하자면, "열여덟 나이"의 사춘기 소년이 육
체적으로나 정신적으로 눈뜨는 과정에 느낄 법한 '이유 없는' 갈증 또는
이성(異性)에 대한 막연한 갈망에서 이해의 단서를 찾을 수도 있으리라.

아무튼, 자퇴를 결심한 세철은 "왜 거짓말을 했는지"를 따지기 위해 옥
자를 다시 찾는다. 그리고 소득 없이 돌아서면서 "이제 다시는 이 골목에
오지 않을 것"(『사막』, 261쪽)임을 스스로 다짐한다. 그 순간 세철은 "이
상하게 가슴이 탁 트이는 것 같"다는 느낌에 휩싸이는데, 이로써『사막』
의 이야기는 완결된다. 이 같은 이야기의 완결 부분은 이제 그 자신조차
이해하기 어려운 '이유 없는' 갈증과 막연한 갈망에서 벗어날 만큼 세철
이 성장했음을 암시하는 것일 수도 있으리라. 요컨대, 그는 마침내 "사막
으로 난 길"을 벗어나게 된 것이다.

여기서 우리는 다시 작가가 『숲』의 경우와 달리 『사막』의 이야기를 3인
칭 시점으로 전개하고 있는 이유는 무엇인가의 물음으로 되돌아갈 수 있
을 것이다. 『숲』에서 세철이 마주하는 세계는 그 또래 아이의 이해력을 벗
어나는 곳이 아니다. 물론 "미군은 중공군이 들어와서 많은 피해를 입었
는데, 왜 적군인데도 병을 치료해줘요?"(『숲』, 153쪽)라고 안드레 중위에
게 묻거나 "국기에 경례하는 거 우상 숭배 아니에요?"(『숲』, 208쪽)라고
정연주 선생에게 물을 만큼 어린 나이의 세철에게 세상은 여전히 이해가
쉽지 않은 곳이긴 하나, 그 정도의 의문과 마주하여 답을 찾거나 얻는 것
자체가 그 또래 아이의 성장 과정에 자연스러운 일이리라. 하지만『사막』
에서 그가 마주하는 세계에서 일어나는 일들—예컨대, 서울 역전 창녀촌

과 그곳 경찰서 사람들의 행태 및 구호물품과 의약품과 관련하여 규석의 부모인 "정 박사 내외분"의 처신—은 "너무 순진"한 그에게는 이해가 불가능한 곳이다. 『사막』의 곳곳에서 확인되듯, 심지어 같은 또래의 규석뿐만 아니라 유원도 세철에 대해 "너무 순진[하다]"고 생각한다. 아울러, 옥자와의 관계에서 암시되듯 세철 자신도 이해하기 어려울 만큼 미묘한 것이 자신의 심리다. 앞서 언급했듯, 그는 '자기도 모르게' 옥자의 집으로 향하는 자신을 발견하고는 "후닥닥 몸을 돌"(『사막』, 108쪽)리기도 한다. 만일 그런 주인공의 심리와 세계 이해를 1인칭 시점에 의존하여 전달하고자 하는 경우, 한 소년의 성장 과정에 대한 입체적인 조명은 쉽지 않았으리라. 혹시 작가가 『사막』에서 3인칭 시점을 동원한 것은 이 때문이 아닐지?

아니, 이렇게 볼 수도 있겠다. 무엇보다 『숲』의 주된 소설적 배경이 가정과 학교라면, 『사막』의 소설적 배경은 가정과 학교를 벗어나 사막과도 같은 사회로 넓혀지고 있기 때문일 수도 있거니와, 자아를 세계의 중심에 두고 세상을 바라보는 일을 허락하는 곳이 가정과 학교라면 그런 시각에서 벗어날 것을 요구하는 곳이 사회라고 할 수 있다. 즉, 자아 중심의 세계 이해라는 좁은 시각에서 벗어나 심지어 자기 자신조차 객관적인 시각에서 바라볼 것을 요구하는 곳이 사회다. 이런 의미에서 볼 때, 마치 인간이 우주의 중심부에 놓이는 것은 자신이 거주하는 지구라는 생각을 오랜 세월 떨칠 수 없었듯 세상을 자기중심적으로 보고 이해하는 어린아이의 시선을 있는 그대로 담고자 했던 것이 『숲』의 1인칭 시점이라면, 어린아이의 시각에서 벗어나 '나'를 객관화하여 이를 관찰하고자 하는 것이 『사막』의 3인칭 시점일 수 있다. 어찌 보면, '나'를 객관화하여 제시할 필요를 감지한 소설 속의 주인공 세철이 자신의 고교 시절 기록을 3인칭 시점으로 남겨놓은 것으로 이해할 수도 있으리라.

한편, 이야기 전개 구도에서도 차이가 확인된다. 즉, 『숲』과 『사막』은 각각 '봄→여름→가을→겨울→다시 봄'의 구도와 '여름1→여름2→가을→겨울'의 구도로 이야기가 전개되어 있거니와, 이처럼 서로 다른 이야기 전개 구도가 의미하는 바는 무엇일까. 물론 이야기의 내용과 시기가 다르다는 점에서, 이는 크게 문제 삼기 어려운 차이일 수도 있다. 그럼에도 불구하고, 두 소설 모두 계절의 변화가 성장의 과정을 암시하는 수사적인 표현이라는 점에서 볼 때, 이에 대한 비교 천착이 전혀 무의미한 것일 수는 없다. 혹시 『숲』이 봄의 이야기에서 시작하여 다시 봄의 이야기로 끝맺는 이유는 성장의 원동력이 되는 생명력이 여일하다는 점을 암시하기 위한 것 아닐까. 또는 성장의 아픔과 이에 따른 고통에도 불구하고 여전히 꿋꿋하게 성장 과정을 이어가는 아이의 모습을 제시하는 데는 그와 같은 구도만큼 적절한 것이 없다는 작가의 판단에 따른 것 아닐까. 하지만 『사막』은 여름의 이야기에서 시작하여 겨울의 이야기로 끝나거니와, 그 이유는 무엇인가. 혹시 세철이 헤쳐나아가야만 했던 겨울의 시간이 결코 짧지 않음을 암시하기 위한 것 아닐까. 비록 "사막으로 난 길"을 이제 빠져나왔지만, 학교를 자퇴한 그의 내면 풍경에 드리워진 겨울의 한기는 쉽게 걷히기 어려운 것이었으리라. 아무튼, 『사막』의 에필로그를 통해 작가는 그가 "봄이 되자" "미8군 하우스보이"로 취직하고 "대입 검정시험"에 합격했음을, 그리고 "그다음 해 봄"에 유원과 규석이 입학한 대학에 합격했음을 전한다. 이를 통해 작가는 긴 겨울에도 불구하고 세철은 "성숙한 어른"으로 성장하기 위한 삶의 여정을 여일하게 걸어갈 것임을 암시한다. 즉, 에필로그의 이야기까지 포함하는 경우, 이야기는 여름에서 시작하여 다시 봄의 구도로 전개되고 있다고 볼 수 있거니와, 이를 통해 작가는 세철이 성장 과정에 겪어야 했던 어느 한때의 겨울이 길고 깊은 것이었지만 그럼에도 불구하고 여전히 봄은 다시 찾아오고 다시 찾아온 봄과 더불어 그의 성장 과정은 여일하게 이어질 것임을 암시하고자 했던 것으로 볼 수 있다.

3. 글을 마무리하며, 또는 남는 과제들

앞서 잠깐 확인했듯, 작가는 『숲』의 에필로그를 통해 세철의 이야기가 소년 시절뿐만 아니라 "대학 시절, 그리고 졸업 후"까지도 이어질 것임을 예고한 바 있다. 그리고 『숲』에 이어 출간한 『사막』은 세철의 중학생 시절에 이어 고등학생 시절의 이야기를 담고 있다. 추측건대, 작가는 세철의 "대학 시절, 그리고 졸업 후"의 이야기를 조만간 우리에게 선보일 것이다. 그리고 이를 통해 세철이 어떻게 해서 "평생 결혼도 하지 않고 선교사로 목사로 대학교수로 여러 일을 하"(『숲』, 7쪽)게 되었는가를 독자에게 밝혀줄 것이다. 즉, 세철은 평범한 아이에서 결코 평범하다고 할 수 없는 삶의 주인공이 될 것임을 예고하고 있거니와, 작가는 이 같은 세철의 청년기 이야기를 3권 분량의 소설로 곧 선보일 계획임을 사적으로 만난 자리에서 논자에게 밝힌 바 있다. 요컨대, 작가가 기획하고 있는 것은 5부작으로 이루어진 방대한 성장소설이다. (작가가 이전에 세철의 초등학생 시절을 다룬 『전쟁놀이』, 『나는 그때 열한 살이었다』, 『못자국』을 출간했다는 점을 감안한다면 5부작을 넘어서서 8부작이라고 할 수도 있겠다.)

만일 세철의 중학생 시절의 이야기와 고교생 시절의 이야기처럼 청년기 이야기가 현재와 같이 개별적이고 독립적인 소설책으로 발간되는 경우, 우리가 앞서 지적한 바 있는 서술자의 시점 변화나 책마다 상이한 성격의 프롤로그와 에필로그는 문제될 것이 없다. 하지만 세철의 청년기 이야기를 다루는 3권의 작품에 대한 집필이 완료되고 이와 함께 한 인간의 성장 과정에 대한 이야기 전체를 총체적으로 묶는 작업이 피할 수 없는 절차가 되는 경우, 작가는 아마도 서사의 전체적인 일관성 확보에 걸림돌이 될 수도 있는 여러 가지 사소한 문제점들에 대한 검토 작업을 이어갈 것이다.

그러한 문제점들 가운데 우리가 특히 주목하고자 하는 것은 시점의 문제다. 전지적 작가의 관점에서 서술된 것이라는 점에서 보면, 3인칭 시점

의 작품인 『사막』에 담겨 있는 1인칭 시점의 서술은 따로 문제될 것이 없
다. 하지만 『숲』의 경우 1인칭 시점의 작품이지만 때로 예기치 않은 3인
칭 시점의 서술이 작품에서 확인되는데, 이는 자연스럽지 못하다는 지적
이 있을 수도 있다.

나는 허풍을 떨었다.
"아주, 너 이제 보니 대단하구나, 그렇게 용감하냐?"
세 친구가 눈을 멀뚱거렸다.
"대단하다니? 나는 마음만 먹으면 아무것도 두렵지 않아."
태정이는 문득 2학년 수료식 날 일이 떠올랐다. 여럿이 있는데 혼자서 돌
멩이를 들고 상대하려 했던 것이다. 그리고 며칠 뒤에 삼성혈에서 한바탕
붙었던 일도 생각났던 모양이다. 그제야 내 말을 믿을 수 있었을 것이다.
(『숲』, 89-90쪽, 밑줄 인용자)

나는 유원에게 내 처지를 다 말해버렸다. 내가 서울로 따라가겠다는 말을
할 수가 없었다. 유원이에게는 몰라도 규석이도 있는데, 걔네들 따라 서울
로 가겠다는 말은 할 수 없었다.
"세철아, 넌 너무 어른스럽다. 홀로 사시는 어머니와 늙으신 어른들을 다
생각하고, 넌 참 효자구나."
유원이는 세철에게도 이런 면이 있다는 것을 몰랐다. 그것도 모르고 서울
로 가자고 꾄 것 같아서 미안했다.
"내가 어머니나 할아버지 할머니에게 너무 걱정을 끼쳐드렸어. 유원이도
알지. 초등학교 때 나 때문에 어머니가 얼마나 속이 상하셨는지?"
나는 궤에서 어머니 돈을 훔친 적이 있었다. 또 공연히 고집을 부려서 어
머니 마음을 아프게 한 적도 여러 번 있었다. (『숲』, 103-104쪽, 밑줄 인
용자)

원론적으로 말하자면, 1인칭 시점의 서술은 '나의 눈'에 비친 세상에 대한 이해 및 이와 함께하는 '내 마음'의 움직임을 드러내기 위한 서술 방법으로, 이 방법이 갖는 장점은 서술자의 시각과 내밀한 심리를 생생하게 드러낼 수 있다는 데 있을 것이다. 하지만 그 한계도 명확하거니와, 이는 한 인간의 주관적 시선과 심리를 천착하는 데 효과적인 방법일 수 있으나, 3인칭 전지적 작가의 시점이 허용하는 특혜—즉, 고정된 하나의 시점이라는 한계를 벗어나 '남'의 생각이나 마음을 자유롭게 전할 수 있는 위치—를 포기해야 함을 뜻한다. 마치 그러한 한계를 벗어나고자 하는 듯, 작가는 1인칭 시점의 서술을 진행하는 과정에 3인칭 시점의 서술을 동원하고 있는 것이다. 명백히 이는 서술의 일관성이라는 측면에서 볼 때 문제가 될 수 있을 것으로 판단된다.

이와 관련하여, 우리는 다큐드라마 형식의 영화 《에드바르트 뭉크》의 감독 피터 왓킨스(Peter Watkins)가 뭉크의 일기에 관해 주목했던 점을 문제 삼을 수도 있다. 뭉크의 삶을 화면에 담기 위해 6년여의 준비 과정을 거쳤던 왓킨스는 그 과정에 무엇보다 독특한 형식으로 기록되어 있는 뭉크의 일기에 깊이 매료된 바 있었는데, 뭉크는 일기 기록에 1인칭 시점뿐만 아니라 자신을 '카를만' 또는 '브란트' 또는 '난센' 등의 이름으로 지칭하는 등 3인칭 시점을 동원하기도 했으며, 이로써 자신의 예술과 삶에 대한 들끓는 감정이 펜 끝에서 발작적으로 재빠르게 흘러나오도록 했다는 것이다.[3] 혹시 세철의 "기록"을 이와 유사한 관점에서 이해할 수도 있지 않을까. 다시 말해, 아직 성숙되지 않은 소년의 들끓는 감정이 절제되지 않은 채 그대로 담겨 있는 것이 작가의 말대로 세철이 남긴 "기록"(『숲』, 15쪽)이기에, 또는 주체와 객체 사이의 경계가 또렷하게 구분되거나 의식

---

3) Peter Watkins, "Edvard Munch: A Director's Statement," *Literature/Film Quarterly*, 제5권 제1호 (1977년 겨울), 17쪽.

되는 글을 쓰기에는 아직 나이 어린 소년의 감정을 있는 그대로 담고 있는 것이 위의 인용들이기에, 이처럼 때때로 시점이 혼재될 수밖에 없었던 것으로 이해할 수도 있으리라. 이와 관련하여, 작가가 『숲』이든 『사막』이든 세철 자신이 남긴 "기록"임을 『숲』의 프롤로그와 에필로그에서 힘주어 말하고 있음을 주목해야 할 것이다. 따지고 보면, 이 같은 '이해의 시각'은 『숲』과 『사막』 사이에 존재하는 시점의 변화를 비롯한 여러 사소한 차이들—즉, 한 소년의 기록이면서도 일관성의 면에서 『숲』과 『사막』 사이에 존재하는 여러 차이점들—에 대해서도 그대로 적용될 수 있을 것이다.

물론 이상과 같은 우리의 문제 제기는 말 그대로 가당치 않을 것일 뿐만 아니라 주제넘은 것일 수 있다. 그럼에도 불구하고, 작가가 세철의 "대학 시절, 그리고 졸업 후"의 이야기를 마침내 작품으로 완성하고, 이로써 세철의 성장 과정을 다룬 모든 소설을 하나의 소중하고도 기념비적인 연작 소설로 재편집할 기회를 갖게 될 때, 가당치 않고 주제넘은 우리의 문제 제기에 대해서도 작가 현길언의 눈길이 미치기를 희망한다.

미완의 비극에서 희화로
— 피츠제럴드의 『위대한 개츠비』에서 유익서의 「목련나무 편지」까지

1. 시적인 것과 비극적인 것

널리 알려진 인문학자 한 분이 우리나라의 민주주의 및 정치 변화의 이상과 현실을 논의하는 자리에서 "정부 내에 어리둥절해하고 왔다 갔다 하는 사람이 많다"는 지적과 함께 그들은 "시인으로는 좋지만 정치인으로는 부적절하다"는 발언을 하여 주목을 끈 적이 있다. 그가 그렇게 말했다고 해서 시인을 폄하했다는 식의 비판을 하는 사람은 없을 것이다. 이는 현실을 제대로 파악하지 못하는 정치인들에 대한 비판을 담기 위한 수사적 발언이기 때문이다. 그럼에도 불구하고, 우리는 여전히 그의 발언이 암시하는 바의 부정적인 함의를 문제 삼을 수도 있다. 따지고 보면, 현실의 관점에서 볼 때, 시인이란 진실로 "어리둥절해하고 왔다 갔다 하는 사람"일 수 있다. 요컨대, 현실적인 시각에서 보면 시인이란 이른바 '제정신의 인간'일 수 없다. 샤를 보들레르(Charles Baudelaire)가 「알바트로스」라는 시에서 묘사한 바와 같이, "땅 위"라는 현실 세계에서는 "걸음조차 제대로 못 옮기"는 불구자일 뿐이다.

시인도 이 구름의 왕자와 같은 존재이어라.

폭풍 속을 드나들고 궁수의 활을 비웃지만,

조롱에 휩싸인 채 땅 위로 추방되면

큰 날개 때문에 걸음조차 제대로 못 옮기나니.[1]

보들레르는 "폭풍 속을 드나들고 궁수의 활을 비웃"는 "구름의 왕좌"인 알바트로스가 "땅위로 추방"되었을 때의 모습을 묘사할 때, "어색하고 창피하다"(maladroit et honteux), "서툴고 허약하다"(gauche et veule), "우스꽝스럽고 추하다"(comique et laid)와 같은 표현을 동원하고 있다. 이는 현실의 삶에 적응하지 못하는 시인의 모습에도 그대로 적용될 수 있는 표현으로, 이처럼 시인이 "조롱"의 대상이 될 수 있으니, 어찌 한 인문학자의 발언에 고개를 끄덕이지 않을 수 있으랴.

그럼에도 불구하고, 시인이 존재하고 시가 창작되는 이유는 무엇인가. 또한, 지극히 소수이긴 하나, 시인의 존재 이유를 부정하거나 시의 소중함을 회의하기를 거부하는 이들도 없지 않다. 무엇 때문인가. 시인은 알바트로스가 "큰 날개"에 의지하여 세상을 내려다보듯 '시'에 의지하여 세상을 내려다보고, 그렇게 해서 우리가 보지 못하는 무언가를 보여주기 때문이다. 현실을 현실적이고 속물적인 이해타산의 시선으로는 결코 볼 수 없는 그 무엇을, 현실을 뛰어넘어 현실 저편에 숨어 있는 삶의 진실과 의미를 꿰뚫어보고 이를 우리에게 전하기 때문이다. 물론 이런 의미에서의 시인이 정치인 가운데 있다면 문제될 것이 무엇이겠는가. 따지고 보면, 국가와 민족이 존망의 위기에 처했을 때 그 위기에서 국가와 민족을 구

---

1) "Le Poète est semblable au prince des nuées / Qui hante la tempête et se rit de l'archer; / Exilé sur le sol au milieu des huées, / Ses ailes de géant l'empêchent de marcher." 보들레르의 시집 『악의 꽃』(*Les Fleurs du Mal*)에 수록된 시 「알바트로스」("L'Albatros")의 마지막 연으로, 번역은 논자의 것임.

한 영웅이란 현실적이고 속물적인 이해타산을 초월하여 세상을 바라보던 '시적 인간'이었다. 물론 앞서 언급한 인문학자가 정치인들 가운데 시인이 되는 쪽이 좋을 법한 사람이 있다고 했을 때, 그가 염두에 두었던 것은 그와 같은 영웅적 면모의 정치인은 아니었을 것이다. 다만 희화화(戲畵化)된 우스꽝스러운 정치인의 모습이 그의 마음에 자리하고 있었던 것이리라. 하기야 오늘날은 고전적 의미에서의 영웅의 시대가 아니라 이른바 민주주의와 합리주의의 시대 아닌가. 어떤 관점에서 보면, 우리 시대는 시적 비전을 갖춘 영웅을 필요로 하는 시대가 아니라 현실 감각을 갖춘 이른바 보통 인간을 요구하는 시대인지도 모른다. 이런 연유로, 우리 시대를 살아가는 사람들 가운데 극히 일부를 제외하고 거의 모든 사람에게 시인은 숭배와 존경의 대상이 아니다. 그들의 눈에 시인이란 다만 걸음조차 제대로 못 옮기는 "땅 위"의 알바트로스와 같은 존재로 비칠 뿐이다.

우리 시대가 이제 영웅의 시대가 아님은 진정한 의미에서의 시가 상실된 시대라는 뜻도 되지만, 이와 동시에 비극이 불가능해진 시대라는 뜻도 된다. 비극이 불가능해지다니? 여기서 우리는 비극이란 불가해한 미지(未知)의 세계—그것이 신이든, 자연이든, 또는 운명이든—에 자신의 전부를 걸고 도전하는 영웅의 존재를 전제로 한다는 점에 유의해야 할 것이다. 널리 알려진 바와 같이, 합리주의는 인간에게 자연, 신, 운명과의 투쟁에서 인간의 승리가 가능하다는 생각을 갖도록 했다. 아울러, 이 합리주의는 인간의 삶에 미지의 영역이 존재함을 인정치 않는데, 인간이 삶을 살아가며 부딪치는 모든 문제를 윤리적이든, 사회적이든, 심리적이든, 무언가 합리적인 해석을 시도하도록 우리를 유도한다는 점에서 그러하다. 한편 민주주의는 앞서 말한 바와 같이 고전적 의미에서의 영웅의 존재를 용납하지 않거니와, 이제 영웅의 자리를 대신하는 것이 이른바 시민 계급이다. 어찌 보면, 영웅 서사시의 시대에서 시민 소설의 시대로 바뀌었다는 점에서, 비극적 영웅이 들어설 자리가 없어진 것처럼 보인다. 요컨대,

현대는 진정한 의미에서의 영웅이 부재할 뿐만 아니라 그 존재를 요구하지 않는 사회가 되었다.

그렇다면 불가해한 미지의 세계와 영웅이 사라진 이 시대에 비극이란 정녕코 불가능한 것일까. 행여 이 민주주의와 합리주의의 시대에도 비극이 존재할 수 있다면, 그것은 어떤 양식으로 존재할 수 있을까. 이런 물음에 설득력 있는 답을 준 사람이 있다면, 그는 영국의 영문학자 피터 머서(Peter Mercer)다. 아르헨티나의 작가 보르헤스(Jorge LuisBorges)의 논의에 의지하여 머서는 헨리 제임스(Henry James)와 조지프 콘래드(Joseph Conrad)의 작품에서 현대적 비극의 가능성을 찾고 있는데, "이들 작가는 현실적인 것과 시적인 것 사이의 현실적인 대립 관계를 무너뜨리기 때문에 그들에게 비극은 하나의 가능한 형식"[2]임을 주장한다. 즉, 현실을 현실적으로 판단하기보다 시적으로 판단할 때 비극은 여전히 가능할 수 있다는 것이다. 이 같은 머서의 주장은 소재 및 주제에 대한 작가의 태도나 작품의 구조적 측면과 관계있는 것이긴 하지만, 이 논리를 작품의 주인공에게까지 확장하여 적용시킬 수도 있지 않을까. 그렇게 하는 경우, 영웅적 인간 대신, 현실에 대한 합리적 이해 능력 또는 현실 감각을 결여한 이른바 '시적 인간'을 현대판 비극의 주인공으로 상정할 수도 있을 것이다. 아울러, 이 같은 현실 감각의 결여는 한 인간을 파멸에 이르게 하는 일종의 결함(hamartia)으로 이해할 수도 있을 것이다.

시기적으로 보면, 헨리 제임스(1843-1916)와 조지프 콘래드(1857-1924)는 20세기 초까지 작품 활동을 했던 작가다. 그들의 작품 세계를 넘어서서, 어느 모로 보나 20세기 이후의 전형적인 현대 사회를 배경으로 하되 머서가 말하는 의미에서의 비극을 감지케 하는 사례, 또는 그의 주

---

2) Peter Mercer, "Tragedy," *A Dictionary of Modern Critical Terms*, ed. Roger Fowler (London: Routledge & Kegan Paul, 1973), 200쪽.

장을 확대 적용하여 우리가 상정한 '비극적 인간'을 형상화한 사례가 있다면, 어떤 작품이 있을까. 이 같은 물음에 주저 없이 답변을 하도록 우리를 유혹하는 작품이 있으니, 이는 바로 스콧 피츠제럴드(Scott Fitzgerald, 1896-1940)가 1925년에 발표한 『위대한 개츠비』다. 흔히 사람들은 이 작품을 '아름답고 비극적인 사랑의 이야기'라고 하는데, '어떤 여자를 끔찍이 사랑하던 남자가 슬프게도 사랑을 이루지 못한 채 죽음을 맞이했다'는 뜻에서 하는 말이리라. 하지만 이렇게 말하는 사람들이 마음속에 지니고 있는 것은 '비극'으로서의 『위대한 개츠비』가 아니라 '멜로드라마'로서의 『위대한 개츠비』일 뿐이다. 『위대한 개츠비』가 단순히 멜로드라마라면, 이 작품을 뛰어난 문학작품으로 치켜세울 이유가 어디 있겠는가. 명백히 『위대한 개츠비』에는 멜로드라마를 뛰어넘어 진정한 의미에서의 비극에 상응하는 그 무엇이 있다. 하지만 이와 동시에 비극이기에는 비극의 필요충분조건을 채우지 못한 미완(未完)의 비극이라는 혐의를 떨칠 수 없는 것도 사실이다. 미완의 비극이라니? 우리는 이어지는 논의에서 『위대한 개츠비』가 어떤 의미에서 비극이면서 동시에 미완의 비극인가를 확인해볼 것이다. 그리고 『위대한 개츠비』가 미완의 비극이라면 이 작품을 미완의 비극일 수밖에 없는 이유를 '비극의 몰락'이라는 관점에서 검토해보기로 한다.

2. 『위대한 개츠비』, 또는 미완의 비극

무엇보다 개츠비는 왜 "위대한 개츠비"(the great Gatsby)인가라는 질문으로 논의를 시작할 수 있을 것이다. 수많은 수식어 가운데 하필이면 왜 '위대한'인가. 개츠비는 부정한 수단으로 돈을 모았음에도 불구하고 근본적으로 심성이 착한 사람이기 때문일까. 그렇다면 왜 '착한'(good 또는 good-natured)이라는 수식어를 붙이지 않은 것일까. 한 여인에 대한 사랑에 끝까지 성실했던 사람, 인간의 마음에 대해 지나치게 소박한 민음을 가졌던 사람이기 때문일까. 이 경우에는 '성실한'(faithful)이라든가 '소박한'(naive)이라는 수식어가 더 어울리지 않을까. 도저히 어울릴 것 같지 않은 '위대한'이라는 수식어를 어떻게 이해해야 할까.

이 물음에 답을 찾기 전에 우선 이 『위대한 개츠비』라는 소설의 줄거리를 살펴보기로 하자. 이 소설은 우연히 개츠비와 이웃이 된 닉 캐러웨이를 화자(話者)로 삼고 있다. 닉은 부유한 가정에서 태어나 예일 대학을 졸업한 29세의 신중하고 진지한 젊은이로, 증권업에 투신하기 위해 고향인 미국 중서부 지방을 떠나 뉴욕으로 온다. 뉴욕 부근의 롱아일랜드에 거처를 정한 닉은 곧 인근에 살고 있는 그의 사촌 데이지 뷰캐넌과 그녀의 남편 톰 뷰캐넌의 집을 찾는다. 그리고 얼마 후 대학 시절부터 친분이 있던 톰과 개별적으로 만나는데, 톰은 닉에게 자신의 정부인 머틀 윌슨을 소개한다. 그런 일이 있고 나서 다시 얼마 후 매주 엄청나게 화려하고 사치스러운 파티를 열고 있는 이웃 개츠비와 알게 되는데, 파티에 참석했던 데이지의 친구 조던 베이커를 통해 데이지와 개츠비가 한때 사랑했던 사이임을 알게 된다. 또한 놀랍게도 개츠비가 엄청난 재산을 모으고 또 매주 화려한 파티를 여는 이유는 바로 데이지를 만나 옛사랑을 되찾기 위한 것이라는 사실도 알게 된다. 결국 닉의 집에서 개츠비와 데이지는 거의 5년 만에 재회를 하며, 재회와 더불어 어색해하던 두 사람은 곧 서로에게 가까워진다. 그리고 얼마 후에 데이지는 톰과 함께 개츠비의 파티에 참석하게 되는데, 톰이 파티 자리에서 먼저 떠난 후 개츠비는 닉에게 과거를 되찾겠다는 자신을 꿈을 털어놓는다. 이후 개츠비와 데이지는 다시금 정기적으로 만나는 사이로 발전한다. 그러던 어느 무더운 여름날, 개츠비, 데이지, 톰, 닉, 그리고 조던이 점심 식사를 위해 한자리에 모이게 되는데, 이날 데이지가 몰던 차에 머틀이 뛰어들어 죽는 사건이 발생한다. 머틀의 남편인 조지 윌슨은 자기 아내의 죽음이 개츠비 때문인 것으로 잘못 알고, 자나 깨나 데이지의 안위를 걱정하는 개츠비를 찾아가 그를 죽이고

자살한다. 월슨의 오해는 톰의 잘못된 암시와 데이지의 무책임한 태도에서 나온 것으로, 이미 심증을 굳히고 있던 닉은 개츠비가 죽은 후 데이지와 함께 여행을 떠났다가 돌아온 톰과 우연히 만나 이 사실을 확인한다. 이미 뉴욕에서의 삶에 환멸을 느끼고 중서부로 되돌아갈 준비를 하던 닉은 이제 폐허나 다름없는 개츠비의 집을 찾아가 개츠비의 모습을 떠올린다. 이루어질 수 없는 꿈이었음에도 불구하고 그 꿈의 실현 가능성을 굳게 믿었던 개츠비의 모습을.

요컨대, 개츠비는 과거의 사랑을 되찾기 위해 그가 할 수 있는 모든 일을 하지만, 결국에는 사랑을 이루지 못한 채 뜻밖의 사건으로 인해 죽음을 맞이한다. 그것도 데이지의 남편이 저지른 부정의 여파로. 아니, 그토록 사랑하던 데이지 자신의 우유부단한 성격과 무책임한 태도로 인해. 하지만 그것이 전부일까. 어떤 관점에서 보면, 개츠비의 죽음에 가장 큰 책임이 있는 사람은 개츠비 자신인지도 모른다. 좀 더 정확하게 말하자면, 사랑을 이룰 수 없었던 것이 자신의 가난함 때문이라는 판단 아래 부를 얻기만 하면 사랑을 되찾을 수 있다는 소박한 믿음에서 벗어날 수 없었던 개츠비 자신이 모든 문제의 원인이었는지도 모른다. 잘못된 꿈은 인간을 파멸로 몰아갈 수 있는 법이다.

이 같은 개츠비와 관련하여 우리가 우선 주목해야 할 점은 그가 미국의 '아메리칸 드림'이 낳은 문제적 인물 가운데 하나라는 점이다. 여기서 우리는 그가 부를 얻기 위해 도덕적으로나 사회적으로 용납이 안 되는 수단과 방법을 동원한다는 점을 문제 삼을 수 있다. 또한 개츠비의 청소년 시절에 관한 닉의 이야기에서 볼 수 있듯 개츠비의 꿈은 "거창하면서 천박하고도 난잡한 아름다움에 봉사하는 것"[3]에 지나지 않는다는 점도 문제

---

3) F. Scott Fitzgerald, *The Great Gatsby* (Harmondsworth, Middlesex: Penguin, 1954), 105쪽. 번역은 논자의 것이며, 이하의 인용은 본문에서 밝히기로 함.

삼을 수 있다. 당연히 항상 균형 감각을 잃지 않는 닉의 시각에서 보면, 개츠비는 경멸할 만한 모든 것을 대표하는 사람일 수밖에 없다. 하지만 개츠비에 대한 닉의 판단은 그렇게 단순한 것이 아니다. 이와 관련하여 이야기의 서두에 나오는 닉의 다음과 같은 말에 주목하기 바란다.

> 작년 가을 동부에서 돌아왔을 때 [중략] 나는 특권을 누리는 위치에서 인간의 마음을 분방하게 탐사하는 일을 더 이상 하고 싶지가 않았다. 오로지 개츠비만이, 그 이름을 이 책의 제목으로 제공한 개츠비만이 그런 나의 심경에서 벗어나는 예외의 인물이었다. 내가 노골적으로 경멸하는 모든 것을 대표하던 인물인 이 개츠비만은 예외였던 것이다. 만일 개성이라는 것이 일련의 성공적인 몸짓의 연속이라면, 그에게는 무언가 멋진 구석, 미래의 삶에 민감하게 반응하는 고양된 감수성이라고 할 수 있는 것이 있었다. 그는 마치 일만 마일 바깥쪽에서 일어나는 지진에 반응을 보이는 정밀 기기와 같은 것에 연결이 되어 있는 것처럼 보였던 것이다. 이 같은 민감성은 '창조적 기질'이라는 이름 아래 사람들이 떠받드는 맥 빠진 상태의 병적 예민성과는 관계가 없는 것이었다. 이는 오히려 희망을 감지해내는 천부적 능력 또는 일찍이 그 누구한테서도 발견하지 못하고 앞으로도 영원히 발견할 수 없으리라고 생각되는 낭만적 순발력이라고 할 수 있는 것이었다. (8쪽)

위의 인용이 암시하듯, 개츠비에 대한 닉의 판단은 부정과 긍정을 동시에 암시하는 양가적(兩價的)인 것이다. 우선 앞서 말한 바와 같이 개츠비는 노골적인 경멸의 대상이기도 하다. 하지만 시선을 달리하는 경우 전혀 새로운 모습의 개츠비가 닉의 시선에 확인된다. 그가 본 개츠비는 "미래의 삶에 민감하게 반응하는 고양된 감수성"을 지닌 인물, "희망을 감지해내는 천부적 능력" 또는 "낭만적 순발력"을 지닌 인물이기도 한 것이다.

어쩌면 바로 이 같은 감수성과 능력이 오늘날의 개츠비를 만들고 또 데이지에 대한 개츠비의 낭만적 사랑을 지속하도록 만든 동인(動因)인지도 모른다.

문제는 개츠비의 꿈이 현실적 만족을 위한 것임에도 불구하고 이 같은 감수성과 능력 자체는 비현실적인 것이라는 데 있다. 냉정한 현실의 시각에서 보면, 개츠비의 꿈뿐만 아니라 그가 꿈꾸는 세계도 지극히 비현실적인 것이다. 너무도 비현실적이어서 저 유명한 셰익스피어 비극의 주인공 오셀로의 시적 순수성까지 떠올리게 한다. 따지고 보면, 가난 때문에 잃었다고 생각되는 사랑을 돈으로 되찾을 수 있다는 식의 소박한 확신에 젖어 있는 사람을 어찌 현실적 인간이라고 할 수 있겠는가. 개츠비의 비현실성은 다음 인용에서 보듯 거의 시적 경지에 이르는 것이다.

> 거의 5년이라는 세월! 그날 오후만 하더라도 데이지가 그의 꿈을 만족시키기에 부족한 인간으로 보이는 순간이 있었음에 틀림없다. 이는 물론 그녀 자신의 과오 때문이 아니라, 그의 환상이 엄청난 생명력을 지닌 것이었기에. 그 생명력은 이미 그녀를 뛰어넘고 모든 것을 뛰어넘은 그런 것이었다. 그는 창조적 열정에 사로잡혀 그 환상에 온몸을 내던진 상태에서 끊임없이 그 환상을 키워왔고, 또 그의 여정으로 날라 들어온 모든 빛나는 깃털로 그 환상을 장식해왔던 것이다. 아무리 커다란 불길이나 더할 수 없는 신선함도 한 인간이 그의 유령과도 같은 마음에 쌓아놓은 것에 적수가 될 수 없는 법이다. (102-103쪽)

다시 보들레르의 「알바트로스」에 기대어 말하자면, 낭만적 꿈과 희망의 세계에서 시인은 하늘을 나는 "구름의 왕자"일 수 있지만, 속된 욕망과 허위가 지배하는 현실 세계로 추방되었을 때 걸음조차 제대로 못 옮기는 웃음거리에 불과한 존재로 전락한다. 어쩔 수 없이 땅 위로 추방되어 조소와 경멸의 대상이 되었지만, 천상에 머무는 "구름의 왕자"라면 지니고 있을 법한 꿈과 희망, 비전을 가슴속에 간직하고 있는 존재, 현실 세계—아니, 현실 세계의 그 모든 천박함—에 몸을 맡기고 있으면서도 여전히 천상 세계의 아름다움을 꿈꾸던 존재, 바로 그런 존재가 개츠비다. 우유부단한 성격의 속물인 데이지를 향해 "환상"을 키우고 "타락이 불가능한 꿈"(160쪽)을 꾸는 개츠비, 돈 때문에 좌절된 사랑을 돈으로 되찾을 수 있다는 소박한 확신에 차 있는 개츠비, 그리고 드디어 사랑을 되찾았을 수 있게 되었다는 미망(迷妄)에 빠져드는 개츠비—이처럼 현실과 시의 경계를 무너뜨리는 어리석은 사람이 있다면, 그는 현실을 시로 판단하는 현대적 의미에서의 비극적 인물이 될 수밖에 없지 않을까.

앞서 말했듯, 비극의 주인공이란 미지의 자연, 신, 운명을 거부하고 이에 대항하는 인물이다. 그리고 그런 엄청난 일을 감당해내는 인물들은 '위대한'이라는 수식어가 부끄럽지 않은 고귀한 사람들, 평범한 인간이라면 감히 범접하기 어려운 정신의 순수성을 지니고 있는 사람들이기도 하다. 바로 이 같은 사람들의 대열에 우리가 개츠비를 편입시키고자 하는 이유는 앞서 확인한 개츠비의 "창조적 열정"과 "타락이 불가능한 꿈"이 언뜻언뜻 보여주는 정신의 순수성—다시 말해, 어두운 현실에도 불구하고 그 현실에서 시를 지켜나갈 수 있도록 하는 정신의 순수성—때문이다. 그는 모든 결함에도 불구하고 비극의 주인공이라면 갖춰야 할 정신의 순수성이라는 바로 이 덕목을 지닌 인물인 것이다. 물론 개츠비 자신이 보여주듯 정신의 순수성은 그 자체가 또 하나의 '비극적 결함'일 수도 있다. 그리고 자연, 신, 운명과의 투쟁 끝에 패배와 파멸의 나락에 떨어지는 비극의 주인공들처럼, 바로 그 결함 때문에 개츠비도 파멸에 이른다. 만일 현대에도 여전히 비극이 존재할 수 있다면, 실현 불가능한 꿈 또는 현실 저편에 존재하는 이상을 향해 몸을 던짐—즉, 현실을 시적으로 잘못 판단함—으로써 파멸의 나락에 떨어지는 개츠비와 같은 인간이 존재할 때일 것이다. 이런 관점에서 볼 때, 개츠비를 어찌 '위대한 인간'이라고 하지 않을 수 있겠는가. 하기야 '위대한'이라는 표현을 반어적(反語的)으로 읽는 사람도 있을 수 있겠다. 하지만 반어적으로 읽는 사람이 있다면 그는 바로 개츠비한테서 그를 둘러싼 추문밖에 감지할 능력이 없는 톰과 같은 사람일 것이다. 아니, 톰을 비롯하여 그의 세계를 구성하는 온갖 세속적인 속물들의 눈에 개츠비의 위대함은 오직 반어로만 존재할지도 모른다.

물론 한 인간이 현실을 시로 잘못 판단하고 이로 인해 파멸을 맞이하게 되었다고 해서 그가 바로 비극의 주인공이 되는 것은 아니다. 그것은 비극의 필요조건일 수 있지만 충분조건일 수는 없기 때문이다. 그렇다면 무엇이 더 필요한가. 이 물음에 대한 답을 위해 우리는 철학자 카를 야스퍼스(Karl Jaspers)의 비극론에 기댈 수 있는데, 그는 "초월이 없는 비극이란 있을 수 없다"(Es gibt keine transzendenzlose Tragik)[4]고 말한 바 있다. 즉, 비극의 주인공이란 파멸에 앞서 깨달음과 자기반성의 단계를 거치고, 이를 통해 자신의 인간적 한계를 초월하는 사람이다. 다시 말해, 비극이란 영웅—그것도 비극적 결함으로 인해 파멸하는 영웅—의 이야기이긴 하지만, 그것만으로 전부는 아닌 것이다. 사실 전형적인 비극의 예를 살펴보는 경우 일반적으로 주인공은 파멸에 이르기 전에 자신의 과오를 깨닫는 순간을 거친다. 소포클레스의 오이디푸스가 운명과의 싸움에서 패배한 뒤 자신의 두 눈을 뽑는 행위라든가, 앞서 언급한 바 있듯 지극히 시적인 인물 가운데 하나인 셰익스피어의 오셀로가 자신의 과오를 인정하고 스스로 죽음의 길을 택하는 것이 아마도 이에 해당할 것이다. 파멸을 예견하면서도 끝까지 운명에 맞서는 셰익스피어의 맥베스만 하더라도 "삶이란 다만 걸어다니는 그림자, 가련한 배우와 같은 것일 뿐"이라는

---

4) Karl Jaspers, *Über das Tragische* (München: R. Piper, 1952), 18쪽.

깨달음의 순간에 이르지 않던가. 바로 이런 깨달음의 순간이 일반적으로 비극적 주인공에게 '초월'을 가능케 하고, 이로 인해 인간은 단순한 인간 이상의 그 무엇이 될 수 있는 것이다.

하지만 『위대한 개츠비』에서는 그와 같은 자기반성과 초월의 과정이 확인되지 않는다.[5] 아니, 자기반성과 초월의 기회가 '아예' 주어지지 않는다. 심지어 사랑이란 자신이 생각하는 것처럼 낭만적인 것일 수만은 없다는 단순한 현실적 판단과 깨달음의 기회조차 개츠비에게는 주어지지 않는다. 오히려 자신의 사랑이 이루어지리라는 희망을 간직한 채, 하지만 영문도 모르는 상태에서, 그는 죽음을 맞이할 뿐이다. 갑작스럽게 찾아온 윌슨이 사리를 따지기 전에 그에게 총을 쏘았을 것이라는 점, 그리하여 개츠비는 불의의 죽음을 맞이했을 것이라는 점을 우리는 닉의 이야기에서 충분히 유추해낼 수 있거니와, 이렇게 보는 경우 『위대한 개츠비』에는 비극의 마지막 단계가 생략되어 있다고 할 수도 있겠다. 아니, 『위대한 개츠비』에서 비극의 주인공을 보았던 우리의 판단은 잘못된 것이라고까지 말할 수도 있겠다. 초월의 과정 없는 개츠비의 이야기가 어떻게 비극일 수 있겠는가. 다시 묻지만, 깨달음의 전 단계에서 파멸의 순간을 맞이했

---

5) 어떤 관점에서 보면, 개츠비는 부르주아 사회에서 신분 상승을 노렸다는 점에서 『적과 흑』(Le Rouge et le Noir)의 줄리앙 소렐과 흡사한 면이 있다. 하지만 소렐의 경우 신분 상승 그 자체에 그의 꿈이 있었다면, 개츠비의 경우 이는 사랑을 얻기 위한 수단이었다는 점에서 그 차이가 확인된다. 소렐은 레날 부인이나 라몰 후작의 딸인 마틸드와의 관계가 보여주듯 신분 상승을 위해 사랑을 이용하지만, 개츠비는 사랑을 되찾는 것에 목적이 있었던 것이다. 한편 소렐의 경우 마지막에 이르러 스스로 죽음의 길을 택하는 등 자기반성의 과정을 통한다. 말하자면, 그에게는 '초월'이 허용된다. 사실 『적과 흑』의 경우 주인공이 자기반성과 초월의 과정을 거친다는 점에서 보면 그는 비극의 주인공과 다를 바가 없어 보일 정도이다. 하지만 『적과 흑』을 비극이라고 하기는 어렵다. 『적과 흑』은 삶의 현실을 냉엄한 현실의 눈으로 바라보고 이 현실 속에서 자신의 욕망을 실현해나가는 인물의 이야기라는 점에서 전형적인 리얼리즘의 서사이기 때문이다. 따지고 보면, 자기반성과 초월의 단계는 비극을 구성하는 한 요소일 뿐 그 자체가 비극의 필요충분조건이라고 할 수는 없을 것이다.

다면 어떻게 『위대한 개츠비』의 개츠비가 비극의 주인공일 수 있겠는가. 현실을 시적으로 잘못 판단했던 개츠비가 오늘날 비극이 가능하다면 어떤 형태로 가능할 것인가에 대한 하나의 답변일 수 있다는 우리의 주장은 여기서 효력을 상실하는 것일까.

그럴 수도 있다. 그리고 설사 『위대한 개츠비』를 비극이라고 하더라도 그것은 불완전한 비극일 뿐이다. 즉, 비극적 주인공에게 깨달음과 초월의 기회를 부여하지 않은 미완의 비극, 이것이 다름 아닌 『위대한 개츠비』일 수 있다. 하지만 『위대한 개츠비』가 미완의 비극이라고 해서 널리 인정되고 있는 이 문학작품의 가치에 손상이 가는 것은 물론 아니다. 오히려 미완의 비극이라는 사실 자체가 더할 수 없이 깊은 의미를 지니는 것일 수 있는데, 이는 피츠제럴드 자신이 꿰뚫어본 당대 사회를 지배하는 시대정신에 대한 보고서일 수 있기 때문이다. 또는 시대와 사회에 대한 섬세하고도 예리한 관찰일 수 있다는 점에서 이 작품은 미완의 비극 이상의 의미를 지닐 수 있다는 점에서 그러하다. 시대정신에 대한 보고서이자 시대와 사회에 대한 예리한 관찰이라니? 이 물음에 대한 답을 위해 우리는 소설의 배경을 이루고 있는 1920년대 미국의 사회상을 간략하게나마 검토해야 할 것이다.

무엇보다 1900년대 초반의 미국 사회는 엄청난 부의 축적을 가능케 하는 자본주의와 이 자본주의의 적자인 물질주의와 상업주의가 지배하던 사회였다. 18세기에 유럽에서 싹튼 자본주의가 미국에 이식된 것은 19세기 초엽으로, 100년의 세월을 거쳐 발전한 끝에 이제 활짝 꽃피우는 시기를 맞이했던 것이다. 하지만 1930년대의 대공황이 말해주듯 당시 미국의 자본주의는 자체의 모순과 한계를 안고 있었으니, 소설의 배경이 되고 있는 미국의 1920년대는 이른바 '광란의 20년대'(Roaring Twenty's)로 일컬어질 만큼 경제는 하늘을 찌를 듯 융성했고 온 세상이 파티의 마당인 양 흥청거렸다는 점에 유의해야 할 것이다. 또한 1920년대의 미국은

1920년에 발효된 금주법(Prohibition)의 시대이기도 했는데, 금주법은 목표하던 바의 이상 사회를 가능케 하는 대신 더할 수 없는 도덕적 타락과 무질서로 신음하는 사회를 만들었다. 밀주업자와 범죄 조직의 연계는 바로 그러한 타락과 무질서의 대표적 증거가 될 것이다.

바로 이 타락과 무질서의 시대 한복판에 있던 인물 가운데 하나가 개츠비다. 그는 앞서 말한 바와 같이 속임수와 부정한 방법을 통해 엄청난 돈을 모은다. 비록 그것이 낭만적 꿈의 실현을 위한 것이었다고 해도 그 자체가 정당화될 수 있는 것은 아니다. 물론 그야 낭만적 꿈이라도 지닌 사람이었다. 하지만 그 주변의 사람들은 그런 꿈조차 지니지 못한 인간들―그야말로 물질주의의 노예들이었고 또 위선적 속물들―이었다. 그런 유형의 사람들을 대표하는 인물이 바로 톰과 데이지이다.

"자제력이라니!" 믿을 수 없다는 듯 톰이 말을 되받았다. "가만히 앉아서 아무 곳도 아닌 곳 출신의 아무것도 아닌 작자가 자기 여편네와 놀아나도록 내버려두는 게 최신 유행인가 보지? 글쎄올시다, 그런 게 유행이라면 난 따르지 않겠어…… 요즘 사람들이 가정 생활과 가족 제도를 비웃기 시작하는데, 그러다가는 모든 걸 다 팽개치고는 깜둥이와 백인 사이에 잡혼이라도 마다하지 않을 거야."

흥분해서 횡설수설하느라고 얼굴이 벌게진 상태로, 그는 마치 자신이 문명의 마지막 보루에 외로이 서 있는 사람으로 생각하는 것 같았다.

"여기 있는 사람들은 다 백인인데요." 조던이 중얼거렸다.

"난 내가 인기가 없다는 걸 알아. 나야 요란한 파티를 여는 사람이 아니거든. 친구를 얻으려고 자기 집을 돼지우리로 만들어야 하나보지. 현대 세계에서는 말이야."

거기 있었던 다른 사람들과 마찬가지로 나 역시 화가 났지만, 그가 입을 열 때마다 나는 웃음이 나오는 것을 참을 수 없었다. 바람둥이에서 도덕군자

로의 변신이 너무도 완벽했던 것이다. (136쪽)

"이건 정말로 너무도 아름다운 셔츠들이에요." 그녀는 훌쩍였다. 겹겹이
접혀 있는 셔츠들 속에 얼굴을 묻고 있어서 잘 들리지 않은 목소리로 말을
이었다. "지금까지 이렇게, 이렇게나 아름다운 셔츠들을 한 번도 볼 수 없
었다니, 생각만 해도 슬퍼져요." (99쪽)

이처럼 물질적인 것에 대한 탐구와 믿음에 노예가 되어 있는 인물들, 무
책임함과 위선으로 무장한 인물들로 넘쳐나는 것이 이른바 '현대 사회'
다. 닉의 표현에 의하면 "그들은 다 썩어빠진 작자들"(160쪽)이다. "그 작
자들을 몽땅 합쳐놓은 것보다 더 소중한 사람"이 개츠비라는 닉의 판단
(160쪽)이 올바른 것임을 확인케 하는 것이 또한 위의 인용들이다. 문제
는 무책임함과 위선의 세계를 뛰어넘어 존재하는 사람이 개츠비이긴 하
나 '현대 사회'의 병폐에 관한 한 그조차 예외의 인물일 수 없다는 데 있
다. 즉, 그가 어린 시절부터 꿈꾸고 마침내 실현했던 '아메리칸 드림'이
증명해주듯, 그도 역시 물질주의의 노예에 지나지 않는다. 아마도 물질주
의의 늪에서 완벽하게 초연할 수 없는 개츠비에게 자기반성과 초월의 기
회를 부여하는 경우 그의 이야기는 통속적인 멜로드라마로 전락할 위험
을 감수해야 할 것이다. "돈도 사랑도 명예도 다 싫다"는 식의 유행가 가
사의 주인공이 될 수 있다는 뜻에서 하는 말이다. 이런 의미에서 볼 때,
미완의 비극이기도 한 『위대한 개츠비』는 기껏해야 통속적인 멜로드라마
로 전락할 위기에 놓여 있는 비극의 운명을, 이제 설 자리를 잃은 비극의
운명을 읽게 하는 문학작품이기도 하다. 아니, 비극의 몰락을 예견케 하
는 하나의 전조(前兆)와도 같은 작품이다.

개츠비의 죽음 이후에 남는 것은 다만 통속적인 멜로드라마뿐이다. 개
츠비를 죽음에 이르게 하고서도 아무런 죄책감 없이 여전히 무책임한 삶

을 살아가는 톰과 데이지와 같은 속물들이 펼쳐 보이는 천박하고 속된 멜로드라마가 미완의 비극을 대신할 것이기 때문이다.

"내가 내 몫의 고통을 나눠 갖지 않았다고 자네가 생각한다면, 이것 좀 보게, 머틀과 함께 지내던 아파트를 처분하러 갔을 때 찬장에 있는 그놈의 빌어먹을 강아지 먹이용 비스킷 상자를 보고 주저앉아서 아기처럼 펑펑 울었다네. 정말 끔찍했어."
나는 그를 용서할 수도 좋아할 수도 없었다. 하지만 그가 했던 모든 일이 그에게는 완전히 정당한 것으로 되어 있음을 알 수 있었다. 모든 것이 너무도 무책임하고 혼란스러웠다. 톰과 데이지는 무책임한 사람들이었다. 그들은 생명이 있는 것이든 없는 것이든 온통 엉망으로 부수어놓고, 그들의 돈과 그들의 엄청난 무책임함 속으로 퇴각해버렸던 것이다. 또는 그들을 함께 있도록 해주는 것이라면 무엇이든 그 안으로 숨어버렸던 것이다. 그들이 야기해놓은 혼란 상태를 남들에게 수습하도록 내버려둔 채……
(186쪽)

"머틀과 함께 지내던 아파트를 처분하러" 갔다가 "강아지 먹이용 비스킷 상자를 보고 주저앉아서 아기처럼 펑펑 울었다"는 톰의 넋두리는 실로 웃음을 참기 어렵게 만드는 완벽한 어릿광대 놀음이 아니고 무엇이겠는가. 이제 톰이나 데이지와 같은 무책임한 사람들이 벌이는 어릿광대 놀음, 이 세상을 온통 희화(戱畵)의 무대로 만드는 어릿광대들의 연기만이 남아 있을 뿐이다. 앞서 거론했던 인문학자가 말한 '시인으로 더 적합한 정치인'이란 바로 이런 맥락에서의 어릿광대를 의미하고자 했던 것인지도 모른다. 말하자면, "구름의 왕자"인 시인들을 밀어내고 그 자리를 차지한 엉터리 시인들이 벌이는 어릿광대 놀음, 이것이 바로 우리가 몸담고 있는 자본주의와 물질주의 시대의 시끄러운 정경인지도 모른다. 그리고 또 있다. 상업주의도 우리 시대에 더할 수 없이 중요한 역할을 하고 있으니, 희화적인 속물들의 어릿광대 놀음에서 잠깐 눈을 돌려보아야 보이는 것은 오로지 상업주의의 논리에 따라 만들어진 희화화된 영웅들뿐이다. '박쥐 인간'(Batman)과 '거미 인간'(Spiderman), 그리고 연예계의 스타들이나 운동선수들이 영웅의 자리를 차지한 이 시대는 정녕 비극이 몰락하고 희화가 범람하는 시대인지도 모른다. 희극의 범람을 우리는 이제 도처에서 목도한다. TV 화면에서, 극장과 영화관에서, 잡지에서, 신문에서, 그리고 우리 생활 주변에서. 앞서 인문학자가 암시한 시인으로 적합한 정치인은 말하자면 희화가 온 세상을 압도하고 있음을 보여주는 작은 예 가운데 하나일 것이다.

3. 「목련나무 편지」의 안과 밖

놀랍게도 『위대한 개츠비』가 새삼스럽게 국내 서적 시장에 등장하여 오랫동안 상위 10위권 안의 판매 순위를 지킨 적이 있는데, 이는 시대가 21세기로 바뀔 무렵의 일이다. 혹시 이 소설이 새로운 버전의 영화로 만들어져 상영 중이라면 그 영화가 몰아온 파급 효과이겠거니 생각할 텐데, 그런 것도 아니다. 그렇다면 미국 사회가 겪었던 '광란의 20년대'를 배경으로 한 이 소설이 새삼스럽게 한국 사람들의 관심을 끈 이유는 무엇일까. 그 당시 IMF 체제니, 불황이니, 경제 위기니, 온갖 엄살을 떨었지만, 혹시 우리 사회가 1920년대에 미국 사회가 맛보았던 것과 유사한 자본주의와 물질주의의 달콤한 열매를 이제 맛보게 되었기 때문은 아닐까. 사실 우리 사회의 어디를 둘러보아도 화려함과 흥청거림이 눈을 아프게 한다. 사람들은 혹시 『위대한 개츠비』에서 우리 시대의 정경을 읽고 있는 것은 아닌지? 소설을 읽으며 우리 시대의 개츠비와 우리 시대의 데이지와 우리 시대의 톰을 각자의 마음속에 떠올리고 있는 것은 아닌지? 그것도 아니라면, 우리 시대에 이미 존재 거점을 상실한 '순수'에 대한 향수를 달래기 위함은 아닌지? 어떤 형태의 답을 하든 우리에게 주어진 과제는 닉의 시선을 잃지 않는 것이다. 우리가 닉의 시선을 잃는 경우 이 시대의 희화에 우리 스스로 몰입될 수 있기에. 또 희화에서 이 시대를 구출할 거점을 상실할 수 있기에.

우리가 유익서의 「목련나무 편지」에 주목하는 이유는 여기에 있다. 작가의 말에 따르면 이 작품은 1974년 한국일보 신춘문예에 가작으로 당선된 작품을 최근에 개작한 것이라고 한다. 원작은 어떨지 몰라도 개작을 통해 다시 선보인 이 소설은 묘하게도 『위대한 개츠비』에 대한 패러디로 읽히기도 하는데, 이 소설에는 닉 대신에 "무학에다 좀 모자라는 저능아"[6]인 척 가장하는 '내'가 등장하고, 개츠비와 데이지 대신에 "일흔을 훨씬 넘겼을 듯한 연만한 회장"(24쪽)과 "회장처럼 머리가 하얗게 센" "같은 연배의 노파"(38쪽)가 등장하는 것으로 볼 수도 있기 때문이다. 빈둥빈둥 놀고 지내던 '나'는 어느 날 구직 광고를 보고 찾아가는데, 놀랍게도 무학에다 저능아를 '하인'으로 찾고 있었던 것이다. 완벽한 바보 연기를 통해 일자리를 얻는 '나'는 바닷가에 있는 어떤 '성'으로 끌려간다. '나'는 "네 발로 기어다녀야" 하고 "개처럼 짓기는 하되, 말을 해서는 안 된다"(25쪽)는 노인의 명령에 복종한 채 이른바 하인 생활을 시작한다. "끊임없이 들려온 이상한 '소리'"(28쪽)에 시달리며 첫날의 밤을 보낸 '나'는 다음날 노인을 따라 그 노인이 강제로 끌어다놓은 것이나 다름없는 어떤 노파가 있는 "거실과 같은 크기의 방"(37쪽)에 이른다. 지난 50년의 세월 동안 노인은 한때 사랑했던 여인을 찾아 헤맨 끝에 이제 노파가 된 여인을 찾아내어 성에 감금하다시피 한 것이다. 이윽고 '나'는 '집으로 보내주세요'라고 애원하는 노파의 신음소리와도 같은 목소리를 듣고는 이상

---

6) 유익서, 「목련나무 편지」, 『바위 물고기』(서울: 문학수첩, 2003), 16쪽. 이하의 인용은 본문에서 밝히기로 함.

한 소리의 정체가 무엇인지를 비로소 확인한다. 애원하는 노파에게 노인은 오랜 세월 노파를 그리워하며 썼던 엄청난 양의 편지들을 들이대며 사랑을 호소한다. 이에 노파는 그들의 사랑이 이미 "지난 옛날 일"이니 잊어달라고, 그리고 "제발" 자기를 자기의 "가족"인 "애들"에게로 보내달라고 애원한다(43쪽). 끝내 노인은 노파를 성에서 나가도록 하는데, 그와 함께 '나'도 "예상을 훨씬 웃도는 과분한 이틀간의 급료와 함께 길거리에 버려"(48쪽)진다. 길거리에 버려진 '나'는 노파를 내보내며 "죽는 날까지 매일 편지를 쓰며 배회"(48쪽)하겠다고 하던 회장의 넋두리를 떠올린다.

『위대한 개츠비』에 등장하는 인물 가운데 유일하게 균형 감각을 지닌 사람처럼 보이는 닉을 대신하는 인물이 "저능아"를 가장하여 네 발로 기어다닌다는 점, 23세의 데이지를 대신하여 노파가 등장하고 구체적으로 나와 있지는 않지만 소설 속의 여러 정보를 종합하면 대략 32세쯤 되는 개츠비를 대신하여 노인이 등장한다는 점, 그리고 기다림의 시간이 5년 남짓에서 50년으로 늘었다는 점 등등은 「목련나무 편지」를 『위대한 개츠비』의 패러디로 읽기에 충분한 근거가 된다. 그렇다면 작가 유익서가 『위대한 개츠비』를 의식하고 이 작품을 썼던 것일까. 아마도 그렇지는 않았던 것처럼 보인다. 비록 「목련나무 편지」가 『위대한 개츠비』의 패러디로 읽히기는 하지만, 작품의 내용이나 구조를 볼 때 『위대한 개츠비』를 의식했다는 증거를 찾을 수 없기 때문이다. 어쨌든, 이 물음은 별로 중요해 보이지 않는데, 그 이유는 유익서는 인간의 심리에 대한 예리한 관찰 능력을 지닌 작가 가운데 하나이기 때문이다. 다시 말해, 『위대한 개츠비』가 존재하지 않았더라도 유익서의 역량이라면 우리 시대 인간의 삶과 사랑에 대한 예리한 관찰을 담은 우의(寓意, allegory)로 읽히는 「목련나무 편지」와 같은 작품이 그에게 충분히 가능했을 것이기 때문이다. 문제는 왜 이처럼 『위대한 개츠비』의 패러디로 읽힐 가능성이 충분한 작품을 유익서가 썼는가에 있다.

우리가 패러디라고 함은 개츠비의 사랑이 순수하고 진지해 보이는 반면에 50년 동안 그리움을 전하는 편지를 쓰면서 사랑하는 여인을 찾아 헤맨 노인의 사랑이 희화적으로 보이기 때문이다. 희화적이라니? 희화적으로 보이는 이유는 무엇인가. 이는 50년 동안을 고이 간직한 사랑을 토로하는 노인과 그의 토로에 아랑곳하지 않은 채 자식한테로 돌아가게 해달라고 애원하는 노파가 연출해내는 불협화음 때문일 것이다. 요즘 유행하는 표현을 빌리자면 서로 '코드'를 맞추지 못한 채 각자가 자기의 마음과 뜻을 상대에게 전하고 관철시키려 하는 이 광경은 눈을 가린 채 상대를 붙잡으려 하나 공연히 헛수고만 할 뿐 장애물에 걸려 넘어지는 어릿광대의 우스꽝스러운 몸짓을 연상케 하기 때문이다. 한편 노인의 사랑은 개츠비의 경우처럼 낭만적이고 순수한 것이 아니라, '병적 집착'의 형태로 존재하는 것처럼 보인다. 그렇지 않다면, 어찌 50년 동안 헤맨 끝에 찾은 여인을 '성'에 가두고 사랑을 줄기차게 구걸할 수 있겠는가. 노파의 경우는 어떠한가. 그녀는 가족으로 돌아가겠다는 뜻을 굽히지 않는데, 그가 말하는 가족이란 "애들"이다. "저를 애타게 찾고 있을 우리 가족"(46쪽)에게 돌아가겠다는 노파의 애원에서 이미 생명력을 상실한 우리 시대의 메마른 사랑을 읽을 수 있지는 않을까. 물론 애타게 찾고 있을 애들에게 돌아가게 해달라고 애원하는 노파를 폄하할 생각은 없다. 다만 사랑이란 "지난 옛날 일"이고 이제 자신은 애들과 함께 해야 한다는 노파의 말에서 우리는 언뜻 비극이 몰락하듯 시적 사랑이 현실적 일상에 압도되어 몰락의 길을 걷고 있다는 느낌을 지울 수 없기에 하는 말이다.

아무튼, "죽는 날까지 내가 당신 집 주위를 배회하리[라]"는, "한 달에 한 번을 봐도, 일 년에 한 번을 봐도 참고 먼빛으로 보며 배회하리[라]"는 노인의 말을 듣는 순간, 소설 속의 '나'는 "순간적으로 이 세상의 아름다움이 화려하게 승화하는 환각을 [본]다"(48쪽). 바로 이 '나'의 진술은 희화화된 사랑에 대한 우리의 논의를 뒤집는 것일 수도 있지 않을까. 물론 그렇게 볼 수도 있겠지만, 그 자리에 '나'는 "엉거주춤 엎드린 채" 노인과 노파를 "지켜보고 있어야 했다"(48쪽)는 점에 주목해야 할 것이다. 어찌 보면 '나'의 그러한 모습 자체가 희화적인 것이다. '나'는 말하자면 희화적인 장면을 완성하는 위치에 있는 것이다. 그 장면 속에 있는 '나'는 희화적인 것의 희화적인 면을 제대로 볼 수 없었던 것 아닐까. '내'가 본 것은 기껏해야 "환각"이 아닌가. 다시 말해, "엉거주춤 엎드린" 자세에서 본 허상인지도 모른다. 희화적인 것을 희화적인 것으로 인식할 수 있는 사람은 무대의 바깥쪽에 있는 사람이다. 이를테면, 이 작품을 쓴 작가와 이를 읽는 독자들이 이에 해당할 것이다.

하지만 이 자리에서 묻지 않을 수 없으니, 「목련나무 편지」와 『위대한 개츠비』라는 문학작품에 눈길을 주고 있는 우리는 과연 이 희화의 무대 바깥쪽에 있는 것일까. 행여 안쪽에 있는 것은 아닐까. 아니, 새삼스럽게 『위대한 개츠비』에 관심을 보였던 21세기 문턱의 한국인들과 그 이후의 한국인들은 과연 온 세상을 압도하고 있는 희화의 무대 바깥쪽에 있는 것일까. 다시 한번 묻지만, 행여 안쪽에 있는 것은 아닐까. 우리는 과연 균형 감각을 잃지 않은 닉의 위치에 있는 것일까. 아니면, 엉거주춤 엎드린 채 '저능아'를 가장하고 있는 '나'의 위치에 있는 것일까. 행여 '저능아'인 척하는 것이 아니라 이미 우리는 '저능아'가 되어 있는 것은 아닐까. 대답이 어려운 이 같은 물음을 묻도록 하는 데 「목련나무 편지」라는 작품의 존재 이유 가운데 하나가 놓이는 것이리라.

숨은 칼을 찾아서

— 김석희의 『하루나기』와 실험적 창작 정신

1. 예리한 칼의 이야기를 기억에 떠올리며

소설가이자 번역가인 김석희가 발표한 소설을 마지막으로 읽은 것은 언제인가. 그의 소설집 『하루나기』(열림원, 2015)를 받아들고 기억을 더듬어본다. 그러자 지난 20세기 말의 작품 한 편이 논자의 기억 창고 한구석에서 시간의 먼지를 뒤집어쓰고 있는 것이 감지된다. 이는 낚시를 갔다가 칼집 속의 칼을 습득하게 된 '나'의 이야기인데, '나'는 낚시터에서 우연히 습득한 칼집 속의 번득이는 칼날의 칼을 원래의 주인에게 또는 원래의 주인일 것으로 믿고 따라간 사람에게 넘겨주는 것으로 이야기가 끝난다. 그 작품이 논자의 기억에 아직 남아 있는 것은, 이를 읽었을 때 이 작품 속의 칼이 암시하는 바의 의미가 만만치 않다는 생각을 지울 수 없었기 때문이다. 혹시 이 작품의 칼은 작가 김석희에게 소설 창작의 도구를 의미하는 것은 아닐지? 예컨대, 소설 창작을 위한 펜—즉, 뚜껑이 있는 만년필—이나 인간의 삶과 현실을 해부하고 관찰하는 작가의 예리한 시선—에 대한 비유일 수도 있지 않을까. 이 같은 생각을 떨칠 수 없었던 것은 당시 김석희가 소설 창작을 멀리하고 번역에만 집중하고 있는 것처럼 보였기 때문이다. 또한 논자가 아는 한 문제의 작품 이후 그는 새로운 작품을 발표하지 않았기 때문이다. 혹시 이 작품이 그의 소설 창작 행위에 종지부를 찍겠다는 뜻을 암시하는 것은 아닐까 하는 우울한 예감이 들었기에, 이 작품에 대한 기억이 칼집 속 날카로운 칼처럼 한동안 논자의 마음속에서 번득이는 빛을 잃지 않았다. 그런 연유로 아직도 기억의 창고 한구석에 남아 있는 것이다.

하지만 세월이 흐르고 또 흐르다보니 그 작품을 읽었던 때가 20세기 말이라는 것 이외에는 정확히 언제였던지 기억이 나지 않는다. 심지어 그 작품이 수록되었던 잡지의 이름뿐만 아니라 작품의 제목조차 기억에 가물가물하다. 아울러, 앞서 말한 개략적인 내용과 칼의 의미에 대한 논자 나름의 해석만 기억에 남아 있을 뿐 작품의 자세한 내용도 기억에서 멀어진 지 오래다. 혹시나 하는 마음에서 『하루나기』를 훑어보지만, 기억 내용과 들어맞는 작품을 찾을 수 없다. 그리하여 수소문 끝에 어렵사리 작품을 찾아 읽어보니, 문제의 작품은 『내일을 여는 작가』라는 계간지의 1998년 여름호에 수록된 「숨어 있는 날」이다. 이때의 "날"은 물론 '칼날'의 '날'을 의미한다.

그 당시 「숨어 있는 날」을 읽고 얼마간의 시간이 지났을 때였다. 김석희와 만난 자리에서 논자는 논자가 이해한 바를 말하면서 칼집 속의 예리한 칼을 되찾아올 것을, 되찾아오기 어렵다면 새롭게 다시 하나 장만이라도 할 것을 종용했었다. 그러니까 번역에 힘쓰는 것만큼은 아니더라도 소설 창작에 대한 관심의 끈을 아예 놓지는 말기를 바랐던 것이다. 그의 장편소설 『섬에는 옹달샘』(현대소설사, 1991)에서 감지되던 작가의 예리한 칼이 더할 수 없이 소중한 것이라는 확신을 갖고 있었기에. 논자의 다그침을 엷은 미소로 받아넘기던 김석희가 15년도 넘는 세월이 흐른 후에 소설집 『하루나기』를 선보인 것이다. 어찌 반갑지 않을 수 있으랴!

작가가 밝힌 바에 따르면, 이번 소설집 『하루나기』에는 데뷔작인 「이상의 날개」와 함께 "1990년대에 발표한 열댓 편의 중단편 가운데 아홉 편"
이 수록되어 있다 한다. 물론, 앞서 말했듯, 「숨어 있는 날」은 어디서도 찾
아볼 수 없다. 이제 '소설 창작으로 되돌아가겠다는 선언'에 해당하는 작
품집이기에, 문제의 작품을 뺀 것은 아닐지? 그렇게 논자 나름의 해석을
해보기도 한다. 아무튼, 이번의 소설집이 계기가 되어, 그가 예리한 칼을
되찾기를 마음 깊이 희망한다. 소설집 표지 하단에 담긴 표현을 빌리자
면, 『하루나기』 발간이 계기가 되어, "작가 인생 제2막"을 "시작"하는 데
필요한 칼집 속의 칼을 다시 확보하기 바란다.

2. '언어로 그린 풍속화'를 찾아서

『하루나기』에 수록된 작품의 대부분은 40대 나이의 작중 화자가 일상
의 삶을 살아가는 과정—작가의 표현을 빌리자면, '하루나기'의 과정—
에 겪는 일과 그 과정에 만나는 사람들에 관한 이야기를 전하는 1인칭 시
점의 소설이다. 한편, 때로 '김한경'으로 이름이 밝혀지기도 하는 작중 화
자는 「허수아비」에서 보듯 출판사 편집사원이기도 하지만, 대체로 "소설
을 쓴답시고" "집안에 들어앉"아 있지만 "번역으로 용돈이나 벌어 쓰"거
나 "번역으로 먹고"사는 소설가다. 또한 「보리암 가는 길」과 같은 서한체
소설도 넓게 보아 1인칭 시점의 소설이라고 할 수 있는데, 이 소설의 작중
화자조차 "틈틈이 번역을 하거나 글을 쓰면서 혼자 살고 있는" 사람이다.

널리 알려져 있듯, 김석희는 한때 출판사에서 근무한 적이 있는 소설가
이자 번역가다. 바로 이 때문에, 간단하게나마 작가의 이력을 아는 독자
라면 작중 화자가 소설가이자 번역가임을 인지하는 순간부터 그가 곧 작
가 김석희 자신이 아닌가라는 생각을 떨칠 수 없을 것이다. 그리하여, 작
품 속 이야기가 작가의 상상력이 빚어낸 소설적 허구의 산물임에도 불구
하고, 또한 작가의 직업을 제외한 모든 정황이 허구임에도 불구하고, 독
자는 작가가 작가 자신에게 실제 있었던 일을 소설 형식을 빌려 이야기

하고 있다는 착각에 빠져들지 않을 수 없다. 어찌 보면, 이 같은 화자 설정을 통해 김석희는 1인칭 시점의 소설 창작이 갖는 효과를 그 어떤 작가보다 더 적극적으로 극대화하고 있다 할 수 있다. 일찍이 코울리지(S. T. Coleridge)가 말한 독자 측에서의 "자발적인 불신감 유보"(willing suspension of disbelief)를 효과적으로 유도하고 있는 셈이다. 물론 김석희의 소설을 지탱하는 이야기의 핍진감(逼真感)은 단순히 작가를 연상케 하는 작중 화자를 설정했기 때문만이 아니다. 작가 특유의 치밀하면서도 유연한 언어적 묘사력의 뒷받침을 받지 않았다면, 핍진감은 결코 그 활기를 제대로 유지하지 못했을 것이다. 아무튼, 그의 소설은 수많은 오늘날의 독자에게, 그리고 아픔을 공유하던 그와 동시대의 사람들에게, '1990년대 한국 사회의 세태'를 생생하게 체험케 한다.

사실, 고교 시절부터 더할 수 없이 가깝게 지내다가 어떤 일을 계기로 하여 멀어진 "삼총사" 또는 "삼악당"으로 불리던 친구들(「단층」), "세상 현실을 한꺼번에 뜯어고칠 묘책이라도 가슴에 품고 있는 듯"이 보였던 대학생이자 "유월항쟁 당시"에는 "시위 군중을 휘어"잡았던 "활동가"였지만 "양심적 수배자로 위장한 사기꾼"으로 전락한 옛 친구(「허수아비」), 미술 전공을 반대하던 아버지에 대한 반항심에 가출하여 같은 학교 여학생과 동거까지 하며 미술에 몰두하지만 끝내 뜻을 꺾고 아버지가 물려준 사업에 몰두하다 이제 헛되이 옛 꿈을 되살리려 하는 머리 벗어진 중년의 사나이(「시간의 늪」), "장래가 촉망되는 작가"였으나 "외국 소설을 몇 대목 베꼈"다가 "들통이 나"자 문단에서 종적을 감춘 뒤 이제는 자신의 옛 장서를 리어카에다 싣고 나와 파는 "중늙은이"(「유리로 지은 집」) 등등은 1960년대, 70년대, 80년대를 거쳐 90년대에 이른 우리 사회의 곳곳에서 마주할 수 있었던 인물상이리라. 아마도 독자 가운데 나이가 든 사람은 『하루나기』를 읽으면서 그런 유형의 사람이 내 주변에도 있었다는 생각과 함께 '과거로의 기억 여행'으로 이끌릴 것이다. 한편, 젊은 독자는 90

년대와 그 이전 시대의 세태를 '언어로 그린 풍속화'로 이끌릴 것이다. 여기서 우리가 유념해야 할 것은 『하루나기』의 1인칭 시점의 소설들이 단순히 작중인물의 과거 모습과 현재의 변한 모습을 보여주는 데 머물지 않다는 점이다. 작가는 작품마다에서 작중 화자와 그 주변의 사람들 사이를 잇는 복잡하고도 미묘한 감정의 끈은 물론이고 그들 개개인의 심리를 파헤치고 드러내는 데 발군의 능력을 발휘하고 있거니와, 바로 이 점은 '과거로의 기억 여행' 또는 '언어로 그린 풍속화'를 한층 더 생생한 것으로 만들고 있다.

3. 새로운 창작의 길을 모색하던 작가의 자취를 따라

물론 『하루나기』에는 1인칭 시점의 소설만 있는 것이 아니다. 여기에는 「이상의 날개」를 포함하여 이번의 소설집에 표제를 제공한 작품인 「하루나기」 및 「어떤 위인전」과 같은 3인칭 시점의 소설도 있는데, 이 가운데 우리가 각별히 주목해야 할 작품은 창작 기법 면에서나 발상 면에서 더할 수 없이 참신하고 실험적인 「하루나기」다.

「하루나기」는 네 편의 장편(掌篇)으로 이루어진 작품으로, 각 장편이 꼬리에 꼬리를 물고 이어지다가, 첫 이야기에 등장한 인물의 죽음을 알리는 것으로 전체적 이야기가 마무리된다. 좀 더 자세히 살펴보면, 첫째 장편은 김종인이 토요일 아침에 일어나 출근을 위해 전철역에서 전철을 기다릴 때까지, 둘째 장편은 염승섭이 전철역에서 누군지 기억이 나지 않는 사람인 김종인에게 "하일 히틀러" 식의 인사를 건넬 때부터 누군가의 결혼식장에 갔다 나올 때까지, 셋째 장편은 현진걸이 결혼식장에서 대학 동창인 염승섭을 만나고 직장인 출판사로 돌아와 채만석에게 전화를 할 때까지, 넷째 장편은 채만석이 토요일 오후 늦게 잠자리에서 일어나 염승섭의 전화를 받은 다음 컴퓨터 때문에 해당 회사에 전화를 했다가 김종인의 죽음을 알게 될 때까지의 이야기를 담고 있다.

이 작품은 김종인의 이야기에서 시작하여 김종인의 이야기로 끝난다는 점에서 일종의 원형 구조를 취하고 있거니와, 이 점은 여러 측면에서 의미심장하다. 첫째, 인간의 삶이란 '다람쥐 쳇바퀴 돌듯' 날마다 달마다 해마다 되풀이되는 것임에 대한 암시일 수 있다. 사실, 이 작품에는 네 명의 인물이 등장하지만 이들 모두가 장삼이사(張三李四)의 삶을 살아가는 사람들 가운데 하나일 뿐이라는 점에서 볼 때, 소설 속의 묘사를 굳이 개성적인 네 사람의 서로 다른 삶에 대한 것으로 보지 않아도 무방하리라. 즉, 각각의 묘사는 '장삼이사'의 삶이 보이는 여러 측면에 대한 일관된 묘사일 수 있다. 아마도 이 작품에 묘사된 삶의 단면들이 하나로 어우러져 되풀이되는 것이 우리네 인간의 삶이 아닐까. 둘째, 작품의 마지막 부분에서 죽음을 이야기하고 있다는 점에서 볼 때, 인간의 삶이란 윤회(輪廻)의 굴레를 벗어날 수 없는 것임을 암시하는 종교적인 의미까지 이 작품에서 읽을 수도 있다. 셋째, 둘째 논의와 크게 다른 것이 아니지만, 정녕코 인간의 삶이란 하루살이의 삶처럼 '하루나기'에 불과한 것임을 작가가 암시하고 있는 것은 아닐지? 아침에 버젓이 출근했다가 오후에 죽음을 맞이할 수도 있는 것―그것이 '하루나기'가 삶의 전부인 하루살이와도 같은 인간의 모습이 아니겠는가. 아니, 어찌 보면, 김종인의 죽음은 사실이 아닐지도 모른다. 이른바 악덕 기업이 물건을 팔아먹고 더 이상 책임지고 싶지 않을 때 하는 '나 몰라라'의 수법을 작가는 이처럼 극단적인 표현 속에 담고 있는지도 모른다. 김석희의 이번 소설집에 수록된 「하루나기」를 포함하여 모든 작품을 이른바 '세태 소설'로 읽어야 함은 이 때문이기도 하다.

「하루나기」에 대한 우리의 논의는 여기서 끝날 수 없는데, 이 소설에 담긴 패러디를 읽지 않을 수 없기 때문이다. 첫째 장편의 제목인 "약약한 자의 슬픔"은 김동인의 「약한 자의 슬픔」에 대한, 둘째 장편의 제목인 "지하철의 청개구리"는 염상섭의 「표본실의 청개구리」에 대한, 셋째 장편의 제목인 "술 권하는 세상"은 현진건의 「술 권하는 사회」에 대한, 넷째 장편의 제목인 "천하태평"은 염상섭의 「태평천하」에 대한 패러디가 아닌가. 아울러, 등장인물들조차 이들 작품을 남긴 작가의 이름에 대한 패러디임은 쉽게 감지할 수 있으리라. 어찌 보면, 작가 김석희는 우리나라 현대문학의 대표적인 현실(사실)주의 소설들에 대한 패러디를 통해 새로운 소설 창작의 길을 모색하고자 했던 것이리라.

원론적으로 말해, 현대 문학에서의 패러디는 조이스(James Joyce)의 『율리시스』(Ulysses)나 엘리엇(T. S. Eliot)의 『황무지』(The Waste Land)가 예시하듯 단순한 희화화(戱畫化)의 차원을 뛰어넘어, 기존의 문학작품을 바탕으로 하되 새로운 시대의 새로운 의미를 효과적으로 드러내기 위한 일종의 '작품 다시 쓰기'일 수 있다. 이는 결코 지난 1990년대에 우리나라에서 잘못 옹호되었던 모방론을 정당화하기 위한 것이 아니라, 기존의 문학작품에 대한 재(再)맥락화(recontextualization)의 작업을 통해 문학의 깊이와 넓이를 확장하려는 시도로 보아야 할 것이다. 이런 맥락에서 볼 때, 현실(사실)주의 소설에 대한 김석희의 패러디는 90년대 당시 소설 창작에 대한 그 나름의 새로운 시도 또는 방향 모색이었을 것이다. 나아가, 그가 이번 소설집에 이 작품을 수록하는 동시에 소설집의 표제를 "하루나기"로 정한 것은 이러한 시도 또는 방향 모색이 앞으로도 계속 이어질 것임을 예고하는 것으로 볼 수도 있으리라. 다시 말해, "작가 인생 제2막"을 "시작"하는 자리에서 작가가 자신이 앞으로 펼쳐나갈 작품 세계의 한 가능성을 암시하기 위한 하나의 이정표로 제시하고 있는 작품 가운데 하나가 「하루나기」 아닐지?

4. 다시 새로운 창작의 길을 모색하는 작가를 예감하며

김석희가 이번 작품집을 통해 예고하는 "작가 인생 제2막"의 방향을 가늠하고자 할 때, 우리가 각별히 주목해야 할 작품은 「하루나기」뿐만이 아니다. 논자의 판단으로는 「이상의 날개」도 그런 작품 가운데 하나다. 무엇보다 작가가 이번 소설집을 묶으면서 굳이 데뷔작이자 소설집 『이상의 날개』(실천문학사, 1989)에 이미 수록했던 작품인 「이상의 날개」를 재수록한 이유는 무엇일까. 물론 그가 「작가의 꼬리말」에서 "간혹 이 작품을 읽어보고 싶다는 이들이 있는데도 책이 절판된 터"라 이 작품을 수록했다 밝히고 있음을 우리가 모르는 바는 아니다. 하지만 그것이 이유의 전부일까. 혹시 앞으로 이어질 창작 작업은 과거의 현실(사실)주의를 뛰어넘는 것이 될 수 있음을, 이를 가능케 하는 일종의 '도약판'과 같은 것 가운데 하나가 일찍이 「이상의 날개」에서 실험한 바 있는 '마술적 현실(사실)주의'(magical realism)일 수 있음을 예고하기 위한 것은 아닐지? 그런 이유에서 그가 이 작품에 우리의 주의를 새롭게 환기하고 있는 것일 수도 있으리라.

이어서, 우리가 각별히 주목해야 할 또 하나의 작품이 있다면, 이는 몇 편 안 되는 3인칭 시점 소설인 동시에 형식이나 내용 면에서 다른 작품들과 현격하게 차이가 있을 뿐만 아니라 문체 면에서도 도드라져 보이는 「어떤 위인전」이다. 이 작품이 갖는 의미는 작가 특유의 '입담'을 주목하는 것으로도 충분할 것이다. 예컨대, 이 작품 안의 "언젠가 잠깐 얻어들은 바에 따르면 그는 부친의 씨주머니 속에 들어앉아 있을 때부터 패를 만지작거리기 시작"했는데 "2억에 달하는 경쟁자들과 판을 벌여, 제비뽑기로 예선을 통과하고, 뺑뺑이돌리기로 32강전, 고스톱으로 16강전, 섰다로 8강전, 도리짓고땡으로 준결승전을 돌파한 다음, 단판 승부의 포커로 결승전을 장식함으로써, 마침내 지존무상의 지위와 함께 대망의 생존권을 쟁취했다는 것이다"에서 감지되는 '입담'이 놀랍지 않은가! 논자는 이를 단순히 유쾌한 '말장난'으로 치부하고 싶지 않다. 이야말로 러시아 형식주의자들이 로런스 스턴(Laurence Sterne)의 『트리스트럼 샌디』(Tristram Shandy)에서 확인했던 것과 크게 다르지 않은 무비(無比)의 탁월한 '언어의 전경화(前景化)'다. 작가가 "작가 인생 제2막"을 "시작"하는 자리에 군이 여타의 작품과 성격이 상이한 이 작품을 수록한 이유를 이 '언어의 전경화'에서 찾아야 한다는 논자의 주장은 지나치게 자의적인 것일까. 사실 논자는 오래전 김석희가 제주로 귀향한 다음 그곳의 향토문학지인 『애월문학』의 2010년 창간호에 「어떤 위인전」을 재수록한 것을 찾아 읽고는 이 같은 '입담'을 발판 삼아 그가 소설 창작을 다시 시작하기를 강력하게 권고한 적이 있었다.

5. 논의를 마무리하며

주제넘은 판단일 수 있겠지만, 논자는 김석희가 지난 1990년대에 집중했던 유형의 1인칭 시점의 소설 창작에서 해방되어야 한다고 믿는다. 이같은 유형의 소설 창작은 진지한 것일 수 있지만, 그럼에도 불구하고 여전히 작가를 '좁은 울타리' 안에 가둬놓을 수 있기 때문이다. 하지만 해방되어야 한다 해서 버리라는 뜻은 아니다. 그와 같은 유형의 소설 창작에 추동력을 제공했던 세태 관찰 및 비판 정신을 견지하되, 「하루나기」에 담긴 패러디 정신, 「이상의 날개」에 담긴 마술적 현실(사실)주의, 「어떤 위인전」에 담긴 '입담'을 하나로 아우를 때 진정으로 의미 있는 김석희의 "작가 인생 제2막"이 "시작"될 수 있으리라. 그렇게 해서 가능케 된 작가의 칼 또는 펜 또는 시선은 무비의 소설 세계를 가능케 할 것이라고 확신한다.

'장애물 경기를 하듯' 삶을 사는 이들과의 공감을 위하여
—김동민의 『무슨 말로 노래하라 하십니까』와 장애인의 삶

1. 옛 친구를 기억에 떠올리며

집에서 학교까지는 약 5킬로미터 정도의 거리였고, 집에서 약 3킬로미터를 가면 친구의 집이 있었다. 중학교에 입학한 다음 얼마 되지 않을 때부터 나는 등굣길에 그 친구의 집을 들러 그의 책가방을 대신 들고 함께 등교하곤 했다. 그의 집에서 학교까지는 2킬로미터밖에 되지 않았지만, 500여 미터를 가면 언덕길이 시작되었다. 평지에서도 걷기 힘들어하는 친구이었기에 언덕길을 따라 학교로 가는 길이 그에게는 수월치 않았다. 중증 소아마비로 인해 똑바로 서 있기조차 쉽지 않아 하던 친구는 무릎을 짚은 한쪽 손에 온몸의 무게를 지탱하고는 한 걸음, 그리고 다시 몸을 일으켜 세운 다음 다시 또 한 걸음을 옮기곤 했다. 다른 한쪽 손으로는 비오듯 흐르는 땀을 연신 닦아가며. 그런 식의 우리의 등굣길이 얼마나 계속되었던가. 이제는 모든 것이 기억에 가물거릴 뿐이다. 다만 친구의 얼굴을 뒤덮던 땀과 그가 몰아쉬던 거친 숨결, 그런 그를 보고 걸음을 늦추려는 나에게 손사래를 치며 길을 재촉하던 친구의 모습만은 기억 저편에 남아 있다. 그리고 또 하나 기억나는 것. 당시 우리들이 들고 다녀야 했던 책가방의 무게는 왜 그리 대단했던지! 사실 가방의 무게 자체가 대단했던 것은 아니었을 것이다. 다만 아직 어린아이였던 우리에게 상대적으로 무겁게 느껴졌던 것인지도 모른다. 장애인의 삶과 고통에 대한 생생한 기록인 김동민의 소설 『무슨 말로 노래하라 하십니까』(푸른사상사, 2007)를 읽는 도중, 힘겹게 등굣길을 향해 가던 옛 친구의 모습이 불현듯 마음을 스치고, 또 그 시절 내가 들었던 친구의 책가방 무게가 되살아나 지금의 내 마음을 짓누른다.

옛 친구에 대한 기억을 더듬다 문득 장애인의 삶을 소재로 삼은 소설이 우리 주위에 그리 많지 않다는 데 생각이 미친다. 장애인의 삶을 다루거나 또는 장애인이 소설의 주인공으로 등장하는 작품으로서 그나마 찾아볼 수 있는 것이 있다면, 윌리엄 서머싯 몸(William Somerset Maugham)의 『인간의 멍에』(Of Human Bondage, 1934), 계용묵의 「백치 아다다」(1935), 조세희의 『난장이가 쏘아 올린 작은 공』(1978) 정도일 것이다. 먼저 『인간의 멍에』는 태어날 때부터 내반족(內反足)이라는 신체장애로 인해 제대로 걷기조차 어려워하는 필립 케어리의 유년 시절과 청년 시절을 소재로 삼은 소설이다. 하지만 이는 엄밀하게 말해 장애인의 삶 자체를 다룬 소설로 보기 어렵다. 주인공 필립 케어리는 신체장애 때문에 내성적인 인간이 되긴 하지만 정상인과 크게 다르지 않은 삶의 행로를 걷기 때문이다. 그는 자신의 의지에 따라 예술가의 길을 걷기도 하고, 이 길이 자질의 한계로 좌절되자 의학도의 길을 걷기도 한다. 또한 멍에와도 같은 사랑에 빠지기도 하고, 또 이 같은 잘못된 사랑에서 빠져나와 진실한 의미에서의 사랑과 만나기도 한다. 그러면 「백치 아다다」나 『난장이가 쏘아 올린 작은 공』은 어떤가. 이들 소설의 제목에 담긴 표현이 말해 주듯, 두 작품 모두 장애인의 삶을 소재로 다룬 작품들이다. 그럼에도 불구하고, 이들 역시 엄밀한 의미에서 장애인의 삶 자체를 조명한 작품으로 보기는 어렵다. 작품에 등장하는 장애인들이 물질 만능주의에 물들어 있는 세태를 고발하거나 산업화 사회의 그늘을 첨예하게 부각시키기 위한 일종의 수사적 매개체 역할을 할 뿐이기 때문이다. 다시 말해, 장애인이 장애로 인해 겪는 고통과 갈등에 대한 조명이나, 장애인으로서 삶을 살아간다는 것의 의미에 대한 천착이 이들 작품의 요체(要諦)는 아니다.

장애인의 삶을 소재로 삼은 작품을 문제 삼고자 하는 경우, 소설보다도 한결 더 우리의 주목을 끄는 분야는 영화다. 우리 영화 쪽으로 눈을 돌리면, 우선 소설 「백치 아다다」를 영화화한 이강천 감독의 《백치 아다다》(1956)와 임권택 감독의 《아다다》(1987)와 만날 수 있다. 하지만 이들 영화 속의 장애인은 소설의 그것과 크게 다르지 않다. 그런 이유 때문인지 몰라도, 이창동 감독의 《오아시스》(2002)나 정윤철 감독의 《말아톤》(2005)과 같은 영화가 각별히 우리의 눈길을 끈다. 이들 영화야말로 장애인의 삶과 역경 자체에 초점을 맞춘 작품들이라고 할 수 있기 때문이다. 외국 영화의 경우는 어떠한가. 로버트 저메키스(Robert Zemeckis) 감독의 《포레스트 검프》(Forrest Gump, 1994)나 제시 넬슨(Jessie Nelson) 감독의 《아이 엠 샘》(I Am Sam, 2001)과 같은 영화들이 우리의 눈길을 끄는데, 이들 영화 역시 장애인의 삶과 역경 자체에 초점을 맞추고 있다. 이렇게 열거한 네 편의 국내외 영화는 모두 장애인을 바라보는 일반인의 시각에 큰 변화를 주었다는 점에서 나름대로 값진 것들이다. 하지만 역경과 시련에도 불구하고 마침내 자신의 무한한 잠재 능력을 발휘하게 되었다는 식의 이야기나, 사회적 편견과 고정관념에도 불구하고 장애인 역시 사랑과 애정을 통해 상대방의 각박한 마음을 움직일 수 있다는 식의 이야기가 주류를 이루고 있다는 점을 주목하지 않을 수 없다. 말하자면, '인간 승리'의 이야기가 주조를 이루고 있다. 이런 이유 때문에, 일부 예외적이고 특정한 사람들을 제외한 장애인 모두의 평균적이고 일상적인 삶 자체에 대한 이해를 넓히기에는 한계가 있어 보인다. 특히 『오아시스』의 경우 "이창동 감독도 장애인을 '바보'로밖에 생각하지 않았다는 사실을 떨쳐버릴 수가 없다"는 식의 비판도 있거니와, 어떤 측면에서 보면 이 영화는 장애인에 대한 잘못된 고정관념을 심화한 측면도 있다.

이처럼 소설로든 영화로든 장애인의 삶과 마음을 '있는 그대로' 소재로 삼은 경우는 찾아보기 어렵다. 인간 사회의 부조리나 어두운 측면을 드러내기 위한 방편으로서 장애인의 삶을 다루기보다는 신체장애로 인해 일상적 또는 평균적 삶이 불가능한 사람의 삶 자체를 소재로 삼은 경우— 또는 '인간 승리'의 기쁨과는 별다른 인연이 없는 대다수의 장애인들이 살아갈 수밖에 없는 고통과 절망 속의 삶을 가감 없이 그린 경우—는 정녕코 찾아보기 어려운 것이다. 하기야 그런 경우들은 소설적/영화적 감흥이나 감동을 불러일으키기 쉽지 않을 것이기에 누구도 선뜻 문학적 또는 영화적 형상화를 시도하기 어려울 수 있겠다. 그럼에도 불구하고, 장애로 인해 삶의 파행을 겪는 사람들이 살아야 하는 삶 역시 우리 현실의 일부이고, 따라서 이들의 삶 자체에 대한 적극적 관심과 이해가 우리 모두에게 요구된다. 하지만 문학이든 영화든 이런 요구에 부응하지 못하고 있는 것이 우리의 현실이기도 하다.

이런 상황에 비추어볼 때, 김동민의 소설 『무슨 말로 노래하라 하십니까』는 명백히 하나의 소중한 예외라고 하지 않을 수 없다. 어릴 적 걸린 뇌염 때문에 왼쪽 팔과 다리가 마비되고 말조차 할 수 없는 성일용이라는 사람의 내면적 갈등과 외면적 고통을 입체적으로 보여주는 이 소설에 우리가 각별한 관심을 갖는 이유는 여기에 있다. 이 소설은 문화적이든, 사회적이든, 정치적이든, 무언가 다른 차원의 메시지를 전달하기 위한 방편으로 장애인의 삶을 끌어들이고 있지도 않으며, 그 흔한 '인간 승리'의 이야기와도 거리가 멀다. 다시 말해, 그 자체가 있는 그대로 어느 한 장애인과 그 주변 사람들의 지극히 평범한 삶에 대한 기록일 따름이다. 따라서 극적이고 감동적인 순간을 이 소설에서 찾기란 어렵다. 하지만 일반적으로 장애인의 삶이라는 것이 일부 극화된 예들이 보여주듯 극적이고 감동적인 것만은 아니라는 바로 이 메시지 때문에 이 소설은 더욱 값지다. 김동민은 바로 이 메시지를 인간의 삶에 대한 자신의 깊이 있고 따뜻한 이해와 관찰을 통해 우리에게 생생하게 전달하고 있는 것이다.

2. 노래하기 어려움을 노래하는 노래의 가락을 따라

『무슨 말로 노래하라 하십니까』는 앞서 밝힌 바와 같이 어린 시절 뇌염으로 인해 장애인이 된 성일용이라는 사람의 내외면적 삶에 관한 기록이다. 비록 부모의 '무지'로 인해 그는 왼쪽 팔과 손과 다리가 제 기능을 못하고 말도 못 하는 장애인이 되었지만, 그 역시 부모에게 더할 수 없이 귀한 자식으로 태어나 이 세상의 빛을 본다. 이야기 곳곳에서 확인되듯, 장애인인 그를 향한 그의 부모와 누나의 사랑은 더할 수 없이 애틋하고 무한하다. 말할 것도 없이, 이처럼 애틋하고 무한한 사랑이 함께하는 가족이란 누구에게나 하나의 '둥지'이다. 하지만 이 같은 둥지는 언젠가 떠나야 할 '닫힌 세계'이기도 하다. 구체적으로 소설의 이야기는 성일용이 "자개 놓는 기술"을 배우기 위해 '둥지 재활원'에 입소하는 것으로 시작되는데, 이는 곧 가족이라는 '둥지'를 벗어나기 위한 날갯짓—소설 속 화자의 표현에 따르면, "생명 연습"—으로 이해될 수 있다. 아무리 불리한 조건의 장애자라고 하더라도, 자신에게 주어진 삶의 의미와 가치를 실현하기 위해 그와 같은 날갯짓을 단념할 수는 없다.

이처럼 가족이라는 '둥지'를 벗어나 세상으로 나가기 위해 준비하는 주인공 성일용은 뛰어난 시적 자질을 갖춘 명민한 사람이다. 하지만 그는 한쪽 팔과 다리를 못 쓰고 말을 못 하는 신체적 제약 때문에 항상 "지독한 자기혐오"와 "자괴심"에 젖어 있는 사람이기도 하다. 심지어, 주위의 몇몇 사람들이 재능을 인정함에도 불구하고, 자신이 지은 시를 "한갓 장애인의 청승맞은 넋두리의 틀을 뛰어넘지 못한다는 것을 자각하고 그것도 단념"(193-94쪽)할 정도다. 그런 상황에서 그가 선택한 "생명 실습"

이 "자개 놓는 기술"을 배우는 일이었던 것이다. 하지만 이조차 쉽지 않을 것임을 예감한다.

드디어 자개과 실습 시간이 온 것이다. 처음 거기 와서 면접시험을 치를 때보다 몇 배나 심한 심장 요동을 억누르며 자개 기술실로 향한다. 귀에서 나는 윙윙 소리가 사람을 괴롭힌다. 팔이 저어지지 않고 다리가 연신 뒤로 빠진다. 늪 속에서 사지만 버둥거리는 느낌이다.
힘겹게 문을 밀치고 들어선 자개 기술실은 그에게 하나의 감옥, 아니 고문실과도 같이 느껴진다. 몇 번이나 눈을 감았다 뜨곤 해서야 거꾸로 섰던 사물들이 바로 비치기 시작한다. 자개 실습은 지금 그의 마음에 '생명 실습'이었다. (60-61쪽)

예감이 적중하기라도 하듯, 성일용에게 "자개 놓는 기술"을 배우는 일은 처음부터 고난의 연속이다. 한쪽 팔과 손이 제 기능을 하지 못하는 그에게 자개를 자르는 일은 사투와 다름없는 것이기 때문이다. 실습에 들어간 지 "얼마 지나지도 않아 왼쪽 엄지손톱이 실톱에 잘려나가고 피가 흐르기 시작"하는 등, 그는 "잔뜩 주눅이 든 탓에 처음부터 실수를 남발"한다(74쪽). 이야기가 진행됨에 따라, 우리는 성일용이 이 "생명 실습"의 현장에서 끝내 살아남지 못함을 목격한다.
　아마도 여느 작가라면 주인공 성일용이 온갖 고난에도 불구하고 마침내 이 "생명 실습"을 견뎌내고 우뚝 서는 쪽으로 이야기를 진행했을 것이다. 그렇게 함으로써 '인간 승리'의 이야기를 하나 더 만들어냈을 것이다. 하지만 작가 김동민의 선택은 일반 독자의 기대를 거스른다. 성일용은 재활원의 교사 김재운에게 "살구나무에 살구꽃이 피어 있을 때까지만이라도 지도해"줄 것(204쪽)을 간청할 만큼 집요하지만, 끝내 좌절의 벽에 부딪힌 채 절망과 낙담 속을 헤맬 뿐이다. 작가는 왜 이처럼 매정한 선택을

한 것일까. 여기서 우리는 장애인을 '인간 승리'의 주인공으로 만드는 경우 독자에게 감동이야 줄 수 있겠지만 이는 장애인의 고통과 슬픔을 일과성(一過性)의 것, 또는 극복이 가능한 것으로 여기게 할 수 있다는 점에 유의해야 할 것이다. 냉엄하게 현실을 돌아보면, 대부분의 장애인에게 그들의 고통은 평생을 업보처럼 짊어지고 가야 할 그 무엇임을 직시하지 않을 수 없다. 따지고 보면, 어쩌다 '인간 승리'의 주인공이 하나둘 나온다고 해도 장애인의 현실 자체가 바뀌는 것은 아니다. 다시 말해, 장애인의 고통과 슬픔은 우리에게 너무도 친숙한 '인간 승리'의 이야기 이후에도 이전과 마찬가지로 여전히 존재하는 그 무엇이다. 작가의 선택은 바로 이같은 메시지를 전하기 위함이 아닐까.

아무튼, 성일용이 가족을 떠나 재활원에 입소하여 또 한 번 자기혐오와 자괴감 속에 빠져드는 과정에 만나는 사람들은 크게 세 부류로 나눌 수 있는데, 원장 부부나 미술 대학을 다니다가 휴학하고 집에 와 있는 원장의 딸과 같이 재활원에서 생활하지만 장애인과는 다른 일상생활을 하는 사람들, 재활원의 원생들을 지도하는 교사들, 그리고 장애인인 원생들이 이에 해당한다. 이들 가운데 성일용에게 각별한 호감과 애정을 보일 뿐만 아니라 그의 재활원 생활에 크고 작은 힘과 위안이 되는 사람으로는 원장의 딸, "오른다리를 약간 절"지만 "자상하다는 인상을 주는" 자개과의 김재운 교사, "운명처럼 아코디언을 [항상] 껴안고 있"는 악사가 있다. 물론 이들은 선하고 따뜻한 인간 세계를 대변하는 사람들이다. 한편, 이들과 대조되는 위치에 있는 사람들도 있는데, 더듬거리는 말 마디마디에 "새끼"를 집어넣는 이진수, 항상 불만과 불평에 가득 차 있는 설세훈, 그리고 성일용의 눈에 악의 화신으로 비처지는 추병진이 그들이다.

우선 원장의 딸에 논의의 초점을 맞추기로 하자. 그녀는 물론 정상인이다. 성일용은 재활원에 입소하던 날 우연히 원장의 딸을 먼발치에서 보게 되고, 며칠 후 역시 우연히 살구나무 아래에서 그녀를 만나 이야기를 나눈다. 물론 그는 말을 할 수 없기 때문에 "작은 수첩만한 핸드북"의 글자판의 키를 두드려 그녀와 의사소통을 하는데, 이처럼 대화 아닌 대화를 통해 그들은 서로에게 가까워진다. 심지어 그녀는 성일용에게 자신이 그리고자 하는 그림의 모델이 되어줄 것을 청하기도 한다. 문제는 이들의 만남을 통해 이루어지는 관계를 남녀 간의 사랑이라고 할 수 있는가에 있다. 작가는 이들의 관계에 대단히 조심스럽게 접근하고 있거니와, 감히 다가갈 수 없는 이성에 대해 갈등하는 성일용의 내면만을 드러낼 뿐이다. 아울러, 성일용이 원장의 딸을 알기 전에 가깝게 지냈던 또 다른 여자인 경애의 마음을 우리에게 쉽게 드러내지 않듯, 작가는 원장의 딸이 성일용에 대해 어떤 생각을 갖고 있는지를 좀처럼 드러내 보이지 않는다. 아마도 작가는 장애인의 삶을 소재로 한 소설 속에 섣불리 이성간의 사랑 이야기를 끼워넣었다가 생길 수 있는 위험을 경계했는지도 모른다. 다시 말해, 섣부른 사랑 이야기가 자칫하면 자신의 소설을 삼류 대중 소설로 만들 수도 있으리라는 점을 의식했는지도 모른다. 물론 장애인과 정상인 사이의 이성 간 사랑은 얼마든지 있을 수 있고, 또 현실은 그런 예를 수도 없이 보여준다. 하지만 그런 식의 사랑 이야기는 정작 대부분 장애인들이 겪어야 하는 정신적 갈등과 고통을 무화(無化)할 위험이 있다. 이를 경계하기라도 하듯, 작가는 원장의 딸뿐만 아니라 재활원으로 성일용을 찾아오는 경애에게도 세속적 사랑의 마음을 드러낼 것을 끝까지 허락하지 않는다. 다만 작가는 이야기에 무언가 여운을 남김으로써 모든 가능성에 문을 열어놓을 뿐이다.

성일용의 재활원 생활에 또 하나 중요한 역할을 하는 인물은 자개과 교사 김재운이다. 그는 성일용이 자개 놓는 기술을 제대로 배울 수 없음으로 인해 좌절할 때 어떻게 해서든 그에게 재활의 길을 마련해주기 위해 갖은 애를 다 쓴다. 결국 어떤 노력도 헛된 것이 되지만, 그를 통해 우리는 인간 세계가 각박하지만은 않다는 사실을 새삼 확인하게 된다. 성일용을 향한 김재운 교사의 마음을 선명하게 보여주는 것은 성일용이 원장의 딸이 그리고자 하는 그림의 모델이 되었음을 알고 자기 일처럼 기뻐할 때일 것이다. 그때 김재운 교사는 이렇게 말한다. "살구열매가 익을 때까지라도 있어요. 아, 살구나무처럼 오래오래 머물러도 괜찮겠죠. 이제 할 일이 생겼으니까"(220쪽). 이는 기쁨의 표현일 뿐만 아니라, 성일용이 그에게 "살구꽃이 피어 있을 때까지만이라도 여기 있게 해달라던 그"(220쪽)의 간청에 대한 답변이기도 하다.

원장의 딸이나 김재운 교사만큼이나 성일용의 삶에 커다란 힘과 위안이 되는 또 한 사람은 악사다. "가슴팍에 신체 일부처럼" 항상 아코디언을 안고 다니는 악사 역시 두 다리가 마비되어가는 장애로 인해 고통 속에 살아가는 사람이지만, 그의 고통은 단지 육체적인 것만이 아니다. 그가 한때 세 들어 살고 있던 집 주인의 더러운 욕망이 발단이 되어 아내와 자식을 한꺼번에 잃은 그는 깊은 마음의 상처와 고통까지 짊어지고 있는 사람이기도 하다. 하지만 진정 깊은 고통 속에 잠겨 있는 사람은 내면의 고통을 잘 드러내지 않는 법. 다만 이를 엉뚱한 방향으로 표출할 뿐이다.

"성일용 씨라고 했소? 당신 그것은 정상이지? 그렇다면야 하나도 기죽을 것 없수다. 까짓것, 그것만 있으면 말요. 하하, 하하하, 하하하하……"
그는 하마터면 핸드북으로 악사 얼굴을 후려칠 뻔했다. 그따위 모욕적인 말씨는 도저히 견딜 수 없었다. 그러던 그가 홀연 가슴이 서늘해진 것은 다음 순간이다. 그는 본 것이다. 악사의 두 눈 가득 괸 물 기운을. 틀림없다. 악사는 소리 내어 웃고 있지만 눈물을 흘리고 있다……
그는 엄청난 혼란에 빠져버렸다. 웃음 속 분노 그리고 슬픔. 악사는 이중인격자인가. (56쪽)

"꿈과 신비의 세계 속에 들어선 느낌"을 주는 아코디언 연주를 하던 사람이 기껏 자신에게 건네는 것이 "그따위 모욕적인 말씨"라니! 성일용은 "하마터면 핸드북으로 악사 얼굴을 후려칠 뻔"할 정도로 노여움을 느낀다. 하지만 바로 그다음 순간 "악사의 두 눈 가득 괸 물 기운"을 감지한다. 이처럼 자신을 "혼란에 빠져"들게 하는 사람인 악사의 비밀이 무엇인가. 이를 궁금해하던 성일용은 어느 날 뜻하지 않게 그와 함께 재활원을 떠나 기차 여행을 하게 되고, 이 과정에 그의 비밀을 알게 된다.

육체적으로든 정신적으로든 더할 수 없이 깊은 고통과 슬픔을 함께하기 때문인지 몰라도, 악사에 의지하는 성일용의 마음은 더할 수 없이 각별하다. 어느 날 말없이 재활원을 떠난 악사를 생각하며 성일용은 "참을 수 없을 만큼" 그리움을 느끼기도 한다. "참을 수 없을 만큼"의 그리움이라니? 성일용이 예전에 그처럼 가깝게 지냈던 경애라는 여자에 대해서도 그런 느낌을 갖고 있을까. 비록 그는 언제나 그녀에 대해 생각에 잠기긴 하지만, "참을 수 없을 만큼" 그리움을 느끼는 것처럼 보이지는 않는다. 아니, 작가는 조심스럽게 그런 느낌을 주인공에게 허락하지 않는다. 요컨대, 이야기의 배경이 되고 있는 재활원 생활의 기간 동안 성일용에게 가장 중요한 역할을 하는 사람은 악사다. 아니, 그는 재활원 생활을 하는 동안 성일용에게 가장 큰 힘과 위안이 되는 사람이기도 하지만, 재활원에서 떠날 때가 되었음을 일깨워주는 사람이기도 하다.

마침내 가까이 다가온 악사는 마치 아코디언을 껴안듯 그의 몸을 힘껏 껴안으며 다시 말했다.
"이제 이 살구나무와 헤어질 때가 온 거야."
"……"
"경애 씨가 부른다니까!"
"……"
"성 군, 내 말뜻 알아듣겠소?"

그는 고개를 들고 무연히 살구나무를 올려다보았다. 살구나무 잎새가 살랑거리며 말했다.

—부디 잘 가시오. 새로운 세상이 기다리고 있는 곳으로.

그는 악사의 팔에 안긴 채 살구나무를 향해 말했다.

'그녀의 그림을 통해 새롭게 태어나고 싶은 날들이 있었어. 경애의 연녹색 차를 타고 한 개 물방울같이 세상 호수 속에 섞이고 싶은 순간이 있었지. 그러나…… 없어, 없었어. 자신이…….'

그런데 그의 내면의 말을 들기라도 한 걸까. 악사가 불쑥 이런 말을 해온 것은.

"나도 이제 아코디언을 떠나보내주어야 할 때가 온 것 같소."

순간, 그는 아, 아저씨, 하고 속으로 부르며 성한 팔로 악사 몸을 덥석 마주 안았다. 악사 팔에도 한층 힘이 주어졌다.

"성 군!"

'아저씨!'

어디에 그런 힘이 숨어 있었을까. 악사의 팔에서는 재충전한 건전지 같은 엄청난 에너지가 흘러나왔다. 그리고 또 느꼈다. 악사 몸을 껴안은 그 자신의 손아귀 힘도 대단해지고 있다는 것을. 그렇게 굉장한 두 개의 에너지가 합류하고 있다는 사실을. (294-96쪽)

끝내 "자개 놓는 기술"을 배우는 일에 실패하지만, 그렇다고 해서 성일용의 재활원 생활이 무의미한 것이 아님을 우리는 위의 인용에 담긴 감동적 장면을 통해 확인할 수 있다. 그는 비록 둥지 재활원에서 시도했던 "생명 실습"에서 실패하지만, 그로 인해 한층 더 좌절의 나락에 빠진 이른바 '인생의 낙오자'가 된 것은 아니다. 그는 새로운 힘을 얻어 새로운 "생명 실습"에 나설 것이다. "그 자신의 손아귀 힘도 대단해지고 있다"는 말이 이를 암시하고 있거니와, "살구나무"로 상징되는 재활원을 벗어나 그는 여전히 새로운 "생명 실습"을 이어나갈 것이다.

작가는 주인공의 이 같은 모습을 보여주되 끝까지 조심스럽다. 이와 관련하여, 마지막 순간까지 '자신 없어하는' 주인공의 모습을 작가가 보여주고 있다는 사실에 유의해야 할 것이다. 사실 이처럼 끝까지 자신 없어하고 망설이는 사람이 어찌 성일용과 같은 장애인뿐이랴. 크고 작은 일에 실패를 겪은 사람이라면 누구나 그럴 것이다. 하지만 인간이란 아주 작은 자극—말하자면, 믿고 사랑하는 사람의 몸짓 하나나 말 한마디—에 힘입어 자신을 되찾고 망설임에서 벗어나는 존재이기도 하다. 어떤 의미에서 보면, 이런 극적 상황을 이야기 속에 담기 위해 이야기의 초반부터 작가가 준비한 것이 악사가 "운명처럼" 껴안고 다니던 "아코디언"인지도 모른다. "나도 이제 아코디언을 떠나보내주어야 할 때가 온 것 같소"라고 말함으로써 망설이는 성일용에게 떠날 때가 되었음을 일깨우고 있지 않은가. 소설 곳곳에서 성일용은 악사가 아코디언에 집착하는 것에 못마땅해한다. 즉, 성일용에게는 "옆자리에 내려놓을 공간이 충분한데도 도무지 악기를 자기 몸에서 떼지 않는" 악사의 "그 지나친 집착이 슬프다기보다도 싫다"(106쪽). 바로 이 집착의 대상인 아코디언이 의미하는 바는 무엇일까. 아마도 그것은 악사 자신의 슬픈 과거와 현재의 삶을 상징하는 것일 수도 있다. 성일용이 악사와 만나고 얼마 안 되어 그의 아코디언을 "하늘나라 악기"와 같다고 했을 때, 악사가 "엄청 노기 서린 얼굴로 고함쳤던 것"(52쪽)은 이 때문인지도 모른다. 말하자면, 더할 수 없이 감동적인 선율의 음악을 들려주는 악기이지만, 악사에게 이는 동시에 벗어나야 할 슬픔과 고통의 멍에를 암시하는 것일 수 있다.

『무슨 말로 노래하라 하십니까』에는 악사의 "아코디언"과 같이 나름의 함의로 충만한 사물들—실재하는 것이든 상상 속의 것이든 관계없이 이야기 속에 등장하는 사물들—이 적지 않다. 차례로 열거해보면, 살구나무, 살구나무 위의 둥지, 거미, 풍선, 대지의 여신 또는 가이아를 상징하는 그림 속의 나무, 비어(飛魚), 비둘기, 별똥별 등이 그것이다. 어떤 의미에서 보면, 이들은 소설이 함축하고 있는 의미에 접근하고 이해하기 위한 무수한 열쇠일 수 있다. 나아가, 원장의 딸이나 성일용, 그 밖에 몇몇 원생들이 몸과 마음을 의지하거나 그들의 꿈을 담는 대상이라는 점에서, 이들은 소설에 등장하는 주요 인물들의 꿈과 희망을 상징하는 것일 수도 있다. 바로 이 점에서 이들은 악사의 "아코디언"이 함축하는 것과 같은 의미를 갖기도 하고, 그 이상의 의미를 갖기도 한다. 적어도 위무(慰撫)와 휴식을 제공한다는 점에서 악사의 "아코디언"과 같은 의미를 갖는 것일 수 있다. 또한 언젠가 떠나보내야 한다는 점에서도 그러하다. 하지만 이들은 또한 단순히 떠나보내거나 단념할 수만은 없는 것이기도 하다. 희망과 꿈을 버릴 수 없는 한, 사람들은 또 다른 절망 속에서 또 다른 살구나무와 살구나무 위의 둥지, 거미와 풍선, 상상 속의 생명의 나무와 비어, 비둘기와 별똥별을 찾아야 할 것이다. 이런 관점에서 보면, 악사의 "아코디언"조차 단순히 떠나보내거나 단념해야 할 성질의 것이라고 할 수 없다. 절망이나 고통조차도 "운명처럼" 껴안고 살아가야 하는 것이 인간의 조건이기 때문이다.

김동민의 『무슨 말로 노래하라 하십니까』에는 이처럼 장애인의 삶과 관련하여 이해해야 할 깊은 의미의 상징물로 가득하기도 하지만, 장애인이나 장애인의 삶과 관계되는 수많은 이야기와 정보로 가득하기도 하다. 작가가 작품 곳곳에 담아놓은 장애인에 관한 이야기나 정보를 살펴보면, 정상인이라도 오르기 힘든 산을 정복한 장애인들이나 새로 구성된 장애인 야구단 등에 관한 것도 있고, 장애인들과 관련하여 국내외에서 있었던 사건이나 소식에 관한 것도 있다. 또한 오늘날 각박한 현실 속에서 삶을 살아가는 장애인의 실상에 관한 것도 있다. 사실 이런 이야기나 정보들의 대부분은 이야기 속에 녹아들어가 있기 때문에 이야기 흐름 자체에 방해가 되지 않는다. 오히려 이는 장애인에 관한 작가의 관심과 애정을 읽을 수 있게 하고, 나아가 이야기의 폭과 깊이를 더해주기도 한다. 하지만 경애가 재활원으로 성일용과 악사를 찾아가 함께 찾아가는 곳인 장애인 전화 상담소에 관한 이야기는 작가의 관심과 애정이 지나쳐 소설 속 이야기의 흐름에 부담을 주고 있다는 판단도 가능케 한다. 전화 상담원으로 일하고 있는 경애의 지기(知己)가 들려주는 장애인들의 갖가지 사연은 비록 그 자체로서 소중한 이야기이고 정보이긴 하나, 소설의 문학적 완결성에 별 도움이 되지 못하고 있는 것으로 보인다. 이야기의 진행이나 구성에 필수적인 요소의 역할을 하고 있지 못하기 때문이다. 혹시 장애인의 실상을 보여주고자 하는 작가의 의욕이 지나쳤던 것은 아닐지?

이런 관점에서 볼 때, 또 하나 각별히 주목해야 할 소설 속의 일화가 앞서 언급한 성일용과 악사의 기차 여행이다. 성일용은 어느 날 악사의 이끌림에 마지못해 기차 여행을 하는데, 이 과정에 그들은 어느 한산한 역에서 내려 주막집을 들른다. 주막집에서 그들은 주인인 노파와 이야기를 나누기도 하고, 또 한 명의 장애인과 만나기도 한다. 하지만 이야기는 여기서 끝나지 않고 장애인인 남자의 아내가 갑작스럽게 나타나 남편에게 일방적으로 싸움을 건다. 바로 이 부부 싸움의 현장을 통해 작가는 쉽게 헤아릴 수 없는 인간의 오묘한 성정(性情)을 예민하고 섬세한 필치로 보여주지만, 따지고 보면 이 싸움 이야기 역시 주인공에 관한 이야기에서 다른 곳으로 눈길을 돌리게 하는 역할을 한다. 그럼에도 불구하고, 이는 결코 이야기의 주된 흐름에서 벗어난 것이라고 할 수 없다. 그 이유는 무엇인가.

먼저 부부 싸움 이야기는 소설이라면 마땅히 관심을 가져야 할 그 무엇—즉, 인간의 복잡 미묘한 삶 자체—에 대한 작가의 입체적 이해를 생동감 있게 보여준다는 점에서 그러하다. 사실 재활원 안에서의 장애인의 삶이라는 소재 자체의 제약 때문인지는 몰라도 이런 종류의 소설적 이야기는 평면적인 것이 되기 쉽다. 바로 이 같은 위험에서 김동민의 소설을 구하는 것이 부부 싸움의 현장을 통해 드러나는 인간에 대한 작가의 깊은 이해가 아닐까. 작가는 이처럼 생동감 넘치는 삶의 현장을 보여줌으로써 자신의 소설을 단순한 장애인의 삶 이야기에 머물게 하지 않고, 보다 넓은 의미에서의 인간의 삶 자체에 대한 이야기로 만든다. 작가의 역량이 특히 돋보이는 부분이기도 한 바로 이 부부 싸움의 현장은 소설의 다른 어느 부분보다 더 적극적으로 소설에 긴장감과 현실감을 동시에 살리고 있다.

하지만 부부 싸움 이야기가 소설의 전체적인 이야기의 흐름에 벗어난 것이라고 할 수 없는 이유로서 보다 더 중요한 것이 있으니, 주인공 성일용에게 인간의 성정에 대한 이해의 폭을 넓힐 계기를 제공하기 때문이다. 사실 성일용이 원래 심성이 고운 데다가 내성적인 성품의 소유자이기 때문인지 몰라도, 또는 장애의 영향 때문에 많은 사람과 만날 기회가 없었기 때문인지 몰라도, 인간에 대한 그의 경험의 폭은 좁아 보인다. 예컨대, 그가 아는 여자라고는 소설 속의 이야기로 판단하건대 어머니와 누나, 그리고 경애와 원장 딸이 전부인 것처럼 보인다. 남자의 경우에도 그가 만난 사람이 많지 않아 보인다. "이십대 중반을 넘어 후반으로 접어든 사람"(46쪽)이 "새로운 곳에서 새로운 사람들과의 만남"에 "가슴 설레며 불안"해한다(48쪽)면, 그는 인간관계 면에서 성숙한 어른으로 보기 어렵다. 그런 그가 그처럼 그악스럽게 덤벼들던 여자와 그런 여자의 공격을 묵묵히 받아들이기만 하는 남자를 보았을 때, "그냥 모래밭에 코 처박고 꽉 뒈지고 말"라(122쪽)는 식의 악담을 퍼붓던 여자가 어느새 변하여 "훌쩍"이기도 하고 남자에게 "동행을 위한 몸짓"을 했을 때(128, 132쪽), 과연 어떤 느낌을 가질까. 어찌 보면, 인간이란 이처럼 이해 불가능한 복잡 미묘한 존재임을 깨닫는 데서 그의 성장이 시작되는 것이리라. 또한 이 같은 성장이 없다면 아코디언에 대한 악사의 집착과 아코디언을 떠나보내겠다는 마음의 변화에 대한 이해도 불가능할 수 있다.

이 지점에 이르러 우리는 비로소 성일용의 주변의 사람들 가운데 또 하나의 인물군(群)인 이진수, 설세출, 추병진에 대한 논의에 들어갈 수 있을 것이다. "더듬거리는 말투로 연신 새끼들을 입에 올리는 이진수"(62쪽)는 인간에 대한 이해가 결코 단선적이어서는 안 된다는 깨달음을 성일용에게 갖도록 하는 또 하나의 인물인데, 성일용은 어쩌다 "자신도 모르게 마음속으로 '이진수 새끼'라는 소리를 내고 말" 때(74쪽)가 있을 정도로 그에 대해 좋지 않은 감정을 갖고 있다. 그런 성일용이 어느 날 자개 기술 때문에 절망하고 있는 자신을 위로하고 격려하는 예상치 않은 이진수, 또한 가슴속 깊이 묻어두고 있는 사랑의 이야기를 들려주는 다른 모습의 이진수와 만난다. 이 같은 만남의 과정에서 성일용은 "이진수는 그동안 쓰고 있던 가면을 벗어던진 건지도 몰랐다"(188쪽)는 깨달음에 이른다. 이와 유사한 종류의 깨달음의 순간이 "불평"이 가득하고 "시기심과 의심"이 많은 사람(233쪽)인 설세출 및 "인간이라 하더라도 말종"(167쪽)인 추병진과 관련해서도 성일용에게 온다. 물론 작가는 성일용에게 그런 순간이 온다는 점을 명시하고 있지는 않다. 하지만 실족(失足)에 의한 것인지 자살 때문인지 모를 추병진의 죽음 후에 자개과 원생들이 주고받는 다음과 같은 대화를 통해 성일용은 설세출이 말하듯 "참 사람이란 알 수 없"다는 깨달음에 다시 한번 이르렀을 것으로 우리는 확신하지 않을 수 없다.

"좀 더 자세히 말해봐."
박진택이 재촉했다. 문창렬이 긴 한숨을 내쉰 후 입을 열기 시작했다.
"사실 참 불쌍한 친구였어요. 이제야 털어놓는 소리지만, 이틀 전 건물 뒤켠에 있는 화장실 쪽에서 그가 발작하는 것을 우연히 보았어요."
"바, 발작을……?"
"정말이지 그보다 가혹하고 저주받은 천형은 없을 것 같아요. 땅에 쓰러져

입 가득 거품을 물고 경련을 일으키다가 한참 만에 몸을 털고 부스스 일어나는 그 모습, 난 칼을 들고 이 세상을 그냥 베어버리고 싶었어요. 특히 초점 잃은 그 눈동자는 지금 생각해도……"

"나도 그런 병이 있다는 말은 들었지만 실제 발작하는 모습은 보지 못했는데……"

"추병진이 그런 사람이었다니 믿어지지 않아요. 참 사람이란 알 수 없네요."

안개같이 흐릿한 기운 속으로 얼핏 보니 추병진과 한바탕 크게 다툰 적이 있는 설세출은 고해성사 하는 사람같이 잔뜩 죄지은 낯빛을 하고 있었다. (290-91쪽)

추병진의 포악함은 자신의 절망을 감추려는 "가면"이었을 수도 있음을, 또 설세출조차 "고해성사 하는 사람같이 잔뜩 죄지은 낯빛을" 할 수 있는 사람—그러니까 근본은 선한 인간—임을 성일용은 아마도 이 자리에서 깨달았을 것이다. 이런 깨달음을 통해 성일용은 그만큼 더 인간적으로 성숙한 어른이 되어가는 것이리라. 그리고 다음의 인용에서 보듯 자신의 삶에 대한 새로운 깨달음에 이를 수 있었던 것 아닐까. "무엇을 망설이는 거요. 서둘러 떠나시오. 당신의 입에서 나온 말이 온 세상을 꽃밭으로 만들 꽃씨가 되고, 당신의 왼쪽 수족이 당신처럼 어렵고 힘든 생명들에게 구름 기둥 불기둥이 되는 그곳으로"(296쪽).

앞서 우리는 『무슨 말로 노래하라 하십니까』에는 극적이고 감동적인 순간을 찾기란 어렵다고 했다. 하지만 이 소설에도 소설의 완결을 위한 나름의 극적이고 감동적인 순간이 없는 것은 아닌데, 이는 바로 성일용이 위와 같이 새로운 깨달음에 이르는 순간일 것이다. 이와 관련하여 소설의 마지막 부분에 다시 한번 주목하지 않을 수 없다. 앞서 살핀 바와 같이, 소설의 마지막 부분에서 성일용은 "이제 아코디언을 떠나보내주어야 할 때가 온 것 같소"라는 악사의 말에 "아, 아저씨, 하고 속으로 부르며 성한 팔로 악사 몸을 덥석 마주 안"는다. 그러고는 "악사 몸을 껴안은 그 자신의 손아귀 힘도 대단해지고 있다는 것을" 느끼기도 한다. 말하자면, "자개 놓는 기술"에 도전했으나 마침내 실패한 성일용, 경애나 원장의 딸과의 관계에서 보듯 항상 인간관계에서 "자신이" 없어 하는 성일용, 자신의 시 창작 능력을 포함한 자신의 모든 것에 확신을 갖지 못하던 성일용은 마침내 극적 변화의 순간을 맞이한 것이다. 바로 여기서 작가는 말한다. "그는 자신의 몸이 아코디언으로 변하는 듯한 느낌에 젖었다"(296쪽)고. "절대 망가지지 않는, 슬픈 철로의 사연이 담겨 있지 않은, 그런 아코디언"으로, "시를 읊조리는 아코디언"으로 변하는 듯한 느낌에 젖었다(296쪽)고. 성일용의 몸이 "아코디언"으로 변하다니? 그것은 물론 악사가 "떠나보내"주고자 하는 고통과 슬픔의 멍에로서의 아코디언이 아니다. 이때의 아코디언은 어쩌면 그가 이제까지 회의의 눈길로 바라보던 자신의 시 세계에 새로운 선율을 부여하는 아코디언이리라. 또는 삶의 절망과 고통을 감미롭게 노래함으로써 모든 이에게 한없는 위안을 제공하는 데 머물지 않고, 절망과 고통을 뛰어넘을 수 있음을 힘차게 노래하는 아코디언이리라.

작가가 이 소설의 마지막을 "무슨 말로 노래하라 하십니까"로 끝나는 시인 박팔양의 시 구절로 장식한 것은 결코 예사로워 보이지 않는다.

> 날더러 진달래꽃을 노래하라 하십니까.
> 이 가난한 시인더러 그 절박하고도 가냘픈 꽃을
> 이른 봄 산골짜기에 소문도 없이 피었다가
> 하루아침 비바람에 속절없이 떨어지는 꽃을
> 무슨 말로 노래하라 하십니까. (296쪽)

이 절절한 시 구절에서 우리가 느낄 수 있는 것은 단순한 절망과 슬픔이 아니다. "절박하고도 가냘픈 꽃"과도 같은 사람들, "이른 봄 산골짜기에 소문도 없이 피었다가/ 하루아침 비바람에 속절없이 떨어지는 꽃"과도 같은 사람들과 마주한 "가난한 시인"의 절망과 슬픔만이 여기서 읽히는 것만은 아니다. 여기서 우리는 성일용과 같은 "가난한 시인"이 세상을 향해 던지는 항의와 반항의 목소리를 들을 수도 있고, "절박하고도 가냘픈 꽃"과도 같은 사람들을 대신해서 그들의 존재를 알리는 대변자의 목소리를 들을 수도 있다. 하지만 무엇보다 소중한 것은 위의 시 구절 자체가 "노래"라는 점이다. 즉, "무슨 말로 노래하라 하십니까"라는 물음 자체가 "노래"인 것이다. 박팔양의 위의 시가 암시하듯, 성일용이 노래하기 어려움을 노래로 함으로써 절망과 고통을 뛰어넘기를. 그리하여 성일용을 다시 찾은 경애가 그의 미래 모습으로 꿈꾸고 있는 "장애인 지도자의 길"을 마침내 걷기를. 이것이 장애인에게 전하는 작가의 메시지가 아닐지?

3. 다시 옛 친구를 기억하며

이제 김동민의 『무슨 말로 노래하라 하십니까』를 접고, 글을 시작하면서 꺼낸 친구의 이야기로 돌아가자. 중학교를 졸업하고 20여 년가량의 세월이 흐른 후 실로 오랜만에 그 친구를 다시 만날 수 있었다. 당시 논자는 오랜 미국 유학 생활을 마치고 돌아온 직후였고, 그는 한의학을 공부하고 서울 강남 지역에서 개업을 하고 있었다. 우연한 기회에 그의 소식을 듣고 그가 운영하는 한의원을 찾았다. 그리고 논자는 반가워하는 그가 이끄는 대로 그의 한의원이 있던 건물의 지하실에 있는 작은 술집으로 자리를 옮겼다. 그날 우리는 저녁 무렵 시작하여 새벽 3시까지 말 그대로 통음(痛飮)했다. 그날 우리에게 무슨 이야기가 그리 많았던가는 이제 기억에 없다. 다만 새벽 3시에 술집을 나왔을 때 우리는 몸조차 가누기 어려울 정도로 취했다는 사실만을 기억할 뿐이다.

거리로 나서자, 보통 때에도 걸음이 쉽지 않은 친구임을 알기에 논자는 그에게 등에 업힐 것을 반(半)명령조로 권했다. 길을 건너가 택시를 태워 보낼 생각에서였다. 괜찮다고 손사래를 치는 그의 모습에서 논자는 어릴 적 함께 등교하던 때의 그의 모습을 보았다. 억지로 그를 등에 업고 8차선 도로를 건너기 시작했다. 가냘파 보이는 친구의 몸이 어찌 그리도 단단하고 육중하던지! 그것이 삶의 무게인가, 고통의 무게인가. 아니, 고통의 삶을 견디며 살아가려는 의지의 무게인가. 그의 육중한 몸을 등에 업고서 건너려던 8차선 도로의 저쪽이 어찌 그리도 멀고 아득하기만 한지! 어렵게 발걸음을 한 걸음 한 걸음 옮기다가 논자는 길 한 가운데서 무릎을 꿇어야 했다. 바지가 찢어지고 무릎이 까지기도 했다. 정말로 어렵게, 정말로 힘들게 길을 건넜다.

그렇다, 등에 업은 친구의 몸에서 느낄 수 있었던 육중함은 그가 살아야 했던 삶의 무게이고 고통의 무게이자 고통의 삶을 견디어내려는 의지의 무게였을 것이다. 아니, 단순히 한 개인이 아니라 장애인이라면 누구나 보듬어 안고 살아야 할 삶의 무게, 고통의 무게, 고통의 삶을 견디어내려는 의지의 무게였을 것이다. 김동민의 『무슨 말로 노래하라 하십니까』를 읽고 나서 논자는 친구와 그와 같은 장애인이라면 누구에게나 예외가 아닐 그 모든 현실의 무게를 다시 한번 가늠해보기도 했다. 문득 그 친구가 못 견디게 보고 싶다. 하지만 이제 그 친구를 볼 수 없다. 작가의 말처럼 "장애물 경기를 하듯" 어렵고 힘들게 삶을 살다가 그는 오래전 이 세상을 등졌기 때문이다. 불현듯 소설의 주인공 성일용이 지녔음직한 선한 눈매가 친구의 선한 눈매와 겹쳐진다. 친구의 명복을 빌며 이 글을 마친다.

사랑의 힘과 삶의 현실 사이에서
—황선미의 『마당을 나온 암탉』과 어린이 문학의 깊이

1. 대상의 타자화를 뛰어넘어

"'잎싹'이라는 이름을 저 혼자 지어 가"진 "난용종 암탉"의 꿈은 마당으로 나가 "알을 품어서 병아리의 탄생을 보는 것"이다. 잎싹은 우여곡절 끝에 마당으로 나오지만, 자신의 꿈이 쉽게 이루어질 수 없음을 깨닫게 된다. 결국 마당을 떠날 수밖에 없었던 잎싹은 우연히 덤불 속에서 오리 알을 발견하고는 "따뜻하게 감싸주지 않으면 죽을 것만 같아 조마조마" 한 마음으로 이를 품는다. "생명이 전하는 따뜻함을 느"끼면서 품었던 알에서 마침내 새끼 오리가 깨어난다. 온갖 어려움에도 불구하고 잎싹은 새끼 오리를 정성스럽게 키워 성년의 오리로 만든다. 다 자란 오리는 잎싹의 곁을 떠나 자기 무리와 함께 날아가고, 잎싹은 끝내 족제비에게 잡혀 죽음을 맞이한다.

황선미의 장편 동화 『마당을 나온 암탉』(사계절, 2002)의 줄거리는 위와 같다. 이 동화를 거의 다 읽어갈 무렵, 문득 논자의 기억을 스치는 것이 있었으니 대학생 시절 과외 지도를 하던 학생의 집에서 있었던 일이다. 어느 날 그 집을 찾았을 때 과외 지도를 하던 학생의 동생이 마당 한쪽에서 상자에 담긴 새끼 참새를 정성스럽게 보살피고 있었다. 어쩌다 마당에 떨어져 다쳤는지, 제대로 날지 못하던 새끼 참새였다. 그런데 몇 미터 떨어진 장독대 위에서는 참새 한 마리가 이쪽을 바라보며 열심히 쩍쩍 울고 있는 것이 아닌가. 다음 날 그 집을 다시 찾았을 때였다. 그 집 아이의 보살핌을 받던 참새가 완쾌했는지 논자가 문을 들어섰을 때 아이가 보는 앞에서 날아가려는 듯 날갯짓을 하고 있었다. 새끼 참새는 곧 장독대 쪽으로 날아갔고, 그곳에 앉아 있던 참새와 함께 옆집 지붕 위로 날아갔다. 장독대에 앉아 있던 참새는 아마도 어미 참새였겠지. 아, 참새와 같이 하찮게 생각했던 동물에게도 저런 모성애가 있구나, 이런 생각을 하며 새삼 신기해했었다. 그처럼 정성스럽게 참새를 보살피던 그 집 아이가 참새를 향해 던졌던 그 순수하고도 맑은 눈길이, 그리고 함께 날아가던 어미 참새와 새끼 참새의 모습이 지금도 기억에 선하다. 왜 그 일이 새삼 생각난 것일까.

우리는 자식에 대한 동물의 사랑을 '종족 보존의 본능'에서 나온 것이라고 말하곤 한다. 그리고 그러한 본능이 얼마나 보편적인가에 대해 자주 이야기하곤 한다. 그렇다, 「동물의 왕국」 등과 같은 텔레비전 프로그램은 너무도 생생하게 이를 확인케 한다. 문제는 종족 보존의 본능이라는 말이 지니는 추상성과 무차별성에 있다. 다시 말해, 모든 동물이 보편적으로 갖고 있는 본능의 표현이라고 말함으로써 자식에 대한 어미의 사랑은 개체의 의지를 초월하여 존재하는 그 무엇으로 규정하는 데 문제가 있다. 이렇게 말할 때 여기에는 개별적인 개체가 대상에 대해 갖는 사랑이라든가 정이라든가 애틋함 등등의 감정이 끼어들 여지가 없게 된다. 모든 것은 의식과 의지의 차원을 넘어 존재하는 것, 또는 대자연의 운행 원리에 따른 것이라는 논리의 일부가 되고 마는 것이다. 이때 우리가 배우는 것은 자연의 법칙일 뿐, 사랑도 정도 애틋함도 아니다. 바로 그 엄연한 자연의 법칙, 무차별적이고도 추상적인 본능의 논리, 그것을 우리에게 강요하는 것은 무엇인가. 그것은 바로 과학이 아닐까. 몇 개의 원리와 법칙에 의해 세상의 모든 현상을 일반화하고 공식화하려는 과학이야말로 대상을 타자화하고 추상화하도록 우리를 유도하는 것 아닐까.

하지만 적어도 우리는 그와 같은 타자화와 추상화가 위험한 것임을 알고 있다. 또한 우리는 끊임없이 타자화와 추상화에 경계의 눈길을 늦추지 않는다. 그렇다면 그런 경계의 눈길을 가능케 하는 것은 무엇인가. 그것은 바로 문학이고 인문학 교육이 아닐까. 문학 또는 인문학 교육은 대상의 타자화를 뛰어넘어 대상을 적극적으로 사랑하게 만드는 그 무엇, 내가 곧 남일 수 있게 만드는 그 무엇이다. 다친 새끼 참새를 정성스럽게 돌봐주도록 하고 그 새끼 참새에 대한 어미의 안타까움을 이해할 수 있도록하는 것이 바로 문학 또는 인문학 교육인 것이다. 지난 2000년 9월 말 소잉카가 한국을 방문하여 말한 것처럼, 문학에는 "감수성이 예민한 사람들을 무장시켜, '타자'를 악마화하려는 경향에 대항할 수 있게 하는 잠재력이 담겨 있기 때문"이다.

소잉카가 말하는 "감수성이 예민한 사람들"이란 다름 아닌 아동과 청소년이다. 하지만 우리는 과연 우리의 아동과 청소년에게 "'타자'를 악마화하려는 경향에 대항할 수 있게 하는 잠재력"을 갖추도록 교육하고 있는가. 과학의 시대라는 명분 때문인지는 몰라도, 우리 교육의 무게중심은 분명 문학 또는 인문학에서 벗어나 있다. 과학 발전이니, 기술 향상이니, 이런 말들을 들먹이는 가운데 우리는 우리의 아동과 청소년들이 그나마 지니고 있는 감수성마저 아사(餓死)시키고 있는 것은 아닐까. 종족 보존의 본능이라는 말이 주는 것과 크게 다를 바 없이 메마름을 느끼게 하는 이른바 생존 본능이라는 말에 젖어, 이 말이 지시하는 바를 학교 교육의 암묵적인 목표인 양 받아들이고 있는 것은 아닌지? 자신의 생존을 위해 자신을 제외한 모든 타자—그것이 인간이든 동물이든 식물이든 관계없이 타자로 지칭될 수 있는 모든 생명체—를 "악마화하려는 경향"을 알게 모르게 조장하고 있는 것은 아닌지?

2. 『마당을 나온 암탉』이 지니는 의미를 찾아서

황선미의 『마당을 나온 암탉』과 같은 동화가 소중한 이유는 여기에 있다. 문학 또는 인문학과는 상당한 거리를 두고 있는 학교 교육을 현실적으로 보완할 수 있는 것이 있다면, 이는 바로 아동이나 청소년에게 호소력을 가질 수 있는 문학작품, 그것도 나름대로 문학적 완성도가 높은 작품이 아니겠는가. 텔레비전의 프로그램이 동물의 삶을 생생하게 보여줌에도 불구하고 그런 프로그램이 결코 일깨워주지 못하는 것을 새삼스럽게 일깨워주는 것이 문학작품, 그것도 『마당을 나온 암탉』과 같은 문학작품이다. 『마당을 나온 암탉』이 논자에게 새삼 옛 기억을 더듬게 했다면, 이는 바로 이런 이유 때문이 아니었을까. 아동의 눈과 마음으로 『마당을 나온 암탉』을 읽어보라. 그러면 논자의 것과 비슷한 옛 기억을 떠올릴 수 있으리라. 그것이 새끼 참새에 대한 어미의 안타까움에 신기해하던 기억이든, 또는 새끼 참새를 돌보는 아이를 보고 마음이 따뜻해지던 기억이든. 또는 몸소 다친 새끼 참새를 정성스럽게 돌봐주었던 기억이든.

물론 『마당을 나온 암탉』에는 자식에 대한 어미의 사랑 이야기만 있는 것은 아니다. 거기에는 생존을 위한 동물들의 본능적 몸짓도 있다. 자신의 몫을 지키기 위한, 또는 보다 많이 자신의 몫을 확보하기 위한 텃새의 논리도 있고, 먹고 먹히는 먹이사슬의 논리도 있는 것이다. 바로 이 같은 텃새의 논리와 먹이사슬의 논리 때문에 잎싹의 삶에 대한 의지는 더욱 생생한 것이 되고 있다. 즉, 삶의 현장이 갖는 냉혹함과 어느 한 생명체의 생존 본능이 선명하게 대비되는 가운데 잎싹의 삶은 구체성을 얻고 있는 것이다. 하지만 황선미는 잎싹의 삶을, 그리고 주변 동물의 삶을 결코 무차별적이고도 단순한 생존 본능의 논리로만 보고 있지 않다. 한 예로, 잎싹도 먹고살기 위해 벌레와 곤충을 잡아먹지만 "홀쭉한 배에 눈만 커다란 잠자리를 먹는 게 별로 유쾌한 일이 아"님을 황선미는 잎싹을 대신하여 말한다. 그리고 잎싹이나 잎싹의 친구인 나그네 청둥오리의 눈에 "못된 녀석"으로 보이는 족제비조차도 자기 자식에 대해 애틋한 사랑을 간직하고 있다는 사실을 황선미는 잊지 않고 우리에게 생생한 필치로 전한다.

요즈음 우리 주변에서 창작되는 동화들을 보면, 선은 어디까지나 선이고 악은 어디까지나 악이라는 일방적이고 평면적인 선악의 논리로 인해 피상성과 비현실성을 벗어나지 못하는 경우가 적지 않다. 아동을 위한 것인 이상 아동의 지적 수준에 맞게 동화는 단순하고 소박해야 한다는 투의 논리가 알게 모르게 동화 작가들의 의식을 지배하고 있는 것 아닐까. 그런 의식은 어디서 오는 것일까. 아동을 나름의 판단력을 갖춘 완성된 인격체로 보기보다는 아직 어른이 되지 못한 미완의 인격체로 보는 시각에서 나온 것 아닐까. 그런 시각에서 어른이 창작하는 동화는 어른이 아동문학이라는 이름 아래 동원하는 보조적인 자기만족의 수단일 뿐, 결코 아동을 위한 동화일 수 없다. 이런 관점에서 볼 때, 『마당을 나온 암탉』에서 확인되는 황선미의 현실 감각과 균형 감각은 결코 소홀히 여길 성질의 것이 아니리라.

황선미의 현실 감각과 균형 감각은 잎싹의 꿈과 삶에 대한 묘사에서도 확인된다. 이와 관련하여 우선 『마당을 나온 암탉』에는 자신의 삶을 자신의 삶으로 살려 할 뿐만 아니라 자신의 삶을 위해 온갖 어려움을 무릅쓰는 주체의 의지가 담겨 있다는 점에 유의하기 바란다. 어떤 의미에서 보면, "잎싹"이라는 이름을 스스로 만들어 갖는 암탉은 개인과 자아에 눈뜬 근대적 의미에서의 의지적 주체일 수 있다. 그런 의미에서 잎싹은 단순한 한 마리의 암탉이 아니라 오늘날의 '나'일 수도 있고 '너'일 수도 있고 우리 가운데 '그 누구'일 수도 있다. 하지만 황선미가 보여주는 잎싹은 그 이상이다. 잎싹은 의지적 주체이면서 이와 동시에 개인의 의지를 뛰어넘는 존재, 사랑을 가슴 가득히 안고 있기에 내가 너일 수도 있고 네가 나일 수도 있음을 아는 초월적 주체인 것이다. 황선미의 동화가 아름다운 이유는 여기에 있다. 사랑 때문에 모든 희생을 감수할 수 있음을 이 동화는 어린이들에게 더할 수 없이 생생하게 이야기해주고 있는 것이다. 자기의 삶을 자기의 삶으로 살려는 주체가 자신의 의지에도 불구하고, 아니, 자신의 의지에 의해, 기꺼이 스스로를 희생하는 그 마지막 장면의 서늘한 아름다움은 요즈음 우리 주변의 동화에서 확인되는 무분별하고도 추상적인 낙관주의를 뛰어넘는 것이다. 아니, 동화란 무조건 밝고 명랑한 것이어야 할 뿐만 아니라 행복한 결말을 갖는 것이어야 한다는 투의 상투적인 고정 관념에 젖어 있는 동화 작가들이 눈길을 주어야 할 그 무엇이다.

우리 모두는 아마도 어린 시절 안데르센의 「인어 공주」를 읽고, 사랑하는 왕자의 가슴에 차마 비수를 꽂지 못한 채 물거품이 되는 인어 공주에 대한 안타까움에 마음을 빼앗겼던 적이 있을 것이다. 왜 이렇게 인어 공주는 안타깝게 죽음을 맞이해야 하나. 이 동화를 읽었던 사람이라면 누구나 바다에 몸을 던져 물거품으로 변하는 인어 공주의 이야기를 기억할 것이다. 하지만 「인어 공주」는 단순히 인어 공주가 죽음을 맞는 것으로 끝나지 않는다. 거품으로 변한 인어 공주는 그녀가 겪어야 했던 인고(忍苦)에도 불구하고 그녀가 끝내버리지 않은 사랑의 힘으로 영혼을 얻어 대기의 정령들과 함께 영원한 행복의 나라로 날아오른다. 지상을 내려다보는 인어 공주의 눈에는 잠깐 눈물이 비치지만, 그녀는 마치 그녀가 거품으로 변한 사실을 알고 있기라도 한 양 슬픈 표정으로 바다의 거품을 응시하고 있는 왕자와 왕자의 신부에게 눈길을 던진다. 이윽고 인어 공주는 왕자의 신부 이마에 입맞춤을, 그리고 왕자에게는 미소를 보내고는 저 높이, 장밋빛처럼 붉은 구름 위로 날아오른다.

아마도 이 마지막 부분이 생각나지 않는 사람도 있을 것이다. 어쩌면 우리가 읽었던 「인어 공주」의 번역본에는 이 마지막 장면이 빠져 있었기 때문인지도 모른다. 그리고 어쩌면 인어 공주의 죽음을 접했을 때 느겼던 우리의 슬픔이 이 장면을 기억 저편으로 내몰았기 때문인지도 모른다. 황선미는 바로 그 부분, 우리가 어린 시절 읽었던 안데르센의 「인어 공주」―그리고 요즈음 우리 어린이들이 읽고 있을 것으로 짐작되는 새로 번역된 「인어 공주」―에는 빠져 있는지도 모르는 부분, 또는 우리의 기억 저편으로 숨어버렸는지도 모르는 바로 그 부분을 이야기의 마지막 부분에서 생생하게 살리고 있다.

눈앞이 차츰 밝아지기 시작했다. 눈을 뜨자 눈부시게 파란 하늘이 보였다. 정신도 말끔하고 모든 게 아주 가붓했다. 그러더니 깃털처럼 몸이 떠오르는 게 아닌가! 크고 아름다운 날개로 바람을 가르며 잎싹은 아래를 내려다보았다.
그랬다. 모든 것은 아래에 있었다. 저수지와 눈보라 속의 들판, 그리고 족제비가 보였다. 비쩍 말라서 축 늘어진 암탉을 물고 사냥꾼 족제비가 힘겹게 걸어가고 있었다.

말하자면, 『마당을 나온 암탉』도 주인공의 죽음으로 끝난다. 하지만 「인어 공주」에서 보듯 우리의 주인공 잎싹은 모든 것이 무(無)로 변하는 죽음을 맞이하는 것은 아니다. 잎싹의 영혼은 "크고 아름다운 날개로 바람을 가르며" 파란 하늘로 날아오른다. 요컨대, 잎싹의 죽음은 또한 보다 자유롭고 평온한 삶의 시작이기도 한 것이다. 이처럼 황선미의 『마당을 나온 암탉』에는 생명체라면 필연적으로 맞게 될 죽음이 있지만, 황선미에게 죽음은 삶의 엄연한 현실을 있는 그대로 말하기 위한 장치만은 아니다. 그것은 인어 공주의 죽음을 어쩔 수 없는 현실로 받아들이면서도 동시에 그녀의 죽음을 단순한 죽음 이상의 것으로 이해하려 했던 안데르센의 깊고 따뜻한 시선, 바로 그 시선을 확인케 하는 그런 죽음이다. 바로 그 깊고 따뜻한 시선을 우리는 또 다른 안데르센의 동화인 『성냥팔이 소녀』의 죽음에서도 발견할 수 있지 않는가. 성냥팔이 소녀는 죽음에 이를 때 그녀를 그리도 사랑하던 할머니의 모습을 본다. 그 할머니의 모습이 사라지지 않도록 소녀는 갖고 있던 성냥을 하나도 남기지 않는다. 성냥불에 환하게 모습을 드러낸 할머니는 더할 수 없이 크고 아름답다. 이윽고 그녀는 할머니의 팔에 안긴 채 찬란한 빛과 환희에 싸여 하늘나라로 높이, 높이 날아오른다.

3. 어른과 어린이 모두를 위한 동화를 위하여

바로 이처럼 현실의 아픔과 아픔을 뛰어넘는 사랑이 갖는 의미를 어린이들에게 심어주던 안데르센의 깊고 따뜻한 시선을 요즈음에는 좀처럼 찾을 길이 없다. 기껏해야 우리가 보는 것은 아픔이 아예 제거된 채 제시된 추상적인 사랑과 행복뿐이다. 인어 공주가 죽음을 맞이하는 대신 왕자와 결혼하여 행복하게 잘 살았다는 투의 디즈니식의 해석만이 존재할 뿐인 것이다. 아동을 위한 것처럼 위장한 디즈니식의 세계 이해는 물론 자본주의 사회의 미덕인 상업적 성공을 보장해줄지 모른다. 하지만 그것이 감수성이 예민한 어린이들의 세계 이해와 눈뜸에 무슨 의미를 갖겠는가. 어찌어찌 사랑하고 그 사랑은 과히 어렵지 않게 이런저런 과정을 거쳐 이루어진 다음 주인공들은 행복하게 잘 살았다는 식의 이야기는 시간을 죽이는 소일거리가 될 수 있을지언정, 안데르센과 같은 사람들이 어린이들에게 전하고자 했던 삶의 아픔과 진실에 대한 이야기일 수는 없다. 바로 이런 의미에서도 황선미의 『마당을 나온 암탉』은 우리 어른들뿐만 아니라 우리의 어린이들에게도 소중한 그 무엇이다.

4부 /

모더니즘·포스트모더니즘 논의,
그 궤적을 따라

환유적 단순화와 은유적 신비화
—포스트모더니즘의 이해와 수용에 따른 문제

1. 포스트모더니즘에 대한 논의를 위하여

한국 문단에 '포스트모더니즘'이라는 용어[1]가 소개되고 나서 얼마의 세

---

1) 번역을 '거부'하는 또는 번역에 '저항'하는 이 포스트모더니즘이라는 용어의 번역 문제에 우선 초점을 맞추어보기로 하자. 물론 포스트모더니즘을 우리말로 번역하기 쉽지 않은 일차적 이유는 '모더니즘'이란 용어 자체가 쉽게 번역되지 않는다는 데 있다. 즉, '모더니즘'이 '근대'와 '현대' 가운데 어느 쪽을 지시하는 개념인지 확정짓기 어려우며, 일부 이런 이유로 인해 번역되지 않은 채 그대로 사용되어온 것도 사실이다. 따라서 모더니즘이 이미 통용되어온 용어인 이상 이를 놔두고, 접두사인 '포스트-'만을 번역하여 최소한 개념상 혼란만은 막자는 주장이 있어왔다. 이러한 주장은 대체로 두 가지의 해결 방안을 제시하는데, '탈-'이 한쪽을 대표한다면 '후기-'가 다른 한쪽을 대표한다. 어느 쪽이 되었건 접두사만을 떼어 번역하는 것은 어설프다는 비판을 면하기 어려울 것이다. 이러한 사정에 비추어보면, 포스트모더니즘이란 용어를 번역하지 않은 채 그대로 사용하는 경향은 수긍할 만하다.

문제는 '포스트모더니즘'의 경우가 아니라 '포스트-'라는 어미를 갖는 일련의 다른 용어들일 것이다. 이 경우에도 '탈-'이나 '후기-' 어느 쪽으로 번역하기를 주장하는 사람도 있고, 양자의 입장을 절충(또는 거부)한다는 뜻에서 '포스트-'라는 접두사를 그대로 살릴 것을 주장하는 사람도 있다. 그리하여 '포스트(-)구조주의'와 같은 용어가 사용되고 있는 것이다. '탈모더니즘'이나 '후기모더니즘'이라는 반쪽짜리 외래어가 궁색하고 어설프다면 또 하나의 반쪽짜리 외래어인 '포스트구조주의' 또한 궁색하고 어설프기는 마찬가지다. 만일 '포스트-'가 어원적으로 '다음' 또는 '뒤'라는 뜻을 지니고 있다는 사실을 인정한다면, 굳이 이를 번역하지 않은 채 남겨

월이 흘렀을까. 정정호가 『포스트모더니즘과 한국 문학』의 서문에서 밝힌 바 있듯, 그는 1982년 4월 이합 핫산(Ihab Hassan)의 논문 한 편을 번역하여 「포스트모더니즘의 문제」라는 제목 아래 『심상』에 소개한 바 있는데, 이 용어와 만나는 최초의 기회를 우리에게 마련해준 것은 아마도 이 번역 논문이리라. 따라서 이 용어가 한국의 문화계 또는 문단이란 무대에 등장하게 된 지 거의 10년의 세월이 흘렀다고 할 수 있다. 그렇게 10년의 세월이 흐르는 동안 실로 수많은 사람들이 다양한 자리를 빌려 포스트모더니즘을 논의하고, 비판하고, 경계하고, 찬양하거나 폄하해왔다. 요컨대, 포스트모더니즘은 우리에게 끊임없는 관심의 대상이 되어왔다.

만일 이 같은 10년 동안의 관심을 집약하고 정리하는 경우, 가장 두드러진 특징으로 내세울 수 있는 것은 포스트모더니즘에 대한 부정의 시각과 긍정의 시각이 거의 동일한 세력권을 형성한 채 활발하게 논쟁을 주고받아왔다는 사실일 것이다. 긍정의 시각을 갖는 쪽에서는 우리가 처한 시대 상황이 싫든 좋든 '포스트모던하다'는 점을 인정하면서 포스트모더니즘이 갖는 긍정적 함의를 주목한다. 말할 것도 없이, 이 같은 논리가 궁극적으로 의도하는 것은 이 개념을 '우리의 것'으로 수용하는 일이다. 한편, 부정의 편에서는 포스트모더니즘이란 이를테면 서구에서 무비판적으

둘 이유는 무엇인가? 이 점을 감안한다면, '후기구조주의'와 같은 번역이 하나의 대안이 될 수 있을 것이다. 하지만 '후기-'라는 개념이 '탈-'만큼이나 뒤의 용어의 의미를 한정한다는 주장이 있는 것도 사실이다. 또한 어법상으로도 어색하다는 지적 역시 간과할 수 없다. 이런 점을 감안할 때 단순히 '포스트-'를 '후-'로 번역하여 '후구조주의' 등으로 사용할 수도 있을 것이다. 마치 '후삼국 시대'와 같이. 이때의 '후-'를 '극복'으로 생각하든 '연장'으로 생각하든 그것은 아마도 용어를 받아들이는 사람의 자유일 것이다.

언어의 현전(présence)을 문제 삼고 있는 철학적 사조를 논하면서 용어의 번역을 다름 아닌 '현전'의 논리로 해결하려는 태도 자체가 일종의 역설이라고 하지 않을 수 없다. 물론 어원이 그러하니까 '후-'로 하자는 것도 또 하나의 '현전'의 논리임을 부정하는 것은 아니다. 하지만 적어도 이는 '후기-,' '탈-,' '포스트-' 등등이 지니는 자의성(恣意性)과 어색함을 극복할 수 있는 소극적인 대안은 될 수 있으리라.

로 들여온 생경한 '수입품'과 등가물로 취급한다. 비록 그럴듯한 포장으로 위장되어 있긴 하지만, 이 포스트모더니즘이라는 '수입품'은 독점자본주의(또는 신식민주의) 문화의 함정을 숨기고 있는 극복의 대상이라는 것이다.

만일 무비판적인 수용의 논리가 극단적인 단순 논리라면, 지나친 배격의 논리 역시 또 하나의 극단적인 단순 논리다. 아울러, 지나친 배격의 논리가 퇴행적 단순 논리라면, 무비판적인 수용의 논리 역시 또 하나의 퇴행적 단순 논리다. 물론 현실적으로는 누구도 이 같은 종류의 단순 논리에 얽매여 있지 않다. 대개의 경우, 어느 쪽에 무게중심을 두는가의 차이는 있을지언정, 사람들은 양극단 사이에서 균형 감각을 유지하려고 한다. 어떤 의미에서 보면, 극단적 혹은 퇴행적 단순 논리는 상대에 대한 비판을 보다 더 극적(劇的)인 것으로 만들기 위해 타인의 논리를 그런 방식으로 이해하고자 하는 비판자의 관념 속에만 존재하는 것인지도 모른다. 결국 문제가 되는 것은 수용이냐 거부냐 식의 소박하고 단순한 선택 논리가 아니다. 이보다 더 근본적으로 제기해야 할 문제가 있다면, 포스트모더니즘이라는 용어가 우리에게 친숙한 일상어가 된 지 상당한 시간이 지났지만, 그럼에도 여전히 '친숙함'이란 우리 쪽에서 갖는 일방적인 감정일 수 있다는 점이다. 말하자면, 포스트모더니즘은 실체를 드러내지 않은 채 신비의 베일 뒤쪽에 자신을 감추고 있는 형상을 하고 있다. 따라서 수용의 입장을 취하든 비판의 입장을 취하든 우리 대부분은 정작 포스트모더니즘이란 무엇인가라는 질문에 대해 누구도 확신에 찬 대답을 하지 못한다.

요컨대, 이제까지의 그 모든 논의에도 불구하고 포스트모더니즘은 우리에게 좀처럼 자신의 정체를 드러내지 않는다. 그리하여, 오늘날 한국 문단이나 문화계에서의 포스트모더니즘에 대한 논의는 원론적인 개념 정의의 차원에서 아직 몇 걸음 더 나가지 못한 형편이다. 매번 개념 정의부터 다시 시작해야 하는 이 난처한 상황을 어찌할 것인가. 그 모든 개념 정의와 이해를 위한 작업에도 불구하고 좀처럼 논의의 실마리조차 보이지 않는 이 난감한 상황을 어찌할 것인가. 오히려 새로운 종류의 논쟁과 혼란의 조짐마저 보이지 않는가. 무엇보다, 포스트모더니즘을 가리고 있는 신비의 베일이 한 자락도 들춰지지 않았는지도 모른다는 의구심을 지울수 없는 이유는 무엇인가. 정정호가 『포스트모더니즘과 한국문학』에서 말하고 있듯, "포스트모더니즘 자체가 어떤 정의나 범주화를 거부하는 것이기 때문"(「포스트모더니즘과 한국문학과의 길트기와 '새로운 리얼리즘'을 위하여」, 15쪽)일까. 만일 정정호의 말이 사실이라고 해도 우리는 여전히 "포스트모더니즘 자체가 어떤 정의나 범주화를 거부하는" 이유가 무엇인가라는 원론적인 물음으로 되돌아가지 않을 수 없다. 말하자면, "정의나 범주화를 거부[한다]"는 식의 단정적 발언은 신비화만 더할 뿐 문제 해결에 도움이 되지 않는다.

포스트모더니즘과 관련하여 제기될 수 있는 이 모든 문제를 어찌할 것인가. 이 물음에 대해 어떤 형태로든 답변을 모색하고자 하는 경우 우리가 검토해야 할 자료는 실로 무한하다. 하지만 무한한 자료가 감추어놓은 미로 속에 빠져 길을 잃을 위험으로부터 우리를 보호하기 위해, 논의 대상을 1991년 가을 거의 같은 시기에 한꺼번에 출간된 포스트모더니즘에 대한 세 권의 편저서로 한정하기로 한다. 즉, 이정호의 『포스트모던 시대에서의 영미문학의 이해』, 정정호와 강내희가 편집한 『포스트모더니즘의 쟁점』, 이미 앞에서 언급한 바 있는 정정호 편의 『포스트모더니즘과 한국문학』을 대상으로 하여[2] 지난 10년 동안 포스트모더니즘과 관련하여 국내에서 진행된 논의를 되짚어보기로 한다.

---

2) 『포스트모던 시대에서의 영미문학의 이해』는 서울대학교 출판부에서 1991년 9월 25일 출간되었으며, 『포스트모더니즘의 쟁점』은 도서출판 터에서 1991년 10월 7일에 출간되었다. 또한 『포스트모더니즘과 한국문학』은 도서출판 글에서 1991년 10월 30일에 출간되었다. 이상의 문헌에 대한 출전은 본문에서 밝히기로 한다.

2. 환유적 단순화의 경향

먼저 이정호의 논의에 주목해보자. 그는 책의 발제문에 해당하는 「우리에게 포스트모던 시대는 무엇인가?」라는 글을 통해 포스트모더니즘을 "비판적으로 수용할 필요가 있"(ix쪽)음을 힘주어 말한다. 이정호가 말하는 "비판적 수용"이란 크게 두 가지 맥락에서 이해될 수 있다. 즉, "미국적" 포스트모더니즘에 대한 비판적 극복이라는 맥락에서, 이어서 "한국적" 포스트모더니즘의 정립이라는 맥락에서 이해될 수 있을 것이다. 그는 먼저 "우리나라에 소개된 포스트모더니즘의 경향은 주로 미국적이며, 이 경우 우리는 현실을 무시한 환상이나, 반역사성, 그리고 무분별한 대중성의 유입을 지켜봐야 한다"고 주장하면서, "이성의 무력함과 폭력의 잔혹함을 뼈저리게 느꼈"던 "불란서 지성인들"에 의해 주도된 "불란서적 포스트모더니즘"을 이에 대비하고 있다(ix쪽). 이정호는 이어서 비록 "순수하고 순도 100%의 포스트모더니즘"이 아니더라도 "한국적인 포스트모더니즘의 정립이 시급하다"는 주장과 함께, "한국인"은 "이미 포스트모더니즘이라는 용어가 생기기 전부터 포스트모더니즘을 생활화한 문화권에 살고 있었다"는 논리를 펴기도 한다(xi쪽).

이정호는 또한 「포스트모던 시대에서의 영미문학의 이해」라는 논문에서 "포스트모더니즘이라는 문화 및 문화적인 현상을 이론적으로 뒷받침해주는 이론의 틀이 바로 포스트-구조주의"(9쪽)라고 주장함으로써, 프랑스 후구조주의 철학자들의 이론에 근거하여 포스트모더니즘을 이해하겠다는 자신의 의도를 명백히 한다. 아마도 이 같은 그의 의도는 '미국적'인 것의 부정적 측면과 '불란서적'인 것의 지성적 면모를 대비하는 발제문에 비춰볼 때 당연한 귀결인 것처럼 보인다. 하지만 문제는, 그가 포스트모더니즘과 후구조주의 사이의 관계를 '현상'과 '이론'의 관계로 단순화시키고 있음에서 확인되듯, 그의 논의가 이른바 '단순화 경향'(reductive tendency)을 띠고 있다는 바로 그 사실에 있다.

만일 이정호의 의견에 따라 포스트모더니즘과 후구조주의 사이의 관계를 '이론'과 '현상' 사이의 관계로 파악한다고 해도 문제는 여전히 남는다. 무엇보다 먼저 그가 이해하고 있는 "포스트모더니즘의 특성"이란 후구조주의 철학자들이 제시하는 이론적 명제들과 크게 다른 것이 아니라는 점을 문제 삼지 않을 수 없다. 결국, 이정호의 의도가 어디에 있었건 간에, 그의 논의는 '이론에 대한 이해'와 '현상에 대한 이해'는 동일선상에 놓일 수 있다는 암시를 준다. '이론에 대한 이해'와 '현상에 대한 이해'를 동일시할 수 있다는 논리 자체가 어떤 의미에서 보면 일종의 '단순화'다. 물론 '이론'은 '현상'을 이해하는 데 도움이 될 수 있음을 전적으로 부정할 수 없다. 그렇다 해도, '이론'에 대한 이해가 '현상'에 대한 이해를 보장하지는 않는다. 그 이유는, '현상'이란 역사적인 맥락 안에 존재하기 때문에 시간성을 본질로 하지만, '이론'은 이른바 '진공 상태'에서 존재할 수 있으며 이로 인해 시간성을 본질적 속성으로 하지 않기 때문이다. 요컨대, 이론의 비역사성 또는 비정치성을 간과할 때에만 '이론에 대한 이해'와 '현상에 대한 이해'를 동일선상에 놓을 수 있다.

　이정호는 "미국적" 포스트모더니즘에 대해 부정적 시각을 갖는 이유로서 "현실을 무시한 환상"과 "반역사성"을 들고 있음에도 불구하고, 여전히 그는 포스트모더니즘을 '현실'과 관계없는 '이론적인 것'으로, '역사'와 관계없는 '초역사적인 것'으로 이해하고 있거니와, 그 이유는 자명하다. 현실과 관계없는 비역사적인 이론적 명제들을 포스트모더니즘의 특징들로 이해하기 때문이다. 이와 관련하여, 우리는 이정호가 "포스트모더니즘의 특성"에 대해 논하면서 그가 지적하는 개별적 특징들이 '어떤 필연적 이유로' 또한 '어떤 필연적 맥락에서' 포스트모더니즘의 특징들이 되었는가에 대한 논의 자체를 결여하고 있음을 주목할 필요가 있다. 말하자면, 어떤 역사적, 사회적, 문화적 상황으로 인해 자신이 지적하는 개별적인 특징들을 포스트모더니즘이 지니게 되었는가에 대해서 이정호는 별다른 언급이 없다. 그리하여 포스트모더니즘에 대한 그의 이해는 단편화(斷片化)의 경향을 띠게 되었다고 할 수 있다. 이 같은 단편화의 경향은 포스트모더니즘 자체에 대한 이해를 단편화하고, 궁극적으로 '부분'에 대한 이해에 의해 '전체'를 규정케 하는 '환유적 단순화'(metonymical reduction)를 유도한다.[3]

아울러, '이론'과 '현상'의 동일화로 인한 시간성의 문제는 이정호가 해체구성(deconstruction)을 "좌파 문학 이론"과 관련지어 설명할 때도 드러난다. 그의 지적대로 해체구성 이론에 "관심을 두는" 좌파 문학이론가도 있으며 "배척하는" 좌파 문학이론가도 있다. 하지만 "반대하는 가장 큰 이유"가 그의 지적대로 해체구성이 "비정치적이고 비역사적인 성향에 있"는 것이라면(15쪽), 관심을 두는 좌파 문학이론가들에 대해서는 어떤 설명이 가능할 것인가. 단순히 기질의 문제로 돌려야 할까. 사실 이정호는 그 이유에 대해 별다른 언급을 하지 않는다. 그가 반대파에 대한 해명과 동일한 정도의 해명을 관심파에게 할 수 없었던 이유는, 이론가들이란 어떠한 정치적 배경과 입장을 견지하건 간에 궁극적으로 비정치적인

---

3) 여기서 잠깐 '환유적 단순화'라는 개념과 관련하여 약간의 설명을 첨가하기로 하자. 일찍이 로만 야콥슨(Roman Jakobson)은 실어증 환자들에 대한 관찰을 통해 그들의 언어 사용에서 드러나는 두 가지의 두드러진 경향에 주목한 바 있다. 야콥슨은 이를 환유적(metonymical)인 측면과 은유적(metaphorical)인 측면으로 규정하고 있거니와, 각각 부분으로 전체를 표현하려는 경향 및 전혀 엉뚱한 표현을 통해 주어진 대상을 나타내려는 경향으로 요약될 수 있다. 이 두 경향은 글쓰기의 일반적 경향과 관련지을 수 있는데, 전자가 산문이나 사실적 글쓰기와 관련이 있다면, 후자는 시나 실험적 글쓰기와 관련이 있을 수 있다. 물론 야콥슨의 이러한 개념 구분은 인간의 총체적인 언어 사용 경향을 해명하기 위한 것인바, '환유'와 '은유'라는 두 개의 축을 갖는 좌표를 설정함으로써 그와 같은 작업을 수행할 수 있을 것이다. 하지만 이를 국내에서 이루어지고 있는 포스트모더니즘에 대한 전반적인 논의의 성격을 이해하기 위한 일종의 틀(framework)로 이용하는 경우에도 상당한 설득력을 지닐 것으로 판단된다. 야콥슨의 개념 구분을 국내의 포스트모더니즘 논의와 관련지으면서 우리가 유의하고자 하는 것은, 전자의 경우 대상에 대한 단순화(reduction)가 문제된다면 후자의 경우에는 대상에 대한 신비화(mystification)가 문제된다는 점이다.

객관성 또는 보편성을 지향하는 일면을 지니고 있다는 점을 간과했기 때문이 아닐까. 사실 반대파에 대한 이정호의 논의에도 문제가 있는 것으로 판단된다. 즉, 해체구성 이론을 비정치적이라고 해서 배척해야 한다는 논리는 '상대성 이론'이 비정치적이라고 해서 배척해야 한다는 논리와 다를 바 없다. 어떤 의미에서 보면, 생성 동기와 배경이 어떠하건 간에 이론이 시간성을 필수 요건으로 지니지 않는 한, 어떤 이론도 기본적으로 정치와 관계없는 것이다. 다만 우리는 비정치적인 이론을 정치적으로 이용할 수 있을 뿐이다. 상대성이론이 정치적으로 이용될 수 있다고 해서 '상대성 이론' 자체를 정치적이라고 할 수는 없듯, 어떤 이론도 정치적으로 이용될 수 있다고 해서 이를 정치적이라고 할 수 없다. 마찬가지 논리로, 모든 이론이 비정치적이라고 해서 이를 정치적으로 이용하지 못한다는 논리도 성립될 수 없다. 요컨대, 어떤 문학 이론가가 해체구성 이론에 관심을 보이는 이유가 있다면, 그 이론이 여타의 모든 이론과 마찬가지로 비역사적이고 비정치적이기 때문에 어떤 방향으로든 '이용'이 가능하기 때문이다.[4]

어떤 의미에서 보면, 이정호가 의도하는 "한국적인 포스트모더니즘"은 포스트모더니즘에 대한 '비역사적 단편화'나 '환유적 단순화'를 전제로 할 때에만 가능한 것인지도 모른다. 물론, 이정호가 적절히 지적했듯, "'빈 중심'과 '빈 현전'에 그 기초를 두고 있다는 사실"이 "노장 사상이나 선불교의 [가장 두드러진] 특징"의 하나일 것이다(34쪽). 하지만 이 같은 종류의 이유 한두 가지에만 의존하여 "동양적인 사상의 근본정신"은 "포

---

4) 이와 관련하여 우리는 바바라 존슨(Barbara Johnson)의 논의를 참조할 수 있을 것이다. 그녀는 "해체구성이 '서구 사상의 원리에 적대적'이라고 말하는 것은 양자역학이 물질이라는 개념에 적대적이라고 말하는 것과 같다"라고 말한 적이 있다("The Surprise of Otherness: A Note on the War-time Writings of Paul de Man," *Literary Theory Today*, ed. Peter Collier & Helga Geyer-Ryan [Ithaca: Cornell UP, 1990], 18).

스트모더니즘이 생기기 훨씬 전에 이미 포스트모더니즘의 진수를 알고 있"었다(51쪽)고 말하거나, "한국인"은 "이미 포스트모더니즘이라는 용어가 생기기 전부터 포스트모더니즘을 생활화한 문화권에 살고 있었다"고 말하는 것은, 이정호 자신이 인정하고 있듯, 일종의 "억지"(49쪽)다. 포스트모더니즘을 비역사적 단순화의 논리에서 조명할 때만 가능한 "억지"인 것이다.

이상의 논의를 진행하가는 과정에 이정호는 이합 핫산이 도표를 통해 정리한 포스트모더니즘의 열한 가지 특징을 인용하고 있거니와(45쪽), 이같은 인용은 이정호의 논의에 무게를 더해주는 것도 사실이다. 하지만 핫산이 열거한 특징들 가운데 몇몇 개가 어떤 특정 시대나 문화권에서 발견된다고 해서 그 시대나 문화권에 포스트모더니즘이라는 꼬리표를 다는 경우, 아마도 그러한 꼬리표가 달리지 않을 문화권은 거의 남지 않을 것이다. 그렇다면, 바로 이러한 지나친 일반화의 위험을 무릅쓰면서 이정호가 '환유적 단순화'를 거의 "억지"의 지경에 이르기까지 몰고 간 이유는 무엇일까. 이와 관련하여 우리는 이정호의 논의에서 확인되는 '환유적 단순화'의 경향이 단순히 개인적 차원을 뛰어넘는 그 무엇이 아닌가라는 의문을 제기해봄직하다. 즉, 무언가의 근본적인 또는 본질적인 요인이 이러한 '단순화'를 유도하고 있는 것은 아닐까. 우리가 이 같은 의문을 갖는 이유는 비록 심하다거나 가볍다는 차이가 있을 뿐, 유사한 단순화의 논리를 거의 모든 포스트모더니즘에 대한 논의에서 확인할 수 있기 때문이다.

3. 환유적 단순화와 한국 문학

사실 '단순화'의 논리는 논자들이 포스트모더니즘을 한국 문학과 관련지어 논의할 때 더욱 두드러지는 경향을 보인다. 정정호가 엮은 『포스트모더니즘과 한국문학』에서 각별한 주목을 요구하는 것은 바로 이 같은 경향이다. 즉, 이 책에 나오는 거의 대부분의 논문이 한국 문학 또는 문화가 지니고 있는 것으로 판단되는 포스트모더니즘적 특징—정정호의 표현을 빌리자면 "포스트모더니즘의 특징적 인식소 중에 중심적인 개념"(26쪽)—을 추적하고 확인하는 데 상당한 힘을 쏟고 있다. 대표적인 예를 몇몇 들자면, "한국적 포스트모더니즘"이라는 가설적 개념을 세우고 "전통 복원," "혼성 모방," "미적 대중주의"를 그 "성격"으로 진단하거나(한기, 「후기 자본주의적 현실과 한국적 포스트모더니즘 문화의 탐색」, 『포스트모더니즘과 한국문학』, 88–91쪽), "자발성, 개성, 자연성, 개방성"(이승훈, 「해체시와 포스트모더니즘」, 『포스트모더니즘과 한국문학』, 117쪽)이 포스트모더니즘의 "시적 특성"이라는 전제 아래 국내 시인들의 시작품에서 이러한 특징을 확인하려 하거나, 또는 메타픽션이 바로 포스트모던 픽션이라는 이해 아래 국내의 소설에서 이러한 "메타픽션적 요소들을 살펴보"려는 시도(정정호, 「메타픽션과 한국적 수용의 문제」, 『포스트모더니즘과 한국문학』, 248쪽) 등이 이런 경향에 해당한다고 할 수 있다. 아울러 "포스트모던한 한국인 기질"(김방옥, 「오태석의 〈설상각(雪上閣)〉과 포스트모더니즘 극」, 『포스트모더니즘과 한국문학』, 264쪽)을 문제 삼는 데서도 우리는 역시 또 하나의 '환유적 단순화'를 일별할 수 있다.

물론 "서구 사회의 새로운 사회적 모형인 후기자본주의 개념과 그것의 문화적 논리인 포스트모더니즘"(이광호, 「문학의 죽음」, 『포스트모더니즘과 한국문학』, 60쪽)을 서구와 "이질적"인 "우리 사회"에 적용하려 할 때 자연히 무리수가 따르지 않을 수 없을 것이다. 바로 그런 무리수가 '단편화'나 '단순화'를 조장했는지도 모른다. 아울러 "후기산업사회 문화적 징후들의 한국 사회에의 출현 자체를 부정하"기 어렵다(이광호, 60쪽)고 하더라도, 후기산업사회 또는 포스트모더니즘이라는 개념적 틀을 막연하게 상정하고서, 이를 전제로 하여 우리 사회에 대한 분석을 수행하는 경우 여러 가지 어려움이 뒤따르지 않을 수 없음도 사실이다. 즉, 그와 같은 분석은 평론가 이광호의 표현을 빌리자면 "하나의 느낌과 가설에 머무르게 될"(이광호, 60쪽) 위험을 수반할 뿐만 아니라, '자의적 판단'이나 '취사선택의 논리'라는 함정을 유도할 수도 있다. 바로 이 같은 위험과 함정으로부터 위에 언급한 논의들이 완전히 벗어나 있지 못하다는 사실을 또한 지적하지 않을 수 없다.

먼저, "한국적 포스트모더니즘의 성격"을 "전통 복원," "혼성 모방," "미적 대중주의"로 진단함으로써, 평론가 한기는 그의 표현대로 "잠정적이나마 우리 시대 문화의 방향성을 구체화"(「후기 자본주의적 현실과 한국적 포스트모더니즘 문화의 탐색」, 92쪽)하고 있는지도 모른다. 하지만 그가 말하는 "구체화"가 반드시 "포스트모더니즘의 용어를 통하여"(92쪽) 수행되어야 할 이유가 있다면 그것은 무엇인가. 그 이유를 밝히지 않는다면, 그가 희망하듯 포스트모더니즘이라는 용어가 "유용한 전략적 도구"(92쪽)가 되기는 어렵다. 오히려 자의적인 용어의 남용이 아닌가라는 비판을 면하기 어려울 뿐이다. 말하자면, 비록 논자가 "당분간 논자는 한국적 포스트모더니즘으로서의 '한국적'이라는 어사에 강조를 둠으로써, 회피하기로 한다"(92쪽)고 하더라도, 여전히 그는 "용어의 포괄성"으로 인해 "발생하는 개념적 내포의 혼란 문제"(92쪽)를 해결해야 할 것이다. 무엇보다 문제는, 일찍이 "한국적 민주주의"라는 이름 아래 민주주의라는 개념 자체가 일부 정치가들의 편의적 도구가 된 적이 있듯, "한국적 포스트모더니즘"이라는 개념도 그런 종류의 개념 오도를 유도할 수 있다는 점이다. 그가 "논자가 말하는 한국적 포스트모더니즘 운동이란 결국 [중략] 참문화 운동에 다름 아닌 것이라고 해도 좋다"(93쪽)고 결론짓고 있을 때 우리는 벌써 그러한 개념 오도의 가능성을 일별할 수 있다. 그가 말하는 "참"이란 무엇을 의미하는가.

보다 심각한 '단순화'의 경향은 한국의 시, 소설, 연극에서 포스트모더니즘적 특징들을 찾으려는 시도에서 확인된다. 말하자면, 시작품이 지니는 일면적 특징 쪽으로 시야를 좁힘—말하자면, 우리의 시에 나타나는

'포스트모더니즘 요소 찾기'에 몰두함—으로써, 포스트모더니즘뿐만 아니라 어떤 특정 시인이 지니는 시사적(詩史的)인 의미 자체를 무화(無化)하는 경우를 우리는 자주 목도하게 된다. 하나의 예로, "포스트모더니즘의 한 뿌리"는 "김수영의 문학에까지" 소급될 수 있다(박상배, 「일상시와 포스트모더니즘」, 『포스트모더니즘과 한국문학』, 142쪽)는 식의 논의로 인해 우리가 얻는 것은 과연 무엇일까. 얻는 것보다 잃는 것이 더 많으리라는 생각은 지나친 것일까. 또 하나의 예를 들자면, "언어에 대한 불신, 중심 해체, 경계의 와해, 진실의 허구성이라는 이념을 담고 콜라주, 미로 속의 언어, 깨어진 거울에 반영된 시 등의 기법으로 전통적인 시형을 해체한 80년대 초의 실험시들은 신기하리만치 포스트모던적"(권택영, 「우리 시의 포스트모던적 경향」, 『포스트모더니즘과 한국문학』, 106쪽)이라는 식의 진단을 문제 삼을 수 있다. 무엇보다 "신기하리만치"라는 언사가 갖는 '의외성'에 대한 암시가 문제될 것이다. 즉, 실험시들이 포스트모던적인 것이 왜 "신기"한지에 대한 해명이 없이 그저 '신기하다'고 말하는 것은 논자의 관찰이 피상적 차원의 것일 수 있음을 암시하는 것 아닐까. 그것이 왜 신기해야 하는가. 혹시 신기하다고 느끼는 이유가 포스트모더니즘을 기대하지 않았는데 "포스트모던적 경향"이 발견되었기 때문인가. 어떤 경우에도 현상에 대한 일면적 관찰이라는 위험을 벗어나기 어려울 것이다.

소설에 대한 논의와 관련하여 우리는 아마도 정정호의 "실험적인 또는 포스트모던한 소설"(「포스트모더니즘과 한국문학과의 길트기와 '새로운 리얼리즘'을 위하여」, 『포스트모더니즘과 한국문학』, 25쪽)이나 "한국에서의 메타픽션 또는 포스트모던 픽션의 가능성"(「메타픽션과 한국적 수용의 문제」, 『포스트모더니즘과 한국문학』, 259쪽)과 같은 표현들을 문제 삼을 수 있다. 물론 "포스트모던한"이라는 개념 속에 "실험적인"의 의미가 포함될 수 있음을 부정하자는 것은 아니며, "메타픽션"이 "포스트모던 픽션"

의 한 양상일 수 있음을 부정하자는 것도 아니다. 이들 표현을 문제 삼는 것은 다만 "포스트모던한"과 "실험적인"을 등가적 가치 개념으로 받아들이는 동시에 "메타픽션"과 "포스트모던 픽션"을 동일시함으로써 논자가 문제를 단순화하고자 하는 것은 아닐까라는 의문을 떨칠 수 없기 때문이다. 사실 이런 종류의 '단순화'가 전제되지 않고서는 한국 소설을 포스트모더니즘이라는 맥락에서 논의하기 어려울지 모른다. 하지만 '단순화'를 통해 한국 소설에서 메타픽션적 요소를 발견하게 되었다고 해서 그것이 무슨 대단한 의미를 지니는 것일까. 몇 가지의 일면적인 포스트모더니즘적 요소가 포스트모더니즘 자체를 의미하는 것이 아니라는 점을 아무도 부정할 수 없을 것이다. 사실, 김윤식이 지적한 바 있듯, "메타픽션적 요소들"을 지니고 있는 것으로 판단되는 소설들도 한국의 근대문학이라는 총체적 관점에서 본다면 "한갓 근대 소설에 지나지 않"는 것(「한국 문학과 포스트모더니즘」, 『포스트모더니즘과 한국문학』, 54쪽)일 수 있다.

연극의 경우, 정정호의 지적대로 "포스트모더니즘에 관한 논의는 더욱 껄끄"럽다(「포스트모더니즘과 한국문학과의 길트기와 '새로운 리얼리즘'을 위하여」, 27쪽). 그 이유가 어디에 있든 우리는 연극에 대한 논의에서도 앞서 이미 지적했듯 일면에 대한 이해를 통해 포스트모더니즘 자체를 규정하려는 성급함을 확인할 수 있다. 요컨대, 논의의 대상이 연극이든 소설이든 시든 한국의 문학작품에서 '포스트모더니즘적 요소'가 확인되는 경우가 있다고 해서 문제의 작품들을 곧바로 '포스트모더니즘 문학'으로 편입시킬 수는 없다. 이는 인간에게서 유인원적 요소를 찾을 수 있다고 해서 인간을 유인원이라고 할 수 없는 것과 마찬가지의 이치다. 더욱이, 인간에게서 유인원적 요소를 찾는 일과 인간이 유인원인가 아닌가를 확인하는 일은 전혀 별개의 문제 아닌가.

결국 문제가 되는 것은 포스트모더니즘적 요소라고 생각되는 것들을 발견하게 되었을 때 이를 시발점으로 하여 소급적으로 포스트모더니즘을 정의하려는 시도다. 사실 포스트모더니즘적 요소라고 생각되는 것이 어떠한 근거에서 포스트모더니즘적 요소인가라는 원론적인 문제 제기에 대한 답이 없다면, 포스트모더니즘에 대한 소급적인 정의는 항상 불안정한 것이 되지 않을 수 없다. 하지만 이 같은 원론적 문제 제기에 대한 답을 위해서는 포스트모더니즘이란 무엇인가라는 또 하나의 원론적 문제로 되돌아가지 않을 수 없다. 여기서 우리는 일종의 논리의 '악순환'을 일별하게 된다.

바로 이 같은 맥락에서 "포스트모더니즘이 머지않아 도래하리라는"(「한국 문학과 포스트모더니즘」, 『포스트모더니즘과 한국문학』, 54쪽) 예견과 함께 포스트모더니즘 자체에 대한 실질적인 논의를 유보하는 김윤식의 논의가 주목될 수 있다. 물론 "전근대" 및 "근대"에 대비되는 "후근대"의 특징을 "비교 도표"를 통해 열거함으로써 김윤식도 포스트모더니즘에 대한 또 하나의 '단순화'를 시도하고 있다. 하지만 김윤식의 단순화는, 그 자신이 인정하듯, 아직까지 정체불명인 포스트모더니즘 앞에서 "방황하고 있는" 논자의 "표정"을 암시적으로 드러내기 위한 것(54쪽)이다. 즉, 현재로서 자신은 포스트모더니즘을 기껏해야 단편적으로 이해할 수밖에 없음을 그는 다른 논자들과 달리 공공연하게 인정하고 있다. 그가 "소설이라는 형식이랄까 고정된 장치랄까, 이것을 송두리째 해체하고자 덤비"는 것이야말로 "포스트모더니즘이 아니겠는가"라고 묻고 있을 때, 그가 포스트모더니즘이란 무언가 '하나'의 징후로 느낄 수 있지만 아직까지는 전모가 드러나지 않은 것으로 이해하고 있음을 우리는 일별할 수 있다. "전근대의 것과 후근대의 것이 맞먹는 것은 아니겠는가"라든가, "포스트모더니즘과 프리모더니즘은 등질성을 띠는 것이 아니겠는가"라는 질문 역시 이러한 맥락에서 이해될 수 있을 것이다. 포스트모더니즘에 대한 성급하고도 섣부른 정체 확인의 작업이 지배하는 현실을 감안할 때, 김윤식의 이 같은 조심스러운 자세는 소중한 것으로 판단된다. 하지만 문제는 조심스러움 자체가 문제 해결의 관건은 되는 것은 아니라는 데 있다.

4. 은유적 신비화의 경향

포스트모더니즘에 대한 국내의 논의와 관련하여 또 하나의 경향에 주목하고자 하는 것은, 조심스러움 자체가 소중한 미덕일 수 있지만 그것만으로는 논리의 '악순환'을 극복할 수 없기 때문이다. 말하자면, '단순화'의 과정에서 피할 수 없는 '악순환'을 뛰어넘기 위해 새로운 이해의 방법이 우리에게 요구되거니와, 이로 인해 정정호와 강내희가 엮은『포스트모더니즘의 쟁점』에 실린 몇몇 논문을 주목하지 않을 수 없다. 논의의 초점은 먼저 강내희의「포스트모더니즘 비판─독점자본주의문화논리 극복을 위하여」에 맞춰질 수 있을 것이다.

강내희의 입장에 관한 한, "포스트모더니즘은 오늘날 문화 구조나 문화 생산의 근본 원리라기보다는 문제 상황의 하나"라는 진단 및 "문화는 그것의 절대 독자성을 주장하는 일부의 견해와는 달리 사회의 다른 부분과 동떨어져 존재하지 않는다"는 발언(「포스트모더니즘 비판─독점자본주의 문화논리 극복을 위하여」,『포스트모더니즘의 쟁점』, 303-304쪽)이 주목될 수 있다. 즉, 그는 포스트모더니즘이란 '원리'가 아닌 '상황'이라는 점, 또한 그 상황은 특정한 "사회구조와 관련"(304쪽)하여 논의되어야 한다는 점에 유의하고 있다. 아마도 포스트모더니즘의 '현장성'에 유념하는 이 같은 태도는 강내희의 논의가 갖는 최대 강점일 것이다. 하지만 "오늘날 우리 사회, 나아가서 세계가 나아가야 할 방향"에 대한 "환원 작업"(305쪽)이 강내희가 의도하는 궁극적인 목표가 되고 있거니와, 여기서 우리는 또 다른 종류의 '단순화'를 일별하게 된다. 이와 관련하여, 우리는 "포스트모더니즘은 후기자본주의로 일컫는 오늘날 세계 체제를 지배하고 있는 독점자본이 생산해내는 문화의 한 양상이요 그것이 마련한 문화 논리의 하나"(305쪽)라는 그의 주장에 유의할 필요가 있다. 이 같은 '시각의 좁힘'은 포스트모더니즘을 결코 하나의 '상황'으로 파악할 수 없게 만든다. 오히려 포스트모더니즘이란 이른바 "독점자본주의문화론"(304쪽)이라는 또 하나의 '원리'를 통해 비판되고 극복되어야만 하는 또 하나의 '원리'로 '환원'되고 말 따름이다.

　강내희의 논의에서 일별되는 '시각의 좁힘'을 또 하나의 측면에서 문제 삼을 수 있다. 즉, 그는 "포스트모더니즘 논의는 문화 생산 구조 전체를 염두에 두고 전개해야만 포스트모더니즘 자체에 매몰되지 않고 그것과 그 이상을 다루어 동어반복이라는 비과학에 빠지지 않는다"(303-304쪽)고 주장하면서, "'독점자본주의문화론'이라는 좀 더 과학적인 시각이 필요하다"(304쪽)는 입장을 취한다. 우선 "동어반복"이 왜 "비과학"인가라는 원론적인 문제를 제기할 수도 있다. 하지만 여기서 문제가 되는 것은 강내희의 시각이 '과학'이라는 객관적 체계를 향해 '열린 것'이 아니라, '과학 이전'의 특정한 가치 개념을 지향하고 있는 '닫힌 것'일 수 있다는 점이다. 만일, 강내희 자신이 주(註)에서 밝히고 있듯, "'독점자본주의문화론'이 분명한 이론적 체계를 가지고 있는 것은 아니"(333쪽)며, 다만 "포스트모더니즘에 대한 '발 빠른' 대응을 위해서 앞으로 좀 더 분명해져야 할 개념을 앞당겨 사용하고 있다"(333쪽)면, 그가 제시하는 "독점자본주의문화론"을 "과학적"이라고 하기는 어렵다. 과학 이전의 '가설' 또는 '느낌'에 불과한 것 아닐까. 만일 그것이 사실이라면, '가설'이나 '느낌'을 '과학'이라는 이름 아래 사용한다고 해서 논의 자체가 '과학적 객관성'을 지니게 되는 것은 아니라는 비판도 가능하다. 아울러, "독점"이라는 언사가 암시하고 있듯, 강내희의 시각은 일종의 '부정적 가치 개념'에 의존하여 형성된 것이라고 하지 않을 수 없는 이상, 포스트모더니즘에 대한 그의 이해와 비판은 '시각의 좁힘'으로 인해 그만큼 객관성을 잃을 수도 있다.

마찬가지 이유로 "신식민지 국가독점자본주의 체제에 놓인 우리 입장에서 보면"(328쪽)이라는 강내희의 시각 또한 문제 삼지 않을 수 없다. 무엇보다 우선 우리의 '상황'을 진단하는 유일한 시각이 과연 "신식민지 국가독점자본주의"인가라는 의문이 제기될 수 있다. 이론의 여지없이, 움직이고 변화하는 대상을 관찰하기 위해서는 무언가의 요소를 변화하지도 움직이지도 않는 고정된 '상수'로 상정해야 할 필요가 있다. 그렇지 않은 경우 대상 자체에 대한 관찰이 불가능하기 때문이다. 하지만 관찰자의 시각을 고정시킨다고 해서 대상에 대한 객관적인 관찰이 가능해지는 것은 아니다. 오히려 '시각의 단순화'로 인해 대상의 일면만을 보게 될 위험이 있다. "포스트모더니즘적인 문화 현상들 자체가 독점자본문화와 동일한 논리선상에 있거나 독점자본의 지배 전략의 한계 안에 있는 현실"(326쪽)이라는 판단에서 우리는 '시각의 단순화'가 유도하는 관찰의 '일면성'을 감지하지 않을 수 없다. 우리가 "포스트모더니즘은 우리가 맞고 있는 심각한 문화 상황"(333쪽)이라는 강내희의 판단에 동의하면서도 그의 "독점자본주의문화론"이 이끌 수 있는 경직성에 또한 경계의 시선을 보내지 않을 수 없는 이유는 여기에 있다.

이 같은 경직성을 경계하는 의미에서, 우리는 강내희의 주된 비판 대상의 하나였던 김성곤의 포스트모더니즘 논의를 주목할 수 있을 것이다. 무엇보다 먼저 『포스트모더니즘의 쟁점』에 게재된 또 하나의 논문인 김성곤의 「모더니즘/포스트모더니즘/포스트리얼리즘」에 논의의 초점을 맞출 수 있다.

김성곤의 논의는 모더니즘과 포스트모더니즘을 동일시하려는 일반적인 경향에 대해 "모더니즘과 포스트모더니즘을 동일시하기 전에 왜 포스트모더니즘이 대두되었는가를 숙고해본 적이 있는가?"(「모더니즘/포스트모더니즘/포스트리얼리즘」, 『포스트모더니즘의 쟁점』, 204쪽)라는 물음으로 시작된다. 물론 "포스트모더니즘은 그 이름이 암시하고 있듯, 모더니즘의 존재를 전제로 해서만 출발이 가능한 것이고, 또 모더니즘과 여러 가지 유사성도 공유하고 있다"(205쪽)는 지적에서 확인할 수 있듯, 김성곤에 의하면 포스트모더니즘이 어떻게 대두되었는가를 이해하기 위해서는 모더니즘에 대한 이해가 전제되어야 한다는 것이다. 이 같은 입장에서 확인할 수 있듯, 그는 양자 사이의 연관성을 완전히 부인하는 것은 아니다. 하지만, "모더니즘에 반발해서 새롭게 일어난 사조이며, 그런 의미에서 '내부에 적을 갖고 있는' 독특한 지적 움직임"(205쪽)이라는 그의 주장이 또한 암시하고 있듯, 김성곤이 궁극적으로 문제 삼고 있는 것은 양자 사이의 '차이'다. 말하자면, 그의 논의에서 무게중심은 '유사성'보다는 '차이'에 놓이지만, '연관성' 자체를 부인하는 것은 아니다.

　바로 그 '유사성'과 '차이'를 함께 드러내기 위해 그는 일종의 '은유적' 전략을 채용하고 있거니와, "리얼리즘과 모더니즘과 포스트모더니즘"을 "성서적 사건들, 즉 출애굽과 그리스도의 초림 그리고 그리스도의 재림"과 "병치"하고 있다(208쪽). 물론 김성곤이 의도하는 것은 포스트모더니즘과 그리스도의 재림 사이의 대비를 통해 "포스트모던 시대"를 "재림 시대"로 비유하는 데 있다. 그리하여, 그는 우리의 시대가 "말세까지 봉인하도록 되어 있는 계시록도 이제는 열린 책이 되었고 극도의 불안과 불확실과 혼란과 회의 속에서 진리가 보이지 않고 계시의 현현이 유보된, 소위 포스트모던 시대"(210쪽)임을 힘주어 말한다.

　이상과 같은 김성곤의 논의와 관련하여 우리가 특히 유의해야 할 점이 있다면, 김성곤 자신의 표현의 표현대로 "모더니즘이 은유에 의존했듯"(210쪽) 그가 바로 "은유에 의존"하고 있다는 사실일 것이다. 말하자면, 김성곤은 모더니즘 시대의 '전략'을 사용하여 포스트모더니즘의 정체를 밝히려고 한다. 하지만 그의 전략으로 인해 포스트모더니즘은 정체를 드러내기보다는 오히려 한층 더 '신비화'되는 일면이 없지 않다. 이와 관련하여, 우리는 '은유'란 본질적으로 '환유'와 달리 대상의 '시적(詩的) 신비화'를 유도하는 수사적 장치임에 유의해야 할 것이다. 문제는 무엇이 김성곤에게 포스트모더니즘을 이처럼 '신비화'된 그 무엇으로 이해하도록 유도하고 있는가에 있다.

이와 관련하여, 우리의 시대에 대한 김성곤의 이해를 문제 삼을 수 있을 것이다. 그에 의하면, "오늘날의 문학은 분명 포스트모던적일 수밖에 없"으며, "포스트모더니즘을 부정하는 것은 곧 이 시대의 존재를 부정하는 것"이다(205쪽). 만일 이 논리에 문제가 있다면 그가 "포스트모더니즘의 상황"을 '단정의 언어'로 전제하고 있다는 점일 것이다. 마치 그리스도의 초림 이후 모든 시대의 사람들이 자신의 시대가 '말세'라고 단정했듯. 사실 어느 시대에나 그 시대 나름의 '위기의식'이 존재한다. 어떤 의미에서 보면, 김성곤이 자신의 시대가 모더니즘 '이후'의 "포스트모던 시대"라고 상정하는 것은 이 같은 '위기의식'의 반영이라고 할 수 있다. 그와 같은 위기의식에 따른 단정적 발언에도 불구하고, 누구도 자신의 시대가 느끼는 '위기의식'의 정체가 무엇인지를 다만 '은유적'으로 밝힐 수 있었던 것과 마찬가지로, 김성곤 자신도 자신의 시대가 어떤 근거에서 포스트모던 시대로 파악되어야 하는지, 또한 그 정체가 무엇인지를 다만 '은유적'으로 드러낼 수 있었는지도 모른다. 이처럼 '은유적 언어'에 집중함으로써 얻어지는 것은 그의 논리뿐만 아니라 포스트모더니즘 자체에 대한 신비화의 위험, 바로 그것이다.

우리가 『포스트모더니즘의 쟁점』에 나오는 또 한 편의 논문인 김욱동의 「포스트모더니즘의 위상」을 문제 삼는 이유는 여기에 있다. 무엇보다 먼저 포스트모더니즘에 대한 국내에서의 논의에 대한 김욱동의 진단을 문제 삼을 수 있다. 그에 의하면, "일군의 이론가들은 오로지 모더니즘의 입장에서 포스트모더니즘을 파악하고자 하는 반면, 다른 일군의 이론가들은 너무 지나치게 모더니즘과의 단절이라는 관점에서 포스트모더니즘을 파악하고자"(「포스트모더니즘의 위상」, 『포스트모더니즘의 쟁점』, 224

쪽) 한다는 것이다. 그는 또한 전자의 예로 백낙청과 권택영을, 후자의 예로 김성곤을 들고 있다. 물론 김욱동이 거론하는 이들이 어느 한쪽으로 무게중심을 드리우고 있는 것은 사실이다. 하지만, 이미 앞에서 우리가 말한 바 있듯, 현실적으로는 그 누구도 단순한 흑백논리에만 얽매여 있지 않다. 아주 간단한 예로, 바로 위에서 확인한 김성곤의 사례가 보여주듯, 그가 비록 '차이'에 무게중심을 두고 있긴 하지만 '유사성' 자체를 부인하고 있는 것은 아니다. 말하자면, "오로지"와 "지나치게"라는 언사는 비록 김욱동의 논쟁력을 강화시킬 수 있을지언정, 현실과는 상당한 거리가 있는 판단이라고 하지 않을 수 없다. 같은 이유에서 "김[성곤] 교수는 지금까지 줄곧 포스트모더니즘을 오직 '탈모더니즘'의 관점에서 논의해왔"(225쪽)다는 김욱동의 견해도 우리는 찬성할 수 없다. 우리는 "오직"과 같은 언어 사용에 따르는 경직성을 경계하기 때문이다. 어떤 의미에서 보면, 김욱동이 주장하는 "절충주의적 접근 방법"(226쪽)은 김욱동 자신의 것일 뿐만 아니라 비록 편차는 있을지언정 모든 사람이 지니고 있는 '미덕'이자 '한계'인 것이다.

김욱동의 논의에서 추적될 수 있는 논리적 단순화의 경향은 앞서 검토한 김성곤의 "비유"에 대한 그의 비판에서도 드러난다. 김욱동은 김성곤의 비유가 "문학적 차원에서나 또는 신학적 차원에서나 이렇다 할 만한 설득력을 갖지 못한다"(246쪽)는 전제 아래, 김성곤의 논의와 달리 모세의 해방은 육체적 해방뿐만 아니라 정신적 해방의 면에서도 이해해야 하고 그리스도의 경우에도 "인간의 육체성을 강조하였음"(246쪽)에 유의한다. 또한 "모더니즘"을 "단순한 엘리트주의적으로, 그리고 포스트모더니즘을 대중적으로 파악한 데도 적지 않은 위험성이 존재한다"(246쪽)는 것이 김욱동의 주장이다. 김욱동의 비판에서 궁극적으로 문제가 되는 것은 김성곤이 성서적 에피소드들을 '은유적'으로 사용하고 있다는 점을 간과하고 있다는 사실이다. 즉, 폴 드 만(Paul de Man)의 용어를 사용하자면, 김성곤의 '은유'는 '수사적'(rhetorical) 차원에서의 언어 사용이라고 할 수 있다. 이를 김욱동은 '문법적으로'(grammatically) 읽으면서, 이른 바 "절충주의적 접근 방법"을 여기에 대입하고 있는 것이다.[5] 말할 것도 없이, "절충주의적"으로 보면 정신의 해방이 전제되지 않는 육체적 해방이란 있을 수 없으며, 그 역도 진이다. 다만 무게중심을 어디에 드리우는가에 따라 우리는 어느 한쪽을 강조할 수 있을 뿐이다. 마찬가지의 이유로 김욱동이 지적한 바 있는 김성곤의 문제점—즉, 모더니즘과 포스트모더니즘을 논의하면서 암시한 이른바 "엘리트주의"와 "대중[성]"—은 비교를 위한 상대적 개념이지, 경직된 극단 논리의 결과가 아니다.

문제는, 김욱동이 김성곤의 '은유'에 대해 비판하면서 자신도 또 하나의 '은유'에 의존하고 있다는 사실이다. 그에 의하면, "포스트모더니즘이 모더니즘과 맺고 있는 관계를 지그문트 프로이트가 말하는 오이디푸스 콤플렉스의 관점에서 논의할 수 있"(227쪽)다는 것이다. 즉, 김욱동은 포스트모더니즘과 모더니즘을 "어머니의 사랑"을 놓고서 "끊임없는 갈등과 긴장"을 유지하는 아들과 그의 아버지라는 관계에서 파악하고 있다. 또한 김욱동은 심리학적 관점뿐만 아니라 "유전학적 관점이나 골상학적 관점"(227쪽)에 이르기까지 그의 '은유'를 확장하고 있다. 물론 '문법적'인 차원에서 비판하자면 이 경우 "어머니"에 해당하는 것은 무엇인가 물을 수도 있고, 모더니즘의 "아들"(혹은 딸)이 포스트모더니즘뿐이냐고 '객쩍은' 질문을 던지면서, 그의 "은유"의 적절성에 이의를 제기할 수도 있으리라.

하지만 우리는 그와 같은 '객쩍은' 물음을 던지지 않을 것이다. 김성곤의 '은유적 사건화'와 마찬가지로 김욱동의 '은유적 의인화'도 '수사적'으

---

5) 언어 사용의 '수사적 차원'과 '문법적 차원'에 대한 폴 드 만의 논의와 관련하여, 장경렬, 「데리다와 드 만, 또는 수사학의 부활」, 『매혹과 저항—현대 문학 비평 이론에 대한 비판적 이해를 위하여』(서울대학교 출판부, 2007), 154–68쪽을 참조하기 바람.

로 이해해야 한다고 판단하기 때문이다. 다만 '수사적' 언어 사용이 '문법적' 언어 사용으로 오해될 위험을 무릅쓴 채, 김성곤이나 김욱동이 일종의 '은유화'를 시도하고, 그럼으로써 포스트모더니즘을 더욱더 '신비화'하고 있는 이유는 무엇일까라는 질문을 던지고자 할 따름이다. 말하자면, 포스트모더니즘의 정체는 과연 무엇이기에 이러한 '신비화'를 요구하는가의 원론적 물음으로 되돌아가지 않을 수 없다.

5. 다시, 포스트모더니즘에 대한 논의를 위하여

사실 포스트모더니즘에 대한 정의 또는 범주화가 어려운 까닭은 포스트모더니즘이라는 것 자체가 '실체'가 없는 것이기 때문인지도 모른다. 일테면 일종의 분위기와 같은 것, 있는 것 같지만 꼭 집어 무어라고 말하기에는 쉽지 않은 그 무엇, 실재하는 것 같긴 하지만 실재한다고 단정할 수는 없는 그 무엇, 바로 이러한 특질을 지닌 것이 포스트모더니즘인지도 모른다. 포스트모더니즘과 관련하여 우리가 휴 실버맨(Hugh J. Silverman)의 다음과 같은 부정문으로 이루어진 일련의 정의 또는 긍정문이라고 할지라도 부정적 함의를 지닌 단어로 이루어진 일련의 정의를 주목하는 것은 이 때문이다.

포스트모더니즘은 특정한 기원을 갖고 있지 않다. 포스트모더니즘의 의미와 기능은 닫힌 자리에서, 모더니즘적 산물과 작업의 경계에서, 새롭다고 주장되는 것 또는 전통과의 단절이라고 주장되는 것의 주변에서, 자의식과 자동반성을 주장하는 측의 변두리 여기저기에서 그 기능을 수행한다. 포스트모더니즘은 그 자체로서 예술작품 창조를 위한 새로운 양식도 아니며, 진기한 자아표현의 방법을 종합하는 새로운 양식도 아니다. 아울러, 자체의 미학적 실제를 이론적으로 정당화하는 새로운 양식도 아니다. 포스트모더니즘은 예술적, 철학적, 문화적, 심지어 제도적으로도 활동의 새로운 영

역을 열어주지 않는다. 그 자체의 의의는 모더니즘과 프리모더니즘의 문화
적인 각인(刻印)을 담고 있는 일차적(또는 종종 이차적)인 작업들을 주변
화하고, 한계를 정해주고, 확산시키고, 탈중심화하는 데 있다.[6]

하지만 이상의 정의조차 주어진 문제를 해결하는 데 별다른 도움이 되지
못하는 단정적 발언일 수 있기에 여전히 문제적이다. 아마도 이런 종류의
정의를 수용하기 전에 우리는 "'해체구성은 X다'라든가 '해체구성은 X가
아니다'와 같은 종류의 모든 문장은 선험적으로 핵심에서 벗어난 것이며,
적어도 잘못된 것들"[7]이라는 자크 데리다(Jacques Derrida)의 발언이 갖
는 함의에 유념해야 할 것이다. 하지만 해체구성은 데리다의 주장에도 불
구하고 데리다와 그의 추종자들의 텍스트 안에 구체적으로 '실재'하는
'이론적 전략'이고, 포스트모더니즘은 그렇지 못하다는 데 문제의 심각성
이 놓인다.

 이처럼 포스트모더니즘의 실체성 자체를 부정함으로써 우리가 포스트
모더니즘을 현대판 '임금님의 비단옷'으로 만들고 있다는 투의 비난을 면
할 수 없을는지도 모른다. 그럼에도 불구하고 정직한 사람의 눈에만 보인
다는 말에 보이지 않지만 보인다고 말할 수밖에 없는 그 무엇, 아무도 그
것의 보이지 않음을 나서서 말할 용기를 갖고 있지 않기 때문에 '없지만
있는 것처럼' 논의하고 있는 그 무엇—바로 이 같은 것이 곧 포스트모더
니즘 아닌가라는 의문을 떨칠 수 없다.

 우리가 또 하나의 '은유적 신비화'를 더할 뿐이라는 비난의 가능성을
무릅쓴 채 포스트모더니즘을 '임금님의 비단옷'에 비유하는 이유는 무엇

---

6) Hugh J. Silverman, "Introduction: The Philosophy of Postmodernism,"
Postmodernism: Philosophy and the Arts, ed. Hugh J. Silverman (London: Routledge,
1990), 1쪽.

7) Jacques Derrida, "Lettre à un ami japonais," *Psychè* (Paris: Galilée, 1987), 392쪽.

인가. 이는 이제까지 이루어진 포스트모더니즘에 대한 거의 모든 논의가 '환유적 단순화'에 기대고 있지만 여전히 포스트모더니즘이라는 관찰 대상이 어떠한 '환유적 단순화'도 용납하지 않고 있다는 의혹을 떨칠 수 없기 때문이다. 더욱이, '환유적 단순화'에 이어 포스트모더니즘을 소급적으로 재정의하려는 시도에서 확인할 수 있듯, '환유적 단순화'는 포스트모던하지 않은 것은 아무것도 없다는 논리까지 가능하게 하지 않는가. 이로 인해 우리는 포스트모더니즘에 대한 '은유적 신비화'의 경향까지도 유의하지 않을 수 없었던 것이다. 하지만 이를 통해 우리가 확인한 것은 무엇인가. 어떤 의미에서 보면, 포스트모더니즘이란 '신비화'를 요구하는 그 무엇이라는 막연한 결론에 도달하지 않을 수 없었다. 사실 포스트모더니즘을 "임금님의 비단옷"으로 비유하는 것 자체가 바로 위에서 지적했듯 또 하나의 '은유적 신비화' 아닌가. 무슨 이유로 우리는 포스트모더니즘을 '비수사적'(non-rhetorical)인 '탈신비화'의 대상이 아닌, '은유적 신비화'의 대상으로 만들어야 하는가. 일찍이 호르헤 루이스 보르헤스(Jorge Luis Borges)가 그의 단편 소설 「알레프」("Aleph")에서 말한 바 있듯, "알레프"와 같이 다른 사람에게 전하기가 불가능한 '무한한 그 무엇'을 전해야 한다고 느끼는 절박한 시기에 상징 또는 황당무계한 유추를 떠올리는 것이 인간의 본성인지 모른다. 아마도 현대판 '임금님의 비단옷'이라는 비유는 그와 같은 종류의 절박감을 우리 자신이 느끼고 있음을 암시하는 것이 아닐까.

아마도 우리가 이처럼 '신비화'에 호소할 수밖에 없는 이유는 김성곤의 진단대로 우리가 이미 포스트모던 시대에 살고 있기 때문인지도 모른다. 만일 우리가 포스트모던 시대에 살고 있다면, 포스트모더니즘은 우리에게 관찰 대상이 될 수 없기 때문이다. 말하자면, 체계 내에 있으면서 우리가 어떻게 그 체계를 관찰하고 또한 알 수 있겠는가. 하나의 체계는 다만 그 체계의 바깥으로 나가 있을 때만 객관적 관찰이 가능한 것이다. 인간이 어쩔 수 없이 시간과 공간의 제약을 받고 존재하는 '한정적 존재'인 이상, 어떻게 자신이 처한 그 체계를 초월할 수 있겠는가. 그런 이상 우리가 만일 포스트모던 시대에 살고 있다면 포스트모더니즘은 기껏해야 '환유적 단순화'를 통해, 또는 이보다 한 걸음 더 나아가는 경우 '은유적 신비화'를 통해 드러낼 수밖에 없는 것은 아닐까. 하지만 문제는 우리가 "포스트모던 시대"에 과연 살고 있는지조차 확인할 수 없다는 데 있다. 따라서 체계와 관련된 논의는 괄호 안에 묶어놓아야 할 유보 사항일 따름이다.

물론 '환유적 단순화'나 '은유적 신비화'와 같은 엉뚱하고 생경한 개념까지 도입하는 이유는 우리가 포스트모더니즘의 '실체성'에 대해 의심을 품고 있기 때문이 아니다. 다만 우리에게 포스트모더니즘이 소개된 지 10년이 지난 현재에 이르기까지 '포스트모더니즘의 정체 밝히기'가 현재 진행형의 작업이라는 사실에 다시 한번 새삼스럽게 주목하고 싶을 뿐이기 때문이다. 이미 앞에서 살펴본 바와 같이, 우리의 논의 대상이 되었던 논문들 역시 이 점에 관한 한 예외는 아니다. 바꿔 말해, 이들 역시 '포스트모더니즘의 정체 밝히기'를 중심 주제의 하나로 삼고 있지만, 포스트모더니즘은 '환유적 단순화'의 뒤에 숨은 채 끝까지 정체를 드러내지 않고 있다. 또는 '은유적 신비화'로 인해 포스트모더니즘은 끊임없이 새로운 의미소(意味素)를 얻고 있을 뿐이다. 과연 포스트모더니즘의 정체는 무엇이며, 이를 우리는 밝혀낼 수 있을 것인가. 과연 이 같은 물음에 대한 답이 가능할까. 한 가지 확실한 점이 있다면, 위의 물음에 대해 우리는 최종의 답을 할 자격도 없으며 능력도 없다는 사실이다. 이런 맥락에서 보면, 다만 새롭게 문제를 제기한다는 데 우리 논의의 존재 이유가 놓이는 것이리라.

포스트모더니즘, 그 정체를 찾아서

— 성민엽의 포스트모더니즘 논의에 덧붙이는 하나의 보론

1. 포스트모더니즘으로 되돌아가서

포스트모더니즘이라는 용어는 1970년대 말 또는 1980년대 초 한국의 문단과 학계에 소개된 이래 적지 않은 세월 동안 긍정적으로든 부정적으로든 주목을 받아왔다. 긍정의 편에는 이 용어를 '우리의 것'으로 수용하려는 일군의 학자, 비평가, 작가들의 진지하지만 들뜬 목소리가 있었고, 부정의 편에는 포스트모더니즘이란 수입 상인이 가져온 생경한 '외제품'일 뿐이라는 따가운 비판의 눈초리가 있었다. 따지고 보면, 문제가 있기는 어느 쪽이나 마찬가지다. 배격의 논리든 수용의 논리든 일방적인 쪽으로 기우는 경우 모두가 소박한 단순 논리가 되지 않을 수 없기 때문이다. 하지만 소박한 단순 논리들조차도 1990년대 중반을 넘어서면서 그 모습이 희미해지기 시작했는데, 1996년 10월 18일자 조선일보 25면에 나온 기사는 이 같은 정서를 잘 대변해준다. 이 기사에 의하면, "포스트모더니즘은 유행으로만 본다면 끝물"이며, 이로 인해 "아니, 충분한 소개와 검토도 없었는데 벌써 끝났단 말인가"라는 반문이 나오고 있다는 것이다. 말하자면, 포스트모더니즘은 "실존주의가 그랬고 마르크스주의도 그랬"

듯 '유행 철학'으로서의 임무를 다하고 사람들의 관심 밖으로 사라져가고 있거나 이미 사라져버렸다는 것이다. 이런 진단과 함께 신문의 기사는 포스트모더니즘 사상의 '뿌리'를 캐는 책들이 이제야 겨우 출간되고 있는 현실에 아쉬움을 표한다. "유행이 시작되던 초창기에 나왔더라면 지금과 같은 허탈감을 느끼며, 포스트모더니즘 유행에서 발을 빼지는 않았을 텐데"라는 말이 그 아쉬움을 요약하고 있다.

아마도 여기에 반영된 시각은 일반의 정서를 대변하기에 충분한 것일 수 있다. 문제는 포스트모더니즘이 단순한 '유행 철학'으로 치부해버릴 성질의 것인가에 있다. 어쩌면, '유행 철학'이라는 판단 자체가 실존주의와 마르크스주의는 물론 포스트모더니즘에 대한 적절한 이해와 수용을 가로막는 요인으로 작용해왔는지도 모른다. 만일 우리가 실존주의든 마르크스주의든 포스트모더니즘이든 한 시절을 풍미하다 사라지는 '유행'으로 받아들일 수밖에 없었다면, 그 원인이 어디에 있으며, 그 '유행'의 실체는 무엇인가를 꼼꼼히 따져보아야 할 것이다. 말할 것도 없이, 앞서 말한 소박한 단순 논리에서 그 원인을 찾을 수도 있다. 또는 새로운 것에 대해 충동적으로 호기심을 느끼다가 곧 무관심해지는 지적 조급성 또는 경박성에서 그 원인을 찾을 수 있을지도 모른다. 어쨌든, 소박한 단순 논리나 지적 조급성 또는 경박성 모두가 우리의 사유 세계를 빈곤화하는 요인이 될 수 있기에 우리는 이에 대한 경계를 게을리해서는 안 될 것이다. 문제가 되는 사유 체계나 사유 방식이 과연 '유행'의 차원에서 논의하다가 접어둘 성질의 것인가에 대한 새삼스러운 논의가 필요한 이유는 바로 이 때문이다. 우리가 "포스트모더니즘은 유행으로만 본다면 끝물"이라는 말에서 "유행으로만 본다면"이라는 가정적 표현을 주목하는 이유도 여기에 있다. 이 말이 암시하듯, 실존주의나 마르크스주의도 그렇지만 포스트모더니즘은 단순히 '유행으로만' 보아야 할 성질의 사유 체계나 사유 방식은 아니다.

하나의 사유 체계나 방식을 유행으로 받아들이는 배경에는 대체로 무지와 호기심, 나아가서 호기심을 확대 재생산하는 모호한 이해가 자리 잡고 있다. 포스트모더니즘의 경우에도 예외는 아니었다고 할 수 있는데, 이 경우에는 특히 장님 코끼리 더듬기 식의 이해나 엉뚱한 곳으로 가서 잃어버린 물건 찾기 식의 이해를 통해 포스트모더니즘을 복원 불가능할 정도로 희화화(戲畫化)하고 결국에는 대수롭지 않은 유행의 한 자락으로 전락시켰다는 혐의를 받아 마땅한 사람들이 적지 않다. 특히 지극히 제한된 몇몇 이차적 해설 텍스트의 단편적 번역과 수용, 이에 따른 수용자들의 창조적 오해, 그 오해를 확대 재생산하는 일부 문학 전공자들의 무책임하고도 자의적인 해석이 문제되지 않을 수 없다. 따지고 보면, 한때 소설 창작과 관련된 모방과 표절 시비가 일게 되었던 배경에 자리 잡고 있는 것이 바로 이 같은 단편적 이해에 따른 창조적 오해와 무책임하고도 자의적인 해석일 것이다. 결국 전체가 잡히지 않기 때문에 사람들은 더욱 더 안개 속의 신비로운 존재와도 같은 것으로 포스트모더니즘을 받아들이게 되었고, 이로 인해 '모든 것이 다 포스트모더니즘이다'라는 논리와 함께 '포스트모더니즘은 아무것도 아니다'라는 논리가 동시에 존재하게 되었다. 문학계를 포함한 문화계 각층에서 일었던 신기취향적(新奇趣向的)인 포스트모더니즘 논쟁은 이런 사정과 무관하지 않다.

유행이란 본질적으로 '거품'과도 같은 것이다. 크기와 규모를 과장한 채 실체를 안으로 감추는 거품과도 같은 것이 유행인 것이다. 포스트모더니즘 유행의 실체는 바로 이러한 관점에서 규명될 수도 있는데, 거품 속을 헤매다가 길을 잃고 길을 잃었음에도 불구하고 어딘가를 향해 가고 있다는 그릇된 믿음을 통해 심리적 안정감을 유지하려 했던 사람들이 포스트모더니즘 유행의 추종자들이었는지도 모른다. 또는 거품이 현란하게 비추어주는 무수한 자기 반영의 허상에 매혹되어 자신이 거품을 응시하고 있다는 사실 자체를 망각했던 사람들이 포스트모더니즘 유행의 추종자들이었는지 모른다. 하지만 시간이 지나면 거품은 꺼지게 마련이다. "포스트모더니즘은 유행으로만 본다면 끝물"이라는 말은 바로 이러한 거품이 거의 다 꺼지는 순간에 이르렀음을 말하는 것일 수 있다. 거품이 꺼지고 나면 그 뒤에 숨어 있던 실체가 드러나기 마련이며, 그 실체에 대한 진지한 탐구는 우리에게 주어진 의무다.

만일 이제야 겨우 포스트모더니즘 사상의 '뿌리'를 캐는 책이나 글이 나오고 있다면, 이는 바로 거품이 꺼졌기 때문에 가능하게 된 일인지도 모른다. 따지고 보면, 대상에 대한 탐구는 문제의 대상과 심리적 또는 형이상학적 거리가 유지될 때 비로소 가능하다. 거품이 한창 기세를 더하고 있을 때 '뿌리'를 캐거나 또는 '정체'를 밝히는 작업들이 이루어지지 않았다면 그 이유는 여기에 있었을 것이다.

'뿌리'를 캐거나 '정체'를 밝히는 근래의 작업 가운데 우리의 관심을 끄는 것을 하나 들자면 지난 1997년 『현대 비평과 이론』(상반기호)에 발표된 김상환의 「탈현대 사조의 공과―철학사의 관점에서」를 앞세울 수 있는데, 김상환은 그의 글 제목이 말하는 바대로 "철학사의 관점"에서 포스트모더니즘의 공과를 진지하게 가늠하고 있다. 문제는 철학 쪽에서 이루어지고 있는 그와 같은 진지한 탐구가 문학 쪽에서는 좀처럼 눈에 띄지 않는다는 데 있다. 모든 중요한 사유 체계나 사유 방식이 다 그렇지만, 포스트모더니즘은 철학과 문학 어느 한쪽의 전유물일 수 없다. 즉, 문학 쪽에서도 철학 쪽에 상응하는 진지한 논의가 요청된다. 이런 사정을 감안한다면, 1998년 『문학과사회』의 가을호(통권 43호)에 발표된 성민엽의 「포스트모더니즘 담론과 오해된 포스트모더니즘」은 각별한 의미를 갖는다. (이 글에 대한 앞으로의 인용은 본문에서 밝히기로 한다.) 포스트모더니즘을 "철학적 개념"과 "문학 예술 사조"로 구분하고 이와 관련하여 포스트모더니즘 담론을 치밀하게 검토한 성민엽의 논의는 그동안 우리 문단에서 소문과 풍문의 형태로 이루어져왔던 지리멸렬하고도 상투적인 포스트모더니즘 논의를 나름대로 깔끔하게 정리하는 역할을 했다는 점에서 값진 것이라고 하지 않을 수 없다.

하지만 궁극적으로 포스트모더니즘 담론의 폐기를 주장하는 성민엽의 논의는 일면 앞서 말한 단순 논리를 반영하는 것으로 비칠 수도 있다. 물론 포스트모더니즘 담론의 폐기를 주장하되 일련의 유보 조항과 당면 과제를 상정하고 있다는 점에서 성민엽의 논의는 결코 단순 논리에 따른 것이 아니다. 아울러, "대중문화와 고급문화 사이의 경계 지우기를 포스트모더니즘의 중심적 현상"으로 여기는 "오해된 포스트모더니즘"에 대한 지적에서도 확인할 수 있듯, 성민엽의 논의는 끝까지 균형 감각을 잃지 않고 있다. 그럼에도 불구하고, 포스트모더니즘 담론의 폐기를 주장하는 그의 논의와 관련하여 우리는 그가 어떤 부분에 가서는 전략적으로나마 문제를 단순화시키고 있는 것이 아닐까라는 의혹을 품게 된다. 우리가 성민엽의 논의에 나름의 이의를 제기하고자 하는 이유는 여기에 있다. 어떤 의미에서 보면, 우리의 이의 제기는 성민엽이 리오타르(J. F. Lyotard)를 거론하면서 말했듯 "새로운 현대적 의식의 핵심 가치는 이의적인 것"일 수 있다는 점을 존중하기 때문이기도 하다. 하지만 이의를 제기한다고 해서 우리가 성민엽의 논의에 반대하여 이를 부정하자는 뜻은 아니다. 어떤 의미에서 보면, 우리의 논의는 성민엽의 논의에 이어 또 하나의 논의가 가능하다면 그것이 어떤 각도에서 이루어져야 할 것인가에 대해 생각해보고자 하는 데 그 의도가 놓인다.

2. 포스트모더니즘의 정체를 찾아서

성민엽의 논의는 "처음 나타났을 때부터 거의 사라져버린 지금까지 정체를 드러내지 않"는 "포스트모더니즘이라는 유령"의 "정체를 밝히는 일을 지금이라도 수행"해야 할 과제임을 밝힘으로써 시작된다. 이어지는 논의에 의하면, 마르크스와 엥겔스가 "지금 유럽에 유령이 출몰하고 있다"

고 했을 때의 "유령"이 "코뮤니즘이라는 사상적, 혹은 정치 운동적 실체였던 것과는" 달리 "포스트모던의 인식 구조(혹은 세계관)로서의 포스트모더니즘이라는 그 '유령'은 실체가 아니라 가상"이라는 것이다. 즉, "포스트모더니즘이라는 것은 포스트모더니즘 담론으로부터 산출된, 조작된 가상일 뿐"이며 "실제 대상이 없는 것이라는 점에서 보드리야르적 의미에서의 시뮬라크르의 한 예가 된다"는 것이 성민엽의 견해다. 이러한 견해 표명에 이어, 성민엽은 "포스트모더니즘이라고 이름 붙일 만한 현상을 우리가 실제로 감지하고 있는가?"로 시작되는 이합 핫산의 질문을 원용하면서, "이합 핫산이 제기한 '이 현상'의 존재에 대해서는 동의하지만 '이 현상'이 과연 종전의 현상과 근본적으로 구별되는 것인지는 분명치 않으며, 구별이 되든 안 되든 종전의 현상을 '모더니즘'이라고 부르는 게 적절한 것인지도 의심스럽다"고 말한다. 또한 "의심스러운 전제 위에서 포스트모더니즘이라는 것을 실체화하고, 그런 다음 이미 실체화된 포스트모더니즘을 다시 개념 규정하려고 한다"는 것이 핫산의 시도임을 밝힌다. 이어서 성민엽은 "포스트모던 시대를 인정한다고 해서 반드시 포스트모더니즘을 실체로서 인정하는 것은 아"님을, "모던 시대나 포스트모던 시대는 실체일 수 있지만 모더니즘이나 포스트모더니즘은 실체가 아"님을 지적한다. 성민엽이 자신의 논의를 통해 의도하는 바는 바로 이 실체가 아닌 포스트모더니즘을 "실체화"하고 "전체화"하는 "포스트모더니즘 담론"에 대한 비판적 검토 작업으로, 검토를 완결하는 자리에서 그는 다음과 같이 말한다.

이상의 검토를 통해 우리에게 분명해진 것은 포스트모더니즘 담론을 폐기해야 한다는 점이다. 포스트모더니즘이라는 말의 유효성은 다음 두 가지 경우에만, 그리고 그 둘을 분명히 구분한다는 전제하에서만 인정될 수 있겠다. 하나는 미국에서 생겨난 역사적 사조로서의 포스트모더니즘 문예 사조 및 문화 사조이고, 다른 하나는 리오타르의 철학적 입장(그리고 거기에 동조하는 입장)으로서의 포스트모더니즘이다.(1129쪽)

이상과 같은 결론을 유도하기 위해 성민엽은 먼저 "리오타르/하버마스 논쟁"을 바탕으로 하여 "철학적 개념"으로서의 포스트모더니즘을 검토한다. 성민엽에 의하면, "동질적이고 유일한 텍스트로서의 포스트모더니즘이란 없"음에도 불구하고, 포스트모더니즘 담론에서는 모더니즘에 대한 "폭력적 단순화"뿐만 아니라 포스트모더니즘 자체에 대해서도 마찬가지의 "폭력적 단순화"가 행해지고 있다는 것이다. 이어서 "텍스트"들의 "다양하고도 이질적인 차이"를 "굳이 한데 묶어 명명해야 한다면 그 이름은 차라리 포스트구조주의 정도가 적절한 것이라 생각된다"는 것이 성민엽의 주장이다. 아울러, 성민엽은 "문학 예술 사조"로서의 포스트모더니즘에 대한 검토도 병행하고 있는데, 그는 이른바 "미국의 포스트모더니즘 문학"에 초점을 맞춘다. 무엇보다 "세계 문학의 지평에서 바라보면, '미국 모더니즘'이나 네오아방가르드나 포스트모더니즘이나 전부 모더니즘에 속하는 것으로 보인다"는 것이 그의 견해다. 그러한 견해를 내세우는 근거 가운데 하나로 "문학에서의 모더니즘이란 용어가 애당초 여러 이질적인 경향들을 다 포함하는 개념"이라는 점을 들고 있다. 성민엽의 논의와 관련하여 우리가 또 하나 주목해야 할 것은 "미국의 포스트모더니즘 문학론"이 "20세기 전반의 모더니즘"과의 "차이를 패러다임상의 차이로 과장하면서 유럽의 포스트구조주의의 철학을 흡수하여 자신의 철학적 배경으로 삼고 유럽의 문학적 모더니즘의 존재를 증발시켜버린다"는 그의 견해다. "푸코 철학은 모더니즘 문학으로부터 태동한 것이라고 해도 지나친 말은 아닐 것"이라는 견해 표명에서도 확인되듯, 성민엽은 "포스트모더니즘 문학론"에 의해 "20세기 전반의 모더니즘"이 "그 존재를 박탈당하고 있"음을 주목한다.

이상과 같은 논의를 종합하는 단계에서 성민엽은 "문학에서의 모더니즘/포스트모더니즘과 철학에서의 모더니즘/포스트모더니즘은 같은 말을 쓰고는 있지만 그것이 의미하는 바는 서로 상응하지 않는 것"임을 지적한다. 그는 이어서 "철학에서의 모더니즘은 문학에서의 모더니즘이 아니라 오히려 리얼리즘에 상응하며, 철학에서의 포스트모더니즘은 문학에서의 모더니즘에 상응한다"는 점을, 또한 "문학에서의 포스트모더니즘"은 "모더니즘의 일부일 뿐"이라는 점을 그 이유로 들고 있다. 결국 "모던 시대의 모더니즘, 포스트모던 시대의 포스트모더니즘이라는 기계적 결정론"이라는 오류에서 벗어나지 못하고 있는 하버마스나 리오타르 등에 의해 시작된 포스트모더니즘 담론은 마땅히 폐기되어야 한다는 것이 성민엽의 결론이다.

　"포스트모더니즘이라는 유령"의 정체를 밝히려는 성민엽의 시도와 관련하여 우리가 문제 삼지 않을 수 없는 것은 그가 포스트모더니즘 자체에 대한 탐구보다는 제한된 몇몇 포스트모더니즘 담론에 대한 검토에 초점을 맞추었다는 점이다. 사실 포스트모더니즘이 담론 속에서만 존재하는 '유령'이라면 담론을 더듬어보는 이외의 방법이 없을지도 모른다. 하지만 포스트모더니즘이 과연 담론 속에 갇힌 상태로 존재하는 것일까. 설사 그렇다 하더라도 제한된 몇몇 담론에 대한 검토를 통해 "지금까지 정체를 드러내지 않"는 포스트모더니즘의 정체를 드러낼 수 있을까. 제한된 담론에 대한 검토를 통해 우리가 얻을 수 있는 것은 포스트모더니즘의 정체가 아니라 또 하나의 단순화—성민엽의 표현을 빌리자면, "재-전체화"—가 아닐까. 사실 성민엽은 그의 논의 앞부분에서 이미 "실체가 아니라 가상"이라고 그 정체를 규정하고 있다. 사전적 정의에 의하면, 가상이란 "주관으로 그렇게 보일 뿐, 실제로는 존재하지 않는 거짓 모습"(『동아 새국어사전』)을 의미한다. 과연 성민엽의 말대로 포스트모더니즘은 그와 같은 의미의 '가상'일 뿐일까. 물론 우리가 포스트모더니즘이 '가상'인가 아닌가라는 의문을 제기한다고 해서 포스트모더니즘이 '실체'라는 뜻은 아니다. 그렇다면 포스트모더니즘이란 과연 무엇인가. 또는 무엇 때문에 '가상'인가 '실체'인가라는 논의가 나오는 것일까. 아니, 좀 더 문제의 핵심에 가까이 접근하자면, 성민엽이 포스트모더니즘을 '가상'으로 단정하게 된 이유는 무엇일까. 이 같은 의문에 답하기 위해 우리는 다소 엉뚱한 논의를 끌어들일 수도 있는데, 우리가 말하는 엉뚱한 논의란 스코틀랜드의 철학자 데이비드 흄(David Hume)의 인식론적 회의다.

우리는 먼저 '무언가를 안다'는 것은 어떤 것일까라는 물음으로 논의를 시작할 수 있을 것이다. 흄이 내세운 경험론적 인식론의 입장에서 본다면, 우리가 '무언가를 안다'는 것은 무언가 인식의 대상이 존재하여 그 대상이 우리에게 제공하는 '감각 자료'(sensory data)를 '감각 기관'(sensory organ)을 통해 수용하는 것을 뜻한다. 즉, 무언가의 대상이 우리의 감각 기관을 작동케 하는 무언가의 정보를 제공하고 우리의 감각 기관이 그 정보를 받아들이는 과정이 곧 우리가 무언가를 아는 과정이다. 이 같은 경험론이 갖는 문제는 무언가가 무엇인지를 아는 길이 감각 기관을 통하는 방법밖에 없다는 데 있다. 그것이 문제가 되는 이유는 감각 자료를 제공하는 대상 그 자체에 대해서는 알 길이 없다는 데 있다. 다시 말해, 우리가 지각하는 대상이 감각 자료를 제공한다면 그 대상은 감각 자료 이상의 것일 터임에도 불구하고 그와 같은 감각 자료를 넘어서는 그 이상의 것을 알 방법이 없다는 데 있다. 감각 기관을 통해 감각 자료를 수용하는 것 이외의 방법으로 대상을 알 수 있다고 가정해볼 수도 있겠지만, 이는 경험론적 입장에서 보면 받아들일 수 없는 것이다. 그 이유는 경험론 자체를 부정하는 셈이 되기 때문이다. 그렇다면, '대상 그 자체'는 우리에게 인식될 수 없는 것, 따라서 도저히 알 수 없는 것, 기껏해야 우리의 상상 속에서나 존재하는 그 무엇으로 치부해야 할 것인가. 흄의 경험론적 인식론의 문제점 가운데 하나는 바로 이 물음 안에 있다. 경험론적 인식론의 또 하나의 문제점으로 상정할 수 있는 것은 경험론의 근거에 관한 것이다. 즉, 무언가를 아는 과정이란 대상이 제공하는 감각 자료를 감각 기관을 통해 수용하는 과정이라는 경험론적 가정을 경험론적으로 입증할 수 있을까. 이 같은 경험론 가정은 결코 경험론적으로 입증할 수 없는데, 그 이유는 경험론적 가정을 경험론적으로 입증하는 것이 정당성을 갖기 위해서는 경험론적 가정을 경험론적으로 입증하는 행위 자체의 정당성이 또다시 경험론적으로 입증되어야 하기 때문이다. 요컨대, 경험론적 가정을 경험적으로 입증하고자 할 때 우리가 피할 수 없는 것이 바로 논리적 악순환이다. 문제는 이것으로 전부가 아니다. 만일 무언가를 안다는 것이 대상이 제공하는 감각 자료를 감각 기관을 통해 수용하는 것이라는 사실을 경험론적으로 입증할 수 없다면, 무언가를 안다는 것에 대한 경험론적 가정 자체가 근거 없는 것일 수 있다. 이 역시 우리가 상상을 통해 만들어낸 허상일 뿐이란 말인가.

결국 경험론은 무언가의 대상이 경험적 지각 대상으로 존재한다는 사실을 전제로 시작했음에도 불구하고 지각 대상 자체의 실체적 존재를 부정하는 지경에 이르지 않을 수 없게 된다. 흄이 인식론과 관련하여 암중모색하는 가운데 도달한 막다른 골목이 바로 여기인데, 우리는 성민엽의 논의에서 유사한 형태의 막다른 골목을 확인하지 않을 수 없다. 특히 성민엽은 포스트모더니즘의 정체를 밝히고자 할 때 제한된 담론에 의거하여 작업을 수행한다. "당겨 말하면, 포스트모던의 인식 구조(혹은 세계관)로서의 포스트모더니즘이라는 그 '유령'은 실체가 아니라 가상이다"라는 성민엽의 말에서 "당겨 말하면"이라는 표현이 암시하듯, 성민엽의 이 같은 주장은 비록 서두에 나와 있긴 하지만 일종의 결론에 해당하는 것으로, 그러한 결론을 뒷받침하는 것이 그 뒤에 이어지는 제한된 포스트모더니즘 담론에 대한 검토인 것이다. 말하자면, 시각의 좁힘이 그와 같은 결론에 도달하게 했다고도 할 수 있다. 문제는 이 같은 시각 좁힘이 무언가를 아는 것은 오로지 대상이 제공하는 감각 자료를 감각 기관으로 받아들임으로써만 가능하다고 전제하는 흄의 경직된 인식론을 연상케 한다는 데 있다. 물론 성민엽이 제한된 담론을 검토함으로써 포스트모더니즘의 정체 밝힘이 가능하다고 말한 것도 아니고, 확신컨대 그렇게 생각했던 것도 아닐 것이다. 다만 포스트모더니즘은 가상이라는 성민엽의 결론에서 경험론의 함정에 빠져 인식 대상의 실체를 인정할 수 없게 된 회의론자의 모습이 읽힌다는 점에서, 또한 '실제 현상'(흄의 인식론에서 말하는 '실체'에 해당하는 것)에 대한 이해보다는 '실제 현상에 대한 담론적 정보'(이를테면, 기껏해야 실체가 제공하는 '감각 자료'에 지나지 않는 것)에 시각이 열려 있다는 점에서 그러하다. 흄의 인식론적 모형과 성민엽의 포스트모더니즘에 대한 이해 사이에 차이가 있다면, 대상과 대상이 제공하는 감각 자료 사이의 관계 자체를 논의 이전의 절대적인 것으로 받아들이고 있는 흄과 달리, 성민엽은 '실제 현상'과 '실제 현상에 대한 담론적 정보' 사이의 관계를 궁극적으로 부정하고 있다는 점이다. 즉, '실제 현상에 대한 담론적 정보'에 대한 불신이 성민엽의 논의 저변을 이루고 있는데, 포스트모더니즘 담론의 폐기에 대한 그의 주장은 예정된 또 하나의 결론이리라.

또 하나의 문제점은 포스트모더니즘 담론에 대한 검토를 통해 성민엽이 드러내고 있는 것이 과연 말 그대로 '포스트모더니즘의 정체'인가에 있다. 무언가를 아는 과정이란 대상이 제공하는 감각 자료를 감각 기관을 통해 수용하는 과정이라는 경험론적 가정 자체를 경험론적으로 입증할 수 없듯, 포스트모더니즘 담론을 통해 확인한 포스트모더니즘의 정체가 과연 진정한 '포스트모더니즘의 정체'인가를 내부적으로 입증할 구체적인 방도는 없다. 어떤 의미에서 보면, 포스트모더니즘 담론에 대한 검토를 통해 성민엽이 얻은 것은 '포스트모더니즘의 정체'가 아니라, 성민엽 자신이 '포스트모더니즘의 정체라고 상상한 그 무엇'인지도 모른다. 아니, 포스트모더니즘 담론을 통해 '포스트모더니즘의 정체'를 확인할 수 있다는 가정 자체가 상상의 산물인지도 모른다.

정보를 제공하는 것이 '현상'이 아닌 '담론'이라는 사실은 또 하나의 차원에서 문제를 야기하는데, 담론이란 언어적 구성물이기 때문이다. 즉, 담론을 통해 우리가 얻는 것은 '언어를 통해 재구조화된 정보'일 뿐 '현상 그 자체가 제공하는 정보'가 아니다. 여기서 우리는 언어의 속성에 관해 생각해보지 않을 수 없는데, 무엇보다 언어를 통해 제시되는 모든 의미는 '허구적'인 것이라는 점을 주목해야 할 것이다. 언어는 나름의 질서와 체계를 지니고 있으며, 이때의 질서와 체계는 실제 세계의 질서나 체계와 결코 같은 것일 수 없기 때문이다. 이런 이유 때문에, 언어를 통해 세계를 제시하는 경우, 이때 제시되는 것은 실제 세계 그 자체가 아니라, 허구적 진술 세계일 따름이다. 요컨대, 언어를 통해 제시된 세계는 제시하고자 했던 세계와 결코 같은 것일 수 없는 또 하나의 세계다. 즉, 언어적 세계는 나름의 질서와 체계를 지니는 허구적 세계일 뿐, 실제 세계와 일대일 대응 관계를 이루는 것이 아니다. 그럼에도 불구하고 언어는 마치 언어적 진술과 진술의 대상인 세계 사이에 일대일 대응 관계가 있는 것이라는 착각을 갖도록 유도한다. 바꿔 말해, 언어는 절대적 영향력을 갖고 우리의 인식 과정을 지배하고, 나아가 우리의 세계 이해를 통제한다. 그리하여 언어를 통한 세계 이해가 '허구적인 것'이라는 사실을 은폐하게 된다. 담론에 대한 검토만을 통해 무언가의 정체를 밝혀내고자 할 때 그 작업이 우리를 엉뚱한 곳으로 이끌 수 있음은 바로 이 때문이다. 사실 포스트모더니즘이 담론 속에서만 존재하는 것이라면 성민엽의 진단대로 포스트모더니즘은 말 그대로 허구 또는 가상일 수밖에 없다.

유사한 문제점이 "문학예술 사조"로서의 포스트모더니즘에 대한 성민엽의 검토에서도 확인된다. 그가 검토하고 있는 것은 "문학예술 사조" 그 자체가 아니라 그 사조에 '관한' 특정 담론으로, 그는 특정 담론에 의거하여 포스트모더니즘 현상—예컨대, 미국의 포스트모더니즘 문학—을 규

정하고 있는 것이다. "'미국 모더니즘'이나 네오아방가르드나 포스트모
더니즘이나 전부 모더니즘에 속하는 것으로 보인다"는 성민엽의 견해는
바로 특정 담론의 논리에 충실한 가운데 나온 것이지 "미국 모더니즘" 자
체에 대한 관찰에서 나온 것이 아니다. 성민엽 자신도 인정하고 있는 이
같은 "지나친 단순화"는 모더니즘 자체도 증발시킬 수 있다. 모더니즘이
'모든 것'(everything)이라면, 이는 또한 '아무것도 아닌 것'(nothing)일
수 있기 때문이다.

성민엽은 포스트모더니즘을 "가상"으로 규정하고 있긴 하지만 "모던
시대"와 더불어 "포스트모던 시대"의 존재 자체를 부정하고 있는 것처럼
보이지는 않는다. 그는 다만 포스트모던 시대의 현상을 '기계적으로' 포
스트모더니즘이라는 개념에 고착시켜서는 안 된다고 말하고 있는 것처럼
보인다. 이 같은 주장은 충분한 타당성을 갖는다. 문제는, 포스트모던 시
대의 현상이라는 것이 어떤 것이든 간에 존재한다면, 포스트모더니즘은
포스트모더니즘 담론에 대한 해석만으로는 결코 확인할 수 없는 것일 수
있다는 데 있다. 어떤 의미에서 보면, 포스트모더니즘은 성민엽이 거론한
"포스트모던 시대"라고 부를 수 있는 시대의 현상에 대한 이해를 전제로
하는 것이 아닐까. 이런 관점을 받아들이는 경우, 포스트모더니즘은 일차
적으로 담론의 문제가 아니라 현상의 문제라는 논리를 세울 수 있을 것이
다. 비록 "-이즘(-주의)"이라는 접미사가 포스트모더니즘을 언어 세계나
담론 체계로 오해하도록 만들기도 하지만, 그리하여 모더니즘과 마찬가
지로 포스트모더니즘은 개념 이해에 혼란을 야기할 여지를 안고 있지만,
이는 담론 그 자체가 아니라 현상을 개념화하고 이를 이해하기 위한 '시
선'이자 '이해 내용'일 수 있는 것이다. (이러한 사정은 모더니즘이나 포스
트모더니즘에만 국한되는 것이 아닌데, 무수한 논란에도 불구하고 여전히 뚜
렷한 개념 규정을 쉽게 허락하지 않는 이른바 '고전주의'나 '낭만주의'와 같
은 개념들도 의식적이고 목적 지향적인 담론 체계가 아니다. 따라서 비록 시

간이 만들어준 형이상학적 거리로 인해 객관적 시각을 갖고 바라보는 것이 비교적 용이해지긴 했지만, 정도의 차이는 있을지언정 여전히 포스트모더니즘과 마찬가지로 오해의 여지를 안고 있다.)

바로 이 점에서 포스트모더니즘은 "코뮤니즘이라는 사상적, 혹은 정치 운동적 실체"와 다른 것일 수밖에 없다. "코뮤니즘"은 명백히 일종의 지적 담론 체계로 출발한 것이다. 마르크스와 엥겔스가 바로 그 담론 체계의 입안자이고 언어적 실체로서의 그와 같은 담론 체계에는 입안자 자신의 입장이 암시되어 있으며, 이론적으로 정립된 시각과 문제 접근 방식을 그 안에 담고 있다. 이는 '후구조주의'—성민엽의 표현에 의하면, "포스트구조주의"—에도 적용될 수 있는데, 여기에는 약간의 보충 설명이 필요하다.

지나친 단순화가 허락된다면, 후구조주의는 수정주의적이며 자의식적인 지적 움직임을 반영하는 담론 체계라고 할 수 있다. 물론 이러한 움직임이 뚜렷한 구심점을 갖고 있는 것도 아니고 일정한 지식 체계를 지향하고 있는 것도 아니다. 다만 소크라테스 이래 서구의 형이상학자들이 진리와 본질의 추구라는 목표 아래 구축해놓은 담론 체계에 대한 회의와 반성이 20세기 철학계의 한 분위기라면, 이 분위기를 담론의 틀 안에 구체화하고 있는 것이 다름 아닌 후구조주의다. 한편, 의미를 좁히면, 후구조주의란 그 이전 유럽을 풍미하던 또 하나의 비교적 '새로운' 철학적 사유 방식인 구조주의에 대한 비판, 극복, 심화를 지향한 철학적 움직임으로 볼 수도 있다. 요컨대, 명칭이 암시하고 있듯, 후구조주의는 구조주의라는 담론 체계를 계승한 일종의 '후행적' 담론 체계다.

한편, 포스트모더니즘은 그 자체가 현상을 지칭하거나 그 현상을 이해하려는 하나의 시선일 수 있다는 점에서 후구조주의와 구분되지 않을 수 없다. 즉, 포스트모더니즘은 세계 이해의 방법을 새롭게 바꾸고자 하는 일종의 지적 움직임으로서의 후구조주의와는 달리 '한 시대'(오늘날)

의 사회를 전 시대의 사회와 비교하는 경우 확인되는 특징적 측면을 포괄적으로 지칭하는 개념일 수도 있고, 또한 변화에 상응하는 변형된 시선과 접근 방식을 함축하는 개념일 수도 있다. '후구조성'이라는 개념이 일반화되어 있지 않은 후구조주의 쪽과 달리 포스트모더니즘 쪽에서는 종종 '포스트모더니티(후현대성)'라는 개념이 거론되는 이유는 아마도 여기에 있을 것이다. 또한 언어적 실체 또는 담론을 지적 탐구 대상으로 삼고 있는 후구조주의와 달리 포스트모더니즘은 우리의 눈앞에 펼쳐져 있는 현실 또는 우리의 삶 그 자체를 이해와 탐구의 대상으로 한다는 점도 주목해야 할 것이다. 언어적 실체나 담론이 아닌 현실 그 자체를 탐구 대상으로 하다니? 좀 더 평이하게 말하자면, 후구조주의의 목적이 '글을 어떻게 읽을 것인가'에 대한 나름의 답을 내리는 데 있다면, 포스트모더니즘의 목적은 '우리의 삶과 세상을 어떻게 보고 이해할 것인가'에 대한 답을 얻는 데 있다고 할 수 있다. 포스트모더니즘에 대한 이해를 단순화하기 어려운 이유는 여기에 있다. 여기서 우리는 아마도 우리의 삶과 현실을 나름대로 문자화해서 정리해놓은 텍스트를 읽고 이해하려는 것과 현실 안에서 삶을 있는 그대로 살아가면서 자신의 삶과 현실을 이해하려는 것 사이의 차이를 상정해볼 수도 있으리라.

이렇게 말한다 해서, 텍스트를 읽고 이해하는 일이 쉽다는 뜻은 아니다. 다만 삶을 살아가면서 삶 자체를 이해하는 일을 시도할 때 이론적으로 정립된 시각이나 일정하게 확립된 문제 접근 방식이 쓸모없는 경우가 너무도 많다는 뜻에서 하는 말일 뿐이다. 우리는 우리가 우리의 삶에 대해 무언가를 파악했다고 생각했을 때 바로 그 순간 우리의 삶 자체가 바뀌어 새로운 인식의 대상이 되는 경우를 너무도 자주 목도하지 않는가. 요컨대, 스스로 끊임없이 변하는 프로테우스와 같은 것이 우리의 삶이고, 포스트모더니즘은 바로 이처럼 끊임없이 변하는 삶을 향한 우리의 인식 행위 자체를 지시하는 것일 수 있다. 그러니 어찌 포스트모더니즘의 내용을 고정시키거나 그 정체를 단순화할 수 있으랴. 바로 이런 이유 때문에 상당한 수준의 단순화를 허용하는 후구조주의와 달리 포스트모더니즘은 좀처럼 단순화를 허락하지 않는다. 문제가 더욱 어려워짐은 리오타르의 말대로 포스트모더니즘은 일종의 "우리 문화의 상태"를 지시하기 위한 개념일 수 있기 때문이다. "우리 문화의 상태"를 밝히는 일이란 어떤 의미에서 보면 기술적(記述的)인 차원의 작업이다. 따라서 "학문적 방법론"을 확립하는 규범적(規範的)인 차원의 작업과는 엄연히 구별되거니와, 포스트모더니즘과 후구조주의 사이의 거리는 여기서도 확인될 수 있을 것이다.

이처럼 포스트모더니즘에 대한 단순화가 쉽지 않다 하면서도, 지금 이 자리에서 우리가 하고 일은 무엇인가. 이 역시 일종의 '단순화'이고, 심지어 '전체화(획일화)'가 아닐까. 사실 우리뿐만 아니라 포스트모더니즘 담론의 '전체화' 또는 '재-전체화'를 비판하는 성민엽 자신의 작업 역시 단순화 또는 전체화라는 틀에서 벗어날 수 없다. 따지고 보면, 단순화 또는 전체화는 개념 정립의 필연적 단계일 뿐만 아니라 논리적 귀결일 수 있기 때문이다. 따라서 비판은 단순화 또는 전체화 자체에 놓여야 할 것이 아니라 그 방법과 방향의 적절성에 놓여야 할 것이다. 이런 관점에서 볼 때, 성민엽이 주장하듯 "기계적 결정론"에 따라 전개된 포스트모더니즘 담론은 마땅히 폐기되어야 할 것이다. 하지만 문제는 그와 같은 논리가 과연 모든 포스트모더니즘 담론 전체에 적용될 수 있는가에 있다. 또 하나의 문제는 성민엽이 포스트모더니즘 담론의 폐기를 주장하면서 설정한 유보 조항에 있다. 물론 유보 조항 자체만 놓고 보면, 비판에 이어지는 수용 가능성을 가늠하고 있다는 점에서 정신의 유연성을 보여주는 것일 수도 있다. 하지만 "미국에서 생겨난 역사적 사조로서의 포스트모더니즘 문예 사조 및 문화 사조"와 "리오타르의 철학적 입장(그리고 거기에 동조하는 입장)으로서의 포스트모더니즘"을 "분명히 구분한다는 전제 조건하에서"

는 "포스트모더니즘이라는 말의 유효성"을 인정할 수 있다는 논리는 어떤 의미에서 보면 "미국의 포스트모더니즘"은 "모더니즘에 속하는 것으로 보인다"는 자신의 관점뿐만 아니라 하버마스와 리오타르 양자를 겨냥한 "기계적 결정론"에 대한 이제까지의 비판을 뒤집는 것이 아닐까. "가상"으로 규정되었던 포스트모더니즘이 이 같은 유보 조항을 통해 돌연 '실체'로 인정되고 있다는 인상을 지울 수 없다.

거듭 말하지만, 포스트모더니즘은 가상도 아니지만 실체도 아니다. 이는 앞서 밝힌 바와 같이 한 시대(오늘날)의 사회를 전 시대의 사회와 비교하는 경우 확인되는 특징적 측면을 포괄적으로 지칭하기 위한 개념일 수도 있고, 또한 변화에 상응하는 변형된 시선과 접근 방식을 함축하기 위한 개념일 수도 있다. 다시 말해, 포스트모더니즘은 현상 세계를 이해하기 위한 인식론적 접근 방식 또는 시선의 하나일 수 있다. 포스트모더니즘이 현상 세계를 이해하기 위한 접근 방식 또는 시선인 한, 현상 세계를 구조적으로 또는 체계적으로 이해하려는 의지가 선행 조건이 되지 않을 수 없다. 어떤 의미에서 보면, 구조화와 체계화를 향한 의지가 세계 인식의 과정에 적극적으로 작용하는 가운데 그 모습을 드러낸 것이 다름 아닌 포스트모더니즘이라는 접근 방식 또는 시선인지도 모른다.

문제는 그러한 의지가 자의적인 것이 될 수도 있다는 데 있다. 실제 현실에 눈길을 주고 있는 것처럼 보이는 이합 핫산에 대한 성민엽의 비판은 이런 의미에서 시사하는 바가 적지 않다.

이합 핫산이 제기한 [넓게는 서구 사회 전반에, 그리고 좁게는 서구 문학의 특정 분야에 팽배해 있는] '이 현상'의 존재에 대해서는 동의하지만 '이 현상'이 과연 종전의 현상과 근본적으로 구별되는 것인지 분명치 않으며, 구별이 되든 안 되든 종전의 현상을 '모더니즘'이라고 부르는 게 적절한 것인지도 의심스럽다. ([하나는 '이 현상'이 종전에는 없던 새로운 현상으로서 종전의 현상과는 근본적으로 구별되는 것이라고 보는 것이고, 다른 하나는 종전의 현상을 '모더니즘'이라고 보는] 이 두 가지 전제를 지우고 보면 남는 것은 '이 현상'이라는 실체와 '이 현상'을 포스트모더니즘이라고 명명하고자 하는 자의적인 의도뿐이다.) (1113쪽)

말할 것도 없이, 성민엽의 진단대로 핫산의 의도는 "자의적"인 것일 수 있다. 하지만 현상을 접하면서 이에 나름대로 의미와 체계를 부여하려 했던 노력마저 부정해서는 안 될 것이다. 여기서 우리는 흄이 인식론적으로 도달한 막다른 골목에 새로운 통로를 열어준 독일의 철학자 이마누엘 칸트에 눈을 돌리지 않을 수 없다. 그도 흄과 마찬가지로 우리가 무언가를 안다는 것은 감각 기관을 통해 감각 자료를 수용하는 것임에 동의하지만, 우리의 현실 세계에는 감각 기관을 통해 확인될 수 없는 측면이 존재함에 주목한다. 예컨대, 시간이나 공간과 같은 것은 보거나 듣거나 느낌으로써 얻어지는 것이 아니다. 이는 그 근원이 외부 대상이 아닌 우리의 정신 안에 존재하는 그 무엇이기 때문이다. 즉, 선험적이고 직관적인 것이다. 바로 이 같은 정신 능력이 우리의 경험적 세계 인식에 질서와 체계를 부여하는 역할을 한다는 것이 칸트의 주장이다. 즉, 흄이 이해한 방식대로 대상이 전하는 감각 자료를 감각 기관을 통해 수동적으로 받아들이기만 하는 것이 우리의 인식 과정이 아니라는 것이다. 대상이 전하는 감각 자료를 수용할 때 우리의 정신세계가 이를 단순히 수동적으로 받아들이기만 하는 것이 아니라 그 자료에 질서와 체계를 부여하여 무언가 의미 있는 것으로 만드는 작업을 능동적으로 수행하는데, 바로 이런 작업을 수행하는 것이 선험적 직관이라는 우리의 정신 능력이라는 것이다. 다시 말해, 정신의 능동적 통제 기능으로 인해 사물에 대한 우리의 경험적 인식이 의미와 질서와 체계를 갖추게 된다는 것이다.

이렇게 말한다고 해서, 선험적 직관이라는 것이 경험 세계 자체와 무관한 것이라는 뜻은 아니다. 우마차만을 경험한 사람보다는 우마차 이외에 자전거와 자동차를 경험한 사람이 운송 수단에 대해 보다 더 폭넓고 융통성 있는 개념을 형성하게 되는 것처럼, 선험적 직관은 경험과 함께 변화할 수 있는 것이다. 따라서 여기서 선험적이라고 함은 눈앞의 대상 자체에 대한 경험 이전의 상태라는 점에서 사용된 말로 볼 수 있을 것이다. 이런 관점에서 볼 때, 논란의 여지가 없는 소박한 차원의 세계 인식의 경우가 아니라면, 세계 인식의 과정에 체계와 질서를 세우려는 선험적 직관은 사람마다 차이가 있을 수 있고 그가 이해한 세계의 모습은 다른 것일 수 있다. 동일한 실제 세계를 놓고 사람마다 이해가 다를 수 있는 이유는 바로 여기에 있다. 또한 포스트모더니즘의 정체에 대한 이해와 담론이 다양한 형태를 띠지 않을 수 없음도 바로 이 때문일 수 있다. 어떤 의미에서 보면, 핫산이 인식한 바의 포스트모더니즘이나 성민엽이 이해하는 포스트모더니즘, 심지어 논자가 실제 현상에 대한 '시선'이나 '문화의 상태'로 이해하는 포스트모더니즘도 질서와 체계를 부여하려는 각자의 노력을 반영하는 것일 수 있다. 오해의 소지를 없애기 위해 한마디 첨언하자면, 포스트모더니즘을 가상으로 진단하는 성민엽의 논리가 흄식 인식론을 연상시킨다고 해서, 성민엽이 흄식 인식론 안에 갇혀 있다는 뜻은 아니다. 다만 그의 논리 가운데 어떤 부분을 흄의 인식론적 모형에 비추어보는 경우 무엇이 문제인가를 선명하게 드러낼 수 있음을 말하고자 할 뿐이다. 사실 흄의 인식론적 가정에도 불구하고 흄을 포함한 그 누구도 흄이 상정한 인식론적 방식으로 세계를 인식하는 사람은 없다. 아마도 그런 방식으로 세계를 이해하는 사람은 우리의 상상 속에나 존재할 것이다.

3. 포스트모더니즘 담론을 넘어서서

흄의 인식론이 처한 딜레마를 극복하는 데 크나큰 도움이 되었던 칸트의 인식론으로 인해 우리가 세계와 인간 사이의 관계를 보다 더 합리적으로 설명할 수 있게 되었던 것은 사실이다. 또한 인간이란 외부의 정보를 받아들이기만 하는 수동적 존재가 아니라 인식의 과정에 적극적으로 참여하는 능동적 주체로 볼 수 있도록 했다는 점에서 인간의 잠재력에 대한 보다 더 폭넓은 이해를 할 수 있게 되었던 것도 사실이다. 하지만 그렇다고 해서 세상이 변한 것일까. 칸트로 인해 세계를 인식하는 인간의 시선을 새로운 각도에서 또한 합리적으로 설명할 수 있게 되었다고 해서, 세계 자체가 변한 것일까. 변한 것은 아무것도 없다. 어떤 각도에서 설명하든 세계는 예전과 마찬가지의 세계인 것이다.

마찬가지로 누군가가 오늘날의 현실을 포스트모더니즘이라는 개념 아래 전체화 또는 단순화하건, 그러한 전체화에 반대하여 문제의 개념을 실체가 아닌 가상으로 보건, 또는 실체도 가상도 아닌 일종의 시선이나 문화의 상태를 지칭하는 것으로 보건, 오늘날의 현실 자체에 어떤 변화가 일어나는 것은 아니다. 물론 배치, 모순, 보완, 정합의 관계에 있는 여러 관점과 시선들이 세계에 대한 우리의 이해를 좀 더 타당하고 합리적인 것이 되도록 할 수도 있다. (물론 경우에 따라서는 우리를 보다 깊은 혼란 속으로 밀어넣을 수도 있다.)

포스트모더니즘과 관련된 논의와 담론이 무언가의 의미를 갖는다면, 바로 이런 맥락에서다. 요컨대, 이해의 수단이 되어야 하지 그 자체가 목적이 되어서는 안 될 것이다. 성민엽이 자신의 논의를 마감하면서 "우리에게 요청되는 작업"의 하나로 제시한 다음과 같은 과제가 중요한 이유는 여기에 있다.

문학이나 문화 문제를 넘어서서 생각해보면, 근본적으로 지금 전 세계적 규모로 일어나고 있는, 그리고 그와 관련하여 일국적 범위에서 일어나고 있는 급격한 사회적 변화에 대한 치밀한 검토가 요청된다. 그것이 포스트모더니즘 사회로의 변화인가 아닌가를 결정해야 한다는 뜻이 아니다. 그것이 우리의 삶을 양적·질적으로 엄청나게 변화시키고 있다는 것이 중요한 것이다. 이에 대한 검토는 환원론을 위한 근거를 만들기 위해서가 아니라 반대로 명시적이거나 암묵리에 작동하고 있는 환원론을 넘어서기 위해 요청된다. (1131-32쪽)

말하자면, 궁극적으로 문제가 되는 것은 포스트모더니즘의 정체 밝히기나 포스트모더니즘 담론 그 자체가 아니라, 성민엽의 말대로 환원론을 넘어서서 이루어지는 세계의 변화에 대한 치밀한 검토다. 포스트모더니즘의 정체를 밝히기 위한 다양한 노력이나 포스트모더니즘 담론이 나름의 의미를 갖는다면, 바로 이처럼 오늘날 우리 세계의 변화를 검토하고 이해하는 데 도움을 줄 수 있는 한에서 그러하다. 그렇다고 해서, 포스트모더니즘에 대한 모든 논의가 다 그런 역할을 할 수 있다는 뜻은 아니다. 세계 어디에서도 마찬가지겠지만 우리 주변에서 쉽게 확인되는 불성실한 포스트모더니즘 담론─은유적 신비화나 환유적 단순화를 통해 실체화하려는 조급성을 보이는 포스트모더니즘 담론─이라면 이는 마땅히 재고(再考)되어야 한다. 앞서 말했듯, 우리를 보다 더 깊은 혼란 속으로 밀어넣을 수도 있기 때문이다.

지형의 변화와 시각의 차이
— 모더니즘과 포스트모더니즘 사이의 비교 이해를 위한 하나의 시론

1. 지형의 변화 확인하기, 또는 서양의 경우

　루카치(Geörgy Lukács)의 『소설의 이론』(Die Theorie des Romas)은
이렇게 시작된다. "하늘의 별들이 가능한 모든 길로 인도하는 지도 역할
을 하는 시대, 별빛이 길을 밝히는 그런 시대는 행복한 시대다."[1] 모더니
즘과 포스트모더니즘 또는 모더니티와 포스트모더니티라는 개념을 논의
하기 위한 자리에서 이미 고전이 된 책 속의 언명을 들먹이는 이유는 무
엇인가. 이는 모더니즘과 포스트모더니즘이라는 개념이 문제되기 이전의
시대적 특징을 극명하게 드러내주기 때문이다. 즉, 인간이 자연과 교감을
이루던 시절, 인간이 자연과 하나일 수는 없어도 최소한 이에 낯설어하지
않던 행복한 시절이 있었다. 서양에서 그 시절은 19세기 초 시민 혁명과
산업 혁명과 함께 결정적으로 막을 내리게 되었고, 이른바 낭만주의 시대
가 시작되었다. 문학사적 관점에서 보면, 낭만주의란 인간의 무한한 창조

---

1) Geörgy Lukács, *Die Theorie des Romans: Ein geschichtsphilosophischer Versuch über die Formen der großen Epik* (Neuwid & Berlin: Luchterhand, 1971), 21쪽.

적 잠재력을 인정하기 시작한 시기라고 할 수 있다. 즉, 인간이 신에 버금
가는 창조력을 지닐 수 있다는 낙관론이 낭만주의적 문학관의 핵심을 이
룬다. 하지만 동전의 양면과도 같이 낙관론 뒤에는 절망의 몸부림이 도사
리고 있는 법. 무엇보다, 신에 버금가는 창조력은 말처럼 쉬운 것이 아니
기 않은가. 이 같은 절망의 몸부림은 때로 이제는 다시 건널 수 없는 심연
이 인간과 자연 사이에 가로놓이게 되었다는 자각을 동반하기도 했다. 산
업 혁명에 따른 기계의 발전은 인간에게 첨단의 문명사회를 이룩하게 했
지만, 이는 곧 화해할 수 없을 만큼 심각하게 자연으로부터 멀어짐을 뜻
하기도 했기 때문이다. 워즈워스(William Wordsworth)가 잃어버린 자연
을 슬퍼하고, 루소(Jean-Jacques Rousseau)가 인간에게 자연으로 돌아
갈 것을 외친 이면에는 이처럼 행복한 시대에 대한 상실감이 숨어 있다.

　하지만 별빛을 상실한 대가로 인간은 온갖 문명의 이기를 향유하게 되
었다. 그리고 이에 따라 과학이라는 이름 아래 인간은 새로운 질서와 세
계관에 익숙해지게 되었으며, 마침내 19세기 후반에 이르러 과학 문명은
절대적인 힘을 발휘하게 되었다. 바로 이런 상황에서 자연은 이제 인간에
게 망각 속의 존재가 되어버리다시피 했다. 또한 과학 문명에 따른 세계
이해 방법과 대비되는 세계 이해 방법이 도처에서 압력을 받고 위축의 길
을 걷게 되었다. 아마도 이를 증명하는 예 가운데 하나가 19세기 후반부
터 정립되기 시작한 현대적 의미에서의 대학에서의 인문학의 위상일 것
이다. 즉, 19세기 후반 독일의 대학들이 선두가 되어 학문의 분화가 이루
어지기 시작했는데, 이 움직임은 어디까지나 과학의 전문화와 세분화에
부응하기 위한 것이었다. 이처럼 과학이 대학 교육의 적극적인 관심사가
됨에 따라, 그 이전까지 대학 교육의 중추를 이루어왔던 인문학적, 고전
학적 교과 과정은 자신의 고유한 영향력을 잃기 시작했다. 말하자면, 자
연과 친화 관계에 있던 시대의 인문학적/고전적 세계 이해 방법은 상대
적으로 위축의 길을 걷게 되었다. 심지어 인간 이해의 방법에 대한 과학

화가 시도되기도 했는데, 이른바 사회과학은 이런 분위기에서 싹튼 것이라고 해도 지나친 말이 아닐 것이다.

문학사적으로 이 시기를 대표하는 것은 다름 아닌 현실주의(사실주의, realism)이다. 관심의 시선은 이제 자연으로부터 멀어져 인간에게 고정되었고, 과학의 영향을 받아 인간의 현실을 객관적으로 재현하는 것이 문학의 목표가 되기에 이르렀다. 20세기의 문학 이론가들 가운데 이 19세기 현실주의의 문학 논리를 옹호하고 대변하는 대표적인 사람이 앞서 언급한 루카치로, 그는 문학작품 가운데 소설은 현실을 반영하되 단순히 표면적인 외양을 반영하는 것이 아니라 진정하고도 생생하며 역동적인 내적 현실(객관적 진실)을 반영해야 한다고 주장하면서, 19세기의 리얼리즘이 "비판적 리얼리즘"의 경지를 획득했다고 평가한 바 있다. 오노레 드 발자크(Honoré de Balzac)와 스탕달(Stendhal)에 의해 19세기 전반에 시작된 현실주의는 19세기 후반에 가서 귀스타브 플로베르(Gustave Flaubert), 에밀 졸라(Émile Zola), 찰스 디킨스(Charles Dickens), 조지 엘리엇(George Eliot)과 같은 작가들을 통해 꽃을 피우게 되었다.

한편, 20세기에 접어들면서 과학 문명은 더욱더 강력한 힘을 발휘하게 되었으며, 이로 인해 인문학자는 물론 예술가들이나 작가들 사이에 일종의 위기의식이 팽배하기에 이른다. 위기의식은 때로 공격적인 자기 방어의 형태를 취하며, 이는 과학에 대한 공공연한 비판의 자세를 취하게 된다. 어떤 의미에서 보면, 모더니즘의 대두 또는 모더니티 정신의 발현은 이런 시대 배경에서 나온 것이라고 할 수 있다.

과학 문명에 대한 비판은 두 가지 형태를 띨 수 있는데, 무엇보다 우리는 먼저 과학을 비판하면서 동시에 과학을 닮아가는 묘한 형태의 비판 방식을 문제 삼을 수 있다. 하나의 대표적 사례가 되는 것이 가장 영향력 있는 20세기의 문예 운동 가운데 하나로 꼽히는 이른바 신비평(the New Criticism)인데, 이 운동의 선구자인 존 크로 랜섬(John Crowe Ransom)

은 일찍이 『세계상(世界像)』(*The World's Body*)이라는 그의 저서에서 "과학이란 우리의 동물적 삶을 다루는 인지적 학문 분야일 뿐이며, 이를 통해 인간은 세계를 단지 추상적으로 편리하게 꾸며놓은 도식으로 파악하게 된다"[2]고 주장한 바 있다. 우리는 랜섬의 말에서 과학의 "추상성"에 대한 비판의 목소리를 일별할 수 있는데, 그는 과학의 추상성을 극복하기 위한 대안으로 문학의 "구체성"을 내세운다. 하지만 랜섬은 문학적 탐구를 과학만큼이나 객관적인 것으로 만들고자 하는 욕심에서 "가치 판단으로서의 비평"이 아닌 "분석으로서의 비평"을 정립하고자 한다. 다시 말해, 랜섬은 과학을 비판하면서도 자신의 인문학적 인식 체계를 과학적인 것으로 만들고자 했던 것이다.

또 하나의 비판 형태를 우리는 이른바 모더니즘 운동에서 찾을 수 있는데, 이와 관련하여 모더니즘 운동의 전개 과정에 일익을 담당한 것으로 평가되는 오든(W. H. Auden)의 발언을 주목할 수 있다. 그는 현대 과학이 "모방으로서의 예술 개념을 파괴했다"고 지적하면서, 그 이유를 과학으로 인해 "올바르게든 그릇되게든 모방해야 할 자연이 '밖에 어딘가에' 존재하지 않게 되었기 때문"[3]이라고 주장한다. 여기서 우리는 랜섬과 마찬가지로 자연의 상실을 안타까워하는 모더니스트들의 목소리를 확인할 수 있다. 하지만 모더니스트들의 비판과 저항의 방식은 랜섬과 같은 이들의 것과는 현저하게 다른 양상을 띤다. 즉, 이들은 어떤 형태로든 과학적 인식 체계를 수용하거나 이 체계와 타협하지 않았다. 즉, 랜섬 등과 같이 과학적 인식 체계의 힘을 빌리는 식의 방법을 택하지 않았던 것이다. 일관되게 과학과 현대 문명에 비판적 자세를 취하는 동시에, 과학과는 완

---

2) John Crowe Ransom, *The World's Body* (1938; rpt. Barton Rouge: Louisiana State UP, 1968), x쪽.

3) W. H. Auden, *The Dyer's Hand and Other Essays* (New York: New American Library, 1958), 153쪽.

전히 거리를 둔 채 자신의 고유 영역을 지키거나 복원해나가는 과정에 문자 그대로 충실하고자 했던 것이다. 이와 관련하여 우리는 제럴드 그래프 (Gerald Graff)의 논의에 근거하여 존 바스(John Barth)가 「소생의 문학」 ("The Literature of Replenishment")이라는 저 유명한 논문에서 요약해 놓은 다음과 같은 모더니즘의 특성을 주목할 수 있다.

> 모더니즘의 근본 동기는 19세기 부르주아 사회 질서와 세계관에 대한 비판이었다. 모더니즘의 예술적 전략은 다음과 같은 수법이나 장치에 의해 부르주아 리얼리즘의 인습을 의식적으로 전복시키는 데 있다. 먼저 '리얼리즘'을 '신화'로 대체한다든가, '현대와 고대 사이의 의식상(意識上)의 유사성을 교묘히 다루는' 수법이 채용된다. 또한 서술의 선형적(線型的)인 흐름을 철저히 붕괴시킨다든가, 플롯이나 인물의 통일성과 일관성에 대한 인습적인 기대를 좌절시킨다든가, 원인과 결과에 의한 '작품 전개'에 대한 기대감을 만족시켜주지 않는 등의 수법도 동원된다. 아울러, 문학 행위의 도덕적인 '의미'와 철학적 '의미'에 이의를 제기하기 위하여 반어적이고 이중 의미를 갖는 병치를 사용하기도 하고, 부르주아 합리주의의 촌스러운 허식을 겨냥하여 인식론적 자조(自嘲)의 어조를 취한다든가, 내적인 의식을 합리적, 공적, 객관적 언술에 대응시키기도 한다. 마지막으로 19세기 부르주아지들의 객관적 사회가 얼마나 허망한 것인가를 지적하기 위해 주관적 왜곡에 경도하기도 한다.[4]

요컨대, 모더니즘은 19세기 후반에 정립된 과학 문명, 또한 이를 가능케 한 부르주아 사회에 대한 비판 정신으로 요약될 수 있다. 나아가, 방법론

---

4) John Barth, "The Literature of Replenishment," *The Atlantic Monthly* 379 (1980년 1월), 68쪽.

적으로 과학이 지향하는 바와는 정반대 쪽에 서서 철저하게 반(反)합리주의를 밀고 나가고자 했던 것이 모더니즘이다.

그렇다면, 이른바 포스트모더니즘은 어떤 지형에서 이해해야 할까. 이와 관련하여, 포스트모더니즘이란 모더니즘의 "반합리주의적인, 반사실적인, 반부르주아적인" 경향을 "논리적인 극단"에 이르기까지 몰고 간 것[5]이라는 입장이 있을 수 있다. 문제는 포스트모더니즘의 경우 이전의 부르주아 같은 확실한 적대 대상이 없으며, 또한 다루어야 할 현실이 이미 평범하지 않는다는 데 있다. 바로 이 점에서 포스트모더니즘은 모더니즘과 구별될 수 있다. 하지만 문제는 이것으로 전부가 아니다. 포스트모더니즘은 모더니즘의 '극단화'로 볼 수도 있지만 모더니즘의 '극복'으로 볼 수도 있기 때문이다.[6]

'극단화' 또는 '극복'이라니? 이렇게 간단하게 규정될 수 있는 것이 포스트모더니즘이라면 걱정할 것이 도대체 무엇이겠는가. 걱정할 것이 없을까봐 걱정이라도 되는 양, 포스트모더니즘은 좀처럼 그 정체를 드러내

---

5) Barth, 68쪽.

6) 모더니즘과 포스트모더니즘의 상관관계에 대한 이해를 돕기 위해 하나의 흥미로운 시각을 소개하기로 한다. 1996년 가을 페터 지마(Peter Zima)가 한국을 방문하여 몇 번의 강연을 한 적이 있었는데, 그는 서울대학에서 가진 강연의 자리에서 리얼리즘, 모더니즘, 포스트모더니즘의 관계를 어떻게 하나의 지평에서 조망할 수 있는가를 보여주었다. 그에 의하면, '현실 재현' (representation of reality)의 가능성에 대한 믿음이 리얼리즘의 저변에 있었다면, 모더니즘의 저변에는 재현의 불가능성에 대한 주장과 함께 구성(construction)의 논리가 깔려 있다는 것이다. 한편, 모더니즘과 포스트모더니즘은 재현의 불가능성을 주장하고 '구성'의 논리를 펴고 있다는 점에서 공통점을 갖지만, 전자가 '진리'나 '본질'에 대한 희망을 버리지 않았던 반면에 후자는 아예 그러한 희망을 갖지 있지 않다는 데에 변별점이 존재한다는 것이다. 이상의 논의와 관련해서는 페터 지마, 「우연성과 구성―모방론에서 모더니즘에 이르기까지」, 장경렬 옮김, 『현대 비평과 이론』 통권 14호(한신문화사, 1997년 가을/겨울), 204~24쪽을 참조하기 바란다. 아무튼, 지마의 이 같은 논리는 지나친 단순화라는 비판을 받을 수도 있겠지만, 리얼리즘, 모더니즘, 포스트모더니즘을 역사적으로 진행되는 사건―또는 역사적 인과 관계 속에서 진행되는 일련의 변화―로 이해하려 했다는 점에서 각별한 의미를 갖는다.

지 않는다. 정체를 드러내기는커녕 교묘한 위장술을 통해 자신을 더욱 더 신비화한다. 아마도 모더니즘이 자신을 위장하여 신비화하는 데 자기도 모르게 (또는 기꺼이) 도움을 준 것이 있다면 이는 바로 후구조주의(Poststructuralism)라는 철학 논리일 것이다. 즉, 포스트모더니즘과 후구조주의는 상이한 존재 근거와 인식론적 기반을 지님에도 불구하고, 포스트모더니즘의 정체를 밝히는 일은 후구조주의를 이해하는 일과 다를 바 없다는 투의 생각이 나름의 영향력을 발휘하는 것도 사실이다. 말하자면, 양자 사이의 차이는 간과되는 경향이 있고, 후구조주의에 대한 이해가 곧 포스트모더니즘에 대한 이해라는 식의 오해가 깊이를 더하고 있는 것도 사실이다. 이 오해를 넘어서기 위해서는 후구조주의에 대한 이해가 선결적 요건이 된다. 따라서 이어지는 우리의 논의는 후구조주의에 대한 이해에서 다시 시작될 것이다.

논자가 일관되게 주장한 바 있지만, 후구조주의는 수정주의적이며 자의식적인 지적 움직임으로 규정될 수 있으며, 넓게 보아 진리를 추구하는 서양 형이상학의 오랜 전통에 대한 회의와 반성의 움직임으로 요약될 수 있다. 하지만 보다 더 직접적으로는 문화에 내재된 보편적 법칙을 찾으려 했던 구조주의에 대한 비판과 극복을 겨냥한 지적 움직임이기도 하다. 하지만 명칭이 암시하듯 구조주의와 후구조주의 사이에는 논리의 심화 또는 극단화의 측면이 있는 것도 사실이다. 이러한 이유 때문에 후구조주의에 대한 이해에 앞서 우리는 먼저 구조주의에 대한 이해를 시도해야 할 것이다.

구조주의적 사유 방식의 근저에 스위스의 언어학자 소쉬르(Ferdinand de Saussure)의 언어 이론이 놓여 있음은 널리 알려진 사실이다. 소쉬르의 이론은 크게 기호와 의미 사이의 구분, 랑그와 파롤 사이의 구분을 바탕으로 해서 전개되는데, 이를 요약하면 다음과 같다. 인간의 언어는 기호와 의미라는 요소로 나눌 수 있는데, 양자 사이의 관계는 임의적인 것이어서 하나의 기호가 반드시 어떤 특정한 의미와 연계되어야 할 필연적 이유가 없다는 것이다. 다만 이들이 결합하여 하나의 안정되고 통일된 단위를 이룬다는 것이 소쉬르의 주장이다. 아울러, 인간의 모든 지적 행위를 이론과 실제로 나눌 수 있듯 인간의 언어도 추상적이며 공적인 언어 체계를 지칭하는 랑그와 개별적이며 구체적인 말을 지칭하는 파롤로 나눌 수 있다는 것이다. 이어서, 소쉬르는 파롤의 근간을 이루는 랑그야말로 언어학의 관심 대상이 되어야 한다고 주장한다. 구조주의는 이 두 가지 가설을 학문 연구에 실천적으로 적용한다. 즉, 소쉬르의 첫째 논리에 의거하여 모든 문화권의 기호 체계는 구성원의 합의에 의해 가능해진 가치중립적인 의사소통 수단임을 전제한다. 한편, 한 문화권의 문화에 대한 이해를 위해 그 문화권 나름의 기호 체계에 관심을 갖되, 소쉬르의 견해에 따라 기호 체계의 랑그에 주목한다. 결국, 구조주의자들은 한 문화권의 저변을 이루는 구조나 체계에 관심을 기울이고, 그리하여 확인된 바를 타문화권의 구조와 비교 및 분석한다.

후구조주의가 문제 삼는 것은 먼저 파롤에 대한 랑그의 우위를 가정하는 구조주의의 논리다. 즉, 이 같은 논리로 인해 구조주의는 개별적 인식 주체로서의 인간을 소외시켰다는 것이다. 즉, 인간의 언술 행위는 그 어떤 경우에도 완벽하게 객관적일 수 없는데, 어떤 과정을 통하는가에 따라 그리고 누가 행하는가에 따라 그 언술 행위는 항상 영향을 받는다는 것이다. 요컨대, 주체의 회복이라는 관점에서 보면 후구조주의는 구조주의의 한계에 대한 극복으로 이해될 수 있다. 하지만 인간의 지적 행위가 다만 언어를 통해 이루어진다는 관점에서 보면, 언술 행위의 객관성을 부정하는 경우, 지식의 객관성 역시 부정되지 않을 수 없다. 만일 지식의 객관성이 일종의 환상이라면, 서구의 형이상학자들이 줄곧 추구해온 진리와 본질 역시 환상일 수밖에 없다. 후구조주의자들의 논리가 갖는 미증유의 파괴력은 바로 여기서 유래한다.

후구조주의의 회의적 시선은 구조주의가 상정했던 언어 모형에까지 향한다. 즉, 소쉬르의 주장과 달리, 기호와 의미는 임의적으로 결합한 후 안정된 관계를 유지하는 것이 아니라 서로에 대해 끊임없이 새로운 관계 정립을 요구한다는 것이다. 이처럼 언술 행위의 주관성에 대한 자각과 함께 의미의 기호화 과정이 본질적으로 불안정한 것이라는 새로운 자각이 후구조주의의 저변에 깔려 있다. 결과적으로 후구조주의자들은 언어의 의미 지시적 기능을 철저히 부정하고, 의미란 기호와 기호 사이에 존재하는 시/공간적인 '차연(差延)'으로 인해 생기는 일종의 환상임을 역설한다. 만일 기호가 일정한 의미를 일관성 있게 표상할 수 없다면 언어 행위란 일종의 유희에 불과할 것이다. 다시 말해, 객관적인 진리의 세계가 있다고 해도 그 세계와 관계없이 존재하는 하나의 자기 지시적인 언어유희일 수 있다. 어떤 의미에서 보면, 이 같은 논리는 구조주의의 소쉬르적 가정을 수정한 다음 극단화한 것이라고 할 수 있는데, 후구조주의가 '후'구조주의임은 이에 연유한다.

이제 다시 포스트모더니즘에 초점을 맞추기로 하자. 앞서 밝힌 바와 같이, 후구조주의는 구조주의가 제안한 언어와 문화에 대한 이해 방식에 문제를 제기하고 이에 대한 새로운 성찰을 향한 학문적 시도로 정리될 수 있다. 한편, 포스트모더니즘은 과학 문명과 부르주아 사회에 대한 비판에서 출발한 모더니즘 이후의 변화된 현실을 이해하려는 시도 및 이와 함께하는 새로운 현실 이해의 시각을 아우르는 개념일 수 있다. 만일 포스트모더니즘에 대한 논의에서 후구조주의적 요소가 발견된다면 이는 포스트모던적 시각을 형성하는 데 후구조주의적 사유 방식이 중요한 역할을 했기 때문일 것이다. 그렇다고 해서 포스트모던적 시각을 후구조주의적 세계 이해 방법과 동일시할 수 있다는 뜻은 아니다. 그 이유는 포스트모더니즘의 경우 세계 이해를 위한 기본적 '창구(窓口)'가 언어 세계나 담론 체계가 아닌 삶과 현실 그 자체를 향해 열려 있기 때문이다.

만일 포스트모더니즘 개념에 대한 단순화가, 후구조주의 개념을 놓고 앞서 시도한 바와 같은 형태의 단순화가 쉽지 않다면, 그 이유는 포스트모던적 시각이 후구조주의적 사유 방식과는 달리 이론적으로 정립된 시각이나 문제 접근 방식이 아니기 때문이다. 이는 변화된, 또는 변화하고 있는 현상을 보다 정확하고 유연하게 파악하기 위해 도출된 개방적 세계 이해 방식이기 때문이다. 또한 포스트모더니즘의 '창밖 풍경'이 단순화를 거부하는 현실 그 자체라는 점에서도 문제의 어려움은 확인된다. 포스트모더니즘에 대한 이해를 어렵게 하는 또 하나의 요인이 있는데, 다른 글에서 논자가 이미 주목한 바 있듯 포스트모더니즘은 하나의 시각일 수 있는 동시에 프랑스의 철학자 장-프랑수아 리오타르(Jean-François Lyotard)의 주장대로 "우리 문화의 상태"(the state of our culture)[7]를 지시하는 개념일 수도 있기 때문이다. 아마도 이 경우 포스트모더니즘보다는 포스트모더니티라는 용어가 더 적절한 것이 될 것이다. 이처럼 포스트모더니즘은 오늘날의 사회에서 확인되는 포스트모더니티라는 특징적 측면을 포괄적으로 지칭하거나 기술하는 데 필요한 용어로 사용되고 있다는 점도 문제를 어렵게 만든다.

그 모든 어려움에도 불구하고 여전히 또 하나의 단순화가 시도될 수도 있을 것이다. 극도의 단순화를 위해, 우리는 리오타르의 논의에 기댈 수 있다. 리오타르는 근대 사회의 정신세계를 지배해왔던 '거대 서사'(grand narrative)가 오늘날에 이르러 점차 그 힘을 잃게 되었음을 주장한 바 있다. 그에 의하면, 이러한 변화의 근본적 동인은 기술(technology)을 모든 것에 우선하는 현대 사회의 산업화 경향에서 찾을 수 있는데, 이 경향에 맞춰 사회의 "목표는 더 이상 진리가 아닌 수행력, 즉 투입한 것에 상응하는 출력을 얻기 위한 최상의 효율적 수행력"[8]으로 변모했다는 것이다. 이

---

7) Lyotard, xxiii쪽.

달라진 목표를 합법화(legitimation)하기 위한 새로운 논리의 등장이 필연적 귀결이 되는데, 우리는 이를 포스트모더니즘으로 규정할 수도 있다.

이 같은 포스트모더니즘의 요체는 무엇보다 '중심'의 상실에 대한 자각에 있는데, 그 논리가 지니는 여타의 특성은 대체로 다음과 같이 정리될 수 있다. 첫째, 이제까지 사회를 지배해왔던 거대 서사가 목표로 삼아왔던 보편적 진리의 추구 또는 유토피아의 건설 자체를 의문시한다. 하나의 예를 우리는 마르크스(Karl Marx)의 논리에 대한 리오타르의 부정적 태도에서 찾을 수 있다. 즉, 마르크스는 사회에 대한 합리적 설명을 통해 재편을 시도하고 있는데, 새로운 시각에 비추어보는 경우 사회에 대한 합리적 설명이 불가능하고, 따라서 유토피아의 건설 자체가 환상일 수밖에 없다는 것이 리오타르의 주장이다. 둘째, 거대 서사의 권위를 부정함으로써 그 권위를 기반으로 하던 엘리트 중심의 사회를 거부하고, 일종의 대중 중심적인 사회를 지향한다. 같은 이유로 문화적 보수주의와 반상업주의에 대항하여 자유주의적이며 상업주의적인 문화를 옹호한다. 하지만 우리가 유의해야 할 사항이 있다면, 이는 포스트모더니즘의 논리가 대중주의를 표방하고 있지만, 대중 사회를 이끌어가고 문화를 생산하는 주체는 또 하나의 엘리트 집단, 겉으로 드러나지 않는 또 하나의 엘리트 집단이라는 점을 간과하고 있다는 점일 것이다. 그럼에도 불구하고 여전히 포스트모더니즘은 이전의 모더니즘 시대에 대한 비판 논리로 이해될 수도 있다.

이 지점에 이르러 우리는 다음과 같은 의문을 제기할 수 있다. 즉, "진리"가 아닌 "효율적 수행력"을 내세우는 리오타르의 논리는 이전의 거대 서사가 힘을 잃고 내놓은 자리를 차지한 또 하나의 거대 서사일 수 있지 않을까. 이 의문에 대한 리오타르의 대답은 간단하고 명료하다. 답변의

---

8) Jean-François Lyotard, *The Postmodern Condition: A Report on Knowledge*, tr. Brian Massumi (Minneapolis: U of Minnesota P, 1985), 46쪽.

핵심은 포스트모더니즘의 논리가 '인간 중심적'(anthropocentric)인가 아
닌가에 있다는 것인데,「포스트모더니티에 관한 포스트모던적 우화」라는
글에서 그는 자신이 제시하는 포스트모더니즘의 논리가 "인간 중심적"인
것이 아니라는 점에서 종전의 거대 서사와 구분되지 않을 수 없음을 암시
한다. 이러한 관점에 의거하여 우리는 거대 서사가 목표로 삼아왔던 "구
원, 해방, 역사적 수난의 종언"과 같은 인간적 이상이 더 이상 의미를 갖
지 않게 된 상황을 포스트모던적 상황으로 설명할 수도 있으며, 포스트모
던적 상황에서 진리는 말할 것도 없이 도덕, 윤리, 정치도 모두 배제되지
않을 수 없음이 어떤 이유 때문인가를 해명할 수도 있다. 결국, 리오타르
가 인정하고 있듯, 이로 인해 "포스트모더니티의 정경"은 "그리 유쾌하지
못"하다. 리오타르가 말하는 포스트모더니즘에의 저항은 바로 이런 맥락
에서 의미를 갖는다. 그 저항이 반동적인 것이 되지 않도록 이끌기 위해
서 우리는 어떻게 해야 하는가. 리오타르는 "우리가 갈 길을 더듬어 찾을
수밖에 없"음을 말하고 있는데, 우리는 바로 이런 이유로 인해 포스트모
던적 상황이나 포스트모더니즘의 논리를 단순히 일종의 유행 철학으로만
치부할 수는 없다. 이는 현재를 살고 있는 우리에게, 다름 아닌 우리 자신
에게 필요한 "길을 더듬어 찾"기 위한 것이기 때문이다.[9]

2. 시각의 차이 읽기, 또는 한국의 경우

모더니즘이라는 개념을 한국이라는 상황과 연계하는 경우, 여러 가지
이유로 인해 논의가 쉽지 않다. 이와 관련하여, 한국은 서양과 같은 경로
를 통해 부르주아 계급의 형성 과정과 과학 문명의 발달 과정이 이루어지

---

9) 이상의 논의와 관련하여 Jean-François Lyotard, "A Postmodern Fable on
Postmodernity, or: In the Megalopolis," *Critical Architecture and Contemporary
Culture*, ed. William J. Lilyman, Marilyn F. Moriarty, David J. Neuman (Oxford: Oxford
UP, 1994), 187–95쪽 참조.

지 않은 상태에서 20세기를 맞이했고, 이로 인해 모더니즘의 형성 기반이 마련되어 있지 않았다는 점을 들 수 있다. 바로 이런 이유를 들어 한국에서의 모더니즘이나 포스트모더니즘에 대한 논의 자체가 무의미하다고 주장하는 사람들도 있다. 하지만 모더니즘이나 포스트모더니즘은 고유한 어느 한 시대를 지칭하는 개념이라기보다 동적인 변화가 일어나는 역사적 상황의 어느 한 시점을 지시하는 개념일 수 있다는 점에서 논의의 가능성을 찾는 사람들도 있다. 즉, 모더니즘적 시각이나 포스트모더니즘적 시각은 변화된 또는 변화하고 있는 현상을 보다 더 정확하고 유연하게 파악하기 위해 도출된 세계 이해 방식일 수 있다는 논리도 가능하다. 이런 입장을 취하는 경우, 모더니즘이나 포스트모더니즘은 전시대나 후시대와 비교되는 어느 한 시대의 특징적 측면을 지칭하거나 기술하는 데 필요한 용어로 단순화될 수도 있다. 바로 이런 단순화를 수용하는 경우 모더니즘과 포스트모더니즘은 한국 사회의 변화를 설명하는 데 필요한 개념으로 사용될 수도 있다.

하지만 이런 단순화에 지나치게 의존하는 경우 이에 따르는 문제도 심각한 것이 되지 않을 수 없다. 즉, 앞서 암시한 바와 같이, 모더니즘이나 포스트모더니즘은 기본적으로 서양의 정신사적, 문화사적 변화를 관찰하고 조망하기 위한 개념일 수 있거니와, 우리는 이 점을 고려해야 한다. 만일 단순화에 바탕을 둔 이해의 틀을 지나치게 확대 적용하는 경우 서양의 세계관이나 철학 사조의 변화에서 역사적 맥락을 거세하고 모든 것을 백화점 진열대에 전시된 통시대적 상품처럼 취급하는 오류를 범할 수 있기 때문이다. 요컨대, 우리 사회와 같이 서양과는 다른 사상적, 문화적, 예술적 길을 걸어온 문화권에서 이 개념을 사용할 때에는 필연적으로 유보 조항을 전제해야 하는데, 한국적 모더니즘이나 한국적 포스트모더니즘은 서양의 그것과 근본적인 위상차를 갖는 것이라는 논리가 이에 해당한다. 물론 모더니즘이든 포스트모더니즘이든 이는 서양에서 유입된 개념이라는 점에서 이 개념을 싹트게 한 서양의 사상적, 사회적, 문화적 배경을 전혀 무시할 수 없다는 점에서, "한국적"이라는 수식어를 사용하는 데는 적지 않은 문제점이 따르는 것도 사실이다. 어떤 의미에서 보면, 이들 개념에 속하는 것으로 이해(또는 오해)되는 한두 가지 또는 몇 가지 특성 그 자체를 모더니즘이나 포스트모더니즘으로 받아들이면서 이를 자의적으로 우리 문화와 예술에 접목시키려는 시도들—다시 말해, 앞서 지적한 바와 같이 백화점에 진열된 상품 가운데 하나를 고르는 식의 태도를 반영하는 시도들—이 있어왔는데, 이런 태도는 서양의 문화 현상에 대한 이해의 시각도 흐리게 할 소지도 있지만, 궁극적으로 문제가 되는 것은 우리의 특정한 문화 현상 자체에 대한 이해를 어렵게 하거나 또는 잘못된 방향으로 이끌어갈 수 있다는 데 있다. 따라서 한국의 모더니즘이나 포스트모더니즘을 이해하는 데는 별개의 시각이 요구된다.

이와 관련하여 한국의 모더니즘의 경우 전술한 바와 같이 부르주아 계급의 형성 과정과 과학 문명의 발달 과정을 거치지 않은 상태에서 모더니즘이라는 개념이 유입되었다는 점이 고려되어야 할 것이다. 사실 1930년대 이후를 풍미한 한국의 모더니즘은 서양과 달리 자체의 문화가 지니고 있는 내재적 문제점이나 모순을 자각하는 데에서 시작했다기보다는 외부의 충격—즉, 서양의 문화—에 의한 것이었다. 바로 이런 정황을 선명하게 보여주는 하나의 예가 당대의 대표적인 모더니즘 이론가였던 김기림이 이해한 모더니즘이다. 일찍이 1930년대 말에 김기림은「모더니즘의 역사적 위치」라는 글에서, 모더니즘은 "단순한 한때의 사건으로 취급할" 수 없는 것으로 "어떠한 역사의 계기에 피치 못할 필연으로서 등장했"음을 지적하면서, 모더니즘의 등장 배경과 관련하여 서양 문명이 동양 제국에 미친 영향을 개관한다.[10] 그에 의하면, "재래의 정서에 가장 근사한 '로맨

---

10) 김기림,『김기림 전집』제2권(심설당, 1988), 54쪽. 이하의 논의와 인용과 관련해서는 이 책

티시즘'"과 이에 이어 "세기말의 시"를 동양 제국이 서양 문명에서 받아들였지만, 이는 "역사적 현실에 대하여 퇴각하는 자세를 보이는 문학"에 지나지 않는다는 것이다. 김기림은 모더니즘의 등장이 필연적임을 바로 여기서 찾으면서, 모더니즘의 특징을 다음과 같이 요약한다.

'모더니즘'은 두 개의 부정을 준비했다. 하나는 '로맨티시즘'과 세기말 문학의 말류인 '센티멘털·로맨티시즘'을 위해서고, 다른 하나는 당시의 편내용주의(偏內容主義)의 경향을 위해서였다. '모더니즘'은 시가 우선 언어의 예술이라는 자각과 시는 문명에 대한 일정한 감수를 기초로 한 다음 일정한 가지를 의식하고 쓰여져야 된다는 주장 위에 섰다.

이를 통해 우리는 김기림이 모더니즘을 '로맨티시즘'과 '편내용주의'에 대한 '부정'으로 이해하고 있음을 알 수 있다. 나아가, 그는 모더니즘을 "문명 속에서 형성되어가는 새로운 감각·정서·사고" 및 "문명의 속도에 해당하는 새 '리듬'"과 연결하고 있거니와, 결국 그가 이해한 모더니즘은 넓게 보아 '낡은 것'을 부정하고 극복하기 위한 '새로운 것'의 등장으로 요약될 수 있다. 이때 '낡은 것'은 물론 "센티멘털·로맨티시즘"의 범주를 벗어나지 못하는 "은둔적인 회상적인 감상적인 동양인"의 정서 또는 '전원적 동양 문명'이고, '새로운 것'은 "도회"로 대표되는 "현대의 문명" 또는 '도시적 서양 문명'이다. 아울러, 카프 문학 또는 경향 문학으로 대표되는 "편내용주의"가 극복해야 할 '낡은 것'이라면, "시가 우선 언어의 예술이라는 자각과 시는 문명에 대한 일정한 감수를 기초로 한 다음 일정한 가지를 의식하고 쓰여져야 된다는 주장"이 '새로운 것'이 된다.

이처럼 낡은 것을 극복하기 위한 새로운 것이라는 시각에서 모더니즘

_____

의 54-56쪽 참조.

을 보는 경우, 모더니즘에 대한 이해와 수용은 당연히 포괄적인 것이 될 수밖에 없다. 물론 김기림의 시각을 일반화할 수 없을지 모르지만, 모더니즘에 대한 이른바 당대 모더니스트의 이해와 수용은 크게 이 범주에서 벗어나지 않았던 것으로 보인다. 바로 그 당시의 사정을 간접적으로나마 확인케 하는 것이 다음과 같은 신범순의 논의다.

30년대 모더니즘을 제대로 이해하기 위해서는 우선, 그러한 경향의 다양한 모습을 단순하게 한 가지 범주로 묶어내지 않아야 한다. 김기림과 이상, 이규원, 박재륜, 정지용, 김광균, 오장환 등은 모두 제각각의 지형학적 위상을 차지하고 있다. 그들은 근대 도시 문명의 진행 속에서 그에 대해 민감하게 반응한다는 측면에서만 공통적으로 묶일 뿐이다. 하지만 그들 각각은 때로는 엄청난 거리를 두고 떨어져 있다. 어떤 경우에 그들은 도시 문제를 다루지 않는 듯이 보이기도 한다. 그들은 그러한 때에도 단지 팽창되는 근대적 권력인 도시 주변에서 붕괴되어가는 고향이 시적 기호들의 표면 속에서 얼마나 숨 쉴 수 있는지에 관심이 쏠려 있다. 김기림은 도시 문명에 대한 비판적 수사학의 지성을 추구했다면, 이상은 초기의 추론적 해부학으로부터 점차 무의식적 욕망의 이미지들을 방사하고자 했다. 김기림의 반낭만주의적 선언을 너무 과대 평가해서 그것을 모더니즘의 최대의 측정치로 삼고자 한다면 우리는 길을 잘못 들게 될 것이다. 왜냐하면 김광균의 잘 계산된 이미지들의 조합 속에는, 비록 그 이미지들의 투명한 유리 파편들 속에 갇혀 있기는 하지만, 감상적 낭만주의의 요소들이 스며 있기 때문이다. 그것들은 비록 전래의 직설적 감정들의 자연스럽게 과장되는 수사학의 흐름에서 증발하여, 그 둘레를 감싸고 있는 사물들의 그림자에 응결되어 있어도 그 둘 사이의 그 거리가 그렇게 먼 것은 아니다. 이규원이나 박재륜, 오장환의 시들에서 선명하게 드러나는 낭만주의적 빛깔은 모더니즘의 범주에서 그렇게 큰 문제가 되지 않는다. 그러한 낭만적 요소들은 이미 상당히

근대화된 도시 속에서 문제가 되어 있는 자아의 영역을 과장되게 강조하고
자 하는 비참한 수사학적 전략이기 때문이다.[11]

문제는 이처럼 한국의 모더니즘이 서양과는 다른 문화적 배경에서 시작
되었다는 데 있는 것도 아니고, 모더니즘에 대한 이해와 수용이 포괄적
이라는 데 있는 것도 아니다. 다만 이 같은 이해와 수용이 필연적으로 김
기림조차 경계한 바 있는 "듣기만 해도 몸서리치는"인 "영구한 '모더니
즘'"[12]을 피할 수 없다는 데 있다. 그 이유는 내용이야 달라지겠지만 어느
시대 어느 장소에서도 '낡은 것'을 극복하고 '새로운 것'을 "감수"하고자
하는 의지는 항상 존재하게 마련이기 때문이다. 해방과 더불어 20세기 후
반에 들어서면서도 여전히 모더니즘이 한국 문단에 중요한 화두가 되어
있었다는 사실이 이를 증명하지 않는가. 아마도 박인환, 김경린, 김규동,
김차영, 이봉래, 조향 등의 '후반기 동인'의 활동은 그 대표적 사례가 될
것이다. 또는 박인환, 김경린, 김수영, 김경린, 임호권, 양병식의 5인 시집
『새로운 도시와 시민들의 합창』이 하나의 구체적인 증거 자료가 될 수 있
을 것이다.

심지어 모더니즘이란 지금까지도 여전히 유효한 것으로 보는 시각까지
있다. 예컨대, 이승훈은 그의 저서 『모더니즘의 비판적 수용』에서 "어느
시대나 모던한 시, 새로운 시, 당대의 시가 존재"한다는 논리와 함께 서양
의 경우와 마찬가지로 "우리 문학에도 각 시대마다 모던한 태도가 드러"
난다는 논리 아래 "다시 새로워지려는 노력"을 곧 모더니즘으로 이해한
다. 그리하여 그는 "1930년대 식민지 모더니즘"과 "1950년대 전후 모더
니즘"의 존재뿐만 아니라 "1960년 산업화 초기 모더니즘"과 "후기 모더

---

11) 신범순, 『한국 현대 시사의 매듭과 혼』(민지사, 1992), 137쪽.

12) 김기림, 54쪽.

니즘"의 존재까지 인정한다.[13] 이승훈은 이 모두를 "미적 모더니즘, 역사적 모더니즘"으로 규정하고 있거니와, 문제는 이렇게 규정하는 경우 모더니즘이란 "역사"를 뛰어넘어 문자 그대로 "영구한" 것—즉, 초역사적인 것—일 수밖에 없다는 데 있다. 어떤 관점에서 보면, 이 같은 이해는 김기린이 경계하면서도 그 역시 뛰어넘을 수 없었던 "영구한 '모더니즘'"의 논리 속으로 빠져드는 것이 아닐까. 순환과 반복의 논리 속에 "어떠한 역사의 계기에 피치 못할 필연으로서"의 모더니즘은 무화(無化)하고 말기 때문이다.

이승훈은 "후기 모더니즘"이라는 용어와 "포스트모더니즘"이라는 용어를 혼용하여 쓰기도 하며, 김수영이나 김춘수의 시론에 대한 논의 과정에 확인되듯 "포스트모더니즘"을 "모더니즘의 극한에서 [암시된] 새로운 모더니즘"으로 이해하기도 한다.[14] 즉, 그는 포스트모더니즘을 "후기 모더니즘" 또는 "새로운 모더니즘"으로 규정하고 있다. 이러한 개념 규정은 일견 타당한 것일 수도 있는데, 앞서 살펴본 바와 같이 포스트모더니즘이란 모더니즘의 극단화일 수 있다는 점에서 그러하다. 하지만 역시 앞서 논의한 바와 같이 포스트모더니즘은 모더니즘의 극복일 수도 있다는 점에서 이 용어에 대한 개념화를 그처럼 쉽게 마무리할 수는 없다. 게다가, 포스트모더니즘의 전 단계로 보아 이미 역사적 범주에 속하는 것으로 볼 수 있는 모더니즘도 한때 그러하긴 했지만, 포스트모더니즘의 경우 현재 이 순간 이 지점에서 변화를 활발하게 이어나가는 "우리 문화의 상태"를 포착하는 일과 관계되기 때문에 개념화는 더더욱 쉽지 않다. 말하자면, 포스트모더니즘의 '창밖 풍경'이 단순화를 거부하는 지금 이 순간 이곳의 현실 그 자체라는 점에서 이해의 어려움을 확인하지 않을 수 없다.

---

13) 이승훈, 「모더니즘의 비판적 수용」, 『모더니즘의 비판적 수용』(작가, 2002), 260~61쪽.

14) 이승훈, 271쪽.

거듭 말하지만, 이처럼 개념화가 결코 쉽지 않은 포스트모더니즘이라는 용어가 한국 문단에 선보인 때는 1970년대 말 또는 1980년대 초다. 또한 그 이후 한국 문단에서는 이 개념에 대한 수용의 입장과 배척의 입장으로 나뉘어 논쟁이 이어지곤 했는데, 아마도 이런 사정은 외래 사상이나 개념이 전파될 때 한국 문단이 보인 이전의 반응과 크게 다르지 않을 것이다. 하지만 그 어느 때보다도 논란이 컸다는 점을 부인할 수 없을 것이다. 아마도 그럴 수밖에 없었던 것은 바로 이해의 어려움이 어떤 경우보다 심각했기 때문이리라. 논자는 이 같은 사정에 대해 이미 여러 차례 다양한 각도에서 검토한 바 있지만, 포스트모더니즘에 대한 텔레비전 프로그램이 방영될 만큼[15] 관심이 대단했던 1990년대 초의 사례를 하나 더 주목하기로 한다.

논자가 문제 삼고자 하는 것은 그 무렵 창간한 지 얼마 안 되어 한국 시단의 비상한 관심을 모았던 시 전문지 『현대시사상』 제2권 제3호(1990)에 "우리 시와 포스트모더니즘"이라는 기획 아래 발표된 일련의 글[16]이다. 이 기획은 네 편의 글과 두 편의 번역 논문으로 구성되어 있는데, 이 가운데 두 편의 번역 논문은 각각 포스트모더니즘에 대한 리오타르의 논의와 데리다의 비판 전략을 소개한 것이다. 이 같은 번역 논문은 크게 두 가지의 의미를 지닌다. 먼저 논의가 더할 수 활발했던 시점에도 아직까지 원론적 이해를 돕는 글을 소개해야 할 만큼 개념에 대한 이해가 확실치 못하다는 한국 문단의 사정을 말해주는 것일 수 있다. 이와 관련하여, 리오타르의 글이 1982년에 『비판』(Critique)지에 실린 「질문에 대한 답변─포스트모던이란 무엇인가」("Réponse à la question : qu'est-ce que le postmoderne?")임에 유의하기 바란다. 이어서, E. T. 베닛(Bennet)의

---

15) 지난 1992년 12월 14일 「포스트모더니즘, 어떻게 볼 것인가」, 12월 15일 「포스트모더니즘, 무엇이 문제인가」라는 프로그램이 KBS에서 '집중 기획'의 형태로 방영된 바 있다.

16) 『현대시 사상』 제2권 제3호 , 48-132쪽 참조.

「데리다의 해체 전략」을 포함시킴으로써 포스트모더니즘에 대한 한국 문단의 이해가 얼마만큼 막연하고 포괄적인 것인가를 확인할 수 있게 한다.

번역 논문 이외의 네 편의 글은 각각 김준오의 「도시시와 포스트모더니즘」, 이승훈의 「해체시와 포스트모더니즘」, 박상배의 「일상시와 포스트모더니즘」, 이영걸의 「고백시와 포스트모더니즘」으로, 영시에 논의의 초점을 맞춘 이영걸의 글을 제외한 나머지 세 편의 글에서 논자들은 편집자 이승훈의 말에 따르면 "우리 시를 포스트모더니즘의 시각에서 집중적으로 살피"고 있다.[17] 먼저 김준오는 "도시적 삶과 감수성을 반영한 도시시의 가능성은 '30년대까지 거슬러 올라가 발견할 수 있"으며 "도시주의는 모더니즘과 포스트모더니즘에 공통된 하나의 노선"이라는 주장과 함께, "최근 포스트모더니즘과 관련하여 도시시에 대한 관심이 다시 증폭되고 있다"고 주장한다.[18] 하지만 "도시시를 포스트모더니즘으로 규정하는 것은 무리이고 오류일 가능성이 많다"고 말함으로써,[19] 그는 자신의 주장을 유보하기도 한다. 한편, 이승훈은 "포스트모더니스트들이 개방적 형식을 강조"한다는 전제 아래, "이런 개방성은 우리 시의 경우 '80년대의 박상배, 황지우, 박남철, 조원규 등의 시에 나타"나며 "이들의 시를 해체시라고도 부"를 수 있다고 본다.[20] 그는 또한 "해체라는 용어는 프랑스 철학자 데리다에 의해 유행되기 시작했다"로 시작되는 데리다의 "해체(deconstruction)라는 용어"에 대한 논의에 이어, "해체시는 이상에서 거론된 해체 개념을 좀 더 의식화하고, 그런 이론적 틀 속에서 주체적인 미학을 건설할 때, 그리고 무엇보다도 기호 체계의 이데올로기적 특성에 관심을 둘 때 새롭게 발전할 것"임을 주장한다.[21] 이승훈의 주장은 개념 이

---

17) 이승훈, 「이번 호를 내면서」, 『현대시 사상』(고려원, 1990년 가을호), 11쪽.

18) 김준오, 「도시시와 포스트모더니즘」, 『현대시 사상』, 48, 49쪽.

19) 김준오, 50쪽.

20) 이승훈, 「해체시와 포스트모더니즘」, 『현대시 사상』, 76쪽.

해와 수용의 측면에서 문제가 있는데, 먼저 그가 말하는 "해체"는 기존 질서나 형식에 대한 반발과 대안 모색을 지시하는 것으로, 데리다가 말하는 이른바 텍스트 읽기의 전략인 "해체"와는 차원을 달리하는 것이라는 점을 지적하지 않을 수 없다. 아울러, 거듭 말하지만 데리다가 말하는 "해체"는 텍스트 읽기의 전략과 관계되는 것이지, 시 창작의 방법론이나 논리와는 무관한 것임을 지적할 수 있다. 요컨대, 이승훈이 예로 드는 이른바 한국의 '해체시' 가운데 어떤 것도 데리다의 논리와 연결하기에는 무리가 있다. 끝으로, 박상배는 "해체문학/포스트모더니즘의 한 뿌리는 분명 김수영의 문학에까지 뻗어 있다"는 논리와 함께,[22] 김수영의 몇몇 작품과 더불어 "일상시"로 분류될 수 있다고 그가 판단한 여러 시인의 작품에 대한 논의를 이어간다. 문제는, 그의 주장대로 "주제 및 소재의 일상화는 우리의 이른바 해체시가 기왕의 문화 대립소로 기득권을 누려온 고답적 모더니즘의 시와 민중시의 갈등 구조를 극복하려는 전위적 시 운동의 소산임을 입증하며, 또한 '80년대 후반 이후 본격적인 일상시의 등장을 예고하는 귀중한 단서"임을 수긍하더라도,[23] 이른바 "일상시"가 어떤 의미에서 포스트모더니즘이라는 개념과 필연적인 연관성을 갖는가가 확실치 않다는 데 있다.

어떤 의미에서 보면, 모든 논자가 새롭게 문제되거나 새롭고 색다른 것 또는 도전적이거나 우상파괴적인 것이 곧 포스트모더니즘이라는 시각을 반영하고 있는 것처럼 보인다. 물론 포스트모더니즘에는 그런 측면이 있기에 이 같은 시각을 틀린 것이라고 할 수는 없다. 하지만 그런 식으로 포스트모더니즘을 규정한다면 포스트모더니즘이란 이승훈의 논의와 관련하여 우리가 주목한 바 있듯 초역사적인 것이 된다. 초역사적 입장은 시

21) 이승훈, 80, 86쪽.

22) 박상배, 「일상시와 포스트모더니즘」, 『현대시 사상』, 94쪽.

23) 박상배, 90쪽.

각의 변화를 담고 있는 것이지만, 그럼에도 여전히 변화된 지형을 확인하는 일일 수는 없다.

3. 마무리, 또는 문제의 근원을 되짚어보며

이제까지 우리는 서양에서 모더니즘과 포스트모더니즘이 어떤 맥락에서 시작되었고 무엇을 문제 삼았는가를 검토한 다음, 이 개념들에 대한 우리의 이해와 수용 양상을 짚어보았다. 어떤 의미에서 보면, 서양의 모더니즘과 우리의 모더니즘, 서양의 포스트모더니즘과 우리의 포스트모더니즘 사이의 거리는 지극히 좁은 것일 수도 있고 대단히 넓은 것일 수도 있다. 낡은 것을 극복하기 위한 새로운 것의 논리라는 측면에서야 그 거리가 별것이 아닐 수도 있지만, 무엇을 낡은 것으로 보느냐의 관점에서 보면 그 거리는 대단하다. 서양의 모더니즘과 포스트모더니즘의 경우 낡은 것은 역사적으로 구체적 의미를 갖는 그 무엇이었다면, 우리에게 낡은 것이란 다만 추상적 의미에서의 낡은 것이었기 때문이다. 물론 추상적 의미에서의 낡은 것을 극복하고자 하는 의지 그 자체에 문제가 있는 것은 아니다. 다만 이 추상적 의미에서의 낡은 것을 극복하고자 하는 의지가 서양의 모더니즘이나 포스트모더니즘에 대한 이해와 수용의 과정과 맞물려 있다는 데 문제가 있는 것으로 판단된다. 좀 더 정확하게 말하자면, 서양의 모더니즘이든 포스트모더니즘이든 역사/문화/사회적 배경을 무시한 채 '낡은 것과 새로운 것의 대립'이라는 논리로 단순화하여 이것을 받아들이는 가운데 정작 서양의 모더니즘이나 포스트모더니즘이 '그들'— 그리고 궁극적으로 '우리'—에게 어떤 의미를 갖는 것인가에 대한 비판적 이해를 등한시했다는 데 문제가 있는 것이다. 비판적 이해가 결여된 이해와 수용은 오해와 맹종으로 귀결될 수도 있기 때문이다.

그렇다면, 무슨 이유로 모더니즘이나 포스트모더니즘에 대한 '우리'의 이해와 수용이 단순화 또는 단편화의 길을 걸었던 것일까. 물론 앞서 논의한 바와 같이 '우리'에게는 서양의 부르주아 계급 형성 과정과 과학 문명의 발달 과정에 대응하는 역사/문화적 단계가 없었다는 점을 무엇보다 먼저 지적할 수도 있겠다. 하지만 이는 결정적 해명이 될 수 없다. 그 이유는 그런 형편이었다면 아예 수용을 거부할 수도 있었을 것이라는 반론도 있을 수 있기 때문이다. 물론 오늘날 '우리'는 어떤 형태로든 자본주의화, 과학 문명화, 산업화의 경험을 거쳤다는 점에서 적어도 포스트모더니즘만은 '우리'의 문화계와 예술계에 중요한 화두가 될 수 있다는 입장도 있을 수 있다. 하지만 포스트모더니즘이 긍정적으로든 부정적으로든 모더니즘을 전제로 하고 있다는 점에서 모더니즘에 대한 '우리'의 체험 자체를 문제 삼는 경우 이 역시 공허한 것이 되기 쉽다. 사실 포스트모더니즘의 이해와 수용이 진열대에 통시적으로 진열된 상품 가운데 마음에 드는 것을 고르듯 이루어졌다는 비난에 대해 쉽게 대응할 수 없음은 포스트모더니즘의 발원을 가능케 했던 모더니즘의 역사가 '우리'에게 부재하기 때문인지도 모른다. 그렇다면 과연 무슨 이유 때문에 '우리'가 단순화와 단편화를 무릅쓰고 모더니즘이나 포스트모더니즘에 대한 이해와 수용에 힘을 쏟았던 것일까.

아마도 모더니즘의 경우 이는 모름지기 서양 문화에 대한 우리의 수용이 파행적 과정을 통해 이루어졌기 때문인지도 모른다. 즉, 모더니즘의 수용이 서양 문학사나 철학사에 대한 총체적/비판적 이해가 결여된 상태―또는 전체를 조망할 시간적/정신적 여유가 없는 상태―에서 그야말로 "이식(利殖)"의 형태로 이루어졌기 때문 아닐까. 하기야 당시 일본이 행사했던 문화적 헤게모니에 대응하기 위한 현실적 대안을 달리 찾을 길이 없었고 또 그럴 시간적 여유가 없었던 점도 고려되어야 할 것이다. 말하자면, '조급성'에 그 이유가 있었는지도 모른다. 그런 사정은 물론 모더니즘의 수용과 관계되는 것만은 아닐 것이다. 일제 치하에서 이루어진 서양 문화의 수용은 크든 작든 대부분 모더니즘과 유사한 경로를 통해 우리에게 수용되었는지도 모른다.

그렇다면 일본이라는 극복 대상이 사라진 이후—말하자면 일제 치하 이후—의 사건, 그것도 한참 후의 사건인 포스트모더니즘의 수용과 관련해서조차도 앞서 말한 단순화의 논리에서 벗어날 수 없었던 것은 무엇 때문일까. 아마도 여기에는 일제 치하에 한국의 지성인들이 보였던 조급성과 무관하지 않은 또 하나의 정신 자세가 개입되어 있는 것으로 판단된다. 즉, 이제 시간적 여유는 있으나 정신적 여유까지 갖지 못했던 것은 아닐까. 일제를 극복하는 데 결정적인 역할을 했던 서양과 만나면서 서양의 가치는 모든 것이 선(善)이라는 무비판적 태도가 '우리'의 정신을 지배했기 때문은 아닐까. 바로 그런 태도가 서양의 문화적 사건을 백화점에 진열된 매력적 상품들과 같은 것으로 보도록 유도한 것은 아닐까. 어찌 보면, 포스트모더니즘 자체가 백화점 진열대에서 매력적 상품을 하나 고르고자 했던 사람에게 눈을 확 끄는 그런 것이었는지도 모른다. 백화점에서 상품을 고를 때 누가 과연 어느 한 제품이 어떤 필연적 이유에서, 어떤 경로를 통해 만들어진 것인가에 신경을 쓰겠는가. 외제, 그것도 흠모해마지 않는 서양의 명품이라면 충분히 눈을 끌 만하지 않았겠는가. 아마도 '한국적 포스트모더니즘'이라는 말이 자꾸 마음에 걸리는 사람이 있다면, 그 이유는 명품에 대한 모조품이라는 모욕적 언사가 떠오르기 때문일지도 모른다.

끝으로 이 글의 제목으로 되돌아가기로 하자. "지형의 변화와 시각의 차이"는 존재론과 인식론을 함께 아우르는 명제(命題)로, 양자 사이에 엄밀하게 선을 그어 답하기란 애초에 불가능함을 아는 사람이라면 함부로 제기할 성질의 것이 아니다. 즉, 우리의 눈에 들어오는 지형의 변화가 우리에게 모더니즘이든 포스트모더니즘이든 이에 관한 논의를 유도한 것인가, 또는 이를 바라보는 우리의 시각에 차이 때문에 모더니즘이든 포스트모더니즘이든 이를 문제 삼게 된 것인가. 이 같은 물음을 명료하게 선을 그어 제기하거나 이에 답하기란 결코 쉽지 않다. 사실 우리가 지형도라고 그려놓은 것은 어찌 보면 우리의 시각이 존재하기에 가능한 작업이었을 수도 있고, 또한 모더니즘이든 포스트모더니즘이든 이를 바라보는 한국 문단의 시각을 따라가는 일 자체가 일종의 또 다른 지형도 그리기일 수도 있다. 결국 '지형'과 '시각'을 명료하게 나눌 수 없음에도 불구하고 우리는 다만 이해의 편의를 위해 무망(無望)한 작업을 했는지도 모른다. 하지만 문학을 공부하는 일 자체가 무망한 것이 될 것임을 알고 있음에도 불구하고, 또한 무망한 것이 될 것이라는 비관론에 저항하여, 끊임없이 이어가는 무망한 작업이 아니겠는가. 이 무망함이 우리의 삶이 그러하듯 문학이, 아니, 문학 공부가 피할 수 없는 상처이자 영광이리라.

모더니티와 한국의 현대 문학
—모더니티에 관한 하나의 단상

1. 한국 문학과 모더니티

시공간적으로 자신이 어디에 있는지를 확인하고자 함은 존재의 불안을 해소하고자 하는 인간의 의지에서 비롯된 것이리라. 또는 자칫 이완되기 쉬운 자신의 삶에 긴장감을 부여하려는 의지에서 비롯된 것일 수도 있다. 이유가 어디에 있든, 일반적으로 사람들은 공간적 위치를 확인하는 일보다 시간적 위치를 확인하는 일에 더 신경을 쓰는 것처럼 보인다. 공간적으로야 자신의 현재 위치를 모를 때 비로소 이를 문제 삼지만, 시간적으로는 이와 관계없이 거듭 자신의 위치를 확인하려 한다는 점에서 그러하다. 어떤 의미에서 보면, 생일을 포함하여 각종 기념일을 기억해내거나 이 같은 기념일에 의식적으로 의미를 부여하는 행위도 이 같은 경향과 무관한 것이 아닐 것이다. 아마도 이는 공간적 위치와 달리 시간적 위치는 말 그대로 '시시각각' 바뀌는 무상한 것이고, 따라서 시간의 흐름에 대한 기억을 새롭게 하지 않으면 현재를 '현재'로서 인식하지 못할 수도 있다는 불안감 때문 아닐까. 특히 이 같은 시간적 위치에 대한 확인 작업은 십진법의 영향 아래 10년 또는 100년 단위로 하여 더욱더 적극적인 것이 된다. 일테면, '현대 문학 100주년'이라는 기치 아래 각종 문학 행사들이 최근 몇 년 사이에 활발하게 이루어져왔듯.

말할 것도 없이, '현대 문학 100주년'이라는 말은 신소설 또는 신체시 등 양식 면에서 새로운 형태의 문학작품들이 처음 발표되고 나서 100년의 세월이 흘렀음을 뜻한다. 당연히 이를 기념하는 최근의 각종 문학 행사들은 지난 100년의 세월을 거치면서 한국 문학이 어떻게 변모하여왔으며 어떤 성과를 이루어냈는지를 검토하고 논의하는 일에 집중되어왔다. 이러한 논의를 접하면서 한 가지 궁금한 것은 지난 100년의 세월 이전의 문학—이른바 '전통 문학'—과 그 이후의 문학—즉, '현대 문학'—을 확연하게 구분하는 준거가 무엇인가다. 물론 이 같은 물음에 대한 답은 너무 빤한 것이 될 수도 있다. 20세기 초의 신소설이나 신체시 및 그 이후의 문학작품들이 보여주듯, 언어와 문체와 형식의 면에서 확연한 변화가 있었으며, 문학적 관심의 대상이나 소재의 면에서도 이른바 전통 문학과 현대 문학 사이에는 차이가 확인된다. 하지만 이 같은 종류의 변화나 차이가 전통 문학과 현대 문학을 갈라놓는 결정적인 준거가 될 수 있을까. 질문을 좀 더 단순화하자면, 현대 문학이 '현대 문학'인 이유는 무엇일까. 아니, 현대 문학의 모더니티(modernity)[1]가 함의하는 바는 무엇일까.

이 같은 의문을 쉽게 거둘 수 없는 이유는 모더니티라는 개념이 단순히 '새롭다'거나 과거의 것과 '다르다'는 점만을 지칭하는 표현이 아닐 것이라는 추정 때문이다. 다시 말해, 단순히 새롭다거나 과거의 것과 다르다고 해서 그것을 곧 '현대적'인 것이라고 할 수는 없을 것이다. 만일 새롭다거나 다르다는 점이 모더니티의 충분조건이라면, 언어와 문체와 형식

---

1) 영어의 'modernity'는 '현대성'으로 번역될 수도 있지만 '근대성'으로 번역될 수도 있다. 논의 과정에서 보면, 때로는 '현대성'이라는 표현보다는 '근대성'이라는 표현이, 때로는 '근대성'이라는 표현보다는 '현대성'이라는 표현이 더 자연스럽게 느껴질 때가 있다. 이 점을 감안하여 이 용어에 대한 번역을 유보한 채 '모더니티'라는 표현을 사용하기로 한다.

의 면에서의 변화 및 문학적 관심의 대상이나 소재의 면에서의 변화 자체만으로도 한국 문학의 '현대성'에 대해 다양한 논의가 가능할 것이다. 하지만 그와 같은 변화가 모더니티의 전부일 수 있을까. 어찌 모더니티라는 개념이 그처럼 단순한 것일 수 있겠는가. 추정컨대, 한국 문학이 서양의 현대 문학의 영향 아래 현대 문학으로 정립되는 과정에 빠뜨리거나 소홀히 여긴 측면—어쩌면 언어와 소재의 변화라는 측면보다 더 중요하고 본질적인 측면—이 있었던 것은 아닐지? 그러한 일이 무지 때문에 일어났든 또는 조급함 때문에 일어났든 말이다.

우리가 서양 역사 및 서양 문학의 모더니티에 대해 새삼스럽게 살펴보고자 하는 이유는 이 같은 의문들 때문이다. 서양의 경우, 현대란 넓게 보아 중세 이후의 시대를 가리키는 것이기도 하고, 좁게 보아 19세기 이후를 가리키는 것이기도 하다. 실제로 중세 이후 세계와 인간을 바라보는 서양인들의 시선에는 변화가 있었으며, 19세기 이후에는 프랑스 혁명이라든가 산업 혁명과 같은 엄청난 사회적 격변을 겪으며 그와 같은 변화는 더욱 뚜렷한 것이 되었다. 그들은 인간 개개인을 독자성과 자율성을 지닌 존재로 파악하기 시작했으며, 그런 개개인을 둘러싼 세계는 바로 이 같은 인간 개개인에 대해 외적인 것이기에 타자로서의 의미를 갖는 것으로 생각하게 되었다. 문제는 이 같은 시선의 변화 및 이를 가능케 하거나 필연적인 것으로 만들었던 크고 작은 사회적/문화적 사건들과 정황들이 이른바 '모더니티'라는 개념과 어떤 관계를 갖는 것인가라는 데 있다. 만일 전자가 어떤 방식으로든 후자와 필연적 관계를 갖는 것이라면 이는 과연 어떤 맥락에서일까. 아마도 이 같은 물음에 대한 답을 구하는 가운데 우리는 한국 문학의 현대화 과정에서 빠뜨리거나 소홀히 여겼던 모더니티의 측면을 새롭게 가늠해볼 수도 있으리라.

2. 모더니티의 정체를 찾아서

당연히 모더니티의 정체를 확인하고자 하는 우리의 눈길은 우선 서양의 현대라는 역사 공간에 주어져야 할 것이다. 다시 말해, 중세 이후의 시대로 일컬어지는 16세기에서 18세기, 나아가 19세기라는 역사 공간에 눈길을 주어야 할 것이다. 도대체 이 시기에 어떤 일이 있었기에 앞서 거론한 프랑스 혁명과 산업 혁명과 같은 사회적 격변이 가능했던 것이며, 또한 인간과 세계를 바라보는 시선에 변화가 있을 수밖에 없었던 것일까. 물론 이 같은 엄청난 질문에 대한 답은 우리 능력을 넘어서는 것이다. 또한 설사 그럴 능력이 우리에게 있다고 하더라도 지금 우리에게 주어진 지면은 그런 물음에 대한 답을 감당할 수 있을 정도로 넓은 것이 아니다. 따라서 우리는 위의 물음에 대한 답을 서양의 역사에서 직접 찾기보다는 뉴욕 대학의 석좌 교수이자 저명한 예술사학자인 리처드 터너의 "모더니티의 뿌리"에 대한 다음과 같은 진술을 우선 주목하고자 한다.

부르크하르트는 현대 유럽의 첫 자녀들[르네상스 시대의 유럽인들]의 후손들이 바로 자기 동시대인들임을 주장했다. 하지만 우리가 보기에 "르네상스"는 너무도 먼 시대인 것처럼 느껴지고, 우리는 부르크하르트가 보지 않으려 했던 바를 보지 않을 수 없다. 논의의 여지가 있지만, 모더니티의 뿌리는 [르네상스 시대보다는] 오히려 18세기에 있다고 할 수 있다. 그때가 되어서 유럽은 농업 사회에서 산업 사회로 옮겨갔고, 귀족적 정치 제도에서 민주주의를 향해 나아갔을 뿐만 아니라, 윤리 철학을 벗어나 자연적 증거물에 대한 믿음에 의지하게 되었으며, 자연 현상에 대한 일차적인 해명 자료 및 인간의 문제를 해결하기 위한 근거를 종교가 아닌 과학에서 찾기 시작했다.[2]

---

2) A. Richard Turner, *Renaissance Florence: the Invention of a New Art* (Upper Saddle

위의 진술은 『이탈리아의 르네상스 문화』(*Die Kultur der Renaissance in Italien*, 1860)라는 저서를 펴낸 바 있는 19세기 스위스의 예술사학자 야콥 부르크하르트(Jacob Burckhardt)가 이른바 "모더니티의 뿌리"를 르네상스에서 찾으려 했던 것에 대해 쉽게 동의할 수 없음을 피력하는 가운데 나온 것이다. 하지만 "모더니티의 뿌리"를 르네상스 시대보다는 18세기에서 찾아야 한다는 이 같은 터너의 주장은 몇 가지 점에서 문제가 있다. 첫째, 터너가 위의 인용에서 밝힌 18세기에 이루어진 그 모든 변화 자체의 '뿌리'가 어디에 있는가에 대한 답변이 여전히 요구된다. 바로 그런 점에서 볼 때, 르네상스에 대한 그의 부정적 견해는 설득력이 부족하다. 모든 역사적 변화에는 변화의 원인이 있게 마련이고, 역사학자라면 누구에게든 이를 가늠해보는 일이 과제로 주어져 있는데, 그의 진술은 18세기의 변화가 이전 시대와 관계없이 이루어진 것과 같은 인상을 주기 때문이다. 둘째, "모더니티의 뿌리"가 르네상스 시대보다는 18세기에서 찾아야 한다는 주장에도 불구하고, 그가 말하는 18세기는 "모더니티의 뿌리"에 해당하는 시기라기보다는 이미 뿌리를 내려 성장을 거듭하고 있던 시기라는 판단을 가능케 한다는 점에서도 역시 설득력이 부족하다. 그가 말하는 그 모든 18세기의 변화는 바로 '현대'라는 시대의 전형적 특징을 예고하는 것이기 때문이다.

그런 관점에서 보면, 18세기는 "모더니티"가 "뿌리"를 내린 시기라기보다는 뿌리에서 싹을 틔운 다음 줄기를 뻗고 잎을 무성하게 키우던 시기―즉, 이제 곧 꽃을 피우고 열매를 맺기 위해 만반의 준비를 갖추던 시기―로 이해하는 것이 더 타당할 것이다. 이런 이유로 인해, 우리는 여전히 르네상스의 시기에 이르러 "이탈리아인들은 중세 사상과 사회 제도의 압박에서 벗어났으며, 그러는 가운데 현대 세계의 가치와 행동 규범을 예

River, NJ: Prentice Hall, 1997), 10쪽.

견케 하는 가치와 행동 규범을 확립했다"는 부르크하르트의 주장[3]에 귀를 기울이지 않을 수 없다. 말하자면, 부르크하르트의 주장대로 르네상스 시대로 거슬러 올라가 "모더니티의 뿌리"를 찾지 않을 수 없다. 그렇다면, 르네상스 시대에 도대체 어떤 일이 일어났기에 당대의 사람들이 "중세 사상과 사회 제도의 압박에서 벗어"날 수 있었던 것일까. 이 물음에 대한 답을 위해 우리에게는 무엇보다 '르네상스'라는 말 자체에 담긴 함의를 검토할 것이 요구된다.

널리 알려진 바와 같이, '르네상스'는 '재생'과 '부활'을 뜻하는 말로, 역사적으로는 서양 세계가 오랫동안 잊고 있었던 고전 사상에 사람들이 새롭게 관심을 가졌던 시기를 지칭하는 용어다. 이 같은 고전 사상에의 관심은 이탈리아에서 시작하여 14세기에서 17세기 사이의 유럽을 지배했는데, 서양 세계가 관심을 가졌던 고전 사상이란 무엇보다 고대 희랍의 철학자 소크라테스, 플라톤, 아리스토텔레스 등의 철학과 관계되는 것이었다. 이런 맥락에서 볼 때, 소크라테스, 플라톤, 아리스토텔레스 등이 펼쳐 보인 철학이 바로 서양의 모더니티에 뿌리가 되었을 것이라는 추론이 가능하다. 그렇다면, 고대 희랍 철학의 어떤 점이 이탈리아인들—넓게는 유럽인들—에게 "중세 사상과 사회 제도의 압박에서 벗어"나게 했으며, "그러는 가운데 현대 세계의 가치와 행동 규범을 예견케 하는 가치와 행동 규범을 확립"하게 한 것일까. 나아가, 어떤 점이 발단이 되어 "유럽은 농업 사회에서 산업 사회로 옮겨갔고, 귀족적 정치 제도에서 민주주의를 향해 나아갔을 뿐만 아니라, 윤리 철학을 벗어나 자연적 증거물에 대한 믿음에 의지하게 되었으며, 자연 현상에 대한 일차적인 해명 자료 및 인간의 문제를 해결하기 위한 근거를 종교가 아닌 과학에서 찾기 시작"하게 되었던 것일까.

---

3) Turner, 10쪽.

이 물음에 대한 답은 의외의 장소에서 확인할 수 있는데, 소설의 형식을 빌려 자신의 지적 편력을 기록해놓은 『선과 모터사이클 관리술』이라는 책에서 미국의 작가이자 철학자인 로버트 피어시그(Robert Pirsig)는 다음과 같이 말한다.

소크라테스의 순교와 이어지는 플라톤의 뛰어난 문장력이 결과적으로 우리가 현재 알고 있는 바의 서양인의 세계를 가능케 한 요인이다. 만일 진리의 개념이 르네상스 시대의 학자들의 손에 재발견되지 않은 채 사멸하도록 허락되었다면, 아마도 오늘날 우리는 선사 시대의 인간이 누리던 문명의 차원에서 크게 벗어나지 못했을 것이다. 과학과 기술 공학과 그 밖의 체계적으로 조직화된 인간의 학문적 노력이라는 개념들의 절대적인 중심부를 이루고 있는 것은 바로 이 진리라는 개념이다. 이것이 바로 모든 것의 핵심을 이루는 개념인 것이다.[4]

결국 문제가 되는 것은 '진리'라는 개념이다. "과학과 기술 공학과 그 밖의 체계적으로 조직화된 인간의 학문적 노력"을 확립하는 데 결정적인 역할을 한 것이 다름 아닌 진리라는 개념이기 때문이다. 물론 진리의 개념은 중세의 서양 세계에도 존재했었다. 하지만 이는 종교적 의미에서의 진리로, 소크라테스, 플라톤, 아리스토텔레스가 추구했던 진리와는 범주를 달리하는 것이었다. 이들이 추구했던 진리는 종교가 아닌 이성의 지배를 받는 철학적, 논리적, 과학적 진리였다는 점에서 그러하다. 이처럼 새로운 진리의 개념을 통해 고대 희랍의 철학자들은 르네상스 시대의 서양인들에게 전혀 다른 시각에서 세상을 바라보는 것을 가능케 했다. 요컨대,

---

4) 로버트 피어시그, 장경렬 역, 『선과 모터사이클 관리술─가치에 대한 탐구』(문학과지성사, 2010), 667쪽.

'새로운 눈'을 제공한 셈이었다. 바로 이 '새로운 눈'을 통해 서양인들은 중세의 세계관에서 벗어날 수 있었던 것이고, 나아가 오늘날 우리가 확인할 수 있는 바의 서양의 과학과 기술 공학으로 나아갈 수 있었던 것이리라. 하지만 어떻게 이 '새로운 눈'이 "현대 세계의 가치와 행동 규범"의 확립까지 가능케 한 것일까. 또한 그 밖의 모든 혁명적인 상황 변화를 가능케 한 것일까. 이 물음에 대한 답을 위해 우리는 다시 한번 피어시그의 진술에 눈길을 주고자 한다.

고대 희랍을 그 근원 가운데 하나로 삼고 있는 여러 문화들을 보면, 우리는 예외 없이 주체와 객체를 나누어놓는 강력한 이분화 경향을 확인할 수 있다. 그 이유는 고대 희랍의 뮈토스가 담겨 있는 문법이 주어와 술어 사이의 선명하고도 자연스러운 이분화를 상정하고 있기 때문이다. 주어와 술어 사이의 관계가 문법에 의해 엄격하게 구분되어 있지 않은 중국 문화와 같은 문화를 보면, 주체와 객체를 엄격하게 나누어놓은 경향이 문법에서와 마찬가지로 철학에도 존재하지 않음을 확인할 수 있다.[5]

위의 인용에서 우리는 두 종류의 전혀 다른 세계관을 확인할 수 있다. 그것은 주체와 객체 사이의 분화를 지향하는 이원론적 세계관과 양자 사이의 간극을 인정하지 않는 일원론적 세계관이 그것이다. 어떤 의미에서 보면, 소크라테스, 플라톤, 아리스토텔레스로 이어지는 고대 희랍의 철학은 이원론적 세계관의 전형에 해당하는 것이라고 할 수 있다. 사실 소크라테스 이후의 희랍 철학은 현상과 본질(이데아), 물질과 정신(영혼), 형식과 내용 등등 세계에 대한 이분법적 사유를 바탕으로 정립된 것으로, 이 같은 이분법적 사유가 '세계'와 '나'를 분리한 다음, 세계와 형이상학적 거

---

5) 피어시그, 621–22쪽.

리를 유지한 채 이를 객관적으로 관찰하는 존재로서의 '나'를 상정하는 사유 체계를 가능케 한 것 아닐까. 다시 말해, 타자로서의 '세계'에 대한 인식 및 자의식에 바탕을 둔 개별적 자아로서의 '나'에 대한 인식을 심어 주는 역할을 한 것이 고대 희랍 철학의 영향 아래 정립된 이원론적 세계관일 것이다. 바로 이런 의미에서 본다면, 서양의 '모더니티'란 서양이 오랫동안 잊고 있었던 고대 희랍 철학의 이원론이 있었기에 가능했던 것이라는 추정을 해볼 수도 있으리라.

주체와 객체를 나누어놓는 이 같은 이원론적 세계관이 문학에 어떻게 반영되어 있는가. 이 문제는 서양의 문학에서 '모더니티'란 무엇인가를 확인하는 데 핵심적인 역할을 하는 것으로 판단되거니와, 아마도 이에 대한 답은 서양 문학사를 장식하는 획기적인 변화의 한순간을 짚어봄으로써 우회적으로나마 확인할 수 있을 것이다. 서양 문학사를 장식하는 획기적인 변화의 한순간이라니? 널리 알려진 바와 같이, 세르반테스의 『돈키호테』(제1부 1605, 제2부 1615)는 중세의 로맨스(romance)와 현대의 소설(novel)을 연결하는 가교 역할을 하는 작품—또는 양자 사이의 전환점을 차지하는 작품—으로 이해되거니와, 이 같은 작품이 출현하게 된 문학사의 한순간에 논의의 초점을 맞추는 경우 우리는 서양 문학에서의 모더니티란 무엇인가에 대한 이해에 이를 수도 있을 것이다.

『돈키호테』는 형식과 내용 면에서 이전의 로맨스와는 획기적으로 다른 문학작품이다. 우선 선적(線的, linear)으로 진행되는 단일한 사건의 이야기였던 로맨스와 달리 개별적이고 삽화적(揷畵的, episodic)인 사건들이 연속적으로 이어지는 이야기라는 점, 이로 인해 한결같은 모습의 정적(靜的, static)인 인물이 주인공으로 제시되고 있는 로맨스와 달리 사건에 따라 상황적으로 얼마든지 변화가 가능한 동적(動的, dynamic)인 인물이 주인공으로 제시되어 있다는 점이 차이로 지적될 수 있다. 또한 주인공이 이야기의 구성 요소 가운데 하나였던 로맨스와 달리, 주인공은 모든 삽화적 사건의 이야기들을 하나로 묶는 구심점과 같은 역할을 하고 있다는 점도 차이로 지적될 수 있다. 자연히 『돈키호테』는 이야기를 위해 주인공이 존재한다기보다는 주인공이 존재하기에 이야기가 존재한다는 느낌을 갖게 한다. 아울러, 언어와 문체 면에서도 『돈키호테』는 로맨스와 달리 고양된 것이 아니라 일상적인 것이다. 그리고 로맨스가 제시하는 것과는 전혀 다른 유형 또는 계층의 인물이 이 작품에서 제시되고 있다. 기사에 관한 책을 너무도 많이 읽은 나머지 스스로 기사가 되어 모험의 길을 나서겠다고 생각하는 사람, 그러니까 어느 모로 보나 '제정신이 아닌 사람'이 주인공으로 등장한다. 종교적으로든 윤리적으로든 고귀한 목적을 달성하기 위해 모험의 길을 나서는 로맨스의 기사들과는 근본적으로 다른 종류의 인물인 것이다. 세르반테스가 과연 무슨 이유로 이처럼 당시로 보면 전혀 색다른 문학작품을 창작한 것일까. 우리가 이 같은 물음을 던질 때 이는 세르반테스 개인의 창작 심리에 대한 궁금증 때문이 아니다. 다만 우리의 관심은 어떤 시대적 배경이 이 같은 유형의 작품 창작을 가능케 했는가에 있을 뿐이다.

이 물음에 대한 답은 어디에서 찾을 수 있을 것인가. 이미 암시한 바 있지만, 고대 희랍 철학적 이원론이 문학의 영역에 유입되었을 때, 세계와 '내'가 분리되지 않은 채 하나로 존재한다고 믿던 일원론적 세계관은 그 힘을 상실하게 된다. 아니, 세계와 '나'는 결코 합쳐질 수 없는 분리된 실체—말하자면, 객체와 주체—로 존재한다고 믿는 세계관이 그 자리를 대신함으로써, 이제 문학의 세계는 주체와 객체의 분리가 이루어지기 이전의 조화로운 세계로 존재할 수 없게 된다. 그 대신에 주체와 객체 사이의 분리와 양자 사이의 거리를 당연한 것으로 받아들이게 하는 세계로 변모한다. 말하자면, 자신이 속한 집단 및 자신이 처한 세계에 그 일부로서 편입되어 있던 '나'는 이제 분리되어, 집단 및 세계와 형이상학적 거리를 유지하게 된다.

중세 로맨스 문학에 등장하는 주인공들은 종교적으로든 윤리적으로든 이상(理想)을 추구하는 과정에 자신의 모든 것을 초개같이 던질 수 있는 인물들이었다. 그들은 자기 개인의 안위에 연연하거나 자의식에 괴로워하는 인물들이 아니었던 것이다. 말하자면, 정신적으로 그들과 세계 사이에는 그 어떤 간극도 존재하지 않았던 것이다. 이처럼 존재하되 자기 자신을 위해 존재하지 않는 존재들이었기에, 그들은 더할 수 없는 고귀한 정신의 소유자들이었고 또한 더할 수 없이 이상적인 영웅들이었던 것이다. 하지만 르네상스를 통해 고대 희랍 철학의 이원론이 유입되면서 세계와 '나' 사이에는 메울 수 없는 계곡이 형성되게 되고, 이제 문학 속의 인간은 세계에서 분리되어 끊임없이 자신을 의식하는 인간, 상황에 따라 얼마든지 변할 수 있는 세속적이고 평범한 인간으로 바뀐다. 어떤 의미에서 보면, 스스로 기사라는 환상에 젖어 모험의 길을 떠나는 돈키호테는 로맨스에 등장하는 기사에 대한 희화화인 동시에 로맨스에 등장하는 이상적 영웅의 시대가 끝났음을 예고했던 인물이기도 하다. 이제는 영웅을 흉내내지만 결코 영웅일 수 없는 평범한 인간들의 세상이 된 것이다.

　　돈키호테 이후 문학 속의 평범한 인간들―현대 사회의 구성원들이라는 관점에서 보면, 소시민들―은 자신의 존재를 개별적 주체로서 내세우는 데 주저하지 않는다. 개인으로서의 자기 존재를 첨예하게 자각하고 있는 이 같은 문학 속의 인간들은 세계에 저항하여 자신을 내세우기도 하고, 세계를 자신의 의지에 따라 새롭게 바꾸거나 전복할 대상으로 파악하기도 한다. 이로 인해 문학 속의 인간과 세계 사이에는 항상 팽팽한 긴장감이 감돌게 마련이다. 이처럼 세계와 자아 사이를 감도는 긴장감을 끊임없이 의식하는 인간―그가 바로 이른바 '현대인'인 것이다. 말할 것도 없이, 이 같은 현대인의 삶은 결코 쉬운 것이 아니다. 세계와 상대하기란 말처럼 쉬운 것이 아니기 때문이다. 어찌 보면, 갈등의 연속일 수밖에 없다. 물론 타협과 화해도 가능하고 굴복도 가능하지만, 현대인에게 이는 곧 체넘이나 자기 부정을 의미하는 것일 수도 있다. 요컨대, 진정한 의미에서의 현대인이란 세계와 갈등하는 존재, 갈등 속에서 좌절과 절망에 빠져들거나 이를 뛰어넘기 위해 부단히 애를 쓰는 존재라고 할 수 있다. 이런 의미에서 볼 때, 현대 문학이란 강한 자의식을 지닌 '나'라는 인간—즉, 중세의 로맨스에 등장하는 영웅과는 대척점에 놓이는 지극히 평범한 인간이나 세계를 향해 강한 투지를 불태우는 인간—이 세계를 상대로 하여 겪는 정신적 갈등의 기록일 수 있다. 물론 이 같은 변화는 『돈키호테』와 더불어, 또는 『돈키호테』 이후 갑작스럽게 이루어진 것은 아니다. 더디지만 지속적으로, 터너가 말하는 18세기의 변화 과정을 거치고, 또 19세기에 이르러 프랑스 혁명과 산업 혁명과 같은 미증유의 사건을 거치는 가운데 확립될 수 있었던, 아니, 확립될 수밖에 없었던 것이 서양의 현대 문학이리라. 또한 이 같은 문학 속에 등장하는 새로운 유형의 인물들을 통해 작가가 우리에게 보여주는 것이 다름 아닌 모더니티일 것이다.

그렇다면, 이 같은 문학작품을 창작하는 작가란 어떤 존재일까. 무엇보다 창작 주체로서의 자신을 강하게 의식하는 사람들이라고 할 수 있다. 중세 로맨스의 맥락에서 본다면, 작가란 창작 주체라기보다는 이야기를 전달하는 중개인(mediator)으로서의 의미가 더 강하다. 이는 중세의 로맨스가 세계 또는 문학작품이라는 객체와 구별되는 주체로서의 작가에 따로 의미를 두지 않는 시대의 문학이었기 때문이리라. 하지만 중세 이후 작가는 끊임없이 자신을 의식하고 또 세계에 맞서 자신의 의지를 드러내기 위해 부단히 애를 쓰는 존재가 되었다. 이제 세계는 작가에게 비판적 응시와 관찰의 대상인 동시에 뛰어넘어야 할 일종의 아포리아로 존재하게 된 것이다. 여기서 우리가 잊지 말아야 할 것이 있다면, 세계와 맞서는 일은 적어도 작가의 경우 고도의 지적 긴장감이 요구되는 작업일 수 있다는 점이다. 그 이유는 일정한 형이상학적 거리를 유지하지 않고서는 그 어떤 노력도 주체와 객체 사이의 동적(動的)인 변증법적 지양을 불가능하게 할 수도 있기 때문이다. 이런 의미에서 보면, 작가에게 세계란 창작의 과정에 극복해야 할 반(反)명제(antithesis)—말하자면, 변증법적 체계 안에 존재하는 반명제—로서의 의미를 갖는 것일 수 있다. 바로 이런 맥락에서 볼 때, 세계와 맞서 자신을 드러내는 작가에게 무엇보다 요구되는 것은 정명환이 일찍이 「부정과 생성—한국 문학이 제기하는 문제와 이상 (李箱)의 경우를 중심으로」(1964)라는 논문에서 밝힌 바 있듯 "간단없는 신화 파괴의 정신" 또는 "부정(否定)적 지성"[6]일 것이다. 이때 "신화"라고 함은 세계가 작가에게 근거 없이 강요하는 모든 기존의 논리와 질서를 뜻하는 것이리라.

3. 모더니티를 넘어서기 위하여

논의가 이 지점에 이르렀을 때 우리에게는 한국의 현대 문학이 그 틀을 확립하게 된 20세기 초—즉, 100여 년 전—의 정황으로 눈을 돌려볼 것이 요구된다. 당시 서양의 현대 문학 및 문학 정신을 활발하게 받아들이고 이를 소화하는 데 진력하고 있던 한국의 문인들은 앞서 언급한 바와 같이 언어와 문체 및 대상과 소재 면에서 '현대화'를 꾀했다. 그뿐만이 아니라, 서양의 다양한 문예 사조들과 운동들을 수입하는 데 열정을 보이기도 했다. 하지만 그 모든 적극적인 노력에도 불구하고, 이른바 현대화의 과정에 앞서 논의한 바의 모더니티에 대한 자각이 있었던 문인들은 좀처럼 찾아보기가 쉽지 않다. 정명환이 앞서 언급한 논문에서 밝힌 바 있듯 1930년대에 작품 활동을 했던 작가 이상과 같은 예외적인 존재를 뺀다면 말이다. 그의 지적대로, 이상은 수많은 "약점"에도 불구하고 "근대적 자아의 의식"을 지닌 "희유(稀有)한 작가의 한 사람"[7]이었던 것이다.

---

6) 정명환, 「부정과 생성—한국 문학이 제기하는 문제와 이상(李箱)의 경우를 중심으로」, 『한국인과 문학 사상』(일조각, 1964), 310쪽.

7) 정명환, 325쪽.

물론 어느 나라, 어느 민족의 경우에서도 확인되듯 새로운 문물 수용 과정은 짧든 길든 혼란기를 거치게 마련이다. 성급함과 조급함이 있을 수도 있고 또 무리가 있을 수도 있다. 한국의 '현대 문학'의 확립 과정도 예외는 아니었으니, 당시의 문인들은 어떤 장난감에 쉽게 빠져들었다가 곧 싫증을 느끼는 아이처럼 서양의 각종 문예 사조나 운동에 매혹되었다가 곧 이를 폐기하기를 반복했다. 또는 하나의 문예 사조나 운동에 관여하다가 쉽게 다른 사조나 운동으로 관심을 옮기기도 했다. 마치 온갖 문예 사조와 운동의 전시장과도 같았던 것이 한국 현대 문학의 초창기 풍경이었던 것이다. 이처럼 수용과 폐기가 손쉬웠던 이유는 무엇일까. 추측건대, 서양의 문예 사조나 운동이 싹틀 수밖에 없었던 필연적 이유에 대한 이해를 당대의 문인들이 결여하고 있었기 때문이리라.

어떤 관점에서 보면, 서양의 문예 사조나 운동은 거의 대부분 주체(작가나 시인)와 객체(세계) 사이의 형이상학적 거리를 인식하고 이를 변증법적으로 지양하고자 하는 작가들의 고통스러운 노력에서 출발했던 것이라고 볼 수 있다. 다시 말해, 서양의 문예 사조나 운동의 저변을 이루는 것은 다름 아닌 모더니티―정명환의 표현에 따르면 "근대적 자아의 의식"―의 문제와 이에 따르는 예술적 고뇌였다고 할 수 있다. 하나의 대표적인 예로 20세기에 들어서면서 서양의 문학 및 여타의 예술 분야에 하나의 주목할 만한 흐름을 형성했던 이른바 '모더니즘'의 경우, 이 역시 주체로서의 자아와 객체로서의 세계 사이의 긴장 관계에서 싹튼 것이었다. 양자 사이의 긴장 관계를 과학의 논리만으로 해결할 수 없다는 의식이 팽배했을 때 그 대안으로 나온 문예 사조 또는 예술 사조가 다름 아닌 반(反)합리주의를 내세우는 '모더니즘'이었던 것이다. 다시 말해, '모더니즘'은 서양의 근대사 또는 현대사의 진행과 맥을 같이해온 과학과 합리주의에 대한 비판과 저항의 움직임이었지만, 그럼에도 여전히 주체와 객체 사이의 긴장이라는 이원론적 세계 이해의 방식 자체를 거부하거나 문제 삼는 것은 아니었다. 여전히 주체와 객체 양자 사이의 변증법적 관계에 대한 고뇌가 그 기조를 이루었던 것이 이른바 문예 사조로서의 '모더니즘'이었다.

한국 현대 문학의 초창기를 장식하던 각종 문예 사조나 운동은 대체로 이 같은 모더니티에 대한 고뇌가 부재한 상태에서 전개되었던 것이고, 바로 이 때문에 제대로 뿌리를 내릴 수 없었던 것이리라. 이런 관점에서 볼 때, 초창기 한국의 현대 문학의 가장 큰 문제는 바로 모더니티에 대한 인식과 이해를 결여한 채 문학의 현대화를 시도했다는 데 있었던 것으로 판단된다.

논의가 이 지점에 이르렀을 때 사람들은 아마도 이 논의의 자리가 초창기 한국 현대 문학이 결여했던 것으로 판단되는 모더니티를 밝히고, 나아가 이를 결여하고 있음에 아쉬움을 드러내기 위한 것이라고 생각할지도 모르겠다. 정녕코 그와 같은 의도에서 우리가 이제까지의 논의를 전개한 것은 아니다. 모더니티란 서양 세계가 걸어온 정신과 태도의 궤적 이쪽 편 끄트머리에 놓이는 수많은 역사적 징후 가운데 하나일 뿐, 그것이 반드시 역사적 진보나 발전의 단계를 의미하는 것은 아니기 때문이다. 물론 서양의 모더니티가 오늘날의 과학 문명을 가능케 했다는 점에서 보면 진보나 발전의 논리가 적용될 수 있을지도 모른다. 하지만 그것은 오로지 과학 문명이라는 좁은 범주에서만 그러할 뿐이라는 점을 우리는 잊지 말아야 한다. 과학의 영역을 벗어나면 서양의 모더니티는 발전의 논리든 퇴보의 논리든 어느 쪽도 일방적으로 적용할 수 없는 하나의 징후일 뿐이다. 어떤 관점에서 보면, 그 자체도 역시 극복되어야 할 또 하나의 역사적 징후일 뿐이다. 또는 그 자체로서 한계와 문제점을 갖는 역사적 징후일 뿐인 것이다. 따라서 이제까지 우리가 모더니티를 논의하고 이에 따라 한국의 현대 문학에 대한 성찰을 시도함은 결코 가치 판단을 위한 것이 아니었다. 우리의 논의와 성찰은 다만 서양의 모더니티에 대한 초창기 한국

문학의 수용이 피상적인 것이었을 수 있다면 그것이 무엇인지를 확인하고, 이에 따라 현대 문학의 초창기가 노정(露呈)하는 문제점을 새롭게 가늠해보기 위한 것일 따름이었다.

아무튼, 지난 100년의 역사를 거치면서 초창기 한국 문학에서 감지되는 모더니티에 대한 이해의 결여와 이에 따른 혼란은 상당히 오랜 시간 지속되었던 것처럼 보인다. 정명환은 앞서 언급한 논문에서 "최신의 문학 이론이 소개되면서도 설화조(說話調)를 벗어나지 못한 소설이 쓰여지고 있는 1960년대의 현상"[8]을 지적한 바 있는데, 이 같은 지적은 바로 그런 정황을 뒷받침하는 것이리라. 그렇다면 정명환의 지적이 있은 후 다시 50여 년이 흐른 오늘날의 상황은 어떠한가. 물론 한국 문학은 그동안 수많은 사회적/문화적/경제적 격변기를 거치면서 나름의 고유한 모더니티를 정립할 수 있었다는 판단도 가능하다. "간단없는 신화 파괴의 정신"과 "부정적 지성"으로 무장한 작가들과 그들의 작품을 찾는 일이 전처럼 어려워 보이지 않기 때문이다. 하지만 이것으로 만족하고 논의를 끝맺어야 할까. 그리고 이 같은 망설임을 드러내는 이유는 무엇인가. 주체와 객체 사이의 이원론적 대립을 바탕으로 하여 정립된 것이 모더니티의 논리라는 우리의 판단이 옳은 것이라면, 모더니티의 논리 역시 고대 희랍 철학의 논리와 마찬가지로 그 저변을 이루는 것은 진리와 이성이다. 이 같은 진리와 이성은 '신화'를 파괴하는 데 더할 수 없이 효과적인 무기일 수도 있지만, 이는 동시에 모더니티와 같은 개념을 신화화하는 데도 더할 수 없이 강력한 힘을 발휘하는 무기가 될 수도 있다.

혹시 모더니티라는 개념이 이미 또 하나의 '신화'가 되어 우리의 정신을 지배하고 있는 것은 아닌지? 주체와 객체, 물질과 정신, 세계와 자아를 나눠놓은 이분법적 논리 그 자체가 근거 없는 또 하나의 '신화'가 되어

---

8) 정명환, 308쪽.

있는 것은 아닌지? 정녕코, 문학의 경우에도 고대 희랍의 철학 전통이 가능케 했던 이원론적 세계관과 이 같은 세계관에서 비롯된 모더니티에 대해 근본적인 반성적 논의가 이루어져야 할 때가 되었다. 마치 소크라테스, 플라톤, 아리스토텔레스가 이성과 진리를 핵으로 삼아 정립한 철학의 논리 및 이를 바탕으로 하여 구축된 서양의 형이상학이 20세기 후반 서양에서 강력한 비판적 논의의 대상이 되었듯. 아마도 우리의 비판적 논의에 반드시 참조 사항이 되어야 할 것이 있다면, 이는 피어시그가 중국의 예를 들어 거론한 바 있는 일원론적 세계관—즉, 중국을 포함하여 동양의 정신세계를 지배해왔던 일원론적 세계관—이 지니는 이원론적 세계관에 대한 대안 또는 극복으로서의 의미일 것이다. 정녕코 우리에게 필요한 것은 '있음이 곧 없음'(色卽是空)이고 '없음이 곧 있음'(空卽是色)이라는 불교 경전의 한 구절에 담긴 지혜일 것이다.

문학동네 평론집
예지와 무지 사이
ⓒ 장경렬 2017

초판인쇄 2017년 3월 7일
초판발행 2017년 3월 15일

지은이 장경렬
펴낸이 염현숙
책임편집 이경록 | 편집 홍진
디자인 김마리 최미영 | 마케팅 정민호 이연실 정현민 김도윤 양서연
홍보 김희숙 김상만 이천희
제작 강신은 김동욱 임현식 | 제작처 영신사

펴낸곳 (주)문학동네
출판등록 1993년 10월 22일 제406-2003-000045호
주소 10881 경기도 파주시 회동길 210
전자우편 editor@munhak.com | 대표전화 031) 955-8888 | 팩스 031) 955-8855
문의전화 031) 955-3576(마케팅) 031) 955-3572(편집)
문학동네카페 http://cafe.naver.com/mhdn | 트위터 @munhakdongne

ISBN 978-89-546-4479-2 03810

www.munhak.com